HIRAM, LE BÂTISSEUR DE DIEU

Paru dans Le Livre de Poche :

L'Ange Gabriel
L'Empereur des rats
1. L'Empereur des rats
2. Le Prince héritier

Les Enfants de Salonique
1. Les Enfants de Salonique
2. La Femme secrète
3. Diane

Ennemi
La Fortune des Laufer
La Gagne
La Guerre des cerveaux

Les Maîtres du pain
1. Les Maîtres du pain
2. L'Héritage

La Nuit des enfants rois
Le Secret
Substance B
Vol avec effraction douce
Voyante

BERNARD LENTERIC

Hiram

Le bâtisseur de Dieu

PLON

À Suzie.

PREMIÈRE PARTIE

Abraham prit le bois du sacrifice, le chargea sur Isaac son fils, prit en main le feu et le couteau, et ils allèrent tous deux ensemble. Isaac, s'adressant à Abraham son père, dit : « Mon père ! » Il répondit : « Me voici, mon fils. » Isaac reprit : « Voici le feu et le bois, mais où est l'agneau de l'holocauste ? »

Genèse, XXII, 6-7.

Chapitre premier

En l'an mille avant Jésus-Christ, le palais d'Abibalos, roi de Tyr, s'élevait à la pointe sud de la grande île. Surplombant les murailles couleur de sang de la cité insulaire, sa plus haute terrasse donnait d'un côté sur les terribles Echelles du Levant et de l'autre sur la mer. Ainsi, le roi pouvait-il contempler tour à tour la côte et le large, embrassant du regard le passé et l'avenir de son peuple. Le palais était bâti sur un remblai gagné sur la mer. Les Phéniciens avaient trouvé sur les eaux l'espace qui manquait cruellement à leur terre natale. Combien d'hommes étaient morts en travaillant à ce projet titanesque ? Mais peu importait. Aujourd'hui, l'imposant édifice prolongeait le rempart qui enserrait la ville et se jouait des vagues. Le roi de Tyr jouissait d'une demeure digne de sa puissance.

De l'escalier qui desservait la terrasse, un serviteur vêtu d'une longue tunique de lin apparut, suivi d'une jeune servante qui s'avançait timidement, les bras chargés d'un lourd plateau d'or rempli de pâtisseries et de fruits.

Le serviteur observa le changement de vent.

— Le vent souffle depuis la terre. Prendras-tu ta collation ici, seigneur ?

— Il en faudrait plus pour me chasser ! répondit le roi dans un rire. Dis-moi, Bekaal, cette petite servante, je ne l'ai jamais vue ?

Abibalos était amateur de jeunes filles et friand de nouveauté. Le serviteur devait la faveur du roi au soin qu'il prenait à ses plaisirs.

Le plus flagorneur des courtisans aurait eu du mal à déceler en Abibalos les caractéristiques qu'on se plaît à associer à la royauté. Il n'avait rien de noble ni d'auguste. Sa luxueuse tunique recouvrait un corps trapu, au cou de taureau et aux membres épais. Ses traits étaient grossiers, mais dans ses yeux petits et ronds brillait une intelligence aiguë. Ses interlocuteurs, empereurs, rois et princes, ambassadeurs de toutes les nations, ne se laissaient pas abuser par ce physique de tanneur de peaux. Ils ne tenaient pas seulement Abibalos pour un grand marchand, mais aussi pour un remarquable politique.

— C'est sa première apparition devant tes yeux, seigneur. Son nom est Syra. Elle vient de Sarepta, elle n'a pas seize ans et elle est vierge. N'est-elle pas gracieuse ?

— Elle l'est, Bekaal, par Genos et Genea réunis ! Tu es bien sûr qu'elle est vierge ?

— Seigneur, je m'en assure toujours. As-tu jamais été déçu ?

— Il est parfois arrivé que je le sois, mais pas pour ça ! Allons, Bekaal, fais dresser la table promptement et disparais !

— Seigneur, après t'avoir servi, la petite doit-elle demeurer près de toi ?

— Non. Je la verrai plus tard. J'ai convoqué le

chef des marchands, Saad-Laha, et le pontife El-Djah. Je leur donnerai audience ici même.

Bekaal s'inclina et frappa dans ses mains pour appeler les deux esclaves chargés de dresser la table. Il leur montra l'angle de la terrasse le mieux abrité du vent. A la tombée du jour, de sa terrasse semblable à l'aire d'un aigle marin, Abibalos aimait tourner son regard vers la côte. Dans la fraîcheur du soir, il contemplait Tyr à ses pieds, et par-delà l'étroit bras de mer qui la séparait du rivage, Palaetyr. A la vue de cet autre océan de toits plats, dont le brouhaha laborieux commençait à s'apaiser, son cœur s'épanouissait.

Avec ses alliées, Tyr était alors la première puissance maritime et commerciale, le « marché des nations » comme l'appelaient ses voisins dans leur jalousie impuissante. L'Egypte, la Mésopotamie, les Hittites avaient beau régner sur des empires mille fois plus vastes, et entretenir des armées cent fois plus nombreuses, la Confédération phénicienne leur tenait la dragée haute. Elle leur était nécessaire. Par elle, transitait l'essentiel de leur commerce. Qu'ils vendent ou achètent une jarre d'huile, un rouleau d'étoffe ou le lingot de fer dont on forgerait une épée, Tyr était là pour permettre la transaction et pour prélever sa dîme. Mais Tyr était aussi une puissance industrielle. L'âcre puanteur qui planait sur la ville, pestilence insupportable au nez des étrangers, symbolisait la plus ancienne et la plus dynamique de ses industries. Le vent, en tournant, apportait par bouffées l'odeur atroce des cuves de Palaetyr. Là-bas, dans ce faubourg continental de la cité-île, macérait la chair des coquillages dont on tirait la pourpre. Cette puanteur n'incommodait pas les narines du roi, bien au contraire. Cette odeur, c'était celle de la prospérité. Depuis les manufactures de Palaetyr, colorants et teintures tirés de la putréfaction du murex s'exportaient jusqu'aux pays les plus lointains. Le moindre chiffon teint en rouge enrichissait Tyr et son roi.

Le sort l'avait admirablement placée au débouché des empires les plus opulents. Au carrefour des routes maritimes du monde antique, les Phéniciens maîtres des mers trafiquaient de tout ce qu'ils ne produisaient pas eux-mêmes. D'Egypte arrivaient l'or, le cuivre, le papyrus, les céréales ; de Nubie les gemmes, le fer, l'ivoire et les fourrures ; du royaume de Saba et de l'Arabie les parfums, les tapis, l'onyx, l'agate, l'encens et la myrrhe. La lointaine Asie expédiait jusqu'ici ses épices, son coton, l'ivoire de ses éléphants, la peau de ses tigres, les pierres précieuses de ses mines. En provenance du Caucase, les navires apportaient les métaux, le plomb, le cuivre, l'étain, l'argent. D'Arménie, c'étaient les animaux de trait et de bât, les chevaux et les mulets indispensables à toute armée. Les esclaves, la plus précieuse des marchandises, arrivaient d'Afrique et de Grèce, quand les Phéniciens ne les capturaient pas eux-mêmes.

Quand la table fut dressée, la petite Syra posa son lourd plateau sur la riche nappe surfilée d'or. Déjà les esclaves s'éclipsaient. Bekaal s'apprêtait à entraîner la jeune fille, mais le roi, décidément, la trouvait ravissante, avec ses grands yeux soulignés de khôl et sa bouche encore enfantine. Il fit signe à son serviteur de s'éloigner ; il la renverrait lui-même.

— Tu es de Sarepta, petite ?

Syra n'était pas une esclave. A son âge, on trouvait

très peu d'esclaves encore vierges, et quand on en dénichait une, elle n'était jamais très jolie. Pour satisfaire son souverain en chair fraîche, Bekaal prospectait les bonnes familles, où les filles étaient surveillées... L'adolescente frissonna au son de la voix du roi, basse et rauque. Abibalos n'avait pas une réputation de férocité particulière. Il n'en avait pas moins droit de vie ou de mort sur ses sujets. Syra le savait. S'il le voulait, pour la punir ou seulement pour se distraire, il pouvait ordonner qu'on la mette à mort, qu'on l'ébouillante ou qu'on l'écorche vive.

— Oui, maître, mon père est verrier à Sarepta, parvint-elle à articuler.

Abibalos avait perçu la peur qui l'habitait. Décidément, c'était ainsi qu'il les aimait : très jeunes, très belles, très innocentes et terrifiées. Il s'en voulut d'avoir convoqué Saad-Laha et El-Djah si tôt. Mais il s'agissait d'une affaire d'importance. D'une affaire pénible. Il allait régler cette vilaine affaire aussi rondement que possible. Après, il prendrait soin de cette belle enfant.

— Les filles de Sarepta sont renommées pour leur grâce. Tes oreilles sont ourlées avec une délicatesse admirable ; aimerais-tu que j'y accroche un anneau d'or ?

Les joues de la jolie Sareptienne se teintèrent de rose. Elle avait entendu parler des largesses du roi et de ce qui en coûtait à celles qui en bénéficiaient. Bekaal avait dit vrai. Elle n'avait jamais connu d'homme.

— S'il plaît à mon maître, bredouilla Syra.

— Nous verrons, si tu le sers à sa satisfaction, dit

Abibalos avec un sourire hésitant entre gourmandise et salacité.

Elle ne savait pas encore rendre de tels sourires. Elle se contenta de hocher la tête avec force, pour exprimer qu'elle ferait de son mieux. Le roi s'épanouit. Elle était très à son goût.

Bekaal réapparut dans l'écartement de deux lourdes portières de tissu.

— Seigneur, le pontife et Saad-Laha sont arrivés.

— Qu'ils entrent, dit Abibalos. Puis, se tournant à nouveau vers Syra : laisse-moi, mais ne t'éloigne pas, tu m'entends ?

Il fit mine de la fesser. Abibalos l'aurait clouée au mur d'un coup de dague plutôt que de la laisser s'enfuir.

Syra s'inclina très bas et fila à pas pressés. Déjà, Bekaal introduisait les visiteurs.

Deuxième chapitre

Abibalos les laissa entrer sans les accueillir. Feignant d'ignorer leur présence, il saisit dans l'assiette d'or une des figues préparées par Syra et la tourna entre ses doigts, affecta d'apprécier la couleur délicate de sa pulpe avant de la porter à sa bouche. A Tyr, la puissance du roi n'était pas toute-puissance. Il pouvait décréter la mort de quiconque lui déplaisait, mais dans l'exercice du pouvoir, il devait compter avec les prêtres et avec les guildes de fabricants et de marchands, très puissantes au sein du Conseil des Anciens. Les deux hommes qui venaient d'entrer occupaient l'un et l'autre les positions les plus hautes dans ce délicat équilibre. Ils s'affrontaient depuis toujours. Ils se haïssaient. Ce soir-là, Abibalos devait les départager, signifier la victoire définitive de l'un d'eux et en annoncer le prix terrible au vaincu.

Avec une lenteur délibérée, il reposa le fruit dans la coupe. Il tourna enfin son regard vers les deux hommes, toujours flanqués de Bekaal qu'il congédia d'un mouvement de tête. Quand le serviteur se fut retiré, Abibalos plissa les yeux, en laissant filtrer leur sombre éclat entre ses paupières mi-closes.

— Saad-Laha, El-Djah, vous voici donc...

Les deux hommes se prosternèrent du même

mouvement empreint de respect et d’obéissance. Ils le savaient l’un et l’autre, l’affrontement entre eux était arrivé au point où nulle réconciliation n’était plus possible. Le roi allait arbitrer leur querelle, ou plutôt leur guerre, car c’était bien d’une guerre à mort qu’il s’agissait. Saad-Laha avait tenté de liguer ses confrères du Conseil des Anciens contre le pontife El-Djah. Se sentant mortellement menacé, celui-ci avait usé de sa carte la plus forte. Les nerfs de Saad-Laha étaient tendus à se rompre. Des informations avaient transpiré, contradictoires, inquiétantes.

Saad-Laha était jeune, un peu trop jeune peut-être, pour siéger au Conseil. Les Anciens l’avaient admis parmi eux en raison de son énergie inlassable, de ses idées brillantes et fructueuses... Les nouvelles routes commerciales dont il avait prôné l’ouverture, après les avoir lui-même expérimentées pendant un long voyage de deux années, s’étaient révélées rentables. Quel mérite plus éclatant pouvait-on avoir aux yeux des Anciens que d’enrichir encore leur cité richissime ? Marchands dans l’âme, les Phéniciens faisaient preuve dans le règlement de leurs affaires temporelles d’un pragmatisme radical et d’une rapacité absolue. Tyr et ses cités sœurs, Byblos, Tripoli, Sidon, Arad, Sarepta, ne connaissaient et n’observaient qu’une loi, celle du profit. Trop peu peuplées, trop confinées sur leur étroite bande de terre entre la montagne et la mer pour faire reposer leur prospérité sur la force et les armes, elles préféraient l’échange aux hostilités, l’alliance à la guerre. Leur stratégie, leur idéal et leur arme absolue, c’était le commerce. Elles n’avaient pas besoin de génies militaires, mais de marchands audacieux. Et nul n’était de force à rivaliser sur ce plan avec Saad-Laha. A seize ans, il avait fondé son premier comptoir en un pays de brume et de pluies glacées, si lointain que les marins de ses équipages s'attendaient à chaque instant à basculer avec leur chargement au fond des abysses... Mais de là-bas, ils ramenaient en quantité la pourpre noire. Et depuis ce coup d'éclat, chacune des entreprises de Saad-Laha avait été couronnée de succès. Il transformait en or tout ce qu'il touchait. Les plus malins des Anciens l'avaient vite compris et s'étaient associés avec lui, lui fournissant des fonds, des bateaux et des hommes. Jamais il n'avait déçu leur confiance. Le Conseil et le roi désavoueraient-ils le jeune prodige ? Il espérait que non. Ses initiatives heureuses rapportaient trop gros aux cassettes privées des armateurs et au trésor royal. Il était entré au Conseil à l'âge de trente ans, ce qui ne s'était jamais vu. Cependant, dans son ascension foudroyante, il s'était heurté à El-Djah. Les intérêts du pontife et de la caste sacerdotale n'étaient pas tous intemporels. La réussite insolente du jeune armateur devenu le meneur des marchands leur faisait de l'ombre. Ils armaient des navires en sous-main ; Saad-Laha avait marché sur leurs plates-bandes en empruntant des routes maritimes qu'ils estimaient leur propriété. Il en avait ouvert d'autres sans leur verser de prébende.

Après des années d'affrontements plus ou moins feutrés, fort de ses appuis parmi les Anciens, Saad-Laha avait demandé à Abibalos la destitution d'El-Djah. Tandis que le roi atermoyait et prenait conseil de quelques-uns des Anciens les plus influents, le pontife avait appris la démarche de son adversaire. El-Djah avait joué son va-tout. On était au début du printemps. La fête de la Résurrection du dieu solaire Melqart Baal était proche. Toutes les cités de la confédération avaient leur propre Baal, auquel elles rendaient un même culte sauvage. Selon la légende, les Baal étaient les fils d'El, le premier roi phénicien. A l'origine de tout, le Chaos s'était ordonné en limon primordial sous l'action du Désir. Dans le ciel vide jusqu'alors, s'étaient allumés le soleil, la lune et les étoiles. Le tonnerre avait éveillé les créatures endormies au sein du limon. Les sexes s'étaient cherchés, trouvés et mêlés. De la Lumière était née la Flamme, qui tenait une place cruciale dans les rites voués aux Baal... Chaque printemps, il fallait réitérer la création du monde et réveiller le dieu, pour qu'il réchauffe la terre de ses rayons bienfaisants, pour qu'il préside de nouveau à la germination des plantes, à l'accouplement des animaux et des êtres humains. Les cérémonies qui symbolisaient ce réveil garantissaient la perpétuation du cycle des saisons. En dépit, ou peut-être à cause de la cruauté des rites dont elles s'accompagnaient, le peuple les attendait. Il y voyait la condition de sa survie et de sa prospérité. El-Djah avait mobilisé toute sa caste. Abibalos avait été informé que les prêtres refuseraient de célébrer les rites si on touchait à un cheveu du pontife, et même si, tout en épargnant sa vie, on empiétait si peu que ce soit sur ses prérogatives. Le souverain avait longuement pesé le pour et le contre. A présent, il s'apprêtait à rendre son verdict.

Il fit en sorte que ces hommes, qui comptaient tous deux parmi les plus influents du royaume, restent prosternés devant lui un peu plus longtemps que l'usage. Enfin, il les libéra de leur posture de soumission. Ils se redressèrent et considérèrent leur souverain en s'efforçant de cacher leur inquiétude. El-Djah y parvenait à la perfection. On aurait pu passer un doigt sur chaque pouce de son visage glabre comme de son crâne rasé sans déceler la moindre goutte de sueur. Transpirait-il jamais ? Le pontife était un animal à sang froid. Mais derrière ses traits impassibles, Abibalos en était sûr, l'homme était tendu comme la corde d'un arc. Simplement, El-Djah avait soixante ans passés. Il avait affronté d'autres crises, et il maîtrisait ses nerfs. Saad-Laha était plus vulnérable que son adversaire. Malgré sa maturité et son autorité de grand armateur, il lui manquait vingt ans d'intrigues pour faire jeu égal avec El-Djah. Abibalos le vit essuyer à la dérobée la paume de sa main sur le pan de sa tunique. Il le regarda droit dans les yeux et il vit qu'il avait peur. Il avait raison, songea sans joie Abibalos. Il aimait bien Saad-Laha. Les rois avaient besoin de sujets de cette trempe : audacieux et inventifs. Mais il allait lui briser les reins, parce qu'il s'était attaqué à plus fort que lui et parce que la raison d'Etat exigeait sa défaite.

— La fête de la Résurrection de Melqart Baal approche, commença-t-il.

Dans les yeux froids d'El-Djah s'alluma une lueur fugitive. Le pontife savait qu'il avait gagné. La référence à la cérémonie du Réveil n'était pas innocente. Le pontife contint sa joie et s'appliqua à demeurer impassible. Abibalos prit son temps pour poursuivre. El-Djah avait gagné, mais sa victoire serait à la fois plus éclatante et de bien moindre portée qu'il ne l'avait espéré. Le roi n'aimait pas qu'on lui force la main. Pour l'avoir tenté, les deux hommes allaient en faire l'expérience.

— La peste a frappé une de nos cités-sœurs, Arad, continua Abibalos. Le peuple est inquiet. Il attend de la renaissance de Melqart qu'elle écarte le fléau de Tyr. Je veux que les cérémonies revêtent cette année une magnificence toute particulière !

Sur les tempes à peine grisonnantes de Saad-Laha, la sueur perlait à présent à grosses gouttes. Lui aussi avait compris, sinon exactement où le roi voulait en venir, en tout cas qu'il avait tranché en faveur d'El-Djah et de sa caste. L'armateur maudit sa propre imprévoyance. Bien entendu, le pontife avait agité la menace d'une suspension des cérémonies et des festivités. Comment l'armateur avait-il pu ne pas y penser ? Il aurait dû retarder son offensive. A l'origine des temps, El, le premier souverain et le père de tous les Baal, avait fait cesser la peste en offrant un de ses fils en victime expiatoire. Depuis lors, chaque épidémie renforçait le pouvoir des prêtres. C'était vers eux, en leur qualité d'intercesseurs entre les hommes et les dieux, qu'on se tournait alors. Saad-Laha n'avait pas pris la peste en compte, en préparant son attaque contre El-Djah. Le pontife était pour l'heure intouchable, car il disposait d'un formidable moyen de pression sur le roi. Abibalos allait garder El-Djah, s'assurant ainsi des festivités religieuses sans aucun trouble ni retard, et contentant le peuple anxieux du réveil bienfaisant de Melqart Baal. C'était de la bonne politique et lui, Saad-Laha, pour la première fois dans son insolente trajectoire vers les sommets, se retrouvait au bord du précipice.

— Le peuple attend de moi un geste, un signe,

reprit le roi. Mais aussi du Conseil des Anciens. Il ne sera pas déçu. Saad-Laha, tu es le plus jeune membre du Conseil, au point d'être aussi le seul en âge d'avoir un petit enfant...

— Sire !

Aux derniers mots d'Abibalos, le visage du marchand s'était couvert de sueur, tandis qu'une angoisse subite lui tordait les entrailles. Sous l'empire de ce trouble, il avait osé interrompre le roi. Abibalos le fit taire d'un froncement de sourcils et poursuivit :

— J'ordonne donc que tu offres ton premier-né à Melqart Baal ! C'est le plus grand honneur que puisse recevoir un homme.

Saad-Laha, foudroyé, portait tour à tour sur le roi et sur son rival des regards suppliants. Pourtant, il savait que la décision d'Abibalos était irrévocable. Quant à attendre un quelconque secours d'El-Djah, seul un insensé aurait pu se bercer d'un tel espoir. Non que le pontife exultât. Si Abibalos avait tranché en sa faveur, il ne l'avait pas fait de la façon dont il l'avait espéré. El-Djah attendait que Saad-Laha soit chassé du Conseil, exilé, ou mieux encore, exécuté. Au lieu de ça, Abibalos l'écrasait en lui prenant son fils unique, mais sans l'écarter de la scène. El-Djah n'avait gagné qu'à moitié. Autant dire qu'il avait à moitié perdu. La lutte entre Saad-Laha et lui allait continuer. Le pontife reconnut là l'habileté politique du souverain. En anéantissant Saad-Laha, il aurait laissé les mains totalement libres à El-Djah. Le pouvoir dont on jouit le plus sûrement est celui dont on prive les autres.

El-Djah ravala sa déception. Abibalos lui faisait tout de même un cadeau somptueux. En sa qualité de grand prêtre, c'était lui qui officierait lors des prochaines cérémonies propitiatoires ; il ne laisserait à personne le soin de mettre à mort le fils de Saad-Laha.

— Eh bien, Saad-Laha, tu ne me remercies pas ? demanda le roi au plus riche, au plus brillant de ses sujets, qui se tenait devant lui décomposé, les mains tremblantes, les yeux luisants de larmes retenues. Je fais de toi l'homme le plus important de Tyr. La ville te devra son salut ! Les fumées du sacrifice qui monteront aux narines de Melqart émaneront de ta chair, de ton sang, de ta semence !

— Sire, grand roi, mon maître, balbutia Saad-Laha, je t'en supplie, prends ma vie, mais ne me demande pas cela !

El-Djah affecta un air méprisant devant cette supplique indigne. Un tel honneur ne se refusait pas. Il était même sacrilège de ne point le recevoir comme tel.

— Saad-Laha, ce n'est pas de ta vie que ton roi a besoin, mais de celle de ton fils ! Sache que Tyr te sera reconnaissante. Des actions de grâces te seront dédiées dans toute la ville. N'est-ce pas, El-Djah ?

Le roi lança au pontife un regard chargé d'une ironie maligne.

— Sans doute, seigneur, lâcha El-Djah à contrecœur.

Cette dimension de la sentence d'Abibalos ne lui échappait pas : en exigeant de Saad-Laha un tel sacrifice, le roi lui conférait aussi aux yeux du Conseil et du peuple un statut qu'il serait difficile de contester à l'avenir.

Mais, affolé, indifférent à cet aspect de la tragédie

qu'il était en train de vivre, Saad-Laha voulut tenter un dernier effort.

— Seigneur, mon fils n'est pas...

Abibalos eut un geste brusque de la main, tandis que son regard se chargeait de courroux.

— Il suffit ! Ton fils a bien l'âge requis pour l'holocauste !

L'armateur comprit que le roi, pour couper court, feignait de se méprendre sur le sens de son objection. Bien sûr, Abibalos savait la vérité.

— Retire-toi, Saad-Laha. Rentre en paix dans ta demeure, informe ta femme de l'honneur qui vous échoit, prépare ton fils comme il convient. Nous sommes à quelques semaines de la Résurrection, mais j'en avancerai la date pour conjurer au plus tôt la menace de la peste. Je dois encore m'entretenir avec El-Djah de ce problème et du faste tout particulier que j'entends donner aux festivités cette année.

Saad-Laha s'inclina. Que pouvait-il faire d'autre ? Il quitta la pièce sans un regard pour El-Djah. Il franchit les riches portières qui fermaient la terrasse et se jeta dans l'escalier. Les gardes du roi dévisagèrent avec curiosité ce haut personnage visiblement bouleversé. Saad-Laha passa entre eux sans les voir. Un seul être occupait sa pensée : un garçonnet de neuf ans, un petit bonhomme au regard rieur et confiant qui l'attendait au logis. Hiram l'accueillerait dans quelques instants avec ce mélange de grâce enfantine et de sérieux qui le rendait si attachant, et lui, son père, n'oserait pas le regarder en face.

Troisième chapitre

Le temps s'écoula avec une rapidité terrifiante pour Saad-Laha. A la demande d'Abibalos, la date des célébrations avait été avancée. La cité entière s'apprêtait à fêter Melqart et à implorer son secours contre la peste dont la virulence se confirmait de jour en jour. Après Arad, la lointaine, d'autres cités étaient touchées à présent. Amrit, Simira, Tripoli, peut-être déjà Byblos... Prêts à tous les sacrifices, les Tyriens espéraient attirer la protection du dieu Melqart. La peur s'emparait des esprits. Devins improvisés et illuminés de tout poil vaticinaient sur le seuil des temples, promettant les pires cataclysmes si rien ne venait intercéder en faveur de Tyr. Les prostituées sacrées profitaient, elles aussi, de l'inquiétude populaire. Jamais elles n'avaient été aussi recherchées. On disait que le contact de leur peau consacrée aux déesses féminines Ashtart, Tanit, Anat ou Balaat constituait la meilleure protection contre la contagion. Ashtart, la Très-Haute, était particulièrement révérée. Son temple ne désemplissait pas. Mais seul Melqart Baal pouvait décider d'épargner la cité. Le nom du père de l'enfant qui lui serait offert en holocauste n'avait pas encore été dévoilé. On murmurait qu'il pourrait être, cette année, de sang royal. Or, la reine avait donné un seul fils à Abibalos, le petit Hurummu. L'enfant, d'une exceptionnelle beauté et doté par les dieux de tous les dons, jouissait dans le peuple d'une affection proche de la dévotion. Le roi plaçait en lui tous ses espoirs. On doutait qu'il consente à pareil sacrifice. On se gardait en tout cas de l'envisager à haute voix, sachant que les espions d'Abibalos pullulaient en tous lieux. L'offrande du rejeton d'une concubine ne suffirait sans doute pas à Melqart Baal. On en était réduit à souhaiter que le roi désigne celui d'un notable assez important pour ne pas désobliger la divinité.

Paralysé d'horreur, Saad-Laha n'avait encore rien dit à sa femme, ni à son fils. Chaque soir, quand un serviteur lui amenait Hiram à l'instant du coucher, il l'embrassait en s'efforçant de maîtriser son émotion. L'enfant avait décelé le trouble de son père, mais il n'avait pas osé le questionner. Désespéré, Saad-Laha se retirait dans sa chambre pour chercher en vain le sommeil. Sa femme, Itossa, était inquiète. Elle ignorait tout. Habituellement tendre, empressé, Saad-Laha ne la touchait plus. Pourtant, elle était sûre qu'il l'aimait. Elle s'efforçait de deviner ce qui l'éloignait d'elle. Un navire en perdition, la trahison d'un associé ou la défection d'un important fournisseur ? Une rivale était-elle en train de supplanter Itossa ? Elle n'y croyait pas. L'amour d'une autre aurait rendu Saad-Laha joyeux. Or, telle une âme en peine, il poussait des soupirs, restait en arrêt, le regard fixe, le front baigné de sueur, devant les oiseaux multicolores de la volière dont naguère encore les chants le charmaient. Itossa se rongeait d'inquiétude. Il y avait cette peste dont on parlait, bien sûr, mais Itossa était pieuse et confiante. Les fêtes de la Résurrection de Melqart approchaient. Une fois encore, comme aux origines, le dieu tutélaire de Tyr sauverait la cité.

Cette nuit-là, une fois de plus, Saad-Laha ne trouvait pas le sommeil. Le vent était tombé dans l'après-midi et la chaleur était étouffante. L'armateur poussa un profond soupir. A ses côtés, Itossa dormait, croyait-il. En réalité, elle tournait et retournait des questions sans réponse dans son esprit.

A plusieurs reprises, Saad-Laha avait formé le projet de l'informer de la décision du roi, mais à chaque fois, le courage lui avait manqué. Depuis son entrevue avec Abibalos et El-Djah, chaque seconde lui avait été un supplice. Il était incapable de fixer sa pensée sur autre chose que la mort prochaine d'Hiram. Ses affaires auraient pu péricliter, son empire se désagréger, il s'en serait à peine soucié. Ses intendants lui rendaient des comptes qu'il n'écoutait pas. Il ne savait même plus lesquels de ses navires étaient en mer, au radoub ou en cours de chargement.

Il avait soif. Il n'avait rien mangé, mais il n'avait pas faim. Il se leva sans bruit pour ne pas réveiller Itossa. De nouveau, il ressentit le besoin impérieux de partager son tourment avec elle. Elle lui reprocherait de n'avoir pas réussi à détourner ce coup du destin. Il craignait qu'elle soit prête à toutes les folies pour sauver son fils. Il s'accusait lui-même de mollesse, de veulerie face à la volonté royale. Il n'avait su que balbutier des protestations dérisoires. Il s'était soumis et son fils allait mourir.

Il enfila ses sandalettes et traversa la chambre à l'aveuglette. Une lampe à huile était allumée en permanence dans le vestibule où dormait un esclave. Dans la même pièce, une grande jarre renfermait une eau toujours fraîche, aromatisée de feuilles de menthe. Un feu intérieur le dévorait. A l'idée du feu, sa détresse un bref instant oubliée lui fut rendue dans toute sa cruauté. C'était par le feu qu'Hiram allait mourir. Il laissa échapper un gémissement douloureux. Il écarta la tenture et se glissa dans le vestibule. L'esclave de chambre, Assanibal, se leva en reconnaissant son maître. C'était un homme d'une cinquantaine d'années, taillé en force. Homme précieux, dévoué, né dans la famille, il servait Saad-Laha depuis toujours.

— Maître, as-tu besoin de moi ?

— J'ai simplement soif, Assanibal.

Déjà, Assanibal se dirigeait vers la jarre et y plongeait une coupe qu'il essuya soigneusement avant de la tendre à son maître. Saad-Laha but avidement.

— Encore ! dit-il en rendant la coupe à l'esclave.

Assinabal la remplit de nouveau.

— Il fait chaud, seigneur. Veux-tu qu'on évente ta couche ?

— Non... Oui... Peut-être, je verrai !

Saad-Laha eut conscience de l'incohérence de sa réponse. Lors de nuits trop caniculaires, il ne tenait qu'à lui de poster près de son lit, jusqu'à l'aube, une ou deux esclaves chargées d'agiter au-dessus de lui de larges éventails de palme tressée. Il s'attendrit un court instant en se souvenant d'avoir fait l'amour avec Itossa, tandis qu'on rafraîchissait ainsi leurs corps en sueur... Il dévisagea Assanibal. Il pouvait lui faire confiance. Il contint son désir d'épanchement. Le maître ne se confie pas à l'esclave, c'était une des premières choses qu'on lui avait inculquées enfant. Pourtant il fallait qu'il parle.

— Dis-moi, Assanibal.

— Maître ?

— Que ferais-tu, si...

Saad-Laha se tut. Comme c'était difficile de se livrer ! Assanibal attendait. Il se passait quelque chose de grave.

— Imagine que tu dois... Que tu dois sacrifier ce que tu possèdes de plus précieux !

— Seigneur, je suis un esclave, je ne possède rien.

— Je sais, je sais, s'agaça l'armateur. Mais imagine tout de même. On possède toujours quelque chose, même s'il ne s'agit que de simple jouissance et non de propriété. Ton écuelle ne t'appartient pas devant la loi, mais elle est à toi. Si je t'ordonne, par exemple, de la briser alors que tu y tiens comme à la prunelle de tes yeux, comment t'y prendrais-tu pour me désobéir ?

— Seigneur, si tu ordonnes, j'obéis.

— Oui, bien entendu ! Mais arrête un instant de jouer à l'esclave modèle, et réponds-moi, sinon je te fais fouetter !

— Seigneur, est-ce que cette écuelle est unique au monde ?

— Unique ? Que veux-tu dire ? Non, c'est une écuelle comme les autres. Simplement je veux te voir la briser, et toi tu t'y refuses.

— Alors, seigneur, peut-être essaierais-je de briser l'écuelle de mon voisin à la place de la mienne, pour te donner le change.

La réponse d'Assanibal avait jeté dans l'esprit de Saad-Laha un trouble extraordinaire. Il n'osait même pas formuler la solution qui s'offrait à lui, de peur de s'apercevoir qu'elle était impossible à mettre en œuvre. Il vida pensivement le fond de sa coupe.

— L'écuelle du voisin... C'est bien, Assanibal, recouche-toi et oublie tout ça.

Il regagna sa chambre. Dans l'obscurité, la respiration d'Itossa n'avait pas la régularité de celle d'une femme endormie. Elle était légèrement haletante, au contraire.

— Saad-Laha, tu es souffrant ? Tu t'es levé ? demanda-t-elle à voix basse.

Il se glissa auprès d'elle et l'attira contre lui.

— J'ai trouvé, Itossa ! Je crois que j'ai trouvé !

— Quoi ? Qu'est-ce que tu as trouvé ?

Alors, enfin, en chuchotant pour n'être entendu que d'elle, il lui raconta tout : la décision d'Abibalos, la menace terrifiante qui pesait sur Hiram, le moyen de la déjouer qu'Assanibal venait de lui souffler à son insu.

Itossa pleura en silence. Autant que leur amour, un secret soudait le couple qu'elle formait avec Saad-Laha. C'était ce secret qu'Abibalos avait feint d'ignorer lors de l'entrevue. Saad-Laha ne pouvait pas avoir d'enfant. Hiram était un enfant adopté. L'armateur avait couru le monde en quête de l'enfant que le sort lui refusait. Il aurait pu se procurer un nouveau-né à Tyr même, ou n'importe où sur la côte phénicienne, mais il voulait que rien ne transpire de cette adoption. Ainsi, la filiation de son héritier ne pourrait-elle jamais être mise en doute. Par un matin radieux, sur la mer Caspienne, alors que son navire longeait une côte basse et désolée, il avait aperçu des fumées sur le rivage. Il avait débarqué avec quelques hommes armés. Ils avaient découvert un petit village incendié par des pillards venus de l'intérieur. Le carnage ne remontait qu'à quelques heures. Les flaques de sang n'étaient pas encore tout à fait sèches. Nul n'avait été épargné. Les hommes en âge de se battre étaient morts les armes à la main, les vieillards avaient été éliminés comme des animaux sans valeur. On avait dû emmener la plupart des jeunes femmes et des enfants pour les vendre comme esclaves. Les corps de celles et de ceux qui avaient résisté ou tenté de s'enfuir gisaient là, égorgés, éventrés, décapités, noircis par la fumée de l'incendie. A quelques pas des ruines d'une forge, l'unique survivant du massacre vagissait dans un panier dissimulé derrière un muret de pierres sèches. Sa mère était allongée sur le dos au milieu du chemin, sa tunique retroussée sur ses cuisses. Elle n'avait eu que le temps de mettre le bébé à l'abri des regards avant d'être attrapée, violée et mise à mort. Un voile taché de sang dissimulait son visage. Le père de l'enfant devait être cet homme de haute taille, vêtu de braies de toile et d'un tablier de cuir fauve, dont Saad-Laha découvrit le cadavre à proximité. La main puissante du mort enserrait encore le manche de la masse de forgeron avec laquelle il avait tenté de se défendre avant de succomber. Peut-être, effrayés par la vue du vaisseau de Saad-Laha sur l'horizon, les pillards avaient-ils abandonné leurs morts.

Saad-Laha rengaina son court poignard. Il s'approcha de l'enfant qui pleurait. Il s'accroupit et lui parla d'une voix douce. Une joie sauvage l'envahit soudain. Le destin lui faisait un signe. Ces quelques livres de chair allaient grandir auprès de lui, partager sa vie et enfin lui succéder. Mille pensées bouleversaient son esprit et lui ôtaient toute raison. Le bébé cessa de pleurer. Il était nu, il avait froid.

Saad-Laha chercha des yeux un morceau d'étoffe. Son regard s'arrêta sur le voile de la mère. Il s'en saisit et en enveloppa prestement l'enfant. Un gémissement le fit sursauter. La mère du bébé tentait de ramper vers lui. Elle était vivante ! Elle perdit de nouveau connaissance. Et le marchand, stupéfait, put contempler à loisir son extraordinaire beauté malgré la boue, le sang séché et les blessures.

Un an après, Saad-Laha revint à Tyr. Il présenta Itossa à la bonne société comme une fille de marchands prospères, dont il était tombé éperdument amoureux, expliqua-t-il. Seul le roi savait la vérité. Il avait un espion sur chaque navire, dans chaque bouge et dans chaque atelier de Palaetyr. Au temps où Saad-Laha jouissait encore de la faveur royale, Abibalos lui avait fait comprendre, alors qu'il était question d'Hiram, qu'il n'était pas dupe, mais qu'il garderait le secret.

La ruse inspirée à Saad-Laha par l'astuce d'Assanibal semblait peu sûre à Itossa. Elle supplia son époux d'y renoncer et de fuir avec l'enfant, tout simplement, pendant qu'ils en avaient la possibilité. Après tout, il était armateur, oui ou non ? Ils allaient monter à bord d'un de ses navires et ils prendraient le large. Ils élèveraient Hiram sous un autre soleil, dans les brumes de Calédonie ou chez les Scythes ou plus loin encore, en des contrées où les hommes ont la peau d'ébène... Si loin qu'Abibalos ne pourrait jamais les retrouver.

Saad-Laha caressa tendrement les cheveux d'Itossa, puis la rappela à la réalité. Fuir n'était pas la bonne solution. Nulle part, ils ne seraient à l'abri de la colère du roi, que le pontife s'ingénierait à attiser. Le réseau des comptoirs et des colonies phéniciennes couvrait la totalité du monde connu. Un jour ou l'autre, on les retrouverait, on les châtierait. La bonne réponse au problème, c'était Assanibal qui l'avait formulée : il fallait briser l'écuelle du voisin.

Quatrième chapitre

Le temple de Melqart Baal se dressait au point culminant de l'îlot méridional. Il était rattaché à la grande île par l'Eurykoros. Cette langue de terre réunissant les deux rives n'était encore qu'une étroite chaussée jetée sur la mer. Elle avait entre autres mérites celui de relier le port sidonien de l'île septentrionale et le port égyptien de l'îlot du Sud. On était encore loin de l'ouvrage imposant dont rêvait Abibalos : élargir et surélever l'Eurykoros jusqu'à en faire un terrain constructible, qui augmenterait considérablement l'étendue du royaume insulaire. De son vivant, Abibalos réussirait-il à relever ce défi cyclopéen ? Il lui fallait maîtriser son impatience. Si ce n'était pas lui qui venait à bout de cette tâche, ce serait le fils qu'il espérait voir lui succéder, le petit Hurummu.

Abibalos se félicita de nouveau de la façon dont il avait arbitré en faveur d'El-Djah. En exigeant de Saad-Laha qu'il sacrifiât son enfant, il avait non seulement rétabli l'équilibre entre les pouvoirs des prêtres et des marchands, mais il avait aussi sauvé son propre fils. Selon les Ecritures, dans une situation de grand péril, sacrifier à Melqart un enfant de sang royal permettait de sauver Tyr. Par sa richesse, par son poids politique, le jeune syndic des armateurs était presque un roi. Melqart devrait se contenter de ce presque.

Quant à la réaction du peuple, les rapports de ses espions avaient rassuré Abibalos. Dans les ruelles de Tyr, dans les ateliers, sur le port, on avait fêté la nouvelle. Le père de l'enfant destiné au sacrifice était un des hommes les plus riches et les plus influents de la cité. L'exigence de Melqart se satisferait de ce noble enfant et se détournerait d'Hurummu, le fils du roi, l'enfant chéri des Tyriens.

Les quelques imprudents qui s'étaient permis de critiquer en public la décision royale avaient vite compris qu'ils auraient mieux fait de se taire. A l'un, on avait coupé la langue. Ainsi il n'aurait plus l'occasion de proférer des sottises. A un autre, on avait crevé un œil, en lui promettant de lui crever l'autre s'il avait l'outrecuidance de s'exprimer de nouveau. Le muet et le borgne s'en tiraient à bon compte. Mais ils resteraient dans leur quartier les vivants exemples du danger qu'il y a à critiquer plus puissant que soi.

La peste étendait son ombre, abattant ville après ville. Les nouvelles étaient inquiétantes, renforçant ainsi la ferveur religieuse de la population. Arad n'était plus que désolation et pestilence. Amrit comptait ses morts par centaines. A Tripoli, on mourait à un rythme tel qu'il avait fallu allumer des bûchers en pleine ville. Byblos était atteinte à son tour. Le bruit courait que Sidon l'était aussi. Après Sidon, inéluctablement, si la bienveillance du dieu tutélaire ne se manifestait pas, ce serait au tour de Tyr... Tous les espoirs se tournaient vers Melqart Baal, le dernier rempart contre le fléau. La peur, la foi, une excitation morbide des temps d'holocauste, tout se mêlait dans les esprits. La nuit était tombée, mais l'îlot sacré était illuminé par des milliers de flambeaux et de torches. Partie de Palaetyr sous la conduite des prêtres, la procession avait gagné la Tyr royale. Là, sous les acclamations, Abibalos, suivi de sa famille, des hauts dignitaires, des membres du Conseil des Anciens, se joignit à la procession. Partout, une foule énorme se pressait sur le passage du cortège. Il semblait qu'un serpent gigantesque, au corps de lumière, scintillant de milliers de torches, s'engageait sur la mer. Un vent de ferveur extraordinaire passa sur la foule. Dans sa diversité, elle reflétait la domination de Tyr sur les territoires les plus lointains. Peaux noires comme l'ébène, peaux blanches de Caucasiens, peaux cuivrées de toutes les nuances, la foule tyrienne n'était pas une, mais multiple. Le monde entier se retrouvait en son sein et communiait ce soir dans la peur de la peste et l'espoir du salut.

En tête du cortège marchaient les prêtres. Vêtus de tuniques de lin multicolores, la tête rasée, flanqués de musiciens et d'esclaves portant des torches, ils encadraient le pontife. El-Djah serrait contre sa poitrine une cage aux barreaux d'or qui renfermait une grosse caille au plumage gris. Il s'avançait avec détermination vers la tâche horrible qui l'attendait. En sacrifiant un enfant, il allait consolider son pouvoir et celui de sa caste. Et surtout, mettre à genoux Saad-Laha. Après ça, la guerre entre les deux hommes se ferait plus féroce encore et ne s'achèverait que par la mort de l'un d'eux.

Derrière le groupe sacerdotal venaient le roi et son entourage, puis les membres du Conseil des Anciens, puis les privilégiés, courtisans et notables qui seraient admis à pénétrer dans l'enceinte même du temple pour assister au rite. Le peuple, pour sa part, suivrait le déroulement de la cérémonie depuis la berge, à travers le rythme et le crescendo du roulement des tambours et les sonneries stridentes des trompes.

D'un pas solennel, la procession gravissait les degrés reliant les terrasses étagées de l'île. Elle déboucha enfin sur une spacieuse esplanade, à l'extrémité de laquelle s'ouvrait un escalier monumental. On approchait du sommet, sur lequel était bâti le temple. Si l'on regardait en arrière, on voyait le rivage et l'Eurykoros se perdre dans le halo lumineux des flambeaux brandis par la foule innombrable. Le pontife posait le pied sur la première marche. Les trompes se turent, laissant les tambours ponctuer l'ultime ascension d'un battement lent, sourd, oppressant.

Les dépendances du temple s'alignaient tout au long de l'escalier. Du haut des toits plats, au coude à coude avec les artisans et les esclaves affectés au service de l'édifice, les prostituées sacrées contemplaient le cortège en silence. Les lumières mouvantes des torches accentuaient les expressions peintes sur les visages, la curiosité, l'extase ou la terreur.

En haut des marches, de part et d'autre du seuil du sanctuaire, se dressaient deux phallus gigantesques. L'un était recouvert de feuilles d'or. L'autre était taillé dans une roche verte et luisante où se reflétaient les lueurs mouvantes des flambeaux. La vaste enceinte rectangulaire, entourée de hauts murs d'ocre rouge au faîte crénelé, abritait le tophet sacrificiel.

C'était une chapelle exiguë, au sol irrégulier, aux parois à peine égalisées. Au fond, sur un trône de pierre, gardé par des sphinx ailés à tête de femme, reposait l'idole. Colosse d'airain au mufle de taureau, couronné d'un diadème en or, Melqart Baal grimaçait dans la lumière. A ses pieds s'ouvrait une fosse rectangulaire dans laquelle, depuis l'aube, rougeoyaient les braises incandescentes d'un bûcher alimenté en permanence. Une chaleur effrayante s'en dégageait. Les nouveaux arrivants eurent l'impression de se heurter à une muraille invisible, dressée entre eux et la divinité. Les corps des bedeaux chargés d'apporter sans cesse de nouveaux fagots et d'attiser les flammes à l'aide de longs tisonniers ruisselaient de sueur.

Sur un signe d'El-Djah, la foule s'immobilisa. Le pontife seul, porteur de la cage renfermant l'oiseau sacré, s'avança encore de quelques pas. Sur sa face camuse, aux traits soulignés de khôl, se lisait une exaltation où se mêlaient ferveur religieuse et triomphe personnel. Brusquement, les tambours s'arrêtèrent, un silence absolu tomba sur l'enceinte. La foule des prêtres s'écarta. Abibalos gagna le premier rang pour assister au rite à quelques pas seulement de l'officiant. Un jeune prêtre vint tenir la cage tandis que le pontife en ouvrait la porte et saisissait l'animal apeuré. El-Djah leva les bras et se tourna de droite et de gauche pour montrer la caille tour à tour à l'assistance, au roi, et à Melqart, par-delà la fosse rougeoyante. Les visages d'El-Djah et d'Abibalos s'empourpraient sous la chaleur du brasier. Entre les mains du grand prêtre, la caille piaillait et se débattait. Derrière le pontife et le roi, le chœur des prêtres entama une psalmodie suppliant Melqart de consentir à renaître une fois de plus, afin de redonner à la nature l'élan de la vie.

Renais, Melqart Baal, afin que nos champs reverdissent... Renais, pour que l'eau dévale du flanc de la montagne et vienne fertiliser nos terres,

Pour que le taureau couvre la génisse,

Pour que la chèvre se donne au bouc et la brebis au bélier... Renais, pour que la vague roule comme hier sous la coque de nos navires...

Renais pour écarter de Tyr la peste qui ravage ses cités-sœurs...

Renais et envole-toi sous la forme de cette caille,

Melqart Baal, notre père, pour recevoir le sacrifice que vont t'offrir tes fils obéissants...

El-Djah, les yeux mi-clos, proférait la prière d'une voix de bronze. Il usa de tout le pouvoir de cette voix puissante, ensorcelante, pour mener la tension collective à son paroxysme. Puis à l'instant où sa voix allait se briser, il lâcha la caille. Elle s'éleva d'un battement d'ailes maladroit, dans l'air surchauffé de la fosse. Tous les regards étaient rivés sur le vol de l'oiseau. Franchirait-il ce mur de chaleur ? Sinon, ce serait le présage de malheurs épouvantables. Cela signifierait que Melqart, mécontent, abandonnait les Tyriens à leur sort, à la peste. On retint son souffle. Quelques mètres au-dessus de la fosse, dans l'haleine torride qui s'en dégageait, l'oiseau semblait suffoquer. Il pouvait s'enflammer à tout moment. Alors la caille s'abattrait sur le lit de braises et ce serait le glas des espoirs des Tyriens. La foule frémit. L'oiseau luttait de toutes ses forces pour s'élever. Sans doute l'air chaud qui montait vers le ciel lui vint-il en aide. Il battit des ailes avec l'énergie du désespoir et gagna les quelques mètres qui le mirent à l'abri de la mort. Semblant aspirée par le ciel, à travers une ouverture découpée au-dessus de la gigantesque statue, la caille s'échappa en lançant un cri de victoire. Dans la foule, hommes et femmes, nombreux, tombèrent à genoux, des larmes de joie coulant sur leurs joues. D'autres dansaient en tendant les bras vers le ciel et en balbutiant le nom de Melqart Baal, le Sauveur. Sur un signe d'El-Djah, tambours et trompes explosèrent. Il fallait avertir le peuple massé à l'extérieur de l'enceinte de la réitération du miracle annuel. Ainsi, il exulterait à son tour et la nouvelle se répandrait de proche en proche jusqu'à l'Eurykoros, jusqu'à Tyr et à Palaetyr par-delà les eaux...

Le pontife se tourna vers le roi. Abibalos inclina imperceptiblement la tête pour le féliciter. El-Djah se tourna vers la droite. De chaque côté de l'enceinte du temple s'ouvraient des auvents soutenus par des piliers de bois. Derrière les lambris de cèdre qui dissimulaient les murs courait une succession de galeries. Celles-ci reliaient les absides destinées à l'accomplissement des rites quotidiens. Un corridor étroit, plongé dans l'obscurité et long d'une quinzaine de mètres, conduisait au tophet à partir de la dernière de ces chambres. D'une voix forte, El-Djah lança un ordre. Le moment suprême était venu.

Cinquième chapitre

Les lampes à huile scellées dans les murs, les torches portées par des serviteurs projetaient sur les visages de Saad-Laha et d'Itossa une lumière irréelle. Entre eux, au centre de l'abside, se tenait un enfant, Hiram, vêtu d'une robe immaculée dont les larges manches dissimulaient ses poignets liés par une cordelette dorée. Autour d'eux se pressaient des eunuques, des esclaves, des prêtres. Seul Bachari, la créature du pontife, l'homme des coulisses du temple, se tenait à l'écart. Il veillait à tout. Rien ne lui échappait.

Saad-Laha s'exhorta au calme. Dans un instant, ils s'engageraient tous trois dans le corridor obscur qui menait au bûcher. Eux seuls, si l'on s'en tenait au rituel. Le cœur de Saad-Laha s'emballa dans sa poitrine. Il échangea un bref regard avec Assanibal, posté près du lourd rideau couleur de feu qui cachait l'entrée du corridor. Depuis leur conversation de l'autre nuit, Saad-Laha s'était efforcé de tout organiser aussi méticuleusement que l'expédition d'un de ses navires à l'autre bout du monde. Tout allait se jouer en quelques secondes, durant lesquelles aucun élément extérieur ne devait intervenir dans le corridor. Saad-Laha croyait avoir tout prévu, mais à présent, il n'était plus sûr de rien. Son regard n'osait croiser celui d'Itossa. Depuis qu'il lui avait dévoilé son plan, ils en avaient examiné et analysé chaque phase pendant des nuits entières. Il réprima une nausée d'angoisse et retrouva un peu de sérénité à la pensée du poignard qu'il portait dissimulé dans sa tunique. S'ils ne sauvaient pas Hiram, ils périraient avec lui, il en avait fait le serment à Itossa.

Un prêtre leur fit signe d'avancer. C'était l'heure du sacrifice. Itossa se mordit les lèvres. Saad-Laha serra plus fort la main d'Hiram, qu'il tenait dans la sienne comme Itossa tenait l'autre. L'enfant était calme. Son père ne lui avait caché qu'une seule chose. L'armateur espérait qu'Hiram ne l'apprendrait jamais. L'enfant était maître de lui comme le sont peu d'adultes. Bien sûr il jouait et faisait des bêtises, mais il y avait en lui un fond de gravité, une sorte de dignité qui intriguait son père adoptif. Saad-Laha serra les dents. Il ne laisserait pas El-Djah immoler son fils.

— Tu es prêt, Hiram ? murmura-t-il à son oreille.

— Je suis prêt, père.

— Tu te souviens de tout ?

— Je m'en souviens très bien, répondit l'enfant en lui souriant.

— C'est le moment, Itossa, dit Saad-Laha d'une voix calme.

La jeune femme ne montrait pas la même assurance qu'Hiram. Son visage était décomposé et elle semblait au bord de l'évanouissement. Saad-Laha sentit son cœur se déchirer, mais ils ne devaient plus songer qu'à l'action. Il foudroya sa femme du regard.

— Allons ! parvint-elle à dire d'une voix altérée.

Le trio fit quelques pas en direction du rideau brodé de flammes qu'un prêtre soulevait, révélant les premiers mètres du corridor conduisant au tophet. A cet instant, une petite lampe au poing, Bachari, l'homme de main d'El-Djah, se détacha de l'assistance et fit mine de précéder Saad-Laha et sa famille. L'angoisse mordit l'armateur au ventre. Ils devaient être absolument seuls pour parcourir l'étroit boyau dans une obscurité totale, sinon tout était perdu ! Le marchand lança à Assanibal un regard suppliant. Mais tous les yeux étaient fixés sur l'entrée du corridor. Une seule solution s'offrait à lui. Sur un trépied de fer, à proximité du couloir, un brasero avait été posé pour allumer les torches. Feignant de s'écarter avec précipitation pour laisser passer Bachari, Assanibal heurta violemment le brasero avec sa hanche et le renversa sur les jambes nues du prêtre. Les hurlements des deux hommes se répondirent ; Assanibal s'était cruellement brûlé au contact du brasero. Mais Bachari fut grièvement blessé. Le contenu entier du brasero s'était déversé sur ses cuisses et avait enflammé sa tunique. Il se jeta à terre pour tenter d'éteindre le feu. Ses cris déchirants résonnaient sous le plafond bas de l'abside. Un homme ôta sa propre tunique et s'en servit pour lui venir en aide, un autre l'aspergea en vain de l'eau contenue dans une jarre.

Un vieux prêtre fit signe à Saad-Laha de s'engager. Rien ne devait retarder l'offrande. L'armateur ne se le fit pas dire deux fois et il entraîna vivement son fils et sa femme dans le sombre corridor. Le rideau retomba derrière eux.

Dans le tophet, devant la fosse rougeoyante derrière laquelle Melqart Baal semblait attendre avec avidité la proie qu'on lui avait promise, El-Djah trépignait d'impatience. L'envol de la caille sacrée et le sacrifice de l'enfant devaient se succéder sans attendre. Et voilà que les choses traînaient. Que se passait-il donc dans l'abside ? El-Djah avait bien imaginé que Saad-Laha tenterait de sauver son fils. Aussi avait-il chargé son fidèle Bachari de surveiller la maison de l'armateur jusqu'au dernier moment. Si tout ne se déroulait pas comme prévu, Bachari sentirait le poids de sa colère. D'ailleurs, le roi lui aussi attendait. Abibalos, les yeux clos, feignait de se recueillir avant l'offrande, mais de temps en temps ses yeux se rouvraient et furetaient du côté d'El-Djah et de la porte basse par où déboucheraient Saad-Laha et les siens. Les tambours et les trompes s'étaient tues. Les psalmodies avaient repris, plus graves et plus sourdes, plus obsédantes. C'était un chant de mort qui s'élevait maintenant de la foule. Enfin, le rideau de pourpre qui masquait la sortie du corridor s'écarta. Un couple encadrant un enfant en sortit. El-Djah ne put réprimer un fugitif sourire de triomphe. Son visage retrouva presque aussitôt l'impassibilité qui convenait à l'officiant, en cette phase de la cérémonie sacrée, mais sa poitrine se gonfla d'allégresse. Abibalos ne lui aurait pas causé plus de joie en lui offrant la tête de son ennemi sur un plateau d'or. Il en était sûr, Saad-Laha aurait préféré mourir plutôt que d'assister à ce sacrifice. Mais rien ne pouvait sauver Hiram. Sous le voile blanc, presque transparent, qui couvrait ses cheveux, il jetait des regards apeurés. On ne lui avait sans doute rien dit. Un groupe de prêtres en robes bariolées s'était interposé entre le trio et le brasier, de façon à le dissimuler à l'enfant. La chaleur, la lumière, la foule, la pulsation sourde des tambours l'effrayaient. El-Djah ne l'avait jamais vu auparavant. On lui avait dit que c'était un bel enfant et on n'avait pas menti. Saad-Laha et Itossa étaient pâles comme la mort. Le marchand devait regretter de s'être dressé contre lui. Il devait maudire son obstination funeste. Le pontife ferma un instant les yeux pour mieux jouir de sa victoire. Elle n'était pas complète, mais elle était exquise. Saad-Laha avait attendu des années la naissance de cet enfant. El-Djah se jura de ne pas lui laisser le temps d'en faire un autre.

Le trio, à pas lents, titubants, s'avança vers lui. El-Djah se porta en avant et ouvrit ses bras au petit. Il devait le recevoir des mains de ses parents. Il lança à l'armateur un regard chargé d'ironie et de cruauté. La sueur ruisselait sur le front de Saad-Laha, roulait sur ses joues. Il était sur le point de s'évanouir. Itossa, raide, digne, pleurait doucement. El-Djah soupira de mépris. Une telle attitude n'avait rien d'édifiant pour le peuple. On devait au contraire faire montre de fierté et de joie en offrant sa progéniture au dieu. Heureusement, le trio tournait à présent le dos à la foule. Le pontife se rapprocha encore.

— Eh bien ! lança-t-il d'une voix dure à Saad-Laha.

— Prends mon fils, El-Djah, et offre-le à Melqart, parvint-il à prononcer d'une voix altérée. Il poussa l'enfant par les épaules en direction du prêtre. Je t'en prie, El-Djah, épargne-lui le pire.

El-Djah le fit taire d'un geste impérieux. Il était d'usage, en effet, d'étrangler discrètement l'enfant voué au sacrifice avant de le jeter dans les flammes. Mais rien n'y obligeait le pontife. Cette mesure d'humanité était laissée à sa discrétion. Saad-Laha ne lut pas la moindre pitié dans les yeux d'El-Djah. Il baissa la tête, accablé.

Le gosse voulut se dérober, mais déjà la main de fer du pontife s'était refermée sur son bras et l'attirait à lui.

— Viens, viens, douce chair ! psalmodia El-Djah. Le dieu t'attend avec impatience.

D'un regard, il congédia les parents écrasés de chagrin et d'horreur, puis tenant le petit contre lui, le visage enfoui dans les plis de son ample tunique, il se dirigea vers le brasier. Les prêtres s'écartèrent. Quand il ne fut plus qu'à un mètre de la fosse, la chaleur devint insupportable. Il se baissa vivement, saisit le garçonnet par les hanches et se redressa en le soulevant à bout de bras au-dessus de sa tête. L'enfant hurla d'épouvante. Tambours et trompettes se déchaînèrent. Les femmes se déchiraient le visage de leurs ongles, des hommes se martelaient la poitrine et les épaules de coups de poing, des danseurs en transe tournaient sur eux-mêmes, les yeux blancs, la bave aux lèvres. Dans la chaleur suffocante qui lui rôtissait le visage, l'enfant implorait en vain. Le pontife lança une dernière supplique à l'idole qui grimaçait derrière l'autel. Puis de toutes ses forces, il projeta le garçonnet dans la fosse incandescente avant de reculer précipitamment. Un cri affreux résonna sous la voûte du tophet. Une odeur de chair brûlée s'éleva dans l'air. La température du brasier était si élevée que le corps de l'enfant fut carbonisé en quelques instants. Le roi Abibalos se détacha de son entourage, saisit le père du supplicié par le bras et le força à rejoindre avec lui le pontife devant le brasier. La foule exulta. Melqart Baal avait reçu son tribut de chair innocente. Après ce sacrifice, nul ne doutait qu'il n'éloignât la peste des murailles de Tyr. L'enfant brûlé en son honneur était le prix de sa protection. On acclama longuement le roi, le prêtre et le père de la victime, tandis que les trompes, par une longue sonnerie stridente, annonçaient la nouvelle à la foule massée dans la cour du temple et sur les terrasses inférieures.

Sixième chapitre

Un cri d'horreur éveilla l'Egyptienne. Elle se dressa sur sa couche. Elle était lasse. Elle aurait aimé dormir en paix. Elle tendit l'oreille. Avec un peu de chance, peut-être l'enfant se rendormirait-il ? Mais un sanglot succéda à ce cri. Ces cauchemars ne cesseraient-ils jamais ? Elle se leva, chaussa des sandales et enfila une tunique à la hâte. Sur la terrasse où il aimait dormir au frais, Assanibal s'était réveillé, lui aussi. C'était comme ça toutes les nuits, depuis des semaines.

— Tu t'en occupes, Hétephérès ? demanda-t-il d'une voix embrumée.

— Rendors-toi, lui répondit-elle.

Assanibal l'entendit marcher en traînant les pieds. L'âge venait, pour elle aussi. Il soupira. Il se laissa retomber sur sa couche, caressant un instant l'espoir de se rendormir bien vite. Mais sa brûlure à la hanche tardait à cicatriser et le faisait encore souffrir.

Hétephérès alluma une lampe à huile et gagna la pièce voisine. L'enfant tremblait de tous ses membres, le front mouillé de sueur.

— Hétephérès, le feu !

— Je suis là, Hiram ! Calme-toi, il n'y a pas de

feu, tu vois bien ? Nous sommes à Tanis. Bakhtan nous protège. Tu n'as rien à craindre !

Bakhtan était un riche négociant égyptien qui devait sa fortune à ses échanges avec Saad-Laha. Il était devenu son associé pour l'Egypte, à la tête du comptoir de Tanis. Toutefois, Saad-Laha ne lui avait pas dévoilé la véritable identité de l'enfant. L'armateur avait chargé son associé de pourvoir aux besoins d'Assanibal, d'Hétephérès et de l'enfant qu'on appelait Téglath. D'autres instructions suivraient.

La nourrice perçut une présence derrière elle. C'était Assanibal. Ensemble, ils s'efforcèrent d'apaiser le petit. Ces crises de terreur nocturnes avaient commencé dès après leur fuite.

Saad-Laha redoutant le caractère soupçonneux d'El-Djah les avait envoyés aussitôt sur les routes. Jusqu'à la sortie du territoire phénicien, on avait déguisé Hiram en fillette.

Les fuyards longèrent sans encombre la côte jusqu'à Megiddo. De là, ils gagnèrent Samarie, puis Jérusalem, sans s'y attarder. Saad-Laha avait nombre d'associés et de clients dans la capitale du royaume de Judée, mais c'était encore trop proche du royaume de Tyr. Il fallait mettre entre le pontife et son fils une distance salvatrice, aussi ses instructions étaient-elles formelles : Hiram devait être conduit à Tanis et séjourner là-bas quelque temps. Assanibal et Hétephérès étaient rassurés à présent. Il semblait que la ruse de Saad-Laha n'eût pas été éventée.

Bakhtan les avait conduits dans une belle maison située au bord du lac Menzaléh, à peu de distance de Tanis. Le fait qu'Hétephérès fût égyptienne simplifiait les rapports et la communication avec Bakhtan. Saad-

Laha l'avait choisie pour cette raison. Bercé dès sa petite enfance par les chansons égyptiennes de sa nourrice, Hiram parlait déjà la langue du pays où il allait trouver refuge.

Entourée d'un beau jardin enclos dans un haut mur de briques crues, la maison était vaste. Chaque jour, un intendant de Bakhtan apportait de la nourriture et tout ce dont ses hôtes pouvaient avoir besoin. Dans la journée, l'enfant était étrangement calme, mais la nuit venue, il refusait de rejoindre sa couche, craignant le retour du monstre cracheur de feu.

— Où vois-tu du feu ? lui demanda Assanibal. La nuit est tranquille, tout dort, et nous aussi, mon jeune maître, nous aimerions bien dormir, conclut-il dans un bâillement.

— Acherbas va mourir dans le feu ! Dans la bouche du monstre ! hoqueta Hiram.

Hétephérès et Assanibal échangèrent un regard consterné. La nourrice passa sa main devant les yeux grands ouverts de l'enfant. Il ne cilla pas. Entre rêve et conscience, il revivait la scène terrible du tophet. Hétephérès l'avait compris, en écoutant les délires dont le petit avait été saisi pour la première fois. Le stratagème imaginé par Saad-Laha pour sauver son fils avait un prix : la vie d'un autre innocent. L'armateur, aux abois, acculé, n'avait pas cherché loin l'enfant qu'il tenterait de faire passer pour Hiram. Il fallait que la petite victime de substitution lui ressemblât comme un frère, de préférence un orphelin, dont nul ne remarquerait la disparition. Ce n'étaient pas les orphelins qui manquaient dans les ruelles de Palaetyr, mais on ne s'improvise pas ravisseur d'enfants. Saad-Laha avait d'abord pensé acheter un petit esclave.

Mais l'acquisition d'un esclave de l'âge et de la stature d'Hiram la veille du jour où l'enfant devait être livré aux flammes était impossible. S'ils l'apprenaient, les espions d'Abibalos ou ceux du pontife s'interrogeraient sur une telle coïncidence. Hiram devait plonger dans l'anonymat absolu, dans un néant semblable à la mort. Il n'en sortirait pas avant des années, peut-être des dizaines d'années, le temps que meurent Abibalos et son grand prêtre. Puis, tout à coup, Saad-Laha trouva la solution. Il l'avait sous les yeux, au sein de son foyer, depuis deux ans maintenant. La solution, c'était Acherbas.

Acherbas avait le même âge, la même corpulence, les mêmes cheveux d'un noir de jais, les mêmes yeux verts qu'Hiram. C'était le fils d'un marin cypriote, disparu en mer à bord d'un navire appartenant à Saad-Laha. Sa mère, servante de l'armateur, était morte, elle aussi, de fièvre, laissant un petit enfant si gracieux qu'Itossa l'avait gardé.

Esclave et orphelin, Acherbas n'en était pas moins devenu presque un frère pour Hiram. Leur constante rivalité dans les combats et les jeux les poussait à se dépasser. Ces défis, cette intimité de chaque minute, une admiration réciproque avaient tissé entre eux des liens plus forts que ceux du sang. D'ailleurs, Itossa chérissait elle aussi l'orphelin.

La ruse par laquelle Saad-Laha espérait sauver Hiram était simple : un boyau obscur reliait l'abside au tophet. Malgré son étroitesse, on y entreposait, au bas de sa paroi de droite, des coffres et des panières contenant du linge sacerdotal, des calicots et des tentures. L'opération nécessitait un complice dans la place. Un prêtre du temple, amoureux d'une prostituée sacrée beaucoup trop coûteuse pour sa bourse, se laissa acheter par Saad-Laha. Quelques heures avant la cérémonie, aidé d'un esclave, il disposa dans le corridor une malle d'osier. Acherbas s'y cachait sous les tuniques sacrées, drogué par des gâteaux opiacés, les mains liées par une cordelette dorée semblable à celle dont on entraverait celles d'Hiram quelques instants avant le sacrifice. Il somnolait, respirant par l'entrebâillement du couvercle de la malle. On l'avait rassuré. Il allait rendre un grand service à Hiram dont on le remercierait en l'affranchissant de sa condition d'esclave.

— Réveille-toi, Hiram, dit Hétephérès. Tu dors les yeux ouverts, pauvre petit !

Sourd à ces paroles, Hiram se mit à trembler de plus belle et laissa échapper une plainte. Entre ses mains, roulée en boule, Assanibal reconnut la cordelette dorée du sacrifice. L'enfant ne s'en séparait plus. Quand Hétephérès avait prétendu la jeter pour en finir, elle avait provoqué chez lui une véritable crise de nerfs.

— Je le vois, Hétephérès ! Je vois le feu... Il y a mon père et ma mère, et le prêtre dans sa tunique blanche, et Acherbas ! Oh, Acherbas ! Sauve-toi, ne les laisse pas faire !

Tout en s'avançant dans l'obscurité du boyau, le trio comptait les malles à tâtons. Saad-Laha s'arrêta devant la septième et en souleva le couvercle. Son cœur battait. Si le prêtre avait menti, si Acherbas n'était pas dans la malle, tout était perdu. Mais en écartant les nippes, la main de l'armateur se posa sur le bras du petit esclave.

— Merci, Melqart ! Il est là, murmura-t-il à l'adresse d'Itossa, qui serrait la main d'Hiram à la broyer.

— Allez, garçon, tu peux sortir, reprit-il à voix basse.

Sa longue immobilité avait ankylosé Acherbas, dont l'ivresse opiacée était loin d'être dissipée. Elle calmerait les nerfs de l'enfant et diminuerait ses souffrances.

— Allons, viens, répéta-t-il.

— J'ai sommeil ! protesta Acherbas.

— Bientôt tu pourras dormir autant que tu voudras, je te le promets. Viens donc !

Dans la nuit du boyau, Hiram avait reconnu la voix de son ami.

— Acherbas ? C'est Acherbas !

— Oui, c'est lui, admit Saad-Laha d'une voix tendue. Allons, dépêchons-nous ! Vous vous retrouverez tout à l'heure !

Acherbas, embarrassé par ses liens, se laissa extraire de la malle par l'armateur. Poussé par Itossa dont le cœur battait à se rompre, Hiram prit aussitôt sa place entre les étoffes précieuses.

— Acherbas !

— Silence ! lui intima son père. Plus un bruit, plus un geste à présent ! Quelqu'un viendra chercher la malle et la portera chez nous.

— Mais pourquoi tu ne m'as pas dit que ce serait Acherbas ?

— Tais-toi, par Melqart et Astarté !

Des larmes montèrent aux yeux d'Hiram. Jamais Saad-Laha ne lui avait parlé avec une telle dureté.

— C'est toi, Hiram ? demanda la voix défaillante d'Acherbas.

Saad-Laha étouffa un juron. Ces gosses allaient tout compromettre. Ils perdaient du temps. Dans le tophet, El-Djah devait s'interroger. S'il envoyait un garde ou un prêtre, ce serait la catastrophe. L'armateur saisit brutalement le poignet d'Acherbas et l'entraîna vers la sortie du boyau, que trahissait une très vague luminosité rougeâtre en provenance du tophet à travers un épais rideau.

— Hiram !

— Acherbas !

Avec une force et une détermination terrifiantes, Itossa poussa son fils dans la malle et en rabattit le couvercle. Hiram suffoquait. Pris de peur, il tenta de soulever le couvercle, mais Itossa pesait dessus de tout son poids.

— Maman !

— Si tu aimes ta mère, implora Itossa, reste tranquille !

La pression se relâcha sur le couvercle. Le cœur d'Hiram battait à tout rompre. Il eut le pressentiment qu'il se préparait un événement terrible. Un silence angoissant s'était établi. Puis il entendit un bruit de pas pressés. Il souleva le couvercle de la malle et vit sa mère disparaître derrière le rideau qui en un court instant lui avait révélé le tophet baigné d'une lumière éclatante et dansante. Hiram enjamba le bord de sa barque d'osier et s'élança dans le corridor. Bien sûr, il désobéissait à ses parents, mais il ne pouvait pas résister. Il devait savoir, il devait voir... On lui avait dit qu'un enfant se substituerait à lui dans une cérémonie peu agréable. Mais on ne lui avait pas précisé en quoi consisterait cette cérémonie. Et on lui avait caché que cet enfant serait Acherbas ! Il ne s'était pas inquiété des battements des tambours tant que Saad-Laha et Itossa le tenaient tous deux par la main, mais, à présent, seul dans ce corridor, il ressentait chaque battement comme une blessure.

Il tendit vers le rideau ses mains toujours entravées par la cordelette. Saad-Laha, affolé par les hésitations d'Hiram, avait oublié de la trancher. L'enfant hésita à écarter le rideau. Quel mystère terrible se déroulait derrière ? Il était sur le point de s'évanouir de peur. Mais soudain, une énergie insoupçonnée l'envahit. Les tambours s'étaient tus. Une étrange psalmodie montait de la gorge des prêtres, l'ensorcelait. Il écarta légèrement le rideau et il vit le pontife jeter Acherbas dans le brasier. Il entendit le cri inhumain de son ami. Il sentit l'odeur de chair grillée qui se dégageait du brasier. Assourdi par la clameur démente de la foule, bouleversé, anéanti d'horreur, il lutta pour ne pas s'évanouir. Un court instant, il fut tenté de s'élancer hors de sa cachette, de courir vers le pontife et de le faire basculer dans les flammes. Acherbas et lui n'étaient qu'un seul être, un seul enfant qu'El-Djah venait d'immoler à l'idole grimaçante. Mais ses jambes se dérobèrent. A bout de force, il se laissa glisser à terre. Il retint les sanglots qui menaçaient de l'étouffer. C'était sa faute. Si Acherbas n'avait pas été son ami, il serait encore vivant.

Septième chapitre

— Je le vengerai !

— Si tu veux venger Acherbas, intervint Assanibal, tu dois devenir un homme fort. Tu ne dois plus pleurer. Tu dois vivre, affermir ton corps et ton esprit.

Hiram les dévisagea tour à tour. Il semblait avoir émergé de son cauchemar. Son regard se durcit.

— Je le ferai, Assanibal ! Oui, je deviendrai un homme fort, et je vengerai Acherbas. Je le jure !

Ce serment, il l'avait déjà prononcé le soir de l'immolation, en regagnant à l'aveuglette la malle salvatrice. Le cœur empli de rage et de haine, il avait choisi de renoncer à mourir. Longtemps, respirant l'air confiné du boyau par l'entrebâillement du couvercle, il avait attendu la délivrance. La nuit entière s'était écoulée, mais Hiram n'en avait pas eu conscience. Il avait perdu la notion du temps. Epuisé, il avait même fini par s'endormir. Des voix étouffées l'avaient réveillé. C'était le prêtre et son complice qui venaient achever leur besogne. Contre cette malle un peu trop lourde qu'il devait remettre à deux serviteurs de Saad-Laha, le prêtre recevrait un plein sac de pièces d'or. De quoi forniquer à satiété avec la putain sacrée dont il rêvait.

Enfin, on soulevait la malle, on la portait à travers le temple, on montait et on descendait des escaliers.

Il entendit une lourde porte grincer. On posa la malle sur le plateau d'une charrette qui s'ébranla aussitôt. Il s'endormit, bercé par les mouvements de l'attelage. La charrette s'arrêta enfin. Il entendit à nouveau des voix, parmi lesquelles il reconnut celle de son père. Le couvercle se souleva. Saad-Laha, fou d'anxiété, écarta les oripeaux et exulta. Son fils était vivant ! Il le sortit de la malle et le serra contre lui. Hiram se laissa faire sans réagir. Quand son père le pressa de questions, Hiram ne répondit pas. Le visage fermé, il ne prononça qu'un seul mot :

— Acherbas.

Saad-Laha baissa les yeux.

— Il le fallait, pour que tu vives, dit-il enfin.

— J'aurais préféré mourir.

— Ne dis pas ça ! Si tu savais combien je souffre, moi aussi. Cette nuit même, tu pars pour l'Egypte avec Assanibal et Hétephérès et nous ne nous verrons peut-être plus jamais. Mais, sois en sûr, je réglerai mes comptes avec El-Djah. Il est un adversaire redoutable et il peut l'emporter sur moi. Alors il te reviendra de me venger et de venger Acherbas. Bakhtan l'Egyptien continuera à veiller sur toi et à pourvoir à tes besoins. Désormais tu t'appelles Téglath. Ne dévoile à personne ta véritable identité, tu signerais ton arrêt de mort.

— Il faut dormir, maintenant, dit Hétephérès à l'enfant qui s'apaisait peu à peu. Le précepteur égyptien que Bakthan a choisi vient demain. C'est un scribe très sage et très savant. Pharaon lui-même n'hésite pas à lui demander conseil. Il n'a pas encore accepté. Il va te juger.

— Je me moque de l'impression que je ferai ! Je n'ai pas besoin d'un pédagogue qui m'apprendra des sottises inutiles. Ce que je veux, c'est apprendre à manier l'épée et à tirer à l'arc. Un jour je retournerai à Tyr et je tuerai El-Djah !

— Tu apprendras aussi le maniement des armes, rassure-toi, et tu auras un autre maître pour cela. Ton père tient à ce que tu deviennes un homme complet, apte à se battre, comme à gérer les navires et les comptoirs qu'il te léguera... Demain matin, tu feras la connaissance du scribe Djéhouty, qui t'enseignera les choses de l'esprit, et demain après-midi tu rencontreras Nésy, ton maître d'armes. C'est un guerrier terrible, un Hittite qui s'est illustré durant vingt ans dans l'armée de Pharaon. Il t'apprendra à conduire un char de guerre.

La perspective d'apprendre à conduire un char sous la houlette d'un héros eut sur Hiram un effet beaucoup plus positif que celle d'étudier la sagesse avec un vieux scribe. Ses yeux s'animaient.

— Je vais conduire un char ?

— Oui, Bakthan a tout arrangé. Mais il faut dormir, sinon pas de Nésy et pas de char.

— Non, non, Hétephérès, je dors ! Regarde, je dors déjà !

Se laissant retomber sur sa couche, Hiram tira sur lui, jusqu'au menton, le drap qu'il avait rejeté. Ses yeux se fermèrent. Hétephérès passa une main légère sur le front encore brûlant de l'enfant, puis elle se redressa et entraîna Assanibal hors de la pièce.

— Il n'oubliera pas ; il tiendra son serment, lui dit-elle. J'ai peur, Assanibal.

Huitième chapitre

Cette même nuit, à Tyr, un homme enveloppé d'une longue cape dont le capuchon dissimulait le visage frappait à la porte de la somptueuse demeure de l'armateur Saad-Laha. Un serviteur lui ouvrit et le toisa d'un œil soupçonneux. Il était très tard. L'inconnu refusa de donner son nom. Il confia ce simple message pour son maître : « L'homme à la malle d'osier désire lui parler. » Perplexe, le serviteur lui ordonna d'attendre dans l'antichambre et partit en quête de Saad-Laha. Il le trouva dans la vaste pièce où il avait coutume de travailler la nuit. L'armateur était penché, les yeux fixés sur le luxueux abaque au châssis de bois précieux et d'or, ornementé de boules d'ivoire et d'ambre, sur lequel il vérifiait les calculs de ses comptables. L'un d'eux était présent, agenouillé sur une natte devant un abaque beaucoup plus rustique. A l'entrée du serviteur, Saad-Laha détourna la tête.

— Eh bien, Cékya, qui me dérange à cette heure ?

Le serviteur répéta à son maître les paroles énigmatiques du visiteur. Saad-Laha ne laissa rien paraître de son inquiétude.

— Introduis-le dans le péristyle, je vais descendre l'y rejoindre.

Cékya s'inclina et sortit. Saad-Laha se tourna vers le comptable qui bayait aux corneilles devant son abaque.

— Vérifie le chargement de l'*Etoile d'Astarté*, Myklos. Je suis sûr qu'on peut y ajouter des ballots de laine teinte. Que ce soit prêt quand je reviendrai !

Le comptable baissa la tête et se remit au travail, tandis que l'armateur quittait la pièce.

— Eh bien, Elélyal ? Ne t'avais-je pas interdit de venir chez moi ?

La voix de Saad-Laha était dure. De son œil impérieux, il foudroya le prêtre qui, la nuit de la Résurrection, avait permis la substitution d'Acherbas à Hiram.

— Tu dois avoir une bonne raison pour enfreindre notre accord, poursuivit-il. Ne perdons pas de temps. Je t'écoute !

— Seigneur, se décida Elélyal, un de mes assistants... Il se doute de ce qui s'est passé dans le boyau. Il menace d'en parler à Bachari !

Contre toute attente, l'homme de confiance d'El-Djah avait survécu à ses brûlures. Rétabli, il questionnait tout le monde au temple sur l'identité du maladroit qui lui avait renversé un brasero sur les jambes.

— Son nom.

L'homme hésita.

— Il vaut mieux que je m'en charge, seigneur.

— Son nom !

A regret, Elélyal lâcha le nom d'Orkios, l'homme qui l'avait aidé à porter la malle. Orkios n'exerçait en réalité aucun chantage. La prostituée sacrée faisait payer si cher ses savantes faveurs à Elélyal qu'elle avait réussi à lui soutirer en quelques semaines la quasi-totalité du prix de sa trahison. Bientôt, le prêtre ne pourrait plus jouir de ses caresses ensorcelantes. Il avait décidé de demander une somme supplémentaire à l'armateur. Le secret qu'ils partageaient valait bien cela, estimait-il.

— Combien veut-il ?

— Une mine d'argent ! C'est un voyou, seigneur, une crapule, je sais bien. Mais s'il parle à Bachari, Bachari parlera au grand prêtre, et alors...

Saad-Laha demeurait impénétrable. Pour le prix de sa trahison, Elélyal avait reçu deux barres d'argent d'une mine chacune, mais il était entendu que ce poids comprenait la part de son complice. Le prêtre ne savait comment interpréter l'impassibilité de l'armateur. Dans le doute, il consentit un rabais.

— J'arriverai peut-être à le convaincre de se taire pour cinquante shekels, seigneur, mais sûrement pas pour moins !

Bien qu'il représentât une véritable fortune pour la plupart des Tyriens, un tel poids d'argent n'était rien pour l'armateur. Cependant, entre ses paupières à demi closes, il laissait filtrer sur le prêtre un regard inquiétant. Elélyal se demanda s'il ne s'était pas fourré dans un guêpier en essayant de faire chanter un homme aussi puissant. Mais à l'idée de perdre la putain sacrée, sa détermination se raffermit.

— En dessous de cinquante shekels, Orkios ne voudra rien entendre, seigneur !

— Ne t'inquiète de rien. C'est moi qui lui parlerai. Je suis sûr qu'il m'écoutera. Tu as bien fait de me prévenir. Rentre chez toi, et que Melqart t'accompagne.

Elélyal se mordit les lèvres. Son affaire se présentait mal. Il avait espéré que Saad-Laha, affolé, paierait sans discuter et s'en remettrait à lui pour acheter le silence d'Orkios. Si au contraire il entrait directement en contact avec Orkios, son mensonge serait percé à jour. Il se retrouverait alors en butte à la fois à la colère d'Orkios et à celle du puissant armateur. Il était inutile d'insister. Le visage fermé de Saad-Laha ne laissait rien présager de bon. Malgré la tiédeur de la nuit, Elélyal sentit un frisson glacé courir le long de son échine. Mais la peur ne l'empêchait pas de réfléchir. Pourquoi ne pas monnayer auprès du pontife El-Djah le secret dont il était détenteur ? Il paierait cher la révélation de ce sacrilège. Pour sauver son fils, Saad-Laha avait trahi son roi, son peuple et son dieu. Melqart Baal, ainsi bafoué, n'étendrait pas sa main protectrice sur la cité. Depuis la cérémonie, Tyr avait connu un répit, mais la peste ne tarderait plus à la ravager, par la faute de Saad-Laha. Ce serait plus qu'il n'en faudrait au pontife pour obtenir d'Abibalos la tête du syndic. Quant à la part qu'Elélyal avait prise dans la supercherie, il ferait en sorte de la rejeter sur cet imbécile d'Orkios.

Toutefois, Elélyal tenta un dernier effort auprès de Saad-Laha, mais il n'y croyait plus.

— Seigneur, tu ne penses pas qu'il vaudrait mieux...

— Va en paix. Je m'en occupe.

— Comme tu voudras, seigneur.

Le prêtre s'inclina. Sa décision était prise. Dès cette nuit, il s'entretiendrait avec El-Djah.

L'esprit d'Elélyal ne manquait pas de vivacité. S'il avait vécu plus longtemps, sans doute aurait-il pu s'élever dans la hiérarchie religieuse. Mais l'intelligence de l'armateur était encore plus aiguisée. A peine le prêtre eut-il quitté sa demeure que Saad-Laha envoya un esclave réveiller Llorn-Salikas.

C'était un Caucasien dont la haute taille et les yeux étrangement clairs fascinaient les Tyriens. Jusqu'à l'âge de trente ans, Llorn avait parcouru la terre et les mers, louant au plus offrant sa force et son adresse, son courage et sa férocité. Depuis sept ans à présent, c'était à Saad-Laha qu'il les réservait. L'armateur ne l'avait pas mêlé à l'évasion d'Hiram. Il était encore en mer au moment de la fête de la Résurrection. Il projetait de l'envoyer seconder un Assanibal vieillissant. Là-bas à Tanis, il serait le garde du corps d'Hiram. Llorn-Salikas revenait d'une mission à Chypre. Il avait fallu régler par la force un différend commercial. C'était chose faite. L'homme de main était à présent disponible. En quelques instants, comprenant le danger que leur cupidité faisait planer sur lui-même et sur Hiram, Saad-Laha décida de le lancer, tel un molosse dressé pour tuer, sur Elélyal et Orkios.

Au temple, Elélyal apprit que le pontife dormait au palais cette nuit. Etre l'hôte personnel d'Abibalos était un privilège. L'épidémie qui ravageait les cités phéniciennes s'était arrêtée à Sidon, miraculeux effet du sacrifice humain offert à Melqart. Le prestige de la caste sacerdotale, et en premier lieu celle d'El-Djah, était au plus haut. Mais celui de Saad-Laha n'avait rien à lui envier.

Elélyal ravala sa déception. Dès les premières lueurs du jour, il guetterait l'arrivée du pontife. Pour tromper son impatience, il décida de passer la nuit dans les bras de Kotinoussa, sa belle putain sacrée. Elle lui avait soutiré pas loin de ses deux mines d'argent — cent vingt shekels ! — en quelques semaines. Il lui restait tout juste de quoi payer une dernière étreinte, mais il se renflouerait...

Kotinoussa l'accueillit avec ironie. Lui qui s'empressait chaque jour auprès d'elle avait soudain disparu.

— Tiens, tiens, Elélyal ! Je croyais ne plus te revoir. Je me disais : il s'est lassé de moi. Il me délaisse pour Amphya !

— Détrompe-toi, Kotinoussa. J'étais légèrement souffrant, mentit Elélyal.

Kotinoussa plissa ses yeux noirs soulignés de khôl.

— Tu n'as pas la peste, au moins ? Ou la vérole ? Si tu as frayé avec Kaminazar, tu as sûrement attrapé les deux ! Si c'est ça, tu peux passer au large !

— Je te réserve toute ma vigueur et mon argent, protesta Elélyal. Tu es la plus belle, la plus savante. Dès que je pense à toi, ma verge se dresse vers le ciel !

— Tu as l'art de parler aux femmes, Elélyal. Mais Kotinoussa ne se contente pas de belles paroles. Il faut payer d'abord.

Le prêtre s'exécuta. Il avait pris sur lui une petite barre d'argent de trois shekels. Avec cette somme, on pouvait s'offrir les services d'une dizaine de prostituées ordinaires, mais Kotinoussa n'était pas ordinaire. Elle escamota bien vite le lingot, et darda entre ses lèvres une langue étonnamment pointue.

— Mets-toi à ton aise, Elélyal ; je vais te servir du

vin au miel, des gâteaux au haschisch, et je vais te lécher, comme tu aimes...

Elélyal fut heureux. Quand il quitta l'alcôve de Kotinoussa, au petit matin, il calculait combien de nuits semblables il pouvait espérer s'offrir en trahissant Saad-Laha auprès d'El-Djah. Peut-être Kotinoussa lui consentirait-elle un prix d'ami, à la longue ?

Il n'avait que quelques dizaines de mètres à parcourir pour regagner sa cagna dans le quartier des prêtres de Melqart, à l'intérieur de l'enceinte du temple. Il n'atteignit jamais les phallus et ne franchit jamais la porte.

Le portier, pourtant tout près, à peine somnolent derrière son guichet, n'entendit même pas le cri de surprise qu'il poussa quand un homme de haute stature, le visage dissimulé par la capuche de son ample tunique, se dressa devant lui. L'éclair d'une lame brilla dans la nuit qui commençait à s'éclaircir. On peut quitter cette vie et ce monde sans presque s'en apercevoir. Elélyal n'était pas le premier à qui Llorn-Salikas faisait cette surprise et ce présent.

Orkios avait aidé Elélyal gratuitement, et sans se douter de rien, à transporter la malle renfermant Acherbas dans le boyau, et plus tard à l'en extraire alors qu'elle abritait Hiram. Il vécut un jour de plus que son supérieur hiérarchique. En revanche, il eut le temps de se sentir mourir. Le poison qu'on avait mêlé à son vin agissait moins vite qu'une bonne lame maniée par un expert. Ainsi, quelque six semaines après la fête de la Résurrection de Melqart, il ne restait plus aucune trace du sacrilège de Saad-Laha.

Toutefois, tel un jeu de patience, El-Djah tournait et retournait dans son esprit ces curieuses coïncidences : les brûlures de Bachari, les cadavres d'un prêtre et de son assistant, l'un égorgé et l'autre empoisonné. Il s'était passé quelque chose qui avait sans doute rapport à son affrontement avec Saad-Laha, mais quoi ? Il se promit de tout entreprendre pour le découvrir.

Neuvième chapitre

Que serait-il advenu d'Hiram si la rivalité entre son père adoptif et le grand prêtre El-Djah n'avait modifié de nouveau le cours de sa vie ? Sans doute, marchant sur les pas de Saad-Laha, se serait-il tourné vers le grand commerce maritime. Le sort s'était montré chiche à son égard en le faisant naître sur un rivage désolé, dans la famille d'un pauvre forgeron de village. Puis, comme si le destin s'était ravisé, il avait fait de lui après le massacre de sa famille le fils adoptif d'un des hommes les plus riches du monde. Un nouveau revirement du destin l'avait transformé en proscrit. En la personne de Djéhouty et Nésy, il lui avait aussi donné des maîtres exceptionnels, qu'il n'aurait peut-être pas eus à Tyr. Mais tout cela n'aurait servi à rien si la nature ne l'avait pas comblé de tous les dons.

Dès leur première rencontre, le vieux sage Djéhouty s'aperçut qu'il n'avait pas affaire à un petit garçon ordinaire. Une âme d'exception se cachait derrière ce visage harmonieux, au regard pensif et souvent triste. Il eut la conviction que l'enfant qu'on lui présentait sous le nom de Téglath avait été soumis à de terribles épreuves, celles que les dieux réservent à leurs élus.

Djéhouty avait été pendant trente ans le confident et le conseiller de Psousennès, « l'Etoile apparue à la ville », grand pharaon et grand bâtisseur. Son fils et successeur, Aménemopé, n'avait pas de si hautes ambitions. Il avait écarté de sa cour les conseillers de son père, mais conservé estime et amitié pour ce vieillard qu'il savait loyal et de bon conseil. Il ne l'associait pas à toutes ses décisions comme l'avait fait Psousennès, mais il lui témoignait déférence et respect.

Cet éloignement des affaires laissait à Djéhouty des loisirs que l'éducation de Téglath vint occuper à point. Il fut bien plus qu'un simple pédagogue. Maître en sagesse égyptienne, il prit plaisir à initier cet enfant et à ouvrir son esprit à la philosophie, la politique et la diplomatie. Il lui dévoila ce que sa longue familiarité avec le pouvoir lui avait appris. Il l'aiguilla aussi vers ce qui allait devenir l'axe majeur de sa destinée. Les Tyriens étaient des marchands ; l'échange et le commerce constituaient leur vocation. Les Egyptiens, les meilleurs d'entre eux tout du moins, trouvaient leur raison d'être dans l'édification des innombrables temples qu'ils vouaient à leurs dieux. Djéhouty n'était pas architecte, mais il pressentit dans son jeune élève l'étoffe d'un bâtisseur. Il demanda à l'un des meilleurs architectes du règne de Psousennès de favoriser cette inclination. Ahmosis, l'homme qui avait bâti à Tanis le temple dédié à la triade Amon, Mout et Chonsou, devint le professeur d'architecture du jeune garçon.

Djéhouty et Ahmosis œuvraient à faire de Téglath-Hiram tout à la fois un philosophe, un politique et un architecte. Nésy, le général hittite, consacrait son infatigable énergie à en faire un combattant. Lui aussi avait décelé en son élève l'étoffe d'un guerrier et d'un stratège. Après les enseignements de Djéhouty et d'Ahmosis, Téglath courait se délasser en compagnie de Nésy. Le Hittite prit en charge un enfant encore fragile et il fit de lui en quelques années un jeune homme prêt à toutes les audaces. Sur le lac et ses rives, dans la plaine avoisinante écrasée par le dur soleil d'Egypte, et plus loin encore, dans le désert, le maître d'armes soumit son élève à des exercices qui affermirent son corps et son âme comme des pointes d'épieu durcies au feu. Tel un enfant de sang royal destiné à devenir pharaon, Téglath apprit à supporter la soif, la faim, la fatigue d'interminables courses à travers les sables. Il apprit à se servir de toutes les armes en usage dans les armées égyptiennes, le khopech, glaive en forme de faucille, la pique, le casse-tête, l'arc triangulaire, la fronde. Mais ce qu'il préférait, c'était les folles chevauchées en char de combat. Il occupa d'abord la place de l'archer, et puis celle du conducteur. Il était impossible à un enfant si jeune de maîtriser des chevaux lancés au grand galop. Nésy tenait les rênes et s'enchantait de lire sur le visage de Téglath une excitation, une joie presque extatique, quand le char filait sur la plaine en soulevant un panache de poussière. Téglath découvrit aussi la pêche et la chasse. Il n'avait pas treize ans quand Nésy le laissa tuer seul son premier lion.

La chasse au lion se pratiquait en char. C'était un art dangereux. Un écart brutal ou une charge soudaine du fauve rendu fou de rage par le ballet du char autour de lui pouvaient effrayer les chevaux, envoyer l'attelage contre un obstacle, le renverser. Heureusement, Nésy dirigeait le char d'une main de fer. Il incombait à son équipier, juché en équilibre instable sur l'étroite plate-forme, de percer la bête de flèches. Un lion « bien tué » devait succomber à un nombre raisonnable de blessures et non lardé de traits. Téglath était encore très jeune. Il ne disposait pas de la force musculaire qui permettait aux adultes d'en finir vite en infligeant au lion des blessures très profondes. Ballotté, la flèche engagée, mais l'arc encore à demi bandé, Téglath retint longtemps son premier coup. Voyant qu'il ne se décidait pas à tirer alors que l'attelage s'était déjà trouvé à deux reprises en bonne position, Nésy s'impatienta.

— Eh bien, jeune Téglath, qu'est-ce que tu attends ? Qu'il se couche sur le dos et te tende le ventre ?

— Dépasse-le, Nésy !

— Tu veux nous tuer ?

C'était la manœuvre la plus délicate qu'on pût effectuer. En plaçant les chevaux en position vulnérable et en permettant au lion de se jeter sur eux, Téglath les mettait en péril. Ses yeux brillaient, son visage bronzé fouetté par le vent semblait habité d'un feu intérieur.

— Dépasse-le au large et reviens sur lui. Je veux le tirer de face !

Nésy fronça les sourcils. Même en gardant ses distances, le lion pouvait faire un écart. En attaque frontale, à cette vitesse, le lion pouvait également sauter d'un bond à la gorge d'un des chevaux.

— Tu es fou !

— C'est toi qui as peur ! s'écria Téglath à pleine

voix. Entendez-vous, bêtes du ciel, de la terre et de l'eau ? Le général Nésy est un couard ! Il a peur d'affronter ce lion en face !

Nésy poussa un juron. Ce morveux le traitait de couard, lui qui à la tête des troupes de Pharaon avait fauché comme blé mûr les colonnes d'innombrables armées ennemies ! Il assura ses rênes et son fouet dans ses mains puissantes et lança un regard furibond à son élève.

— Tu vas voir si Nésy a peur, blanc-bec !

Il laissa la proie reprendre un peu d'avance. Alors, Nésy fouetta ses chevaux et les encouragea en poussant des cris sauvages. La bouche des bêtes écumait, leur croupe et leurs flancs luisaient de sueur sous le grand soleil du désert, les cailloux volaient sous leurs sabots et sous les roues du char. La structure de la plate-forme grinçait et geignait comme si elle allait éclater.

Le lion n'est pas un grand coureur. Il se fatigue vite, ce qui le rend dangereux. Il pouvait à tout moment les attaquer au lieu de fuir. Quand le char arriva à sa hauteur, le fauve mesura la distance qui les séparait et accéléra sa course. Mais le véhicule le dépassa. Les dents serrées, Nésy regretta l'occasion que Téglath avait délibérément laissé échapper. Le caprice du jeune garçon allait peut-être leur coûter la vie. Leurs cottes de mailles, simples vestes de cuir recouvertes de petites plaques de métal, ne leur seraient pas d'un grand secours contre les griffes et les dents terribles du lion. Depuis longtemps, Nésy ne s'était pas autant passionné pour une chasse. Il allait bientôt savoir ce que son élève avait dans le ventre.

— Reviens sur lui quand tu peux. Aussi droit que possible ! ordonna Téglath.

Nésy acquiesça. Il avait compris la manœuvre. Il fallait effectuer un demi-tour aussi brutal que possible et se jeter sur le lion de face, avant que l'animal ait eu le temps d'infléchir sa trajectoire.

— Tu es prêt à mourir, Téglath ?

L'enfant ne cilla pas. Il assura ses appuis et banda enfin son arc.

— Prêt !

Avant d'être général, Nésy avait été le charrier personnel, le tent-hétéri, du grand Psousennès. De mémoire d'homme, personne n'avait jamais conduit un attelage mieux que lui. Sans doute pour la dernière fois de sa longue carrière, il en administra une preuve éclatante. Il retint l'élan furieux de ses chevaux, tout en obtenant qu'ils infléchissent leur course et tournent dans un espace étonnamment étroit. La roue gauche se souleva d'un mètre au moins. D'instinct, Téglath fit porter tout son poids de ce côté. La roue retomba. L'essieu geignit. S'il cassait, c'était la mort. Il tint bon. En voyant le lion de face, les chevaux faillirent se dérober. Avec tout autre charrier, ils l'auraient fait. La voix familière de Nésy résonna à leurs oreilles, tandis que son fouet claquait sur leur croupe. C'était ses deux meilleurs chevaux. Ils provenaient tout droit de l'écurie royale. Ils lui obéissaient telles des extensions de son propre corps. Ils firent front devant le fauve écumant qui fonçait droit sur eux.

— A toi, Téglath ! cria Nésy.

Près de lui, le jeune garçon se dressa et lâcha son trait alors que le lion n'était plus qu'à quelques mètres. La flèche vibra dans l'air et frappa le fauve en pleine tête. Fauché dans sa course, il boula dans la pierraille. Le coup était beau, mais rien n'était joué, estima Nésy. Le lion allait se relever. Il fallait s'écarter, laisser à Téglath le temps de saisir une autre flèche dans le carquois accolé à la caisse du char. Mais à sa vive surprise, quand il eut effectué le demi-tour qui devait le ramener vers l'adversaire, le général constata que le fauve ne bougeait pas.

— Eh bien, Téglath, mon fils, on dirait que tu l'as tué ! Tu l'as tué d'une seule flèche ! Ce n'est pas possible, par Amon !

Nésy arrêta l'attelage à une distance prudente du lion immobile. Les chevaux, hérissés par la proximité du fauve, piétinaient le sol d'un sabot nerveux. Nésy les apaisa.

— Calmes, calmes, vous deux ! Téglath, larde-moi ce gros chat de flèches, que nous soyons bien certains de sa mort. J'ai souvenir d'un homme qui s'était fié à l'immobilité d'une lionne blessée et qui paya cette confiance d'un de ses bras !

Par mesure de sécurité, il gardait son arc bandé et se tenait prêt à tirer, mais Téglath répugnait à abîmer la fourrure du lion en la perçant de flèches.

— Il est mort, Nésy, dit-il d'une voix assurée.

— Mort, mort... Tu tues des lions d'une seule flèche, gamin ? Le crâne de cette bestiole est assez solide pour résister à un coup de hache. A moins que... Téglath, par Amon ! Tu lui as tiré dans l'œil ! Je veux voir ça !

Nésy saisit une pique dans le carquois et ils mirent pied à terre. Ils contournèrent le corps sans trop s'approcher tout d'abord. L'animal était bien mort. La flèche de Téglath lui avait crevé l'œil droit et s'était enfoncée profondément sous sa voûte crânienne, puis dans sa chute, il en avait cassé la hampe. Stupéfait, Nésy se retourna vers son jeune compagnon.

— Je n'ai jamais vu un pareil coup ! Si Pharaon accomplissait un tel exploit, on en graverait le récit dans la pierre pour que les siècles à venir en gardent la mémoire.

Muet, Téglath contemplait son œuvre. Quand ils s'étaient trouvés face à face, il avait vu l'œil du lion briller d'un feu infernal. Il avait visé d'instinct.

Nésy entoura de ses bras les épaules du jeune garçon.

— C'est un signe, Téglath. Je ne sais qui tu es au juste, mais tu accompliras de grandes choses. Je suis fier d'être ton maître d'armes. A mon âge, je croyais que le sort ne m'apporterait plus rien. Je me trompais.

Dixième chapitre

Ils chargèrent la dépouille du lion sur le char et regagnèrent Tanis au soleil couchant. A la vue de ce fauve d'une taille hors du commun, une foule de badauds s'attroupa, fascinée. Elle admira sa fourrure grise de poussière, mais vierge de toute déchirure, et son œil crevé d'où dépassait une seule tige de flèche brisée. On félicita Nésy, dont on connaissait l'adresse et l'expérience, mais il fit taire ces louanges indues.

— Ce n'est pas moi qui ai tiré cette flèche. C'est Téglath, mon élève, qui a abattu le lion !

— Cet enfant ? Qu'est-ce que tu racontes, général ?

Il foudroya les incrédules du regard. Le général Nésy n'avait jamais prononcé un mensonge de sa vie. Le bruit se répandit dans toute la cité qu'un gamin de treize ans, l'élève du fameux général Nésy, avait tué un lion d'une flèche dans l'œil. Il finit par arriver aux oreilles de Pharaon. Comme tous ses prédécesseurs, Aménemopé était grand chasseur. Le récit qu'on lui rapporta lui parut si exceptionnel qu'il voulut en savoir plus. Il fit mander Nésy et son protégé pour entendre la relation de cet exploit de la bouche même du héros.

Aménemopé reçut familièrement le vieux général de son père. Pour cette occasion si peu officielle, Pharaon avait renoncé à la barbe postiche des grandes réceptions. Il était simplement revêtu d'un pagne plissé, soutenu par une large ceinture dont la boucle d'or s'ornait du cartouche royal. Un collier de trois rangs de perles soutenues par deux fermoirs à tête de faucon reposait sur sa gorge. Les perles du premier rang imitaient des larmes. Cela fascina Téglath. Un pectoral d'or, des bracelets aux poignets et aux chevilles complétaient la tenue de Pharaon. Téglath admira ses sandales de vannerie, plus souples que la plus fine des étoffes. Jusque dans les moindres détails, l'art égyptien était éblouissant. L'audience se déroula en présence d'une trentaine de personnes appartenant à l'entourage habituel du souverain. Princes, prêtres et généraux, tous les Egyptiens de haut rang aimaient et pratiquaient la chasse. Plusieurs d'entre eux en portaient des souvenirs inscrits dans leur chair, si bien que l'annonce de la venue du jeune chasseur avait fait sensation.

Pour preuve de l'exploit de Téglath, Nésy avait apporté à Aménemopé la dépouille du lion. Grand connaisseur de fauves, le roi apprécia sa taille. Il écouta avec curiosité le récit que lui fit Nésy, car il n'eût pas été convenable qu'un enfant garde longuement la parole devant Pharaon. Le monarque daigna passer son doigt dans l'orbite droite du trophée, où s'était enfoncée la flèche. Il loua l'archer assez adroit pour avoir réussi à y loger un trait tiré d'un char en pleine course.

— Il faut qu'un dieu ait guidé la main de ce

garçon, dit Aménemopé. Il n'est pas Egyptien, m'a-t-on dit. D'où vient-il ?

— Il vient de Byblos, seigneur, Vie, Santé, Force, répondit Nésy. Son nom est Téglath.

— Qui est son père ?

— C'est un riche marchand de Byblos, emporté par la peste qui ravagea naguère la région. Son oncle a voulu lui donner une éducation à l'égyptienne... J'ai la charge d'aguerrir son corps. Djéhouty et Ahmosis ont soin de former son esprit.

— Nésy, Djéhouty, Ahmosis ! Un grand guerrier, un grand conseiller, un grand architecte, les meilleurs maîtres que l'Egypte peut offrir !

Nésy s'inclina devant cet éloge appuyé de la part du monarque.

— Ta bienveillance envers tes serviteurs est infinie et ils t'en sont infiniment reconnaissants, ô Pharaon, Vie, Santé, Force !

Parmi les grands personnages rassemblés autour d'Aménemopé, un homme avait tressailli au premier regard qu'il avait posé sur Téglath. Il était resté silencieux car nul ne pouvait s'exprimer en présence du Pharaon sans y avoir été autorisé. Tout en écoutant le souverain s'entretenir avec le vieux général, il interrogeait sa mémoire.

Téglath gardait modestement les yeux baissés, comme Nésy le lui avait recommandé. Aménemopé s'adressa directement à lui, ce qui fut apprécié par l'assistance comme une marque de faveur très inhabituelle.

— Enfant, dit le roi, tout chasseur t'envierait ce coup divin. Pour te récompenser, je t'offre un arc digne de ton adresse.

Aménemopé frappa dans ses mains. Un serviteur s'avança, porteur d'un arc et d'un carquois magnifiques. Le présent du pharaon n'était pas seulement une arme, mais aussi une œuvre d'art, alliant robustesse, précision et élégance. Un scribe rapporta la générosité du souverain dans la chronique royale et Téglath, ébloui, reçut son cadeau des mains du serviteur. Il se jeta aux pieds d'Aménemopé.

— Seigneur, Vie, Santé, Force, ta bonté est infinie !

— Que cet arc te serve longtemps, Téglath. A chaque trait que tu décocheras, songe, à celui qui te l'a offert.

Un murmure laudateur parcourut l'assistance. Le jeune Phénicien fut l'objet des regards à la fois amusés et admiratifs, sinon envieux. Un seul homme demeurait en retrait, en essayant de se souvenir en quel lieu il avait déjà rencontré ce jeune garçon. Mais Aménemopé n'était pas au bout de ses bontés à son égard, car il lui accorda une faveur rarissime.

— Je compte chasser demain dans la plaine, là même où tu abattis ce lion. Je veux que tu m'y accompagnes. Je tiendrai les rênes, je serai ton tent-hétéri et tu seras mon archer.

L'entourage, sidéré, n'en croyait pas ses oreilles. Tous ces courtisans se seraient tranché deux doigts de la main sans hésiter pour jouir du privilège exorbitant que leur maître accordait à cet enfant qu'il connaissait à peine ! Mais les caprices de Pharaon étaient sacrés. On s'inclina, on approuva, on pria pour être de ceux qui accompagneraient la chasse royale le lendemain.

L'audience s'acheva. Nésy et Téglath remercièrent

encore Pharaon, Vie Santé, Force, pour sa munificence, puis ils se retirèrent.

Un peu plus tard, en regagnant sa demeure, l'homme que Téglath avait tant intrigué poussa une exclamation qui fit se retourner les passants. Sherat-Madakh, l'ambassadeur du roi de Tyr auprès d'Aménemopé, venait de se souvenir. C'était à Tyr, précisément. Au cours d'une visite au syndic des armateurs, le brillant Saad-Laha. Et cet enfant n'était autre que le fils de Saad-Laha, celui-là même qu'on était censé avoir sacrifié à Melqart Baal lors de la dernière fête de la Résurrection. Il y aurait donc eu supercherie, substitution ?

Ambassadeur, Sherat-Madakh résidait le plus souvent à l'étranger. Il ignorait les luttes d'influence entre la guilde des armateurs et le pontife tyrien. Il se souvenait qu'un conflit avait opposé Saad-Laha et El-Djah. Le roi Abibalos ne semblait pas avoir retiré sa confiance à Saad-Laha. Il n'était donc pas étonnant que le sacrifice d'Hiram n'ait été qu'un simulacre destiné à rassurer le peuple. On avait feint de jeter aux flammes le rejeton d'un notable. En réalité on avait sans doute brûlé un petit esclave, tandis qu'on expédiait le précieux enfant au soleil d'Egypte afin d'y parfaire son éducation en toute sécurité. Les ravages de la peste s'étaient apaisés. Melqart Baal s'était laissé abuser lui aussi ! L'ambassadeur résolut de se taire. Il serait toujours temps, lors de son prochain séjour à Tyr, d'informer Abibalos des faveurs dont Téglath jouissait auprès de Pharaon.

Ignorant de la menace qui pesait sur lui, Hiram-Téglath poursuivit son existence studieuse et mouvementée. Au cours de la partie de chasse à laquelle l'avait convié Aménemopé, Téglath n'avait pas renouvelé son premier exploit, faute d'avoir débusqué le moindre lion, mais il avait tenu sa partie d'archer à la perfection en abattant plusieurs antilopes et un sanglier. Quand on fit le compte des trophées et que la supériorité de l'équipage qu'il avait formé avec le jeune prodige fut démontrée sans contestation possible, Pharaon ne cacha pas sa satisfaction. Il multiplia les signes de bienveillance à l'égard de son petit compagnon. Admis dans l'intimité du souverain, Téglath devint l'un de ses favoris.

Deux années passèrent ainsi. Le jeune proscrit grandit entre Hétephérès, Assanibal et ses précepteurs. Envoyé par Saad-Laha pour veiller sur la vie de son fils, Llorn-Salikas avait rejoint la maison au bord du lac. Hétephérès et Assanibal étaient rassurés. Hiram semblait avoir surmonté l'épreuve de la mort d'Acherbas. Mais dans le secret de sa conscience, le souvenir terrible était là, tapi comme un monstre qui n'attend qu'une occasion propice pour surgir de nouveau. Il avait appris à se maîtriser. Il concentrait sa pensée sur la vengeance qu'il exercerait le jour venu contre le responsable du sort d'Acherbas, cet El-Djah dont son père lui avait livré le nom et qu'il haïssait de toutes ses forces.

Sous la direction des maîtres d'exception que Bakhtan lui avait choisis, le jeune garçon bénéficiait de la meilleure éducation possible. Resté à Tyr auprès de son père, il aurait reçu la formation convenue d'un riche fils de famille. Grandissant dans l'intimité du souverain, guidé et enseigné par quelques-uns des hommes les plus brillants du peuple le plus puissant de la terre, le jeune Tyrien connut une adolescence semblable à celle d'un prince égyptien. Le temps passa encore et Téglath continua à éblouir tous ceux qui l'approchaient par sa beauté. Il ne ressemblait pas à un Tyrien. Ils étaient le plus souvent trapus, avec des membres courts et musculeux, à l'image du roi Abibalos. Téglath-Hiram, lui, était élancé. Ses muscles étaient longs, sa taille mince et souple. On résistait difficilement à son sourire. Sa bonne grâce et sa courtoisie avaient fini par désarmer la plupart des jalousies que lui avait values la faveur d'Aménemopé. Nul ne tenterait rien contre le jeune étranger aussi longtemps que la protection de Pharaon s'étendrait sur lui.

Avec la chasse et la guerre, l'architecture complétait la trilogie des passions pharaoniques. Aménemopé, comme tous ses prédécesseurs, entretenait une armée d'architectes. Bâtir, modifier, défigurer au besoin les monuments laissés par ses ancêtres, en faire effacer au burin le cartouche de leur nom sur la pierre constituaient son passe-temps favori. Curieux des aptitudes de son protégé, il convoqua Ahmosis et l'interrogea à ce sujet. Le maître architecte lui vanta l'application de son élève, l'opiniâtreté qu'il mettait à apprendre les règles de l'art du constructeur, son inventivité, son originalité d'esprit pour résoudre un problème.

— Crois-tu que cela soit sa voie, Ahmosis ?

— Oui, Seigneur, Vie, Santé, Force, j'en suis persuadé ! Si on lui en donne les moyens, il bâtira un jour un monument qui étonnera le monde.

Aménemopé gratta pensivement sa barbe postiche. N'était-ce pas à lui de donner de tels moyens à un architecte ? Mais Téglath sortait tout juste de l'enfance. L'exercice du pouvoir exige de la patience et Aménemopé n'en manquait pas.

— Va, Ahmosis. Continue à lui enseigner ton savoir. Le temps viendra !

Ahmosis s'inclina devant son souverain.

— Qu'Amon, Mout et Chonsou accompagnent chacun de tes gestes, ô lumière de l'Egypte, Pharaon, Vie, Santé, Force !

Onzième chapitre

Le jour même de son retour à Tyr, Sherat-Madakh fut reçu en audience privée par le roi Abibalos. Les relations entre le puissant empire égyptien et la confédération tyrienne étaient satisfaisantes malgré les zones d'ombre qui demeurent entre les meilleurs amis du monde. C'est à la résolution de ces problèmes d'ordre commercial que s'employèrent le souverain et l'ambassadeur. En un après-midi, tout fut réglé. Abibalos fit comprendre à l'ambassadeur que l'entretien touchait à sa fin, mais Sherat-Madakh tenait à prouver qu'aucune manœuvre ne lui échappait, même loin de l'Etat. Il entreprit donc de conter à son souverain, avec un grand luxe de détails, l'histoire d'un très jeune homme, un certain Téglath, qui tua un lion d'une seule flèche et devint ainsi le favori de Pharaon. L'enfant prétend être né à Byblos, ajouta-t-il. Abibalos écoutait ce récit d'une oreille distraite. Il coupa même la parole à Sherat-Madakh pour le convier à fêter le soir même au palais le douzième anniversaire du prince héritier, Hurummu.

Le diplomate s'inclina bien bas pour remercier son roi. Il avait calculé la date de son retour pour participer à cette cérémonie et il eût été ulcéré de n'y être pas invité.

— Tu as fait un long voyage, reprit Abibalos. Peut-être préféreras-tu te reposer ?

Sherat-Madakh protesta que rien ne saurait l'empêcher de se joindre à la fête. Le fils unique d'Abibalos incarnait l'avenir de Tyr. Il n'était jamais trop tôt pour faire sa cour à un jeune prince. Par un signe, Abibalos invita Sherat-Madakh à se retirer. L'ambassadeur était déçu. Son roi n'avait porté aucun intérêt aux exploits de Téglath. A la moindre allusion du souverain, il se serait empressé de marquer sa discrète connivence pour cette manœuvre subtile : sacrifier Hiram, tout en lui offrant un destin d'exception auprès du redoutable Pharaon. Sherat-Madakh mourait d'envie de rendre hommage au génie politique d'Abibalos. Mais aucun signe du souverain ne l'y engagea. Le silence avait sauvé bien des audacieux. Il décida de se taire.

A la nuit tombée, Sherat-Madakh retrouva au palais hauts dignitaires et courtisans. Plusieurs années avaient passé sur ces visages familiers. Certains, victimes de disgrâces, avaient disparu. D'autres avaient vu s'accroître leur crédit. Quelques jeunes ambitieux travaillaient avec application à la perte de leurs aînés. « La roue tourne ! » songea-t-il en détaillant sans compassion un vieil aigri, naguère redouté, qui lui avait disputé sa prestigieuse ambassade en Egypte. L'homme n'était plus rien.

Il pénétra dans une des salles où se pressaient les familiers de la cour d'Abibalos. Un petit homme tout rond le saisit et l'attira sur son cœur.

— Sherat ! Mon cher et vieil ami !

L'ambassadeur lui rendit de bonne grâce son accolade. Halicar était un des membres les plus influents de la guilde des armateurs tyriens. Intelligent, ambitieux, d'une prudence de chat, il n'avait toutefois pu empêcher l'ascension irrésistible de Saad-Laha. Mais Saad-Laha était plus jeune, plus brillant, plus entreprenant. Sans en prendre son parti, Halicar avait choisi de lui faire allégeance pour ne pas être évincé du cercle des notables. La victoire du pontife El-Djah dans son affrontement avec Saad-Laha l'avait mis dans une position difficile. Il était satisfait de voir enfin son adversaire durement éprouvé, mais il n'avait pu en tirer profit, tant la guilde était affaiblie face au parti religieux.

— Eh bien, glorieux plénipotentiaire ! Abibalos ne tarit pas d'éloges sur ton action en Egypte. Et comme elle coïncide avec nos intérêts, la cité ne sait comment t'honorer.

Sherat-Madakh baissa les yeux avec modestie, mais son cœur s'épanouissait. On chantait ses louanges. « C'est agréable à entendre. Que mes amis s'en réjouissent et que les autres en crèvent ! » pensa-t-il.

— Sa Majesté est trop bonne, Halicar. Je ne fais qu'accomplir ma mission.

— Allons ! Tes talents sont reconnus par tous. Serais-tu resté si longtemps en poste à Tanis, sinon ? Quels sont tes projets à présent ?

Sherat-Madakh était un peu las de la politique égyptienne. Il avait connu le règne prestigieux de Psousennès. Il appréciait moins son fils Aménemopé. L'Empire égyptien, miné par des luttes intestines, n'était plus la grande puissance de jadis. Tyr avait ainsi retrouvé son indépendance. La cité régentait à présent les échanges commerciaux entre les différents grands royaumes. Certes, les villes du Delta restaient de puissantes places de commerce, mais Tyr, maîtresse des mers jusqu'en Egypte, tournait ses ambitions vers Damas, la Mésopotamie et la mer Rouge. Abibalos rêvait même d'établir des comptoirs jusqu'au riche pays de Saba.

Or, le royaume de Tyr n'était pas le seul à tirer profit de la décadence des grands empires assyrien et babylonien. A ses frontières, le peuple hébreu se faisait menaçant. Simple berger devenu roi, le fameux David avait réussi à soumettre les ombrageux chefs de guerre qui divisaient son royaume. Il avait conquis Jérusalem et ne tarderait pas à convoiter l'empire commercial de Tyr. Il faudrait désormais composer avec ce peuple de guerriers. Sherat-Madakh espérait être envoyé dans ce pays neuf. Il se faisait fort d'obtenir du souverain hébreu des alliances et des accords commerciaux qui profiteraient aux deux nations.

— Je suis un sujet obéissant, Halicar. J'irai sans murmurer où m'enverra mon maître.

— Sacré renard, tu ne veux rien dire ! Allons boire et conte-moi si les Egyptiennes restent d'ardentes sorcières.

Flatté, Sherat-Madakh baissa la tête. Mais ses yeux riaient. Il conta par le menu ses nombreuses aventures égyptiennes. Halicar souriait. Grand amateur de femmes, il partageait également avec l'ambassadeur une faiblesse pour les jeunes garçons, qu'ils soient esclaves ou affranchis.

Le marchand passa familièrement son bras sous celui de Sherat et l'entraîna plus avant dans la salle. Il fit signe à un esclave qui leur servit une coupe de vin de Sidon.

— Bois, bois, Sherat, ça te changera du redoutable vin de palme.

Dès son entrée, la coupe à la main, Sherat devint le centre d'intérêt d'un petit groupe de négociants. Ils étaient friands de tout ce qui venait d'Egypte. Sherat-Madakh se prêta volontiers à leurs questions.

Héklas, gros importateur de métaux, petite fouine à la peau noire, sèche et ridée comme un pruneau, voulait en savoir davantage. Seul le prix des lingots de cuivre égyptien l'intéressait.

— Les mines de Snoussi s'épuisent. Le prix des lingots va augmenter, affirma-t-il.

— C'est peu probable, lui répondit Halicar. Les Egyptiens viennent de découvrir de nouveaux gisements.

Mais Sherat-Madakh ne les écoutait plus. Il venait d'apercevoir Saad-Laha. Halicar suivit son regard.

— Ses cheveux ont blanchi. Tu étais en Egypte quand il a sacrifié son fils à Melqart Baal. Il a mis du temps à surmonter l'épreuve, mais ce n'est plus le même homme.

Sherat eut un petit sourire entendu.

— Bien sûr, bien sûr...

Halicar dévisagea son ami avec étonnement. Il lui rappela que Saad-Laha avait dû consentir au sacrifice le plus cruel. Il avait versé des larmes de sang, mais il avait dû s'exécuter.

— Oui, oui, c'est ça, dit l'ambassadeur d'un ton ironique.

A ce moment précis, Abibalos fit son entrée dans la salle. Evitant les courtisans qui tentaient de le retenir ou de lui parler, le souverain se dirigea vers Saad-Laha et le prit familièrement par le bras. Les yeux de l'ambassadeur brillaient de satisfaction. Sans ménagement, il tourna le dos à ses deux compagnons et s'apprêta à rejoindre le souverain. Mais Halicar le saisit par le bras et le fit se retourner.

— Toi, tu sais quelque chose !

Il l'entraîna sur une des terrasses du palais. Il n'allait pas laisser filer son ami sans en apprendre davantage.

— Que pourrais-je bien savoir, moi qui étais si loin du palais ? répondit Sherat-Madakh.

— Saad-Laha prépare encore quelque chose que je ne saurais pas ? C'est en Egypte, n'est-ce pas ? insista le marchand.

Avec Halicar qu'il connaissait depuis l'enfance, Sherat se sentait en confiance.

— Ça n'est pas impossible.

La curiosité d'Halicar était à son comble. Il avait la conviction que son ami détenait un secret dont il avait tout à coup le plus grand besoin. Puisque Sherat-Madakh voulait jouer au plus fin, il ferait monter les enchères.

— Moi aussi, j'ai un secret pour toi. Mais je vais te le dévoiler.

Muet, Sherat-Madakh essaya de déchiffrer le visage impassible de son ami. Malgré une pointe d'inquiétude, il trouvait plaisir à cet affrontement feutré. Abibalos prenait souvent conseil auprès d'Halicar. Meneur occulte de la guilde des marchands, il avait su également s'attirer les faveurs du pontife.

— Où veux-tu en venir ?

Halicar eut un sourire gourmand.

— Tu n'es pas encore à Jérusalem...

Ce diable d'Halicar avait donc quelque chose à

vendre... ou à échanger. Un autre aurait blêmi. Sherat-Madakh, au contraire, afficha un sourire innocent. Mais le marchand avait décoché la bonne flèche. Il poussa son avantage.

— Notre roi hésite encore. Jérusalem déchaîne les appétits. Un jeune fauve s'est inscrit habilement dans les manœuvres du palais. Il a séduit Abibalos et Abibalos pense qu'il séduira le roi David.

Le visage de Sherat-Madakh se ferma. Il fit quelques pas sur la terrasse, jusqu'à la balustrade. Il contempla la ville. Dans les maisons, les lumières s'éteignaient peu à peu. Pour la première fois, le vieux diplomate sentait son étoile vaciller. Halicar s'approcha de lui et lui posa une main fraternelle sur l'épaule.

— Il te reste des amis et ils sont puissants. Si tu sais quelque chose qui peut nourrir leur désir de t'aider, alors parle.

Un long moment, Sherat-Madakh se tut. Des pas se firent entendre sur la terrasse, puis s'éloignèrent. De nouveau, le silence s'établit. Rassuré — le palais grouillant d'espions — l'ambassadeur entreprit de livrer son secret.

— Ça se passe à Tanis, au palais du pharaon...

Halicar fit un effort pour maîtriser son impatience.

— Près du pharaon, un jeune prodige, qui se dit originaire de Byblos, a gagné les faveurs d'Aménémopé. Tu connais son nom et celui de ses parents.

Sherat-Madakh s'interrompit, jeta un regard malicieux à Halicar.

— Dis-moi qui est mon rival et je te donne le nom.

Halicar éclata de rire Peut-être le jeune fauve avait-il de l'appétit, mais le vieux lion disposait encore de redoutables crocs.

— Ashtiar, le propre neveu d'Abibalos, celui-là est ton rival. Allez, dis-moi tout maintenant.

— Le favori de Pharaon s'appelle Téglath. Mais cela n'est pas son vrai nom. Il s'appelle Hiram, fils de Saad-Laha.

Halicar, stupéfait, puis soupçonneux dévisagea Sherat.

— Qu'est-ce que tu racontes ? J'étais là, dans le tophet, derrière Abibalos, pendant la cérémonie. J'ai vu de mes yeux El-Djah jeter le petit dans la fournaise !

— Tu t'es laissé abuser, comme tout le monde. Enfin, réfléchis : si le pontife El-Djah avait vraiment gagné la partie contre Saad-Laha, crois-tu qu'il n'aurait pas exigé sa tête et non celle de son fils ?

— Il a réclamé la tête de Saad-Laha, mais il ne l'a pas obtenue. Saad-Laha, c'est la guilde et elle pèse lourd, même face au clergé, même face au roi !

— Certes. Mais il s'agissait pour Abibalos d'arbitrer un coup, non la partie entière. D'où ce simulacre bien dans la manière d'Abibalos : Saad-Laha perd en apparence mais devient l'artisan du salut public en offrant son fils à Melqart... Bien joué !

— Tu es sûr ?

— Mettrais-tu ma parole en doute ?

— Absolument pas, Sherat ! Mais trois ans ont passé depuis la peste et le sacrifice. S'il avait vécu, Hiram aurait changé, il serait passé de l'enfance à l'adolescence. Tu as pu te méprendre.

— J'ai fait mon enquête. Hiram-Téglath est arrivé à Tanis trois mois après la peste et la fête de la Résurrection de Melqart. De plus, il a gardé les mêmes serviteurs qu'à Tyr. Curieuse erreur de la part de Saad-Laha.

— Si tu dis vrai, et je n'en doute plus, il s'agit d'un secret d'Etat !

— Tu as raison, reprit Sherat un ton plus bas.

— Il n'en a que plus de prix.

— Tu veux dire...

— Ni le roi ni le pontife ne sont à l'origine de la supercherie. Abibalos et El-Djah sont persuadés que le gamin est mort. C'est donc Saad-Laha seul qui a monté ce coup pour sauver son fils.

— Comment peux-tu en être sûr ?

— Par son affrontement avec le grand prêtre, Saad-Laha s'est aliéné le clergé de Melqart, mais moi, j'ai gardé des liens discrets et confiants avec El-Djah. A toutes fins utiles ! Et il ne sait rien au sujet d'Hiram. Cette information susciterait chez lui un prodigieux intérêt.

Sherat fonça les sourcils.

— Prends garde, Halicar, ne t'enflamme pas trop vite, tu pourrais te brûler.

— Sois sans crainte. Tu as amplement fait tes preuves à Tanis. Avec le soutien de la guilde et du clergé, Jérusalem ne t'échappera pas. Laisse-moi parler à El-Djah. S'il trouve là le moyen d'avoir enfin raison de Saad-Laha, je deviendrai sans doute le syndic des armateurs. El-Djah et moi aurons chacun une dette envers toi et nous nous en acquitterons.

Sherat-Madakh acquiesça d'un signe de tête. Halicar lui donna une tape amicale sur l'épaule et prit congé de lui. Il avait aperçu El-Djah. Dans sa tunique immaculée, suivi de deux prêtres au crâne rasé attentifs à prévenir le moindre de ses désirs, le pontife venait de faire son entrée. Halicar hésita un instant. Devait-il lui parler dès ce soir ou était-il préférable d'attendre le lendemain ? Il se décida pour une attaque immédiate. Le fer était chaud, il fallait le battre sans tarder.

Douzième chapitre

Aux premières lueurs de l'aube, seul avec Llorn-Salikas, son sicaire, Téglath longeait le désert entre le fleuve, le lac Menzaléh et sa frange de marais dans l'espoir de rencontrer un lion attiré là par les gazelles. De tous les animaux, c'était celui qu'Hiram préférait traquer, le seul qu'il estimât digne de lui. La gazelle, par sa rapidité et son endurance, et le sanglier, par sa puissance et sa combativité, permettaient des chevauchées exaltantes, mais rien ne valait les battements d'un cœur prêt à éclater, quand au terme de la poursuite, à l'instant de lâcher sa flèche, Téglath croisait le regard brillant du lion décidé à vendre chèrement sa vie.

Llorn-Salikas aimait ce moment lui aussi. Il aimait le danger comme d'autres le vin. Le sicaire ne veillait pas seulement sur le jeune Téglath parce que Saad-Laha l'en avait chargé. Son protégé accomplirait un jour quelque chose d'inouï. Nul accident, nulle agression ne devaient réduire à néant cette promesse énigmatique.

La journée promettait d'être radieuse. Hiram tenait les rênes. Il gardait une allure modérée, afin de ne pas épuiser les chevaux inutilement. Il humait avec gourmandise le vent léger venu du fleuve. Au moment de la chasse, Llorn-Salikas dirigerait l'attelage, pour permettre à son jeune maître de tirer à l'arc.

— Dis-moi, Llorn, demanda Hiram, tu as beaucoup chassé, dans bien des contrées. Quelle est la bête la plus terrible que tu aies affrontée ?

— C'est l'ours, seigneur, sans conteste ! J'avais ton âge quand j'ai rencontré le premier, là-bas dans mes montagnes. Il a tué un homme et estropié mon cousin. Nous étions une dizaine. Nous l'avons lardé de flèches. Il a fini par mourir en nous défiant de ses yeux noirs.

— Nous n'avons pas d'ours, ici. A quoi cela ressemble-t-il ?

— C'est un géant velu, à la tête ronde. Il est deux fois plus haut, quatre fois plus lourd qu'un homme. Au bout des pattes, des griffes à t'arracher un bras ou une jambe d'un seul coup. Dans la gueule, des dents à broyer les pierres. Seigneur, l'ours de chez moi, c'est la mort en personne !

— Et des lions ? Il y a des lions, dans tes montagnes ?

— Mes montagnes sont couvertes de neige la moitié de l'année. Les lions y crèveraient de froid ou de faim ! Dis-moi, seigneur, as-tu donné rendez-vous à tes jeunes compagnons de chasse ? J'aperçois deux chars là-bas.

Hiram tourna son regard dans la direction qu'indiquait Llorn-Salikas. Il distingua deux attelages arrêtés près d'un tertre.

— Non. Je n'ai convié personne.

— Sans doute, seigneur, mais deux autres chars nous suivent depuis Tanis.

Hiram se retourna.

— Je n'avais rien remarqué. Tu dois avoir des yeux derrière la tête. Bah ! Ce sont des chasseurs comme nous.

— C'est peut-être toi qu'ils chassent.

Le visage soucieux, Llorn-Salikas regardait tour à tour vers l'arrière, estimant la distance qui les séparait de leurs deux poursuivants potentiels, et vers l'avant, en direction des deux attelages immobiles près du tertre. Si ses soupçons étaient fondés, Hiram et lui risquaient de se trouver pris entre deux feux, confrontés à quatre archers libres de leurs mouvements, chacun des quatre chars étant monté par deux hommes.

— Passe-moi les rênes, seigneur, et prépare ton arc à tout hasard. Nous allons prendre par le marais. Nous verrons bien s'ils nous suivent. La route est très étroite, ils ne pourront pas se déployer.

Hiram acquiesça. A leur approche, les deux chars arrêtés s'étaient ébranlés dans leur direction. Connaissant la méfiance presque maladive de Llorn-Salikas, il n'y avait pas cru tout d'abord, mais cela sentait le guet-apens. Il n'avait pas peur. C'était encore plus excitant que la chasse au lion.

Abandonnant la route du désert, bien sèche sous ses roues, l'attelage aborda le chemin plus meuble qui longeait les marais et conduisait au lac Manzaléh. Le plan de Llorn était judicieux. Les intrus seraient obligés de dévoiler leur jeu.

Hiram saisit une des flèches de son carquois. L'arc que lui avait offert Pharaon avait fait ses preuves. En dépit des ornements qui le magnifiaient, il s'agissait d'une arme redoutable. Hiram n'avait jamais tiré sur un homme. A proximité de la ville royale, la crainte inspirée par l'armée de Pharaon décourageait tout brigandage et assurait un ordre rigoureux. Cette agression n'était pas un hasard. Seul un ennemi puissant pouvait la commanditer. Un courtisan jaloux ? Hiram avait de la peine à le croire. Qui alors ? Des mercenaires à la solde du pontife El-Djah ? Comment aurait-il pu retrouver sa trace ?

— Alors ? Ils suivent ?

— Ils suivent. Tu avais raison, Llorn ! Ils sont là pour nous.

Concentré, les rênes au poing, le sicaire fixait son attention sur le chemin gorgé d'eau. Dans les tournants et les écarts qu'il devait effectuer pour éviter les flaques, les roues du char creusaient de véritables sillons dans le sol spongieux. Hiram, l'arc à demi tendu, la flèche engagée, surveillait leurs poursuivants. Les chars qui les avaient suivis depuis Tanis précédaient ceux qui avaient été postés en embuscade sur la route. L'avantage du nombre n'était pas déterminant, car l'étroitesse de la voie ne permettait pas à deux attelages d'y circuler de front. Quant aux intentions des inconnus, elles ne faisaient plus aucun doute. Ils n'étaient pas équipés pour la chasse, mais pour la guerre. Ils portaient des casques et des boucliers. Le pommeau surmontant le long manche d'un khopech dans le dos du tent-hétéri du char de tête était bien visible. Ces hommes étaient des assassins.

— Llorn ! Ils sont armés en guerre !

Llorn le savait déjà. Ils n'étaient que deux hommes armés pour la chasse, contre huit hommes équipés comme des guerriers en campagne. Leur infériorité était manifeste. Llorn nota que leurs agresseurs n'avaient pas revêtu de cottes de mailles. Il s'inquiétait à présent. Le chemin pouvait d'un instant à l'autre se révéler impraticable et les obliger à l'affrontement.

— Si ça se gâte, finit-il par dire sans se retourner, jette-toi à l'eau et cache-toi dans les papyrus. Tu as compris ?

— Jamais je ne m'enfuirai. Nous ferons front tous les deux !

— C'est ton père qui te l'ordonne par ma voix ! gronda Llorn-Salikas. Ne t'inquiète pas pour moi...

Il ne termina pas sa phrase. Au débouché d'un tournant, les eaux du Nil qui avaient envahi le marais avaient avalé la route. Les chevaux s'y jetèrent, mais la crue datait déjà de plusieurs jours. L'attelage s'immobilisa et commença à s'enfoncer. Hiram et Llorn poussèrent un cri de rage. Le sicaire lâcha les rênes pour s'emparer de son arc. Hiram était déjà prêt à tirer.

— Tire pour tuer ! lui ordonna Llorn-Salikas. Tout va aller très vite !

En effet, derrière eux, le premier attelage sortait déjà du tournant. A la vue du char embourbé, une grimace de triomphe s'inscrivit sur le visage des poursuivants. Cependant, ils n'avaient pas pris la mesure exacte de la situation. Le tent-hétéri ne parvint pas plus que Llorn-Salikas à retenir ses bêtes. Son attelage dérapa et glissa dans l'eau à son tour.

— Tire ! Tire ! hurla Llorn.

Hiram obéit. Les cibles vivantes n'étaient distantes que de quelques mètres. Sa première flèche transperça la gorge du tent-hétéri, la seconde entra dans sa joue et lui brisa les dents. Eructant, s'étranglant, vomissant un flot de sang, il bascula dans l'eau où pataugeaient ses chevaux affolés et continua quelques instants à se débattre en vain contre la mort. Son archer, déséquilibré, avait perdu les quelques fractions de secondes qui lui auraient permis de riposter ou de s'abriter derrière son bouclier. La flèche de Llorn-Salikas s'enfonça dans son ventre. Il hurla de douleur et retomba dans la nacelle de son char à demi immergée.

Alertés par les cris de leurs compagnons et les hennissements terrifiés des chevaux, les conducteurs des chars suivants ralentirent leur allure. Ils s'arrêtèrent tant bien que mal avant d'entrer dans l'eau. Ils essuyèrent aussitôt une deuxième volée de flèches. Un des assaillants eut le bras percé. Un autre, qui enjambait la nacelle de son char renversé, s'y trouva littéralement cloué.

Restaient quatre hommes valides. Ils sautèrent des chars l'arc ou le javelot à la main et s'élancèrent sur la berge boueuse.

— Les papyrus, là-bas ! Plonge et nage sous l'eau ! ordonna Llorn-Salikas à mi-voix.

Pour couper court à toute argutie héroïque, il projeta Hiram dans l'eau d'une poussée vigoureuse.

Il décocha une flèche qui frôla le front du plus proche des agresseurs. L'un d'eux lui lança une javeline qui le manqua de peu et se ficha dans la croupe d'un des chevaux enlisés. La pauvre bête poussa un hennissement de douleur qui décupla la terreur de son compagnon d'attelage. Dans leurs vains efforts pour s'arracher à la vase, les chevaux imprimèrent à la nacelle des mouvements violents qui précipitèrent Llorn-Salikas dans le marais. Il avait juste eu le temps d'apercevoir deux arcs bandés qui allaient le cribler de flèches. L'eau n'était guère profonde. Dans leur affolement, les chevaux avaient soulevé tant de vase qu'elle avait perdu son peu de limpidité. Llorn-Salikas s'y plongea et disparut.

Treizième chapitre

Dans la pénombre protectrice, au cœur de l'épais fourré de papyrus où il avait trouvé refuge, Hiram tremblait de fureur. Depuis des heures maintenant, il entendait ses poursuivants s'appeler, se répondre, s'efforcer de coordonner leurs recherches. S'il demeurait dissimulé assez longtemps, allongé sur le dos, ne laissant dépasser de l'eau que son nez, sa bouche et ses yeux, il avait des chances raisonnables de leur échapper. Il n'avait aucun mouvement à faire pour se maintenir à fleur d'eau. Il lui suffisait de s'agripper aux tiges des roseaux. Si un des assassins qui le cherchaient était assez hardi pour s'enfoncer dans la nuit qui régnait au centre du fourré, Hiram lui trancherait la gorge. Il n'avait pas peur. C'était pour Llorn-Salikas qu'il s'inquiétait. Lors de leur fuite, il avait entendu un des tueurs s'exclamer : « Je l'ai touché ! Il a ma flèche dans le corps, le salaud ! » Si elle advenait, Hiram se jura de venger sa mort comme il avait juré de venger celle d'Acherbas. Cette résolution renforça sa patience. Ne pas bouger. Se faire végétal, telle une souche abandonnée au marais. Attendre. Attendre la nuit. La passer tout entière dans l'eau, attendre l'aube du lendemain s'il le fallait. Au creux de son fourré, il n'avait rien à craindre. Même pas les crocodiles. Ceux-ci se contentaient de longer les buissons de papyrus aux tiges trop enchevêtrées pour laisser un passage à d'aussi gros prédateurs. D'ailleurs les poissons le savaient, les muges, les silures, les mormyres, les fahakas. Hiram les sentait le frôler, enhardis par sa parfaite immobilité.

Loin au-dessus du gisant, d'innombrables oiseaux chantaient dans les ombelles. Leurs chants le renseignaient, car ils se taisaient à l'approche de l'homme. Ils avaient ainsi fait silence à plusieurs reprises au cours de la matinée, l'avertissant que ses poursuivants étaient revenus rôder autour de son refuge. A chaque fois, les nerfs tendus, son poignard au poing, Hiram s'était apprêté à combattre et à mourir. Plusieurs heures s'étaient ensuite écoulées sans alerte. Les assassins avaient-ils renoncé ? Avaient-ils fini par se convaincre qu'il s'était noyé ou qu'un crocodile l'avait entraîné dans les profondeurs ? Hiram n'osait y croire, mais le temps passait et l'espoir renaissait. Soudain, plus aucun cri d'oiseau. Le silence tomba à nouveau sur le marais. Un bruit d'eau remuée lui indiqua une présence à quelques mètres à peine. Il dégagea son poignard et retint son souffle.

Les voix qui se firent entendre alors n'avaient rien de commun avec les voix rudes qui s'interpellaient quelques heures auparavant. Ce fut d'abord une voix claire et haut perchée d'adolescente qui chantait un air populaire bien connu, la chanson des pêcheurs du marais. Un garçon le reprit d'une voix légèrement plus grave mais tout aussi juvénile. La tension qui oppressait la poitrine d'Hiram se relâcha. Des jeunes gens ! Sûrement d'innocents pêcheurs. Peut-être pourraient-ils lui venir en aide et l'aider à quitter le marais à la barbe des assassins ?

— Hé ! Hé, vous deux ! N'ayez pas peur...

Il s'était frayé un chemin entre les joncs et avait atteint l'orée du buisson. Les nouveaux venus étaient bien des pêcheurs. Très jeunes. Le frère et la sœur, sans doute. Ils se ressemblaient. Le garçon pouvait avoir quinze ans, la fille treize. Lui mince, les épaules déjà larges, elle encore enfantine, et pourtant nubile, avec des seins nus aux pointes très sombres, presque noires. Ils pêchaient à l'épervier. Hiram les avait surpris alors que le garçon faisait tournoyer son filet audessus de sa tête avant de le lancer.

Il retint son geste et, comme sa sœur, tourna des yeux effrayés dans la direction d'Hiram.

— N'ayez pas peur ! Je ne vous veux aucun mal. Je suis un ami de Pharaon, Vie, Santé, Force ! Des hommes ont voulu me tuer. Si vous m'aidez, il y aura une belle récompense pour vous !

Ils semblaient avoir du mal à comprendre l'égyptien châtié qu'on parlait à la cour et dans lequel Hiram s'était machinalement exprimé. Il se souvint de l'égyptien beaucoup plus simple d'Hétephérès et répéta ses paroles. Du coup, leurs regards s'éclairèrent.

— Avez-vous aperçu des hommes armés ?

Ils n'avaient vu personne. Ils venaient d'arriver. Ils avaient d'abord pêché plus au sud, non loin du village, mais n'ayant rien pris, ils avaient eu l'idée de venir par ici.

Hiram poussa un soupir de soulagement. Les assassins semblaient s'être évanouis. Cependant, ils pouvaient continuer à battre le marais un peu plus loin et il risquait de les rencontrer s'il quittait son abri. Il examina la barque d'osier de taille modeste, mais d'un volume suffisant pour y dissimuler un homme sous un filet et quelques paniers à poissons. Il interrogea de nouveau les adolescents. Leur village était-il proche ? Etait-ce un hameau ou un vrai village ? Ne s'étant jamais éloignés de leur lieu de naissance, ils ignoraient la différence, mais au nombre de fois qu'ils ouvrirent et refermèrent leurs mains pour lui donner une idée de sa population, il déduisit qu'il s'agissait d'un village de quelque importance, où il pouvait espérer trouver de l'aide, peut-être même une monture.

La barque d'osier glissait lentement sur les eaux du marais. Soudain, elle heurta une masse sombre qui flottait entre deux eaux. Dissimulé sous les paniers de pêche aux trois quarts vides, Hiram entendit l'adolescente pousser un cri de peur.

— Amon, protège-nous ! C'est un cadavre ! s'exclama son frère.

Un pressentiment funeste étreignit le cœur d'Hiram. Il s'extirpa avec peine de sa cachette pour voir le visage du mort. Le corps flottait sur le dos. Hiram arracha des mains du garçon la rame avec laquelle il éloignait le corps. Il s'en servit pour l'attirer, au contraire. Le corps portait plusieurs blessures. C'était Llorn-Salikas. Ses yeux grands ouverts ne cillaient pas. Hiram se pencha hors de la barque pour fermer les yeux de son garde du corps.

Mais le mort poussa un terrible rugissement.

— Achève-moi pendant que tu y es !

Hiram fit un bond en arrière, puis éclata de rire. Le

coquin l'avait mystifié. Le frère et la sœur rassurés se penchèrent à leur tour vers le géant, puis ils aidèrent Hiram à le hisser dans le frêle esquif. L'adolescente tendit une gourde d'eau douce à Llorn-Salikas, puis elle nettoya ses plaies. Tandis qu'Hiram réintégrait sa cachette, le garçon godillait avec énergie. Bien sûr, la récompense promise lui donnait du courage, mais il avait surtout hâte de voir disparaître ce diable aux yeux trop clairs et ce jeune seigneur qui lui inspirait crainte et respect.

Aidés par deux pièces d'argent de plus et sans se faire prier, les deux adolescents les menèrent dans leur maison. En quelques mots, le jeune homme expliqua à sa mère, une noiraude aux yeux perçants, le marché qu'il avait conclu avec les étrangers.

Llorn-Salikas chancela, puis s'évanouit. On le porta sur un bat-flanc. La mère examina ses blessures, s'affaira à concocter un remède et en appliqua de larges couches sur les plaies du sicaire.

Llorn Salikas esquissa un pâle sourire et fit signe à Hiram d'approcher. A voix basse, il lui demanda de quitter le village sans se préoccuper de son propre sort.

— Ensemble, nous sommes aisément repérables. Séparément, nous aurons plus de chances d'échapper aux assassins.

Hiram refusa tout d'abord, puis se laissa persuader par le bon sens de son sicaire.

Alors qu'il s'apprêtait à quitter la maison de pêcheurs, le géant lui cria :

— Je te retrouverai... Même en enfer !

Au village, Hiram ne trouva à acheter qu'un âne. Une bête de bonne taille, robuste, et somme toute raisonnablement docile pour un âne. C'est en ce glorieux équipage que le jeune homme reprit le chemin de Tanis à la nuit tombée. Il commettait sans doute une folie. S'il tombait sur ses agresseurs, il était perdu. Mais l'inquiétude le tenaillait. Il craignait pour la vie d'Hétephérès et d'Assanibal. Les tueurs avaient peut-être investi sa demeure. Il talonna son bourricot tout le long du chemin.

Protégé par une nuit sans lune, Hiram vit se détacher les hauts murs blancs qui ceignaient la villa. Son impatience ne lui fit pas oublier toute prudence. Il laissa l'âne se reposer dans un pré et continua à pied. Il contourna l'enceinte cherchant la porte basse, presque invisible, sous la ramure d'un figuier qui jouxtait le mur en cet endroit.

Le calme qui régnait dans la propriété n'avait rien d'anormal à cette heure tardive. Habituellement, les chiens donnaient de la voix... Leur silence alerta le jeune homme. Il ne tarda pas à en découvrir la raison. Les molosses gisaient près de la muraille, égorgés. Hiram tâta leurs blessures. Les dépouilles étaient froides. Le sang avait eu le temps de se coaguler. Hiram dégaina son poignard et pénétra dans la maison.

Seuls les chats avaient survécu. La maison égyptienne en comptait une demi-douzaine. Ils avaient dû s'éclipser lors de l'irruption des assassins. Et à présent, ils erraient de pièce en pièce, reniflant les cadavres l'un après l'autre et veillant dans l'ombre tels de mystérieux gardiens. Le portier gisait dans le vestibule, le crâne fendu d'un coup de khopech. Les deux servantes avaient été assassinées dans leur sommeil. Assanibal avait défendu chèrement sa vic, comme en témoignait le saccage de la terrasse sur laquelle Hiram retrouva son corps. Son torse portait la trace de nombreuses blessures. Son crâne avait été fracassé par une masse. Son assassin, qui tenait encore l'arme, l'avait payé de sa vie. Il gisait tout près du corps de sa victime. Il découvrit Hétephérès la gorge tranchée, dans une mare de sang. Terrassé, Hiram s'agenouilla près du corps de sa nourrice, enfouit son visage dans ses mains et laissa éclater sa douleur.

Il resta longtemps immobile, dans la chambre d'Hétephérès. L'ampleur du massacre démontrait la détermination d'El-Djah. Le pontife ne reculerait devant rien, même si Hiram se plaçait sous la protection d'Aménemopé. Il ne craignait pas pour sa vie. Il était prêt à aller affronter El-Djah à visage découvert et à le poignarder jusque dans son temple. Mais avant tout, il lui fallait échapper à cette maison devenue un tombeau. Tout près, cachés, invisibles, les tueurs l'attendaient peut-être.

Quatorzième chapitre

Dans sa chambre d'enfant, dans un long coffre, Hiram retrouva l'arc que Nésy lui avait offert pour sa première chasse au lion. Il s'en saisit, le soupesa, tendit la corde. Il assujettit son carquois après l'avoir rempli de flèches. Sa main enserra le manche de son poignard. Il le fit jouer dans le fourreau.

Tel un fauve approchant de sa proie sans le moindre bruit, se dissimulant derrière les haies et les taillis, il gagna bientôt un petit monticule d'où il découvrit un char attelé de deux chevaux. Près d'eux, trois autres chevaux étaient attachés à un arbre. Deux d'entre eux avaient été les siens. Il les avait montés encore enfant.

Il se saisit de deux pierres et les lança dans deux directions opposées non loin des bêtes. Quatre silhouettes se détachèrent un court instant et s'agitèrent dans la direction des jets de pierres. Deux d'entre elles n'eurent pas le temps de regagner leur cache. Hiram avait tiré deux flèches et les deux hommes furent foudroyés en plein cœur. Les deux autres tueurs disparurent dans l'épaisse végétation. Un long silence s'établit, ponctué des hennissements de chevaux et du crissement lointain des grillons.

D'interminables minutes s'écoulèrent ainsi. Soudain, derrière Hiram, un léger bruit de feuilles froissées se fit entendre. Poignard en avant, un colosse se jeta sur lui. Hiram roula sur le côté, mais l'arme avait entaillé le flanc. Le colosse s'écrasa sur le corps de l'adolescent. Ses deux énormes mains lui enserrèrent le cou. Les yeux d'Hiram se voilèrent. Le tueur dégageait une odeur âcre de sueur et de vinasse qui embrumait l'esprit du jeune homme. Cet homme qui tentait de le tuer était de ceux qui avaient massacré Assanibal et sa chère Hétephérès. Cette cruelle évidence emplit Hiram de fureur. D'un violent coup de reins, il se dégagea des mains qui l'étranglaient, se saisit de son poignard et l'enfonça profondément dans la gorge du colosse. Un flot de sang tiède jaillit de la plaie béante et inonda le visage d'Hiram. Il en sentit le goût saumâtre. Le géant porta sa main à sa gorge, fixa Hiram d'un air étonné et mourut dans un râle.

Mais déjà, le dernier tueur arrivait sur lui. L'adolescent eut à peine le temps de noter que ses mains étaient prolongées par de fortes griffes de métal. Tel un oiseau de proie, l'assaillant, serres en avant, fondit sur Hiram. L'adolescent se dégagea promptement et lui jeta une poignée de sable dans les yeux. Aveuglé, l'homme n'eut même pas le temps de voir le poignard s'enfoncer dans son ventre et lui déchirer les entrailles.

Après avoir jeté un dernier regard sur les deux corps inanimés, Hiram entreprit de redescendre la colline. Sa blessure au flanc le faisait souffrir, mais elle ne saignait plus. Il s'accroupit près d'un ruisseau, nettoya la plaie, but à grands traits et se lava longuement les mains et le visage. En claudiquant, il se dirigea vers les chevaux.

Une aide immédiate ne pourrait venir que de Bakhtan qui possédait une majestueuse demeure au sud de Tanis. Malgré le massacre, Hiram lui gardait sa confiance. Presque quatre ans s'étaient écoulés depuis son installation en Egypte. Si Bakhtan avait dû trahir son secret, sans doute l'aurait-il fait beaucoup plus tôt. Le soleil était déjà haut dans le ciel quand Hiram arriva dans sa demeure, épuisé, ses vêtements maculés de terre et de sang. Le négociant le reçut aussitôt. Hiram lut au premier regard sur son visage qu'il était au courant de la tuerie.

— Qu'Amon soit loué, tu as survécu ! s'exclama Bakhtan à sa vue. On m'a appris que la villa a brûlé cette nuit. Je croyais que personne n'avait échappé au brasier. Je suis heureux de voir que tes blessures sont légères.

Hiram comprit que les tueurs, après sa fuite, avaient incendié la maison pour dissimuler leur crime. Il raconta à Bakhtan la première attaque dont il avait été victime avec Llorn-Salikas, la découverte du massacre et son affrontement avec les tueurs. Le négociant écouta son récit, puis hocha la tête avec gravité.

— Tu dois te mettre le plus tôt possible sous la protection de Pharaon. Heureusement, elle t'est tout acquise.

Hiram lui expliqua pourquoi, à son sens, Aménemopé ne lui offrirait qu'une sécurité illusoire malgré son amitié. Bakhtan en convint. Hiram serait toujours à la merci d'un empoisonneur.

— L'affrontement décisif entre Saad-Laha et El-Djah est arrivé. Depuis des années, chacun attend de prendre l'autre en défaut. A présent, El-Djah sait que tu es vivant, que Saad-Laha a trompé Abibalos et Melqart Baal... Peut-être en a-t-il déjà informé le roi. Si ton père n'agit pas très vite, il est perdu. Je vais lui envoyer sur-le-champ un message pour l'avertir de ce qui s'est passé ici. J'espère qu'il n'est pas trop tard !

Bakhtan entraîna Hiram jusqu'au colombier. Il inscrivit quelques signes sur un très mince rouleau de papyrus. Il choisit ensuite le plus rapide de ses pigeons et enroula le morceau de papyrus autour d'une de ses pattes avant de le fixer à l'aide d'une bague. Puis il lança l'oiseau vers le ciel.

Les craintes de Bakhtan étaient fondées. En son for intérieur, il doutait qu'El-Djah eût lancé ses tueurs contre le fils sans avoir déjà neutralisé le père. De fait, peu de temps avant l'embuscade, le destin de Saad-Laha était déjà scellé. Ce jour-là, une escouade de la garde royale avait fait irruption dans la belle demeure tyrienne de l'armateur, brutalisant les esclaves et brisant tout sur son passage. Le syndic de la guilde voulut prendre de haut le commandement du détachement. Il fut roué de coups. Itossa qui s'interposait reçut une gifle terrible et roula sur le sol. Entravé comme un voleur, Saad-Laha fut traîné à travers les rues jusqu'à la forteresse, dans sa belle tunique de lin déchirée et maculée de sang. La foule qui l'avait naguère adulé, informée qu'il n'était qu'un impie et un menteur, le couvrit de crachats et d'insultes tout le long du chemin. Le visage tuméfié, désespéré, anéanti, il fut jeté au fond du plus sombre cachot, un cloaque innommable.

Pendant ce temps, Itossa et ses deux servantes

emplissaient de leurs lamentations la maison dévastée. Un petit groupe de soldats, laissé en faction dans le vestibule, arrêtait et questionnait longuement chaque visiteur avant de le laisser aller ou de l'emprisonner à son tour. Les visites se faisaient de plus en plus rares. Le bruit de l'arrestation de Saad-Laha s'était répandu dans Tyr et Palaetyr comme une traînée de poudre. Ses proches amis, ses collaborateurs et ses innombrables relations d'affaires tremblaient pour leur liberté. Ses confrères armateurs s'étaient réunis chez Halicar. Il leur fallait étudier la situation et décider de l'attitude à prendre devant la disgrâce de leur syndic. Face à ses pairs, le vieux rival de Saad-Laha avait joué ses cartes avec une adresse consommée. Il s'était d'abord offusqué de cette arrestation menée avec brutalité à l'encontre d'un notable respecté. Puis il avait feint de s'interroger sur les raisons qui avaient pu pousser Abibalos à prendre une telle décision. Toutefois, le souverain avait toujours ménagé la guilde. Il fallait donc qu'une raison puissante l'ait conduit à laisser s'abattre sa colère sur Saad-Laha. Halicar s'était renseigné auprès de Bekaal. La version de l'homme le mieux informé du palais recoupait les rumeurs glanées dans les rues. Lors d'un sacrifice à Melqart, quelques années auparavant, Saad-Laha aurait substitué un petit esclave à son fils Hiram. Il y avait bien eu mensonge, crime contre le roi, contre le peuple et contre dieu, triple infamie, sacrilège inexpiable !

Halicar embobina si bien ses confrères qu'on décida de ne rien faire pour venir en aide à celui qu'on considérait déjà comme un paria. L'affaire était trop grave. On ne bougerait pas le petit doigt en faveur du coupable. L'offense infligée à Melqart fournissait au clergé et à El-Djah le prétexte rêvé pour un offensive généralisée contre les armateurs et les négociants qui leur disputaient le pouvoir. La guilde devait sans attendre se donner un nouveau chef et porte-drapeau en la personne d'un homme exempt de tout lien avec Saad-Laha. Halicar laissa à un de ses amis le soin de proposer son nom. Plusieurs compères l'approuvèrent avec enthousiasme. Le rêve qu'il caressait depuis des années, supplanter ce parvenu de Saad-Laha, ce jeune coq présomptueux, ce nouveau riche détestable, était enfin réalisé. Au prix de quelques mots murmurés à l'oreille du pontife El-Djah, c'était décidément pour rien !

Halicar se jura de récompenser Sherat-Madakh, comme il le lui avait promis, en l'appuyant auprès d'Abibalos. La tête de Saad-Laha valait bien une ambassade à Jérusalem.

Elle tomba très vite, cette tête. Abibalos était entré dans une colère noire en apprenant la supercherie montée par Saad-Laha. Toutefois, il comprenait l'armateur. Après tout, lui-même avait désigné Hiram autant pour protéger son propre fils Hurummu que pour arbitrer une querelle entre deux groupes rivaux. Mais aujourd'hui, rien, même pas la sympathie qu'Abibalos avait toujours ressentie pour un homme si entreprenant, si utile, ne pouvait sauver Saad-Laha. Il devait mourir et de la façon la plus cruelle possible, pour satisfaire la fureur du peuple bafoué dans sa foi et pour venger l'honneur du roi. Avant d'être décapité, Saad-Laha fut torturé en public, longuement, sous les cris haineux de la plèbe, en présence d'Abibalos, du haut clergé et du directoire de la guilde des armateurs au grand complet. L'œil brillant, les lèvres tordues d'un petit rictus de jouissance, le pontife se délecta des hurlements de douleur qu'arrachaient au malheureux les coins rougis à blanc fichés dans sa chair, les coups de marteau qui écrasaient une à une ses phalanges, les lames de fer qu'on lui enfonçait dans les yeux et les oreilles.

Sur l'estrade officielle, Halicar détournait souvent son regard. Cette horrible boucherie l'indisposait. Il se serait contenté d'une victoire moins sanglante. L'exil du vaincu lui aurait suffi. Quelques rangs plus loin, l'ambassadeur Sherat-Madakh avait le cœur serré. Il ne pouvait fuir. Il ferma les yeux. Son futur poste de plénipotentiaire auprès du roi David ne lui faisait pas oublier qu'il était responsable de ce massacre.

L'assistant du bourreau termina son horrible tâche en arrachant la peau de Saad-Laha par lambeaux entiers. L'homme ne fut bientôt qu'une loque sanguinolente agitée des tremblements qui précèdent l'agonie. Sur un signe d'Abibalos, le bourreau se saisit d'une lourde hache et, avec un han de bûcheron, trancha la tête méconnaissable du supplicié. Aussitôt la tête et le corps de l'armateur furent jetés dans le brasier, afin que le dieu trompé, Melqart Baal, reçût enfin son dû. L'odeur de la chair brûlée monta vers le ciel d'un bleu intense.

Itossa, elle, fut étranglée sur l'ordre d'Abibalos. On se contenta de chasser à coups de pied les servantes en pleurs. La maison, les navires, les entrepôts de Tyr et les comptoirs à l'étranger, les marchandises en attente sur les quais, les matières premières en voie d'acheminement, les créances en cours, tout ce qui avait appartenu à Saad-Laha fut confisqué et versé au trésor royal.

A l'instant où Bakhtan lâcha le pigeon voyageur, le message dont il était porteur n'avait déjà plus de destinataire.

L'ironie du destin renvoyait Hiram dans la situation où il se trouvait quand Saad-Laha, naguère, l'avait découvert dans son village incendié au bord de la mer Caspienne, seul survivant parmi les cadavres. Pour la deuxième fois de sa vie, Hiram était orphelin, seul au monde, plus pauvre qu'un esclave auquel son maître doit au moins le gîte et le couvert.

— Va prendre un peu de repos, lui conseilla Bakhtan. A ton réveil, nous aviserons.

Epuisé, l'adolescent quitta son hôte à la suite de l'esclave chargé de le mener à sa chambre. Avant de s'abandonner au sommeil, il voulut s'assurer qu'on s'occupait de l'âne qui lui avait permis d'échapper à ses assassins. Il découvrit que nul ne s'en était soucié. Abandonnée, la pauvre bête, épuisée, somnolait à l'endroit même où il l'avait laissée. Hiram entreprit de bouchonner et d'abreuver sa monture. Il l'installa dans une stalle vide et voulut regagner sa chambre. Mais la demeure de Bakhtan était vaste, et il n'en connaissait guère la disposition. Il se mit à errer de cour en cour, sentant à présent le poids de la fatigue.

Une heure à peine après l'arrivée d'Hiram chez Bakhtan, un pigeon à demi mort de fatigue atteignit le colombier de la villa. L'oiseau arrivait de Tyr, porteur d'un message du frère de Bakhtan. Le négociant en prit connaissance. Une grimace déforma ses traits. Le message l'informait des événements qui avaient défrayé la chronique tyrienne : Saad-Laha arrêté, mis à mort, ses biens confisqués. Bakhtan n'était pas surpris, ni même vraiment attristé, mais il était inquiet. Son commanditaire exécuté, il lui restait à sauver sa propre tête, et si possible, son enviable position : diriger le négoce de l'Egypte entière, fleuron de l'empire commercial de Saad-Laha. Un fonctionnaire royal allait être désigné par Abibalos pour administrer cet empire. Les hommes de confiance de Saad-Laha seraient éliminés. Bakhtan devait fournir des gages à son souverain. Il en détenait un, le plus important : Hiram. Sa décision fut vite prise. Il appela son secrétaire et confident et lui donna ses instructions :

— Prends deux hommes et assure-toi du garçon sans tarder. Il doit dormir comme une souche.

— Qu'entends-tu par-là, maître ?

— Jetez-vous sur lui, enchaînez-le et enfermez-le à la cave ! Saad-Laha a été mis à mort ; tous ses biens sont désormais la propriété du roi. Ce garçon vaut de l'or, c'est le fils de Saad-Laha. Nous le livrerons à Abibalos pour lui prouver notre loyauté. Allons, ne traîne pas, file !

Cherchant en vain le chemin de sa chambre après avoir pansé son âne, Hiram s'était retrouvé devant la porte de la pièce où se trouvait Bakhtan. Il avait tout entendu. Il eut à peine le temps de se jeter dans la pénombre d'une pièce voisine pour éviter les séides de son ancien bienfaiteur.

Quinzième chapitre

Hiram chevaucha longtemps, la colère succédant en lui à la douleur. Saad-Laha, son père, avait été mis à mort... Hiram ne pouvait, ne voulait pas le concevoir. Et Bakhtan s'apprêtait sans hésiter à trahir le fils de son maître assassiné. Tu paieras pour ça, Bakhtan ! J'ajoute ton nom à celui d'El-Djah et à celui, oui, même à celui d'Abibalos. Et Itossa ? Que lui était-il arrivé ? Bakhtan n'en avait pas parlé. Le message porté par un pigeon ne peut être que succinct. L'informateur de Bakhtan n'avait écrit que l'essentiel. La vie ou la mort d'Itossa n'avait aucune importance à ses yeux. Les mains d'Hiram se serraient sur les rênes. Il revoyait le visage d'Itossa, toujours si douce, si pleine de sollicitude, toujours inquiète de son bonheur. Il fut tenté de tourner sa monture vers l'ouest, vers la lointaine ville de Tyr où peut-être elle était encore en vie. Enfantillage ! Si Itossa était morte, il se jetterait pour rien dans la gueule du loup. Et si elle était vivante, il devait s'efforcer de rester en vie lui aussi, afin de revoir un jour son visage chéri.

La douleur était là, en lui, elle ne le quitterait plus jamais, mais elle ne l'empêcherait pas d'agir, de tracer son chemin à travers le monde. Pour l'instant, il ne devait se soucier que de survivre. Il examina sa situation. Il ne possédait en tout et pour tout qu'un âne bien fatigué, un poignard et les hardes qu'il avait sur le dos. Il lui fallait trouver de l'aide. Il se résolut à en demander à l'homme qui lui avait donné son amitié dès leur première rencontre. Il n'était du pouvoir de personne, même pas d'Aménemopé, de le mettre à l'abri des assassins d'El-Djah. Mais Pharaon pouvait l'aider à s'enfuir assez loin pour leur échapper.

Faveur insigne, Aménemopé lui avait accordé une audience privée. Hiram s'agenouilla devant le souverain. L'état d'accablement et d'épuisement du jeune homme surprit le pharaon qui le pressa de questions. L'écoute affectueuse d'Aménemopé décida Hiram à lui révéler ses secrets. Malgré son immense fatigue, il s'efforça de lui livrer un récit clair et cohérent. Quand il eut terminé, Pharaon posa la main sur son épaule.

— Ainsi, mon ami, tu as déjà échappé par deux fois à la mort qu'ont voulu te donner les hommes, sans compter les parties de chasse où les lions et les sangliers en ont été à deux doigts de te tuer...

— Sire, Vie, Santé, Force, les dieux l'ont voulu ainsi.

— Ils te protègent, Téglath-Hiram, quel que soit ton nom, c'est évident. Mais comment dois-je t'appeler, Téglath ou Hiram ?

— Mon vrai nom est Hiram, et désormais, je ne veux plus en porter d'autre !

— Peut-être le faudra-t-il malgré tout. Mais soit, je t'appellerai désormais ainsi. Je t'ai écouté et je sais quels dangers tu courras, même auprès de moi, aussi longtemps qu'Abibalos règnera sur Tyr et que cet El-Djah sera son grand prêtre. La confédération phénicienne est une puissance dont Tyr est la principale composante. Son poids est plus économique que militaire mais il n'est pas négligeable. Or, l'équilibre du monde est fragile et les dieux attendent de moi que je le préserve, non que je le compromette à la légère. Tu comprends cela, Hiram ?

— Oui, Pharaon, Vie, Santé, Force. Je le comprends, et je ne te demande pas de déclencher la guerre pour assurer ma sécurité.

— Mais je puis faire autre chose. Je ferai de toi un esclave !

Hiram eut un haut-le-corps.

— Seigneur...

Aménemopé rit dans sa barbe d'apparat.

— Ton orgueil m'amuse, Hiram. Tu fais le fier, alors que le monde entier ploie devant moi.

— Pardonne-moi, Lumière de l'Egypte, mais je ne pourrais vivre dans la servitude.

Cette fois, le roi fronça les sourcils.

— Ecoute-moi donc, tête de mule ! Tu seras l'esclave docile d'un excellent maître, en apparence seulement. Il est déjà ton maître. C'est l'architecte Ahmosis.

— Seigneur, toute la cour sait que tu m'as donné ce mentor. Les espions d'Abibalos le sauront.

— Si ton maître demeure à Tanis et toi avec lui, sans aucun doute. Mais Ahmosis va partir pour un long voyage.

— Je l'ignorais.

— Bien sûr, je viens de le décider. Ahmosis est âgé, mais son esprit reste aussi curieux qu'au premier jour des choses de son art. Depuis longtemps, il s'intéresse à l'architecture des palais et des tombeaux assyriens. Je l'envoie les étudier sur place et tu l'accompagneras comme simple serviteur. Pour une fois, nous sommes en paix avec l'Assyrie, le roi Adad ayant renoncé à la politique d'expansion de ses prédécesseurs. Il faut saisir l'occasion. Quant à Ahmosis, il sera enchanté de mener cette étude et de t'en faire profiter. Nous en avons déjà parlé ensemble. Il pressent en toi un grand architecte. Je vais écrire au roi d'Assyrie pour lui annoncer la venue d'Ahmosis.

Aménemopé s'apprêtait à frapper dans ses mains pour appeler un scribe. Il se retint à temps et rit de sa propre étourderie.

— Malheureux que je suis, dicter ce message en ta présence, ce serait déjà éventer le secret ! Je le ferai après ton départ. Que dis-je, après ta mort ! Car tu vas mourir, mon cher Hiram. Il le faut, pour leurrer les assassins qui te traquent. Que dirais-tu de périr sous la dent des crocodiles sacrés ? Rassure-toi, on attendra le soir, et dans l'obscurité on poussera dans l'eau du bassin qui leur est réservé un esclave de ta corpulence et portant tes vêtements. On criera au drame, je manifesterai ostensiblement mon chagrin, et le tour sera joué.

— Seigneur, une fois encore ta bonté me confond. Je voudrais qu'on ne tue personne pour me sauver. Déjà, enfant, c'est à la mort d'un autre enfant que j'ai dû la vie.

— Il va pourtant bien falloir qu'Abibalos de Tyr et le grand prêtre de Melqart te croient mort, sinon tu ne seras nulle part en sécurité. Voyons, quel stratagème pourrions-nous imaginer ? s'interrogea Pharaon en se frottant les mains. J'ai une idée : nous pourrions prendre un cadavre parmi les prisonniers et le jeter aux crocodiles ! Le résultat sera le même.

— Seigneur, il te faudrait désigner les hommes chargés de choisir ce cadavre, de le transporter, de le précipiter dans le bassin au bon moment. Or c'est en multipliant les détenteurs d'un secret qu'on le rend fragile. Ma fuite sera plus sûre si toi seul es au courant. Assour est loin. Pourvu que j'y parvienne incognito, l'essentiel sera acquis.

Aménemopé abandonna à regret son idée de crocodiles.

— Tu as raison. Mais tu devras rejoindre Ahmosis en chemin avant d'entrer en territoire assyrien, afin de bénéficier de sa protection.

Aménemopé se tut, et prit le temps de la réflexion tout en marchant de long en large. Hiram respecta son silence. Aménemopé lui accordait un privilège exorbitant en s'entretenant aussi longtemps et aussi familièrement avec lui.

— Voilà comment les choses pourraient s'ordonner, dit enfin Pharaon. Pour éviter d'éveiller les soupçons des espions tyriens, il convient qu'un laps de temps raisonnable sépare ta disparition du palais du départ d'Ahmosis pour Assour. Il partira dès demain. Il t'attendra. Tu le rejoindras dans une dizaine de jours. D'ici là, tu séjourneras au palais, tu ne toucheras qu'à des mets préparés pour moi, tu ne boiras que du vin ou de la bière servis dans le même cratère que le mien. Tu ne t'éloigneras jamais de moi, tu dormiras dans l'antichambre de mes appartements en compagnie de mes gardes du corps. Ils répondront de ta vie sur la leur.

Hiram croisa ses mains sur sa poitrine en signe de reconnaissance.

— Père de ton peuple, tu es pour moi un second père.

— Ma bonté est intéressée, Hiram. Ton exil ne sera pas éternel, tu reviendras un jour et tu me remercieras en œuvrant pour l'Egypte. Tu entreprends un long périple. Pour éviter la Confédération phénicienne, vous voyagerez par la mer, en longeant la côte jusqu'en Cappadoce. Ahmosis t'attendra en Cilicie, à Issos. De là, vous vous dirigerez vers Karkémish pour remonter le cours de l'Euphrate. Vous l'abandonnerez à Mari pour atteindre Assour, sur le Tigre. Amon a donné le Nil bienfaisant à l'Egypte. Les dieux de là-bas ont été encore plus généreux en faisant naître deux puissants fleuves. On l'appelle « le Pays au milieu des eaux » et il n'en est pas de plus fertile ni de plus riant.

Ils conversèrent longtemps encore, puis Aménémopé congédia Hiram et fit mander Ahmosis. Le vieil homme apprit avec inquiétude les périls auxquels son élève venait d'échapper et les menaces qui continuaient à peser sur lui. Il laissa éclater sa joie à la perspective d'un voyage d'études dans le pays qui, après l'Egypte, avait donné naissance aux plus merveilleuses architectures.

— Ainsi, avant de se fermer pour l'éternité sur les choses d'ici-bas, mes yeux verront ce que les architectes du Pays d'entre les fleuves ont élevé pour glorifier leurs dieux et leurs rois. Et dans ce voyage, Téglath m'accompagnera, je continuerai à lui dispenser mon savoir, il découvrira en même temps que moi ce que j'ignore encore ! Etoile du Nil, fils d'Amon,

Pharaon, Vie, Santé, Force ! Ta volonté comble mes désirs et redonne les couleurs de l'aube à ma vie qui n'était plus qu'un crépuscule.

— Ton élève se nomme Hiram, en réalité. Mais nous lui trouverons un autre nom, car désormais il sera en danger de mort chaque fois que le nom de Téglath ou celui d'Hiram sera prononcé.

Aménemopé délivra à Ahmosis ses ultimes recommandations. Durant le voyage et en tout lieu où ils séjourneraient, à Assour, à Ninive, à Babylone, Hiram devrait assumer auprès d'Ahmosis toutes les charges dévolues à un simple esclave. Il serait vêtu, nourri et traité comme tel. Les cours d'architecture qu'Ahmosis continuerait à lui dispenser auraient lieu en privé.

— Adieu, Ahmosis. J'ai donné l'ordre à un navire de ma flotte de se tenir prêt à appareiller demain matin pour la Cilicie. Tu seras à bord. Dans quelques jours, Hiram te rejoindra à Issos. Va, fidèle serviteur et fais en sorte qu'il échappe au fer de ses poursuivants et grandisse en force et en savoir.

Ahmosis se prosterna devant son souverain et baisa le sol à ses pieds en lui renouvelant l'expression de sa gratitude et de son dévouement.

DEUXIÈME PARTIE

Et toi, fils d'homme, prononce sur Tyr une complainte. Tu diras à Tyr, la ville installée au débouché de la mer, le courtier des peuples vers des îles nombreuses : Ainsi parle le Seigneur Yahvé.

Tyr, c'est toi qui disais : « Je suis un navire d'une parfaite beauté. »

En pleine mer s'étendaient tes frontières, tes constructeurs ont parfait ta beauté.

Ezéchiel, XXVII, 2-4.

Chapitre premier

Quand il vit, de la mer, se dessiner au loin la silhouette du mont Liban, son cœur se serra. Une boule douloureuse se forma dans sa gorge, des larmes mouillèrent ses paupières. Il essuya ses yeux du revers de la main, ses mâchoires se crispèrent. Il s'assura que personne autour de lui n'avait surpris cet instant de faiblesse. Il se trompait. Son compagnon de voyage, Abias, s'était détourné juste à temps. Sinhout put croire que nul n'avait remarqué son émotion.

Tous les regards étaient dirigés vers la côte noirâtre, au relief torturé, où se distinguaient les longues barres rocheuses des Echelles du Levant. Outre cet homme si ému, ils n'étaient guère nombreux sur la dunette. Le capitaine, un homme épais et courtaud, torse nu, à la peau tannée par le soleil, contemplait d'un œil sombre cette côte de plus en plus proche. Il en connaissait tous les dangers. Près de lui se tenaient ses passagers de nationalités diverses, montés à bord à Arad, à Tripoli, ou plus loin encore, à Chypre ou à Issos. Des négociants surtout, des commis chargés d'accompagner les marchandises entreposées dans la cale. Il y avait aussi un fonctionnaire en mission et un prétendu mage babylonien. Le fonctionnaire était un Hittite originaire d'une des petites principautés de la Cappadoce, vestiges du puissant empire détruit par l'invasion des Peuples de la Mer. Le mage avait embarqué à Ugarit. Nez en bec d'aigle, parole tantôt suave, tantôt tranchante et impérieuse, œil charbonneux et fixe, il avait plumé les autres passagers en leur vendant des talismans et en leur délivrant des oracles.

Abias était un adolescent très mince, presque fluet, à la peau brune, aux cheveux d'un noir de jais. Lui seul avait noté le trouble que la vision de la côte tyrienne avait provoqué chez Sinhout, son maître. Il le croyait égyptien. Abias le servait avec la fidélité qu'un esclave doit à celui qui, en l'achetant, lui a sauvé la vie. L'entente entre eux se passait le plus souvent de mots. Mais après trois ans, Abias ne savait presque rien de ce maître. Où était-il né ? Qui était son père ? Où avait-il appris à chevaucher ainsi à cru, infatigablement, à tirer à l'arc avec cette précision stupéfiante ? Autant de mystères. Mais Abias admirait par-dessus tout la brillante carrière de cet Egyptien dans le pays le moins accueillant de la terre. Sinhout était architecte. Bien qu'étranger, il avait su gagner la confiance du roi Adad, qui lui avait confié la réalisation de plusieurs édifices à Kalach, puis à Assour. Abias détestait les Assyriens. Ils avaient massacré les siens. Seul survivant d'une famille de rebelles, il aurait dû mourir. Passant par hasard sur le lieu du carnage en compagnie d'un haut intendant du roi Adad, Sinhout séduit par sa grâce et sa beauté, l'avait acheté à prix d'or à l'officier qui commandait le massacre. Trois ans avaient passé. Abias voyait tout à la fois en Sinhout son maître et son père.

— Que vous avais-je dit ? lança le devin chaldéen. Nous voilà à bon port. Je vous avais promis que nous n'avions rien à craindre, après le sacrifice que j'ai offert en votre nom à Mardouk pendant la tempête.

Un sourire d'ironie éclaira le visage de l'architecte. En leur nom et à leurs frais, fut-il tenté d'observer, car efficace ou non, le sacrifice n'avait pas été gratuit. Le mage l'amusait. Il reporta son attention sur la côte.

On était encore trop loin en mer pour percevoir la moindre odeur venant de la terre, mais avec violence, la puanteur originelle des cuves de Palaetyr lui revenait en mémoire. Perdant sa singularité marine au fil du temps, elle s'était confondue en lui avec l'odeur de la mort. Tyr était à ses yeux le lieu de toutes les agonies et de tous les pourrissements. Il était revenu dans le seul but de l'affronter.

Bientôt, on put distinguer la masse de la forteresse et du palais royal écrasant la ville insulaire, sur l'arrière-plan chaotique des ateliers et des cuves de Palaetyr. Le capitaine donna ses ordres et le battement monotone du tambour s'accéléra. Les rameurs, sentant approcher le port et le repos, mobilisaient leurs dernières forces. Enfin, le navire amorça une boucle pour aborder l'entrée du port. Les trois îlots apparurent alors de façon plus distincte aux passagers. Sinhout reconnut l'Eurykoros. Ces récentes terres conquises sur la mer, qui reliaient le port sidonien au port égyptien, étaient à présent recouvertes d'édifices qui s'étaient ajoutés les uns aux autres au fil des années sans souci d'ordre ni d'harmonie. L'obstination du roi Abibalos et sa volonté d'agrandir sa capitale par trop exiguë l'avaient emporté sur la mer au prix de la sueur et du sang de ses esclaves comme de ses sujets.

L'architecte ne put s'empêcher de frémir à la vue du temple de Melqart juché au sommet de l'îlot méridional. La colère l'emporta sur le chagrin.

— As-tu préparé nos bagages ? demanda-t-il à Abias.

Ils avaient quitté Assour en modeste équipage. Sinhout était riche, mais il semblait mépriser les biens matériels. Une seule fois, à Ninive, il avait marqué une réelle inquiétude à l'idée d'avoir égaré un objet. Il s'agissait d'un superbe poignard égyptien qu'il portait toujours à la ceinture. A son vif soulagement, Abias avait retrouvé l'arme. Mais pour le reste, il s'habillait avec une simplicité et se nourrissait avec une frugalité dont témoignaient bien peu d'hommes de son rang.

— Tout est prêt, seigneur, répondit Abias.

— Bien. Nous ne nous attarderons pas au port. Nous gagnerons immédiatement la grande île, où nous trouverons un logement chez Sennahouet, l'ami dont nous avait parlé Ahmosis.

— S'il est vivant ! soupira Abias. Je me souviens d'avoir entendu le seigneur Ahmosis dire qu'ils avaient joué ensemble toute leur enfance, à Thèbes. Or le seigneur Ahmosis est mort de vieillesse il y a plus d'un an !

La mort d'Ahmosis avait été une grande peine pour Abias. L'enfant s'était vite pris d'affection pour le vieillard.

— Nous verrons bien, dit Sinhout. S'il est mort ou s'il n'habite plus ici, nous louerons une maison. Nous logerons bientôt au palais du roi Abibalos.

Architecte favori du souverain assyrien, les édifices

qu'il avait bâtis pour son compte lui avaient valu une renommée grandissante. Le roi de Tyr avait fait savoir quelques mois plus tôt qu'il cherchait un architecte pour dessiner le plan du nouveau quartier qui avait commencé à s'implanter de façon anarchique sur l'Eurykoros. Sinhout avait aussitôt envoyé à Tyr un messager porteur de sa candidature. Rien n'était encore arrêté, mais le roi Abibalos avait répondu qu'il était disposé à recevoir Sinhout en audience. L'employeur de Sinhout, le roi d'Assyrie, était pour l'heure tourné vers d'autres préoccupations que l'urbanisme et l'architecture. Confronté à diverses révoltes de vassaux exaspérés par sa tyrannie, il s'employait à les écraser dans le sang. Il avait donc autorisé l'architecte à entreprendre le voyage jusqu'à Tyr.

— Eh bien, seigneur Sinhout, nous voici donc à destination. Je sais quel projet t'amène à Tyr, et je ne doute pas que le roi Abibalos trouve en toi l'homme le plus apte à faire de l'Eurykoros une splendeur que toutes les cités de la Confédération lui envieront, déclara Assolar, le mage de Babylone.

Ils avaient fait connaissance, durant ce long voyage. Bien sûr, c'était un parfait charlatan, mais Sinhout le trouvait drôle. Il avait du bagout, c'était indispensable pour ce métier, et sa vision du monde et des êtres était plus généreuse que celle des commerçants qui constituaient la majorité des passagers. Eux ne se souciaient que du cours du blé, de l'huile ou de la laine.

— Tu es très aimable, seigneur Assolar. Je suis sûr que les Tyriens comprendront quelle chance ils ont d'accueillir un homme aussi versé que toi dans l'art de la divination.

— Merci à toi, seigneur Sinhout. Si tu le permettais, avant que nous ne touchions terre et que nous ne nous séparions, j'aurais plaisir à lire dans ta paume les bontés que les dieux te réservent.

N'imaginant sur le moment aucun prétexte pour refuser, l'architecte abandonna sa main au devin. Celui-ci s'en empara et la scruta en fronçant les sourcils en signe d'attention aiguë.

— Par Mardouk ! s'écria-t-il.

— Eh bien ?

— Attends, seigneur, attends. Je n'ose croire ce que je vois, et pourtant...

Assolar se tut et s'absorba à nouveau dans la contemplation des lignes de la main de son interlocuteur. Sinhout sentait l'impatience monter en lui. Bien entendu, le saltimbanque allait dramatiser, magnifier, sanctifier sa prétendue vision. Mais la complaisance de Sinhout avait ses limites et il détestait qu'on le prenne pour un imbécile.

— Eh bien ? répéta-t-il plus sèchement.

Assolar porta ses propres mains à ses tempes et ferma les yeux.

— Le dessin étrange des lignes de ta mains suscite en moi des images telles que je n'en ai jamais vu ! Je vois, seigneur, de grandes choses ! De hauts murs, un temple ! Le plus grand, le plus beau qu'on ait jamais bâti.

— Un temple ? Mais c'est un quartier d'habitation qu'attend le roi de Tyr.

— Je vois un temple, te dis-je ! Sa porte monumentale est flanquée de deux colonnes de bronze d'une hauteur et d'un diamètre prodigieux. Il surplombe une ville dont je ne saurais dire le nom. Ce n'est pas Tyr, ce n'est pas Babylone, ni une ville d'Egypte. Il n'est pas voué à Melqart Baal, à Mardouk, à Amon-Rê, ni à aucune divinité égyptienne !

Le devin criait à présent. Attirés par le ton de sa voix, les autres passagers entouraient les deux hommes. Incrédule, contrarié de devenir ainsi le centre de la curiosité générale, l'architecte prit Assolar aux épaules et le secoua vigoureusement pour le faire sortir de sa transe. L'homme ouvrit les yeux et le dévisagea d'un air égaré.

— Eh bien, à qui donc ce temple sera-t-il dédié, seigneur Assolar ? demanda l'architecte d'une voix empreinte d'ironie.

— C'est à Yahvé, seigneur, au dieu des Hébreux ! dit celui-ci dans un souffle.

— Tiens donc, les Hébreux ! Et à combien estimes-tu le prix de ta divination ?

— Le prix... Le prix...

— Bien sûr, le prix ! Les prédictions d'un devin de ta force doivent être rémunérées...

— Non, seigneur, non, je ne demande rien !

Un murmure de surprise salua cette déclaration. Jusqu'alors, tout au long du voyage, Assolar avait monnayé tous ses services. Sinhout lui-même en fut décontenancé.

— Tu es sûr ?

— Rien, vraiment. Un dieu veille sur toi. Il aura fort à faire, car des ennemis se dresseront sur ta route. Mais le monde retentira longtemps de la gloire du roi pour lequel tu bâtiras ce temple, seigneur. Il me suffit de l'avoir vu et de te l'avoir dit ; je ne veux rien recevoir de toi en paiement de mon oracle.

Le navire touchait le quai. Chacun se tourna vers

ses bagages ou vers les marchandises dont il devrait rendre compte à son employeur et on oublia bientôt la prophétie du mage babylonien. Encore pâle et haletant, il s'était assis sur un ballot de crin pour reprendre son souffle. A l'instant de descendre à terre, Sinhout le salua :

— Adieu, seigneur Assolar. Que les dieux te gardent !

Le devin s'inclina. Troublé, il dévisagea, une dernière fois, l'architecte.

— Adieu, seigneur. Quel que soit ton nom, murmura-t-il.

Deuxième chapitre

Hurummu considéra les pleureuses rangées de part et d'autre du catafalque. La tête couverte de cendres, les vêtements déchirés, le visage et les bras griffés jusqu'au sang, elles sanglotaient et gémissaient à merveille. Dans l'au-delà, Abibalos devait apprécier l'hommage que Tyr lui rendait, pensa-t-il. Naguère, il avait apprécié les faveurs des pleureuses. Plus jeunes, nombre d'entre elles étaient passées par la couche royale.

D'un geste impérieux, l'héritier du trône fit taire le chœur douloureux.

— Femmes, retirez-vous ! Je veux m'entretenir dans le silence avec l'esprit de mon père. Vous reprendrez plus tard vos saintes lamentations.

Les femmes obéirent et quittèrent la salle mortuaire en baissant craintivement la tête. Le regard sévère, le vieux Bekaal les canalisait vers la porte comme un berger dirige son troupeau.

Hurummu demeura seul avec El-Djah et Halicar devant le corps sans vie d'Abibalos. Le temps n'avait pas épargné le pontife et le marchand. Le visage d'El-Djah s'était ridé, rétréci. Seuls ses yeux sombres et brillants témoignaient d'une flamme mauvaise encore vivace. Halicar, lui, avait grossi. Il se traînait plus qu'il ne marchait. Les années n'avaient pas atténué sa cupidité, ni son ambition.

Le jeune souverain se pencha sur le corps de son père pour l'observer et se redressa, satisfait de l'examen. Abibalos était mort entre les bras d'une des petites servantes dont il raffolait. Ce trépas n'était pas allé sans troubler quelque peu son apparence et l'ordonnance de ses traits, mais le maquilleur et l'embaumeur avaient bien travaillé. Grâce à leurs soins, la dépouille du roi de Tyr avait retrouvé toute la gravité et la dignité souhaitables.

Le pontife s'approcha du catafalque d'un pas chancelant et s'inclina devant le mort.

— Adieu, grand roi ! murmura-t-il d'une voix cassée. Ta bonté ultime sera de nous laisser le prince Hurummu pour te succéder et veiller sur Tyr, poursuivit-il assez haut pour qu'Hurummu n'en perdît rien.

— A la douleur de te perdre se mêle la joie de voir ton fils accéder au trône, renchérit aussitôt Halicar qui n'entendait pas être en retard d'une flagornerie.

— Mon père fut un grand roi, c'est vrai. Il eut aussi la chance de pouvoir compter sur des hommes tels que vous, dit Hurummu. Toi, El-Djah, tu as veillé à ce que le dieu tutélaire de Tyr nous conserve sa bienveillance. Toi, Halicar, tu as veillé au commerce qui assure la prospérité de la cité. Que de fois mon père m'a répété que vous lui étiez l'un et l'autre indispensables...

Pendant qu'il leur servait ce beau discours, Hurummu se demandait comment il se débarrasserait de ces deux hommes appartenant à un passé dont il avait hâte d'effacer les traces. Ce ne serait pas facile et il faudrait sans doute attendre que le temps y pourvoit.

Tous deux intelligents et retors, rompus aux complexités et aux subtilités de leurs charges respectives, ils avaient accompagné longtemps la politique d'Abibalos. Quinze ans pour Halicar, et plus du double pour El-Djah ! Pour le meilleur et pour le pire. El-Djah avait servi autant les intérêts de sa caste que ceux du roi. Il arrivait même parfois qu'ils entrent en conflit. Depuis qu'Halicar avait pris la suite de Saad-Laha à la tête de la guilde des armateurs, cette entreprise puissante semblait s'être assoupie. Les navires tyriens sillonnaient toujours les mers, mais sans accroître leur aire d'activité. Saad-Laha avait ouvert des voies commerciales, fondé des comptoirs, découvert de nouveaux horizons, introduit par le jeu des échanges de nouvelles denrées, de nouveaux produits. Halicar s'était borné à gérer ce réseau vital pour la cité en père de famille. Sa prudence confinait souvent à la frilosité.

Aujourd'hui l'un et l'autre étaient vieux. Au sein du clergé comme au sein de la guilde, de jeunes hommes appartenant à la génération d'Hurummu commençaient à s'impatienter. Hurummu les connaissait depuis l'enfance. Il devait les aider à conquérir leur place comme il comptait sur eux pour le servir le moment venu. Ils seraient plus ouverts aux réalités, plus agressifs, plus efficaces, ils seraient audacieux et infatigables comme El-Djah et Saad-Lalah, plus qu'Halicar, l'avaient été naguère... Et Sherat-Madakh, le principal conseiller d'Abibalos pour la politique étrangère, lui aussi avait fait son temps. Sa vision des rapports de force entre les empires n'était pas celle d'Hurummu. Puisque le prince accédait enfin au pouvoir, le moment était venu pour lui de substituer ses hommes liges à ceux d'Abibalos. De son père, Hurummu avait hérité la silhouette trapue des Tyriens et les yeux noirs, brillants, toujours en éveil. En revanche, son visage fin, ses pommettes hautes, son nez légèrement busqué lui conféraient naturellement la majesté et la beauté dont Abibalos avait manqué cruellement.

Son père n'avait pas été un grand roi, mais un roi malin, appliqué à remplir sa fonction, soucieux d'administrer sagement la cité et la Confédération que Melqart et Astarté lui avaient confiées. Tyrannique sans excès, cynique autant qu'il convient à un politique et libidineux au point d'en mourir en fin de compte. Il est des vices plus sérieux pour un homme qui détient le pouvoir. Sa seule faute aux yeux de son fils était d'avoir régné trop longtemps. Hurummu avait presque trente ans. C'était un peu tard pour prendre les rênes. Il aurait pu hâter la succession. Il s'y était refusé. De même, pour résoudre aujourd'hui le problème de génération auquel il était confronté, il aurait pu faire assassiner El-Djah et Halicar avec la plus grande discrétion. Mais il ne s'y résoudrait qu'en dernier ressort. Hurummu détestait la violence. D'Abibalos, il avait hérité une intelligence aiguë, mais il possédait quelque chose de plus, le goût du jeu, de l'affrontement intellectuel. Il préférait vaincre ses adversaires par l'esprit plutôt que par le fer ou le poison, auxquels il se réservait d'ailleurs de recourir malgré sa répugnance, s'il le fallait.

— Qu'a-t-on fait de la fillette ? demanda-t-il.

— Elle est au cachot, sire. Banit attend tes ordres. Faut-il la faire étrangler ?

Banit était le nouveau chef de la police. Dans les derniers jours, avant la mort d'Abibalos, Hurummu était parvenu à faire nommer à ce poste un homme à lui. Cela avait été interprété comme un signe. Le vieil Abibalos commençait à doucement s'en aller.

— Non. Qu'on lui fasse un peu peur et qu'on la laisse rentrer chez ses parents. S'il fallait absolument restaurer l'image de la vertu de mon père, on devrait étrangler la moitié des femmes de Tyr ! El-Djah, où en sommes-nous ? Le deuil public, la crémation, les cérémonies, les explosions de joie pour mon avènement ?

— Tout est prêt, sire. La dépouille du roi sera brûlée ce soir sur la grève. De l'Eurykoros, le peuple entier assistera à la cérémonie. Ensuite, les cendres seront recueillies dans le sarcophage qu'Abibalos avait commandé en Egypte. Le deuil public durera huit jours, puis tu monteras officiellement sur le trône. La liesse populaire éclatera et s'exprimera durant huit jours et huit nuits.

Hurummu approuva ces dispositions. Bekaal s'avança. Lui aussi était âgé et aurait pu poser un problème. Tout passait encore par lui du vivant d'Abibalos. Hurummu avait son propre homme de confiance, Simarr, sur lequel il entendait bien continuer à s'appuyer. Mais pour l'instant, Bekaal demeurait indispensable.

— Sire, dit-il, tu t'en souviens, Abibalos ton père voulait faire aménager l'Eurykoros. Il s'était mis en quête d'un architecte à qui confier cette tâche. Un certain Sinhout, d'origine égyptienne, maître d'œuvre des travaux du roi d'Assyrie, lui a fait il y a quelques mois des offres de service. Le roi avait accepté de le rencontrer. L'homme est là. Il arrive d'Issos. Il a appris la mort d'Abibalos en débarquant. Consentirais-tu à le recevoir ?

Plus encore qu'Abibalos, Hurummu était passionné d'urbanisme et rêvait de donner à Tyr ce qui lui manquait, une apparence digne de sa puissance et de sa richesse.

— Je vais le recevoir tout de suite.

— Ici, seigneur, en présence du corps du roi ? s'étonna Bekaal.

— Justement, Bekaal, justement ! Il comprendra ainsi que je fais totalement mien le projet de mon père. Ce sera comme si Abibalos assistait à notre entretien. Fais-le entrer sur-le-champ.

El-Djah et Halicar firent mine de se retirer. Hurummu les retint d'un geste.

— Restez, vous deux. Vous me donnerez votre opinion.

Il désirait surtout, à travers leurs réactions et leurs commentaires, se faire une idée de la position de la guilde et du clergé.

Le pontife et le syndic se placèrent quelques pas en retrait d'Hurummu et prirent la mine attristée qui convenait en un jour de deuil si cruel.

Bekaal revint, précédant un homme de haute taille, au visage harmonieux, au regard habité d'un feu inhabituel. En quelque endroit qu'il pénétrât, cet homme devait attirer sur lui l'attention générale, songea Hurummu. Une légère claudication renforçait encore la curiosité, car l'homme assumait cette particularité avec une tranquille assurance.

— Sire, dit Bekaal, voici l'architecte égyptien Sinhout, avec lequel votre vénéré père, le roi Abibalos, avait engagé une correspondance, et qu'il avait convié à venir jusqu'à lui.

— Merci, Bekaal, dit Hurummu. Etranger, tu es le bienvenu pour moi, puisque tu l'aurais été pour mon père. Comme tu le vois, il a effectué en totalité le voyage trop bref de la vie.

Ce disant, Hurummu se tourna vers le catafalque et montra à l'Egyptien le corps du roi. Sinhout s'en approcha de quelques pas, s'inclina jusqu'à terre et prononça une formule sacramentelle appropriée à la circonstance.

Quand l'Egyptien se fut redressé, Hurummu désigna El-Djah et Halicar.

— Ces deux hommes sont le grand prêtre de Melqart Baal et le syndic de la guilde des armateurs de Tyr. Ils étaient les meilleurs serviteurs de mon père et ils seront les miens.

L'architecte s'inclina devant les deux dignitaires. Pas un muscle de son visage n'avait bougé, mais il fut envahi tout à coup par une joie sauvage. Le destin avait réuni dans cette pièce les trois hommes pour lesquels il avait accompli un si long voyage depuis Assour. L'un était mort, les deux autres âgés et chenus, mais encore bien assez vivants pour qu'il en tire vengeance.

La conversation s'engagea. Bekaal y participa, y apportant sa parfaite connaissance des intentions d'Abibalos. L'étranger parlant un phénicien parfait, la communication s'établit sans aucune difficulté. Le pontife El-Djah lui en fit compliment.

— Seigneur Sinhout, vous connaissez fort bien notre langue pour un Egyptien qui a travaillé longtemps en Assyrie. Connaîtriez-vous toutes les langues de la terre ?

— Certes, non, seigneur El-Djah. Je m'efforce simplement de maîtriser celles qui me sont nécessaires. Je n'ai aucun mérite. Le monde civilisé se résume à quelques royaumes et à quelques princes.

— Mais vous parlez le phénicien comme si vous l'aviez appris enfant, insista El-Djah.

— Je l'ai appris très jeune, en effet, répliqua Sinhout sans plus de précision.

— Nous pouvons nous comprendre, c'est l'essentiel, intervint Hurummu.

Le roi estimait que les questions d'El-Djah leur faisaient perdre du temps. Afin d'entrer enfin dans le vif du sujet, il ordonna à Bekaal de rappeler dans les grandes lignes les ambitions d'Abibalos, puis il donna la parole à l'architecte. Sinhout brossa un tableau séduisant de ce que pourrait devenir l'Eurykoros. On y construirait une suite de bâtiments qui épouseraient la courbe de la langue de terre, et remplaceraient avantageusement le pullulement anarchique des bâtisses qui s'y édifiaient sans la moindre vision d'ensemble.

Hurummu parut satisfait. Sinhout fut frappé par son intelligence. Il avait connu d'autres potentats et il pouvait les comparer. Hurummu lui sembla plus proche du subtil pharaon Aménemopé que d'Adad l'Assyrien, monarque habile, mais dont la brutalité s'accordait peu avec les spéculations nécessaires à une grande œuvre architecturale. Il aurait préféré reporter sur le fils la haine qu'il vouait au père, désormais inaccessible, mais il pressentait en lui quelque chose d'humain, de désarmant.

Pendant l'exposé de Bekaal, Sinhout avait laissé vagabonder son imagination. Hurummu lui était apparu en jeune lion, Halicar en fouine et El-Djah en cobra. Chacun de ces animaux portait sur le projet un regard facile à déchiffrer. L'architecte prit la parole et tout en exprimant sa vision du projet, il s'appliqua à donner à chacun de ces animaux les assurances nécessaires à leur attente. Sinhout convint, sans trahir son projet, que l'extension de la cité se devait de réserver leur place légitime aux maisons de commerce comme aux intercesseurs entre les hommes et les divinités. Un discret sourire flotta sur les traits du nouveau roi, tandis qu'il acquiesçait à cette diplomatique pétition de principe. Il s'adressa alors à Sinhout :

— Tu vas t'installer à Tyr. Tu disposeras d'une demeure. Tu me soumettras avant trois mois, avec le détail des aménagements, la destination de chaque bâtiment, le tonnage des matériaux, la main-d'œuvre requise, la durée des travaux. Pour les édifices destinés au culte ou au commerce, tu consulteras El-Djah et Halicar, bien entendu.

Ce disant, le roi se tourna vers eux. Les deux vieillards s'inclinèrent.

— Tu toucheras cinq mines d'argent pour ce projet, reprit-il à l'intention de Sinhout. Et dix fois plus s'il me convient.

L'architecte s'inclina à son tour.

— Tu peux te retirer, conclut Hurummu. Les

semaines à venir vont être tout d'abord consacrées au deuil, puis aux festivités de mon accession au trône.

L'Egyptien se prosterna et sortit à reculons. Les deux vieillards échangèrent un regard de connivence. Cet homme-là connaissait la chanson. Hurummu avait surpris ce regard. Il en tira la conclusion à haute voix.

— Il me semble compétent. Je gage que vous vous entendrez avec lui. Laissez-moi à présent. Je me dois à la mémoire de mon père.

Troisième chapitre

De la terrasse du petit palais où Simarr, sur l'ordre d'Hurummu, l'avait fait conduire, Sinhout contemplait Tyr. Depuis vingt ans, il s'était interdit de penser à la cité, à ses ruelles, à ses ports où oscillaient doucement des forêts de mâts. A l'odeur épouvantable qui en empoisonnait l'atmosphère si le vent qui passait sur Palaetyr soufflait du mauvais côté et, au contraire, à la pureté de la brise marine s'il était bien orienté. Il s'était efforcé de chasser de sa pensée le sanctuaire qui surplombait l'îlot et le sombre corridor menant au sinistre tophet, éclairé des lueurs mouvantes du brasier sacrificiel, lieu de tous les cauchemars. Il ordonna à Abias de lui apporter du vin de Sidon. Jusqu'à la nuit, vidant coupe après coupe, il resta perdu dans sa contemplation de la cité cent fois maudite. Etonné, inquiet de cette intempérance inhabituelle, Abias l'observait sans oser s'approcher, sinon pour lui apporter encore du vin.

Hypnotisé, Sinhout ne pouvait s'arracher à la contemplation d'un crépuscule aux lueurs de sang. Mêlés aux bruits paisibles qui montaient de la cité, aux criaillements des oiseaux de mer, il lui semblait entendre les hurlements d'Acherbas livré aux flammes, les gémissements de Saad-Laha supplicié sur le rivage, la plainte ultime d'Itossa sous la main de l'étrangleur. A un jet de pierre de ce lieu, Saad-Laha avait établi ses comptoirs, d'où il régnait sur une flotte de quarante navires sillonnant toutes les mers connues, et même quelques-unes que ses marins étaient seuls à connaître. Plus près encore, à quelques rues de l'endroit où se tenait l'architecte, Saad-Laha avait possédé un des plus beaux palais de Tyr. Et lui, Hiram, *alias* Téglath, *alias* Sinhout, son fils, avait vécu entre ses murs la plus belle, la plus heureuse des enfances.

Il serra les poings. Même le nom d'Hiram, celui qu'il considérait comme son véritable nom, n'était qu'une identité de hasard. Un jour, à Tanis, Hétephérès lui avait dit la vérité : au cours d'un long voyage, Saad-Laha l'avait trouvé, avec sa mère, seuls rescapés d'un massacre qui s'était déroulé sur un très lointain rivage. A trente ans bientôt, condamné à une interminable imposture, il était déterminé à venger ses morts, à récupérer son nom et à le couvrir de gloire en bâtissant des œuvres qui défieraient le temps.

Le visage du pontife lui apparut, ridé et tavelé de taches brunes, empreint d'une expression faussement bonhomme que démentait l'éclat soupçonneux de son regard. Avant la fête de la Résurrection de Melqart, El-Djah n'avait aperçu qu'à deux ou trois reprises l'enfant qu'il avait cru sacrifier. Il était impossible qu'il l'ait reconnu, vingt après, en la personne d'un adulte. Le danger pouvait venir de Sherat-Madakh. Ce diplomate l'avait côtoyé durant plusieurs années à la cour d'Aménemopé, de ses treize ans à ses seize ans. Mais entre un adolescent au regard malicieux, au visage glabre, à la silhouette gracile et l'homme imposant dont la sévérité et la légère claudication estompaient quelque peu la trop grande beauté, le vieux diplomate ne ferait sans doute pas le rapprochement.

L'accident s'était produit cinq ans plus tôt, en Assyrie, à Ninive, sur son premier chantier. Il y bâtissait une ziggourat pour le roi Adad. La nuit tombée, Hiram se plaisait à parcourir le chantier désert dont il reprenait ainsi possession. De cette manière, il lui semblait participer de l'édifice, être à la fois métal, pierre et brique, comme si la création en cours allait finir par l'intégrer. Ainsi, invisible et présent à jamais, il veillerait à ce qu'aucune maladresse, aucune malfaçon ne viennent troubler l'harmonie de l'édifice. C'est dans un de ces moments d'exaltation que cela arriva.

La terre se mit à trembler. Un échafaudage oscilla, puis s'effondra, projetant des centaines de briques. Un tourbillon de poussière formant une brume épaisse et dense, au point de cacher la pleine lune, l'enveloppa, l'étouffa. Aveuglé, il tenta d'échapper à l'opacité de ce nuage. Mais la terre s'ouvrit sous ses pas. Il tomba dans le vide, emporté dans un torrent de briques et de bois. Il rebondissait sur les parois abruptes de la fissure et finit par perdre connaissance au fond du cul-de-sac, les côtes enfoncées, les jambes brisées.

Des coups sourds ébranlèrent les parois. Soudain, l'insoutenable douleur qui consumait son corps meurtri sembla s'atténuer. Il se trouvait dans une vaste caverne, éclairées par des milliers de torches. Près d'un four rougeoyant, des formes s'agitaient, travaillaient le fer. D'autres, dans lesquelles il reconnut des cyclopes, sculptaient des œuvres monumentales sur des blocs de pierre géants. Des odeurs étranges piquaient ses narines, alors qu'une mélopée grave, monocorde, apaisait sa douleur. Il fit un effort pour ouvrir les yeux. Une longue silhouette, vêtue d'une sombre tunique, s'approcha de lui et un visage inconnu, quoique familier, se pencha jusqu'à son propre visage, à le toucher. L'inconnu lui souriait. Hiram eut l'impression de se contempler dans un miroir. L'homme qui lui souriait affectueusement, c'était lui ou quelque mystérieux jumeau.

Le grondement du foyer, le bruit de la forge s'atténuèrent. Une douce torpeur l'envahit. Des bras puissants le frictionnaient. L'onguent dégageait une pénétrante odeur de camphre. On le mit sur son séant. Il se trouvait sous une vaste tente. Debout, près de lui, le fidèle Ahmosis veillait.

Sinhout se souvint alors avec tendresse du récit que son vieux maître lui avait relaté, lors de sa longue convalescence.

Ce soir-là, il avait perçu, le premier, l'imminence d'un danger. Le chant des oiseaux s'était tu. Un silence absolu l'avait enveloppé, bientôt troublé par des bruits de sabots provenant de l'enclos tout proche. Ahmosis s'était levé et habillé à la hâte. Dans l'enclos, les chevaux s'agitaient. Le vieil architecte avait gagné la tente d'Hiram. Sa couche était vide. A l'extrémité de la tente, sur un bat-flanc, Abias dormait profondément. Le vieil homme l'avait réveillé.

— Où est ton maître ?

Abias n'avait pas eu le temps de répondre. La terre s'était mise à trembler. Effrayé, l'enfant s'était précipité dans les bras de l'architecte qui l'avait tiré hors de la tente. Tous deux s'étaient jetés à terre. Le cœur battant, ils étaient restés recroquevillés l'un contre l'autre de longues minutes. La terre avait cessé de trembler. Ahmosis s'était relevé avec difficulté. Puis à la lueur des torches, en compagnie de l'enfant et de quelques ouvriers, il avait parcouru en tout sens le chantier désolé. Dix voix s'étaient élevées pour appeler Sinhout. En vain. Ahmosis avait escaladé avec prudence un amoncellement de poutres et de briques qui obstruaient en grande partie une large fissure. Des vapeurs délétères, opaques, s'en échappaient. Abias s'était accroupi à ses côtés, leurs deux torches tentant d'éclairer les sombres parois de la fissure. Tout à coup, une plainte leur était parvenue, ou était-ce un effet de leur imagination ? Le vieil architecte avait de nouveau crié son nom. Pas de réponse, mais un long silence et enfin, un faible gémissement. Aussitôt, Ahmosis avait appelé les ouvriers. Il fallut plusieurs heures pour remonter le corps inanimé du jeune architecte.

Jour et nuit, Ahmosis et Abias avaient assisté Abarakku le magicien pour arracher Sinhout du royaume des morts. Le Sinhout qui leur revint semblait être un fantôme de l'autre. Amaigri, tenant à peine sur ses jambes dont les os s'étaient pourtant ressoudés, il semblait vivre dans un autre monde. Dans son sommeil, ses traits s'apaisaient parfois, illuminés d'un sourire, lui avait conté Ahmosis. Abarakku le magicien, malgré l'effet puissant de ses drogues, lui avait même avoué : « Il n'est pas avec nous. Il est ailleurs et il s'y sent bien. »

Enfin, l'amour et les soins constants qu'on lui avait prodigués semblèrent l'avoir ramené de son mystérieux voyage.

L'ivresse entraîne certains hommes à s'épancher, tandis qu'elle en enferme d'autres, tel Hiram, dans le silence. En lui apportant du vin pour la troisième fois, Abias, fort de la bienveillance que son maître lui avait toujours témoignée, se permit de le taquiner.

— Seigneur, le cratère est bientôt vide. Les coteaux de Sidon suffiront-ils à apaiser ta soif ?

Ces paroles arrachèrent Hiram à ses étranges souvenirs.

— Depuis quand l'esclave se moque-t-il du maître ? Veux-tu que je te donne le fouet ? gronda-t-il d'une voix qu'il voulut menaçante.

Décontenancé, le jeune garçon rougit. Il posa précipitamment la coupe qu'il venait d'emplir et s'excusa d'une voix blanche.

— Pardonne-moi, seigneur.

— Allons, ne sois pas si sensible, Acherbas !

Il se tut, conscient d'avoir donné à Abias le nom de son ami d'enfance mis à mort par El-Djah. Ainsi, le petit fantôme d'Acherbas le hantait toujours. En arrachant Abias à la mort, là-bas en Assyrie, c'était encore Acherbas qu'il avait tenté de sauver au-delà du temps. Il se reprochait toujours d'avoir survécu grâce à la mort d'Acherbas. En substituant à Hiram son ami d'enfance, en envoyant celui-ci au brasier à sa place, ses parents avaient contracté en son nom, vis-à-vis d'une ombre, une dette qu'il ne pourrait jamais rembourser.

Hiram continua à boire et vida le cratère jusqu'à la dernière goutte. Il finit par rouler sur le sol de la terrasse, où il sombra dans un sommeil de brute. Le lendemain, quand il ouvrit les yeux, un soleil éclatant inondait la terrasse. Abias se tenait debout devant lui, prêt à lui offrir son aide pour se relever.

— Non, non, ne m'aide pas. Je vais me relever seul. Tu briseras cette coupe et ce cratère, et tu en jetteras les morceaux au puits. Je ne veux plus boire une goutte de vin jusqu'à la prochaine Résurrection de Melqart !

Non sans peine, il parvint à se lever.

— Prépare mon cabinet de travail dans la pièce la plus claire, dit-il en se massant les tempes. Tu y disposeras mes instruments comme à l'accoutumée. Va, il faut que tout soit prêt avant midi. Ah, encore une chose, ajouta-t-il en retenant l'enfant qui s'élançait déjà : tu montes en grade. A compter de ce matin, tu n'es plus mon échanson, mais mon assistant. Un gros travail nous attend : avant trois mois, nous devons soumettre notre projet d'aménagement de l'Eurykoros au roi Hurummu. Allez, file !

Quatrième chapitre

Hiram se jeta à corps perdu dans le travail. La tâche que lui avait confiée Hurummu était considérable, mais il en avait déjà effectué de comparables pour le compte du roi d'Assyrie. Là-bas, il avait édifié des tombeaux, mais aussi des palais offerts par le souverain à des membres de sa famille ou à de hauts dignitaires. Il ne s'agissait pas de séduire, de convaincre passants et visiteurs de l'excellence du goût du propriétaire, mais de les écraser en étalant sa richesse et sa puissance. Conscient de la nécessité de se conformer aux attentes de son terrible client, Hiram ne s'était guère éloigné des édifices érigés à Assour et à Ninive, les cités où il avait d'abord exercé ses talents. Mais ce fut à Babylone, ville conquise, témoin d'une civilisation plus raffinée, qu'il put s'affranchir en partie de l'esthétique assyrienne, grandiose et sinistre, destinée tout entière à l'exaltation de la force.

L'offre d'Abibalos, reprise par Hurummu, ouvrit à son talent de nouvelles perspectives moins rigides que celles qu'il avait explorées en Assyrie. Il s'agissait de mêler de façon cohérente et harmonieuse des bâtiments destinés à des usages divers. Extension administrative des deux ports desservant la cité et bourse de commerce, l'Eurykoros serait aussi un lieu de culte grâce à l'édification de temples dédiés à Melqart et Astarté.

Semaine après semaine, Hiram découvrit en Hurummu un souverain beaucoup plus attachant que les despotes orientaux qu'il avait servis en Mésopotamie. Adad-Nirari, roi d'Assyrie, jetait un coup d'œil sur les plans qu'on lui soumettait, et, pour tout commentaire, se bornait à ordonner qu'on multipliât par deux, et quelquefois par trois les dimensions de l'ouvrage. Hurummu, en revanche, pouvait rester longtemps à discuter le dessin d'un portail, les proportions d'un édifice, l'orientation d'un oratoire. Pour un architecte, il était l'interlocuteur idéal. Les deux hommes avaient à peu près le même âge. Hurummu n'était en rien impliqué dans le drame qui s'était abattu sur Hiram et sur sa famille. Hiram songea qu'ils auraient parfaitement pu devenir les meilleurs amis du monde, dans leur jeune âge, quand Saad-Laha était un des notables de Tyr. L'amitié des rois se conquiert dans leur jeunesse. Ensuite, une barrière s'abat entre eux et les autres hommes. Cependant, Hurummu ne montrait pas le moindre signe de supériorité. Il était demeuré accessible, conscient de la valeur d'Hiram. Il l'estimait pour ses qualités professionnelles.

Avec El-Djah, comme avec Halicar, c'était une autre affaire. Halicar était une canaille ordinaire. En trahissant Saad-Laha, il n'avait fait que saisir l'occasion qui se présentait à lui de supplanter un rival. El-Djah, lui, était un tueur sadique. Il avait joui de chaque souffrance et de chaque larme. Hiram, alors même qu'il s'entretenait avec eux, paisiblement, courtoisement, se promettait d'écraser Halicar sans colère ni acharnement. Mais il réserverait à El-Djah une chute cruelle et une fin atroce.

En Assyrie comme en Egypte, Hiram avait rencontré nombre d'hommes semblables à Halicar. De hauts fonctionnaires, de grands commis. Sous le vernis du pouvoir et de la compétence, ces hommes comblés, ces ambitieux satisfaits, somnolaient sur leur réussite. Durant des années, Halicar avait voulu régner sur la guilde des armateurs tyriens. En abattant Saad-Laha, il y était enfin parvenu. Hiram faisait de son mieux pour le contenter. Plus haute, la bourse aux grains et aux épices ? Plus vaste, plus luxueux, le nouveau siège de la guilde dressé face à la mer ? Bien sûr, bien sûr, on ferait tout son possible, on rognerait si nécessaire sur la surface réservée aux demeures privées, à moins que le souverain ne s'y oppose... Avec El-Djah aussi, Hiram dissimulait sa haine sous une inépuisable bonne grâce. Un oratoire supplémentaire dédié à Baal Shamême ? Une stèle au dieu lunaire Yarih, une autre à Shazmash, son pendant solaire ? C'était bien à un jeu que se livrait Hiram. A force d'égards et de complaisance, Hiram était parvenu à désarmer la méfiance du vieil homme. Il devait gagner la confiance de son ennemi, afin de lui passer au cou la corde avec laquelle il l'étranglerait le moment venu.

Hiram s'étonnait parfois de l'ironie du sort. En aménageant l'Eurykoros, il servait le fils d'Abibalos, il s'employait à magnifier son règne ! Cette contradiction le plongeait de nouveau dans un tourment qu'il ne parvenait à fuir que dans le travail. Dès l'aube, flanqué d'Abias, il arpentait l'Eurykoros. L'étroite bande de terre dont il avait gardé le souvenir s'était considérablement élargie en vingt ans de labeur acharné. Elle s'était couverte de maisons élevées à la hâte pour forcer la main à l'avenir. Miséreux venus de l'arrière-pays ou riches accapareurs, spéculateurs flairant la bonne affaire, artisans dont l'échoppe étouffait dans Palaetyr surpeuplée, commerçants prospères en quête d'une aire d'entreposage, tous avaient envahi les terrains gagnés sur la mer. Ils s'en disputaient les lambeaux avec une férocité de vautours déchirant une charogne. Chacun concrétisait sa victoire par l'édification hâtive de murs et d'un toit pour délimiter sa conquête. Ils ignoraient pour la plupart que la convoitise des vrais puissants — le roi, les prêtres, la guilde — les en délogerait bientôt. Hiram serait l'artisan de cette éviction. L'auraient-ils su qu'ils l'auraient sans doute lapidé. S'il hantait les lieux, ce n'était pas pour prendre des mesures. Les services d'Hurummu les lui avaient fournies et il les gardait en mémoire. Il venait rêver. Dans la fraîcheur de l'aube, il longeait l'Eurykoros. Il en gommait par l'esprit les bicoques infâmes, les faux palais bâtis à la va-vite, les fabriques improvisées et les entrepôts dont le sol irrégulier trahissait encore la caillasse du remblais initial. Par la puissance de son esprit visionnaire, il leur substituait l'harmonieux front de mer auquel il travaillait. De temps à autre, il dictait une note à Abias.

— Ecris, Abias ! La hauteur des bâtiments devra décroître graduellement à compter de cent cinquante pas depuis le nouveau siège de la guilde. Note aussi qu'il faudra rehausser l'extrémité nord de quatre coudées royales. On gagnera encore un peu de place en contrebas pour y aménager un petit débarcadère.

Docilement, l'adolescent griffait de son poinçon la plaquette d'argile meuble qui ne le quittait pas.

C'est là, sur l'Eurykoros, qu'il fit une étrange rencontre. Il était tôt, encore plus tôt qu'à l'ordinaire. Il était ce jour-là de très mauvaise humeur. Peu satisfait du plan d'ensemble, il revenait inlassablement sur le terrain dans l'espoir d'y trouver la solution qui se dérobait à lui.

Il réfléchissait aux proportions qu'il donnerait à la bourse aux marchandises, quand une silhouette attira son attention. Elle lui sembla familière. C'était celle d'un homme de haute taille, mais au dos voûté, comme écrasé par une lassitude infinie. Hiram avait le sentiment qu'il avait connu cet homme avant que la main de fer du sort ne l'eût brisé ainsi. Il était vêtu d'un long manteau informe qui flottait sur ses maigres épaules et dont la capuche dissimulait en partie son visage mangé d'une barbe grise. L'homme s'approchait. Son manteau pouvait fort bien cacher une arme. La main d'Hiram effleura le manche du poignard qu'il portait sous sa tunique dans un étui accroché à une fine ceinture de cuir. Abias avait lui aussi aperçu l'homme. Il lança à Hiram un regard interrogateur.

— Que veux-tu de moi ? demanda-t-il à l'inconnu.

Il avait parlé d'une voix calme, où une mise en garde n'en était pas moins perceptible.

L'homme s'inclina.

— Je veux te saluer, seigneur, et bénir les dieux de te revoir en vie.

L'homme s'était exprimé en phénicien. Sa voix était usée, comme celle d'un vieillard, dont pourtant il n'avait pas encore tout à fait l'apparence.

— Tu me connais donc ?

— Oui, seigneur. Te souviens-tu d'avoir pris un bain forcé dans le marais qui borde le lac Menzaléh ? C'est de là que date notre dernière rencontre.

Ecartant un pan de sa tunique, Hiram dégaina à demi son poignard. De son autre main, il repoussa la capuche de l'homme afin de découvrir son visage.

— Llorn-Salikas ! Te voilà donc revenu d'entre les morts ?

— Nul ne revient de là-bas, seigneur ! Si je suis devant toi, c'est que je n'y suis pas allé. Je t'avoue que j'étais moi-même persuadé de ta mort. Et puis je t'ai aperçu, hier, dans la foule de la grande île. Je t'ai reconnu, en dépit des années qui se sont écoulées depuis Tanis, et qui ont fait de toi un homme. Je t'ai suivi de loin. Je t'ai vu en conversation avec El-Djah. Juge de ma surprise !

— Il ignore qui je suis, dit Hiram. Il le saura un jour, je te le jure ! Mais en attendant je compte sur ta discrétion. Qu'es-tu devenu ? Qu'as-tu fait ces quinze dernières années ?

Un sourire fataliste éclaira un instant le visage fatigué du Caucasien.

— J'ai d'abord soigné mes blessures. Un fer de flèche est resté fiché là-dedans pendant des mois, dit-il en se frappant la jambe. Quand un médecin égyptien a enfin réussi à m'en débarrasser, j'ai repris ma dague et ma massue. Mais c'est un métier qu'il vaut mieux quitter encore jeune. Je l'ai pratiqué un peu trop longtemps et me voilà en piètre état.

— Si tu es sans emploi, tu viens d'en trouver un. Je t'engage.

— Loué sois-tu, seigneur ! Ta générosité est grande. Mais je ne suis plus le Llorn-Salikas de naguère. Je pourrais à la rigueur te défendre contre les attaques d'une vieille femme.

Hiram sourit.

— Mes ennemis ignorent ma présence à Tyr. Nul ne me menace. Je n'ai pas besoin d'un garde du corps, mais d'un homme de confiance. Peux-tu tenir ce rôle ?

Le Caucasien porta la main à son cœur.

— Comme hier, seigneur !

— Alors suis-moi. Je vais t'expliquer pourquoi je fréquente assidûment les assassins de mes parents.

Cinquième chapitre

A la date fixée par Hurummu, Hiram lui dévoila le plan du futur Eurykoros. Lors de leurs rencontres précédentes, ils avaient discuté de l'orientation générale du projet, mais le roi ne prit connaissance que ce jour-là de sa vision d'ensemble. L'architecte la lui présenta sous la forme d'une maquette. Il l'avait élaborée en grand secret dans son propre atelier. Elle englobait la cité tout entière, îlots et ports compris et elle était intransportable. Hurummu avait consenti à se déplacer pour l'examiner. Longue de quatre mètres, large de trois, elle était faite d'argile, de bois et de papyrus recouverts de plâtre et peinte de façon à donner l'illusion de la réalité et de la vie. Hurummu fut saisi d'admiration. Excité comme un enfant devant le jouet de ses rêves, il tournait autour de l'immense table. Sous ses yeux, comme s'il les avait vus du ciel par le regard d'un dieu, s'étageaient les contreforts torturés des Echelles du Levant, Palaetyr et Tyr, la côte et les îles reliées par le cordon de l'Eurykoros. Les bâtiments imaginés par Hiram brillaient d'un blanc éblouissant, au bord des flots figurés par une jonchée de minuscules morceaux de verre bleu, dont les verriers phéniciens détenaient le secret.

Un large sourire illumina le visage d'Hurummu.

— Mon ami, ta fortune est faite ! Ce que je vois emplit mon cœur de joie. Voilà bien l'Eurykoros dont mon père avait rêvé et que je veux bâtir en mémoire de ses bienfaits !

N'eût été la référence à Abibalos, qui ravivait en lui une impérissable blessure, Hiram aurait joui sans arrière-pensée du succès de son œuvre.

El-Djah et Halicar étaient présents. Quand Abias, sur l'ordre d'Hiram, avait soulevé le drap qui cachait la maquette, ils avaient cherché du regard les établissements destinés au clergé et aux armateurs. Ils se déclarèrent satisfaits l'un et l'autre. Hurummu prit acte de leur assentiment, puis se retourna vers l'architecte.

— Tu as accompli ce que j'attendais de toi, Sinhout. Je n'ai qu'une parole. Les cinq mines promises pour le projet te sont acquises. Tu en recevras encore cinquante pour le réaliser. Convoque tous les corps de métier dont tu auras besoin, répartis-leur les tâches. Je leur ferai savoir que tu parles en mon nom et qu'ils doivent t'obéir en tout. Sinhout, nous allons accomplir de grandes choses et le renom de Tyr retentira jusqu'au bout de la terre ! Tu as beaucoup travaillé. Il faut aussi se distraire, sinon que vaut la vie ? Tu fuis les honneurs et tu vis comme les vierges du temple. Je veux te guérir de cette maladie-là, car j'ai de l'amitié pour toi. Dans quelques jours, je vais donner une grande fête au palais pour célébrer la pose de la première pierre. Tu en seras l'hôte d'honneur. Je te promets les meilleurs musiciens, les vins les plus exquis, des danseuses qui volent plus qu'elles ne dansent, des acrobates dont les tours te couperont le souffle et des courtisanes qui te feront perdre la tête.

Tu verras comme on sait s'amuser à Tyr... Comparée à nos fêtes, les orgies assyriennes ressemblent à des veillées mortuaires !

— Majesté, mon travail est tout ce qui m'importe.

— Si grand artiste que tu sois, tu es mon serviteur et je t'ordonne de te distraire, car je m'amuserai à te voir te divertir enfin !

On ne connaissait aucune liaison féminine à l'Egyptien. Qu'il préférât les garçons aux filles, nul ne s'en serait formalisé. Selon l'espion attaché à sa personne, Abias lui tenait lieu plus de disciple que d'amant.

— Demain soir, je choisirai dans l'assemblée la beauté avec laquelle tu passeras la nuit. Et quel que soit mon choix, qu'il s'agisse de la plus haute dame ou de la plus humble servante, d'un esclave ou du plus riche fils de famille, il lui faudra céder à ton désir ou affronter ma colère. N'est-ce pas une idée amusante ?

Ce n'était pas l'avis d'Hiram. Mais avant Hurummu, il avait fréquenté d'autres despotes et il connaissait leur étrange psychologie. De tels caprices leur servaient à éprouver la réalité de leur pouvoir. A la cour du roi d'Assyrie, les têtes humaines tombaient comme des têtes de pavot fauchées d'un coup de badine par un enfant capricieux. Demain peut-être, Hurummu aurait oublié cette fantaisie. Hiram préféra revenir sur le terrain sûr de l'architecture.

— Majesté, combien de temps m'accordes-tu pour achever le nouvel Eurykoros ?

— J'aimerais qu'il soit prêt pour la prochaine Résurrection de Melqart Baal. Cela te donne un peu moins d'une année. Te sens-tu capable de respecter ce délai ?

Hiram était trop expérimenté pour tromper le roi sur la date d'achèvement des travaux.

— Sire, je ne puis te mentir. Une telle promesse ne saurait être tenue. Le chantier est énorme. Il faudra deux ans pour en venir à bout.

— Et si nous doublons la main-d'œuvre ? Si nous la triplons ?

— Majesté, là où un seul homme abat sa besogne, deux se gênent et trois ne font rien.

Il lui coûtait d'attendre, mais Hurummu avait confiance en Sinhout.

— Deux ans. Soit. Mon peuple patientera deux ans. Mais pas plus longtemps ! Retire-toi à présent. Demain soir, j'annoncerai publiquement la mise en œuvre de ton projet, puis nous boirons jusqu'à l'aube. Et n'oublie pas ce que je t'ai dit : je veux que mon architecte jouisse des plaisirs de la vie.

Dans l'obscurité de sa chambre, Hiram avait peine à trouver le sommeil. La perspective de la fête le tenait éveillé. Des années auparavant, il avait fait le vœu de demeurer chaste aussi longtemps qu'il n'aurait pas vengé ses parents. Abias dormait dans la pièce voisine. Hiram pouvait entendre son souffle régulier. Il envia son innocence, sa sérénité. A travers lui, Hiram retrouvait l'ami sacrifié, le frère malheureux qu'avait été Acherbas. Cet attachement-là lui suffisait. Il n'en voulait pas d'autre pour l'instant.

Il pesta dans l'obscurité. Décidément, il n'arrivait pas à s'endormir. Il écarta le drap qui le couvrait et sauta hors du lit. Il traversa sa chambre puis celle où Abias dormait d'un sommeil bienheureux, et gagna la salle commune pour y boire une coupe d'eau fraîche. Il y découvrit Llorn-Salikas. Songeur, le Caucasien sculptait à l'aide de son coutelas une silhouette féminine dans un morceau d'ébène.

— Eh bien, Llorn, le sommeil te fuit, dirait-on.

— Comme toi, seigneur.

— J'avais soif. Cette eau est-elle fraîche ? demanda Hiram en désignant l'aiguière posée sur la table.

— Je viens de la puiser, dit Llorn en remplissant une corne qu'il tendit à son maître. Pardonne mon audace, seigneur, mais...

Il se tut, hésitant à se montrer indiscret et à sortir de son rôle de serviteur.

— Oui ? s'impatienta Hiram.

— Tu vas aménager l'Eurykoros et changer le visage de Tyr, mais où en est ta vengeance ?

A la lueur dansante de la lampe à huile, il vit pâlir le visage d'Hiram. Il n'avait pas oublié son devoir. Il y pensait chaque jour, chaque nuit.

— Elle viendra en son temps !

A présent qu'il avait osé parler, le Caucasien se sentait libéré.

— Seigneur, j'ai vécu par le fer et j'ai tué beaucoup d'hommes. Certains sont nés pour construire et d'autres pour détruire. Je suis un tueur. Pas toi !

— Moi aussi, j'ai tué des hommes !

— Sans doute, seigneur. Tu les as affrontés les yeux dans les yeux et tu l'as emporté. Mais vas-tu défier El-Djah ou Halicar, ces vieillards, en combat singulier, devant Hurummu et ses courtisans ? Ou préfères-tu les faire empoisonner par un échanson à ta solde ? La première solution est impraticable. La seconde te répugne. Je me trompe ?

— Tu dis vrai, admit Hiram. Alors que faire ?

Llorn-Salikas savait quoi faire, mais il garda le silence. Il baissa les yeux sur son ouvrage et fit sauter d'un coup de lame un fragment de bois afin d'arrondir l'épaule de la statuette d'ébène.

— Est-ce une déesse que tu sculptes ou une simple femme ? lui demanda Hiram.

— C'est Naargha, la déesse du sommeil, qu'on vénère dans mon pays. Dans sa main droite elle tient une poignée de sable d'or. Elle en jette sur la tête des uns et ils font des rêves merveilleux. A d'autres, elle réserve la limaille noire de sa main gauche et ils font d'horribles cauchemars.

— Alors intercède en ma faveur auprès d'elle, Llorn. Demande-lui un peu de sable d'or pour moi, j'en ai bien besoin !

Llorn lui sourit :

— J'essaierai, seigneur, je te le promets.

Sixième chapitre

De la galerie surplombant le petit sanctuaire où les hiérodules venaient présenter leur offrande à l'idole, le pontife El-Djah observait la belle Anhéra. Nouvelle venue au sein de la phalange des prostituées sacrées, elle était très jeune encore. Mais déjà sa beauté, son art de la danse et sa science amoureuse avaient attisé le désir des plus puissants.

El-Djah n'avait pas encore exercé son droit de cuissage. L'arrogante résistance de la jeune prostituée lui était un défi qu'il se promettait de gagner. Elle voulait jouer, mais elle ne savait pas à quel maître elle se confrontait. Avant de la posséder, tel un chasseur, il voulait jouir de la traque. Elle était la plus belle fleur de son temple. La plus piquante. Sa fierté de grand prêtre. Le roi lui-même l'avait distinguée. Elle serait ce soir l'événement de la fête en l'honneur des nouveaux chantiers et du nouveau caprice d'Hurummu, cet architecte étranger qu'il détestait.

Ces deux-là s'entendaient trop bien. Ils étaient trop habiles. Il voyait grandir leur étoile. Et cela lui était insupportable. Le vieux lion ne se laisserait pas dépouiller ainsi de ses prérogatives. Il leur rappellerait qu'il était encore loin de la tombe et que ses crocs étaient toujours aiguisés.

Hurummu avait mandé les prostituées sacrées du temple pour unir la déesse à la fête qu'il organisait au palais. Il avait offert or, vaisselles précieuses, veaux gras, poissons délicats et toutes sortes de dons coûteux. El-Djah saurait lui témoigner sa reconnaissance et lui montrer aussi qu'il n'était pas dupe.

Un eunuque apparut à l'entrée de la galerie. Son équipage l'attendait pour le conduire au palais royal.

Hiram prit le temps de faire quelques pas dans l'enceinte du palais avant de se rendre à la fête d'Hurummu. Le ciel aux reflets d'ocre et de pourpre donnait à la nuit un éclat étrange.

Sous les airs angéliques du souverain, l'architecte admirait le redoutable stratège. Le jeune monarque était bien plus ambitieux que son père. Il négociait de fructueuses alliances avec le nouveau royaume des Hébreux en mal d'or, de matières premières et de produits de luxe. Rien n'était encore scellé, mais les premières négociations avaient aiguisé les appétits.

La brise du soir, douce comme un parfum de pêche, chassait la chaleur étouffante du jour. Le matin, les dieux tutélaires avaient donné leur bénédiction au nouveau chantier. La première pierre avait été posée et le chant des ouvriers au labeur était monté de l'Eurykoros dans les roulements de bois et de tambours, dans les cliquetis et les coups rythmés des outils. Les Tyriens étaient de remarquables artisans. Ce soir-là, Hiram sentait monter en lui le désir de s'enivrer à d'autres parfums que ceux portés par la brise du soir.

A l'entrée du palais d'Hurummu, Bekaal accueillait les invités. Puis un jeune serviteur guidait les nouveaux arrivants. Les torches accrochées aux murs éclairaient les panneaux de bois et d'or. Entre l'ombre et la lumière, entre l'homme et l'animal, des têtes mystérieuses offraient leur sourire narquois, des gazelles fuyaient les chasseurs, le lion agonisait sous le couteau du roi, des prêtresses suivaient une procession rituelle, des motifs géométriques couraient le long des murs. De pièce en pièce, des statuettes aux yeux de lapis-lazuli semblaient suivre les invités d'un regard pénétrant. Hiram, qui connaissait les deux cultures, reconnut les apports égyptiens et mésopotamiens fondus en un mélange harmonieux.

Le cortège quitta la salle du trône où le roi tenait audience, traversa une nouvelle cour plus intime dont les murs étaient revêtus de fresques polychromes, encadrées de frises de mosaïques géométriques, et pénétra dans la partie privée du palais où se déroulerait le banquet. Déjà, les cithares égrenaient doucement leur cascade de sons envoûtants. Hommes et femmes fardés, les yeux soulignés d'un khôl noir bleuté, promenaient dans les pièces immenses leurs silhouettes revêtues des plus précieuses étoffes.

L'acceptation par Hurummu du projet architectural d'Hiram fut annoncée solennellement et acclamée par la foule des courtisans, des hauts fonctionnaires et des notables qui composaient l'assistance.

— Regarde-les, Sinhout, dit le roi. Regarde-les bien, essaie de les voir par mes yeux, tels que j'ai appris à les connaître avec le temps. Déchiffre leurs regards chargés de respect et d'amour pour moi, tu y liras la convoitise, le goût de paraître, la volonté effrénée de parvenir. Aucun qui ne soit prêt à tuer pour conserver sa place ici, dans la proximité rassurante et nourrissante du pouvoir. Aucune tâche n'est jamais achevée. Si l'on est roi par le glaive, il faut toujours le garder à la main. Si l'on est roi, comme moi, par le commerce et l'industrie, il faut toujours réaffirmer sa primauté, protéger ses marchés. Je t'envie, Sinhout !

L'architecte protesta. Outre Tyr elle-même, à travers la Confédération phénicienne dont il avait l'hégémonie, Hurummu exerçait sa volonté jusqu'au-delà des mers, sur des contrées immenses peuplées de millions d'hommes.

— C'est vrai, concéda le roi. Cependant, ce que tu fais est fait une fois pour toutes. Une simple bicoque dure plus longtemps qu'un trait de commerce, un temple plus longtemps qu'une alliance politique. Connaîtrai-je jamais une satisfaction semblable à celle que tu retires de tes travaux ? Le nouvel Eurykoros servira ma gloire, mais c'est toi qui l'auras créé. Il sera ton œuvre plus que la mienne. Mais laissons de côté mes états d'âme, ne songeons qu'à l'instant et aux plaisirs. Rassure-toi, je n'ai pas oublié ma promesse. En doutais-tu ?

— Certes non, majesté.

Depuis la table haute dressée sur une estrade et réservée au roi et à ses familiers, les deux hommes dominaient la fête. Tous ceux qui comptaient à Tyr par la fortune, l'influence, le talent ou la beauté, esquissaient autour du souverain une ronde de séduction, espérant nourrir leur vanité d'un regard ou d'un geste. Certains d'entre eux, sûrs de leur pouvoir, envisageaient leur proie. Par l'ivresse des boissons, la saveur exquise des mets, gibier et prédateurs se préparaient à d'autres jeux. Sous le regard sourcilleux des chefs de cuisine et de cellier, des esclaves de bouche circulaient entre les tables et veillaient à satisfaire les désirs des convives confortablement allongés sur des couches tendus de riches étoffes. Pigeons rôtis, gazelles, lièvres, criquets grillés en broche, tourtes aux petits oiseaux, purées de pois chiches, de lentille et de graines de sésame étaient servis à profusion. Ils provenaient de toutes les contrées où s'exerçait la suprématie commerciale de Tyr.

Pour l'occasion, Hurummu avait fait venir les plus belles courtisanes et les gitons les plus délurés. Il avait chargé Bekaal, qui avait fourni son père en adolescentes, d'écumer les marchés aux esclaves et les bordels de Palaetyr en quête de nouveaux corps et de nouveaux visages. Ce soir, tous les goûts trouveraient à se satisfaire. Tout l'éventail des couleurs de peau, d'yeux et de chevelure serait offert aux convives. Toutes les grâces, tous les talents, toutes les pratiques amoureuses, jusqu'aux plus insolites. Mais surtout, le roi avait mandé les prostituées sacrées du temple, afin d'associer à la fête les divinités protectrices de Tyr, Melqart et Astarté. Anhéra, fille de Borée, née dans le lointain septentrion, blonde à la peau très blanche, se tenait près d'une vasque au décor de roses. Vêtue d'une tunique violette assortie à ses yeux, elle arborait une couronne de fleurs dans sa chevelure d'une blondeur miraculeuse. Penché vers elle, le pontife El-Djah lui tenait des discours qu'elle affectait de n'écouter que d'une oreille. En vieux renard patient, il feignait d'accepter cette désinvolture à son égard.

Depuis la table haute, Hurummu scrutait la salle,

laissant errer son regard d'un groupe à l'autre. Tantôt il marquait d'un fugitif plissement des yeux ou des lèvres une faveur particulière à tel ou tel courtisan, tantôt son regard passait comme un vent glacé sur tel autre qui lui avait déplu.

Bekaal, l'intendant des plaisirs, s'approcha de l'estrade.

— Seigneur, puis-je faire entrer les danseuses ?

Hurummu acquiesça. Encensoirs et brûle-parfums dispensaient des fumées capiteuses, où l'encens se mêlait à la myrrhe et au cyprès. Les chanteuses aveugles et les eunuques à la voix haut perchée se turent. Joueurs de lyre, de harpe et de cithare, de gingras phénicienne, de tambourin et de tympanon accordèrent leurs instruments. L'ensemble des percussions entama un roulement sourd et lent, dont la pulsion monta graduellement et résonna dans les entrailles. Il semblait se substituer peu à peu au battement du cœur. Sur un signe discret de Bekaal, Anhéra avait disparu.

Une tenture tomba, dévoilant un énorme gong de cuivre luisant comme un astre. Un homme long et maigre, vêtu d'une tunique dorée, apparut et frappa l'instrument des deux mains, avec une force extraordinaire. Les conversations s'interrompirent. L'assistance, saisie, se tourna tout entière vers le centre de la pièce. Les tambours se turent, une flûte phénicienne lança un trille mystérieux et une créature bondit hors des tentures. Elle s'immobilisa aussitôt au centre de la pièce, semblable à une statue aux yeux de lapis-lazuli. Vêtue d'une courte tunique transparente aux reflets pourpres, c'était Anhéra. Ses bras et ses jambes étaient cerclés d'anneaux d'or et d'argent. Dans ses cheveux luisait un peigne de rubis et d'émeraude. A ses oreilles, à ses poignets, à ses chevilles, s'entrechoquaient des sequins d'or alternant avec des perles de couleur. Les hommes, fascinés, détaillaient les proportions parfaites de ses membres, l'élégance de sa silhouette, le modelé délicat de sa poitrine. Leurs yeux cherchaient la toison ardente qui devait nimber son ventre doucement renflé d'un nuage solaire, de l'exacte teinte de sa chevelure coiffée en lourdes torsades. Les femmes, troublées malgré elles, ne pouvaient détacher les yeux de cette beauté impériale.

Une trompe nubienne lança un signal strident. Lentement, les yeux clos, la statue sembla prendre vie. Tour à tour crotale fasciné par la flûte d'un charmeur de serpent, panthère se glissant entre les herbes en quête d'une proie, fleur caressée par le vent, tourbillon d'eau dans le lit d'un torrent, flamme virevoltante sous les sautes du vent, sa poitrine haletait au rythme des cymbales frémissantes, les sequins d'or cliquetaient aux ondulations de ses bras, de ses seins et de son ventre. Devant cette chair éclatante, dont la danse mimait à la perfection les emportements de l'amour, nul ne pouvait rester impassible. Les hommes, les femmes pâlissaient, rougissaient, leur front s'emperlait de sueur, leur regard brillait. Anhéra s'immobilisa et fixa l'assistance dont elle avait pris possession. L'orchestre se tut brutalement. Un souffle sacré avait saisi l'assemblée. C'était Astarté en personne qui dansait là, prodiguant extase et effroi.

Un visage décomposé, effrayant, attira le regard de l'architecte, c'était celui d'El-Djah. Habité par les affres de la concupiscence, le vieillard dévorait Anhéra des yeux. Il avait oublié toute dignité.

— Sa verge tend sa tunique comme elle ne l'a plus

fait depuis vingt ans ! railla le roi. Toi non plus, elle ne te laisse pas indifférent.

Hiram maîtrisa à grand-peine le trouble qui l'envahissait. Oui, il désirait cette femme.

— Seigneur, cette fleur est trop aimable. Posséder Anhéra se paie au prix du sang, répondit-il d'une voix sourde.

Hurummu le dévisagea avec étonnement. Tant de gravité dans un tel moment. Les yeux d'Hiram se fermèrent. Il se souvint de la violence de son désir dans des circonstances qui ne laissaient aucune place au plaisir. Il n'avait jamais oublié la petite égyptienne du marais, le jour du guet-apens près du lac Menzaléh. Apeurée, avec ses tout petits seins aux pointes noires, il avait ressenti une violente envie de la posséder. Assistant par la suite à des ventes d'esclaves, il avait été tenté d'acheter telle ou telle jeune fille qui lui ressemblait. Mais il redoutait de se perdre dans la passion.

Le roi fit un signe à Bekaal qui vint s'agenouiller près de sa couche pour l'entendre.

— Majesté, permettez-moi de vous rappeler très respectueusement qu'Anhéra se refuse au pontife. Elle en a fait la risée du temple. En l'offrant au seigneur Sinhout, tu lui infliges une terrible humiliation.

— Bekaal, ton roi sait toujours ce qu'il fait. Je veux qu'El-Djah voie quel présent je fais à mon architecte. Va et tiens-toi prêt !

Bekaal s'inclina.

— Vois-tu, dit Hurummu à l'adresse d'Hiram, El-Djah assume sa haute fonction depuis quarante ans. C'est un homme adroit, trop adroit. Mon père m'a mis en garde contre lui. Il a fait son temps. Avec moi, Tyr rajeunit ; je veux des hommes neufs.

Hurummu piqua une datte dans une coupelle à l'aide d'un longue aiguille d'or. Il la croqua et, avec adresse, en recracha le noyau dans la coupelle. Hiram ne put s'empêcher de sourire.

Soulevant sur son passage murmures flatteurs et déclarations enflammées, Anhéra suivit le chambellan jusqu'à la table royale. Là, elle s'inclina profondément devant Hurummu et lança à Hiram un bref regard. Dans la vaste salle, le silence s'était fait et chacun tendait l'oreille.

— Majesté, ton chambellan m'a fait connaître ta volonté, dit-elle. Me voici.

— C'est bien, Anhéra. Ta danse nous a fait oublier ce monde pour nous en montrer un autre, plus beau, plus intense, le monde de Melqart, dont tu es la servante. Amène sa bénédiction sur mon architecte, Sinhout. Je veux que tu sois à lui cette nuit. Tu seras couverte d'or, plus qu'aucune prostituée sacrée ne l'a jamais été. Mais je sais que tu choisis tes amants et que tu n'hésites pas à récuser certains postulants parmi les plus illustres.

Hurummu tourna alors ostensiblement les yeux vers El-Djah. L'assistance suivit son regard. Un frisson d'excitation courut de table en table. On assistait à une mise à mort. Immobile, près de la vasque murmurante, El-Djah avait compris, lui aussi. Malgré tout l'empire qu'il avait sur lui-même, un rictus de fureur déformait ses traits.

— Après le plaisir que tu nous as donné, j'aurais scrupule à forcer ta volonté, poursuivit Hurummu. Le seigneur Sinhout est-il à ton goût, ou bien vas-tu le rejeter, lui aussi ?

La question était de pure forme. Personne, pas même celle qui venait de bouleverser la cour, n'aurait osé refuser d'obéir au roi.

Anhéra s'inclina à nouveau, puis se tourna vers l'architecte.

— Sire, après Votre Majesté, c'est le seul homme que j'aurais choisi dans cette assemblée.

— Mais sais-tu qu'il boite, Anhéra ? L'accepteras-tu dans ton lit ?

— Sire, ce n'est pas pour marcher que je l'accueillerai dans ma couche... Si je trouve grâce à ses yeux, j'obéirai avec joie à tes ordres et m'efforcerai de ne pas le décevoir.

Le roi se tourna vers l'architecte.

— Eh bien, Sinhout ? Que dis-tu de cette engageante déclaration ?

Conscient de l'attrait qu'il exerçait sur les femmes et dont il n'usait pas, Hiram, amusé, se demanda si la prostituée sacrée l'aurait choisi sans l'intervention d'Hurummu. Il chassa cette pensée. Sans quitter la jeune femme des yeux, il répondit en souriant :

— Anhéra, nulle beauté n'est plus éclatante que la tienne. Tu me fais beaucoup d'honneur en me choisissant parmi tous ces gens remarquables.

Hurummu feignit l'ahurissement :

— Sinhout, par Melqart ! Moi qui croyais que tu ne t'intéressais qu'à ton art et que tu ne savais pas parler aux femmes, me voilà détrompé !

Enchanté, Hurummu appela un échanson et leur fit servir à tous trois un nectar des coteaux de Tripoli. Tandis qu'ils buvaient, d'un signe de tête, il donna l'ordre de faire entrer d'autres danseuses. Tambours, trompes, flûtes et cithares haussèrent le ton. L'assistance tout entière était prête aux plaisirs.

El-Djah avait disparu.

Septième chapitre

Le vin coulait à flots. Les résines enivrantes fumaient dans des cassolettes, des pâtisseries au cannabis circulaient par plateaux entiers. Les prostitués des deux sexes devenaient audacieux. Halicar, syndic des armateurs, et son neveu, capitaine du port de commerce, se partageaient une Nubienne à la peau noire comme le Styx, aux formes opulentes et au rire éclatant. Une noble dame, cousine du roi, s'abandonnait sans retenue aux assauts d'un homme-lion à la tête de griffon. Au cœur de l'orgie, le roi gardait la tête froide. Ce n'était pas pour satisfaire sa propre lubricité qu'Hurummu avait organisé cette fête, mais pour dominer ses proches en donnant libre cours à la leur. Sans compromettre un seul instant sa dignité de souverain, il présidait aux débordements de ses courtisans, les encourageant, les houspillant, les brocardant quand leur ardeur faiblissait, leur lançant des défis auxquels, dans leur ivresse et leur servilité, il leur était impossible de se dérober.

Bekaal, armé d'une torche, guida Hiram et Anhéra jusqu'à une porte dérobée, indécelable pour tout étranger au palais. Sans un bruit, elle s'entrouvrit. Le maître du protocole invita alors les deux jeunes gens à pénétrer dans un couloir étroit au sol dallé de marbre et aux murs recouverts d'une matière translucide. Il les abandonna et la porte se referma sur eux. Anhéra se trouvait en terrain inconnu, elle, la familière du moindre des recoins de tous les palais, victime du caprice d'un tyran dont on connaissait la cruauté. Elle frissonna. Puis elle considéra la silhouette massive de cet inconnu dont elle serait bientôt la maîtresse. Malgré la majesté du visage, elle déchiffra dans ses traits un soupçon de crainte enfantine qui la rassura. Elle chercha sa main, trouva son bras puissant — comme sa peau était douce ! — descendit encore. Elle sentit ses longs doigts enserrer sa main frêle. Ils arrivèrent dans une pièce sobrement éclairée d'une lampe à huile où l'on avait aménagé côte à côte deux escaliers. Celui de gauche, brillamment illuminé, descendait et semblait se perdre dans les ténèbres. L'autre, faiblement éclairé, montait dans un envol de marches aux mosaïques vertes et bleues. Sans hésiter, Anhéra attira Hiram vers l'escalier qui montait. Il l'arrêta et désigna l'autre escalier, celui qui descendait. Tout le poussait à l'emprunter. L'image des cavernes et des cyclopes s'inscrivait puissamment dans son esprit et l'attirait irrésistiblement vers les abysses. Anhéra posa un baiser sur sa bouche, sa main fraîche sur ses yeux fermés et dit :

— C'est en haut que se trouve le ciel.

Il ouvrit les yeux, chassa le songe familier qui le visitait et suivit la jeune femme. Ils débouchèrent sur une terrasse qui surplombait le palais. Les eaux transparentes d'un vaste bassin miroitaient sous les torches.

Deux esclaves éthiopiennes accueillirent le couple. Grandes filles élancées, au port altier, leur peau sombre contrastait avec celle, laiteuse et blonde, d'Anhéra. Habituée à toutes les fantaisies, la jeune femme proposa à Hiram de les associer à leurs jeux. Il secoua la tête.

— Toi seule.

Il voulut renvoyer les Ethiopiennes sur-le-champ. Anhéra l'en empêcha. Prenant l'architecte par la main, elle l'entraîna vers le bassin.

— Toi, demanda-t-elle à l'une des Ethiopiennes, sers à boire au seigneur Sinhout et chante pour nous.

Hiram buvait à longs traits le vin parfumé d'épices, ses yeux se perdaient dans la contemplation de la voûte céleste. Dans le ciel d'une pureté admirable brillaient des myriades d'étoiles. Les bribes confuses de l'orgie leur parvenaient du palais. La voix de l'Ethiopienne s'élevait et couvrait le grondement du sabbat. Hiram éprouva l'étrangeté d'un sentiment nouveau. Toute crainte, tout désir de vengeance l'avaient abandonné. Il était heureux. Il s'apprêtait à rompre le vœu qu'il avait prononcé, mais la vie était plus forte que tout. Elle s'incarnait, par cette nuit parfaite, en la personne d'Anhéra.

— Te voilà bien songeur, seigneur Sinhout ! Est-ce à moi que tu penses ?

— C'est à toi, en effet.

— Alors mes vœux sont comblés ! Je suis heureuse que le roi m'ait offerte à toi. Pour te dire la vérité, même sans son ordre, j'aurais essayé d'attirer ton attention, car il y a en toi quelque chose qui me plaît.

— Vraiment ? Je te croyais très occupée par le seigneur El-Djah.

— Le pontife ? C'est un vieux bouc !

— Sans doute, mais un vieux bouc aux cornes d'or ! On dit qu'il te veut.

— Jamais, il ne m'aura, même au prix fort.

Un autre qu'Hiram aurait décelé dans la passion d'El-Djah pour cette femme qui le méprisait un moyen d'ourdir sa vengeance. Mais Lorn-Salikas avait vu juste. L'architecte ne pouvait s'abaisser à une vengeance médiocre. Il aurait plongé avec joie sa dague dans la gorge du grand prêtre, mais il lui répugnait d'agir dans l'ombre, de tramer contre son ennemi un complot sans noblesse.

— Ne parlons plus d'El-Djah.

D'un regard, Anhéra chassa les esclaves. Puis s'approcha d'Hiram, presque timidement.

Cette nuit-là, Hiram ne serra pas dans ses bras la jeune courtisane païenne, vénale, expérimentée, mais une jeune femme aimante et pure, telle une vierge s'offrant à son premier amour. L'aube pointait. Hiram se releva un instant pour fermer les lourds rideaux qui protégeraient leur sommeil des feux de l'astre du jour. Puis, il revint s'allonger près de sa compagne endormie. Il effleura du bout des doigts son front humide de sueur, enroula un instant une mèche de ses cheveux blonds autour de son index. Elle murmura quelques mots presque indistincts, puis ils sombrèrent ensemble dans un profond sommeil.

Les lendemains de fêtes, le palais émergeait lentement de sa léthargie. Dans la matinée tout d'abord, les esclaves s'efforçaient de nettoyer les salles communes sans provoquer la colère de quelque ivrogne de haut rang cuvant son ivresse. On chassait sans ménagement les gitons, les putains et le tout-venant des fêtards qui avaient roulé sous les tables. On réveillait avec plus de précautions les courtisans et les notables. On protégeait le sommeil des hôtes d'un plus haut rang. Ces privilégiés pouvaient ronfler jusqu'au milieu du jour. Hurummu ne se laissait jamais surprendre dans un abandon si peu royal. A la différence d'Abibalos sur ses vieux jours, il maîtrisait les effets du vin et prenait soin de se retirer dans ses appartements avant de sombrer dans l'inconscience.

Vers midi, une armée de serviteurs, hommes et femmes, s'affairait sur le théâtre de la fête. On entassait dans des couffins plats, cratères, amphores et coupes à destination des bassins domestiques où ils seraient lavés. On nettoyait les sols tachés par le vin répandu, jonchés de pétales fanés et de restes de couronnes défleuries. Hurummu se reposait encore, mais il ne tarderait pas à paraître. Les intendants et les responsables du nettoyage houspillaient leur monde dans l'espoir d'en avoir fini avant le lever du maître.

La besogne avançait. On achevait de rendre à la plus grande des salles son aspect habituel, quand un hurlement fit sursauter Bekaal, qui inspectait les lieux. Le cri provenait de la terrasse. Bientôt, une esclave surgit, les yeux agrandis d'horreur. Son émotion la rendait incapable de s'exprimer clairement. Bekaal, en la rudoyant, finit par obtenir qu'elle le guidât. Avant de la suivre, accompagné de deux hommes d'armes, le vieil intendant des plaisirs donna des ordres pour qu'on renforce immédiatement la garde des appartements d'Hurummu. Quelques instants plus tard, le petit groupe pénétrait par la porte secrète et gagnait la terrasse. Sur le lit imbibé de sang gisait le cadavre d'une femme nue, décapitée. La tête tranchée avait été posée entre ses cuisses ouvertes, le visage tourné vers le sexe, qu'elle semblait baiser de ses lèvres exsangues. A genoux au pied de lit, grimaçant d'horreur tel un dément en proie à ses délires, l'architecte Sinhout tournait le dos à cet effrayant spectacle. Un long poignard au manche ouvragé était planté entre les seins de la morte. A l'entrée de Bekaal et des gardes, l'architecte tourna dans leur direction un regard hébété. Il voulut se redresser. Interprétant ce geste comme l'esquisse d'un mouvement de fuite, Bekaal ordonna aux soldats de l'empoigner. Ils obéirent. Le Tyrien protesta mais n'opposa pas de résistance. Il semblait anéanti. Bekaal, pour l'interroger, usa de quelque prudence. Si tout semblait l'accuser, Sinhout n'en était pas moins protégé par le roi, et le héros de la veille.

— Seigneur Sinhout, peux-tu nous expliquer ce qui s'est passé ?

— Je ne peux rien expliquer. Je dormais, un cri me réveille. Et voilà ce que voient mes yeux.

— Cette femme a été tuée, décapitée et profanée à côté de toi, pendant ton sommeil, sans que t'en sois aperçu ?

— Oui, par Melqart ! rugit Sinhout.

Bien que la face de la tête tranchée ne fût pas visible, les lourdes torsades blondes empoissées de sang de sa chevelure ne laissaient aucun doute quant à son identité. C'était la belle Anhéra, la splendide putain sacrée du Temple de Melqart. Et Sinhout avait passé la nuit entière avec elle. Seul.

Huitième chapitre

Dans la salle du trône, Hiram chargé de chaînes, faisait face au roi entouré de Bekaal et de deux hommes d'armes. Hurummu, le visage grave, examinait le long poignard qu'on avait retiré du corps d'Anhéra. C'était une arme magnifique, d'une facture typiquement égyptienne. A la consternation du roi, Sinhout avait admis qu'elle lui appartenait. Il lui aurait d'ailleurs été difficile de le nier, car il la portait souvent. Elle était assez spectaculaire pour qu'on la remarquât et qu'on l'identifiât sans peine.

— Sinhout, dit le roi, cette arme renforce les soupçons qui pèsent sur toi.

L'architecte hocha la tête avec accablement.

— Elle m'a été offerte par le pharaon Aménemopé, il y a bien des années. Mais je ne la portais pas hier soir, je te le jure ! Il faut qu'on me l'ait dérobée chez moi.

— Donc, selon toi, tu serais victime d'un complot ?

— J'en suis sûr, majesté ! Je n'ai pas tué Anhéra. Nous avons fait l'amour toute la nuit. Peut-être ai-je trop bu, peut-être ai-je été drogué. A-t-on interrogé les servantes éthiopiennes ? L'une d'elles m'a servi une coupe de vin.

— Simarr les interroge, l'une d'entre elles au moins, car l'autre est introuvable. Mais sa disparition ne prouve pas sa culpabilité. Elle peut avoir pris la fuite en apprenant la mort d'Anhéra, de crainte d'être torturée. Ce n'est pas une petite putain qui a été assassinée, mais une prostituée sacrée de haut rang. El-Djah me harcèle avec son armée de prêtres. Si tu n'étais pas mon architecte, tu serais déjà entre les mains du bourreau.

— Majesté, je suis innocent ! Pourquoi aurais-je tué Anhéra ? Elle m'a donné tant d'amour cette nuit !

— On a vu des choses encore plus étranges. Mais je te crois, Sinhout. Reste qu'il va falloir prouver ton innocence. Qui pouvait concevoir du dépit de voir Anhéra dans les bras d'un autre, sinon El-Djah ? En la châtiant, il te perd et réaffirme son pouvoir. Bien joué !

Un bruit de pas précipités se fit entendre dans l'antichambre. A travers la porte, on entendit la voix coupante du pontife ordonner aux factionnaires de l'annoncer auprès du roi.

— Le voilà, dit Hurummu. Tout ce que je puis faire en ta faveur pour l'instant est de te jeter dans un de mes cachots plutôt que dans l'un des siens. Ton serviteur Llorn-Salikas, le Caucasien, est-il un homme de toute confiance ?

— Oui, sire, et aussi Abias, l'adolescent.

— Bien.

Déjà, le grand pontife entrait dans la salle du trône, accompagné de ses assistants. C'était en corps constitué que le clergé de Melqart venait réclamer la tête de l'assassin d'une prostituée sacrée. Plus qu'un meurtre, c'était un sacrilège sans précédent qui avait été commis. Les sourcils froncés, les lèvres pincés, El-Djah s'inclina brièvement devant Hurummu. Sans surprise, le pontife avait choisi de ne pas implorer justice, mais de l'exiger.

— Sire, un crime abominable a été commis. C'est Melqart Baal, le dieu tutélaire de Tyr, qui a été bafoué à travers le meurtre d'une de ses servantes. Grâces te soient rendues, grand roi, l'assassin n'a pas pu s'échapper de ton palais.

— Il s'est d'autant moins échappé, dit Hurummu d'une voix douce, qu'il dormait comme un loir à côté du cadavre, comme un innocent.

— La culpabilité de cet intrigant égyptien ne fait aucun doute !

— Elle en fait pour moi. Suffisamment pour que je le conserve en mon pouvoir, le temps de confirmer ces doutes ou de les lever.

El-Djah explosa.

— Mais tout l'accuse !

— Justement. Ou bien il est une bête sanguinaire qu'il faut abattre, ou bien il est la victime d'un complot. Simarr, dont tu connais la compétence, enquête sur ce crime. S'il conclut à la culpabilité de Sinhout, il te sera livré.

El-Djah ne l'entendait pas de cette oreille. En se rendant au palais, il était persuadé de tenir l'Egyptien. Il enragea de voir sa proie lui échapper, même momentanément. Sa fureur était telle que, perdant le sens des mesures, il s'oublia jusqu'à menacer le roi.

— Prends garde, sire, c'est la caste sacerdotale tout entière que tu bafoues en protégeant le meurtrier d'une prêtresse de l'amour !

Les paupières d'Hurummu se plissèrent jusqu'à ne

plus laisser filtrer qu'un regard tranchant comme une lame de couteau.

— Tu parles à ton roi, l'oublierais-tu ? dit-il d'une voix encore plus douce, comme s'il parlait à un enfant coléreux.

El-Djah perçut la menace mortelle qui pointait sous cette douceur. Il s'inclina en ravalant sa colère.

— Grand roi, par les dieux, non ! Je suis ton serviteur fidèle. Mais comprends ma douleur, je t'en supplie humblement. En assassinant Anhéra, en la mutilant d'une façon aussi atroce, c'est un peu à ma fille que cet impie s'est attaqué !

« Une fille à laquelle tu brûlais de dispenser des caresses et des baisers bien peu paternels, vieillard libidineux ! » se dit Hurummu.

— Je t'en donne ma parole, El-Djah, le meurtrier d'Anhéra sera châtié, quel qu'il soit !

Sur ce serment ambigu, le roi congédia les prêtres d'un geste si impérieux qu'il ne laissait place à aucune argutie. La poitrine soulevée de colère, El-Djah jeta un regard de haine à Sinhout, puis il s'inclina devant le roi et se retira à reculons en entraînant avec lui sa suite.

— Sa fureur est telle qu'il pourrait bien devenir dangereux même pour moi ! murmura Hurummu.

— Sire, dit Bekaal, le seigneur Simarr est dans l'antichambre.

Simarr fut admis dans la pièce. Tête carrée, avec un front bas qui cachait une intelligent aiguë, d'un loyalisme à toute épreuve, c'était l'homme de confiance d'Hurummu. L'accession du roi au trône l'avait projeté sur le devant de la scène. Il rendit compte de l'interrogatoire de l'une des deux servantes éthiopiennes. A la description qu'il en fit, Hiram reconnut celle qui avait chanté pour eux, tandis que l'autre qui lui avait servi à boire avait disparu. On avait retrouvé le cratère où la servante l'avait puisé. Simarr en avait fait boire une coupe à un esclave. Le vin ne semblait pas avoir eu sur lui d'effets particuliers.

Le moins sombre des cachots de la forteresse était aussi sinistre qu'un tombeau. Cependant, avant d'y faire enfermer son architecte, Hurummu y fit apporter quelques aménagements. Des tentures dissimulèrent les murs suintants, une couche décente remplaça l'étroit bat-flanc sur lequel des prisonniers moins heureux qu'Hiram avaient sans doute cherché en vain le sommeil. On scella dans le mur des anneaux dans lesquels on ficha des flambeaux. Enfin, sur une table placée sous la meurtrière par laquelle entrait un mince filet d'air et de lumière, on servit à Hiram une collation composée de filets de canard rôti, de poivrons et d'oignons marinés, de figues et de noix, le tout accompagné d'un pichet de vin digne de la table royale. Ces égards touchèrent Hiram au cœur. Dans le cataclysme qui s'était abattu sur lui, il n'était pas sans recours. Il gardait la confiance du roi et il pouvait compter sur l'aide agissante de Llorn et d'Abias. D'eux, il avait reçu un message qu'un geôlier lui avait apporté avec la bénédiction d'Hurummu. Llorn et Simarr étaient arrivés aux mêmes conclusions. Hiram avait été drogué. L'esclave qui avait bu le vin servi la veille par l'Ethiopienne était tombé dans un profond sommeil quelques heures plus tard. La preuve était donc établie : c'était bien le vin qui contenait la drogue. Hiram lui devait l'état d'hébétude dans lequel on l'avait découvert. L'Ethiopienne disparue avait donc trempé dans le complot. Par elle, on pouvait espérer remonter à son instigateur. Hiram ne doutait pas qu'il s'agît d'El-Djah. Llorn était chargé de le prouver. Tout espoir n'était pas perdu, mais la situation d'Hiram demeurait périlleuse. Hurummu ne pourrait écarter indéfiniment la demande d'El-Djah de lui livrer le prétendu coupable du meurtre d'Anhéra.

A l'instant même où Hiram s'attablait sans grand appétit devant son repas, le pontife excitait la colère du peuple et orchestrait des manifestations pour protester contre la protection dont bénéficiait l'assassin sacrilège. Le peuple, prompt à s'enflammer, se représentait avec horreur le traitement barbare infligé à la belle Anhéra. Les récits horrifiants, au sujet de sa tête tranchée et placée entre ses cuisses, sa bouche accolée à son sexe en un cunnilingus d'épouvante, couraient de proche en proche et suscitaient la vindicte populaire. Les expropriations brutales qui chassaient les occupants illégaux de l'Eurykoros attisaient l'hostilité grandissante envers l'architecte. En le désignant comme le meurtrier d'Anhéra, on déchaînait contre lui une haine latente. Les espions de Simarr sentaient monter la colère du peuple. Les rapports se faisaient alarmants. L'émeute couvait. Hurummu hésitait à l'écraser dans le sang. En recourant à la force contre son peuple en faveur d'un étranger désormais haï de tous, il encourrait une impopularité durable. Sinhout ou un autre, il fallait à la foule un coupable. Seule, sa mise à mort spectaculaire et douloureuse apaiserait le peuple de Tyr. Le destin de l'architecte allait se jouer en quelques heures.

Déjà, une plèbe enragée avait investi l'Eurykoros où les premières barges avaient commencé à débarquer les matériaux commandés de longue date en vue de l'ouverture du chantier. Pour être à pied d'œuvre vingt-quatre heures sur vingt-quatre, l'architecte avait délaissé depuis peu sa demeure sur la grande île. Il logeait sur l'Eurykoros, dans une cabane où il avait rassemblé ses plans, ses notes, les instruments de mesure qu'il tenait de son maître Ahmosis. Une horde écumante força la porte de son logis, jeta par les fenêtres meubles, plans et instruments, lacérant et brûlant les prétendus vêtements du « monstre », qui n'étaient, pour une part, que ceux de Llorn-Salikas. Par chance, la cabane était déserte. Llorn et Abias s'étaient mis en quête de l'Ethiopienne qui avait drogué Hiram. Leur absence leur sauva la vie. Les émeutiers qui incendièrent la baraque les auraient sans doute brûlés avec elle. L'arme au pied, un détachement de la garde tyrienne assista au saccage. Simarr avait ordonné de ne pas réagir. Ce faisant, il contrariait habilement les attentes des hommes de main d'El-Djah qui escomptaient une vive réaction du pouvoir pour jeter de l'huile sur le feu. Si le roi était forcé d'abandonner l'Egyptien à la vengeance du clergé, Hurummu pourrait toujours se prévaloir de la mansuétude de sa garde vis-à-vis des croyants indignés.

Au milieu de l'après-midi, la cabane sur l'Eurykoros n'était plus qu'un monceau de braises fumantes et la populace excitée par les agitateurs à la solde d'El-Djah convergeait vers le palais d'Hurummu. Llorn et

Abias commençaient à désespérer de mettre jamais la main sur Mouthra, l'Ethiopienne. Après Simarr, ils avaient interrogé sa sœur cadette. Elle leur avait juré qu'elle ne l'avait pas vue depuis la veille et qu'elle ignorait où elle pouvait être. Llorn n'avait aucune confiance en sa parole, aussi l'avait-il terrifiée en faisant mine de l'égorger. Au comble de la terreur, elle n'avait rien avoué. Manifestement, elle ne savait rien. Rageant et pestant, Llorn avait entraîné Abias hors du quartier des esclaves. Alors qu'ils regagnaient la rue, une porte s'était ouverte. Un visage de femme était apparu.

— Ces Ethiopiennes sont des traînées ! cracha la voisine. Tu cherches Mouthra, la sœur aînée ?

Llorn s'arrêta et considéra la femme avec intérêt. Il arracha de son manteau une fibule d'argent qu'il lui montra.

— Ceci est à toi si tu me dis où je peux la trouver ; mais gare à tes os si tu me fais perdre mon temps !

— Tu la trouveras peut-être au lazaret, si tu n'as pas peur de la lèpre. Sa mère est atteinte. Quel meilleur endroit pour se cacher ?

Les yeux de Llorn se mirent à briller. La délatrice tendait la main vers la fibule. Il la retint un instant, le temps de réitérer sa menace, avant de la laisser s'en emparer.

— Si tu retrouves l'Ethiopienne, tue-la ! Elle m'a volé mon mari.

Neuvième chapitre

En longeant le rivage à l'est de Palaetyr, après une heure de marche, Llorn et Abias étaient parvenus au lazaret. C'était une anse de sable d'accès difficile, cernée de hautes roches noires dans lesquelles s'ouvraient plusieurs grottes naturelles qui servaient d'abris aux lépreux. L'endroit usurpait son nom, car on n'y soignait personne. Les misérables qu'on y reléguait n'étaient là que pour attendre la mort, parfois de longues années. Les plus chanceux y étaient ravitaillés par leur famille. Les aumônes des prêtres sauvaient les autres de la famine. Tous les trois jours, un attelage apportait du pain noir, des dattes sèches, quelques fruits, les rebuts de viande et de poisson qui n'avaient pas trouvé preneur sur le marché de Palaetyr. L'attelage ne pouvait pas franchir l'arête rocheuse qui barrait la grève. Les esclaves du temple l'escaladaient chargés de couffins et lançaient les victuailles du haut des rochers, comme à des bêtes fauves, aux malades qui se les disputaient.

De là-haut, Llorn et Abias observaient ce lieu de désespoir et d'épouvante. A leur apparition, des silhouettes s'étaient dressées à l'entrée des grottes. Plusieurs créatures hideuses s'étaient approchées du pied de l'arête. Hirsutes, claudicant sur leurs pieds déformés et rongés, elles tendaient leurs mufles léonins et leurs moignons informes vers les nouveaux arrivants en marmonnant de confuses supplications. Dans la plus affreuse détresse, deux ou trois cents parias hantaient ce lieu d'où l'on ne revenait jamais.

— Je vais descendre, poursuivit Llorn. Attends-moi ici.

— Je viens avec toi.

— Pas question ! Veux-tu finir comme eux ?

— Je veux y aller, pour Hiram, s'obstina Abias. Je ne toucherai rien ni personne. Je respirerai à peine !

De guerre lasse, Llorn accepta. L'endroit inspirait la peur à tous, mais au cours de sa vie aventureuse, Llorn avait déjà côtoyé des lépreux. Il savait faire la part du risque.

— Soit. Viens, ne traînons pas !

Ils dévalèrent le pan de rocher sous les regards stupéfaits des lépreux. Quand Llorn sauta à terre, ils s'écartèrent comme une bande rats effrayés sans pour autant s'enfuir vraiment. Ils n'avaient à perdre qu'une vie devenue pour chacun d'eux un supplice. Abias rejoignit le Caucasien d'un bond. Llorn s'avança sur la grève et parla d'une voix haute et claire.

— Une femme est arrivée parmi vous cette nuit. Où est-elle ?

Ce fut une vieille femme, parvenue à un stade avancé de la maladie, qui lui répondit. Elle n'avait plus de nez ni de joues et sa bouche n'était plus qu'une mince fente bordée de bourrelets de chair à vif.

— Mon nom est Plakis, coassa-t-elle. Et toi, étranger, qui es-tu, pour troubler le repos des lépreux ? Es-tu lépreux toi-même ? Tu sais qu'il faut l'être, pour pénétrer dans notre royaume.

— Je le sais, femme ! Mais je viens châtier une imposture. La femme dont je parle n'est pas une lépreuse. Si une Ethiopienne s'est réfugiée cette nuit parmi vous en se disant lépreuse, elle a menti ! Elle a commis un crime à Tyr et elle ne cherche qu'à se cacher quelque temps. C'est la vérité.

Plakis resta un instant silencieuse. La loi non écrite était formelle : ce lieu d'asile était réservé aux lépreux et à eux seuls. Les criminels ou les esclaves en fuite qui s'y risquaient étaient mis à mort par les lépreux eux-mêmes. Ils n'obtenaient la vie sauve et le droit de séjour qu'à condition d'accepter d'avoir des rapports sexuels avec un ou une malade, ce qui les condamnait à contracter la lèpre à leur tour.

— Tu connais notre misère, reprit la vieille. Que gagnerons-nous, si nous t'aidons ?

— Mon maître est riche, dit Llorn. Vous recevrez une amphore de la meilleure huile par semaine et deux du meilleur vin pendant un mois.

Seuls, les malades assistés par leur famille connaissaient encore le goût de ces denrées. Les autres l'avaient oublié depuis longtemps.

— Deux mois ! glapit Plakis.

— Deux mois, soit ! Et vous ne tuez pas l'Ethiopienne ; je la ramène à Tyr, où elle devra expier son crime.

— Elle est à nous, si tu dis vrai ! C'est à nous qu'il appartient de la punir. Ou alors, c'est trois mois d'huile et de vin !

— D'accord, dit Llorn, mais le temps presse.

— J'ai ta parole ?

— A-t-on des nouvelles du Caucasien ?

— Hélas non, Majesté, répondit Simarr.

La nuit tombait. La roi s'apprêtait à recevoir les membres du Grand Conseil, pour une audience extraordinaire. Ils attendaient derrière la lourde tenture qui séparait le petit salon privé de la salle du trône. Le rapport de Simarr sur la situation n'avait rien de rassurant. Les troubles s'étendaient. Les prêtres, obéissant aux ordres du grand pontife, étaient sortis des sanctuaires et ameutaient le peuple sur les places publiques. Les prostituées sacrées, couvertes de cendre, le corps strié de griffures, parcouraient la ville en appelant les fidèles à venger leur compagne assassinée. De son vivant elles l'avaient jalousée et détestée. Aujourd'hui, elles faisaient d'elle une sainte.

— On ne peut tergiverser plus longtemps, sire. Il va falloir choisir entre Sinhout et le peuple, dit Simarr. Si tu l'ordonnes, je lance la garde royale contre les émeutiers et Tyr deviendra un fleuve de sang, mais le veux-tu vraiment ?

Hurummu soupira avec accablement.

— Je veux l'éviter ! Sinhout est innocent, j'en suis sûr. Et j'ai besoin de lui. Tu le sais, il ne s'agit plus seulement d'achever l'Eurykoros.

Quelques jours plus tôt, un émissaire de Shérat-Madakh, l'ambassadeur d'Hurummu auprès du roi des Hébreux, était arrivé, porteur d'une longue missive. Salomon s'estimait à présent assez sûr de son pouvoir pour réaliser le rêve que son père David n'avait pu mener à bien. Il entendait édifier à Jérusalem un temple afin d'accueillir l'Arche d'alliance jusqu'alors conservée sous une tente. Peuple nomade, les Hébreux avaient toujours transporté leur dieu avec eux dans leurs pérégrinations. Une fois par an, seul admis dans le Saint des Saints, le grand prêtre intercédait auprès de Yahvé pour obtenir son pardon. Salomon, en accédant au trône, avait hérité à la fois du rêve contrarié de son père, David, et des moyens de le concrétiser. Cependant, le projet qui le hantait était si ambitieux qu'il ne pourrait le mener à bien sans l'aide des Phéniciens. Il avait besoin de leur bois, le cèdre des pentes du mont Liban, mais aussi de leur savoir-faire. Il avait besoin également d'un architecte et Hurummu souhaitait que cet architecte fût Sinhout. La « question du Temple » n'était pas nouvelle, entre les deux peuples. Du temps de David, déjà, elle avait occupé les esprits et fourni aux diplomates des deux nations ample matière à pourparlers. Toutes les conditions étaient réunies pour que le projet vît enfin le jour.

— En nous associant au projet de Salomon, reprit Hurummu, nous consolidons notre alliance avec les Hébreux ! Cette alliance est indispensable à l'équilibre des forces dans toute la région. Encourageons Salomon dans la poursuite d'entreprises qui exigent la paix et la stabilité.

Hurummu se tut. Un brouhaha indistinct se faisait entendre derrière la tenture. Dans la salle du trône, les membres du Conseil s'impatientaient.

— El-Djah est revenu, j'imagine ?

— Bien sûr, majesté ! Tandis qu'il mène le bal ici, au cœur de ton palais, ses agents excitent la populace à l'extérieur.

— Il me le paiera. Quoi qu'il arrive, il paiera tout cela, au prix fort ! Je ne peux le laisser manipuler plus longtemps le Conseil sans intervenir. Tu as fait tirer Sinhout du cachot ?

— Il est dans l'autre pièce, les fers aux pieds, aux mains et au cou, comme tu l'as ordonné.

— Tu le feras entrer à mon signal, gardé par deux hommes qui répondront sur leur vie de sa sécurité.

Simarr s'inclina. D'un geste brusque, Hurummu écarta la tenture. Le souverain s'avança d'un pas déterminé sur l'estrade qui soutenait son trône. A sa vue, l'effervescence qui régnait dans la salle se dissipa instantanément. L'émotion des Anciens était vive, mais le roi était le roi. Les dos se courbèrent, les fronts s'inclinèrent. Seul El-Djah, ostensiblement, garda la tête haute.

Dixième chapitre

Hurummu prit place sur son trône avec majesté. Contraint à cette réunion du Conseil des Anciens sous la pression de la rue et des prêtres, le monarque était décidé à se livrer à une démonstration d'autorité. D'une voix impérieuse, il devança le grand pontife qui s'apprêtait à prendre la parole.

— Nobles Anciens, puits de sagesse, pères de la cité, un crime odieux a été commis. Les apparences accusent un homme, l'architecte Sinhout.

Avec arrogance, El-Djah coupa la parole au roi.

— Non pas les apparences, sire, mais les faits ! C'est dans sa chambre, sur son propre lit, avec une arme lui appartenant, qu'Anhéra a été tuée et décapitée. C'est lui, tout le prouve, qui a accolé la bouche d'Anhéra à son sexe pour les profaner l'un et l'autre jusqu'après sa mort !

— Qui ose m'interrompre ? tonna le souverain. Je ne puis croire que ce soit toi, El-Djah ! N'oublie pas que c'est moi qui ai offert cette femme à Sinhout et que c'est dans ma demeure que ce meurtre sacrilège a été commis. Ma maison, comme ton temple, a été profanée. Justice sera rendue. Sinhout doit être entendu.

Hurummu fit signe à Simarr. Enchaîné, poussé par

deux gardes en armes, l'architecte fut introduit dans la salle du trône. Un murmure de haine monta du cercle des Anciens et des notables. Des injures fusèrent, des poings se crispèrent. Sans la présence du monarque, l'assistance se serait jetée sur le prisonnier pour le mettre en pièces.

— Silence ! intima le roi.

Mais El-Djah, du regard, poussait ses acolytes à poursuivre leurs protestations. Simarr eut raison de cette fronde en disposant des hommes d'armes dans la salle.

— Sinhout, reprit Hurummu dans le calme à peu près rétabli, tu sais quels soupçons pèsent sur toi. Parle et sache que tu n'as aucune clémence à attendre de moi si tu as commis ce meurtre sacrilège !

Les traits tirés, des cernes bleuâtres sous les yeux, éprouvé par le cauchemar qu'il vivait depuis son réveil, mais la voix ferme, l'architecte prit la parole.

— Sire, et vous, seigneurs, j'ai conscience qu'il est difficile pour vous de me croire, mais je ne sais rien ! Après une nuit d'amour où Anhéra m'a révélé l'extase, je me suis endormi profondément. J'ai été réveillé par le cri d'horreur d'une servante. Je baignais dans le sang d'Anhéra...

Il se tut, envahi par une émotion qu'il parvint difficilement à maîtriser. D'un geste, Hurummu le pressa de poursuivre.

— Bekaal est arrivé avec ses gardes. Ils se sont jetés sur moi et ils m'ont enchaîné. Je ne sais rien d'autre ! Mais je suis sûr d'avoir été drogué.

— Tu mens, impie, assassin ! s'écria El-Djah. Tu prétends avoir été drogué ? La belle drogue, qui te laisserait faire l'amour toute la nuit et qui t'endormirait assez profondément pour qu'on égorge ta maîtresse à côté de toi !

Sur un geste d'Hurummu, Simarr intervint :

— Sinhout dit vrai sur ce point : le vin qu'une servante éthiopienne lui a servi était drogué. J'en ai donné une coupe à un échanson et il s'est endormi profondément.

— Mais pas Sinhout ! exulta El-Djah. Lui, il a forniqué longuement avec Anhéra, il le dit lui-même.

— Je n'avais bu qu'un peu de ce breuvage, protesta l'architecte.

— Allons donc ! Tu prétends avoir été drogué, pas assez pour t'empêcher de contenter une femme des heures durant, mais assez pour te faire sombrer dans l'inconscience après ? A qui vas-tu faire avaler une telle fable ? Et où est-elle, cette Ethiopienne ? Qu'on nous la montre, par Melqart, qu'elle s'explique ! Si elle existe, bien sûr.

— Elle existe ! lança une voix mâle en provenance de la grande porte qui s'ouvrait du côté opposé au trône. La voici ! Elle vient répondre aux questions du roi !

Les yeux se tournèrent vers le nouvel arrivant. De son trône d'ébène incrusté d'or et de pierreries, le souverain invita ces inconnus à s'approcher. Un homme de haute stature, aux cheveux en bataille, s'avança flanqué d'un jeune garçon et poussant devant lui une femme à la peau sombre, au regard apeuré.

— Bekaal, cette femme est-elle la servante en question ?

— C'est elle, seigneur ! Elle s'appelle Mouthra. Elle avait disparu.

— Elle a cherché refuge au lazaret des lépreux,

précisa Llorn-Salikas. Elle croyait que nul n'irait jamais la chercher là-bas et que l'émotion retombée, elle pourrait s'enfuir et regagner son pays.

La foule s'écarta sur le passage du petit groupe qui s'arrêta devant l'estrade royale. Llorn s'inclina jusqu'à terre, imité par son jeune compagnon et par leur captive terrifiée. Puis se redressant, le Caucasien poussa la femme en avant. Elle trébucha et s'abattit au pied du trône. Sous le regard glacé du roi, elle couvrit son visage de ses mains et fondit en sanglots.

— Assez de simagrées, esclave ! s'impatienta Hurummu. Réponds à mes questions sans rien dissimuler, sinon, crains ma colère ! Tu étais au palais cette nuit avec ta sœur et tu as servi le seigneur Sinhout et la malheureuse Anhéra. Pourquoi t'es-tu enfuie ?

— J'ai eu peur, seigneur roi !

— De quoi, si tu n'avais rien à te reprocher ? Le vin que tu as servi au seigneur Sinhout était drogué. Qui t'a payée pour ça ?

L'Ethiopienne demeura silencieuse.

— Parle ! gronda Hurummu, ou je te livre au bourreau. Il saura bien te rafraîchir la mémoire !

A l'évocation du bourreau, la servante se mit à trembler et recommença à pleurer.

— Grand roi, pitié, pitié ! balbutia-t-elle. Un homme m'a forcée. Il m'a donné une poudre et il m'a menacée de me défigurer si...

La voix sèche d'El-Djah s'éleva et couvrit ses gémissements.

— Majesté, il est clair que cette femme est folle de terreur. Elle dit n'importe quoi pour échapper à la torture !

— Peut-être. Peut-être pas, dit Hurummu. Femme, regarde autour de toi : l'homme dont tu parles est-il présent parmi nous ?

Un murmure de surprise parcourut l'assemblée. Certains dignitaires voulurent protester, mais Hurummu les fit taire d'un froncement de sourcils.

— Femme, obéis !

Mouthra essuya ses larmes de la manche de sa tunique et passa les visages en revue d'un regard circulaire.

— Non, seigneur roi, il n'est pas là.

— Majesté, dit El-Djah, tu as une bien piètre idée de tes sujets les plus nobles !

Hurummu ignora cette intervention.

— Tu reconnais avoir drogué le vin ?

La femme acquiesça en se mordant les lèvres.

— Comment t'y es-tu prise ?

— L'homme m'a donné une poudre. Il m'a dit de la mettre dans le cratère et de remuer le breuvage avec une spatule, pour l'y dissoudre.

— Quelle heure était-il ?

— La dixième heure, je crois. Le seigneur Sinhout et Anhéra venaient d'arriver.

— De quelle couleur était la poudre ?

— Lie-de-vin, seigneur. Elle était très fine, comme de la cendre. Elle n'a laissé aucun dépôt sur la coupe du seigneur Sinhout.

— Le seigneur Sinhout a-t-il bu beaucoup de ce vin drogué ?

— Non. Alors qu'il buvait, la servante de Melqart s'est offerte à lui. Il a posé sa coupe à moitié pleine et il l'a rejointe dans le bassin.

Hurummu hocha la tête. Le récit de Mouthra recoupait parfaitement les dires de l'architecte. El-Djah, exaspéré, pestait contre le temps que leur faisait perdre cette menteuse. Cependant, Hurummu, opiniâtre, poursuivait l'interrogatoire.

— L'homme qui t'a donné la poudre, tu l'avais déjà rencontré ?

Terrifiée, la femme se taisait à présent. La voix du roi se durcit.

— Il faut tout dire, sinon...

Mouthra capitula.

— J'ignore son nom, seigneur, mais je l'ai seulement aperçu quelquefois au palais.

— Décris-le !

— Il est de petite taille, robuste, avec un ventre proéminent, un visage tout rond et des yeux vifs, qui semblent toujours chercher quelque chose. Mais surtout, il a les jambes brûlées.

Un seul homme, connu de tous, correspondait à cette description. Tous les regards se tournèrent vers le grand pontife.

— Seigneur El-Djah, dit Hurummu, ce portrait ne te rappelle-t-il personne ?

Les yeux d'El-Djah lançaient des éclairs.

— Majesté, c'est un complot. Mes ennemis veulent ma perte. Bachari est un fidèle parmi les fidèles.

Il apostropha Mouthra :

— Par Melqart, dis la vérité ou je te fais brûler !

— Nous en jugerons quand nous aurons entendu Bachari, dit Hurummu en se tournant vers Simarr. Où est-il ?

— Il attend son maître dans la cour, près de la litière pontificale, répondit Simarr.

L'affaire prenait une tournure inquiétante pour le grand prêtre. Déjà les conseillers s'écartaient de lui.

— Qu'on m'amène Bachari ! ordonna Hurummu.

Aussitôt Simarr, suivi d'un officier et de quatre gardes quittèrent la salle du trône à la hâte. On entendit le bruit de leur course résonner puis s'estomper dans l'escalier de marbre. Soudain, des exclamations confuses, des cris montèrent de la cour.

Un conseiller, depuis la fenêtre, se tourna vers le trône.

— Par Melqart et Astarté, majesté, c'est terrible ! dit-il, Bachari a tiré une dague de sa tunique et a blessé l'officier avant de tenter de s'enfuir. Un des gardes l'a rattrapé et l'a transpercé de sa lance. Il est mort.

Quelques instants plus tard, les gardes déposaient devant Hurummu le corps inanimé de Bachari. Devant la dépouille du brûlé, le cœur d'Hiram se mit à battre avec violence. Cet homme était lié de si près à la tragédie qu'il avait vécue enfant qu'il n'avait jamais pu le croiser sans éprouver un violent malaise. Aujourd'hui, selon toute apparence, Bachari avait enfin expié ses crimes. Restait son maître, l'homme qui les avait ordonnés...

Onzième chapitre

Simarr saisit le poignet de Mouthra et la tira près du cadavre. Puis il souleva la tête de Bachari pour qu'elle fût bien visible de tous.

— Regarde ce visage, ordonna-t-il à l'Ethiopienne. Est-ce bien l'homme qui t'a ordonné de droguer le vin ?

— C'est lui, seigneur ! s'écria la servante.

Un homme entre deux âges, vêtu de l'ample tunique blanche des prêtres de haut rang, se détacha de l'assistance et s'avança vers le trône. C'était Hobeikaal. Il jouissait de la confiance du roi et de l'estime de ses pairs. Hurummu se tourna vers lui.

— As-tu quelque chose à dire, seigneur Hobeikaal ?

— Majesté, un mort ne peut se défendre. Doit-on croire cette femme sur parole ? C'est une femme de peu, une servante, une étrangère qui plus est ! Bachari, lui, était honorablement connu de tous.

D'un geste brutal, Mouthra se dégagea de l'étreinte de Simarr. Elle tremblait de tous ses membres. Ses yeux affolés semblaient chercher une issue à la peur incontrôlable qui l'avait envahie. Elle courut en direction de la porte monumentale. Sidérés, les gardes restèrent tout d'abord immobiles, puis se jetèrent sur elle et la plaquèrent à terre. Elle gigotait de toutes ses forces. Des râles s'échappaient de sa bouche. Son expression était si effrayante que les gardes relâchèrent leur étreinte. Dans la lutte, sa tunique s'était déchirée dévoilant sa poitrine. Désignant le cadavre du doigt, elle cria :

— Ce chien m'a violée, il a menacé de me défigurer. Qu'il soit maudit !

L'assemblée stupéfaite gardait le silence. Hurummu, le premier, prit avantage de l'accusation de Mouthra.

— Si Bachari était innocent, aurait-il tenté de s'enfuir et de poignarder un de mes gardes ?

De la ceinture de Bachari, Simarr détacha une aumônière de toile ocre. Il l'ouvrit et en sortit un petit flacon de verre opaque fermé par un bouchon d'argent. Mouthra s'écria :

— C'est de ce flacon qu'il a tiré la poudre !

Prêtres et notables s'agitaient, commentant ces révélations. Hurummu leur imposa le silence.

— Nous allons voir, dit-il. Il reste sans doute un peu de poudre dans le flacon. Qu'on amène l'esclave qui a déjà goûté cette poudre.

Tremblant, un esclave apparut bientôt. La salle retint son souffle, tandis que Simarr, à l'aide d'une plume d'oie, recueillait les restes d'une fine poussière lie-de-vin et la mélangeait au breuvage destiné à l'esclave. Puis, il lui fit boire le contenu entier de la coupe. Sarcastique, Hurummu reprit la parole :

— Cher grand pontife, te voilà bien silencieux.

Il s'interrompit, cherchant des yeux El-Djah. Le pontife avait disparu. Hiram s'en était aperçu le premier, ne l'ayant pas quitté des yeux. Il n'avait dit mot, en voyant Llorn-Salikas emboîter les pas du prêtre. Furieux, le roi apostropha l'assemblée.

— Cette fuite est un aveu ! Il sait bien, le scélérat, ce que renferme ce flacon. Il n'échappera pas à la justice divine, ni à mon courroux. Simarr, tu as tout pouvoir.

Simarr lança ses hommes à la poursuite d'El-Djah. Hurummu reprit sa diatribe :

— Et vous tous, vous avez favorisé sans protester les manœuvres d'un assassin sans vergogne.

Puis il s'adressa au groupe des prêtres :

— Lesquels d'entre vous dois-je livrer au bourreau pour avoir soutenu ce vieux fou ? Y a-t-il un seul innocent parmi vous ?

Hobeikaal qui tenait après El-Djah le rang le plus élevé au temple prit la parole à son tour.

— Ta colère est juste, majesté. Mais ne jette pas le soupçon et le discrédit sur de fidèles serviteurs eux-mêmes abusés par El-Djah. Lui seul est à châtier. Lui seul a causé sa propre perte.

— C'est votre naïveté qui m'inquiète, sinon votre appétit de pouvoir. J'attends des prêtres du temple un soutien et une obéissance sans faille. Bientôt l'un de vous succédera à El-Djah.

Puis, les yeux brillants de malice, il se tourna vers Hiram.

— Les dieux te sourient de nouveau.

Il savourait cet instant où s'exerçaient son autorité et sa sagesse.

— Qu'on lui retire ses chaînes, ordonna-t-il. Ne crois pas être libre pour autant. Tu es consigné au palais.

Hiram baissa la tête en signe de soumission. Mais

la colère grondait en lui. C'était à lui qu'appartenait de s'assurer d'El-Djah et de lui faire payer ses crimes.

— Oublie ton désir de vengeance, ajouta Hurummu. Un destin glorieux t'attend sous d'autres cieux. Laisse s'accomplir la justice royale. Elle a prouvé ton innocence. Elle réparera le mal qui t'a été fait.

Sur ces paroles d'apaisement, prêtres et Anciens s'inclinèrent devant la sagesse et la clairvoyance du roi. Ils quittèrent la salle en commentant les incroyables événements dont ils avaient été les témoins.

Resté seul en compagnie d'Hiram, Hurummu l'invita à s'asseoir à ses côtés.

— Je te l'avoue, j'ai redouté un moment de perdre à la fois mon architecte et un ami.

Hiram porta sa main à sa poitrine en signe de reconnaissance pour la faveur que lui faisait le roi en l'appelant son ami.

— Les travaux de l'Eurykoros, sont entamés. Cet ouvrage magnifique est sorti de ton cerveau. Les plans que tu étais seul capable de concevoir vont se réaliser sans toi, reprit Hurummu.

Stupéfait, Hiram dévisagea le souverain.

— Ai-je démérité, seigneur roi ? Je te croyais satisfait de mes services.

— Je le suis, n'en doute pas ! Laisse les Phéniciens mener à bien l'édification de l'ouvrage et tourne-toi vers une nouvelle œuvre.

— Tu songerais à bâtir autre chose ?

— Non, mais tu me serviras bien mieux ailleurs.

Hiram ne dissimula pas sa curiosité.

— Comment pourrais-je mieux te servir, sinon en achevant mon œuvre ?

— Tu vas servir le roi Salomon. Il veut construire un temple à son dieu. Les Hébreux ont toujours fait appel aux Tyriens pour bâtir leurs palais et leurs citadelles. Salomon veut pour son dieu un édifice d'une telle splendeur et d'une telle richesse qu'il surpassera les plus belles merveilles du monde connu. Contrairement à nous autres, les Hébreux ne vénèrent qu'un seul dieu qu'ils appellent Yahvé. Si tu acceptes, Sinhout, c'est toi qui édifieras pour eux un temple comme on n'en a jamais vu sur la terre ! En servant Salomon, tu continueras à me servir.

Il fallut se rendre à l'évidence : le grand prêtre semblait s'être volatilisé. Les derniers à l'avoir aperçu étaient les gardes en faction à la porte du palais. Ils l'avaient vu passer sans s'arrêter devant sa litière, mais ignorant ce qui s'était déroulé dans la salle du trône, ils l'avaient laissé sortir. Une partie de ses poursuivants avaient fouillé les maisons voisines, tandis qu'une autre investissait le temple. En vain. El-Djah était introuvable. On en rendit compte au souverain. Il craignait que le pontife ne tentât de s'appuyer sur la populace pour renverser la situation à son profit. Il fit annoncer par les prêtres les plus influents la déchéance du pontife officiellement accusé du meurtre d'Anhéra. Il ordonna à la garde royale de réprimer avec férocité la moindre manifestation de rébellion. On arrêta quelques agitateurs, on en chassa d'autres à coups de fouet. A la tombée de la nuit, les rues étaient vides. Abasourdi par la nouvelle et effrayé par la présence d'hommes en armes à chaque carrefour, le peuple se terrait.

De la terrasse du palais, Hiram contemplait l'Eurykoros avec mélancolie. Dès le lendemain, il devait quitter Tyr pour le pays des Hébreux. Une fuite une fois de plus et le goût amer de la vengeance inassouvie. Hurummu l'avait suivi. Il déchiffrait sans peine les affres qui agitaient son architecte.

— Tu peux quitter le palais. Chaque heure compte et tu as jusqu'à demain. Sauve-toi et que Melkart te protège.

Dans le regard qu'Hiram lui jeta, Hurummu lut le respect, la reconnaissance et l'amitié que lui portait l'architecte. Cet homme si fier ne saurait traduire ses sentiments par des mots. Hiram s'inclina devant son prince et disparut dans la nuit tombante.

Douzième chapitre

A pas rapides, Hiram rejoignit la première demeure qu'il avait habitée à leur arrivée à Tyr et dans laquelle il avait dissimulé ses instruments, ses papyrus les plus précieux, ainsi que les objets sacrés de culte égyptien qu'il s'était juré d'enfouir dans les fondements de chacun de ses édifices. Il entassa ses trésors dans un grand sac de peau. Puis, allumant deux torches, il s'assit sur le bat-flanc.

Abias avait disparu. Llorn-Salikas était sur la piste d'El-Djah dans un lieu inconnu de lui. Dans quelques heures, le coq chanterait, le soleil se lèverait un dernière fois sur Tyr et il quitterait la cité sans s'être vengé. Comme il se sentait seul sans Abias et Llorn ! La fugitive pensée d'une famille le traversa soudain à l'évocation de ces deux êtres.

Une heure s'était à peine écoulée, Llorn-Salikas pénétra dans la pièce flanqué d'Abias. Le Caucasien était furieux, il avait perdu la trace d'El-Djah. Quant à Abias, après une longue marche dans les chantiers de l'Eurykoros et passant sans trop y croire devant la cabane dévastée, il avait tenté sa chance en regagnant leur ancienne demeure. D'une voix grave, émue, Hiram relata à ses amis la décision du souverain de l'exiler sans délai auprès de Salomon.

— Il ne nous reste que quelques heures pour retrouver ce chien maudit et l'abattre, dit Llorn.

Des coups discrets frappés à l'entrée se firent entendre. D'un bond, Hiram fut debout, il entrebâilla la porte. Une très jeune femme se tenait devant lui, souriante et craintive. Elle le salua avec respect et resta les yeux baissés, attendant qu'on l'invitât à entrer. D'un bref regard, Hiram s'assura tout d'abord qu'aucune ombre menaçante ne traînait alentour et l'invita à entrer.

— Qui es-tu ? Que veux-tu ?

— Te conduire à l'homme que tu cherches.

Un long manteau dissimulait son corps et un voile recouvrait sa chevelure et cachait en partie son visage. Elle ouvrit son manteau et le laissa choir à terre. Stupéfait, Hiram reconnut sur sa poitrine les bijoux sacrés des prostituées vouées à Melqart. Son cœur se serra. Cette hiérodule d'une grande beauté, au visage noble, à la riche chevelure brune qui se devinait sous le voile transparent n'avait pas le charme d'Anhéra, mais sa présence lui rappela cruellement sa tendre amante. Elle prit les mains de l'architecte et plongea son regard sombre dans les yeux clairs d'Hiram.

— Comme toi, notre cœur est triste. Nous voulons le châtiment d'El-Djah.

— Pourquoi viens-tu à moi ? C'est à Hurummu de rendre justice.

Les yeux clos, la prostituée sacrée répondit d'une voix altérée :

— Je dis ton nom. Tu es Hiram. Sur tes pas naissent les nuages de sang, meurent les innocents. Par ton glaive, périra le démon. Tu es l'Elu.

« Elle sait », pensa Hiram. Du regard, il interrogea

la jeune femme dont les yeux étaient grands ouverts à présent.

— Le temps presse, ajouta-t-elle simplement.

Hiram ceignit à son bras le poignard de Pharaon qu'Hurummu lui avait fait restituer, tandis que Llorn bouclait sa ceinture de cuir à laquelle pendait un long glaive à la lame torse.

— Nous te suivons.

Malgré ses protestations, Abias fut consigné dans la demeure. Puis sur les pas de la jeune femme, Hiram et Llorn s'enfoncèrent dans la nuit. Ils comprirent bien vite que leur guide, une torche au poing, les entraînait vers le temple. Hiram manifesta sa surprise :

— Le temple ? Mais les gardes royaux l'ont fouillé cet après-midi...

— Ils n'en connaissent pas tous les recoins, seigneur. Le rocher sur lequel il est bâti est creux comme une termitière.

Ils évitèrent la porte principale encadrée par les deux gigantesques phallus votifs. Deux rues en contrebas, la jeune femme s'arrêta devant une porte de remise vermoulue. Elle entra et invita ses compagnons à la suivre, puis elle repoussa la porte derrière eux. Longtemps, ils progressèrent dans un dédale de couloirs étroits, qui paraissaient se ramifier à l'infini. De loin en loin, la flamme de la torche éclairait au passage des sortes de cavités, cachots ou tombeaux creusés dans le roc. Dans l'une d'elles, Hiram aperçut des ossements humains. Le temple rendait parfois lui-même sa justice... Cependant, la jeune femme, ombre furtive, poursuivait son mystérieux chemin. La pente était faible, mais elle montait régulièrement. Hiram et Llorn la suivaient, prêts à dégainer au moindre bruit. Dans ce labyrinthe, tout pouvait arriver.

La jeune femme s'arrêta et posa un doigt sur ses lèvres, tout en brandissant sa torche en direction d'un énorme bloc de pierre qu'on distinguait confusément au fond d'une des absides. Elle reprit sa marche en ayant soin de ne pas faire de bruit. Hiram et Llorn l'imitèrent. Elle s'immobilisa devant la pierre. Elle tendit la torche à Llorn et actionna un mécanisme qui entrouvrit un passage sombre et étroit.

— Il est là. Il est à vous ! dit-elle à voix basse.

— Seul ?

— Seul. Mais toujours dangereux, sans aucun doute.

Elle voulut s'éclipser. Hiram la retint.

— Où sommes nous ?

— Sous le tophet. Un couloir y mène, à partir de la cellule qui se trouve derrière cette porte.

— Alors il peut s'enfuir à notre entrée.

— Il faudrait qu'il ait le cuir bien épais. Le couloir donne sur la fosse des sacrifices. A l'approche de la fête de la Résurrection de Melqart, un brasier y brûle en permanence. Pour ressortir d'ici, suivez toujours la pente descendante. Que Melqart soit avec vous !

Llorn, le premier se glissa dans l'étroit passage. Hiram s'apprêtait à le suivre, mais il s'arrêta, se retourna. La jeune femme était là, immobile. Il reçut la caresse de son regard bienveillant. Il eut soudain envie d'aller vers elle et de la prendre dans ses bras. Il ferma les yeux un court instant. Elle avait disparu.

Un froid glacial le saisit. Se savoir à proximité du

tophet, tout près de la fosse ardente où Acherbas était mort le bouleversait.

Il respira l'air méphitique du labyrinthe, puis il se glissa à son tour dans l'étroit passage. Llorn l'attendait. Ils reprirent leur marche. Ils arrivèrent bientôt dans une cellule étroite et basse de plafond, qu'éclairait un flambeau fiché dans un anneau scellé dans le mur. Elle baignait dans la luminosité diffuse émanant du brasier, dans la chapelle sacrificielle à l'extrémité opposée, au bout d'un boyau long d'une dizaine de mètres. Hiram estima que le boyau débouchait dans le mur du fond du tophet, juste au-dessus de la fosse.

L'arme à la main, les deux hommes s'élancèrent dans le réduit. Une silhouette recroquevillée sur une paillasse poussa un cri de surprise et sursauta. C'était El-Djah, grimaçant dans la clarté dansante des torches. Un rictus déformait ses traits et lui donnait l'aspect d'une bête sauvage acculée dans son terrier. Ses yeux brillaient de peur et de colère. Il reconnut l'architecte et éructa de fureur.

— C'est toi ? Maudit sois-tu, chien d'Egyptien !

Mille fois, Hiram avait rêvé qu'il tenait El-Djah à sa merci. Cet instant était arrivé et il ne ressentait pas la joie sauvage qu'il s'était promise, mais une immense lassitude. Son bras armé retomba le long de son corps. Llorn devina le mortel dégoût qui s'emparait de son maître.

— Ne salis pas tes mains de son sang ; je me charge de lui, dit-il.

— Attends ! Je veux qu'il sache qui je suis ! Regarde-moi, El-Djah ! Regarde-moi bien ! Llorn, approche ton flambeau, qu'il puisse me voir en pleine lumière !

Llorn obéit. Hébété, El-Djah dévisageait l'architecte sans comprendre.

— Cherche dans ta mémoire, El-Djah ! Mon visage ne t'évoque rien ni personne ? Qui suis-je ?

— Tu es Sinhout et je te maudis ! répéta le vieillard en crachant dans sa direction.

— Te souviens-tu de Saad-Laha, l'armateur ? Je suis son fils, Hiram ! Tu as massacré les miens. Tu t'es repu de l'agonie de mon père. N'est-il pas juste que j'assiste à la tienne ?

Chez le pontife, la surprise fit place à la haine. Le visage convulsé de fureur, il dévisagea l'architecte et éclata d'un rire dément.

— Tu n'es pas Hiram ! Ce bel enfant, je l'ai poussé moi-même dans le brasier. Il a brûlé sous mes yeux. Ses cendres sont retournées au néant.

Levant son arme, Hiram avança vers le pontife. Haletant, El-Djah s'écroula sur sa paillasse.

— Eh bien tue-moi ! Qu'attends-tu ?

Tout en feignant de se résigner, il se saisit d'une dague qu'il avait dissimulée sous sa paillasse et se jeta sur Hiram. Mais Llorn veillait. D'un revers du flambeau qu'il tenait, il détourna la lame. Brûlé, El-Djah hurla et lâcha la dague.

En Hiram, le dégoût se mêlait à la colère.

— Jusqu'au bout, jusqu'à ton dernier souffle, il te faudra donc mentir et trahir ? Pense à mon père dans tes derniers instants, El-Djah ; c'est pour l'avoir tué que tu meurs ! Aussitôt, j'oublierai ton nom. Llorn, tu peux disposer de lui !

Sans accorder un regard au vieillard, Hiram s'empara du flambeau fixé à la muraille et quitta le caveau. Llorn leva son glaive. Avec une souplesse surprenante, El-Djah roula sur le côté, se leva et s'engouffra dans l'étroit passage qui menait au tophet. Llorn jura et s'élança derrière lui. L'un suivant l'autre, ils parvinrent au bord de la fosse ardente. Le tophet, qu'on distinguait à peine à travers une brume rougeoyante, semblait désert. Une chaleur atroce montait du brasier. Llorn, malgré son courage et sa fureur, marqua un temps d'hésitation. El-Djah le mit à profit pour tenter sa chance. Au pied de la muraille, un étroit rebord de pierre longeait la fosse. Le pontife s'y laissa glisser. Il n'avait que quelques mètres à franchir pour atteindre l'extrémité du bassin de braises. S'il y parvenait, sa connaissance des lieux lui laisserait une chance de salut. Il ne fit que quelques pas. Les poumons grillés par l'air torride, il suffoqua. Sa tunique s'enflamma spontanément, le cuir de ses sandales se mit à fumer et à grésiller. Il poussa un cri d'horreur et tomba dans la fosse en battant des bras. Quelques mouvements convulsifs agitèrent encore la surface du brasier à l'endroit où El-Djah s'y était englouti, et ce fut tout.

TROISIÈME PARTIE

La huppe ne tarda pas à venir, et s'adressa à Salomon, en disant : J'ai acquis la connaissance qui te manque ; j'arrive du pays de Saba ; je t'en rapporte des nouvelles exactes.

J'y ai vu une femme régner sur un peuple ; elle possède toutes sortes de choses ; elle a un trône magnifique.

Sourate, XXVII, 22-23.

Chapitre premier

Dans les yeux inquisiteurs de la *mekhashefa*[1], enfoncés sous de profondes rides, semblables à celles d'une tortue centenaire, Mardochée lut de la surprise. Ceux qui avaient recours aux pratiques de la vieille Halifa ne l'avaient pas accoutumée à de telles questions. Presque toujours, ils voulaient savoir si eux-mêmes ou tel de leurs proches vivraient longtemps, ou si le père de la fille qu'ils rêvaient d'épouser consentirait à l'union. La divination était interdite par les prêtres et les défenseurs pointilleux de l'orthodoxie. Mais elle était si ancrée dans les mentalités que Sadoq, le grand prêtre, ne pouvait que fermer les yeux.

Nul avant Mardochée n'avait jamais demandé à Halifa si Salomon lui confierait la tâche de bâtir le plus grand et le plus bel édifice jamais dédié à la gloire de Yahvé. Le Très-Haut, par l'intermédiaire des dés divinatoires, les *ourim* et les *toumim*[2], dont usait la vieille, ne répondait que par oui ou par non.

Ce n'était pas la première fois qu'elle avait affaire

1. Chez les Hébreux, sorcière.
2. Sorte de dés servant à des pratiques divinatoires, par ailleurs condamnées par le Deutéronome, XVIII, 9-11 (voir André Chouraqui, *Les Hommes de la Bible*, Paris, Hachette, 1994, p. 157-158).

à Mardochée, mais jusqu'alors il l'avait interrogée sur des sujets beaucoup plus triviaux : savoir si ses machinations porteraient leurs fruits, s'il parviendrait à suborner telle jeune fille ou tel éphèbe sur qui s'étaient portés ses désirs. Car Mardochée était le plus grand débauché du royaume. S'il n'avait bénéficié de l'amitié et de la protection du roi, dont il était le frère de lait, la rigueur de la loi hébraïque se serait abattue sur lui. Depuis toujours, il était la proie consentante, jubilante, des démons qui l'habitaient : luxure, soif de richesses, cynisme, orgueil, impiété... Tout en lui portait la marque de l'abomination inlassablement dénoncée par les saints hommes et les prophètes. Idolâtre et sodomite, buveur impénitent, amateur de philtres et de narcotiques, menteur et meurtrier si la satisfaction de ses vices était à ce prix, tel était Mardochée. Mais il plaît à Dieu de mêler parfois dans le même homme le meilleur et le pire. Il était le plus talentueux architecte qu'eût jamais connu la Judée.

Mardochée avait été à l'école des maîtres phéniciens qui avaient édifié le palais royal. Dans leur ombre, il avait tout appris. Aujourd'hui, il s'estimait apte à réaliser le projet colossal qui avait germé dans l'esprit de Salomon. Pour l'estime et l'amitié de Salomon, son seul trésor, il aurait renoncé sur-le-champ à sa défroque de diable. Salomon lui confierait la construction du Temple. Sa gloire ferait de lui l'égal des princes.

L'arrogance et le doute incessant, la soif de jouissance qui l'entraînait aux pires folies le faisaient vaciller entre sommets et gouffres. Depuis son adolescence, seule la *mekhashefa* par ses oracles lui apportait le réconfort. Il désirait échapper aux médiocrités humaines en édifiant une œuvre d'art qui lui apporterait la gloire et immortaliserait son nom. Quelle folle ambition pour le rejeton d'une humble servante ! Sa mère avait été choisie par Bethsabée pour devenir la nourrice de Salomon. Les deux enfants avaient grandi ensemble. Une amitié que rien n'était jamais venu démentir s'était nouée entre eux. Dès son plus jeune âge, Mardochée était animé des pires instincts. Parce qu'il avait commis des bêtises puis des méfaits de plus en plus graves au fil du temps, Bethsabée avait failli le faire chasser de la cour. Seules les prières de son fils l'en avaient dissuadée. Salomon avait toujours protégé Mardochée. Aujourd'hui encore, ses frasques retentissantes et ses impiétés lui valaient l'hostilité des prêtres et des *zéquinîm*[1] et autres *medihîm*[2], qui constituaient l'élite du royaume. Mais la main protectrice de Salomon s'étendait sur lui et lui assurait l'impunité. Il était à la fois son confident et son compagnon de débauches. Il aurait pu être son mauvais génie, mais la personnalité du roi était si forte, sa volonté si ferme, que l'influence de Mardochée ne détournait pas Salomon du chemin qu'il se fixait. Le jeune prince en usait avec son frère de lait comme un charmeur de serpent qui manipule sans dommage les reptiles les plus dangereux. Il aimait jouir de la compagnie de Mardochée, de sa liberté d'esprit et de son humour, de son sens de la fête et des plaisirs.

Halifa recevait ses pratiques dans la pénombre d'un réduit creusé dans le flanc du mont Moriah. A la

1. Les « Anciens », les « Barbus », notables parmi lesquels le roi des Hébreux choisit ministres, hauts fonctionnaires et officiers.
2. Autres notables qui occupent les places d'honneur en réunion en raison de leurs richesses et de leur générosité.

lumière du seul flambeau qui éclairait le lieu, les yeux aux contours soulignés de khôl de Mardochée luisaient d'un feu dévorant, tandis qu'il épiait les dés en os entre les mains tavelées de la vieille.

— Qu'attends-tu, Halifa ? demanda-t-il d'une voix exaspérée.

— Que tu m'aies payée, répondit-elle.

— Quoi ? Tu n'as pas confiance en moi ? Tu me connais...

— Justement, je te connais ! Que feras-tu si les dés ne répondent pas à tes espérances ?

— Je te paierai quoi qu'il arrive !

— Paie-moi d'abord, ainsi tu n'auras pas même à t'en soucier ensuite. Tu connais mes tarifs. Donne-moi cinq shekels d'or et je lance les dés.

Pressé d'obtenir une réponse, Mardochée sortit une barrette d'or d'un pli de sa tunique, et la posa devant la vieille. Halifa eut tôt fait de l'escamoter. Les yeux clos, elle frotta longuement les uns contre les autres les dés gravés de lettres hébraïques, puis les fit cliqueter au rythme des incantations qu'elle psalmodiait à voix basse. Enfin, elle ouvrit les mains, lâchant les dés sur la table de pierre. Mardochée suivit leur trajectoire du regard. Les dés s'immobilisèrent. La vieille resta un instant encore prostrée, avant d'ouvrir les yeux et de poser les mains sur la table. Longtemps, marmottant entre ses lèvres crevassées des mots indistincts, elle étudia les faces visibles des dés et leurs positions respectives par rapport aux stries qui parcouraient la table de pierre. Mardochée s'impatientait.

— Eh bien ?

Halifa lui imposa silence d'un geste courroucé. Il se le tint pour dit et se résigna à ronger son frein. Elle recommença à psalmodier tout en traçant sur la pierre, d'un index trempé dans un mélange de plâtre, de suie et de vin, des lignes reliant les dés les uns aux autres. Quand enfin elle parla, ce fut d'une voix hésitante, qui trahissait davantage une profonde perplexité qu'une conviction bien arrêtée.

— Les *toumim* répondent.

Penché au-dessus de la plaque de pierre où s'était inscrit son destin, Mardochée buvait les paroles de la vieille.

— Eh bien, que disent-ils ? Vas-tu parler, sorcière maudite, vieux chaudron malodorant !

Halifa ignora les insultes. Elle était accoutumée aux manières de son client. Il ne montrait de déférence qu'au roi, qu'il estimait seul digne d'être respecté.

— Les *toumim* répondent oui ! Tu construiras le Temple.

Une expression de joie presque enfantine éclaira tout à coup le visage de Mardochée. Une fois de plus, Halifa fut frappée par sa beauté. Yahvé avait favorisé le fils de la nourrice. Mardochée était un des plus beaux hommes de Jérusalem. Salomon seul pouvait rivaliser avec lui par la puissance de sa stature et la noblesse de son maintien.

— Tu me le jures ?

— Pourquoi te mentirais-je ? Les *toumim* répondent oui. Mais les *ourim* les démentent !

Mardochée fronça les sourcils. Sa joie sincère fit place instantanément à l'inquiétude. Ses mains se crispèrent sur la pierre.

— Qu'est-ce que tu me chantes là, sorcière ?

— Je dis ce que je vois : les *toumim* sont disposés

en configuration faste, mais les *ourim* les contredisent !

Une grimace de colère déforma les traits de Mardochée.

— Tu te moques de moi !

— Déchiffre les sorts toi-même, si tu ne me crois pas !

Mardochée réprima à grand-peine l'envie de la frapper. Mais, il redoutait de rester là, dans une insupportable incertitude entre l'oracle positif des *toumim* et l'inexplicable démenti des *ourim*.

— Que faut-il faire ?

— Ta question était sans doute imprécise. Il conviendrait d'en poser une autre, dit la sorcière.

Il la dévisagea avec un mépris teinté d'ironie.

— Et de te donner encore cinq shekels d'or ?

— Si tu veux en savoir plus, oui !

Mardochée haussa les épaules. Il était riche. Salomon lui avait fait don de vastes domaines, situés sur la rive orientale du Jourdain, dont il tirait de considérables revenus. Cinq, ou dix, ou vingt shekels n'étaient rien pour lui, comparés aux sommes qu'il consacrait à ses plaisirs.

— Mais quelle question poser, pour éclairer la première réponse énigmatique ?

— Tu as demandé si tu bâtirais le Temple, et la réponse à cette question semble être positive. Cette fois-ci, demande s'il s'agira de ton Temple, s'il sera édifié selon tes plans.

— Tu as raison, dit Mardochée. Tiens, prends !

Il jeta sur la table une seconde barre de cinq shekels, qu'Halifa fit disparaître comme la première sous ses haillons graisseux.

De nouveau, les dés furent lancés à l'aveuglette par la *mekhashefa*. Ils rebondirent sur la pierre, tournoyèrent, s'immobilisèrent enfin. Mardochée retenait son souffle. Halifa contempla les dés et garda le silence pendant un moment qui lui parut interminable. Pourtant, il n'osa la presser de parler, tant il craignait qu'elle n'anéantît ses derniers espoirs.

— La réponse est non, murmura-t-elle enfin.

Mardochée laissa échapper un gémissement.

— Les dés se trompent ! dit-il. Qui d'autre que moi pourrait bâtir le Temple ? Il n'est pas dans toute la Galilée un architecte qui puisse rivaliser avec moi.

— Mais il en est sans doute en Phénicie, en Egypte ou en Babylonie. Tu participeras bien à l'édification du Temple, mais ce sera sous les ordres d'un autre. Tel est l'oracle.

— Jamais de la vie ! Salomon me donnera la préférence. Je suis son ami, son frère. Je me jetterai à ses pieds, je lui rappellerai les jours de notre enfance. Un jour, j'ai écrasé un scorpion qui allait le piquer. Nous avons appris l'amour dans les bras de la même servante. Ces misérables bouts d'ossements ne peuvent rien contre ça !

Pour ponctuer sa tirade, Mardochée s'empara des dés épars devant lui et les jeta avec tant de violence sur le plateau de pierre qu'ils rebondirent en tous sens et se perdirent sur le sol du réduit.

Outrée, Halifa se leva et se mit à l'invectiver d'une voix stridente.

— Malheureux imbécile ! Ton crâne est donc vide de cervelle ? Ces dés sacrés m'ont été légués par ma mère, qui les tenait de sa mère, qui les tenait de sa mère. Ils sont venus d'Egypte avec une de mes ancêtres, ils ont traversé la mer Rouge dans un petit sac de peau pendu entre ses seins. Tu as commis là un sacrilège que tu paieras un jour ou l'autre !

Fou de rage à présent, Mardochée se leva à son tour.

— Et toi, foutue sorcière, idolâtre et impie, ta vie entière n'est qu'un sacrilège. Sadoq finira bien par te faire lapider et tes dés comme tes vieux os finiront au fumier !

Il renifla de mépris, rabattit les pans de son manteau sur sa longue tunique à franges, et quitta l'antre d'Halifa tandis qu'elle cherchait à tâtons ses dés dans la pénombre tout en le maudissant.

A l'abri des regards, derrière les rideaux de cuir de la litière qui le ramenait à son palais, situé non loin de celui de son illustre frère de lait, Mardochée pleurait. Quand Salomon se décida à bâtir le sanctuaire naguère projeté par son père David, un immense espoir l'avait envahi. Ce Temple, cette grandiose et sainte entreprise, c'était l'occasion qu'il attendait pour racheter sa vie dissolue. En se jetant à corps perdu dans cette tâche, il entendait se métamorphoser, concrétiser enfin tous ses talents, les révéler au monde. Il tenait tant à être désigné par Salomon comme architecte et responsable du projet, qu'il n'avait pas osé lui en parler, tant il redoutait une déception. Après l'oracle de la *mekhashefa*, sa colère était retombée, laissant place à un accablement sans nom. Un vague espoir subsistait comme une fragile luciole : peut-être la sorcière s'était-elle trompée, peut-être avait-elle mal interprété les réponses contradictoires des *toumim* et des *ourim* ? Mais presque aussitôt, le désespoir reprit le dessus. Dans le passé, les prédictions d'Halifa s'étaient toujours vérifiées ; pourquoi en irait-il autrement aujourd'hui ? Un sanglot irrépressible souleva la poitrine de Mardochée. Non seulement il ne serait pas l'architecte du Temple, mais il subirait l'humiliation de travailler quand même à son édification, à un rang subalterne, sous les ordres de quelque étranger gonflé de suffisance ! A cette idée, sa colère se ralluma, grondant en lui comme un feu dévorant. Qui était ce concurrent, cet inconnu qui réaliserait à sa place le rêve de sa vie ? Il se mit à haïr aussi le roi, ce Salomon qu'il aimait et jalousait, qu'il craignait et chérissait. Salomon l'avait trahi, ou il allait le faire, en choisissant un autre architecte.

« Salomon, mon frère, pourquoi m'as-tu fait ça ? murmura-t-il. Pourquoi ne me laisses-tu pas accomplir mon destin en œuvrant à ta gloire, en m'y associant à jamais à travers ce Temple qui assurera l'éternité à ton nom ? »

Deuxième chapitre

La nuit tombait sur Jérusalem. Ecartant un pan du rideau de cuir, Mardochée laissa errer son regard sur la ville dont les rues s'éteignaient sous des cieux où se mêlaient le sang et l'or. Jérusalem devait à la volonté de David sa qualité de capitale. Alors qu'il régnait sur la Galilée depuis sept ans, il avait choisi cette citadelle bâtie sur un éperon rocheux entre la vallée du Cédron à l'est et celle du Tyropoeon à l'ouest. Un très ancien rempart la défendait. Joab, le porte-glaive, général de David, s'était emparé de Jérusalem en utilisant la seule faiblesse de cette fière citadelle. Un aqueduc souterrain acheminait l'eau de la source du Gihôn. Joab y avait introduit ses hommes et pris la ville par surprise. Mardochée n'était pas né lors de la prise de Jérusalem, mais il avait assisté à la mort de Joab, fidèle à David, mais traître à Salomon. Pensif, il laissa sa mémoire vagabonder, tout en contemplant le coucher du soleil sur l'Ophel. Au souvenir des jours anciens, des combats pour la succession de David, il sentit renaître en lui l'exaltation qui l'avait alors habité. Il avait épousé à corps perdu la cause de Salomon et il en était si proche qu'il n'y aurait pas eu de salut pour lui si les partisans d'Adonias, son demi-frère, menés par Joab ne l'avaient emporté sur ceux de Salomon. Ces jours d'incertitude avaient été les plus heureux de sa vie. C'est alors qu'il avait ressenti avec le plus d'intensité le sentiment de ne faire qu'un avec Salomon. Quand le jeune prince était enfin monté sur le trône, Mardochée avait eu l'illusion d'y accéder avec lui. La faveur de Salomon ne s'était jamais démentie. Mais s'il confiait à un autre la tâche d'édifier le Temple, alors leur amitié serait altérée à jamais.

Salomon était un mystère, une énigme vivante. Ses actes étaient gouvernés par une intelligence surhumaine, par une conscience aiguë des enjeux du pouvoir. Son père David, avait été un aventurier. Simple berger, il était devenu le familier du roi Saül, l'ami de son fils, Jonathan, et bientôt son gendre. Il avait été proscrit et pourchassé par Saül avant de lui succéder. Tout à la fois guerrier et musicien, il avait inventé de nouveaux instruments de musique et vaincu en combat singulier le colosse Goliath, champion des Philistins. Sans aucun doute, Yahvé l'avait désigné pour unifier les douze tribus et leur conquérir un royaume. Le souvenir de l'amitié de David pour Jonathan l'émouvait toujours, lui qui ne fixait aucune limite à ses désirs. L'architecte aux yeux fardés se rêvait volontiers semblable à David, jusque dans ses contradictions. David s'était montré tantôt cynique, quand il avait ourdi la mort de l'époux de Bethsabée qu'il convoitait, et tantôt magnanime, quand il avait pardonné à son fils Absalom de s'être dressé contre lui. Son génie avait été de saisir l'occasion que lui offrait une conjoncture politique bien rare : les trois principales puissances du moment, l'Egypte, l'Assyrie et l'Empire hittite, connaissaient alors une éclipse qui laissait le champ libre à un peuple neuf, conduit par un audacieux.

Salomon, c'était autre chose. Il était né de Bethsabée, la femme dont David avait envoyé l'époux à la mort. Peu avant la disparition de David, Mardochée avait assisté à la difficile reconnaissance de Salomon en tant que successeur désigné. Les frères du défunt Absalom, soutenus par le vieux maréchal Joab et le prêtre Ebyatar, s'étaient entendus pour faire d'Adonias, aîné de Salomon, le futur souverain. A cette conjuration en avait répondu une autre, conduite par Bethsabée et le prophète Natân qui préférait le jeune prince plein de promesses à son orgueilleux demi-frère. Sous leur influence, David avait rejeté Adonias pour consacrer Salomon. Avec le règne de Salomon, le temps des conquérants avait passé, celui du bâtisseur était venu. Ses pères avaient vécu l'épée au poing. Ils avaient conquis pays et citadelles et réuni les douze tribus en un seul royaume. David avait dormi plus souvent sous la tente, au hasard des campagnes militaires que sous un vrai toit, entre des murs solides. Salomon n'entendait pas l'imiter. Pour consolider et préserver son royaume, il avait choisi la paix. Mais elle ne se concevait pas sans la force. Il avait entrepris d'élever des murailles autour de chacune des villes de son royaume et de forger une armée si puissante qu'elle découragerait toute agression. Et derrière ce double rempart de pierres et d'hommes, il travaillerait à sa gloire et à l'immortalité de son nom.

Les porteurs firent halte devant le palais de Mardochée, un des plus beaux édifices de la ville. On avait brocardé son désir forcené de paraître, l'étalage immodeste de sa richesse et de sa prétention à éclipser les demeures des *Barbus* les plus notables. Entre eux, les *giborei hayil*, hommes de bien et de courage, « héros de vaillance » sur qui reposait largement le pouvoir de Salomon, jugeaient sévèrement le fils de la servante. Il était conscient du mépris qu'ils lui portaient, et se jurait de les écraser toujours sous plus d'arrogance et de provocation, en attendant de les confondre par la démonstration éclatante de ses talents.

Il descendait de sa litière, quand un homme s'élança dans sa direction. Ses porteurs s'interposèrent. Mardochée, dans la pénombre grandissante, reconnut un visage familier. C'était un serviteur de son ami Jéroboam. Il ordonna à ses porteurs de le laisser s'approcher.

— Eh bien, Haïm, que se passe-t-il ?

— Seigneur, mon maître m'envoie vers toi pour t'inviter à le rejoindre chez lui. Il t'y attend en compagnie du seigneur Sadoq et désire t'entretenir d'une nouvelle de la plus haute importance.

Intrigué, Mardochée lança un ordre au garde du corps qui précédait toujours son équipage pour lui ouvrir la route et coordonner les efforts des porteurs et réintégra la litière. Le garde alluma un flambeau. Les quatre hommes soulevèrent à nouveau la litière et firent demi-tour. Sur les talons d'Haïm, le cortège prit la direction de la demeure de Jéroboam.

Sadoq, long vieillard au visage émacié, au regard fixe et pénétrant, marchait de long en large dans le vaste et luxueux patio de la maison de Jéroboam.

L'eau d'un bassin orné de mosaïques florales bruissait doucement. Comme chaque fois qu'il rencontrait le grand prêtre, Mardochée rentra instinctivement la tête dans les épaules. Sadoq était l'incarnation rigide de toutes les vertus qu'il s'appliquait à bafouer quotidiennement. A ce tenant d'une stricte orthodoxie religieuse, de mœurs austères, d'une scrupuleuse probité, on ne lui connaissait qu'une faiblesse, sa fille aînée, Mekhal. Dur et cassant avec les puissants comme avec les misérables, c'était à elle seule qu'il réservait sa tendresse. Il ambitionnait de la voir entrer dans le harem de Salomon avec le statut d'épouse favorite et de mêler ainsi son sang au sang royal. Cet espoir, après avoir failli se concrétiser à deux reprises, était en train de s'évanouir. Pour des raisons de haute politique, Salomon rêvait de s'allier à la dynastie égyptienne en épousant Nemdjet, fille du pharaon Siamon. Lors des derniers heurts entre les deux royaumes, les Egyptiens s'étaient avancés jusqu'à Gezer. Salomon préférait régler par la diplomatie les différends qui l'opposaient à ses voisins. Si ce mariage se concluait, il scellerait durablement la réconciliation avec les Egyptiens. Ce jour-là, Sadoq venait d'apprendre que la date de cet hymen avait été avancé. La contrariété qu'il en concevait n'arrangeait pas sa mauvaise humeur chronique. Il accueillit pourtant Mardochée avec un salut qui pouvait passer pour cordial, s'adressant à un homme qu'il avait maintes fois tancé et menacé pour son inconduite.

Jéroboam se montra plus expansif. Il donna l'accolade à Mardochée, puis l'entraîna vers la table où était disposée une collation de volaille froide, de légumes confits, de raisin, de dattes et de figues. Une servante tendit une coupe de vin à Mardochée. Il la prit et la vida d'un trait, sous l'œil réprobateur de Sadoq.

— Eh bien, Jéroboam, dit l'architecte après s'être essuyé les lèvres, que se passe-t-il ? Je suis toujours heureux de te voir, tu le sais, mais Haïm m'a parlé d'une nouvelle importante.

— Elle l'est, en effet, acquiesça Jéroboam. Et elle n'est pas bonne.

— Explique-toi.

— C'est une mauvaise nouvelle pour le royaume

— Et c'est de toi qu'il s'agit, intervint Sadoq.

Mardochée sentit son cœur se serrer. Le Temple ! Il en était sûr, c'était du Temple qu'il s'agissait. La prédiction d'Halifa n'aurait pas mis longtemps à se réaliser ! Il sentit sur lui le regard insistant de Sadoq et choisit de feindre l'insouciance.

— Une mauvaise nouvelle pour le royaume et pour moi ? Comment ma chétive personne pourrait-elle...

Sadoq lui coupa la parole.

— Le roi cède à ses démons, l'orgueil, le souci de sa gloire. Il veut élever un temple monumental à Yahvé. Il croit devoir enfermer l'Arche d'alliance entre des murs, sous un toit, comme un vulgaire trésor d'ici-bas, alors que l'esprit divin, depuis toujours, a partagé le sort de son peuple vagabond et résidé sous la tente ! Oh, je sais bien que tu es architecte, Mardochée. Tu serais comblé si Salomon faisait de toi le maître d'œuvre de ce projet hérétique. Mais Elyhap, ce maudit secrétaire égyptien qui lui souffle à l'oreille les idées les plus déplorables, l'a confirmé ce matin devant un de mes espions : le choix du roi s'est porté sur un architecte étranger.

— Je le savais, dit Mardochée en se détournant pour dissimuler son dépit.

— Et comment le savais-tu ? En consultant la *mekhashefa*, je suppose ; prends garde, Mardochée, le Très-Haut abomine les devins et les sorcières.

Jéroboam s'empressa de détourner la conversation qui prenait un cours fâcheux.

— La nouvelle est consternante, mais elle n'était pas difficile à prévoir : le roi s'est entiché à la fois d'idées égyptiennes et d'art tyrien. Il était prévisible qu'il irait chercher ce Sinhout, l'Egyptien que le roi Hurummu prétend être le meilleur.

Mardochée blêmit. L'Egyptien Sinhout, bien sûr ! On ne parlait que de lui et de son Eurykoros, la prétendue merveille que lui avait commandée le roi de Tyr.

— Mais l'aménagement de l'Eurykoros n'est pas terminé ! parvint-il à dire d'une voix blanche. Jamais Hurummu ne se séparera de son architecte avant l'achèvement des travaux.

— Détrompe-toi, dit Jéroboam. L'ambassadeur d'Hurummu, le vieux Sherat-Madakh, s'est entendu avec Elyhap et Salomon a ratifié leur accord. Sinhout abandonnera la conduite des travaux de l'Eurykoros à l'un de ses hommes et se mettra au service de Salomon. Notre souverain nourrit une vive amitié pour le roi de Tyr depuis qu'il a épousé une de ses filles.

Au rappel de ce mariage diplomatique, un de ceux qui avaient repoussé l'union du roi avec sa fille Mekhal, Sadoq serra les dents.

— Salomon et Hurummu s'écrivent, poursuivit Jéroboam. Ils échangent des énigmes.

— Ils commercent ensemble, coupa Sadoq. Ils

organisent des expéditions communes vers Ophir et son or. C'est de bonne politique, j'en conviens. Salomon a raison d'assurer la sécurité et la prospérité du royaume en entretenant de bonnes relations avec ses voisins, mais il a tort de laisser des influences étrangères pervertir son peuple, gâter son goût, amoindrir sa foi ! Trop d'idées et de femmes étrangères. Par elles, l'idolâtrie et l'impureté s'insinuent et menacent notre intégrité. Salomon est-il encore un Hébreu ? Son harem compte plus de Nubiennes, de Sidoniennes, d'Assyriennes et d'Egyptiennes que de jeunes femmes de chez nous. Les nôtres n'ont-elles point de charmes à ses yeux ? Il dispense sa royale semence en des flancs étrangers, il rêve d'un palais à la babylonienne, d'un temple à l'égyptienne dont Yahvé n'a que faire et dont le coût ruinerait le royaume. Est-ce pour finir par imiter nos anciens oppresseurs que nous avons rejeté nos chaînes et sommes sortis d'Egypte ?

Ami et confident du roi, Mardochée ne pouvait laisser Sadoq le critiquer ainsi sans prendre sa défense. Il le fit, mais à contrecœur, tant la décision de Salomon l'avait blessé.

— Les volontés du roi peuvent nous surprendre. Il est le roi et nous devons nous incliner.

Sadoq haussa les épaules.

— Mardochée ! Quelle surprise de te voir, toi le mouton noir, revêtir la blanche toison de l'innocence et, pour tout dire, de la sottise ! lança-t-il d'une voix sarcastique.

Mardochée lui décocha un coup d'œil furieux.

— Que proposes-tu ? Les décisions de Salomon sont irrévocables. Faudrait-il, selon toi, nous opposer à sa volonté et nous dresser contre lui ?

Le grand prêtre leva les mains en un geste d'apaisement et de conciliation, tandis qu'une lueur d'ironie glacée s'allumait dans son regard.

— Salomon est le roi. Salomon est sacré. Mais ce Sinhout qui vient chez nous pour y bâtir un édifice qui va mobiliser notre peuple entier, des années durant, celui-là n'est jamais qu'un homme ordinaire.

Troisième chapitre

En quittant la maison de Jéroboam, cette nuit-là, Mardochée avait retrouvé la paix. La décision qui avait été prise dissipait son angoisse. Le destin de l'étranger choisi par Salomon pour édifier le Temple était scellé. Sadoq craignait que le Temple ne devienne entre les mains de Salomon l'instrument de la sujétion des serviteurs de Dieu au pouvoir royal. Fragile, menacée de toutes parts et jusque de l'intérieur par la contagion d'une multitude de cultes barbares, la Judée n'était qu'un îlot de foi sur un océan d'idolâtrie. Mais la volonté du roi était inflexible, Sadoq le savait. Bien sûr, il fallait se soumettre, mais, en contrepartie, il fallait obtenir du roi que l'architecte de la demeure de Yahvé fût un Hébreu. Il n'éprouvait aucune hostilité particulière contre Sinhout l'étranger, dont la renommée et le talent avaient séduit les princes. Il répugnait même à l'idée d'être complice d'un crime contre un innocent. Un doute l'ébranlait. Etait-ce seulement au nom de Dieu qu'il pactisait avec une créature aussi corrompue que Mardochée et un misérable comme Jéroboam ? Il était trop tard à présent. Il les avait poussés à agir. Le fameux Sinhout avait quitté Tyr. S'il disparaissait en chemin, c'est que le destin en aurait décidé ainsi. La construction du Temple reviendrait alors à Mardochée.

Mardochée pouvait compter sur trois hommes qu'il connaissait de longue date. Ils étaient ses obligés et ne s'embarrasseraient pas de scrupule à l'instant de lui rendre ce qu'ils lui devaient. Il les convoqua dès le lendemain de sa rencontre avec Sadoq et Jéroboam, sous le prétexte d'aménagements à apporter à son palais. Tous trois étaient des ouvriers. Ils avaient travaillé pour lui sur le chantier des écuries militaires de Megiddo, dont il avait dessiné les plans et conduit les travaux. Les deux premiers étaient des étrangers. Phanor, le maçon, était originaire de Syrie, et Amrou, le charpentier, était un Phénicien. Seul le troisième, un fondeur de la tribu de Ruben, prénommé Méthousaël, était juif.

Mardochée reçut les trois hommes discrètement. Il promit de faire d'eux des Maîtres. Il leur confierait de hautes responsabilités s'il était choisi pour bâtir le Temple. Mais un obstacle — un homme — se dressait sur son chemin et donc sur le leur. Il leur expliqua ce qu'il attendait d'eux et ils ne s'étonnèrent pas du marché qu'il leur proposait. A leur échelle, ils étaient semblables à lui : déterminés, avides, sans scrupules. En assassins tranquilles, ils obéiraient. Sadoq avait révélé à Mardochée l'itinéraire qui devait conduire l'Egyptien de Tyr à Jérusalem. Mardochée le répéta à ses acolytes. Il remit un sac d'or à Méthousaël et congédia le trio. Tout le restant du jour, il vaqua à ses affaires et à ses plaisirs. Oubliés les *ourim* et les *toumim*... Enfin l'espoir l'emportait en lui sur l'inquiétude.

Ce même jour, alors que le crépuscule tombait sur la cité, un homme de haute taille enveloppé dans les plis d'une ample lévite gravissait d'un bon pas le mont Moriah. Deux hommes, la lance au poing, le précédaient de quelques dizaines de mètres. Deux autres le suivaient à la même distance. Conscient de la nécessité pour un souverain de manifester sa puissance par le nombre et la splendeur de son escorte, Salomon ne s'y était toutefois jamais accoutumé. Ce soir, il avait choisi de sortir seul, accompagné de loin par les gardes nécessaires à sa sécurité. Goûtant ce moment de solitude si rare dans ses journées de roi, il était perdu dans ses pensées et c'était à peine s'il prenait garde aux quelques passants qu'il croisait : une fillette menant deux chèvres du bout d'une badine, une femme chargée d'une amphore vide qu'elle descendait remplir à la fontaine, un vieil homme qui le reconnut et se jeta à genoux en tremblant. Salomon fit signe à l'officier de sécurité de lui donner une aumône, puis il poursuivit son chemin.

Parvenu au sommet du mont, il s'arrêta un instant pour embrasser d'un long regard circulaire le panorama qui s'offrait à lui. Par les yeux de l'esprit, il le vit à la fois tel qu'il était aujourd'hui, encore nu, presque vierge de présence humaine, et tel qu'il se métamorphoserait, par sa volonté, d'ici quelques années. Il aspira une profonde bouffée d'air embaumé par la végétation qui exhalait ses parfums à la tombée de la nuit. Il eut une pensée pour son père. Après la prise de Jérusalem, devenue ville sainte quand David y avait fait venir l'Arche d'alliance, son père avait acheté cette colline à un Jébuséen nommé Ornâ. C'est là, à son point culminant, qu'était apparu l'Ange de Yahvé lors de la peste qui avait suivi le recensement ordonné par David. Après avoir offert un sacrifice afin d'éloigner le fléau, David lui-même avait aperçu l'Ange, une épée nue tournée vers Jérusalem, ses pieds frôlant l'autel improvisé, un rocher que Salomon avait l'intention de conserver et d'intégrer au Temple. C'était en ce lieu où l'Eternel avait marqué sa faveur à son père en agréant son offrande que Salomon entendait le bâtir. Il s'arracha à sa contemplation et se remit en marche vers une modeste bâtisse de torchis et de bois. Là était abritée l'Arche, sous la seule garde de Sadoq depuis la trahison et le châtiment d'Ebyatar, lui aussi coupable, comme Joab, d'avoir choisi Adonias contre Salomon. Depuis des temps immémoriaux, l'Arche d'alliance avec le Tout-Puissant accompagnait les Hébreux au combat. Ils l'exposaient sur une hauteur, bien en vue du champ de bataille et sa seule présence semait la terreur chez leurs ennemis. Mais dans la quatrième année de son règne, Salomon avait décidé que ces temps étaient révolus. Les Hébreux avaient désormais une terre à eux, leur roi était l'un des plus puissants du monde et leur dieu aurait sa maison ici, sur le mont Moriah, pour l'éternité.

Autour de la bâtisse de dimensions médiocres où était conservée l'Arche, s'était aggloméré, au fil du temps, un ensemble de cahutes et de tentes constituant une sorte de campement religieux. C'était ce caractère informel, entre halte de caravane et souk improvisé, qui répugnait à Salomon. Il n'y trouvait pas le luxe et la solennité qui devaient selon lui être associés à l'image de Dieu comme à celle du roi.

Sous la plus vaste des tentes, Sadoq était en train de donner des instructions aux *netinim* chargés des tâches subalternes en vue d'une prochaine célébration religieuse. Un oblat vint l'avertir de l'arrivée de Salomon. Il chassa les officiants et alla accueillir le souverain à l'entrée de la tente.

— Salut à toi, Salomon, dit-il en s'inclinant.

Salomon lui rendit son salut sans chaleur. Les deux hommes ne s'aimaient guère. Entrait dans cette froideur, du côté de Sadoq, une large part de dépit. Il aurait donné sa vie pour que Salomon épousât enfin sa fille. Mais puisque le roi préférait à Mekhal la progéniture de potentats étrangers, le cœur de Sadoq s'était peu à peu empli de rancune. Salomon devait encore composer avec les humeurs du grand prêtre, opposé au projet d'un grand sanctuaire digne de Yahvé et du royaume des Hébreux. Après s'être rangé de son côté lors de la succession au trône de David, Sadoq le servait désormais à contrecœur. En sa qualité de grand prêtre, Sadoq entendait servir Yahvé plus que Salomon.

— J'ai voulu te voir sans retard, Sadoq. Il convient à présent de ne plus surseoir à mon mariage avec la fille de Pharaon.

Sadoq avait pincé les lèvres. Salomon n'ignorait pas la raison de son opposition à cet hymen. Mekhal, sa fille, n'était ni de la première jeunesse, ni d'une beauté remarquable, mais Salomon n'aurait pas vu d'inconvénient à ce qu'elle rejoignît les cent femmes de son harem, si Sadoq n'avait pas ambitionné pour elle le statut d'épouse favorite. C'était de la part de Sadoq une prétention déraisonnable, dont Salomon n'entendait même pas discuter. Le pontife parvint à ravaler la fureur qu'il sentait monter en lui, mais il ne put s'empêcher de faire allusion aux complications diplomatiques qu'entraîneraient le nouveau mariage et l'entrée au sein du harem de la fille de Siamon.

— Il en sera fait selon ta volonté, majesté. Mais l'étiquette risque de se compliquer singulièrement, quand il s'agira de savoir qui aura la préséance, de la fille du roi de Tyr ou de celle de Pharaon.

— L'une et l'autre n'auront d'autre souci que de servir leur seigneur et maître ! répondit Salomon, agacé.

— Tu es bien sûr de toi, majesté.

Mais il lui fallait admettre que l'ascendant du jeune souverain sur ses innombrables épouses était tel qu'il obtenait de cette multitude une obéissance dont l'époux d'une seule malheureuse femme n'était pas toujours sûr de jouir.

— La princesse Nemdjet quittera Tanis à la prochaine lune, reprit Salomon. Nos noces seront célébrées à la suivante. J'aurais aimé l'accueillir dans une Jérusalem magnifiée par la présence du nouveau Temple, mais il ne sera pas achevé avant des années.

Tel un fauve, le jeune prince marchait de long en large, comme si la tente était trop étroite pour sa force et sa détermination.

— L'alliance avec Pharaon ne peut attendre aussi longtemps, ni mon union avec la princesse, dont j'entends partout chanter les louanges. Elle aurait la taille la plus fine et la peau la plus douce qui soient. Et ce qui ajoute à ses attraits, elle est experte dans le jeu des énigmes.

Le visage du jeune roi s'était éclairé. Une grâce juvénile avait chassé le masque du pouvoir. Un court instant, le cœur de Sadoq se serra. Il se souvint de sa propre jeunesse, de ses courses éperdues dans les collines, de ses premiers émois avec quelque berger, de l'ardeur et de la beauté de sa femme, Esther, de toute cette vie qu'il avait abandonnée pour se mettre au service de Yahvé. L'austérité de son existence, la frugalité dans laquelle il vivait avec sa fille Mekhal pour honorer Yahvé lui parurent soudain sans charme. Il ressentait la présence physique, animale du jeune souverain, il comprenait ses appétits, sa joie de vivre, sa soif de jouissances et de pouvoir. A l'entendre vanter ainsi les attraits de la princesse Nemdjet, il se ressaisit :

— Le bruit court que tu as arrêté ton choix sur un architecte égyptien, majesté. Il me semble que les tribus déploreraient tant de goût pour l'exotisme.

Salomon le dévisagea avec un mélange de gravité et d'ironie.

— Les tribus déploreraient mes goûts ? Les tribus seraient bien insolentes ! Puis-je au moins considérer que toi, Sadoq, tu les approuves ?

Sadoq se troubla. Depuis longtemps, il redoutait un affrontement avec Salomon, qui se solderait assurément par sa déconfiture et sa disgrâce. Cet affrontement, le roi le cherchait-il délibérément ? Mais Sadoq n'était pas quantité négligeable. Salomon avait toujours ménagé l'homme de Dieu, issu de la tribu de Lévi, dont la vocation sacerdotale assurait la puissance et l'influence auprès du peuple. Mais il ne tolèrerait pas que son autorité soit contestée. Sadoq ne pouvait ni défier le roi, ni laisser sa question sans réponse.

— Majesté, tu sais quel souci m'anime, quelle lourde charge est la mienne : témoigner des volontés de l'Eternel, préserver l'intégrité de la foi...

— J'en conviens, le coupa Salomon et je remercie Yahvé de t'avoir placé auprès de moi pour m'assister dans ces tâches !

Sadoq eut un haut-le-corps. Jamais Salomon n'avait exprimé si crûment devant lui sa conception de la primauté du pouvoir temporel sur le pouvoir religieux. Etait-ce un piège ? Voulait-il défier Sadoq, le pousser dans ses retranchements ? Le jeune souverain invita le vieux prêtre à contempler au dehors la cité en plein essor.

— Les temps changent, poursuivit-il. Les patriarches ont donné leurs pouvoirs au roi, les bergers sont devenus des négociants qui mènent leurs caravanes et leurs navires aux portes de mondes inconnus. Le pays des Hébreux est à présent un royaume prospère et convoité. Contracter des mariages fait naître des liens de sang, meilleurs remèdes contre les guerres. Au temps des bergers, nos familles se sont unies pour former un royaume puissant. Yahvé ne désire-t-il pas que notre peuple vive dans la paix et la prospérité ? Mes hymens avec ces princesses étrangères que tu crains sont le prix à payer. Pense un instant au bonheur de ta fille. Dans mon harem, même privilégiée, elle serait une épouse parmi d'autres. Je veux honorer ta fille en la mariant avec un prince de sang digne de son mérite.

Malgré la pertinence du discours de Salomon, Sadoq baissa les yeux sous le camouflet. Il eut grand-peine à ne pas laisser transparaître sa colère. A travers Mekhal, à travers lui-même, il lui semblait que c'était toute la tribu de Lévi, et jusqu'à ses ancêtres, qui étaient humiliés.

Salomon reprit :

— Le temps est venu pour Yahvé de recevoir de son peuple un temple digne de sa grandeur. Face à l'orgueil syrien, à la condescendance égyptienne, que vaut la force, sans le prestige ? Que serait la richesse, sans la gloire ? Notre royaume est trop jeune pour compter en son sein un architecte capable d'une telle œuvre. Le roi de Tyr me fait l'amitié de m'envoyer le plus talentueux de tous. Il se nomme Sinhout. Il n'est pas hébreu, mais avec l'aide de Yahvé, il saura honorer l'Eternel. Ruth, la mère du père de David, mon propre père, n'était-elle pas une étrangère que Yahvé a bénie et accueillie ? En lui donnant Booz comme époux, le Très-Haut a récompensé son courage et sa générosité. N'avait-t-elle pas accepté d'accompagner Noémie, sa belle-mère, en terre inconnue, en pays hébreu, après la mort de son premier époux ? Ne l'a-t-elle pas protégée comme l'aurait fait son propre fils défunt ? Sa vertu a été reconnue par le Tout-Puissant et pourtant, c'était une étrangère et une païenne ! Doutes-tu de la volonté de Yahvé ?

Tout en admirant l'habileté du discours de Salomon, la rage au cœur, Sadoq s'inclina.

Quatrième chapitre

En prenant la mer, Hiram oubliait les incertitudes de sa vie aventureuse, ses rapports souvent délicats, parfois périlleux, avec les princes qui lui permettaient de donner vie à ses rêves. Il oubliait les drames successifs qui avaient ensanglanté son enfance et fait de lui un éternel survivant. Il n'appréciait pas les voyages en caravane. Il préférait s'épargner les fatigues et les périls de la route. Il choisissait la mer chaque fois que cela était possible. Il prenait plaisir à se laisser bercer par le souffle du vent dans les cordages, par le claquement des voiles, par le cri des oiseaux de mer, par le martèlement des tambours rythmant l'effort des rameurs.

Il dit et laissa dire qu'il gagnerait Jérusalem en équipage par Nazareth, Megiddo, Samarie et Béthel. Il laissa partir par ce chemin Llorn-Salikas et les montures que lui avait offertes Hurummu, chargées de ses bagages les plus précieux. En compagnie d'Abias, il descendit vers le sud et s'embarqua discrètement à Akhziv. Le temps se montra clément. Ces quelques jours de cabotage le long de la côte cananéenne lui procurèrent un repos auquel il aspirait après les épreuves de son séjour à Tyr. Il sentait s'opérer en lui une lente métamorphose. Le châtiment d'El-Djah l'avait libéré du passé. Il n'oublierait jamais le sort horrible d'Acherbas, ni celui de ses parents adoptifs, mais leur souvenir pèserait désormais d'un poids moins lourd sur son âme. Après les sanctuaires assyriens qu'il avait édifiés naguère et l'Eurykoros qu'il laissait en voie d'achèvement, il était heureux de s'atteler à un nouveau défi.

Hiram était impatient de connaître Salomon, fils de David. Il sourit en se souvenant du tableau croustillant qu'Hurummu lui avait brossé de la tribu. Après avoir vaincu avec sa fronde, Goliath, le géant balourd, et mit les Philistins en déroute, David fut porté en triomphe jusqu'au palais du roi Saül. Le souverain avait hâte de connaître le héros du jour et de le récompenser en lui accordant la main d'une de ses filles. Les princesses étaient prêtes à s'entretuer pour épouser ce jeune et séduisant berger, mais ce fut le beau Jonathan, fils aîné de Saül, qui devint son amant. Saül, très accueillant, lui accorda également la main de sa fille Mikal et le commandement de son armée. Hurummu lui avait narré ensuite l'incroyable ascension de David, sacré roi des Hébreux avec la surprenante bénédiction du prophète Samuel. Ce séducteur n'hésita pas à se faire aimer d'Abibalos, son propre père, facilitant ainsi les intérêts bien compris entre leurs deux nations. L'âge aurait dû lui enseigner plus de sagesse, mais non, il séduisit Bethsabée, la belle épouse d'un de ses officiers qu'il envoya se faire tuer sans la moindre vergogne. Le prophète Natân, scandalisé par ce crime, rappela vertement à ce vieux coquin son devoir d'obéissance à Yahvé. Salomon, fruit béni de ce repentir, fut adopté par le vieux prophète qui lui enseigna la sagesse et le porta jusqu'au trône.

« Sérieux, comme tu l'es, avait conclut Hurummu en riant, tu t'entendras bien avec Salomon le Sage. »

Hiram se demanda comment Salomon pouvait être sage avec un tel père. Mais tous semblaient s'accorder à louer son sens aigu de la justice. Les plus lointains royaumes bruissaient du récit de ses justes sentences. L'un d'eux avait particulièrement impressionné Hiram.

Deux femmes viennent à Salomon. Leur désespoir est immense. Elles s'accusent l'une l'autre. Salomon les écoute.

Elles vivent sous le même toit, partagent la même chambre, ont enfanté le même mois d'un beau garçon chacune. Mais cette nuit, un des enfants est mort. La première accuse la seconde :

— Pendant mon sommeil, elle m'a volé mon fils bien vivant pour ne laisser contre mon sein que son enfant mort.

La seconde accuse la première :

— Elle ment, seigneur ! C'est elle qui a échangé les enfants.

Salomon lève la main et leur impose le silence. Il va rendre sa sentence. La foule autour des femmes retient son souffle. Comment Salomon va-t-il départager les deux mères ?

Il se lève, tire son glaive et le tend à l'un de ses gardes. C'est le glaive de la justice. L'enfant vivant sera coupé en deux. Une part pour chacune des mères.

— Non, seigneur ! hurle la première en se jetant à ses pieds. Par pitié, ne le tue pas ! Je préfère que tu le lui donnes et qu'il reste en vie !

Mais la seconde lui coupe la parole :

— Ton jugement est juste, seigneur. Ne l'écoute pas. Tue l'enfant, il ne sera ni à elle, ni à moi !

Salomon lève de nouveau la main et leur impose le silence.

Il se tourne vers la première femme et lui dit :

— Ton cœur et ta chair ont fait éclater la vérité aux yeux de tous. Tu es la mère de cet enfant, va en paix. Qu'on lui rende son fils !

Et il se tourna vers la seconde femme :

— Quant à toi, femme sacrilège, remercie Yahvé d'être encore en vie. Ton chagrin t'a poussé à d'odieux mensonges. Pars loin d'ici et prie le Tout-Puissant pour ton salut et sa miséricorde.

Salomon avait à peine dix-huit ans quand il rendit ce jugement. La relation de cette sentence était peut-être une légende, mais le souverain qui la suscitait ne pouvait pas être un homme ordinaire.

Le rythme paresseux du navire qui le menait vers le sud incitait Hiram à la rêverie. De quoi serait fait le Temple ? Quelle forme l'aigle distinguerait-il du haut des cimes ? Les matériaux utilisés proviendraient de tous les horizons. La pierre serait extraite des carrières locales mais taillée par des carriers phéniciens. Tyr fournirait le bois d'olivier des *keroubim*, colossales statues incrustées d'or, représentant des griffons au corps de lion et à la tête d'homme. Les grumes de cèdre dans lesquelles on débiterait les lambris destinés à être plaqués d'or, eux aussi, seraient convoyées par la mer depuis le mont Liban jusqu'aux nouveaux ports ouverts pour ce chantier par Salomon. Le cuivre et le bronze nécessaires au mobilier cultuel, autels, vasques et conques, seraient extraits des mines des bords de la mer Rouge. L'or, en quantités inouïes, viendrait de partout. Les richesses du monde entier allaient converger vers Jérusalem, et là ce serait à lui, Hiram, de les fondre en une seule œuvre d'art surhumaine.

Hiram contemplait le rivage qui se rapprochait. A ses côtés, Abias lézardait au soleil quand il ne jouait pas aux dés avec un petit matelot. Hiram déchiffra le mince rouleau de papyrus marqué du sceau royal, sauf-conduit que lui avait fait adresser Salomon, la clé de son avenir. Plus rien ne le contraignait à dissimuler son identité. Il renoncerait au nom de Sinhout et porterait son véritable nom d'Hiram. Il en informerait Salomon dès leur première entrevue. Jérusalem représentait le début d'une nouvelle vie, loin des secrets trop lourds, du feu et du sang.

Méthousaël, Juif de la tribu de Ruben, Amrou le Phénicien et Phanor l'Assyrien, se morfondaient depuis des jours dans un caravansérail, halte obligée des voyageurs entre Megiddo et Samarie. Méthousaël le fondeur était le plus âgé. Les deux autres, le maçon Phanor et le charpentier Amrou, se laissaient mener par lui. Il avait connu Mardochée au temps où l'architecte supervisait l'achèvement des écuries de Megiddo, une des places fortes du dispositif militaire voulu par Salomon. Jéroboam, maître d'ouvrage des écuries, s'était découvert de sombres affinités avec Mardochée.

Las de guetter en vain l'arrivée d'Hiram, les trois hommes tournaient en rond. Leur inaction avait éveillé la curiosité du tenancier. Il n'était pas d'usage de séjourner plus d'une ou deux nuits dans ces auberges pour hôtes de passage. Au bout de cinq interminables jours d'attente, ils se résignèrent à plier bagage. Mais un vent violent se leva, projetant dans le soleil couchant un nuage de poussière dorée. Au loin, ils aperçurent dans la nuée les silhouettes d'un équipage qui avançait à grand-peine. La nuit était tombée quand l'équipage se présenta au caravansérail. Le cœur de Méthousaël battit plus fort. D'un pas nonchalant, il s'approcha des nouveaux arrivants. Parmi les marchands, se distinguait un homme de haute stature à la crinière éclatante dont émanait une tranquille autorité. Méthousaël l'aborda.

— Le seigneur Sinhout est-il parmi vous ?

Llorn-Salikas détailla la silhouette massive, le visage carré, les mains robustes aux paumes calleuses. L'homme bâti en Hercule lui souriait. Le Caucasien ressentit le fourmillement familier qui précédait le danger.

— Je connais le seigneur Sinhout, que lui veux-tu ?

Méthousaël à son tour ressentit la force et la sombre menace qui émanait de cet homme.

— Nous sommes trois bons ouvriers. Je suis Méthousaël le fondeur. Mes deux compagnons sont charpentier et maçon. Nous venons nous présenter au seigneur Sinhout. Nous espérons travailler à la construction du Temple.

Llorn-Salikas sourit.

— Les nouvelles vont vite par ici.

Un court instant, Méthousaël baissa les yeux, puis reprit :

— Puis-je le rencontrer ?

— Il nous a quittés en chemin. Tu pourras te présenter à lui à Jérusalem.

Dans la demeure de Jéroboam, Mardochée s'impatientait. Méthousaël venait de lui rendre compte de l'échec de sa mission. Mardochée marcha sur lui, prêt à le frapper. Malgré sa puissante carrure, Méthousaël recula d'un pas.

— Où est passé ce maudit Egyptien ? éructa l'architecte. Il ne faut pas un mois pour aller de Tyr à Samarie, même en musardant !

— Seigneur, il a pris un autre chemin. Que pouvions-nous y faire ?

Malgré sa fureur, Mardochée ne pouvait exclure que le fondeur n'ait vu juste. Il le renvoya et prit congé de Jéroboam.

A grands pas, il regagna son palais. Sinhout avait donc échappé au guet-apens. Un caprice lui avait fait emprunter un autre chemin, ou bien il était d'une grande prudence. Une aura de mystère et de violence flottait autour de lui. Des rumeurs couraient à Jérusalem. L'Egyptien aurait été impliqué dans un meurtre. Un étrange frisson de plaisir envahit l'esprit de Mardochée. La rumeur ne prête qu'aux riches. Ce Sinhout, talentueux architecte, était peut-être aussi un assassin. Il finirait bien par apparaître. A présent, il avait hâte de se mesurer à lui.

Cinquième chapitre

Ce jour-là, cachée derrière les voiles de sa litière, une jeune femme d'une exceptionnelle beauté fit son entrée à Jérusalem. Elle s'appelait Nemdjet et elle était la fille du pharaon Siamon. Elle arrivait de Tanis pour épouser le roi Salomon avec tout le faste qu'exigeait une union aussi glorieuse. Son cortège à lui seul était plus nombreux que la population de bien des villes qu'elle avait traversées en chemin. Gardes du corps, porteurs, domestiques, médecins, cuisiniers, dames de compagnie, dames d'atours, maquilleurs, parfumeurs, amuseurs, scribes, conteurs et inventeurs d'énigmes, c'était une véritable cour qui l'accompagnait. Cette multitude n'était pas destinée à demeurer à Jérusalem après les noces. Le plus grand nombre regagnerait l'Egypte. Il s'agissait surtout de signifier par une arrivée grandiose la richesse et la munificence du père de la mariée, face à celles du marié. Aussi Siamon n'avait-il pas lésiné sur l'apparat : litières de bois précieux aux montants richement ouvragés et incrustés d'or, défilé d'esclaves venus des provinces les plus reculées du royaume, guépards tenus en laisse par des géants à la peau d'ébène, perroquets multicolores, autruches attelées à un char où paradaient des singes. Il n'y manquait pas même un couple d'éléphanteaux amenés des profondeurs de l'Afrique et dont la vue stupéfia la foule des Hébreux massés sur le passage du cortège. Salomon n'avait pas voulu être en reste. Averti à l'avance de la munificence et de l'exotisme de l'équipage de la princesse, il avait choisi d'y répondre par l'étalage de sa puissance militaire. Ce fut donc à la tête d'un cortège de chars de guerre — quelques centaines seulement sur les quelque douze mille que comptait son armée, qu'il alla à la rencontre de sa promise. Une telle démonstration n'eût pas été de la meilleure diplomatie, si Salomon n'en avait transformé le sens par un geste qu'apprécièrent les Egyptiens. Quand les deux cortèges furent en vue l'un de l'autre, il sauta à bas de son char et parcourut seul, à pied et tête nue, les quelques centaines de pas qui le séparaient de la princesse.

En arrière, à distance respectueuse, trottait son secrétaire égyptien, Elyhap, petit homme dodu, au visage toujours empreint d'un bon sourire. Il avait à Jérusalem des ennemis irréductibles, tel le grand prêtre Sadoq, mais la plupart des familiers de la cour reconnaissaient en lui un homme précieux, qui méritait la confiance de Salomon. Heureux, il goûtait la satisfaction de voir l'aboutissement de longs mois de tractations entre les deux royaumes. On allait enfin découvrir le visage de sa nouvelle épouse.

De sa litière, Nemdjet regardait le roi s'avancer vers elle. Son cœur battait. Elle était à la fois intimidée par sa haute silhouette aux épaules larges, par son visage mâle dont les traits lui apparaissaient plus distinctement, presque effrayée par la force animale qui se dégageait de lui. En son cœur se mêlaient le désarroi d'avoir été arrachée à l'univers familier de la cour de Tanis et l'excitation de la découverte. Allait-elle lui plaire ? Il n'était plus qu'à quelques pas. Un large sourire éclaira ses traits harmonieux. Il avait les yeux clairs, le teint cuivré, une barbe courte, soigneusement taillée. Elle esquissa un sourire à son tour, mais baissa bien vite les yeux, de peur qu'il ne la jugeât effrontée.

De lourdes tresses de cheveux noirs réunies en une seule natte agrafée d'un ibis d'or encadraient le fin visage de Nemdjet. Cette épaisse chevelure aux reflets d'ébène était enserrée dans une résille de lapis-lazuli fermée d'un demi-cercle de perles. Le buste de la jeune fille était drapé dans un châle de pourpre brodé de fils d'or. Ses bras étaient cerclés de lourds bracelets de vermeil sertis d'émeraudes et de diamants. Sur une tunique légère, d'un blanc céleste, une large ceinture très ajustée soulignait la minceur de sa taille et la féminité de ses formes. Son visage délicat, aux yeux modestement baissés sous des sourcils allongés par un trait de khôl, les paupières irisées de violet et de longs cils recourbés ravirent Salomon. Un mélange de douceur presque enfantine et de sensualité que soulignait la perfection ourlée de ses lèvres peintes acheva de troubler le jeune souverain.

Enfin, elle leva les yeux. Salomon retint son souffle. Son regard était de l'exacte noirceur d'un lac de nuit. Il lui parla doucement d'une voix basse qui émut la princesse.

— Princesse Nemdjet, sois la bienvenue dans ta nouvelle maison. Tu obtiendras bonheur et félicité sous les ailes de Yahvé qui te bénit et te protège. Je pardonne aux pauvres conteurs qui ont loué ta beauté. Les mots leur ont manqué pour exprimer tant de grâce. On prétend que je suis sage, mais à ta vue, ma sagesse se trouble et vacille. Je brûle de te faire découvrir Jérusalem. Accepte de quitter ton équipage et de te montrer au peuple auprès de moi.

La jeune princesse n'hésita pas. Elle descendit de sa litière et s'avança vers le char du souverain. Les yeux des soldats hébreux brillèrent à la vue de ce corps que les voiles aériens de sa tunique dissimulaient à peine. Salomon lui tendit la main et lui fit prendre place à ses côtés. D'un claquement sec de fouet, les quatre chevaux de jais s'élancèrent vers les murailles de Jérusalem. Sur leur passage, la foule s'écartait, acclamait le couple royal. Puis l'assemblée fut dense au point de mettre l'attelage au pas. Chacun put alors contempler de près l'Egyptienne et laisser libre cours à sa fascination pour cette étrangère fardée et à peine voilée comme une idole païenne. Chez les femmes, Nemdjet éveillait des sentiments mêlés : un souffle de liberté, d'audace, d'effronterie, de gaieté semblait envelopper la future souveraine, mais le désir qu'elles lisaient dans le regard des hommes suscitaient chez les unes la jalousie, chez les autres le dégoût devant tant d'indécence.

Alors que la ville entière, marchands, artisans, notables, journaliers et même esclaves, fêtait l'arrivée de la fille de Pharaon, deux hommes faisaient dans Jérusalem une entrée beaucoup plus modeste. Hiram et Abias gagnèrent la cité en franchissant par la porte de l'Eau le haut rempart élevé par David sur les fondations de l'ancien mur jébuséen. Llorn-Salikas les rejoignit bientôt. De la route, Hiram ne pouvait détacher ses yeux du mont Moriah. Comme Salomon quelques jours auparavant, il le voyait par l'imagination tel qu'il serait quelques années plus tard. Il en aplanissait et en élargissait le sommet, il en remodelait les pentes, il y édifiait des contreforts et des terrasses et la silhouette encore imprécise du Temple s'ébauchait au loin, d'une blancheur immaculée, mirage semblant se refléter dans l'accablante chaleur de midi. C'était là, sur cette hauteur modeste, mais admirablement située au carrefour des vallées, que s'accomplirait son œuvre.

Sixième chapitre

Quand Hiram se présenta seul au palais, nul ne l'attendait. L'arrivée de la princesse Nemdjet et de son imposante escorte avait plongé la foule innombrable des serviteurs et des fonctionnaires royaux dans l'effervescence. Tout ce monde, excité, affairé, courait de droite et de gauche avec des airs importants. Il fallait désaltérer, nourrir et, pour finir, loger plusieurs centaines de personnes durant des semaines. Salomon avait donné de longue date des instructions pour que le palais soit abondamment approvisionné. Ce seraient donc soixante muids de fleur de farine, cent vingt de farine, vingt bœufs d'engrais, quarante bœufs de pâture, deux cents moutons, d'innombrables cerfs, gazelles, antilopes et volailles engraissées, qui seraient chaque jour convoyés pour garnir la table du roi et lui permettre de traiter dignement ses hôtes. Jamais une telle profusion de mets, une telle multitude d'invités, une telle noria d'animaux exotiques n'avaient pénétré dans le vieux palais hérité de David. Il fallait trouver un lit à chacun, des cages pour les singes qui, dès leur entrée, s'étaient empressés de ravager les tentures et de semer partout la confusion. Il fallait improviser des volières pour les perroquets et des enclos pour les autruches, fournir aux guépards qui commençaient à s'agiter leur content de viande fraîche. Le fourrage des chevaux de l'écurie royale conviendrait-il aux éléphanteaux ? Les intendants ne savaient où donner de la tête. Les chambellans s'évertuaient à résoudre d'épineux problèmes de préséance entre les divers dignitaires accompagnant la princesse.

La tentation était grande de rabrouer cet étranger aux vêtements couverts de poussière, qui demandait ingénument à être admis en présence du roi Salomon. L'un d'eux s'y risqua. Hiram n'était que douceur envers les humbles, mais familier des plus grands, il ne tolérait pas l'arrogance des valets. L'insolent lui tournait déjà le dos quand il sentit une poigne de fer se refermer sur son épaule et le contraindre à lui faire face de nouveau.

— Tu as mal entendu, noble chambellan. Le roi m'attend. Crains sa colère quand il saura que tu m'as fermé sa porte !

L'homme voulut se dégager, mais son épaule était prise comme dans un étau. Plus que cette force physique dont l'étranger faisait montre, l'intensité de son regard donnait à réfléchir. Pourtant, il tenta encore d'intimider l'importun.

— Aujourd'hui, le roi Salomon reçoit la fille de Pharaon, sa promise. Si tu le déranges pour rien, il t'en cuira, étranger !

— Fais-lui dire simplement que l'homme de l'Eurykoros est arrivé.

Le serviteur dévisagea Hiram. Les travaux gigantesques entrepris par Hurummu de Tyr pour agrandir son île étaient connus de tous.

— Quel est ton nom, étranger ?

— Va ! lui dit Hiram sans répondre à sa question.

L'homme obéit. Il n'était pas d'un rang assez élevé pour avoir accès directement au roi, mais il eut la chance de rencontrer Elyhap. C'est à lui que le chambellan impressionné par l'autorité du visiteur transmit le message.

— L'homme de l'Eurykoros ? Nous l'attendions plus tôt, dit Elyhap. Conduis-le dans la pièce des petites audiences, avec tous les égards dus à un hôte de marque. Je préviens moi-même le roi.

Conscient, cette fois, d'avoir affaire à quelqu'un d'important, le chambellan fit diligence. De retour auprès d'Hiram, il l'informa du résultat de son ambassade et l'introduisit avec force courbettes dans une pièce plus discrète que les grandes salles d'apparat. Puis il chercha une servante pour laver les pieds du visiteur et le rafraîchir, selon l'usage.

Hiram n'avait pas eu le temps de vider la coupe de vin qui lui avait été servie par un échanson quand Salomon fit son entrée accompagné d'Elyhap. Le scribe portait sous le bras un rouleau de papyrus. Hiram se leva et s'inclina devant le roi.

— Pardonne-moi, grand roi, de me présenter devant toi sans demander audience. Je crains de tomber en un moment où d'autres sujets te préoccupent. J'ignorais que la princesse Nemdjet venait d'arriver à Jérusalem. Si je l'avais su, j'aurais retardé ma visite.

Le roi coupa court d'un geste aux excuses d'Hiram.

— Tu as bien fait, au contraire. Tu avais annoncé ta venue par la route. Je m'inquiétais de ton retard. Sois le bienvenu.

Dans le regard du roi se lisait une vive curiosité. Ainsi, c'était lui le fameux Sinhout. Les Assyriens, chez lesquels l'architecte avait réalisé ses premiers édifices après un apprentissage auprès du maître égyptien Ahmosis, le tenaient en haute estime. Sa dernière réalisation, l'Eurykoros, était décrite par tous les voyageurs comme une merveille d'équilibre et d'élégance, un défi lancé à la mer. Salomon savait juger les hommes. La tranquille assurance de Sinhout le frappa. Nulle insolence en lui, cependant. Ses paroles et son maintien le prouvaient, il avait conscience d'avoir affaire à un des souverains les plus puissants de la terre. Mais le sentiment de sa propre valeur le faisait se conduire aussi naturellement que l'eût fait n'importe quel homme. Un esprit droit, songea Salomon. Un souverain, dans son univers. Entouré, comme tout monarque, de courtisans, d'intrigants et de flatteurs, Salomon n'appréciait rien tant chez les hommes que l'honnêteté et la fierté. Il distinguait pourtant chez lui un défaut, ou du moins un trait de caractère qui pourrait altérer leurs rapports : l'orgueil.

Le souverain se rapprocha d'une longue table et invita Hiram à ses côtés. Elyhap le suivit et se tint derrière eux. Hiram apprécia la simplicité du jeune monarque. Habitué à apprécier les volumes, l'architecte déchiffrait aisément la vérité du corps de Salomon sous l'artifice des vêtements d'apparat. Le jeune roi lui apparut construit comme une œuvre d'art, un beau visage au front bombé, au nez droit légèrement arrondi à sa base, aux lèvres à la sensualité discrète, au menton ferme, au regard clair où la bienveillance effaçait pour un temps la froideur de métal. Ce visage méritait le nom de majesté. Le corps était celui d'un athlète aux proportions idéales. Hiram sourit. Il ressentait l'ironie de la situation. Il était charmé, séduit par l'exceptionnelle beauté de son commanditaire.

— La mission que je vais te confier, reprit Salomon, te fera séjourner de nombreuses lunes au royaume des Hébreux. Je veillerai à ton confort afin que tu puisses te consacrer tout entier à ta tâche. Je rêve pour Yahvé et mon peuple d'un temple vaste, majestueux, unique. Sur mes instructions, un architecte hébreu a réalisé une première esquisse. Elyhap, montre-lui le projet de Mardochée.

L'Egyptien déroula sur une table le rouleau de papyrus. Hiram s'y pencha avec la plus vive curiosité. En quelques instants, son opinion fut faite. C'était l'ébauche d'un plan exécuté selon les règles de l'art, mais qui dénotait une conception architecturale dépourvue d'envergure et d'originalité. Le rapport des dimensions était harmonieux, mais l'ensemble péchait par un manque d'audace, alors que nombre de points de détail dénotaient un talent certain. Sans doute un artiste est-il toujours enclin à critiquer l'œuvre d'un autre et à substituer sa propre vision à la sienne. Cependant, la hauteur de vue d'Hiram ne pouvait s'accommoder de l'ambition limitée d'un tel projet. Il leva les yeux et affronta le regard inquisiteur de Salomon.

— Majesté, dit-il, est-ce vraiment là ce que tu souhaites ?

Elyhap sursauta. La brutalité d'Hiram l'enchantait. Il se demanda avec délectation comment son jeune monarque allait réagir. Salomon esquissa un demi-sourire et resta silencieux longtemps, très longtemps. Il s'approcha de la table imposante où était disposé le plan. Il sembla évaluer les surfaces et les volumes qui y étaient inscrits et enfin se tourna vers l'architecte. Hiram, décontenancé, ne savait pas s'il fallait poursuivre son discours ou attendre la réponse du monarque. Avec une voix sévère que démentait l'éclat rieur de ses yeux, Salomon répondit :

— Tu as la langue bien hardie pour un artiste formé dans les meilleures cours. Es-tu en train de me dire que mon projet manque de grandeur ? Un bâtiment long de cinquante coudées, large de quinze, haut de vingt, sur une esplanade carrée de deux cents coudées de côté ? Bien sûr, les temples de Karnak, de Louksor ou celui d'Ur sont beaucoup plus imposants, mais ces sanctuaires ont été édifiés dans les vallées du Nil et de l'Euphrate. Que pourrions-nous faire de plus sur l'éperon du mont Moriah ? L'espace nous est chichement mesuré.

— Seigneur, tu m'as fait venir à toi parce que j'ai arraché à la terre, à la mer et aux rochers des œuvres colossales qui défient la nature. Par la sueur et par le sang de milliers d'ouvriers, ils ont été édifiés pour glorifier à jamais le nom des princes qui les ont rêvés et celui des dieux auxquels ils sont consacrés. La gloire de ton Dieu et la tienne ont, elles aussi, leurs exigences et c'est à toi qu'il revient de reculer leurs limites. Ce n'est qu'une question de moyens. Le nombre peut aplanir des montagnes et en élever en plein désert. Les Hébreux ont-ils des bras, répugnent-ils à l'effort, craignent-ils l'ardeur du soleil ? Il ne tient qu'à toi de mettre ton peuple au travail, majesté, et de lui assigner une tâche digne de lui et de toi !

— Qui es-tu pour porter un jugement sur un peuple dont tu ne sais rien ? Crois-tu que seuls des bras égyptiens ou chaldéens peuvent accomplir des merveilles ?

Les Hébreux n'ont-ils pas aidé à bâtir les pyramides ? Attends de les connaître, tu les apprécieras et tu les trouveras dignes de travailler sur ton chantier. Tu demandes trop. Je ne veux pas agir comme Pharaon. Je ne veux pas ruiner mon pays, réduire mon peuple en esclavage pour satisfaire ton orgueil !

Hiram ne se troubla pas. Sa fermeté était à l'égal de sa déception. Il était venu à Jérusalem le cœur plein d'espoir et d'exaltation, persuadé qu'on lui offrait enfin une œuvre à sa mesure. La désillusion était cruelle. Sa décision était prise. Il ne consacrerait pas ses plus belles années à une entreprise médiocre. Il chercherait auprès d'un autre prince l'occasion de donner libre cours à ses ambitions.

— Seigneur, l'architecte qui a dessiné ce plan te convient mieux que moi pour réaliser ton projet.

Le jeune monarque accusa le coup. A présent, Hiram lui infligeait l'affront de refuser de bâtir le Temple ! En Salomon, l'incrédulité fit place à la colère.

— N'oublie pas que tu es mon obligé et celui d'Hurummu !

— Sire, vous n'avez pas besoin de moi pour construire ce qui est dessiné sur ce papyrus, répondit Hiram. Je ne veux pas vous offenser, mais je préfère me retirer et laisser le champ libre à un autre. Je suis un homme sans attache et je n'ai pas peur de mourir. J'ai enduré de tels malheurs que seul mon art me donne la force de vivre.

Un court instant, Salomon songea à jeter Hiram dans un cachot. Cependant, l'audace de l'homme, sa paisible assurance et ses blessures secrètes l'étonnaient et l'intéressaient.

— Tu parais solide comme un roc. Quels malheurs peuvent te pousser à me défier et à risquer la mort ?

Hiram eut un triste sourire.

— Depuis ma naissance, la mort est ma compagne. Saad-Laha, mon père adoptif, m'a recueilli avec ma mère. Nous étions les seuls survivants d'un massacre. A Tyr, mon enfance fut heureuse. Aux yeux de tous, j'étais le véritable fils de Saad-Laha, syndic des armateurs et familier du roi. On se brûle en approchant la grandeur. Sur les conseils du grand prêtre El-Djah, qui haïssait mon père, je fus choisi par le roi pour être sacrifié au dieu Melqart. J'avais neuf ans. J'eus la vie sauve au prix d'un subterfuge. Mon meilleur ami, un petit esclave, fut sacrifié à ma place. Mon père m'exila en Egypte dans un des ses comptoirs où j'eus les meilleurs maîtres pour l'art et la guerre. Heureuses années, où j'oubliais un temps cette tragédie. Pharaon me prit sous sa protection. Hélas, les espions du grand prêtre retrouvèrent ma trace. Mon père et ma mère furent arrêtés et mis à mort dans d'atroces souffrances. La malédiction me poursuivit jusqu'en Egypte où des assassins me traquèrent sans relâche et massacrèrent ceux qui avaient pris soin de moi. C'est avec l'aide de Pharaon et sous le nom de Sinhout que je pus leur échapper. J'avais seize ans et j'étais orphelin de nouveau. Pharaon me confia alors à Ahmosis et nous envoya en Assyrie. Le maître architecte m'enseigna l'art du trait et je trouvais là enfin une raison de survivre. Pendant quinze ans, je parcourais l'Orient et, de royaume en royaume, j'édifiais des temples et des palais. Le destin plaça de nouveau sur mon chemin El-Djah, ce grand prêtre mille fois maudit. Il eut enfin le châtiment qu'il méritait. Je n'ai plus d'ennemis désormais. Je veux vous révéler mon véritable nom, si longtemps tenu secret. Je m'appelle Hiram. Je veux accomplir mon ambition suprême : créer la parfaite œuvre d'art. Ensuite, peu m'importe, je peux retourner au néant.

Emus, Salomon et Elyhap se taisaient. Le scribe qui n'avait cessé de dévisager Hiram rompit le silence.

— Dès l'instant où je t'ai vu, j'ai eu le sentiment de t'avoir déjà rencontré. C'est vrai, tu étais l'élève d'Ahmosis et le jeune compagnon de chasse de Pharaon à Tanis. Et c'est bien toi qui a tué un lion d'une seule flèche, n'est-ce pas ? Mais on t'appelait alors Téglath. Combien de noms as-tu ?

— Un seul désormais : Hiram. Je me souviens de toi, moi aussi, seigneur Elyhap.

— Et quel âge avait-il quand il tua ce lion ? demanda Salomon.

— Il n'avait pas treize ans, dit Elyhap. Il a tué ce lion en pleine course d'une flèche dans l'œil, une seule, tirée depuis le char conduit par Nésy, le général de Pharaon. Jamais on n'avait vu cela.

Un nuage assombrit fugitivement l'humeur de Salomon. Il se défendit d'un soupçon de jalousie. Grandi dans l'ombre de David, le prince n'avait jamais manifesté grand goût pour la chasse et la guerre. Excellent archer, il ne manquait jamais le cœur d'une cible, mais il répugnait à tirer sur une créature vivante, fût-ce un lion, une hyène ou une gazelle.

Comme David son père, cet homme avait déjà tué.

Septième chapitre

Elyhap déchiffrait les sentiments contradictoires qui agitaient son jeune souverain. Ile ne fut pas étonné de la maîtrise avec laquelle la sérénité lui revint. D'une voix amicale, Salomon s'adressa à Hiram.

— Je suis touché de la confiance que tu me témoignes en me livrant ton secret. Puisque tu n'as plus rien à perdre, dis-moi ce qu'il faudrait pour bâtir le Temple ?

— Tu as l'autorité, la richesse, la main-d'œuvre pour accomplir la grande œuvre. Pourquoi te contenter d'un monument qu'on oubliera bientôt ?

— As-tu pris la mesure de ce que tu avances ? Selon toi, il faut doubler, tripler les dimensions du Temple, de l'esplanade...

— Majesté, je ne t'ai pas donné des chiffres au hasard. Je maintiens que le sommet du mont Moriah peut accueillir un temple de quatre-vingt-dix coudées par cinquante, sur une esplanade de cinq cents coudées de côté. Songe alors au spectacle qui s'offrirait aux yeux des voyageurs abordant Jérusalem par la vallée du Tyropoeon ou par celle du Cédron.

— Folie ! dit Salomon.

Mais la vision que lui proposait Hiram s'imposait à lui, irrésistiblement. Il ferma les yeux un instant et il lui sembla que le Temple se dressait devant lui tout à coup, ruisselant de blancheur et de majesté sur l'éperon rocheux.

— Combien de dizaines de milliers d'hommes faudrait-il mettre au travail, durant combien d'années ? Combien de carrières faudrait-il ouvrir, combien d'arbres faudrait-il abattre ? Combien de dizaines, de centaines de talents [1] d'or tout cela coûterait-il ? demanda-t-il d'une voix dans laquelle, malgré lui, perçait l'inquiétude.

— Beaucoup, sire. Beaucoup, c'est mon métier de le savoir. Beaucoup trop, peut-être.

— Peut-être trop. Voyons, reprenons ce plan ensemble ; montre-moi plus en détail les modifications que tu proposes.

D'une toux discrète, Elyhap les interrompit. Salomon se tourna vers lui, agacé.

— Quoi donc, Elyhap ?

— Grand roi, n'oublie pas l'installation de la princesse et de son escorte. Tu as mille ordres à donner.

— Tu t'en charges, Elyhap. Fais au mieux, tu as ma confiance.

Il congédia l'Egyptien. Resté seul avec Hiram, le roi poussa un siège devant la table. Il s'assit face au plan de Mardochée et invita l'architecte à prendre place près de lui.

— Je t'écoute !

Longtemps, Hiram parla. Il sut trouver les mots pour enflammer l'imagination du roi. Il avait

---

1. Un talent représente entre 34 et 41 kilos de métal précieux à la fin de la période royale ; voir André Chouraqui, *Les Hommes et la Bible*, Paris, Hachette, 1994, p. 101 et 103.

demandé du papyrus, un calame, de l'encre, un abaque. Un serviteur lui avait apporté tout cela. Tandis qu'il exposait sa vision à Salomon, il griffonnait des croquis, des esquisses, il effectuait des opérations, reportait des cotes sur le document de Mardochée qui fut bientôt couvert de chiffres et d'annotations, de taches d'encre jaillies de son calame dans le feu de l'action. Stupéfait, Salomon regardait son visiteur jongler avec les dimensions, les proportions, les matériaux, les journées de main-d'œuvre, mais aussi les problèmes ardus que seul l'art secret du trait permettait de résoudre. Il avait l'impression de voir le Temple s'élever, comme par enchantement, entre les mains d'Hiram. Enfin, l'architecte arriva au bout de sa démonstration.

— Voilà, grand roi, ce qui pourrait s'accomplir si tu y consens.

Il se tut. Salomon, songeur, resta muet lui aussi. Puis d'une voix grave, il s'adressa à l'architecte.

— Si je décidais d'accepter ton projet, il me faudrait lui consacrer une grande partie des ressources de mon royaume. Je devrais lever parmi mon peuple et ceux qui lui sont soumis des corvées comme ils n'en ont jamais connu. Je devrais transformer les Hébreux en une immense armée de terrassiers, de tailleurs de pierre, de porteurs, de maçons !

— C'est juste, sire.

— Je suis riche ; les tributs qu'on me verse, les impôts que perçoivent mes fonctionnaires subviennent aisément à tous mes besoins, à ceux de l'Etat et à ceux de l'armée. Le Temple mangerait tout. Il me faudrait désormais compter, pressurer mes sujets, mes vassaux. J'y perdrais le sommeil et la paix de l'âme !

— Il se peut.

— Tu es fou ! Et moi aussi, sans doute, car nous allons construire le Temple.

Le jeune souverain avait prononcé ces mots avec une souriante détermination. Hiram, très ému, sentit s'alléger le poids énorme de la fatalité qui le poursuivait jusqu'alors. Salomon sembla comprendre les sentiments qui agitaient l'architecte. Il lui proposa d'habiter au palais.

Hiram déclina son offre. La foule qui s'y pressait, les fêtes grandioses qui allaient y être données à l'occasion du mariage du roi avec Nemdjet ne se prêtaient pas à un travail réclamant la solitude et le silence. Or, l'architecte souhaitait se consacrer tout entier et le plus tôt possible à sa tâche. Salomon admit ces raisons.

— Comme tu voudras, Hiram. Elyhap te trouvera une demeure en ville. Mais ne te montre pas trop exigeant. Avec l'amicale invasion égyptienne, les maisons les plus confortables sont déjà prises.

— Une cabane me suffira. Sur le mont Moriah, si c'est possible, là où s'élèvera le Temple.

Salomon eut l'air soucieux.

— Le pontife Sadoq, le gardien de l'Arche, règne sur le site. Je doute qu'il te fasse bon accueil. Il est hostile à la construction du Temple.

— Je tiens à m'installer sur le mont Moriah, mais une maison hors de la vue du grand prêtre me conviendrait. Le Temple doit naître en ce lieu et de ce lieu. Il doit pousser en harmonie avec l'esprit qui souffle là.

Salomon sourit. Hiram l'avait conquis par sa ferveur de bâtisseur. Cet homme-là n'allait vivre que pour le Temple.

— Les flancs du mont sont percés de cavernes spacieuses. On peut aménager l'une d'entre elles, y apporter des meubles, des tentures et des lampes.

L'idée séduisit Hiram. Depuis toujours, les profondeurs de la terre le fascinaient. Il fut convenu qu'Elyhap se chargerait de tout, sitôt qu'Hiram aurait choisi l'endroit le plus propice. A l'instant de clore l'entrevue, Salomon lui fixa rendez-vous le lendemain à l'aube, sur le mont Moriah.

— Nul artiste n'aura les mains aussi libres que toi. Tu obtiendras tout ce que tu souhaites : les hommes, la pierre, le bois, le bronze, l'or. Le meilleur de mes architectes sera ton assistant.

— Sire, s'agit-il du même homme qui a dessiné ce plan ? demanda Hiram en désignant le papyrus couvert de corrections et de griffonnages. Servira-t-il sans arrière-pensées les conceptions d'un autre ?

— Il le faudra, puisque ces conceptions coïncideront avec les miennes.

Un pli barrait le front de l'architecte. Le roi semblait tenir à faire de ce Mardochée son second. Hiram n'y voyait que des inconvénients. Ou Mardochée n'était qu'un courtisan sans envergure qui renoncerait à ses idées et à sa vision personnelle, et cette faiblesse de caractère ne promettait rien de bon, ou c'était une forte personnalité, et son amour-propre blessé le conduirait à se rebeller contre l'autorité d'Hiram.

— Majesté, la mission que tu m'assignes est lourde. Je t'en prie, laisse-moi le soin de choisir ceux qui m'aideront à la remplir.

— J'ai de bonnes raisons pour qu'il en soit ainsi.

Hiram comprit qu'en dépit des bonnes dispositions qu'il manifestait à son égard, Salomon ne se laisserait pas fléchir.

— Puisque je dois travailler avec cet homme, dis-moi au moins qui il est.

— Sa mère fut ma nourrice et nous avons grandi ensemble. C'est un homme charmant, irritant, drôle, effrayant, jouisseur et tourmenté. Il est mon ami. S'il ne devient le tien, prends garde au moins qu'il ne devienne pas ton ennemi, car il est redoutable ! conclut Salomon dans un grand rire.

— Sire, je ne suis là que pour te servir. S'il n'a pas d'autre souci lui non plus, nous ne pouvons que nous entendre.

— Je l'espère, Hiram ! Retrouvons-nous demain au lever du jour, devant la pierre du sacrifice. Nous examinerons ensemble le site sur lequel tu vas bâtir la demeure de Yahvé.

Hiram se retira. Il n'avait jamais eu un tel sentiment de communion d'esprit avec le commanditaire d'un grand chantier, même avec Hurummu. S'agissant du Temple de Jérusalem et de la description qu'en avait donnée Hiram à Salomon, le mot grand était faible. On entrait dans un autre espace, celui de la divinité. Ce Temple était d'abord un signe adressé par le roi des Hébreux à Yahvé. Il représentait pour les Hébreux la fin de leur errance. Ils pouvaient à présent, comme les Assyriens, comme les Sidoniens et les Egyptiens l'avaient fait pour leurs innombrables idoles, installer leur dieu unique dans une demeure éternelle. Quant aux chances de mener l'entreprise à son terme, Hiram avait la certitude à présent que le roi, tel un joueur, le suivrait dans son pari. Il avait conscience d'attacher son nom et son règne à une œuvre colossale, digne de leur procurer une renommée au-delà du temps. En quittant le palais pour retrouver Llorn et Abias, Hiram était heureux et confiant. Restait cette légère inquiétude à propos de Mardochée. Il devait le rencontrer dès que possible. S'il trouvait en lui un partenaire loyal, à la bonne heure ! Sinon, ce ne serait pas le premier ennemi qu'il aurait à affronter.

Huitième chapitre

La grotte apparaissait d'abord comme un simple renfoncement de la paroi, libérant une vaste terrasse abritée à mi-hauteur du mont Moriah. Il fallait s'engager à l'intérieur pour découvrir qu'il s'agissait de l'entrée d'une véritable caverne qui s'enfonçait profondément dans les entrailles de la colline. Après une première salle de belles proportions, elle donnait sur une autre, d'une voûte moins haute, avant de se muer en un couloir de plus en plus étroit, dont nul ne savait exactement jusqu'à quelle profondeur il se poursuivait. La largeur de l'accès à la grotte et son orientation permettaient au soleil de pénétrer généreusement dans cet antre et de l'éclairer durant une bonne partie de la journée. Un peu plus bas sur la pente tapissée d'un maquis épais, parsemé d'oliviers et de micocouliers, une source chantait entre les pierres. De ce balcon s'ouvrait sur Jérusalem une vue qui séduisit Hiram au premier regard. Elyhap avait tenu à l'accompagner. Il prit note des désirs de l'architecte. La journée ne s'était pas écoulée qu'une troupe de portefaix apportait tout ce qui était nécessaire pour rendre la grotte confortable. Hiram laissa Llorn se charger de son aménagement. Pour lui, l'essentiel n'était pas les tapis dont on allait recouvrir le sol de la grotte, les grands candélabres de bronze qui l'éclaireraient, les lits en bois d'olivier luisant, les coffres d'ébène incrusté de nacre et d'ivoire, les tapisseries dont on tendrait les parois. Il n'avait d'yeux que pour la grande table de chêne, longue et large comme une table de banquet, sur laquelle il travaillerait. Il avait commandé une grande quantité du plus fin papyrus, des flacons d'encre de toutes couleurs, des pinceaux, des tablettes de cire, des stylets, des équerres et des règles. Il avait lui-même apporté de Tyr, dans un coffre fermé par un lourd cadenas, divers instruments de mesure dont il gardait jalousement secrets l'utilisation et le maniement.

Ce premier soir, Hiram resta longtemps sur la terrasse qui surplombait Jérusalem à rêver au temple qu'il allait construire. Il n'était pas encore monté jusqu'au campement hérité des temps nomades, où l'on conservait l'Arche d'alliance. Il comptait le découvrir le lendemain matin avec Salomon. Sa première entrevue avec le grand prêtre Sadoq risquait d'être décisive pour l'avenir de leurs relations. Il estimait préférable qu'elle eût lieu en présence du roi.

Enfin, laissant Llorn-Salikas et Abias se distraire au jeu des énigmes, Hiram se retira dans la chambre aménagée pour lui dans la grotte. Il fit ses ablutions et se coucha. Il ne priait guère. En lui, diverses croyances se mêlaient et se contredisaient. Le culte sanglant de Melqart Baal lui était odieux. Les figures énigmatiques des divinités égyptiennes avaient marqué son imagination, tout comme celles des dieux babyloniens, mais aussi Mardouk, Shazmash ou Tammuz... S'ajoutait à ce panthéon composite un dieu sans nom, héritage imprécis de sa petite enfance, un dieu du feu, silhouette dansant devant les flammes. C'était vers cette image que se portait sa foi. Le dieu du feu de son enfance était un dieu paternel et protecteur, le contraire du dieu dévorant des Tyriens.

Hiram s'endormit en contemplant sur les parois de son antre les ombres mouvantes qu'y dessinaient les petites flammes des grands candélabres hébraïques. Il sombra dans le sommeil et un rêve étrange le visita. Il s'enfonçait, seul et nu, dans les profondeurs de la terre. Un roulement de tambours continu accompagnait sa marche. Nulle peur ne l'assaillait. Au contraire, c'était un sentiment de confiance qui l'habitait. Il savait vers quoi, vers qui il allait. Au fond du gouffre l'attendait le Forgeron, le maître des flammes au sourire bienveillant, qui martelait le métal en fusion à grands coups d'une masse que lui seul était capable de soulever. Il progressa longtemps dans les ténèbres. Enfin, une lumière apparut au loin. Il courut vers elle et déboucha dans une vaste caverne dont les parois constellées de particules de mica accrochaient et renvoyaient la moindre lueur. Au centre de la grotte, une multitude d'ombres s'affairaient autour d'un grand brasier, actionnant un énorme soufflet de cuir. A chaque mouvement du soufflet, la braise en rougeoyant éclairait la caverne comme en plein jour.

Hiram, le cœur battant, s'approcha de la forge. Un homme jeune, au torse et aux bras puissants, dirigeait vers un moule le liquide en fusion qui jaillissait d'un creuset soutenu par de lourdes chaînes. Il se tourna vers Hiram et lui sourit. Hiram reconnut son père, l'humble forgeron de village assassiné naguère par des pillards alors qu'il tentait de protéger sa famille.

Ainsi, il n'était pas vraiment mort... Caché dans le ventre de la terre, il continuait son œuvre, il coulait dans l'airain l'éclatant destin de son fils ! Il essuya d'un revers de la main la sueur qui ruisselait en abondance sur son visage et sur ses épaules. Il tendit à Hiram une des chaînes grâce auxquelles il dirigeait vers le moule le contenu étincelant du creuset.

A l'instant où sa main se referma sur les anneaux de fer, Hiram s'éveilla en sursaut et se dressa sur sa couche. Llorn, en bon garde du corps, avait dressé son lit à l'entrée de la chambre. Il ne dormait pas encore. Surpris par son brusque réveil, il interrogea Hiram du regard. L'architecte poussa un profond soupir.

— Que nous veulent les rêves, Llorn ?

— Ils nous préviennent de ce qui nous attend, maître. Ils peuvent tout nous dire, si nous savons les déchiffrer. Ton rêve était-il bon ou mauvais ?

— Il s'est interrompu trop tôt pour que je le sache. Il semble seulement que je doive avoir bientôt affaire au feu et au bronze. Je croyais pourtant que les Hébreux comptaient d'habiles fondeurs.

Il ne put réprimer un bâillement et haussa les épaules avec fatalisme.

— Bah, dormons, et nous verrons demain ce que le sort nous réserve. Abias est bien installé ?

— Il s'est enveloppé d'une simple couverture, pour dormir à la belle étoile. Elles sont nombreuses, cette nuit ! Le ciel de Jérusalem nous sera clément, si l'on en juge par le visage radieux avec lequel il nous accueille.

— Espérons-le ; je crains de découvrir dès demain des visages qui risquent de se montrer moins radieux et moins accueillants ! dit Hiram en pensant au grand prêtre Sadoq et à l'architecte Mardochée.

Le lendemain, Hiram se leva aux premières lueurs de l'aube. Dans les brumes du petit matin, accompagné de Llorn, il gagna le sommet du mont Moriah. A chaque pas, se découvrait le site sur lequel s'élèverait le Temple. Llorn, qui ignorait tout de son art, tourna vers lui un visage effrayé.

— Maître, comment peux-tu bâtir le Temple que tu m'as décrit sur cet éperon rocheux ?

Hiram eut un petit rire.

— En transformant cet éperon en plate-forme. Les bras, les pierres et le temps que Salomon m'a promis accompliront ce miracle ! S'il tient sa parole je tiendrai la mienne. Dans sept ans, le Temple sera achevé. Je le vois déjà comme je te vois ! Ce n'est pas la besogne, la terre et la pierre à remuer qui m'effrayent. D'elles, je fais mon affaire. Les hommes, c'est autre chose. Je m'attends à des difficultés avec les prêtres qui se prendront pour des architectes et avec les architectes qui se prendront pour moi.

A la vue de la grande tente qui tenait lieu de temple à la divinité des Hébreux, Hiram fut stupéfait. Autour d'elle, s'élevaient des cabanes bâties dans le désordre, à proximité d'un gros rocher plat. Des chèvres, des moutons paissaient l'herbe rase à quelque distance du Saint des Saints auquel le grand prêtre avait seul accès une fois l'an, le jour de l'Expiation. Des poules picoraient le sol, cherchant des vers et des grains de blé perdus devant la pierre sacrificielle, à quelques mètres des riches ornements de la Tente d'assignation. Sous ces dehors rustiques hérités de l'époque nomade, les objets et le mobilier du culte n'en témoignaient pas moins d'un luxe et d'un raffinement inouïs. Le coffre en bois d'acacia qui renfermait l'Arche était recouvert d'or, tout comme les barres qui avaient servi naguère à le transporter d'étape en étape. L'absolutoire en or était surmonté de deux griffons, les *keroubim*, en or eux aussi, fondus d'une seule coulée, tout comme la table réservée aux pains d'assignation et le candélabre à sept branches. Un rideau brodé d'azur, de pourpre et d'écarlate, semblable à celui qui recouvrait l'Arche d'alliance, protégeait l'entrée de la tente. D'autres lieux de culte existaient à travers le royaume : à Siloé, à Béthel, à Dân, à Gilgal où Saül avait été couronné roi. Mais la vision politique de Salomon exigeait que la divinité résidât désormais où le roi séjournait et qu'elle eût, comme lui, un palais. Salomon traitait d'égal à égal avec les plus puissants monarques, il épousait leurs filles, il imposait sa loi à des peuples qui avaient naguère méprisé le sien. Il ne pouvait tolérer plus longtemps que son dieu logeât encore sous la tente, comme un pauvre nomade dont le plus précieux trésor était une chèvre, un va-nu-pieds dont la tunique empestait le suint et le lait caillé.

Dans la douce lumière oblique du petit jour, Salomon, accompagné de trois hommes, se tenait devant la Tente d'assignation. Hiram ne reconnut qu'Elyhap. Cependant, ce long vieillard au visage maigre, au front ceint d'un bandeau d'or, drapé dans une lévite sur laquelle reposait un pectoral dont les pierres symbolisaient les douze tribus d'Israël, ne pouvait être que le grand prêtre Sadoq. Le troisième homme présentait un aspect inhabituel en ce lieu. Grand, svelte, vêtu d'étoffes précieuses, il était parfumé comme une courtisane. De ses yeux soulignés de khôl, il toisait ostensiblement le nouveau venu. Une moue méprisante plissait ses lèvres charnues peintes de vermillon, tandis qu'il jouait d'une main négligente, aux doigts bagués de lourds anneaux d'or, avec les amulettes et les colliers de perles et de pierreries qui tintinnabulaient à son cou. Se pouvait-il qu'il fût ce Mardochée que Salomon voulait lui imposer comme assistant ? Son aspect était si extravagant qu'Hiram ne pouvait y croire. Il dut pourtant se rendre à l'évidence. Salomon lui confirma bientôt l'identité du personnage. Hiram s'inclina devant lui sans rien laisser paraître. De son côté, Mardochée ne cessait de le dévisager. Salomon s'en aperçut. Il posa la main sur l'épaule de son frère de lait et s'adressa à Hiram.

— Je t'ai déjà parlé de mon frère Mardochée, Hiram. Il n'est pas d'homme moins simple que lui dans mon royaume. Il peut se montrer plus fou que le plus fou et d'autres fois plus sage que les plus sages. Je lui pardonne tout, parce qu'il m'aime autant que je l'aime. Je veux que vous unissiez vos efforts et vos talents pour construire le temple dont je rêve pour Yahvé. Hiram le dessinera, et vous le bâtirez ensemble. J'ai dit !

Les deux hommes s'inclinèrent, et en relevant la tête, leurs regards se croisèrent. Ce qu'Hiram lut dans les yeux de Mardochée était dépourvu de toute équivoque : un regard de haine. Mais non pas une haine glacée, animale, comme il en avait déjà suscité dans le cours périlleux de sa vie. La haine de Mardochée était étrange, ironique, presque chaleureuse. Ils allaient être à la fois ennemis et partenaires, mais au bout du compte, si Mardochée l'emportait sur lui, Hiram n'aurait aucune pitié à attendre de lui. Le favori de Salomon souffrait dans sa chair que le roi lui eût préféré un étranger. A la première occasion, il écraserait ce rival abhorré.

Neuvième chapitre

A la demande de Salomon, Sadoq décrivit à Hiram la disposition que devaient prendre selon la loi les différentes parties de l'édifice destiné à accueillir l'Arche. Elles étaient au nombre de trois : un vestibule, l'*oulâm*, donnerait sur un premier espace clos, l'*heïkal*, destiné aux activités cultuelles. L'*heïkal*, qui accueillerait les fidèles, devait être de belles proportions. Il abriterait l'autel où brûlerait l'encens et la table où seraient exposés les pains d'oblation. Dans le prolongement de l'*heïkal* s'ouvrirait le *debir*, le sanctuaire intérieur, le Saint des Saints. Là, encadrée par les *keroubim*, reposerait l'Arche d'alliance renfermant les tables de la Loi, le don de Dieu transmis par Moïse à son peuple.

Sadoq dispensait ces précisions d'une voix sèche, sans accorder un regard à celui qui en était le destinataire. L'attitude du prêtre confirmait l'avertissement de Salomon. Impassible, Hiram écoutait. Il ne désespérait pas de se concilier le pontife. Après tout, c'était lui, Sadoq, qui jouirait le premier de la splendeur du monument et du prestige qui s'attacherait à son principal desservant. Mais en attendant de séduire ce vieil homme sans doute obstiné et imbu de ses prérogatives, Hiram devrait s'accommoder de son hostilité.

A la suite de Salomon, le petit groupe arpenta longuement le site choisi pour l'édification du Temple. Ce fut au tour d'Hiram de parler et d'exposer son projet. Il commença par mentionner les travaux de Mardochée dont il souligna la qualité. Puis, mettant en avant la volonté de Salomon et lui attribuant des idées qui étaient en réalité les siennes, il dévoila les proportions qu'il projetait de donner à l'édifice. Par ce discours, il alimentait la haine et le rejet de Mardochée et de Sadoq. Le premier parce que l'ampleur de la vision architecturale d'Hiram ridiculisait sa timide ébauche, le second parce qu'elle allait à l'encontre de sa conception des rapports de la religion et de la politique. Dans l'affrontement qu'il souhaitait provoquer, Hiram comptait sur un ferme appui de Salomon. S'il se dérobait, Hiram saurait que le roi s'était grisé de mots et qu'il n'était pas prêt à se lancer à ses côtés dans cette aventure. Dans le cas contraire, son engagement formel en présence de Sadoq et de Mardochée conforterait sa situation face à ses deux adversaires.

Avec une paisible assurance, Hiram les informa des proportions qu'il envisageait de donner au Temple. En l'entendant évoquer une esplanade carrée de cinq cents coudées de côté, Mardochée faillit s'étrangler de rage. C'était plus du double de ce qu'il avait prévu. Le courtisan ironisa :

— Combien as-tu dit, seigneur Hiram ? cinq cents coudées ? Crois-tu que le mont Moriah s'étende jusqu'au rivage de la mer Rouge ? Tu l'as pourtant sous les pieds, cet éperon qui doit supporter le Temple ! Où vois-tu que son sommet mesure cinq cents coudées ?

— Il les mesurera demain, dit sereinement Hiram.

Nous gagnerons cet espace sur les pentes. Nous mordrons sur l'Ophel et sur la vallée du Cédron.

— Et selon toi, combien de dizaines de milliers d'hommes devrons-nous affecter à ces gigantesques travaux de terrassement ?

— Pas moins de cent mille hommes, pas plus de cent cinquante mille. Au-delà ce chiffre, une organisation efficace du travail deviendrait impossible. Encore faudra-t-il les regrouper en brigades, en bataillons, tout comme une armée, leur donner des chefs, instaurer sur le chantier une discipline militaire, sinon ce serait le chaos. Mais il n'y a pas là de difficulté insurmontable.

— Admettons ! Admettons qu'en réduisant en esclavage le peuple hébreu tout entier, tu lui fasses élever en plein ciel une esplanade de cette dimension. Quelles seront alors celles du Temple lui-même ? Sur un tel espace, tout édifice aura l'air d'une cahute !

— Il est vrai qu'il faut changer d'échelle, concéda Hiram. Un édifice tel que tu l'avais imaginé, de cinquante coudées sur quinze, n'est évidemment plus concevable. Il faut voir plus grand : quatre-vingts coudées au moins de long, peut-être cent, sur vingt de large. De même, les hauteurs de plafond doivent être reconsidérées. Je vois vingt coudées de haut pour le *debir*, trente pour l'*heïkal*.

Incrédule, Mardochée se tournait alternativement vers Salomon pour guetter sa réaction et vers Sadoq pour le prendre à témoin. Salomon laissait faire ; il comptait les points entre les deux jouteurs et pour l'instant, Hiram l'emportait sur son contradicteur. Sadoq, lui, bouillait. Ses yeux noirs, profondément enfoncés dans leurs orbites, lançaient des éclairs de fureur et ses dents irrégulières mordaient ses lèvres minces.

— Ces chiffres sont dérisoires ! Explosa-t-il enfin. L'Eternel n'a que faire d'un espace de cent, de cinq cents ou de dix mille coudées ! Il séjourne à la fois dans l'immensité du ciel et auprès de chaque fidèle. Les murs de pierre n'ont point de réalité pour lui ! Qu'est-ce qu'un idolâtre tyrien ou égyptien peut comprendre à cela ?

— Seigneur Sadoq, dit Hiram, je ne prétends en rien juger de ce qui est bon pour le dieu des Hébreux. Je ne fais qu'obéir à ton roi, qui a manifesté sa volonté de bâtir un temple. Si temple il y a, qu'il soit au moins à la mesure du royaume et du dieu qu'il doit glorifier ! Il ne s'agit pas d'une écurie, mais d'un monument destiné à traverser les siècles.

Au mot d'écurie, Mardochée pâlit de rage. Hiram savait-il qu'il avait construit celles de Megiddo ?

Mardochée aurait décidément affaire à forte partie. Mais le roi n'entendait pas laisser les deux hommes s'affronter ainsi. Ils devaient d'abord le servir. Leur rivalité ne devait pas entraver l'entreprise. Cependant, Sadoq n'était pas homme à lâcher prise et il vint au secours de Mardochée.

— Le royaume est prospère, Salomon. Tes sujets bénissent ton nom. Crains qu'ils ne viennent à le maudire un jour, si tu étais conduit à leur demander trop.

Salomon détestait que le pontife se mêlât de politique.

— Je leur demanderai beaucoup, pour leur donner encore plus. Ce peuple est grand. Je veux montrer sa grandeur à la face du monde !

— L'édifice insensé que te propose cet étranger ne

démontrera que l'étendue de ton propre orgueil. Je t'en conjure, Salomon, ne te laisse pas entraîner dans ces chimères !

Cela en était trop pour Salomon. Il laissa éclater sa colère.

— Il suffit, Sadoq ! Ma décision est prise : Hiram bâtira le Temple avec l'assistance de Mardochée, selon ses plans et aux dimensions que j'aurai approuvées. S'il lui faut cent mille hommes, il les aura. S'il lui en faut le double, il les aura aussi ! Et toi, Sadoq, songe à l'obéissance que tu dois à ton roi. Je ne veux plus rien entendre contre ce projet. Tu as informé Hiram des exigences concernant le culte. Nous allons maintenant aborder les aspects purement techniques. Ta présence n'est plus nécessaire. Tu peux retourner aux devoirs de ta charge.

Sous l'humiliation, le pontife chancela et pâlit. Il ravala sa fureur, s'inclina avec ostentation, et s'éloigna d'un pas rapide en direction de la Tente d'assignation.

Mardochée, de son côté, avait pris la mesure de l'adhésion de Salomon. Mais il lui sembla que le roi se réservait une marge d'appréciation. « Hiram bâtira le Temple selon ses plans, avait-il dit, et aux dimensions que j'aurai approuvées... » Il ne donnait donc pas toute latitude au Tyrien. Cela signifiait que les plans seraient examinés et discutés, et que lui, Mardochée, aurait son mot à dire. A lui de déprécier subtilement ces plans et de miner peu à peu le crédit d'Hiram. L'étranger ne savait pas encore à qui il avait affaire, pensa Mardochée. Une bouffée de sombre orgueil et de haine mortelle gonfla sa poitrine. Nul n'était moins simple, avait encore dit Salomon en parlant de lui. Nul n'était plus fourbe, aurait-il pu ajouter. La première chose à faire, songea Mardochée, était de paraître se désolidariser de Sadoq.

— Majesté, ne tiens pas rancune au grand prêtre de la raideur de son échine. C'est un saint homme.

Salomon se tourna vers lui et l'observa avec attention. Il connaissait son Mardochée sur le bout du doigt. Il n'était pas dupe d'un revirement aussi rapide. Les paroles de son frère de lait signifiaient seulement qu'il ferait contre mauvaise fortune bon visage, sinon bon cœur. Il n'entendait pas partager la disgrâce de Sadoq. Il feignait de céder pour revenir plus tard à la charge contre Hiram.

— Sire, reprit-il, je n'ai pas d'autre volonté que la tienne. Tu peux compter sur moi pour seconder l'architecte que tu as choisi.

D'un signe de tête, Salomon enregistra cette reddition qu'il savait tactique.

— C'est bien, mon frère ! Dès ton retour, ton aide lui sera précieuse, j'en suis sûr.

Une expression d'étonnement et de curiosité se peignit sur le visage de Mardochée.

— Dès mon retour ?

Le roi posa sa main sur l'épaule de Mardochée en un geste d'affection.

— J'ai une mission à te confier. Une mission très importante. Nous en parlerons ensemble un peu plus tard. Pour l'heure, descendons étudier l'ampleur des travaux préliminaires.

Ils s'engagèrent sur la pente. En phrases brèves, soulignées de gestes vifs, Hiram remodela la topographie du mont. Tel un démiurge, il aplanit tel relief, rehaussa telle combe, déplaça, effaça, éleva des masses énormes de terre et de pierre. Sa force de conviction était telle que ses auditeurs crurent voir l'esplanade se construire et le Temple se dresser sous leurs yeux. Le regard de Salomon brillait d'excitation. L'Egyptien Elyhap, fils d'un peuple d'architectes, sentait son cœur battre plus vite. Cet homme était bien le disciple du grand Ahmosis ! Mardochée lui-même, malgré sa haine, était près de succomber au charisme d'Hiram. En même temps, il rougissait de honte en songeant aux plans préparatoires qu'il avait soumis à Salomon. Quelle pusillanimité ! Quel manque d'audace ! Comparé à celui d'Hiram, son projet était étriqué, convenu. Comment s'étonner que Salomon lui eût préféré ce visionnaire qui faisait jaillir le roc de l'abîme et qui arasait des pans entiers de montagne ?

En cet instant, Mardochée sut qu'Hiram était investi d'une force créatrice qui dépassait infiniment la sienne. Sans doute était-il capable de réaliser le rêve de pierre qu'il leur dévoilait tout en arpentant le maquis du mont Moriah. Il l'admira sincèrement. Mais il n'était pas homme à s'effacer devant quiconque. Même s'il reconnaissait la supériorité de son rival, il renverserait l'ordre des choses et le supplanterait malgré tout. En administrant devant lui la preuve de son génie, Hiram avait simplement conforté Mardochée dans ses intentions : il avait signé son arrêt de mort.

Dixième chapitre

Mardochée quitta Jérusalem au lendemain des noces de Salomon et de Nemdjet. Dépensant sans compter, il couvrit les époux de cadeaux somptueux, offrit des banquets aux notables, à la délégation égyptienne, et jusqu'au petit peuple qui trouva table ouverte dans ses demeures de Jérusalem et ses propriétés des rives du Jourdain. Mardochée s'épanouissait dans la fête. Il devenait un autre homme, capable de séduire ceux-là mêmes que sa réputation sulfureuse lui avait aliénés. Il avait le don de semer la joie et l'insouciance autour de lui. Dans la liesse, il oubliait enfin les rancœurs qui le rongeaient. Les fêtes religieuses, ou celles de ses familiers, mais aussi les fréquents mariages de Salomon, tout lui était prétexte. La générosité dont il faisait alors preuve lui valait la faveur du peuple. En revanche, une partie des arrogants *guedolim* et des *Barbus* austères lui demeurait hostile en raison de l'obscurité de ses origines.

Nemdjet mariée à Salomon, Mardochée se reposa durant trois jours des excès auxquels il s'était livré, puis il régla ses préparatifs. C'était un long voyage qu'il entreprenait. Le jeune monarque avait décidé de faire de lui son ambassadeur auprès des Sabéens.

Absente du jeu politique en raison de son éloignement, protégée des convoitises étrangères par les déserts qui l'entouraient, l'Arabie Heureuse jouait un rôle essentiel dans l'économie du Levant. Elle accumulait depuis toujours les richesses inouïes grâce au commerce des aromates et des parfums. Le climat unique des vallées du Jawf et de l'Hadramawt lui assurait le monopole des essences les plus convoitées, tel le *lâdan* extrait des cistes, à l'odeur puissante mais agréable, recherché des médecins et parfumeurs, tel l'encens, la divine résine dont la fumée ravissait les narines des dieux, consolait les morts et enivrait les vivants, telle la myrrhe qu'on employait en fumigations et en baumes et qui, par la volonté du Très-Haut, entrait depuis le temps de Moïse dans la composition de l'huile sainte destinée à l'onction du grand prêtre. Mais outre ces produits de haut luxe, les caravanes sabéennes, au terme de leurs longs voyages à travers des déserts hostiles, apportaient la cannelle, qu'elle fût produite en Arabie Heureuse ou sur la très lointaine Ceylan, le cinnamome des Indes, l'aloès et le cinabre couleur de sang de dragon de l'île de Socotra.

La mission dont Salomon avait investi Mardochée était tout autant commerciale que diplomatique. Cette manne inépuisable que le pays de Saba tirait du négoce des aromates, Salomon en voulait sa part. La myrrhe et l'encens sabéens devaient transiter par son royaume pour gagner l'Egypte et les comptoirs maritimes de la Phénicie, ouverture sur la multitude des peuples d'au-delà des mers. Il était naturel qu'il en tirât bénéfice. Les nouveaux revenus compenseraient les dépenses colossales qu'allait occasionner la construction du Temple. C'était donc pour négocier à la hausse le tribut versé à Salomon que Mardochée allait se joindre à une caravane qui le mènerait à la reine de Saba.

Mardochée avait d'abord pensé qu'on l'écartait de Jérusalem pour laisser les mains libres à Hiram. Puis il avait réfléchi. Salomon lui accordait une preuve de confiance en le chargeant de cette délicate ambassade. Les légendes qui entouraient le mystérieux royaume de Saba excitaient son imagination. Curieux de tout, avide de sensations et de jouissances nouvelles, il raffolait des fards, des onguents, des parfums. Il dépensait en encens, en myrrhe et en toutes sortes d'aromates et d'épices, plus d'argent que bien des notables n'en consacraient à l'entretien d'une nombreuse maisonnée. Des récits couraient sur l'Arabie lointaine. Là-bas, l'air lui-même était plus capiteux que les fumées du cannabis dont Mardochée abusait au cours de ses orgies. Les rares voyageurs qui étaient allés jusqu'à Ma'rib ou à Sirwâh vantaient la beauté des Sabéennes et de la plus belle d'entre elles, la reine Balqîs. On disait que nulle femme n'avait jamais eu la taille aussi souple, les seins aussi pleins, les lèvres aussi finement ourlées. On disait aussi qu'elle n'obéissait qu'à ses désirs. En amour, elle ignorait superbement toutes les conventions protocolaires. Si quelqu'un lui plaisait, homme ou femme, noble étranger ou simple servante, elle savait d'un regard faire comprendre qu'elle était prête à se donner. Dans cette audace, dans cette franchise des sens, Mardochée se reconnaissait. Il devinait en Balqîs un être semblable à lui-même, une sœur en esprit. Il brûlait de la rencontrer et de la séduire. Salomon, prudent, lui attribua un chaperon choisi parmi les *zéquenîm* de haut rang, un *Barbu* sentencieux, spécialiste des levées d'impôts, réfrénant ainsi la prodigalité compulsive de Mardochée.

Le voyage serait long et périlleux, mais Mardochée ne craignait que lui-même et Yahvé. Il n'entendait pas rompre avec ses habitudes et sacrifier son confort de sybarite. Le passé nomade des Hébreux était d'ailleurs tout proche encore. Même s'il avait grandi dans le luxe des palais royaux, le voyage était pour Mardochée comme une seconde nature. Il se procura donc une tente spacieuse et choisit avec soin chameaux et chameliers. Il sélectionna parmi les muets de la garde royale des hommes hauts d'au moins quatre coudées et d'un aspect terrible. Il bourra six grands coffres de vêtements brodés, de fards, de parfums, de miroirs, de vaisselle raffinée. Il engagea un cuisinier et un barbier renommés. Il désigna pour l'assister dans sa toilette et servir à ses menus plaisirs deux jeunes servantes et deux gitons hittites et s'estima enfin prêt à affronter l'aventure. Il emportait, de la part de Salomon, un message scellé dans un étui d'ivoire et d'or, et une somptueuse parure de pierres précieuses, l'un et l'autre destinés à Balqîs.

D'Ashqelon, port de Judée où il avait rejoint la grande caravane sabéenne, Mardochée allait parcourir à travers le désert d'immenses étendues, en soixante-cinq étapes à dos de chameau jusqu'à Tamna'. De là, longeant le cours des wâdis Marekha, Jifa et Jiba, il atteindrait enfin Ma'rib après avoir traversé quelques oasis. Les puits étaient rares, les bourgades terriblement éloignées les unes des autres. Les vents brûlants desséchaient la peau et l'âme, et les nuits d'hiver gelaient les membres des voyageurs recroquevillés sous leur couverture. Il fallait, pour s'orienter et rester dans la bonne direction sur ces pistes incertaines, toute l'expérience des caravaniers qui les avaient parcourues dès leur plus jeune âge. Il fallait encore se garder des pillards et, même si on leur échappait, se montrer vigilant face aux escroqueries, aux vols, aux réclamations impudentes. Tout un monde de parasites, scribes, prêtres, gardes, portiers, nomades qui s'instauraient douaniers et percepteurs de taxes, vivait du passage des caravanes et guettaient la moindre occasion. Tout au long de la route, hormis sur les étendues vraiment désertiques où c'étaient la canicule et l'épuisement qui prélevaient parfois des péages en vies humaines, il fallait payer sans cesse, pour le fourrage et pour l'eau, pour l'ombre et pour la nourriture, pou le simple droit de s'arrêter et pour celui de repartir.

Mardochée affronta d'un cœur léger les rudesses d voyage. Mieux, il y prit plaisir. Il retrouvait dans l solitudes sauvages sa formidable vitalité. À la co une langueur et le mal de vivre nés de ses frustratio l'étreignaient. Frère de lait d'un grand roi, il avait grandi et allait vieillir et mourir dans son ombre. Au nom de leur enfance commune, Salomon lui avait tout donné. Il n'avait donc rien à conquérir. Parfois, il maudissait Bethsabée d'avoir choisi sa mère pour allaiter Salomon. Il maudissait Salomon de lui avoir volé son destin. Mais une fois encore, il passait à l'égard de son frère de la haine à l'amour le plus fort. Alors, il lui rendait grâce en esprit de l'avoir choisi entre tous les Hébreux pour cette importante ambassade. Il s'acquitterait au mieux de sa mission et recueillirait à son retour les remerciements publics de Salomon, face à la cour des *hayil*, *guéborim* et des *néguidim* si hautains. Le lendemain, hélas, son humeur s'aigrissait, il se voyait exilé, supplanté dans l'affection du roi, sacrifié au profit de cet Hiram si talentueux.

Avec le chef de la caravane, un certain Kulhân, Sabéen aux cheveux grisonnants, au corps sec longtemps soumis aux vents torrides du désert, Mardochée avait lié amitié. Kulhân aimait vivre et dans les caravansérails, les deux compères prenaient du bon temps, fumant le kif et folâtrant en compagnie des petites prostituées locales qui changeaient Mardochée des plaisirs bientôt monotones de son harem de voyage. Mais Kulhân n'était pas seulement un compagnon de débauche. Caravanier expérimenté, il savait tout des différents itinéraires permettant à son peuple d'écouler les parfums et les gommes aromatiques qui faisaient sa prospérité. Selon les saisons, il aimait passer plus au nord, longer les monts du Yémen, traverser la plaine fertile de Thumala-tabâla en évitant les grands champs de lave d'Arabie centrale, puis gagner Pétra, d'oasis en oasis. Parfois, Kuhlân préférait prendre plus à l'est, vers le golfe Arabo-Persique pour relier la basse Mésopotamie ou la Babylonie. Ainsi se dessinait pour Mardochée un réseau cohérent des voies d'acheminement des aromates, une nouvelle géographie des échanges transitant par la Judée, sur lesquels Salomon réclamait tribut.

Kuhlân lui dévoila aussi les secrets de la myrrhe et de l'encens. Il lui conta cent légendes merveilleuses, ajoutant avec un sourire qu'elles servaient surtout à faire monter les cours des marchandises. On parlait de serpents ailés gardant des arbres à résine au pied des monts Qara et Samhan... Kuhlân se moquaient de ces sottises. Les plantations d'encensiers n'étaient gardées que par la loyauté et l'honnêteté des paysans sabéens, qui respectaient le bien d'autrui comme s'il avait été le leur.

Les renseignements que Mardochée glanait là allait s'avérer d'autant plus utiles que le fonctionnaire compétent qu'on lui avait adjoint succomba à la piqûre d'un scorpion. Il fut enterré dans une tombe à tourelles où les caravaniers inhumaient leurs morts. Il ne fut pas la seule victime du désert. Un des gitons de Mardochée succomba à une fièvre maligne et deux compagnons de Kulhân qui s'étaient imprudemment éloignés de la caravane furent retrouvés égorgés et dépouillés. Un autre jour, un caravanier et ses deux chameaux furent emportés par la crue soudaine d'un wâdi.

Enfin, au bout de soixante-dix-huit jours, Mardochée vit enfin se profiler dans un lointain nimbé de vapeurs dorées les tours de Ma'rib. Depuis plus d'une semaine, il avait laissé la caravane de Kulhân poursuivre sa route vers Shabwat et l'Hadramawt. Lui, avec son équipage cheminait vers le Jawf et la capitale des Sabéens. A quelques heures de marche de Ma'rib, le wâdi Dhana s'engageait dans le défilé du Jabal Balaq que ses flancs abruptes, dépourvus de toute végétation, dominaient de très haut. A la sortie du défilé, le wâdi débouchait sur un immense plateau verdoyant, en bordure de désert de Sab'atayn. Grâce à Kulhân, Mardochée savait ce qu'il y avait à savoir du mode de vie des Sabéens du Jawf.

Ce n'était pas aux pluies, trop rares, ni à la douceur des rayons du soleil, qu'ils devaient la luxuriance de leurs champs. L'essentiel des eaux venait des hautes terres de l'arrière-pays. Elles dévalaient des massifs montagneux, charriant humus et cailloux et s'engouffraient avec fracas dans les défilés granitiques. En bordure des déserts, les ingénieux Sabéens guettaient les signes annonciateurs de la crue. Plusieurs jours durant, les nuages s'amoncelaient dans le ciel, puis le vent giflait de brusques averses la terre assoiffée. Enfin, dans un grondement sourd audible de très loin, le flot déferlait, bouillonnant et écumant sur les galets surchauffés. En maîtrisant ce déluge, les Sabéens avait fécondé leur terre ingrate. Une patience ancestrale et une parfaite connaissance des lignes de la pente les avaient fait triompher de la cruauté des éléments. Au moyen de simples digues de pierre judicieusement réparties, ils parvenaient à diriger l'eau bienfaisante vers des surfaces arables préparées à l'avance, où elles déposaient les fins limons nourriciers. Autour de Ma'rib, deux ouvrages hydrauliques composés de longs môles de pierre jouaient le rôle de vannes principales.

Mardochée admira d'un œil professionnel l'agencement du réseau de canaux larges de quinze coudées qui distribuaient l'eau à travers les champs. Son guide sabéen lui expliqua que le débit même de l'eau était régulé, afin de répartir uniformément les limons. Ainsi, au cœur même de ce qui n'aurait dû être qu'un plateau ingrat dévasté chaque année par les torrents venus de la montagne, une immense oasis était née des effort des hommes. De part et d'autre du wâdi Dhana s'offraient deux jardins d'abondance. Leur renommée s'étendait jusqu'aux confins du monde connu. Elle avait valu à la région le nom d'Arabie Heureuse. Elle faisait rêver des millions d'hommes qui n'avaient pas idée de ce qu'il en avait coûté de labeur et de patience à ses habitants. Mardochée, bouleversé par la beauté inouïe qu'il découvrait à chaque pas, brûla soudain d'une intense passion pour Saba. Jamais plus il ne quitterait l'Arabie Heureuse.

Onzième chapitre

Cité aux puissantes murailles dotées de tours carrées, Ma'rib, capitale de Saba, abritait de nombreux monuments civils et religieux. Mardochée y pénétra par une des portes étroites qui s'ouvraient au pied des tours. Après avoir établi son campement dans sa partie basse, réservée à la halte des caravanes, il dépêcha au palais Salhîn un émissaire chargé d'annoncer son arrivée auprès de la reine de Saba. Puis, soucieux d'impressionner favorablement la souveraine, il se baigna, se fit raser, coiffer et s'abandonna aux mains de son masseur qui l'oignit d'une huile parfumée de la myrrhe la plus coûteuse. Mardochée revêtit ensuite une tunique de lin jaune d'or d'une finesse telle que seule, à Jérusalem, Salomon et lui en portaient. Sur la tunique, il hésita entre un lourd pectoral d'or battu et un collier, d'or lui aussi, mais beaucoup plus léger et moins ostentatoire. Il se décida pour le collier. Balqîs était sans doute la femme la plus riche du monde. Il ne l'éblouirait pas avec des bijoux. On le chaussa de sandales aux lanières surfilées d'or. Puis le serviteur accentua légèrement les reliefs de son visage de quelques touches d'ombre, le poudra et souligna son regard d'un simple trait de khôl.

Mardochée était prêt. Il ordonna qu'on lui servît

une coupe de vin de Phénicie, dont une amphore au moins avait survécu aux soifs et aux aléas du voyage. Pour en régénérer le goût altéré par les températures effrayantes subies pendant la traversée du désert d'Arabie, il le fit aromatiser de poivre et de cannelle. Son messager ne tarda pas à réapparaître. Il n'était pas seul. Un groupe de dignitaires sabéens, vêtus de longues robes de lin qui leur tombaient à mi-mollet, retenues à la taille par une ceinture dont un pan leur descendait entre les jambes, l'accompagnaient. Contrairement à l'usage hébreu qui faisait de la ceinture un des principaux ornements de la toilette, la leur était fort simple. Mardochée apprécia sur les épaules de plusieurs d'entre eux de magnifiques peaux de lion et de guépard. La tribu de Saba contrôlait tout le wâdi Dhana. Elle était la principale des six grandes tribus que comptait l'Arabie du Sud.

Par l'entremise du plus âgé de ces dignitaires, la reine Balqîs souhaita la bienvenue à l'envoyé du roi Salomon, dont l'écho de la gloire était parvenu jusqu'à elle. Elle se déclarait très sensible au fait que le roi eût délégué son propre frère pour le représenter. Elle serait heureuse d'offrir ce soir un grand banquet en son honneur. Elle l'invitait le lendemain à la chasse rituelle de l'ibex, bouquetin à la chair savoureuse.

Mardochée pria les envoyés de la reine de la remercier pour ces bontés. Ils se retirèrent bientôt et revinrent à l'heure dite afin de lui faire escorte à travers la ville jusqu'au palais Salhîn où l'attendait Balqîs. Mardochée s'étonna de la hauteur des maisons, véritables tours de quatre à six étages. Elles s'élevaient sur un socle de pierre sculpté de motifs ornementaux. La charpente apparente dessinait des cadres réguliers, enchâssés de briques crues et de dalles de calcaire décorées d'un piquetage géométrique. L'encadrement des fenêtres était souligné à la chaux. L'impression qui se dégageait de l'ensemble était austère. Elle évoquait la menace qui planait sur ce peuple vivant en bordure du désert. A tout instant, un raid de pillards pouvait fondre sur la ville ou une tempête soudaine s'abattre sur ses murs. Chacune de ces maisons aurait pu soutenir un siège. La richesse des Sabéens promettait des édifices somptueux. Mardochée s'étonna de leur aspect dépouillé, sévère.

Le palais Salhîn qui se présentait comme la réunion de plusieurs de ces hautes demeures, reliées entre elles par une enceinte crénelée, ne faisait pas exception à la règle. C'était une forteresse, mais les portes franchies, le contraste entre la rudesse militaire et l'art de vivre raffiné qu'elle avait pour mission de protéger était surprenant. Au sein de la forteresse, s'étendait un jardin paradisiaque. Au centre miroitaient les eaux bleutées d'un vaste bassin d'où rayonnaient de larges allées pavées de mosaïques colorées. Mardochée envia ceux qui pouvaient flâner chaque jour sous ces ombrages composés de mille essences aux parfums enivrants. Sur une petite place, près d'un ruisseau, de beaux enfants essayaient en vain d'attraper à mains nus des poissons argentés. Leurs cris se perdaient sous la voûte mouvante des arbres. A quelques mètres, assises sur des bancs de pierre ornés de mosaïques géométriques, des servantes à la peau ambrée, vêtues de tuniques blanches, aux cheveux d'un noir de jais, les surveillaient du coin de l'œil tout en plumant des volailles et en triant des lentilles. Cette paix, ce bonheur, Mardochée pouvait aussi les éprouver à Jérusalem. Pourquoi préférait-il alors se livrer à de tristes orgies, ourdir des machinations pour suborner une fille de notable ou pour abattre tel hiérarque qui lui avait déplu ? Comme ces combats incessants qu'il menait contre tous lui semblaient tout à coup dérisoires !

Le cortège s'engagea dans la plus large des allées. Elle menait à une terrasse qui surplombait le petit lac, abritée par des rangées de palmiers nains, d'orangers et de citronniers. Des coussins et des poufs de toutes formes et de toutes tailles, tendus de cuir surpiqué de pièces multicolores, des tables basses supportant des plateaux chargés de victuailles étaient disposés. Une estrade tapissée de fourrures, elle aussi pourvue de coussins et de tables basses, faisait face à la vue magnifique offerte par le petite lac.

Mardochée chercha la reine du regard. Il avait hâte de rencontrer cette femme dont la renommée avait traversé les déserts immenses qui séparaient son royaume du reste du monde. Un mystère planait autour de ses origines et aussi de la façon dont ce peuple habitué à obéir à des rois s'était abandonné au pouvoir d'une femme. Balqîs avait la peau noire. On la disait très belle, impérieuse, orgueilleuse, n'obéissant qu'à sa fantaisie et imposant sa volonté à un peuple subjugué par sa beauté et par son autorité.

— J'ai hâte de rencontrer la reine, dit-il à Sankâr, qui lui servait d'interprète. On prétend qu'elle cache son visage quand elle sort de son palais, car elle a rendu fou plus d'un homme, rien qu'en se montrant.

Le jeune homme eut un sourire malicieux et traduisit les paroles de Mardochée aux notables qui lui faisaient cortège. Mais comment se fier à un interprète sabéen ?

— C'est vrai, notre reine est admirablement belle, répondit un vieil homme par le truchement de Sankâr. De nombreux hommes, croisant le cortège royal, en sont tombés amoureux pour l'avoir seulement aperçue. Les malheureux se sont consumés ensuite en vaines langueurs. Une tristesse indicible les a courbés et vieillis avant l'âge. Pris d'un dégoût insurmontable pour leur ouvrage, pour leur épouse, ils ont décliné. Certains sont morts, d'autres sont devenus des vagabonds et des mendiants.

— Que Dieu m'épargne un tel destin ! s'exclama Mardochée.

Mardochée se laissa conduire vers la berge du lac. Il pressentait une mise en scène destinée à l'accueillir de façon originale. Balqîs improvisait sans cesse sa conduite, afin de déconcerter ses interlocuteurs pour mieux les séduire. Sous la terrasse destinée à servir de salle de banquet s'ouvrait une petite crique de sable fin. A quelques coudées du bord, une femme se baignait dans l'eau limpide du lac. A la vue de Mardochée, elle fit signe à ses servantes qui se tenaient au bord de s'approcher. Des esclaves tendirent un grand voile. Sans hâte, la reine se dressa hors de l'eau. Mardochée s'arrêta et contempla la silhouette qui se dessinait derrière le voile. Balqîs était nue.

Deux servantes lui enfilèrent une tunique d'une finesse arachnéenne. Les esclaves retirèrent le voile et la reine apparut. Sur sa peau noire comme l'ébène, les gouttes d'eau roulaient comme autant de diamants. Ses bras gracieux, ses jambes longues, aux poignets et aux chevilles d'une finesse incroyable, ses seins parfaits, sa taille plus mince que celle d'une fillette, ses hanches doucement évasées, son ventre plat, composaient le plus beau corps de femme qu'eût jamais contemplé Mardochée. Mais l'harmonie de son visage le frappa plus encore. Le nez, tout petit, était admirablement dessiné. Sous un haut front lisse et bombé, dans des yeux immenses, aux pupilles noires comme la nuit, se lisaient une intelligence et une ironie hors du commun. Mardochée resta sans voix. Balqîs salua son visiteur. A sa vive surprise, elle s'exprima en hébreu.

— Salut à toi, noble frère du grand Salomon ! Je suis heureuse de t'accueillir en mon palais. Tu as accompli un long et pénible voyage pour venir jusqu'à moi. Puisse ton séjour parmi les miens te reposer de tes fatigues !

— Reine Balqîs, répondit Mardochée, mon frère Salomon m'envoie rendre hommage à ta beauté. Il m'a chargé de te transmettre ce message d'amitié pour toi et pour ton peuple.

Il se tourna vers un page de sa suite qui portait sur un plateau d'olivier incrusté d'argent le message de Salomon scellé dans un étui d'ivoire et d'or. L'enfant s'avança de quelques pas. Il s'agenouilla devant la souveraine et tendit l'étui qu'un chambellan prit et ouvrit. Il en donna lecture à haute voix. Ce n'était qu'un texte protocolaire. Mardochée n'aborderait qu'en audience privée la vraie raison de sa venue à Saba.

Balqîs accueillit avec grâce les hommages de Salomon. Elle en remercia Mardochée avec une éloquence et une justesse d'expression diplomatique qui montraient quel esprit subtil habitait cette séduisante enveloppe charnelle.

— Mon frère, parmi d'autres présents, m'a chargé de t'offrir ce collier en son nom, mais ta beauté est telle, reine Balqîs, que son éclat se fanera à ta vue !

Un garde s'avança tenant devant lui un coffret richement ouvragé. Avec délicatesse, Mardochée l'ouvrit et présenta à la reine une somptueuse parure. Les yeux brillants, elle admira le lourd collier d'or, composé de quatre chaînes reliées entre elles par des anneaux les plus fins, entre lesquels des perles d'ivoire, de saphir, de cornaline, d'agate, de serpentine, d'ambre et d'hématite s'ordonnaient en un savant mélange.

Balqîs fit un signe à une de ses servantes et lui tendit sa gorge. La femme saisit le lourd collier et le disposa avec soin sur sa poitrine. Le visage de cette servante était à demi voilé. Cependant, Mardochée fut étonné de sa ressemblance avec la reine. Elle était vêtue d'une ample tunique qui dissimulait ses formes, mais pour la stature, la corpulence, et même la démarche, telle une sœur jumelle, elle évoquait irrésistiblement Balqîs.

Elle se tourna vers Mardochée et le dévisagea effrontément. Une bouffée de désir l'envahit. Saba recèle de délicieux mystères, pensa-t-il avec gourmandise.

Douzième chapitre

Balqîs se tourna vers son hôte pour se montrer à lui avec le collier. Ainsi parée, sous le voile arachnéen qui la couvrait sans la cacher, elle était bouleversante. Il s'inclina profondément, sans cesser de l'admirer.

— Reine Balqîs, nulle autre femme que toi n'était digne de porter ce collier. A mon retour à Jérusalem, trouverai-je les mots pour te décrire à mon frère et lui donner une idée de ta beauté ?

— Les princes et les marchands ne cessent de faire l'éloge du roi Salomon, répondit Balqîs. On loue son équité et sa clairvoyance. On chante la magnificence de sa cour, mais aussi la force de son armée. Est-il vrai que les écuries royales abritent dix mille chevaux ?

— Ils sont encore plus nombreux ! Et nous avons dix mille chars. Mais mon frère est un ami de la paix.

— S'il en est ainsi, il sera notre ami. Trop éloigné des grandes puissances, Saba est un royaume de paix. Il n'a à redouter que l'intrusion de quelques pillards qui vivent en bordure de ses frontières. Quel conquérant serait assez fou pour lancer ses armées à travers le désert infini ? Les ossements de ses soldats, nettoyés par les vautours, blanchiraient bientôt sous le soleil.

— J'en conviens, reine, dit Mardochée. Il n'est pas de plus sûre muraille.

Balqîs, en un geste dont la familiarité le troubla, saisit la main de son visiteur pour l'entraîner en direction de l'estrade.

— Nous avons beaucoup à nous dire. Nous poursuivrons cette conversation pendant le banquet.

Le royaume de Balqîs était bien un pays d'abondance. Sa prospérité ne reposait pas seulement sur le fructueux commerce des aromates et des parfums qui drainait vers Ma'rib une partie des richesses de l'univers. La terre de l'oasis produisait en abondance le sorgho, le blé dur, l'orge, les fruits, les légumes et la vigne. Elle se prêtait aussi à l'élevage et à la chasse. Des agneaux entiers, de jeunes ibex cuits à la broche, du gibier à plume et des volailles de basse-cour furent servis aux convives par un ballet d'esclaves se succédant sur l'estrade.

Balqîs avait invité Mardochée à prendre place à côté d'elle. Mardochée ne pouvait échapper au parfum capiteux qu'exhalait sa chevelure. Il n'avait pas faim. Il désirait furieusement Balqîs. Son esprit tortueux échafaudait mille ruses aussi folles les unes que les autres pour la posséder. Des esclaves remplissaient sans cesse les coupes des convives. De l'encens, mais également d'autres résines moins anodines brûlaient dans des cassolettes de bronze en répandant des fumées enivrantes. Au centre de l'estrade, des groupes de jeunes gens et de jeunes filles se succédaient. Ils exécutaient des danses dont certaines n'avaient rien d'innocent. Un bien-être insidieux envahissait peu à peu Mardochée. Ses doigts nerveux déchirèrent les chairs tendres d'un agneau. Il en porta un morceau à sa bouche, puis le reposa. Balqîs s'amusa de son manque d'appétit. Elle se pencha vers lui, à le toucher. Il avait sous ses yeux le spectacle ravissant d'une poitrine parfaite.

— Vous n'avez pas faim, seigneur Mardochée ?

Il approcha sa bouche de celle de Balqîs.

— Comment faire honneur à ce délicieux agneau quand vous essayez d'enivrer mes sens.

Il se ressaisit. Si la reine de Saba comptait lui faire perdre la tête avec un peu de vin, de haschisch et les ébats de quelques garçons et fillettes délurées, elle se faisait des illusions.

La suivante qui ressemblait à Balqîs comme une jumelle se tenait près de la reine. La complicité des deux femmes était manifeste. A tout instant, Balqîs se tournait vers elle et lui glissait à l'oreille une remarque à laquelle l'autre répondait par un petit rire ou par quelques mots chuchotés. Les deux femmes se moquaient-elles de lui ? Son orgueil ne l'aurait pas supporté. Mais peut-être échangeaient-elles à son propos des commentaires flatteurs ? N'y tenant plus, il interrogea la reine :

— Majesté, cette suivante paraît être ta favorite. Sans t'égaler en beauté, elle te ressemble de façon troublante. A-t-elle un lien de parenté avec toi ?

Balqîs posa sa main sur le poignet de la suivante.

— Lilith est ma cousine. Quand nous étions enfants, elle partageait tous mes jeux. Aujourd'hui encore, il n'est rien que nous ne partagions, conclut-elle dans un rire argentin.

— Ces attachements de l'enfance sont les plus forts. Ainsi en est-il de mon frère Salomon et de moi !

Il était décidé à cacher son véritable lien de parenté

avec Salomon. Ce n'était pas un lien de sang et il jugeait préférable de laisser ses hôtes croire le contraire. Le titre de frère de lait du roi ne faisait pas de lui un grand personnage. C'était la faveur expresse de Salomon qui l'instituait à la dignité d'ambassadeur. Balqîs le savait peut-être, mais la simple courtoisie lui interdisait d'aborder ce sujet.

La plus grande partie de la nuit se passa en réjouissances. La reine elle-même dansa en l'honneur de son hôte, lui donnant à nouveau l'occasion d'apprécier la beauté de son corps et la grâce animale qui s'en dégageait. Ce fut ensuite au tour de Mardochée de montrer comment on dansait dans son pays, pour le plus grand plaisir de la reine. Au son des cistres et des tambourins, le jeune homme improvisa avec talent une danse païenne. Ses yeux brillaient, ses hanches ondulaient. Tout son corps exaltait la puissance et la joie de vivre.

Mardochée reprit sa place près de Balqîs. Quelques gouttes de sueur perlaient sur son front. Il avait faim. Ses longues mains se saisirent aussitôt d'un morceau d'agneau qu'il avala avec délectation. Il but d'un trait sa coupe de vin et dans un rire, se penchant tout près de l'oreille de Balkîs, il lui murmura :

— Reine, ordonnerais-tu à tes guerriers de m'égorger, si je t'avouais que tu as allumé le feu dans mon cœur ?

Un sourire apparut sur les lèvres de Balqîs.

— Que dirait Salomon si je laissais son frère se consumer dans une folle passion loin de Jérusalem ? plaisanta-t-elle.

En souriant, il prit la coupe des mains de Balqîs et la but lentement, semblant en savourer chaque gorgée :

— Salomon qui a aimé plus de mille femmes comprendra que je m'enflamme pour la plus belle d'entre elles.

— Tu es bien audacieux, Mardochée de Jérusalem ! dit-elle en riant. Sais-tu que des hommes ont perdu la vie pour s'être montrés bien moins effrontés ?

Mardochée posa un genou à terre et répondit en écartant les pans de sa tunique :

— Prends ma vie, reine, elle est à toi, si c'est le prix à payer pour un baiser !

— Tu es fou ! Et je ne déteste pas les fous !

— Si tu m'ordonnes d'attendre, j'attendrai. L'éternité s'il le faut.

La reine se leva.

— L'éternité n'appartient qu'aux dieux, Mardochée. Chaque nuit que tu passeras au royaume de Saba, laisse la porte de ta tente entrouverte. L'amour viendra peut-être s'y glisser.

Le banquet prenait fin. Balqîs se retira. A travers Saba endormie, des porteurs de flambeaux raccompagnèrent Mardochée et sa suite jusqu'à son campement. Dégrisé, il procéda à ses ablutions en se remémorant le moindre détail de cette première soirée avec Balqîs. Jamais aucune créature ne l'avait autant troublé.

Treizième chapitre

Un bruit strident de trompe réveilla Mardochée alors que l'obscurité enveloppait encore le campement. Tiré d'un rêve étrange où Balqîs le chevauchait sans se donner à lui, il quitta sa couche de fort mauvaise humeur. Shaphân, son giton, l'aida à se préparer à la hâte. Deux cavaliers le menèrent au galop jusqu'aux contreforts de la montagne où l'attendait Balqîs. Une flèche siffla tout près de son visage. Stupéfait, il suivit sa trajectoire. Elle se ficha dans le cou d'un ibex. Foudroyée en pleine course, la bête tomba à genoux comme pour une ultime prière.

Au galop, Balqîs, toute de rouge vêtue, fondait sur lui comme sur une prochaine proie, l'arc tendu, la flèche pointée sur sa poitrine. Mardochée, stupéfait, la vit s'arrêter tout à coup près de lui, baisser son arme et éclater de rire. Piqué au vif, il choisit soigneusement une flèche dans son carquois, tendit son arc en direction des rochers et s'immobilisa. Balqîs souriait en le dévisageant. Pas le moindre animal ne se risquait à l'horizon. Soudain un bouquetin surgit, zigzagant en une course éperdue. Derrière lui, prêt à égorger sa proie, un jaguar apparut. Le prédateur s'élança sur l'ibex en un bond ultime. Mais Mardochée qui avait pivoté imperceptiblement avait tiré sa flèche. Elle se ficha dans le flanc du fauve, foudroyé dans les airs.

— En plein cœur, Mardochée, admira Balqîs. Transperces-tu ainsi tes favorites quand elles sont à ta merci ?

Amusé par le langage cru de la souveraine, il lui répondit sur le même ton :

— Majesté, à ce jour nulle n'en est morte, même si nombreuses y ont perdu leur vertu !

Elle éclata d'un rire cristallin.

— Serais-tu fat, Mardochée ?

— Je serais mortifié si tu me voyais ainsi, répondit-il en riant. Mets-moi à l'épreuve, tu pourras ainsi me juger.

— As-tu seulement laissé ta porte ouverte cette nuit ?

— Hélas, l'amour n'est pas venu !

— Eh bien, recommence la nuit prochaine et toutes les autres nuits que tu passeras à Ma'rib et qui sait ?

Mardochée approcha sa monture de celle de Balqîs. Ils étaient très près l'un de l'autre, à présent. Il suffisait au jeune homme de se pencher vers elle pour effleurer ses lèvres. Mais déjà chasseurs et rabatteurs dévalaient les pentes. Bientôt, ils firent cercle autour du couple, criant, se disputant gaiement les trophées de la chasse. Mardochée était furieux. Balqîs se serait-elle abandonnée à son baiser ? La reine posa un court instant sa main sur la sienne, puis éperonnant sa monture, elle fit demi-tour et s'élança au galop, soulevant derrière elle, un nuage de pierres et de poussière.

Mardochée accepterait la règle du jeu qu'elle avait fixée. Il avait perdu son mentor, le fonctionnaire chargé par Salomon de chiffrer les accords à conclure avec Saba. Avant d'avoir rendu son dernier soupir, l'homme lui avait laissé des indications écrites. Surmontant sa répugnance pour les questions purement matérielles, Mardochée s'était obligé à les étudier avec soin. Salomon financerait une partie du Temple par le prélèvement d'un droit sur l'encens et toutes les marchandises en provenance d'Arabie. Jusqu'à présent, Balqîs échappait à l'impôt, alors que les caravanes sabéennes transitaient par l'Etat hébreu. Le roi David avait réuni par la force et la séduction les douze tribus en une nation unie par la dévotion en un dieu unique. Disposant de la trésorerie nécessaire à la bonne marche de son jeune royaume, il ne s'était pas préoccupé de lever quelque impôt sur les biens et marchandises qui transitaient par son territoire. Avec l'avènement de Salomon et les dépenses colossales que le souverain engagerait pour la construction de son Temple, Balqîs se doutait depuis longtemps qu'il lui faudrait se soumettre à un lourd prélèvement. Redoutable négociatrice, elle n'hésiterait pas à utiliser intelligence, ruse et séduction pour obtenir le meilleur arrangement possible, pensa Mardochée. Malgré le désir presque douloureux qu'il éprouvait pour elle, son esprit devait rester froid. Il avait ensorcelé bien d'autres enchanteresses. Dans sa tête bien faite, l'intérêt et les plaisirs occupaient deux territoires différents.

Ils avaient chassé tôt, dans la fraîcheur des premières heures de la matinée. A présent, le soleil montait dans le ciel et, avec lui, la chaleur. Las, Mardochée rejoignit le groupe des chasseurs qui descendaient vers la vallée. Le cortège chemina sans hâte sur la route de Ma'rib. Sept ibex, trois sangliers, deux panthères et le jaguar tué par Mardochée reposaient sur des traîneaux tirés par des chameaux.

— Tu pourras bientôt te reposer et te nourrir, seigneur, dit un des gardes royaux à Mardochée. Notre reine nous attend.

Mardochée ne voyait qu'une étendue désertique. La troupe contourna un rocher. La chaleur à présent presque insupportable rendait l'air brûlant. Au loin, à la fois immobile et en mouvement, une masse sombre apparut. Un bruit sourd régulier leur parvenait. Les chasseurs manifestaient leur joie en poussant des petits cris rauques. Malgré la chaleur, l'un d'eux éperonna son cheval et tous se mirent à galoper à sa suite. Le rythme des tambours semblait les convier à quelque fête. Bientôt une végétation touffue se découpa. On aperçut un alignement de tentes blanches et brunes. Ils se retrouvèrent devant la plus grande d'entre elles, gardée par deux colosses nubiens. Derrière la tente, sous un large dais, face à un plan d'eau transparente, on avait préparé une abondante collation. Vêtue d'une simple tunique blanche, Balqîs, assise sur un coussin grenat, invita Mardochée à prendre place auprès d'elle. Les serviteurs installèrent le reste de la troupe à l'écart. Le jeune homme s'en amusa. Ainsi, le temps de la négociation était arrivé...

— Ton frère est un grand roi, Mardochée, commença Balqîs. Tout l'Orient a les yeux tournés vers Jérusalem. Salomon semble vouloir rivaliser avec les plus grands bâtisseurs.

Mardochée sentit sa haine se réveiller en lui. Six longs mois, pendant lesquels Hiram avait dû commencer l'édification du Temple, s'étaient écoulés depuis son départ de Jérusalem. Il maudit l'architecte. Pour

Balqîs, il allait occulter son existence et son rôle et s'attribuer sans vergogne la maîtrise des travaux.

— En effet, majesté, nous bâtirons un temple d'une grandeur et d'une splendeur inégalées. Mon frère m'a confié la tâche de l'édifier sur le mont Moriah.

— Tu as donc tous les talents !

— J'ai bâti de nombreux édifices à travers la Judée. Le Temple de Jérusalem sera mon chef-d'œuvre !

Mi-admirative, mi-ironique, Balqîs reprit :

— Tu n'as pas fait ce long voyage pour t'inspirer de l'architecture sabéenne, j'imagine. Le royaume de Salomon est comme un jeune arbre. Il est puissant et plein de sève, mais à côté de l'Egypte ou d'Assur, il est né d'hier. Ce n'est pas le trésor amassé par David qui suffira à cette œuvre colossale.

Mardochée ne s'était pas attendu à ce que la reine l'entreprît aussi directement, mais puisqu'elle le voulait, il se montra aussi direct qu'elle l'avait été.

— Le monde entier achète la myrrhe et l'encens de Saba. Qu'adviendrait-il si Salomon coupait la route des caravanes ? Les marchandises sabéennes s'entasseraient dans des entrepôts. Leurs senteurs divines s'évaporeraient sans profit pour personne, le marasme s'abattrait sur ton pays, paysans et commerçants connaîtraient la misère.

— Comme tu y vas, Mardochée ! L'acheminement par Pétra et Gaza n'est pas la seule solution qui s'offre à nous...

— Certes, mais la majorité des caravanes emprunte cet itinéraire. J'en déduis qu'elles y trouvent leur compte. Ce débouché sur la Méditerranée est vital pour l'économie de ton royaume.

— Salomon s'est-il fixé pour but de ruiner les Sabéens ? Quel avantage y trouverait-il ?

— Aucun, bien entendu ! Aussi n'en est-il pas question. Les nations ne s'accordent-elles pas à reconnaître que mon frère est un homme juste et sage ? Le montant du tribut versé à Israël par les caravaniers n'a pas varié depuis le règne de Saül. Il est temps de le réévaluer.

— Les adorateurs d'Almaqah paieront donc le Temple de Yahvé ?

Mardochée rit de bon cœur.

— Reine, c'est là une vision exagérée des réalités. Par le passé, les droits que tu acquittais étaient insignifiants, mais tes caravanes étaient pillées, tes marchands égorgés sur des routes plus qu'incertaines. Aujourd'hui, les routes existent, elles sont sûres, protégées par notre armée. De nouveaux marchés s'ouvrent à toi au sein même de l'Etat hébreu.

Mardochée n'avait pas tort. Balqîs le reconnut. Mais si elle était prête à reconsidérer le montant du péage, elle s'inquiétait de l'appétit de Salomon. Combien de chameaux transitaient chaque année par le royaume hébreu ? Quelle charge chacun de ces chameaux transportait-il ? De quelle nature était cette charge ? La myrrhe coûtait plus que l'encens et l'encens plus que la cannelle. Le cinnamome venait de plus loin mais il était moins prisé. Quel pourcentage de pertes chaque caravane devait-elle concéder aux embuscades des pillards ? Ils comptaient sur leurs doigts, chacun s'exclamait bien haut devant les estimations effrontées de l'autre. Ils soulignaient leurs propres arguments de grands gestes. Soudain, ils s'en avisèrent. Ils éclatèrent de rire.

— Admirable Balqîs, es-tu aussi intraitable en amour qu'en affaires ?

Elle le gronda gentiment.

— N'essaie pas de détourner la conversation, Mardochée. Il ne s'agit pas d'amour.

— Pour le moment ?

Plutôt que de répondre à cette question, Balqîs choisit de revenir sur celle du contrôle des caravanes. Devait-on vérifier le bât de chaque animal, additionner les couffins d'encens et les sacs de cinabre, appliquer une taxe différente à chaque marchandise ? Si l'on privilégiait cette solution, Salomon devrait se donner les moyens d'un contrôle efficace, c'est-à-dire se doter d'une armée de fonctionnaires, de douaniers et de comptables, qu'il lui faudrait entretenir et dont le coût ne serait pas mince. Tandis qu'un tribut global, un forfait réglé annuellement de trésor à trésor, aurait l'avantage de simplifier les opérations, tout comme il en diminuerait les coûts. Spéculant sur les pressants besoins en or de Salomon, Balqîs espérait qu'un forfait lui reviendrait moins cher.

En lui exposant sa mission, Salomon avait dit clairement à Mardochée qu'il n'était pas ennemi d'un tel choix. Il lui fallait en effet beaucoup d'or dans un délai très bref, quitte à hypothéquer les rentrées à venir en concédant aux Sabéens des conditions relativement avantageuses. Mardochée aurait pu le faire savoir sur-le-champ à Balqîs. Il préféra faire de cette question la matière d'un marchandage. Le corps délicieux de Balqîs était plus grisant que la taxation des

esclave du roi. Séduit par la beauté et l'intelligence hors du commun de Balqîs, son père vieillissant s'était attaché à elle et l'avait préférée à ses héritiers légitimes. Tombés eux aussi sous le charme de la sublime bâtarde, les chefs de famille avaient entériné son choix. Ce couronnement qui contrariait l'attente des héritiers légitimes fut source de manœuvres mortelles. Assassinats en tout genre, fièvres foudroyantes, surprenants accidents de chasse se succédèrent un temps très court sans que l'on découvrît le moindre coupable. Chacun des prétendants à la couronne fut expédié au paradis d'Almaqah. Dans cette implacable guerre de succession, Balqîs l'avait emporté. Le royaume n'eut pas à s'en plaindre. Sous son égide, la paix et la prospérité régnaient. Balqîs, née d'une esclave, ne pouvait prétendre Mardochée indigne d'elle. Le sang de celle qui se refusait à lui n'était pas plus royal que le sien.

C'est par Sankâr que s'amorça un rapprochement. La reine devait se rendre à l'un des temples situés à l'extérieur de la ville pour y faire ses dévotions à Almaqah. Cet édifice était assez remarquable pour intéresser un architecte tel que Mardochée, fit observer Sankâr. Le message était clair. Pour Balqîs, il était temps de reprendre la négociation. Accompagné de Sankâr, Mardochée se rendit au temple.

Un coup de gong retentit. Les portes de bois sculpté du sanctuaire s'ouvrirent. Balqîs apparut, drapée dans une ample tunique qui dissimulait son corps, la tête recouverte d'un voile noir. Suivie par les prêtres, protégée des durs rayons du soleil par l'ombrelle que tenait au-dessus d'elle un géant à la peau cuivrée, elle traversa la cour à pas menus. A la vue de Mardochée, elle feignit la surprise. Il lui permit de sauver la face en l'imitant avec complaisance.

— Quelle surprise de te rencontrer ici, seigneur Mardochée ! Aurais-tu décidé de te convertir à la religion de mon peuple ?

— Je respecte infiniment Almaqah, reine Balqîs, mais les Hébreux ne connaissent qu'un dieu. C'est en ma qualité d'architecte que je suis ici. Mon frère m'a confié le soin de bâtir un temple à Jérusalem. On m'a vanté la beauté de celui-ci.

— Et qu'en penses-tu ?

— C'est un très beau monument, Balqîs. Ton dieu doit être satisfait.

— J'ai achevé mes dévotions. Puisqu'un hasard heureux nous a réunis, veux-tu qu'ensemble nous regagnions Ma'rib ? Tu chevaucheras à côté de mon équipage. Nous pourrions reprendre nos entretiens.

— J'en serai heureux, majesté. Le temps passe en plaisirs, grâce à ton hospitalité, mais il me faut songer à rendre compte de ma mission à mon frère.

— Il est temps de conclure notre accord.

Deux serviteurs disposèrent devant Balqîs un escabeau de bois doré haut de trois marches et elle prit place dans son équipage porté par douze colosses noirs. Mardochée chevaucha à ses côtés.

— J'ai consulté les chefs des grandes familles marchandes, reprit Balqîs. Je leur ai demandé d'estimer le volume des marchandises qui traverseront le désert durant les cent prochaines lunes. Je les ai écoutés et tu trouveras, inscrite sur ce papyrus, l'offre que j'adresse à Salomon. Je m'engage à lui donner ce poids d'or en échange du passage à travers ses territoires pendant cent lunes.

Sans exprimer la moindre surprise, Mardochée prit connaissance du papyrus. Ainsi donc, Balqîs tentait de lui forcer la main en s'adressant directement à Salomon. Elle faisait de lui un simple intermédiaire. Le montant de son offre dépassait ses espérances les plus folles. Salomon ne pourrait qu'accepter ce marché. Son amour-propre était atteint, mais il se félicitait d'avoir feint de refuser la première offre de la reine. Il était parvenu ainsi à faire monter les enchères. Et de quelle manière !

— Pour cent lunes ? dit-il. Et tu verserais cette somme en une seule fois ?

— En une seule fois... Mes coffres sont pleins d'or et d'argent, mes entrepôts regorgent de marchandises, mes champs verdoient, mes arbres, jusqu'à l'horizon, pleurent les résines que le monde entier s'arrache. Je peux payer !

Elle lui lança un regard chargé de malice et reprit, sérieuse :

— C'est une somme colossale. Mais c'est toi qui en croqueras l'essentiel. Tu es l'architecte du Temple. Grâce à moi, le Temple de Jérusalem aura des murs et un toit, si nous parvenons à nous entendre.

— Il le faut, Balqîs, convint Mardochée. Convoque tes marchands, tes scribes, tes comptables. Je veux les rencontrer. Je veux avoir connaissance des chiffres qu'ils t'ont fournis. Ils ne pourront me tromper. J'ai passé des mois avec tes caravaniers. Ils m'ont appris ce qu'un chameau pouvait porter de myrrhe ou d'encens, combien de caravanes partaient chaque mois et combien il s'en perdait dans les sables. Alors seulement tu pourras sceller ton offre dans un vase d'argile et je le remettrai à Salomon avec fierté.

Quinzième chapitre

Cent talents d'or !

Avec solennité, Balqîs scella l'accord de son sceau. Mardochée poussa un soupir de soulagement. Après tout, cet accord était la juste récompense des jours interminables qu'il avait passés en la redoutable compagnie des marchands, des scribes et des comptables. Lui qui répugnait à vérifier et même à tenir ses propres comptes avait dû forcer sa nature des heures durant. Il s'était pris au jeu et avait fini par prendre un réel plaisir à exercer sa mauvaise foi naturelle. Même en formulant les demandes les moins acceptables, il s'étonnait d'arriver à peine à la moitié de la somme que Balqîs avait décidé de verser. Il chercha en vain une réponse. Balqîs était dure, fine politique. Les affrontements les plus âpres ne lui faisaient pas peur, même s'ils se terminaient dans le sang des autres. Pourquoi tant de prodigalité ?

Mais déjà, le grand intendant du royaume abordait avec lui la délicate question du transport. Il fallait protéger la caravane et son trésor qui allaient entreprendre le long et périlleux voyage qui les mènerait à Jérusalem. L'opération ne resterait pas longtemps secrète. Il se trouverait toujours un chamelier pour bavarder près du puits en attendant son tour d'abreuver sa bête. Or, disait un proverbe de caravaniers, « le désert a mille oreilles ». Le plus sûr était donc de doter la caravane d'une escorte assez puissante pour dissuader les pillards les plus audacieux. A la frontière, avant de quitter le pays de Saba, Mardochée rejoindrait les cinq mille chameaux de Kulhân. Ensemble, ils affronteraient de nouveau le désert.

A raison de deux talents par animal, il faudrait cinquante chameaux pour transporter tout cet or. On leur en adjoindrait soixante autres, chargés de marchandises et de vivres. Ainsi, avec sa propre suite emportant ses bagages et d'innombrables cadeaux à l'intention de Salomon et de ses amis de la cour, Mardochée regagnerait Jérusalem à la tête d'une caravane de cent cinquante bêtes. L'escorte fournie par Balqîs et choisie parmi les soldats les plus aguerris viendrait tripler ce chiffre.

Avec délectation, Mardochée imaginait l'effet que produirait un tel cortège lors de son entrée dans Jérusalem. L'or de Saba allait recouvrir les murs du futur temple de lambris étincelants. Il paierait les bois précieux du Liban que ce fin renard d'Hurummu ne fournirait pas sans contrepartie. Il nourrirait les ouvriers innombrables qui allaient œuvrer des années durant à la grandeur de Yahvé et de Salomon ! Après sa longue absence, presque une année, il avait hâte de retrouver Jérusalem, non pour renouer avec sa vie de plaisirs, mais pour apparaître en sauveur aux yeux de Salomon.

Tandis que s'achevaient les préparatifs de la grande caravane, Mardochée se laissait gagner par une profonde mélancolie. Quelle folie d'avoir laissé sa porte entrouverte chaque nuit et d'espérer encore, tel un jeune homme qui a perdu la raison ! La conclusion de l'accord devait donner lieu à trois jours et trois nuits de liesse dont il serait l'hôte d'honneur. Ainsi en avait décidé Balqîs. Fallait-il accepter d'être le prince d'un jardin dont il ne pourrait cueillir le fruit le plus délicieux ?

Au cœur de la forteresse royale, Balqîs apparut ce soir-là à Mardochée sous un jour plus sombre et plus pervers. Elle arborait un maquillage inhabituel. Des ombres mauves sur sa peau noire durcissaient ses traits autant qu'elles les embellissaient. Ses paupières teintées d'un vert brillant comme les élytres d'un insecte soulignaient son regard noir, vénéneux. Elle s'approcha de l'architecte, le prit par la main et l'invita à la suivre. Ils traversèrent un défilé de pièces d'abord spacieuses, puis de plus en plus étroites jusqu'à un réduit qui semblait être une impasse. Un miroir d'argent poli, patiné par le temps leur faisait face. Balqîs appuya sur un penne incrusté dans le mur. Le miroir pivota sur lui-même et découvrit un espace sombre aux reflets bleus dans lequel ils s'engagèrent. C'était une vaste pièce au plafond bas. Côte à côte, deux simples nattes, terminées par un fruste traversin, découpaient sur le sol des rectangles pourpres, à la pâle lumière de cassolettes d'où s'élevaient d'étranges parfums. Quelques marches conduisaient à un bassin rectangulaire incrusté de mosaïques d'or et de rubis, donnant à l'eau transparente un reflet cuivré.

Balqîs s'agenouilla sur l'une des nattes. Mardochée s'agenouilla à son tour face à elle. D'un vénérable coffret, la reine sortit un minuscule flacon sculpté dans un bloc de tourmaline rose. Elle en vida le contenu dans le creux de sa main. C'était une poudre brune, très fine, parsemée de particules vertes et dorées. Mardochée humecta son index, en recueillit quelques grains dans la paume de Balqîs et goûta cette substance. Il fit la grimace. Elle avait mauvais goût.

Balqîs sourit.

— Prends garde ! Ce n'est pas une médecine qu'on peut avaler à la légère. C'est un puissant philtre d'amour.

Mardochée éclata de rire.

— Me crois-tu impuissant ?

— Que vas-tu chercher là ? Cette poudre ne sert pas à secourir les virilités défaillantes. C'est le plaisir lui-même qu'elle décuple ! Elle est faite du corps et des ailes pilés d'un bel insecte aux ailes d'un vert luisant et comme semé d'étoiles. Il faut en user avec prudence. C'est aussi un poison.

Balqîs trempa à son tour l'extrémité d'un de ses longs ongles dans la poudre qui reposait au creux de sa main et en déposa quelques paillettes sur le bout de sa langue.

— La nuit commence à peine, Mardochée. N'en épuisons pas trop tôt les sortilèges. Mon peuple est passé maître dans l'art d'extraire des plantes et des arbres les parfums les plus capiteux. L'encens et la myrrhe sont les plus innocentes de ces substances. Il en est bien d'autres, dont l'usage nécessite prudence et expérience. Je te les ferai connaître et je t'en offrirai. Tu pourras les rapporter dans ton pays. Tu aimes les parfums et les fards. Les apothicaires de Ma'rib en concoctent de toutes sortes. Certains peuvent transfigurer la vie. et d'autres en faire un cauchemar, ou la détruire, acheva la reine en baissant tout à coup la voix.

Ces paroles avaient plongé Mardochée dans une grande excitation. Depuis son adolescence, il usait de vin, d'opium, de haschich. La tension du désir était si forte en lui qu'il se serait jeté sur Balqîs et l'aurait prise de force, mais son cœur se mit à battre à coups désordonnés, le sang lui monta au visage, son regard se voilà. Il lui sembla tomber dans un puits sans fond.

Le lendemain, à la tombée de la nuit, il fut réveillé par l'appel strident d'une trompe qui relançait le sourd martèlement des tambours. Mardochée ouvrit les yeux. Balqîs était là. Penchée sur lui, elle caressait ses cheveux et sa barbe d'un doigt léger. Elle lui souriait. Elle baigna son corps engourdi avant de l'oindre d'huile parfumée. Puis une maquilleuse au masque énigmatique entra en scène. Mardochée s'abandonna à ses mains de magicienne. De la veille, il chercha en vain le moindre souvenir. Balqîs s'était-elle donnée à lui ? Elle se comportait comme une amante en lui donnant à picorer de délicieux grains de raisin, d'exquises pâtisseries au miel et à la cannelle. Lentement, l'inconnue au masque disposa au creux de sa main, une crème teintée de bronze, délicatement parfumée. Elle l'étendit dans sa paume, se pencha sur le visage de Mardochée et, par petites touches, ses doigts agiles appliquèrent le fard. Bientôt tout son corps fut recouvert de cet onguent qui le faisait ressembler à une statue. Une délicieuse chaleur l'envahit. Son sexe se dressa. Il ressentait à la fois une excitation et une langueur qui brouillait son esprit. Il prenait plaisir à être nu, affaibli, sans défense, exposé au regard de Balqîs et de l'inconnue masquée dont le voile transparent soulignait le corps superbe.

Il ferma les yeux. Des mains le frôlèrent, le caressèrent, puis un corps vint contre le sien. Il reconnut le parfum de Balqîs. Il tenta d'ouvrir les yeux, mais toute force l'avait abandonné. Un plaisir d'une extraordinaire intensité fit battre son cœur à coups précipités. Puis un malaise l'envahit. Il sentit une main de glace étreindre son cœur dont les battements ralentirent, puis cessèrent...

Seizième chapitre

La longue caravane, tel un serpent déroulant ses anneaux, sinuait sur la piste étroite qui longeait le wâdi Dhana. Au fond de sa litière, Mardochée dormait d'un sommeil lourd, traversé de rêves confus. On s'éloignait des vallées fertiles du royaume de Saba. Mardochée s'éveillait parfois et jetait un regard embrumé sur l'âpre paysage annonciateur des étendues désertiques à venir. Le soleil avait dépassé depuis longtemps le zénith. Les ombres s'allongeaient. La lumière à présent plus douce accompagnait encore hommes et chameaux. L'imposant cortège avait quitté Ma'rib aux premières lueurs de l'aube. Mardochée avait d'abord voulu monter à dos de chameau, mais son épuisement était tel qu'il avait dû se résoudre à regagner sa litière. A peine allongé sur les coussins, il avait sombré dans le sommeil.

Quand il en émergea enfin, il resta longtemps à contempler le coucher du soleil depuis son équipage. La confusion de ses sens se dissipait peu à peu. L'effroi le gagna un court instant. La nuit dernière, cette fameuse ultime nuit où Balqîs lui avait promis le comble de la félicité, avait commencé par sa mort. Il s'était senti quitter son enveloppe charnelle. Il s'était vu au-dessus de son corps inanimé, tout près de la reine Balqîs. Elle le caressait, le réchauffait. Une douce chaleur l'envahissait, l'incitait à retrouver son enveloppe charnelle, à s'unir de nouveau à Balqîs. Lui qui avait possédé des centaines de femmes, jamais il n'avait connu une telle félicité. Peut-être était-ce l'effet de cet aphrodisiaque ? Il en avait pourtant goûté de toutes sortes. Aucun ne lui avait encore procuré, comme celui-ci, la sensation de toucher à la divinité par l'amour charnel.

Lui, le fils de la nourrice, le réprouvé, il avait possédé la reine Balqîs, l'Unique ! Il frissonna. A la fois sorcière et amante, Balqîs donnait l'amour et pouvait donner la mort. En cet instant, la confiance que Mardochée plaçait en son destin fut sans limites. Il allait rentrer à Jérusalem et balayer ce misérable Hiram. Salomon comprendrait quelle erreur il avait faite en confiant à ce Tyrien la construction du Temple. C'était à lui, Mardochée le Magnifique, que cette tâche était promise !

Il se renversa sur sa couche et éclata de rire. Il avait étreint l'Unique, il pouvait croire en son étoile ! Tout à coup, derrière l'image de Balqîs s'en profila une autre, toute semblable. Une pensée impromptue traversa son esprit. Unique, Balqîs ? Vraiment ? Et cette Lilith, sa cousine, sa favorite ? Les deux femmes se ressemblaient tant qu'elles auraient pu être sœurs jumelles. Et d'ailleurs elles l'étaient peut-être. Un roi, une reine ne sauraient avoir de jumeau ou de jumelle. Les bases du pouvoir en seraient menacées. Balqîs et Lilith étaient peut-être sœurs. Et faire passer Lilith pour sa cousine était le seul moyen pour Balqîs de la laisser en vie. Qui avait-il tenu dans ses bras ? Quelle femme avait gémi de plaisir sous son étreinte, Balqîs ou Lilith ?

Avait-il été joué ? Comment savoir la vérité ? S'il les avait possédées toutes les deux ensemble, il n'aurait pas su les distinguer l'une de l'autre. Quel intérêt aurait eu Balqîs à se livrer à une telle supercherie ?

Sans même faire arrêter la litière, il sauta à terre. Tel un corps gigantesque aux mille membres, la caravane s'étirait à l'infini sur la piste dans la pénombre grandissante. Il songea à la fortune qu'il rapportait à Salomon. Sans doute n'avait-on jamais réuni une telle quantité d'or. Pourtant, toute satisfaction l'avait quitté. L'or qu'il rapportait n'était rien si Balqîs s'était jouée de lui. Toutefois, il ne pouvait se résoudre à le croire. Son imagination, trop vive, trop luxuriante, lui jouait des tours. Balqîs avait une cousine. Cela ne prouvait rien. Entre deux hypothèses dont l'une était gratifiante et l'autre humiliante, son amour-propre lui dicta de préférer la première. Il regagna sa litière. Près de l'oreiller, il trouva le flacon de tourmaline rose que Balqîs lui avait remis avec un étrange sourire, en lui disant :

— Fais-en bon usage.

Quelle sorte de poison se dissimulait dans cette drogue exquise ? Il fut tenté de boire la totalité du flacon. Il préféra chercher dans le vin l'oubli du doute qui l'assaillait.

Balqîs ou Lilith ?

Dix-septième chapitre

En la quatrième année du règne de Salomon, au début du mois de *ziw*, le deuxième de l'année, celui que les Hébreux nommaient le « mois de splendeur », commença la construction du Temple. Depuis des mois déjà, une fourmilière humaine s'agitait sous la direction d'Hiram. Il ne s'agissait pas seulement de surmonter les difficultés nées des irrégularités du terrain sur le site même où se dresserait l'édifice. Une surface triangulaire, longue de sept cents coudées et large de quatre cents, s'élevait vers la Roche Sainte en pente douce dans le sens de la longueur et plus abrupte sur le versant ouest. Avant d'élever le moindre pan de mur, il convenait d'établir sur ce terrain accidenté des esplanades qui atteindraient par paliers successifs les abords de la Pierre du Sacrifice, autour de laquelle s'organiserait le plan du Temple. Hiram avait tout d'abord entrepris de niveler les saillies trop accusées, mais aussi d'édifier plusieurs murs de soutènement destinés à délimiter l'espace à surélever. Ces murs cyclopéens devaient être capables de résister à la pression des matériaux qui viendraient combler l'intervalle entre eux et la montagne. Face à la colline de Sion, Hiram avait fondé à Siloé un véritable village pour accueillir la multitude d'ouvriers cananéens et hébreux, travaillant sur l'immense chantier qui s'ouvrait.

Au nord de Jérusalem, on avait déterminé l'emplacement des carrières d'où l'on tirerait une partie des blocs de pierre nécessaires. Entre la capitale du royaume et Jaffa, on avait élargi la route par laquelle arriveraient les grumes de cèdre et de cyprès, convoyées par la mer depuis la côte tyrienne. Les premiers trains de bois étaient déjà parvenus à Jaffa. Les corvées de halage s'organisaient. Une fois à terre, quinze lieues et huit cents mètres de déclivité séparaient encore de Jérusalem les lourdes poutres tirées à bras.

Pour bénéficier de la proximité du fleuve, Hiram avait situé les fonderies de bronze destinées à produire les pièces du mobilier cultuel les plus légères dans la vallée du Jourdain, près du gué d'Adamâ, entre Soukkôth et Cartân. Quant à l'immense vasque et aux puissantes colonnes qui constitueraient les ornements les plus spectaculaires du Temple, elles seraient coulées sur place. Ainsi s'épargnerait-on la difficulté de les transporter.

Les travaux préparatoires s'étaient étalés sur près d'une année. Ils touchèrent à leur terme au moment où Mardochée rentra de sa fructueuse ambassade auprès de la reine de Saba. La longue traversée du désert s'était effectuée sans incident notable. Le bruit s'était répandu parmi les tribus nomades que la caravane transportait un fabuleux trésor, mais l'impressionnante escorte fournie par Balqîs avait découragé toute velléité d'attaque. Au sortir du désert, Mardochée s'était empressé d'envoyer un messager avertir Salomon de son retour et l'informer du succès de son ambassade auprès des Sabéens. Il était encore en chemin quand la réponse de Salomon lui parvint. Le roi embrassait son frère et le félicitait de s'être aussi bien acquitté de sa mission. Il le pressait d'être à Jérusalem dans les premiers jours du mois de *ziw*, afin d'assister à la consécration du site du futur Temple. Partout, on ne parlait que de la gigantesque entreprise. Dans les villages les plus reculés, la moitié des hommes jeunes et valides et la quasi-totalité des artisans avaient pris le chemin de Jérusalem. Ils brûlaient de s'embaucher sur le grand chantier, ou sur un des chantiers associés à l'édification du Temple. Sur les routes, on croisait une foule d'Hébreux, mais aussi des étrangers en grand nombre. C'était une véritable armée que levait Hiram, peut-être la plus nombreuse que la terre eût jamais portée. Le Tyrien dirigeait cette multitude hétéroclite, composée d'hommes issus de tous les peuples et parlant toutes les langues comme une véritable organisation militaire. Chacun était affecté à une brigade, sous la houlette d'un contremaître-officier. Une discipline toute militaire régnait au sein de ces brigades. On pouvait y monter en grade ou se voir sanctionné, voire chassé, si on ne donnait pas satisfaction par son assiduité ou son travail. Lors d'une halte, Mardochée entendit un berger regretter de ne pouvoir suivre, à cause de son troupeau, les jeunes gens de son village qui ralliaient Jérusalem.

— Une armée, une armée pacifique, engagée dans une guerre qui ne fera point de morts et qui ne sèmera point la désolation ! J'aurais aimé voir ça ! dit le berger.

— Et que mangeraient les ouvriers, si tu laissais dépérir ton troupeau ? lui demanda Mardochée.

Il garda pour lui les considérations moins aimables que lui inspirait l'enthousiasme des Hébreux. De cette armée en effet pacifique, œuvrant pour la gloire de Yahvé, il aurait voulu être le général. Il n'en serait qu'un vague aide de camp. A moins de forcer le destin.

Mardochée donna des ordres pour que la caravane accélérât l'allure. Dans le même temps, il adressa un message à Jéroboam et un autre à Sadoq. A l'un et à l'autre, il rappela à mots couverts leurs conciliabules de l'année passée. Il les assura de sa détermination à réaliser le projet qu'ils avaient envisagé ensemble. Dans son message à Jéroboam, il ajouta qu'il voulait rencontrer Méthousaël, Phanor et Amrou le jour même de son retour.

Jamais, peut-être, le « mois de splendeur » n'avait autant mérité son nom. Alors qu'on s'apprêtait à célébrer la consécration du site du Temple, on eût dit que Dieu signifiait son contentement à ses fidèles en déversant sur eux ses bienfaits. Sur la colline où s'élèverait un jour le sanctuaire, l'air était d'une pureté et d'une luminosité miraculeuses. Les travaux d'arasement des reliefs et de terrassement avaient dénudé entièrement le mont Moriah, mais sur ses pentes, et tout autour de lui, à ses pieds, la végétation luxuriante semblait chanter les louanges du Très-Haut.

L'énorme caravane à la tête de laquelle arrivait Mardochée aurait, en temps ordinaire, soulevé une vive émotion au sein de la population. Il n'en fut rien.

Quand elle atteignit Jérusalem, la partie basse de la ville était presque déserte. Il n'y restait plus que les malades et les vieillards impotents. Même les postes de guet sur le rempart étaient pour la plupart inoccupés. Tous étaient allés assister à la consécration du mont Moriah. Mardochée débarquait en pleine cérémonie. Il en conçut un vif déplaisir. Hiram lui volait son entrée triomphale. Furieux, sans même prendre le temps d'enfiler une tunique d'apparat, il abandonna la caravane et sauta sur un cheval. Il se présenterait à Salomon sous l'aspect d'un voyageur au visage encore blanc de poussière. Ainsi lui rappellerait-il qu'il venait de braver pour le servir les plus grandes fatigues et les pires dangers.

A mesure qu'il progressait, il dépassait des groupes nombreux qui se dirigeaient tous vers le mont Moriah. Adolescents rieurs et graves, *Barbus* drapés dans leur dignité, mères de famille entourées de leur marmaille, portant leur dernier-né sur leur sein, hommes d'âge s'aidant d'une canne, riches et pauvres, Cananéens et Hébreux de toutes conditions, tous voulaient assister à la consécration. L'exubérance de la nature répondait à la liesse des cœurs en cette journée magnifique. Le peuple juif s'enflammait pour le grand œuvre Les bras des ouvriers trouveraient du travail, l'esprit des entrepreneurs trouverait à s'employer et tous communieraient dans une même ferveur religieuse. On aimait sincèrement ce roi qui entraînait ses sujets dans une aventure exaltante et héroïque, sans violence. Aussi, la foule qui se pressait sur les pentes du mont Moriah était-elle innombrable et joyeuse. Ceux qui n'avaient pas vu de près le nouvel aspect du mont s'extasiaient devant l'ampleur des modifications qu'il présentait.

Ceux qui y avaient œuvré expliquaient les difficultés auxquelles ils s'étaient heurtés pour remodeler le mont, pour aplanir son sommet et pour en agrandir la surface en gagnant sur le vide.

Mardochée était une figure bien connue du peuple de Jérusalem. Tandis qu'il fendait à cheval la foule des piétons, beaucoup d'entre eux l'interpellèrent familièrement. Ils se souvenaient de sa générosité lors des fêtes religieuses, des tables chargées de quartiers de viande et de pâtisseries qu'il faisait dresser devant sa demeure, des jarres d'olives et des amphores de vin qu'il mettait à la disposition de tous.

Au pied de la colline sacrée, Mardochée dut abandonner son cheval et continuer à pied. Le cortège officiel au premier rang duquel il aurait dû figurer précédait la foule et approchait de l'esplanade. Mardochée hâta le pas, bousculant sans hésiter tout ceux qui lui faisaient obstacle. Enfin, il atteignit le sommet. Il n'était guère enclin à admirer le fruit des efforts d'Hiram, mais l'ampleur des travaux accomplis lui coupa le souffle. Le mont Moriah était méconnaissable. Une vaste étendue plane s'offrait aux regards. Mardochée se souvint du discours d'Hiram. Il avait pris les ambitions déclarées du Tyrien pour des vantardises de marchand tentant d'éblouir le chaland. A présent, il se rendait à l'évidence : Hiram accomplirait la tâche titanesque qu'il s'était fixée.

Mardochée se fraya un chemin à travers la foule contenue à distance de la tribune par un cordon de gardes royaux. Destinée à Salomon et à sa suite, cette tribune longue de cinquante coudées, surmontée d'un dais d'azur frangé d'or, était installée face à la Roche devant laquelle officierait le grand prêtre. En le voyant s'avancer sur l'esplanade, un garde marcha sur Mardochée en brandissant un court fouet de cuir. Fraîchement arrivé de Samarie, il ne connaissait pas l'architecte.

— Toi, là, rentre dans le rang et plus vite que ça !

Mardochée le foudroya du regard.

— Sais-tu à qui tu parles, vermisseau ? Je suis le frère du roi. Laisse-moi passer ou je te fais empaler !

Outré de cette insolence, persuadé devant les vêtements poussiéreux de Mardochée, d'avoir affaire à un insensé, le garde leva son fouet. Mal lui en prit. Dans l'état d'exaspération où il se trouvait, Mardochée s'élança, évita le coup qui lui était destiné, et frappa le bas-ventre du garde trop zélé d'un maître coup de pied. L'homme poussa un cri et tomba à genoux. Sans plus s'occuper de lui, Mardochée se dirigea vers la tribune officielle. Deux autres gardes qui avaient assisté à la scène se précipitèrent sur lui.

Derrière eux, couvrant le brouhaha, une voix forte s'éleva et leur ordonna de s'arrêter. Cloués sur place, ils obéirent. Depuis la tribune, Salomon avait assisté à l'incident et reconnu la silhouette de son frère de lait.

Dix-huitième chapitre

Salomon quitta la tribune, écarta les gardes qui s'apprêtaient à lui emboîter le pas et s'avança seul sur le terre-plein. Un frisson de curiosité parcourut la foule. Nombre d'entre eux n'avaient jamais vu le souverain de leurs yeux avant ce jour. D'autres l'avaient entraperçu de loin lors d'une cérémonie, ou bien traversant Jérusalem à bride abattue à bord de son char. Les hommes admirèrent sa stature et la noblesse de son maintien, tandis que les femmes considéraient rêveusement la largeur de ses épaules, l'éclat de ses yeux, la barbe soyeuse qui encadrait son visage énergique. Souriant, les mains ouvertes en signe d'accueil, il s'avançait vers Mardochée. Le garde qui avait failli le frapper et ceux qui s'apprêtaient un instant auparavant à se jeter sur lui baissaient la tête, embarrassés. Salomon les renvoya à leur faction d'un geste négligent. Ils s'éclipsèrent, heureux de s'en tirer à si bon compte.

Quand Salomon ne fut plus qu'à quelques mètres de lui, Mardochée se jeta à genoux.

— Salomon, mon roi, mon frère, pardonne-moi de me présenter devant toi en si pitoyable équipage. La poussière que tu vois sur mes épaules est celle des pistes desséchées qui m'ont ramené du lointain royaume de Saba. J'ai accouru pour être à tes côtés en cette occasion solennelle. Salomon, ton frère et serviteur se prosterne devant toi !

Un large sourire éclairait le visage de Salomon. Il aimait Mardochée comme un frère et lui pardonnait tout. Il avait, en ce jour, d'autant plus de raisons de l'aimer qu'il ne revenait pas les mains vides du pays de Saba. Sous la ferme conduite d'Hiram les travaux avançaient rapidement, mais alors qu'on n'en était qu'à la préparation du terrain, les dépenses engagées étaient déjà conséquentes. Il fallait héberger, nourrir et rétribuer les multitudes d'hommes qui y travaillaient. Il fallait acheter les matériaux, les transporter, les transformer, les entreposer. Salomon était riche, mais depuis le premier coup de pioche donné par un manœuvre sur le mont Moriah, les trésoriers l'avaient alerté. Si les dépenses continuaient à ce rythme, l'édification du Temple pouvait mettre le trésor royal en péril.

Salomon tendit la main à Mardochée.

— Relève-toi, Mardochée et embrasse ton frère. J'ai souvent pensé à toi, durant ta longue absence. Je suis heureux que tu aies échappé aux périls du désert et que tu aies pu t'arracher aux délices de l'Arabie, ajouta-t-il avec un sourire malicieux.

Apparemment, le roi était informé de ses aventures à Ma'rib et de la complexité de ses rapports avec Balqîs. L'accueil qui lui était réservé prouvait qu'il avait conservé la faveur royale et cela comptait plus que tout.

Il se releva et tomba dans les bras de Salomon. Tout autour d'eux, l'assistance retenait son souffle. L'amour que le roi manifestait à son frère de lait, au fils d'une humble servante, émut la foule. Ainsi, non seulement leur roi était un grand roi, non seulement il était jeune et beau, mais encore il était affectueux envers ses proches. Il était semblable aux plus humbles de ses sujets et ils ne l'en révéraient que mieux.

Une acclamation salua cette fraternelle accolade. Les deux hommes restèrent un instant embrassés, puis se tournèrent vers la foule pour la saluer. Sous les vivats, Salomon prit la main de Mardochée et l'entraîna vers la tribune.

Sous le dais, entourée de ses familiers presque tous égyptiens, la reine Nemdjet avait assisté à la scène. Elle occupait un fauteuil d'ébène, à côté du trône de Salomon.

Depuis leur mariage, un an plus tôt, la fille de Pharaon avait acquis au sein du harem une indiscutable autorité. Même l'étoile de la fille d'Hurummu, Elissa, la dernière princesse de sang royal épousée avant elle par Salomon, avait pâli devant la sienne. Nemdjet était d'une beauté radieuse et Salomon n'était pas encore lassé de ce jeune corps qui répondait avec fougue à ses étreintes. L'Egyptienne, judicieusement conseillée par Elyhap, n'avait encore commis aucune erreur. Salomon appréciait sa discrétion et la justesse de ses conseils. Nemdjet exerçait sur lui plus d'influence qu'aucune de ses trois cents autres épouses et concubines n'en avait jamais exercé. Organisé autour d'Elyhap et de la jeune reine, il existait un parti égyptien à la cour. L'alliance et la paix avec Pharaon étaient vitales pour Israël et nécessitaient une attention soutenue. Salomon veillait cependant à ce que ce souci ne pèse pas d'un trop grand poids sur sa politique intérieure. Le grand prêtre Sadoq fédérait tous ceux qui s'indignaient des ingérences égyptiennes dans les affaires du royaume. Leur bête noire était Elyhap, le secrétaire du roi. Ils s'efforçaient de contrebalancer son pouvoir et celui de Nemdjet. Aux yeux du pontife, l'Egyptienne était une impie. Son irritation était grande de la voir assister aux côtés de Salomon à la consécration du mont Moriah. La présence de cette étrangère idolâtre lors d'une cérémonie religieuse aussi importante constituait un véritable sacrilège. Blême de colère, Sadoq marchait de long en large dans l'ancien sanctuaire de toile où il se recueillait habituellement avant d'officier. Allait-il refuser de procéder au rite ? Il en était tenté. Mais sa rage ne l'aveuglait pas tout à fait. A l'idée de défier Salomon ouvertement, un frisson courut le long de sa vieille échine.

Sadoq écarta la tenture qui fermait sa retraite, et jeta un coup d'œil au-dehors. Il reconnut aussitôt l'homme que le roi en personne conduisait jusqu'à la tribune en lui tenant ostensiblement la main. C'était Mardochée, l'Impur. Celui que Sadoq aurait volontiers voué à l'exil ou même à la mort, mais qu'il considérait comme un allié contre Hiram. La nouvelle du succès de Mardochée au royaume de Saba s'était déjà répandue dans Jérusalem. Sadoq grinça des dents à la pensée des contradictions dans lesquelles il se débattait face aux choix déraisonnables de Salomon. Le vieil homme désapprouvait le projet du Temple, mais plus que tout, il haïssait l'architecte tyrien choisi par Salomon, au point de s'allier avec Mardochée qu'il tenait pour un abominable fornicateur ! Il serra les poings. Un jour ou l'autre, Yahvé écraserait cette vermine et même ce roi qui ne tenait aucun compte de ses avis ! Alors le peuple hébreu retrouverait le chemin de la piété.

Sous les yeux du pontife, Salomon attira Mardochée jusque devant la reine. Il était trop loin pour entendre leurs paroles, mais Jéroboam, qu'il apercevait près du souverain, lui rapporterait ce qui se disait. Du temps de David, Sadoq avait ourdi d'innombrables intrigues. La meilleure arme dans ces combats feutrés n'est autre que la patience. Il suffisait d'attendre, comme le crocodile entre deux eaux guette la gazelle ou l'enfant imprudent.

A l'affût derrière sa tenture, Sadoq guettait une proie qui tardait à apparaître : Hiram, l'étranger coupable d'introduire dans le royaume un esprit cosmopolite insupportable. Et pourtant, conformément aux devoirs de sa charge, il allait appeler sur Hiram la protection de Yahvé ! Il ne pouvait s'y soustraire. On ne défiait pas Salomon. La seule attitude possible face à un souverain aussi assuré de son pouvoir consistait à obéir, à attendre son heure en aiguisant ses crocs.

Le pontife écarta la portière de toile et s'avança vers la tribune. Déjà, Salomon s'apprêtait à prendre place. Nemdjet était assise à la droite du trône. Ce signe de faveur extrême fut insupportable à Sadoq. Il n'en montra rien. Le siège à la gauche du roi était libre. Sadoq le supposait réservé à Hiram. L'étranger n'était pas encore arrivé. Etait-il souffrant ? Le pontife perçut un certain trouble parmi les officiels chargés du protocole. L'arrivée inopinée de Mardochée posait un problème de préséance. Qui aurait l'honneur de se tenir à la gauche du roi durant la cérémonie ? Une joie mauvaise envahit Sadoq. Salomon devrait choisir de manifester sa faveur, soit à son architecte tyrien, soit à son frère de lait qui venait de lui rendre un si grand service. Quel que soit son choix, l'un des deux serait humilié publiquement.

Sadoq rejoignit la tribune aussi vite que le lui permettaient la solennité des circonstances et la gravité qu'on attendait de lui et s'inclina devant Salomon. Le roi lui fit un accueil teinté d'une discrète mais perceptible froideur. Sadoq se félicita de n'avoir pas suivi son premier mouvement. En refusant de procéder lui-même au sacrifice par lequel s'effectuerait la consécration, il aurait compromis sa position de façon irrémédiable.

Ce fut à cet instant qu'Hiram fit son apparition. Mardochée était encore debout et attendait que son frère lui assignât sa place. Par sa haute taille et sa légère claudication, le Tyrien ne passait pas inaperçu. En un an, sa silhouette était devenue familière à tous ceux qui travaillaient sur le chantier, et au-delà, en tous les lieux où s'accomplissaient les préparatifs de la grande entreprise. La plupart des matériaux mis en œuvre provenaient d'autres sites. Les blocs de pierre, les lourdes solives de cèdre arrivaient déjà taillés, calibrés et sculptés.

Salomon était l'initiateur du projet, mais Hiram en était l'âme. L'architecte était partout : au port d'Ezion-Ghaber, dans les carrières, au village ouvrier de Siloé et sur le mont Moriah. Il y vivait à demeure, ne le quittant que le temps d'un voyage d'inspection. Chaque fois qu'un différend s'élevait au sein d'une équipe, ou entre un travailleur et le préfet de sa brigade, il faisait preuve d'une équité et d'une honnêteté scrupuleuses. Les exemples de sa générosité abondaient. Ils lui valaient une immense popularité parmi les ouvriers, qu'ils fussent esclaves ou travailleurs libres, hébreux, cananéens ou tyriens. Aussi son arrivée sur le terre-plein souleva-t-elle des acclamations qui n'avaient rien à envier à celles qui avaient accueilli Salomon.

Etonné, Hiram s'immobilisa un court instant. Il leva la tête, regarda autour de lui et adressa un bref salut à la foule avant de poursuivre son chemin sans plus se soucier d'elle. La clameur s'enfla, se communiqua des premiers rangs à la foule massée sur le plateau et sur les pentes, tandis que le nom d'Hiram courait de bouche en bouche. Bientôt, ce fut une véritable ovation. Surpris, Salomon laissa errer son regard sur son peuple qui venait de s'inventer un autre héros que lui-même.

Sadoq ne laissa pas passer l'occasion d'instiller son venin :

— Ecoute, grand roi. Ecoute comme ils acclament le Tyrien. Contemple le nouveau maître de ton royaume... C'est toi qui l'as couronné !

Dix-neuvième chapitre

Salomon lui lança un regard glacé. Il découvrait l'incroyable séduction que l'architecte exerçait non seulement sur l'armée qui construisait le Temple, mais sur la foule immense réunie sur la place. Lui-même n'avait-il pas cédé à cette séduction ? Il ne laissa rien paraître du déplaisir que lui causait cette popularité.

— Tu devrais le savoir, Sadoq, Israël n'a qu'un maître et c'est moi. Hiram jouit de la même popularité qu'un général au sein de son armée. Cela n'a rien d'anormal. Le contraire m'inquiéterait.

Sadoq feignit de reconnaître la justesse des observations de Salomon. Mais le doute s'était insinué dans le cœur du roi, il en était sûr. A présent, Hiram s'approchait de la tribune. Encadrant Salomon, il reconnut Mardochée et Sadoq, ses ennemis implacables.

Il s'inclina devant le roi et salua avec courtoisie Sadoq et Mardochée. Le regard de Sadoq fuit le sien, comme à chacune de leurs rencontres. Celui de Mardochée ne se déroba pas. Au contraire, Hiram retrouva dans ses yeux la lueur de défi qu'il avait ressentie dès leur première rencontre. Les deux hommes ne s'étaient pas vus depuis près d'une année, mais ils se retrouvaient comme au premier jour, rivaux à jamais et ennemis mortels.

Grâce à la réussite éclatante de sa mission, Mardochée avait le sentiment de pouvoir rivaliser avec Hiram dans l'esprit du souverain. Hiram, lui, avait administré la preuve de son talent d'organisateur en menant à bien la préparation du site en une seule année. Salomon dévisagea tour à tour les deux hommes. Il avait une perception aiguë de la haine que Mardochée nourrissait à l'égard d'Hiram. Il s'en amusa. Souvent, il s'était demandé ce que Mardochée serait devenu s'il n'avait pas été son frère de lait. Mardochée lui devait tout, mais sans doute aurait-il fait son chemin dans la vie, même sans son aide. Ou bien il aurait commis quelque crime, il aurait été banni ou mis à mort. Il y avait en lui trop de folie, trop de passion, trop de charme. Tout en lui était excessif. Hiram était profond, secret, refermé sur ses mystères et ses passions, son exact contraire.

On attendait la décision du souverain. Lequel des deux aurait l'honneur de s'asseoir à sa gauche ? Sadoq ne le quittait pas des yeux. Le roi ne put s'empêcher de sourire. N'avait-il pas administré cent fois la preuve de sa capacité à trancher des dilemmes autrement délicats ? Il prit place sur son trône, puis, d'un geste auguste, il invita Hiram à s'asseoir près de lui. Mardochée eut un haut-le-corps, mais déjà, Salomon saisissait sa main et d'un mouvement naturel, plein de tendresse fraternelle, l'attirait à lui et le fit à s'asseoir à ses pieds. Ce geste familier charma le peuple. Salomon aurait pu couvrir Mardochée d'honneurs, aucune récompense n'aurait mieux signifié en quelle affection il le tenait. Ainsi, chacun avait été traité selon son dû : Hiram en artiste respecté et Mardochée en frère et en intime. De nouveau, des vivats s'élevèrent. Les Hébreux applaudissaient leur roi. Mardochée, le cœur plein de gratitude, porta la main à sa poitrine. Sadoq, amer, reconnut que Salomon n'avait pas failli à sa réputation de sagesse. La rage au cœur, il se détourna de la tribune et se dirigea à grandes enjambées vers l'autel sacrificiel.

Le taureau destiné à l'holocauste était une jeune bête splendide, à la robe couleur de jais. Dès l'aube, les prêtres l'avaient lavé et bouchonné de façon à lustrer son poil. On avait accroché à sa queue et à ses oreilles des cocardes tissées de fils d'or. Un lévite le tira sur le plan incliné qui montait à l'autel. Sadoq prit place sur l'estrade entourant la Pierre Sacrée. Les flammèches d'un lit de braises jaillissaient d'une grille de bronze. De jeunes aides en entretenaient continuellement l'incandescence en actionnant des soufflets de cuir et en ajoutant du bois sec et des sarments de vigne. Le taureau, meuglant de peur, fut soigneusement entravé, puis quatre hommes robustes le renversèrent sur la pierre, la gorge offerte au sacrifice.

Sadoq prononça longuement les formules rituelles avant d'imposer sa main sur la tête de l'animal. Enfin, s'armant d'un poignard tranchant comme un rasoir, il l'égorgea d'un geste net. La bête eut un sursaut brutal. Ses pattes tremblèrent quelques instants, puis ses yeux s'éteignirent. Son sang, coulant à gros bouillons de la longue plaie, se répandit sur la pierre de l'autel. Alors commença le lent, savant et cérémonieux dépeçage du taureau. A mesure qu'il le mettait en pièces, Sadoq montrait chaque morceau au roi et à la foule, puis il le balançait au-dessus du brasier avant de l'y déposer avec soin. En se consumant, la viande et les graisses dégageaient des fumées odorantes qui montaient vers le ciel et plaisaient à Dieu.

Ce spectacle rappelait un autre à Hiram, immobile à côté de Salomon. Cependant, c'était un animal et non un enfant qui était immolé. Le passé était révolu. Mais alors, pourquoi des cauchemars confus continuaient-ils à l'assaillir la nuit ? El-Djah et Bachari avaient expié leurs crimes et pourtant, le cœur d'Hiram n'avait pas encore trouvé la paix. Il doutait parfois de la connaître jamais, comme si derrière les spectres qu'il croyait avoir vaincus s'en profilaient d'autres, surgis des confins de sa mémoire la plus reculée. Comme si derrière Saad-Laha et sa mère, il y avait eu encore d'autres morts à venger et derrière El-Djah, d'autres meurtriers.

Il s'arracha à ce vertige. De la Pierre Sacrée, les fumées de l'holocauste montaient vers le ciel d'un bleu éclatant. Ici même, dès demain, on commencerait à édifier le Temple. Ne penser qu'à cela, y consacrer toute son énergie. Il aurait à affronter toutes sortes de difficultés. Certaines purement matérielles : les accidents, les ruptures d'approvisionnement, l'erreur d'un contremaître qui oblige à défaire ce qui a été fait. Tout cela n'était rien. Chaque fois, il en était venu à bout. Mais il lui faudrait surtout affronter la malveillance, les efforts de ses ennemis pour l'empêcher d'aboutir. Sadoq et Mardochée ne seraient pas les seuls à lui nuire.

La cérémonie touchait à sa fin. Prosternée, la foule répondait aux invocations et aux litanies du pontife.

Sur le visage de Salomon se lisait une exaltation religieuse dont l'intensité surprit Hiram. Ce n'était pas seulement le politique, décidé à sceller son pouvoir dans la pierre, qui entreprenait la construction du Temple. C'était aussi un croyant sincère qui s'efforçait d'honorer son dieu.

Le regard d'Hiram croisa celui de Nemdjet. La reine lui sourit. Egyptienne, elle ne partageait pas l'hostilité de Sadoq et de ses partisans vis-à-vis du Temple. Au contraire, elle était consciente de la haine que lui vouait le pontife et elle devait apprécier en Hiram l'instrument des ambitions architecturales de son époux Salomon. Il sourit à la jeune femme et s'inclina respectueusement. Malgré sa jeunesse, Nemdjet était une femme avisée. Son aide ne serait pas négligeable, ainsi que celle d'Elyhap, qui jouissait depuis longtemps de la confiance de Salomon.

Assis au pied du roi, Mardochée avait surpris cet échange et l'alliance tacite qu'il trahissait. Il était pour sa part étranger à toute piété, insensible à l'émotion religieuse qui étreignait l'assistance. La connivence qu'il venait de surprendre entre le Tyrien et Nemdjet le contraria énormément. Jéroboam l'avait déjà mis en garde contre l'Egyptienne.

Nemdjet ne pouvait ignorer le rôle de mauvais ange que Mardochée avait joué auprès du roi durant leur jeunesse commune. Il s'était établi dans le couple qu'il formait avec Nemdjet une tendre complicité. Si l'influence de Mardochée s'exerçait de nouveau sur son époux, il représenterait un danger à ses yeux.

Pour réaliser ses ambitions, Mardochée devrait écarter tous les alliés d'Hiram. Et pour commencer, cette petite noiraude sensuelle et rusée. Gagner sa sympathie lui paraissait trop long et hasardeux, ainsi que ruiner la confiance qu'un Salomon amoureux lui accordait.

Restait une dernière solution. Rapide. Radicale.

QUATRIÈME PARTIE

Quand le pays subira la famine, la peste, la rouille ou la nielle, quand surviendront les sauterelles ou les criquets, quand l'ennemi de ce peuple assiégera l'une de ses portes, quand il y aura n'importe quel fléau ou épidémie, quelle que soit la prière ou la supplication de quiconque éprouve le remords de sa propre conscience, s'il étend les mains vers ce Temple, toi, écoute au ciel, où tu résides, pardonne et agis.

Rois, VIII, 37-39.

Chapitre premier

Après Salomon, leur royal époux, les quelque trois cents beautés du harem n'avaient d'yeux et d'oreilles que pour Ningirsu, l'Elamite. Non qu'il fût beau, ni jeune, ni qu'il sût les émouvoir par son éloquence ou son chant. Il avait les cheveux blancs et le visage ridé, le dos rond, les jambes torses. Sa voix était croassante, et bien qu'il vécût depuis trente ans parmi les Hébreux, il parlait leur langue avec un accent effroyable. Mais ses mérites l'emportaient sur ses disgrâces. Il était le maître coiffeur-maquilleur-parfumeur attaché au palais. Il n'avait pas seulement le don de métamorphoser le visage d'une femme en modelant sa chevelure. Il inventait aussi des fards et des onguents dont les belles de Jérusalem rehaussaient leur beauté ou dont elles tentaient de dissimuler leurs imperfections. Il savait les écouter avec passion. Elles se confiaient à lui en oubliant toute pudeur et parfois toute prudence, mais il méritait leur confiance. Il n'avait jamais trahi un secret.

La reine Nemdjet était arrivée de Tanis avec une vingtaine d'esclaves égyptiens et son propre maquilleur. Elle s'était d'abord tenue à ses conseils. Puis par curiosité, elle avait consulté ce Ningirsu dont toutes ses compagnes et rivales l'entretenaient jour après jour. A son tour, elle était tombée sous le charme de ce petit homme volubile et drôle.

Ce jour-là, la salle où officiait Ningirsu lors de ses visites au palais bruissait comme une volière. Epouses et concubines assiégeaient l'Elamite et se disputaient les fards, les pommades et les poudres qu'il avait apportées. Plusieurs caravanes étaient arrivées récemment, dont celle de Mardochée. Nombre d'ingrédients manquants depuis des semaines étaient de nouveau disponibles. Ningirsu avait ainsi renouvelé ses matières premières et confectionné les produits de beauté tant espérés. Il en avait même de tout nouveaux à leur proposer. Rivalités et jalousie aidant, elles s'arrachaient les pots et les flacons à n'importe quel prix. Tout faraud entre ces belles créatures qui le pressaient à l'étouffer, le bonhomme faisait des affaires d'or et riait de toutes ses dents.

Ningirsu épargnait cette bousculade aux épouses favorites. La reine mère, la fille du roi Hurummu ou la reine Nemdjet n'allaient pas se commettre avec les simples concubines ou les épouses déjà anciennes et à demi oubliées. Il les recevait séparément dans un petit cabinet. Il leur réservait ses spécialités les plus rares et les plus précieuses. Ainsi, il ménageait leur amour-propre et gardait leur faveur.

Quand la foule des concubines se fut dispersée, Ningirsu se retira dans un salon plus intime. La reine Nemdjet l'y attendait.

— Ô reine des grâces, dit-il en s'inclinant très bas, je salue en toi à la fois mon désespoir et mon rêve ! Mon désespoir, car mon art misérable ne peut rien ajouter à ta perfection. Et mon rêve, car tes rivales me supplient de leur procurer des fards qui leur donneront l'illusion d'égaler ta beauté. Tu fais ma fortune, toi qui n'as en réalité nul besoin de mes secours pour resplendir et éblouir ton époux !

Nemdjet sourit avec indulgence à ce compliment.

— Ningirsu, le jour où tes fards ne feront plus recette, tu pourras te faire poète de cour. Tu es le plus grand flagorneur que j'ai jamais connu ! Allons, je suis pressée. Quelles merveilles as-tu concoctées ces derniers jours ? Je suis impatiente de les découvrir. Entre, Anhendout !

Les miroirs de métal poli ne reflétaient qu'imparfaitement les visages et le grain des épidermes. Pour estimer l'effet d'un fard sur une peau semblable à la sienne, Nemdjet les essayait sur le visage d'Anhendout, une jeune Egyptienne de sa suite.

Le petit bonhomme retira d'un coffre de cèdre incrusté de nacre et de cuivre sept petites boîtes, trois flacons ciselés aux reflets bleutés et un assortiment de pinceaux de martre et de spatules en bois poli. Tout en disposant ses instruments sur un plateau d'ébène, il vantait à la reine la qualité des extraits de plantes, des liants, des pigments fort rares chez les Hébreux, insistant sur un élixir qui, prétendait-il, rendait les cheveux les plus sombres semblables au blé mûr. La reine s'impatienta.

— Ne parle pas tant, Ningirsu, sacré bavard ! Montre ce que tu sais faire et prends garde à toi, si tu m'abîmes ma petite Anhendout !

Ningirsu fit mine de s'indigner :

— Ningirsu n'emploie que des produits dont il connaît tous les effets sur le bout des doigts.

Une des raisons du succès de Ningirsu tenait justement à sa vaste expérience et à sa prudence. Les accidents parfois mortels occasionnés par l'usage imprudent de substances végétales ou minérales n'étaient pas rares. Depuis qu'il était le maquilleur officiel du harem royal, pas un seul accident ne s'était produit.

— Je sais, je sais, Ningirsu. Allez, au travail !

L'Elamite commença par baigner le visage d'Anhendout avec soin. Pour gagner du temps en montrant à la reine deux de ses onguents à la fois, il entreprit de maquiller indépendamment l'un de l'autre les deux côtés du visage d'Anhendout. Avec adresse, il passait d'un onguent, d'un instrument et d'une joue à l'autre, sans cesser de commenter chacun de ses gestes. Quand il eut terminé, Anhendout présentait l'aspect étrange d'une femme à deux visages. Le côté droit avait les joues rondes et la peau infiniment plus claire. Le côté gauche était creusé d'ombres qui l'amaigrissaient et en accentuaient les reliefs. L'œuvre de Ningirsu avait abouti à métamorphoser Anhendout en un personnage de cérémonie sacrée. Nemdjet, troublée, pensa que la jeune fille ainsi fardée n'aurait pas déplu à Salomon.

— Ningirsu, tu es un magicien !

L'Elamite, ravi, s'inclina cérémonieusement. La reine lui demanda de lui réserver l'ensemble de ses nouveaux produits et ajouta en souriant :

— Surtout n'en garde pas la moindre coupelle pour la fille d'Hurummu ! Tu me maquilleras toi-même pour la prochaine fête au palais, dans trois jours. Qu'Anhendout reste ainsi fardée jusqu'à ce soir, je veux être sûre que les couleurs tiennent assez longtemps et ne virent pas à la chaleur.

L'Elamite prit un air offusqué.

— Majesté !

Mais déjà Nemdjet prenait congé de lui.

— Va, mon enfant, dit Ningirsu à Anhendout, garde ces deux visages jusqu'à ce soir, puisque ta maîtresse l'ordonne !

Trois jours plus tard, le plan de Nemdjet pour piquer la curiosité du roi réussit au-delà de ses espérances. En entrant dans la grande salle d'apparat où l'attendaient les courtisans, les hauts dignitaires et quelques dizaines de ses épouses favorites, le regard de Salomon s'arrêta sur une femme qui se tenait légèrement à l'écart. Sa silhouette lui semblait familière, mais il fut incapable de mettre un nom dessus. Pourtant, son teint clair tranchait avec la peau sombre de la plupart des femmes de la cour. Il se pencha vers Elyhap et lui demanda le nom de cette inconnue. L'Egyptien était dans la confidence. Il feignit l'ignorance et s'offrit à aller s'en enquérir sur-le-champ.

— Laisse, dit Salomon, j'irai moi-même.

Il se dirigea vers l'inconnue. En le voyant approcher, la jeune femme masqua à demi son visage derrière un éventail en plumes de colibri montées sur des baguettes d'ivoire.

— Se peut-il qu'une aussi belle femme hante le palais du roi Salomon, et qu'il ignore son nom ?

— Peut-être ne l'ignore-t-il pas, peut-être l'a-t-il seulement oublié ? dit-elle en altérant sa voix à dessein.

— Que veux-tu dire ? Je te connais ?

— Pour mon bonheur, grand roi. Et pour le tien, j'espère !

— Tu m'intrigues. Qui es-tu donc ?

— Je suis la plus heureuse des femmes, si Salomon m'aime, et la plus malheureuse s'il en préfère une autre.

Dans un rire cristallin, Nemdjet abaissa l'éventail et se montra à son époux. Confondu, il rit de bon cœur lui aussi.

— Tu peux renvoyer tes trois cents épouses et concubines, puisque grâce à l'art de Ningirsu, je puis les remplacer toutes !

Salomon promit d'y réfléchir et, souriant, se plaignit que les exigences de Ningirsu grevaient lourdement la cassette royale.

— Sire, ce que les rois donnent aux artistes n'est jamais perdu. L'or qui sort de leur coffre leur revient en gloire s'il est destiné à embellir leur royaume, et en plaisir, s'il est destiné à embellir leur femme.

Enchanté de l'esprit de son épouse, Salomon la prit par la main et se tourna vers l'assistance.

— Telle la reine Nemdjet, étonnez votre époux, faites qu'il vous découvre différentes chaque jour et chaque nuit.

Ce soir-là, Salomon et Nemdjet offrirent à la cour l'image d'un couple amoureux. Une toute jeune femme, maquillée, coiffée à la perfection leur adressa un sourire éclatant où se lisait un soupçon d'ironie. Nemdjet reconnut la belle Elissa, princesse de Tyr, qui partageait avec elle le titre de reine. Elle lut dans sa pensée : « Sois heureuse, bel oiseau, ce jour est le tien, la nuit qui vient peut-être, mais après... »

Sadoq se retira bientôt, prétextant son grand âge. Mardochée rejoignit le couple royal. Les courtisans s'écartèrent sur son passage. Son voyage l'avait transformé. Ses traits de noceur, de gredin avaient acquis une certaine noblesse. Seul le regard brillant jusqu'à la folie rappelait l'âme sulfureuse, démoniaque qui l'animait. Salomon le serra dans ses bras et l'embrassa. Mardochée se tourna alors vers la reine. Sans la quitter du regard, il s'inclina et rendit hommage à sa grande beauté. Salomon, amusé, l'interpella :

— Prends garde ! Ton goût pour les reines étrangères pourrait te perdre.

Les deux hommes éclatèrent de rire. Cette complicité canaille déconcerta la jeune reine. Elle dévisagea Mardochée et ressentit la pernicieuse séduction qu'il pouvait exercer sur les êtres. Un malaise l'envahit. Mardochée n'était pas seulement le frère de Salomon, mais son double obscur, dangereux, insaisissable.

Deuxième chapitre

Ce matin-là, les oiseaux s'étaient tus. Un silence irréel planait sur la colline du mont Moriah.

Hiram aimait se lever avant l'aube pour arriver très tôt sur le chantier. Ce qu'il aimait surtout, c'était entendre le premier tintement d'outil sur la pierre, puis le brouhaha incessant que produisaient des milliers d'hommes travaillant ensemble. Outre le bruit des outils, des madriers, des grues et des palans, il y avait les cris des chefs d'équipe, les exclamations dont s'accompagne l'effort, les chants dont s'encourageaient les hommes attelés par dizaines, par centaines parfois, aux blocs cyclopéens. Cette rumeur constante, confuse et parfois discordante était douce aux oreilles de l'architecte.

Les ouvriers, les esclaves, les contremaîtres, les artisans, tous savaient que l'architecte était là le premier. Aux petits matins parfois glacés, aux heures chaudes de la journée, quand le moindre geste coûtait sous le dur soleil de l'été, il restait jusqu'à la nuit tombée. La peine qu'ils prenaient, il la prenait lui aussi, à sa manière, en étant partout. Si un échafaudage lui paraissait mal conçu, dangereux, il obligeait le responsable à l'abattre et à le reconstruire. C'était du travail en plus, mais des accidents évités, des vies sauvées. Quand un contremaître trop zélé épuisait son équipe ou se montrait trop brutal, Hiram le tançait. Si l'homme récidivait, Hiram le chassait ou le renvoyait à la base, comme un simple ouvrier. Au contraire, si une équipe traînait, si elle retardait l'avancement des travaux, si elle effectuait mal sa tâche, Hiram était impitoyable. Il la supprimait, en chassait les mauvais éléments, sauvait ce qui pouvait l'être, en répartissant ailleurs les bons ouvriers. Quand le Temple commença à s'élever sur la plate-forme qu'un an de travail acharné avait édifiée, le Tyrien disposait d'un outil sans pareil : cent mille hommes à sa dévotion.

Or ce matin-là, le chant des hommes avait cessé. Il ne retrouvait pas les bruits familiers de l'effervescence du chantier. On travaillait, certes, mais avec une lenteur, une mollesse inhabituelles. Il interrogea ses contremaîtres. Mardochée, censé être son suppléant, était absent. Depuis son retour d'Arabie, il n'avait fait que de brèves apparitions sur le chantier. Souvent, il se faisait représenter par Jéroboam, qui occupait la fonction de chef de chantier, chargé du recrutement. Ame damnée de Mardochée, il était flanqué d'un maçon à la mine peu engageante, Phanor le Syrien. C'était ce Syrien qui s'était présenté naguère à Llorn-Salikas sur le chemin de Jérusalem. Il avait prouvé sa compétence et Hiram lui confiait de plus en plus de responsabilités. L'architecte l'avait engagé en même temps que ses deux compagnons, Méthousaël, le fondeur juif, et Amrou, le charpentier phénicien. Méthousaël travaillait à Adamâ, non loin de Soukkôth, où étaient installés pour l'instant les ateliers de fonderie. Amrou réceptionnait au pied du mont Moriah des grumes en provenance d'Ezion-Ghaber.

— Que se passe-t-il ? demanda Hiram. Je n'entends pas les voix de l'équipe qui travaille au mur nord du *debir*. Et ne devait-on pas recevoir ce matin les poutres maîtresses de l'*heïkal* ? Ce chantier dort, ma parole !

— Laisse-lui le temps de s'éveiller, maître Hiram ; le coq n'a pas encore chanté, plaida Shoheim, un bon contremaître dur à la tâche. La plupart des hommes viennent chaque matin de Siloé. Ce n'est pas tout près.

— Je le sais bien et je vais y veiller. Mais cela ne répond pas à ma question. Il se passe quelque chose au mur nord du *debir*.

— Je vais aller voir, maître Hiram, proposa Jéroboam.

— Je viens avec toi.

Une maigre escouade de travailleurs peinait en pure perte dans la tranchée destinée à recevoir le mur nord du Saint des Saints. Les blocs de pierre trop lourds défiaient leurs efforts. Dès qu'il l'aperçut, le chef d'équipe se précipita vers Hiram.

— Maître, j'allais t'avertir. Nous n'y arriverons pas ainsi, il faut m'adjoindre une autre équipe.

— Que se passe-t-il ? Je ne vois là que la moitié de tes hommes. Où sont les autres ?

— Malades, maître Hiram ! Couchés sur le flanc, avec des douleurs d'entrailles insupportables. Cela a commencé hier soir. Ce matin, un tiers de l'équipe était inapte au travail. Et déjà, parmi ceux qui sont venus jusqu'ici, ça commence. Regarde, je n'ai pas la moitié de mon compte !

Un groupe d'hommes se trouvaient à l'écart, certains étendus sur le sol. Victimes de convulsions, ils gémissaient de douleur. D'autres, incapables de se retenir, s'éloignaient en courant en direction des feuillées.

Hiram s'approcha des malades et les interrogea. Ils venaient tous de Siloé. Il ne s'en comptait aucun parmi ceux qui habitaient en ville, ou qui étaient hébergés dans quelques campements secondaires à proximité immédiate du mont.

Déjà, de tous côtés, des chefs d'équipe alarmés venaient lui annoncer la même nouvelle. Le visage grave, il s'isola avec Jéroboam et Llorn-Salikas pour examiner la situation. Sa décision prise, il s'adressa au chef de chantier.

— Maître Jéroboam, recensez tous les malades et renvoyez-les à Siloé.

Il se tourna vers Llorn.

— Toi, fais quérir tous les médecins de Jérusalem. Qu'ils se rendent à Siloé eux aussi, au chevet de mes ouvriers.

Jéroboam intervint :

— Maître Hiram, permets que je te donne un avis. Les médecins ne seront bons qu'à leur donner des tisanes. Le nombre des malades prouve que c'est la volonté de Dieu qui les frappe. Seul, le grand pontife sait ce qu'il faut faire.

Hiram n'avait qu'une confiance limitée en Jéroboam, dont il connaissait les liens anciens avec Mardochée. Par ailleurs, il doutait de l'intervention divine dans la calamité qui s'abattait sur le chantier, mais il ne voulait pas heurter les croyances des Hébreux. Pour eux, c'était Yahvé qui dispensait à ses créatures, en fonction de leur piété, récompenses ou châtiments.

Seuls les prêtres et les prophètes avaient le pouvoir d'intervenir entre les hommes et la divinité. Malgré l'hostilité que le grand prêtre Sadoq lui témoignait, Hiram se voyait obligé de lui demander son assistance.

— Tu as raison, Jéroboam. Prévenons tout d'abord Salomon, puis le pontife, dit-il, soucieux de se ménager l'appui du souverain contre une prévisible offensive de Sadoq.

Quand Hiram mit pied à terre à l'entrée de Siloé, village nouvellement créé, il fut accueilli par les plaintes des malades qui s'élevaient des tentes et des baraques. En quelques heures, l'état des premiers ouvriers atteints avait empiré de façon dramatique. Prostrés sur leur couche, baignant dans leur sueur et leurs déjections, des centaines d'hommes, de femmes et d'enfants offraient un spectacle pitoyable. Nombre d'ouvriers venus des campagnes ou de villes éloignées, accompagnés de leur famille, s'étaient enrôlés dans l'armée d'Hiram. Les travaux allaient durer des années. Il était bon que les travailleurs ne soient pas séparés de leurs proches.

Le cœur serré, il s'avança à l'intérieur d'une vaste tente divisée en compartiments par des murs de toile. Une puanteur effroyable le prit à la gorge. Les malheureux se vidaient sous eux, sans même avoir le temps ni la force de s'isoler. Il s'agenouilla au chevet de l'un d'entre eux, un homme d'une trentaine d'années, bâti en force. Un de ces fiers terrassiers qu'il avait vu à l'œuvre, des mois durant, lors de l'aplanissement du sommet. Aujourd'hui, ce colosse semblait plus faible qu'un enfant. Livide, les yeux mi-clos, il geignait doucement. Une femme essuyait avec délicatesse la sueur qui perlait sur son front.

— Comment s'appelle-t-il ? demanda Hiram à la femme.

Elle se tourna vers lui et le reconnut.

— C'est Daniel, mon époux, seigneur Hiram. Ça l'a pris cette nuit et son état s'aggrave d'heure en heure. Je t'en supplie, seigneur, sauve-le ! C'est un bon mari et un bon travailleur. Il est fort comme un taureau. Mais regarde-le, il ne peut même plus porter son gobelet à ses lèvres ! C'est vrai ce qu'on dit ? Que c'est la colère de Yahvé qui s'abat sur nous, parce qu'il ne veut pas du Temple ?

— Qui dit cela, femme ? demanda Hiram.

— On le dit, c'est tout !

— Ce sont des mensonges. Si Yahvé ne voulait pas du Temple, il ne nous aurait même pas laissé poser la première pierre.

Partout, la même scène se reproduisait, plus poignante encore quand plusieurs membres d'une même famille gisaient les uns contre les autres. Parfois, seul un enfant avait été épargné. Impuissant et maladroit, il s'efforçait de porter secours à ses parents terrassés.

Une jeune femme se tenait debout au centre de la tente, les bras ballants, les yeux agrandis d'horreur. Elle avait entendu les derniers mots échangés par Hiram et l'épouse de Daniel.

— Toi, dis-moi, qu'as-tu entendu dire ?

Elle le dévisagea d'un air égaré, sans répondre. Il répéta sa question.

— Oui, dit-elle enfin, c'est le châtiment de Yahvé, je l'ai entendu dire par mon frère Zacharias, juste avant qu'il n'expire.

— Ton frère est mort ?

La femme, d'un geste las, désigna une forme humaine immobile, sous une couverture souillée.

Hiram frémit d'horreur.

— Mort ? De *ça* ?

La femme hocha la tête.

— Hier soir encore, il était robuste et joyeux. Il avait quinze ans.

Troisième chapitre

— Prends garde, Israël ! Prends garde, ô Salomon ! Yahvé t'adresse un signe !

Ainsi parlait Sadoq, debout, la main tendue vers le ciel dans l'attitude théâtrale du prophète, son œil d'aigle dardé sur le roi.

— Tu t'es obstiné à bâtir le Temple contre Sa volonté. Voilà ce qu'Il te signifie à travers le fléau dont Il frappe tes ouvriers. Ne t'avais-je point prévenu ? L'humilité est la vraie grandeur des rois face à Yahvé. Je t'en conjure, Salomon, montre-toi l'égal de David dans l'humilité comme tu l'es dans la gloire. Ne mécontente pas Dieu plus longtemps, démantèle les murs déjà élevés, renvoie les ouvriers dans leur village, à leurs tâches quotidiennes, le berger au troupeau, le cultivateur au champ qui tombe en friche. Renvoie les étrangers qui t'ont entraîné dans cette folie et qui profitent de tes largesses. Rends le mont Moriah à sa sainte nudité et l'Arche d'alliance à la toile qui l'abrite depuis toujours. Alors Yahvé oubliera Sa colère. Il ouvrira Son poing fermé et épargnera tes sujets. Sage des sages avant que des intrigants ne t'eussent aveuglé par leurs discours intéressés, je t'en conjure, renonce, puissant souverain, lumière de ton peuple. La peste qui frappe tes sujets pourrait se tourner contre toi, si tu persistais dans l'erreur, si un fol orgueil te détournait d'obéir à Yahvé !

Pendant la diatribe du grand pontife, le vent s'était levé. Il amenait des nuages gris menaçants qui en un court instant cachèrent le soleil de midi. Un éclair zébra le ciel. Le tonnerre se fit entendre et une pluie dense s'abattit sur l'assemblée. Sous le dais royal, seuls Salomon, Hiram, les dignitaires du royaume et quelques courtisans étaient à l'abri de l'orage. La pluie cessa aussi soudainement qu'elle s'était abattue. Un silence absolu régnait sur la place. Tous regardaient Salomon. Le jeune souverain se taisait. Il maudissait le vieux pontife. A cet instant, il l'eût volontiers fait empaler. Sa foi en Yahvé était profonde et sincère, mais cet orage, ces éclairs, ces éléments soudain déchaînés le troublaient bien plus que le discours violent du grand prêtre.

La mine sombre, Elyhap s'approcha du souverain et lui glissa quelques mots à l'oreille. Salomon tressaillit, chancela. Elyhap tendit son bras pour le soutenir. Mais déjà, le jeune souverain s'était redressé et contemplait fixement la foule. Des cris, des lamentations s'élevaient de l'assemblée. Des femmes voilées de noir se frappaient la poitrine, d'autres tombaient à genoux dans la boue. De la foule accablée montaient des prières, des supplications. Les morts et les mourants se comptaient par centaines. Le peuple gronda. Il lui fallait un coupable. Une pierre fut lancée vers Hiram et l'atteignit à la tempe. Le visage fermé, le Tyrien ne broncha pas. Il regardait Salomon, conscient que son destin se jouait en ce moment même. Qu'on le lapide lui importait peu, mais si le Temple n'était pas achevé, il n'avait pas de raison de vivre un seul jour de plus. Salomon s'avança. Il allait parler. Le silence se rétablit aussitôt.

— Mon cœur saigne, mon âme pleure, mes frères. Mon regard est voilé. Sadoq a parlé, mais il faut consulter les oracles. Nous connaîtrons ainsi la volonté de Yahvé. Ce n'est pas la première fois qu'une peste nous assaille. Yahvé nous l'inflige, mais qu'entend-Il nous dire par-là ? Qu'Il condamne notre entreprise, ou au contraire qu'à Son gré elle tarde trop à s'accomplir ? Faut-il tout arrêter ? Faut-il aller plus vite ?

Le grand prêtre blêmit. Salomon continua à s'interroger.

— Avons-nous bien observé les rites ? Les animaux sacrifiés l'ont-ils été selon les saintes règles ? Les fondations ont-elle été consacrées selon les volontés du Très-Haut ? Je suis sûr, Sadoq, que tu as accompli ta tâche avec rigueur. Mais sommes-nous sûrs que rien ne nous a échappé ?

Sadoq n'y tenait plus. Il tenta d'intervenir. Salomon ne lui en laissa pas le loisir.

— La peste nous a déjà frappés. Souvenons-nous qu'en temps de paix comme en temps de guerre, de tels événements sont déjà arrivés. Mon père David interrompait-il ses campagnes militaires parce que la maladie clouait sur leur couche quelques-uns de ses soldats ? Non, il commandait au peuple de prier, il offrait des sacrifices à Yahvé. Les prêtres interrogeaient les entrailles des animaux, ils interprétaient les rêves du roi et David réglait ainsi sa conduite. Mais jamais il n'aurait préjugé de la volonté divine.

— Souviens-toi, Salomon, Yahvé s'est déjà opposé formellement a la construction du Temple et David s'est incliné, rappela Sadoq d'une voix cinglante.

— Souviens-toi, Sadoq, Yahvé a choisi le mont Moriah pour y édifier Sa demeure. Mais David n'était pas digne de bâtir le Temple. Il avait du sang sur les mains. Les miennes n'en sont point maculées. L'Eternel, loué soit Son nom, m'a permis jusqu'à présent de régner sans recourir au glaive !

A grand-peine, Sadoq réprima sa fureur. Le plus modeste des Hébreux n'aurait pas fait l'erreur d'oublier ce fait. Cependant, en appelant à la lecture des oracles, le roi se mettait de nouveau entre ses mains. Ces oracles, qui d'autre que lui les interpréterait ? Il reprit confiance. Salomon n'avait fait que gagner du temps. A lui, en attendant, d'attiser la piété et la peur du peuple. Il parvint à faire taire la colère qui grondait en lui et choisit de feindre l'obéissance. Il prendrait le roi à son propre piège.

— Tu parles sagement, grand roi, il faut prier et offrir des sacrifices. Que la voix du peuple et la fumée des offrandes montent ensemble vers le ciel et apaisent son courroux ! J'attendrai que Yahvé visite un de tes songes, à moins qu'Il ne lui plaise de te parler à travers moi.

Aucun rêve n'inspirerait au pontife l'idée qu'il fallait hâter les travaux, pensa Salomon, mais il n'en acquiesça pas moins.

— Merci, Sadoq. Va ! Que le Seigneur soit avec toi.

Malgré leurs fumigations, leurs baumes et leurs remèdes, la science des médecins était restée sans effet. Salomon ordonna qu'on puise dans les greniers de l'Etat pour nourrir les familles touchées par l'épidémie. Demeuré seul avec Hiram et Elyhap, Salomon abandonna le masque d'impassibilité qu'il s'était imposé. Ni l'architecte, ni le secrétaire et confident égyptien n'avaient encore vu le roi aussi abattu. Salomon se tourna vers Elyhap.

— Elyhap, as-tu des nouvelles ?

L'Egyptien hocha la tête.

— Elles ne sont pas bonnes, majesté. L'état de la reine a empiré. Elle ne peut prendre le moindre remède, ni la moindre nourriture. Sa peau s'est couverte de rougeurs et d'ulcérations. Pehamshet, son médecin personnel, est à son chevet.

— Fais garder la porte de ses appartements. Que nul n'apprenne qu'elle est atteinte. Ses serviteurs et son médecin répondront du secret sur leur tête !

— Sire, j'ai déjà donné des ordres en ce sens.

— Bien, répondit Salomon d'une voix lasse, puis il reprit : Je ne sais que penser. Et si Sadoq disait vrai ? Si Yahvé frappait mon peuple et Nemdjet pour punir mon entêtement ? Je l'aime ! Je préférerais perdre mon harem et même mon royaume plutôt que de la voir mourir. Si l'Eternel lui épargnait la mort, je renoncerais à bâtir le Temple ! Yahvé, Yahvé, je t'en supplie, ne me la prends pas ! Oh, Hiram, mon ami, prie tes dieux en faveur de Nemdjet, et toi, Elyhap, intercède auprès des tiens !

— Majesté...

Hiram posa sa main sur l'épaule de Salomon. En cet instant, le roi n'était plus qu'un homme accablé.

— Majesté, dit-il, il semble que le mal qui frappe Nemdjet ne soit pas celui dont les ouvriers sont atteints.

— Que dis-tu ?

— Ce que je crois, sire.

— C'est aussi mon sentiment, dit Elyhap. Les ouvriers souffrent d'horribles coliques et d'une soif ardente. Plus ils boivent et plus leur mort est foudroyante. Ils grelottent, leur peau devient sèche et prend une teinte bleutée. Au contraire, la reine vomit la moindre gorgée d'eau qu'on tente de lui faire avaler. Elle a la fièvre, elle délire et son corps est couvert de squames rougeâtres, de pustules et de petits ulcères. Pardonne-moi ce tableau terrible, ô mon maître, mais il n'a rien à voir avec l'état des gens de Siloé.

— Que m'importe la maladie, si elle en meurt ! s'écria Salomon au désespoir.

L'Egyptien ouvrit des mains impuissantes et baissa les yeux.

— Majesté, dit Hiram, me permets-tu de rendre visite à la reine avant de regagner Siloé ?

— Crois-tu pouvoir quelque chose pour elle ?

— Je n'en sais rien, hélas, mais chaque peuple a ses remèdes. De mes séjours en Assur et dans d'autres contrées, de mes origines phéniciennes, je garde la recette de quelques potions. Peut-être Pehamshet les ignore-t-il ?

Un fugitif espoir éclaira le visage de Salomon.

— Qui sait ? Tout doit être tenté. Va, Hiram ! Des lévites vont venir prier sur le chantier. Sadoq les utilise pour démoraliser la main-d'œuvre. Ils proclament que le Temple est la cause de l'épidémie. Les prêtres qui n'en sont pas encore convaincus basculeraient de son côté si je m'opposais à la venue des lévites.

Salomon se tut et contempla l'architecte avec tristesse.

— Hiram, trop de malheurs m'accablent dans le même temps. Si Nemdjet meurt, si la peste continue à décimer nos ouvriers, je serai forcé de céder, que la colère de Yahvé soit ou non la cause du fléau !

Quatrième chapitre

Quand Hiram fut introduit auprès de Nemdjet, son cœur se serra. Une mourante le contemplait. L'adorable créature à la peau dorée, aux lèvres ourlées, aux joues rondes et appétissantes n'était plus. Ses yeux fiévreux, ses traits émaciés bouleversèrent l'architecte. A son chevet, une servante tamponnait délicatement les ulcérations sanieuses de son front et de ses joues. La reine Nemdjet était une des femmes les plus remarquables qu'Hiram eût rencontrées, à la fois belle, intelligente et généreuse.

— Ma reine, murmura la servante à l'oreille de Nemdjet, voici le seigneur Hiram, il vient s'enquérir de vous.

La sympathie avait été immédiate entre l'Egyptienne et le Tyrien. Non seulement parce qu'il avait vécu naguère à la cour de Siamon, mais aussi parce qu'elle s'était fait raconter son histoire. Son passé tumultueux, le poids des épreuves qu'il avait traversées l'avaient émue. Elle avait aussi apprécié son humanité et l'élévation de sa pensée. Elle ouvrit à demi les yeux et parvint à articuler quelques mots de bon accueil, malgré sa faiblesse et les douleurs qui la torturaient.

— Seigneur Hiram... Je suis heureuse de te voir.

Jusque dans la maladie, le souci de sa beauté enfuie ne l'avait pas quittée et elle l'abjura de ne pas la regarder.

— Je suis devenue un monstre. Le petit Rahim, le fils de ma chambrière, s'est enfui en me voyant.

— Ta beauté renaîtra, reine, plus éclatante encore, comme la fleur se redresse après l'ondée.

Mais Hiram était désolé de n'en rien croire. L'état de Nemdjet le consternait. Quelques heures seulement après que son mal se fut déclaré, ses orbites creuses, son visage ravagé et sa respiration sifflante laissaient présager le pire. Cependant, son état confirmait qu'elle ne souffrait pas de la même maladie que les ouvriers du Temple. Mais si elle succombait, le peuple n'y verrait guère de différence. Sa mort serait attribuée à la colère de Yahvé comme celle des terrassiers et des maçons de Siloé. Elle frapperait les imaginations et contraindrait sans doute Salomon à abandonner les travaux.

Malgré les objurgations de Nemdjet, Hiram l'observait avec attention. Il avait nourri l'espoir de lui venir en aide grâce à l'un des remèdes expérimentés au long de son passé aventureux. Cependant, le mal qui habitait Nemdjet ne ressemblait à rien de ce qu'il avait vu auparavant. Il doutait à présent de lui être de quelque secours.

Il prit la servante à part.

— Que dit le médecin ?

La femme secoua la tête d'un air navré.

— Pehamshet n'ose plus rien dire, seigneur Hiram. Il se contente d'adresser des prières à Bastet, la déesse-chat pour laquelle Nemdjet a une dévotion particulière. Il espère qu'elle aura pitié de son adoratrice.

— Quand cela a-t-il commencé ?

— Je ne sais, seigneur. Je suis arrivée ce matin. Anhendout, sa suivante, le sait sûrement. La reine l'aime beaucoup. Elle-même l'a écartée par peur de la contagion.

Hiram eut un triste sourire. Quelle autre souveraine que Nemdjet se serait souciée de se priver d'une petite esclave pour la protéger ?

— Fais venir Anhendout, dit-il. Dans la pièce voisinc, pour ne pas mécontenter la reine. Je reste auprès d'elle en ton absence.

La servante s'éclipsa. Hiram revint au chevet de Nemdjet. Elle s'était assoupie. En attendant Anhendout, son regard s'arrêta sur la table à maquillage de la reine. Devant un grand miroir d'étain poli, d'innombrables fioles et flacons étaient alignés. Hiram se souvint de l'apparition éblouissante de Nemdjet, métamorphosée, lors de la dernière grande fête royale. Elle vivait là ses derniers instants de bonheur.

La servante lui fit signe.

— Seigneur, Anhendout t'attend à côté.

— Bien. Nemdjet s'est endormie. Puisse-t-elle se reposer quelques heures. Au moins, elle ne souffre pas.

Gauche, intimidée par Hiram, Anhendout se tenait devant lui, les bras ballants, se balançant d'un pied sur l'autre. Son visage naïf inspirait d'emblée la sympathie. Elle était vêtue d'une chasuble très simple et un carré de tissu dissimulait sa chevelure.

Il remarqua sur le front et les joues de la jeune fille des marques légères, semblables à de menues ulcérations déjà refermées et séchées.

Il devina sa peur et entreprit de la rassurer.

— Ne crains rien, Anhendout. La reine t'apprécie beaucoup. Peux-tu me dire comment sa maladie s'est déclarée ?

Les réponses d'Ahnendout ne lui apprirent rien de bien neuf ni de bien utile. Nemdjet avait été prise la veille au soir d'un malaise qui s'était traduit par des nausées, puis des vomissements et des sueurs froides. Dans la nuit, la dégradation de son état avait été foudroyante. Son visage, ses bras, son corps tout entier pour finir, s'étaient couverts de plaques dont la surface s'était bientôt boursouflée et crevassée.

— Le visage d'abord ? interrogea Hiram.

La suivante acquiesça.

— Oui, seigneur. J'ai cru d'abord qu'elle avait la même chose que moi et que ce ne serait rien, mais hélas...

— Que dis-tu ?

— Oui, voilà trois jours, j'ai eu des boutons, un peu comme la reine, mais beaucoup moins, et ça n'a pas duré, ils ont séché très vite.

Elle montra du doigt les traces de croûtes qui marquaient sa figure. Hiram la saisit par le poignet et l'attira vers la terrasse baignée de lumière.

— Tu en as eu sur les bras ?

— Un peu. Et sur les épaules et le buste aussi, mais pas beaucoup.

— Montre-moi !

Il fit doucement glisser la chasuble de l'adolescente sur ses épaules et dénuda sa poitrine. Sur ses seins menus, très haut perchés, quelques macules étaient visibles. Hiram les effleura de l'ongle.

— Cela fait combien de jours ?

— Trois, seigneur. Cela me faisait mal, j'ai eu très peur, mais ça a passé vite, heureusement.

— Réfléchis bien, Anhendout. C'est très important. La reine et toi avez-vous fait quelque chose d'inhabituel ces derniers jours, ensemble ou séparément, mais toutes les deux ?

L'adolescente se mordilla les lèvres.

— Je ne sais pas, seigneur Hiram. La reine n'a rien changé à ses habitudes. Elle aime les promenades, les jeux, les contes, la musique, les énigmes. Ningirsu est venu.

— Ningirsu, le maquilleur du harem ?

— Oui, seigneur. La reine l'aime beaucoup. Il la fait rire, avec son bavardage.

— Rien d'autre ?

Le front de la petite se plissa dans son effort pour se souvenir. Mais le seul événement marquant des jours qui avaient précédé la maladie de la reine avait été la fête.

— Non, non. Il y a eu la fête. Regardez !

Malgré la peine que lui causait l'état de sa maîtresse, elle ne put résister au désir de montrer ses cheveux aux seigneur Hiram. D'un geste vif, elle dénoua l'étoffe qui lui couvrait la tête.

— Moi aussi, comme la reine, j'ai des cheveux de blé !

Hiram sursauta.

— Comme elle ?

— Les caravanes ont apporté de nouvelles substances. Ningirsu en a tiré des fards. Comme toujours, la reine les a essayés sur moi.

— Par Osiris ! s'écria Hiram.

Au comble de l'excitation, il entraîna l'adolescente

dans la chambre de Nemdjet et se dirigea droit vers la table sur laquelle s'alignaient les onguents et les fards.

— Lesquels ? Lesquels a-t-on essayés sur toi avant que la reine n'en use lors de la fête ?

Anhendout sélectionna sans hésiter plusieurs flacons et coupelles.

— Tous ceux-là, tu es sûre ? Aucun autre ? Tes boutons et tes rougeurs ne viendraient pas de tes propres fards ?

— La reine m'interdit d'en mettre d'autres que les siens.

— Et ceux-là, tu n'as fait que les essayer ?

— Je ne les ai gardés qu'un moment, pour que la reine soit sûre qu'ils ne se dégradaient pas trop vite. Mais les fards de Ningirsu sont toujours de la meilleure qualité.

— Mais Nemdjet les a gardés plus longtemps ?

— Elle s'en est servie tous les jours.

Un gémissement étouffé se fit entendre. Nemdjet s'agitait sur son lit de souffrances. Elle allait s'éveiller. Hiram lui lança un regard chargé de pitié. Pauvre jeune reine ! Il serra les poings. Ningirsu allait devoir s'expliquer.

— Assieds-toi près de cette table, et ne bouge pas d'ici, Anhendout. Veille à ce que nul ne touche à ces fards, ordonna-t-il à la jeune fille en désignant ceux qu'elle avait séparés des autres. Tu as compris ?

— Oui, seigneur Hiram.

Il sortit à grands pas de la pièce et retrouva Abias qui l'attendait dans l'antichambre.

— Abias ! Cours voir le roi. Dis-lui que la reine a

été empoisonnée. Demande-lui de me rejoindre ici. Va !

La foudre tomba sur Ningirsu. Arrêté en secret, interrogé par Salomon en personne, l'Elamite clama son innocence. Selon lui, les fards incriminés étaient parfaitement inoffensifs. Ses protestations et sa bonne foi apparente ne lui épargnèrent pas la torture. Il la subit dans un cachot du vieux palais de David, sous les yeux de Salomon et d'Hiram. Le roi n'était pas cruel, mais une rage froide l'habitait. La démonstration d'Hiram l'avait convaincu. Anhendout qui n'avait gardé que peu de temps les fards sur sa peau n'avait souffert que d'irritations et de rougeurs sans gravité. Nemdjet qui en avait usé beaucoup plus largement était mourante. Les fards contenaient du poison, c'était certain. L'essai auquel on se livrait dans un cachot voisin sur un criminel condamné à mort permettrait de vérifier cette thèse. Pour Salomon, elle ne faisait guère de doute. Hiram était plus dubitatif. Il était sûr d'avoir vu juste, mais il doutait que Ningirsu fût le coupable. Pourquoi le parfumeur-maquilleur chéri de toutes les épouses et concubines royales aurait-il risqué la torture et la mort en empoisonnant la reine ? L'Elamite pouvait avoir été trompé par un fournisseur. D'ailleurs, malgré les souffrances qu'on lui infligeait, il continuait à jurer qu'il était innocent.

C'était un Sabéen du nom d'Ashter, arrivé d'Arabie avec la caravane de Mardochée, qui lui avait vendu les produits utilisés, un simple chamelier qui trafiquait pour son propre compte. Ningirsu lui avait acheté des poudres minérales et des extraits de plantes que l'Elamite avait déjà utilisés dans le passé, et dont il connaissait l'innocuité. Salomon ordonna l'arrestation d'Ashter. On apprit qu'il était reparti le lendemain même de sa transaction avec Ningirsu. Nul ne savait dans quelle direction. En dépit des longs mois qu'ils avaient passés avec lui sur les pistes, ses compagnons de voyage le connaissaient mal. Il n'était pas aimé. C'était un solitaire, ombrageux, peu bavard. On le disait natif de l'arrière-pays de Mukalla, à l'est des plateaux de l'Hadramawt où poussaient les encensiers. On n'en savait guère plus. Sans trop d'espoir, Salomon dépêcha des patrouilles dans toutes les directions pour le retrouver. L'homme avait déjà six jours d'avance. Le soir même, le cœur fatigué du malheureux Ningirsu cessa de battre sous l'effet de la douleur.

Cinquième chapitre

Salomon avait fait mander les meilleurs médecins. Chacun d'eux examina les fards et les onguents suspects. Mais aucun d'entre eux ne s'accorda sur le choix de l'antidote. Leur vanité, leur incompétence étaient manifestes aux yeux de Salomon. Exaspéré, il était sur le point de faire trancher quelques têtes quand l'état de celle qu'on tenait pour moribonde s'améliora sensiblement. Etait-ce l'effet du breuvage qu'Hiram, avec l'assentiment de Salomon, avait ordonné à Anhendout de faire prendre à la reine ? Lui-même n'en aurait pas juré, mais le fait est que, lentement, Nemdjet se rétablit.

Même parmi les proches du roi, les hôtes du palais étaient très peu nombreux à savoir que la reine avait failli mourir. Mardochée lui-même ne fut mis au courant que quelques jours après que la guérison parut assurée. Blessé, il en fit reproche à son frère.

— Je suis sensible au souci que tu as de la santé de la reine, mais qu'aurais tu pu faire pour elle ?

— J'aurais prié ardemment !

— Ne laissons pas perdre ces bonnes intentions, lui répondit Salomon avec une affectueuse ironie. La reine est sauve, mais le fléau s'abat toujours sur les ouvriers de Siloé, hélas ! Prie Yahvé pour eux, mon frère, car il en meurt chaque jour !

Siloé n'était plus qu'un mouroir. Sur le mont Moriah, un morne silence avait succédé au joyeux brouhaha des mois précédents, une paix semblable à la mort s'était abattue sur le site tout entier. Salomon et Hiram se rendirent sur le chantier désert. Il contemplèrent l'esplanade ouverte sur les deux vallées. Les blocs cyclopéens, premières fondations du Temple, émergeaient, mais ne soutenaient rien. La splendeur rêvée verrait-elle jamais le jour ? Salomon sentit la douleur de l'architecte et lui dit :

— Tu as sauvé la reine, le chantier continuera quoi qu'il arrive.

Mais Hiram s'interrogeait sur l'épidémie. Depuis son apparition, elle frappait toujours les ouvriers cantonnés à Siloé. Très peu d'étrangers au village avaient été atteints. Hiram interrogea l'un de ces hommes, un gardien de chantier, qui n'avait jamais mis les pieds dans l'enceinte de Siloé. Tous les soirs, il récupérait les outils de sa brigade et dormait dans la baraque où il les entreposait, puis, le matin venu, il les redistribuait. Sur le mont Moriah, ils étaient une centaine à exercer cette fonction. Côtoyant chaque jour les ouvriers de Siloé, ils devaient être exposés à la contagion. Or quelques-uns seulement avaient été atteints par le mal.

L'homme gisait dans sa baraque. Auprès de lui se tenait un jeune apprenti, travaillant lui aussi à demeure sur le mont Moriah et resté indemne malgré les soins qu'il prodiguait à son aîné.

Lorsque le roi et l'architecte entrèrent, le gardien

tourna les yeux vers eux et tenta de se dresser sur sa couche. Salomon l'apaisa.

— Garde tes forces, Ishmaël. C'est bien ton nom, n'est-ce pas ?

— Oui, seigneur, répondit-il dans un murmure presque inaudible.

— Maître Hiram voudrait te poser quelques questions. Ensuite, nous te laisserons te reposer. J'ai appris que tu avais une femme et des enfants encore jeunes, dans la ville basse. Ta femme s'appelle Rebba. Ta maison est en face du moulin à olives. S'il devait t'arriver quelque chose, ta famille ne manquerait de rien. C'est moi, Salomon, qui t'en fais le serment. Ne me dis rien, économise ton souffle.

Bouleversé, le mourant remercia le roi. Hiram s'approcha d'Ishmaël et l'interrogea.

— Ishmaël, es-tu jamais allé à Siloé depuis que les ouvriers y sont installés ?

Ishmaël secoua faiblement la tête.

— Et pourtant Ishmaël, il y a quelque chose que tu sais et que j'ignore. La peste épargne tous ceux qui ne sont pas de Siloé. Pourquoi toi, es-tu malade ? Il faut que je le sache ! Je t'en conjure, parle !

Les yeux d'Ishmaël, exorbités par la douleur et l'angoisse de la mort, se fixaient tour à tour sur Hiram et sur Salomon. Sa bouche s'entrouvrit. Mais malgré ses efforts aucun mot ne parvint à franchir ses lèvres exsangues. Alors, de guerre lasse, il se tourna de côté et tendit une main tremblante qui semblait désigner un point dans la pénombre.

— Que veux-tu nous montrer, Ishmaël ?

La main du mourant, comme un oiseau blessé,

s'agitait faiblement dans l'air empuanti de la baraque. Il ouvrit la bouche à nouveau.

— La...

— La quoi, Ishmaël ? demanda Hiram en fouillant avec fébrilité le tas de hardes que la main désignait. C'est de ça que tu veux parler ? poursuivit-il en brandissant une outre de peau aux trois quarts vide.

La tête du gisant oscilla en signe d'assentiment.

— Eh bien ? Ce n'est qu'une outre. Qu'est-ce qu'il y a dedans ? Du vin ?

Hiram ouvrit le récipient et en renifla le contenu. C'était de l'eau. Ishmaël dut se méprendre et croire que l'architecte allait y goûter, car il esquissa un geste pour l'en dissuader.

Salomon avait surpris ce mouvement.

— Il ne faut pas en boire ? Pourquoi ?

— C'est l'eau d'Isaac ! balbutia Ishmaël au prix d'un immense effort.

Hiram reboucha l'outre et revint au chevet du mourant.

— Tu crois que cette eau t'a rendu malade ?

Ishmaël, épuisé et incapable de parler plus longtemps, s'était laissé retomber sur son grabat.

— Il me l'a répété plusieurs fois, intervint le petit apprenti. C'est d'avoir bu l'eau d'Isaac qui l'a rendu malade.

— Isaac ?

— Un gars de Siloé. L'autre jour, en arrivant ici, il s'est senti mal. En repartant pour le village, Isaac a oublié son outre. Un peu plus tard, Ishmaël, qui avait soif, a bu à cette outre laissée là par Isaac.

Les regards d'Hiram et de Salomon se croisèrent.

— L'eau de Siloé ! Voilà pourquoi le reste de la population est indemne ! murmura Salomon.

— Sans doute, dit Hiram. D'où provient cette eau ? S'agit-il d'une source ?

— Il n'y a pas de source à Siloé même. Elle est à Ghion, à quelque mille coudées de là. J'avais pensé faire creuser une canalisation, car la pente s'y prêtait, mais il aurait fallu creuser un réservoir de grande capacité, tant le débit est important. Les travaux auraient retardé l'implantation du village. On transporte l'eau dans de grandes jarres.

— Il est facile d'empoisonner ces chargements, dit Hiram. Comment expliquer qu'une source exploitée de longue date devienne nocive du jour au lendemain ? D'ailleurs, on n'a relevé aucun cas parmi les gens qui vivent près de la source et qui s'y approvisionnent tous les jours.

— A ma connaissance, non, mais tu sais ce que Sadoq te répondrait...

— La colère de Yahvé, bien sûr, acquiesça Hiram. Je n'y crois pas un instant. La tâche dont tu m'as chargé ne peux déplaire à ton Dieu, puisqu'il s'agit de le glorifier. Voilà ce que nous pourrions faire, majesté : interdisons toute consommation de l'eau de Ghion transportée dans les jarres. Siloé doit être ravitaillé en eau d'une autre provenance, transportée par d'autres moyens. Ainsi nous tirerons les choses au clair. Si aucun nouveau cas ne se déclare, nous saurons à quoi nous en tenir.

— Cela me semble judicieux, dit Salomon. Si tu as vu juste, Hiram, si l'eau a été empoisonnée, les coupables regretteront d'être nés ! Nemdjet hier, les ouvriers aujourd'hui. Mon royaume est-il devenu le siège de l'Abomination ? J'y mettrai bon ordre, je le jure !

Le roi se pencha à nouveau sur le mourant.

— Merci, Ishmaël, et garde courage ! Mon médecin personnel va venir. Il te guérira !

Les deux hommes quittèrent la baraque en emportant la gourde d'Isaac. Quelques jours plus tôt, le condamné à mort sur lequel on avait essayé les fards de Ningirsu avait présenté très vite les mêmes symptômes que Nemdjet. Dès qu'on avait cessé d'en enduire sa peau et qu'on l'avait baigné, il s'était rétabli. Soulagé, Salomon l'avait gracié. Cette fois-ci, il suffirait de faire boire le contenu de l'outre à un animal. Si l'animal tombait malade, aucun doute ne serait plus possible.

On plaça sous séquestre les jarres qui provenaient de la source de Ghion et Siloé. Accompagné par une forte escorte, des hommes firent venir l'eau d'autres sources voisines. Elles firent l'objet d'une surveillance de tous les instants, depuis leur remplissage jusqu'à la distribution effectuée par des gardes armés. Pendant ce temps, tous ceux qui avaient travaillé à la source de Ghion et au transport des jarres jusqu'à Siloé étaient interrogés sans relâche. Les soupçons se portèrent sur deux convoyeurs, connus sous les noms d'Amnon et de Ghesilas. Attirés comme beaucoup d'étrangers par les emplois qu'offrait le grand chantier, ils avaient été engagés à la hâte quelques mois plus tôt. A peine l'interdiction de boire l'eau de Ghion avait-elle été rendue publique qu'ils avaient disparu l'un et l'autre. L'agnelet qui avait bu l'eau contenue dans la gourde d'Isaac était mort, comme Isaac lui-même. L'eau avait bel et bien été empoisonnée ! Alors qu'auparavant, de nouveaux cas apparaissaient chaque matin dans les chambrées de Siloé, l'épidémie cessa brusquement et nombre de malades commencèrent à aller mieux. Cependant, les plus fragiles, en raison de leur âge ou de leur état de santé déficient, continuaient à mourir. Le bilan était lourd. Près de mille deux cents hommes avaient péri. Salomon était sûr à présent d'avoir affaire à un complot ourdi par des hommes et non à la colère de Dieu.

Trois semaines après la mort du premier ouvrier, les hommes avaient repris le travail. De nouveaux arrivants venus des campagnes œuvraient avec ardeur et s'encourageaient de leurs chants. Cependant, une sourde menace planait sur le chantier du mont Moriah.

Sixième chapitre

Souriant, Mardochée s'approcha de Salomon et le prit dans ses bras.

— Seigneur, quitte cette mine sombre. Yahvé nous sourit de nouveau. Nemdjet est sauvée et l'épidémie n'est plus qu'un mauvais souvenir. Les murs du Temple sortent de terre sur ce maudit chantier où tu m'as confiné au rôle de porteur d'eau !

Salomon ne put s'empêcher de sourire à son tour, retrouvant la complicité de chenapans qui les liait depuis leur enfance. Mardochée reprit :

— Je connais un remède à ta mélancolie. As-tu entendu parler d'une certaine Esther ?

— Comment oses-tu proposer une prostituée à ton roi ? dit Salomon, en éclatant de rire. Décris-la-moi !

— Tu jugeras par toi-même.

Pour Mardochée, tout était prétexte à la fête. Sa « Maison des plaisirs » était une des demeures les plus luxueuses de Jérusalem. Il l'avait créée pour que s'y déroulent les orgies les plus folles. Sa maîtrise de la débauche mêlée à sa généreuse curiosité composait les assemblées les plus surprenantes. Cette fête serait mémorable. Même le peuple en bénéficierait. Acheminées depuis ses propriétés du Jourdain, des victuailles en quantités ahurissantes furent confiées à des cuisiniers qui les accommodèrent sur des grils improvisés. Un délicieux fumet s'échappait de la demeure et se répandait dans les rues avoisinantes. Les habitants se réjouirent. Les fêtes reprenaient, chacun d'entre en aurait sa part. Des tombereaux de légumes et de fruits, des carcasses de moutons, des bœufs entiers, des centaines de volailles furent déchargés sous les vivats. On bénit le nom de Mardochée. On loua sa générosité un peu folle, mais la foule aime les prodigues. La faveur de Salomon était sur lui.

Aux gens de la rue, aux simples ouvriers, aux artisans, aux porteurs d'eau, aux boulangers et aux mendiants de Jérusalem, il offrirait l'abondance. Aux notables et aux riches, aux courtisans et aux hiérarques, il offrirait un luxe et un raffinement inoubliables. Rien n'était trop beau ni trop cher à ses yeux. Il s'assura les services des danseuses et des courtisanes les plus fameuses, des amuseurs, saltimbanques, montreurs d'animaux et diseurs d'histoires de toutes les provinces. Pour le plaisir de ses hôtes, il fit disposer dans son jardin des caisses de bois abritant des arbustes inconnus des Hébreux, qui charmeraient leurs yeux et embaumeraient l'air durant la fête. On servirait dans des plats d'argent et d'or les mets les plus rares, venus tout spécialement des contrées les plus lointaines. Les meilleurs vins tyriens couleraient à flots. De sa récente ambassade en Arabie, il avait rapporté de nouvelles variétés de myrrhe et d'encens. Il les dispenserait à profusion pour le ravissement de ses invités.

A la nuit tombée, Hiram en compagnie d'Abias et

de Llorn-Salikas se fit annoncer chez Mardochée. Il lui avait été difficile de décliner son invitation. Le Tyrien s'était laissé charmer par cette vie simple que le royaume de Salomon lui offrait depuis plus de trois ans. Les intrigues de cour lui avaient paru moins violentes et les affrontements se déroulaient sans masque. Seul Mardochée constituait une énigme. Hiram se savait admiré et détesté à la fois. En d'autres circonstances, l'architecte se serait montré sensible à la séduction de ce débauché magnifique. Mais depuis les empoisonnements, il était sur ses gardes.

Hiram observait avec amusement le mélange extravagant des invités que Mardochée avait composé, quand les trompes et les tambours annoncèrent l'arrivée de Salomon. Le jeune souverain aurait souhaité un accueil plus discret, mais comment empêcher Mardochée de se vanter de sa bonne grâce ?

Dans cette brillante assemblée, Esther, célèbre courtisane, éblouissait par sa beauté tous ceux qui l'approchaient. Ses cheveux d'un noir de jais tombaient en boucles odorantes sur ses épaules d'acajou poli. Vêtue d'une simple robe noire, elle ne portait que des émeraudes, à l'exclusion de toute autre pierre. Leur couleur était assortie à ses yeux d'un vert étonnant. Son maquillage des plus discrets soulignait la beauté étrange et dure de son visage aux yeux immenses, au nez aquilin, à la bouche carnassière plantée de dents d'une régularité et d'une blancheur admirables.

Les angoisses par lesquelles Salomon était passé ces dernières semaines avaient fait naître en lui le désir de s'étourdir de plaisirs. La renommée d'Esther était parvenue jusqu'à lui, mais il n'avait jamais rencontré la jeune femme. Elle gardait une réserve qui piquait la curiosité et décontenançait la plupart des prétendants. Salomon s'amusa du ballet des prédateurs autour d'elle. Mardochée surprit son regard avec satisfaction. Il envoya du bout des doigts un baiser à la nuit étoilée au-dessus de leur tête.

— Ses caresses t'en feront oublier beaucoup d'autres, majesté, si tu ne crains pas d'indisposer la reine en t'intéressant à une putain.

— Voyons, mon frère, aucune de mes trois cents épouses ne songerait à réclamer l'exclusivité de mes hommages.

— Je plaisantais. Ces étrangères sont parfois si capricieuses. Mais vois comme Esther te regarde ! Je t'envie, mon frère.

— Pourtant tu l'as connue avant moi.

— Je n'aurais plus le plaisir de la découvrir. Les joies qu'on espère sont plus belles que celles dont on se souvient.

Salomon rit de bon cœur.

— Mardochée le sage ! Invite plutôt cette Esther à notre table.

Quelques instants plus tard, Esther était auprès de Salomon. Sa voix rauque ajoutait au charme qui émanait d'elle, éveillant un trouble violent chez le jeune souverain.

Cette femme aurait pu figurer parmi les plus belles de ses épouses. Sa beauté n'était pas son seul attrait. Elle avait de l'esprit. Elle en usa pour deviner les énigmes que Salomon lui proposait et pour lui en soumettre à son tour.

Salomon n'était pas le seul à apprécier la séduction

d'Esther. Depuis son arrivée, Hiram ne l'avait pas quittée du regard. La jeune femme était l'appât. Mardochée, le rabatteur, et Salomon, la proie. L'architecte eut soudain envie d'interrompre ce jeu qu'il sentait funeste. Il contemplait Esther, mais c'est Anhéra qu'il voyait. Le douloureux souvenir de ses noces sanglantes au palais d'Hurummu le bouleversa. En quelques heures, il avait connu la félicité, l'abomination et la prison.

Abias ne quittait jamais longtemps son maître du regard. Il surprit le voile sombre qu'avait revêtu son visage. Il s'approcha de lui en compagnie de Llorn-Salikas dont les yeux brillaient pour avoir généreusement goûté au vin de Tyr. Abias tendit une coupe de vin à Hiram qui l'avala d'un trait et se sentit aussitôt envahi par une douce chaleur. Etait-ce l'effet immédiat de ce vin à l'arrière-goût d'épices et de noisettes ?

Salomon se leva. Il tendit la main vers Esther qui la prit et se leva à son tour. Pour Hiram, le temps sembla s'arrêter. Le roi des Hébreux et la reine d'un soir, côte à côte, s'éloignaient lentement, tandis que les invités s'écartaient sur leur passage. Hiram les suivit du regard jusqu'à ce qu'ils disparaissent derrière de lourdes tentures. Hiram, ému, décida de quitter la fête. Il voulait en conserver cette dernière image : la majesté alliée à la grâce.

Aux premières lueurs du jour, flanqué d'Abias et de Llorn, il traversa la ville. Les réjouissances qui s'étaient déroulées avaient laissé des traces. A tous les coins de rue on butait sur des corps endormis, terrassés par l'ivresse et la fatigue.

Nue, son corps doré faiblement éclairé, Esther était assise sur un siège richement sculpté. Le visage de Salomon reposait sur ses genoux. Les yeux fermés, il semblait assoupi. D'une main douce, elle caressait ses cheveux, puis sa joue et s'attarda sur ses lèvres. Elle sourit. N'était-elle pas à cet instant la femme la plus puissante du royaume ? Salomon ouvrit les yeux et posa un baiser sur son ventre. Il se leva, noua sa tunique de lin blanc autour de la taille et posa un regard tendre sur la courtisane.

— Esther, as-tu un souhait à exaucer ?

— Et toi, mon seigneur, en as-tu un ?

Salomon sourit.

— Peux-tu seulement me donner une coupe du nectar de Dieu ?

Salomon frappa dans ses mains. La tenture qui fermait l'alcôve s'écarta légèrement, laissant passer le visage de l'échanson de Mardochée.

— Porte-nous du vin du mont Carmel, lui ordonna le roi.

L'adolescent réapparut aussitôt, porteur d'un pichet et de deux coupes de verre bleuté.

— Une seule coupe suffira, dit Salomon. Esther et moi, nous boirons dans la même.

Le roi tendit à la jeune femme la coupe que l'échanson avait remplie.

— Je bois à toi, mon seigneur, mon roi !

Elle porta la coupe à ses lèvres et avala d'un trait la moitié de son contenu. Salomon tendait la main pour reprendre la coupe et boire à son tour, quand Esther poussa un cri terrible. Elle lâcha la coupe. Quelques gouttes de vin glissèrent sur la main du roi et maculèrent sa tunique. La coupe tomba, son contenu se répandant sur les coussins comme une tache de sang. La jeune courtisane semblait suffoquer. Elle balbutia avec peine quelques mots incompréhensibles. Saisi d'horreur, Salomon bouscula l'échanson, cria à la garde et prit la malheureuse dans ses bras pour la porter jusqu'à la couche. Quatre gardes firent leur entrée, suivis par Mardochée, puis par Elyhap. Salomon tourna vers eux un regard désespéré, puis s'agenouilla près d'Esther. Ses convulsions avaient cessé. Son visage avait revêtu une pâleur mortelle. Elle tenta de sourire. Ses yeux se fermèrent. Elle rendit son dernier souffle.

Le visage décomposé, Mardochée interrogea Salomon.

— Tu n'as pas bu de ce vin, mon frère ?

— Non. A peine avait-elle bu quelques gorgées, que la coupe lui est tombée des mains.

— Lave ta main et ôte ce vêtement, dit-il en montrant du doigt la tunique souillée. Viens avec moi.

Déjà, on s'était saisi du malheureux échanson qui protestait de son innocence. Elyhap fit enlever le corps sans vie d'Esther. Accablé, Salomon se laissa entraîner par son frère.

La mort d'Esther affecta profondément Salomon. On interrogea en vain le jeune échanson. Il était évident qu'il n'y était pour rien. Le vin était versé à l'avance dans des cratères et des pichets. Les échansons venaient les prendre à la mesure des besoins. Ce pichet de vin du mont Carmel, le plus savoureux, avait été réservé pour Salomon. N'importe qui avait pu y verser le poison. Mardochée, fou de colère, s'apprêtait à faire exécuter le jeune garçon qui avait servi le roi, ainsi que tous les serviteurs impliqués dans le service des boissons. Salomon l'en dissuada. Le petit échanson n'avait sans doute été qu'un instrument aveugle. Quant à condamner dix ou douze innocents dans l'espoir fallacieux de frapper un coupable, son équité s'y refusait. Personne ne fut mis à mort, mais l'épisode laissa dans l'esprit du roi des traces durables. L'inquiétude et la méfiance vinrent assombrir son humeur. L'usage alors très répandu dans les palais royaux de faire goûter par des esclaves tous les aliments avant de les servir à la table royale n'était pas encore instauré à la cour de Jérusalem. Salomon l'institua à la suite de la mort d'Esther. Avant ce drame, Salomon connaissait le visage de ses adversaires et savait comment y faire face. A présent, un ennemi invisible s'en prenait au Temple, aux siens et à sa propre personne. La garde affectée au chantier du Temple, mais aussi au palais et au harem fut doublée. Même dans sa toute-puissance, Salomon avait jusqu'alors vécu en toute familiarité avec son peuple. Un passant pouvait l'aborder et lui présenter une requête, un berger pouvait accéder jusqu'à lui pour lui offrir un agneau. Ce temps était révolu. Désormais, il s'entourerait d'hommes sûrs, prêts à donner leur vie pour protéger la sienne.

Septième chapitre

Ce matin-là, Salomon recevait Hiram en présence d'Elyhap. Trois ans s'étaient écoulés. Le chantier entrait dans sa septième année. L'architecte devait lui rendre compte de l'avancée des travaux. Le roi s'inquiéta de la date prévue pour leur conclusion.

— Sire, dit Hiram, le gros œuvre est achevé, la charpente des toitures est en place. Il faudra compter encore deux mois pour couvrir les bâtiments. Alors seulement on pourra commencer à revêtir les murs des lambris auxquels les menuisiers travaillent d'ores et déjà. Carreleurs, mosaïstes, stucateurs et peintres se mettront à la tâche. On sculptera sur place les grands *keroubim* d'olivier. Hauts de dix coudées, recouverts de feuilles d'or, ils encadreront le coffre de l'Arche d'alliance. Mais c'est la fonte des bronzes monumentaux qui sera la tâche la plus délicate. La Mer d'Airain, l'autel des holocaustes en forme de vasque, doit être coulée d'une seule pièce, de même que chacun des douze taureaux sur lesquels elle reposera. Dix conques de bronze montées sur roues serviront au transport de l'eau. Enfin, les colonnes destinées à supporter le linteau de la grande porte, à l'entrée du Temple, seront les plus hautes qu'on ait jamais vues.

D'infinies précautions doivent être prises pour les couler puis pour les manipuler.

Salomon interrompit son architecte :

— Le temps presse. Un messager est arrivé ce matin de Ma'rib. Depuis le retour de Mardochée, des voyageurs ont décrit à la reine Balqîs les travaux conduits par tes soins. Elle brûle de voir le Temple de Jérusalem de ses propres yeux.

— Est-ce le Temple ou le roi qu'elle brûle d'admirer ? dit Elyhap avec malice.

— Te voilà bien impertinent, alors que nous discutons d'une affaire d'Etat, dit Salomon d'un ton sévère qu'un sourire démentait. Balqîs sera là dans moins de six mois. Voilà le temps qu'il te reste pour mener les travaux à bien, Hiram !

Le Tyrien protesta.

— Six mois ! C'est impossible, majesté ; je te l'ai dit tout à l'heure, ce délai suffirait tout juste pour achever de couvrir le Temple.

— Combien d'hommes as-tu affectés à la toiture ? demanda Salomon.

— Huit cents, majesté.

— Prends-en le double, le triple s'il le faut !

— Ils se gêneront et l'on n'avancera guère plus vite.

— Alors n'en ajoute que quatre cents, mais triple le nombre des menuisiers et des ébénistes, des sculpteurs et des doreurs. Fais tendre des bâches sous les charpentes, et mets les stucateurs et les mosaïstes à l'ouvrage sans plus attendre. Ainsi l'aménagement et la décoration intérieure s'effectueront en même temps que les travaux de couverture. Promets de doubler les salaires si l'édifice est prêt à temps. Je veux que tout soit achevé lors de l'arrivée de Balqîs !

L'embarras d'Hiram était grand. Les exigences soudaines de Salomon heurtaient son souci de la perfection. Il tenta d'obtenir un délai plus acceptable. Mais Salomon y coupa court.

— Majesté, je comprends ton souci...

— Ce n'est pas par vanité que je veux éblouir Balqîs. Le Temple coûte bien plus cher qu'on ne l'a prévu. C'est un monstre dévorant. L'argent rapporté par Mardochée ne va pas suffire. Je me suis endetté auprès d'Hurummu de Tyr et de Siamon d'Egypte. Faire appel aux rois de Ninive et d'Assur mettrait en péril l'indépendance du royaume. Seul un nouveau traité de commerce avec les Sabéens amènera l'or nécessaire à la fin du chantier.

— Six mois n'y suffiront pas, sire, avec la meilleure volonté du monde ! Le Temple n'est encore qu'une carcasse de pierre, vide et nue, habitée par le vent et les oiseaux. Je t'en conjure, grand roi, ne renonce pas à la perfection que nous nous efforcions d'atteindre. Si tu veux convaincre Balqîs de la grandeur de ton œuvre, il faut qu'elle assiste en personne à son achèvement, qu'elle soit présente lors du premier sacrifice qui sera offert à Dieu sur le grand autel de bronze. Pour cela, il faut gagner du temps.

— Admettons, répondit Salomon. Sur la route de Jérusalem, on pourrait accueillir Balqîs dans plusieurs cités. Elle y séjournerait quelque temps pour profiter des plaisirs du voyage sans en éprouver les fatigues. Admettons que son arrivée à Jérusalem soit célébrée par un mois ininterrompu de cérémonies, de réjouissances et de parties de chasse. Ce sont trois mois de plus que je t'accorde pour mener les travaux à leur terme. Tu disposes de neuf mois, pas un jour de plus.

Le cœur d'Hiram était partagé entre reconnaissance et dépit. Si elle devenait envisageable, la tâche n'en restait pas moins écrasante. Il s'inclina.

— Je mettrai tout en œuvre pour te satisfaire. Je te rappelle toutefois que ceux qui se sont attaqués à la reine, à tes ouvriers et à ta personne n'ont sûrement pas désarmé ! Qui se cache derrière ces crimes, nous ne le savons toujours pas. Ils peuvent frapper à tout moment.

Le visage de Salomon se durcit. Les tentatives d'assassinat contre Nemdjet et contre lui, la mort de centaines d'ouvriers hébreux et étrangers, celle du malheureux Ningirsu probablement innocent et celle d'Esther étaient restées impunies. Le complot pouvait être politique. Les conquêtes de David valaient encore à son fils des rancunes inavouées, mais tenaces. Cependant, les soupçons du roi, et plus encore ceux d'Hiram se portaient sur les adversaires les plus radicaux du Temple. Au premier rang de ceux-ci figurait Sadoq. Le pontife détestait Nemdjet et il haïssait l'idée que le Saint des Saints fût bientôt prisonnier du Temple, caprice d'un roi vaniteux. Mais Salomon n'arrivait pas à croire que Sadoq ait pu tenter de s'attaquer à sa personne. Hiram n'en aurait pas été étonné. Il suspectait aussi Mardochée, bien qu'il eût paru bouleversé à la mort d'Esther. Plusieurs complots s'entremêlaient peut-être. Qu'il aient ou non trempé dans ces crimes, Mardochée et Sadoq étaient jusqu'à preuve du contraire intouchables.

— J'ai fait placer des espions dans chaque brigade de travailleurs, sur tous les chantiers, à tous les stades de l'acheminement et de la transformation des matériaux depuis Ezion-Ghaber jusqu'au mont Moriah. L'eau et les denrées destinées à la main-d'œuvre sont plus surveillées que les coffres renfermant le trésor royal. D'ailleurs ceux-ci sont à peu près vides ! plaisanta Salomon. Je sais que Yahvé protège notre entreprise, sinon Nemdjet aurait succombé et Esther n'aurait pas sauvé ma vie en mourant sous mes yeux. Confiance, Hiram ! Retourne à ta tâche. Tu as toute ma confiance.

Emu, Hiram considérait ce jeune prince. Entre le souverain et l'architecte, la fraternité s'était affermie. Ensemble, ils allaient faire front.

Huitième chapitre

Quand la nuit tombait sur le mont Moriah, quand le dernier ouvrier, le corps las, avait enfin posé ses outils et repris d'un pas lourd le chemin de Siloé, l'angoisse reprenait son empire sur l'esprit désœuvré d'Hiram. Si cela avait été en son pouvoir, la construction se serait poursuivie jour et nuit sans interruption. Il avait allongé de deux heures la durée du travail. Il avait doublé, parfois triplé les équipes. Il avait même pensé faire travailler certains corps de métier de nuit, à la lumière de torches et de lampes à huile. Il avait dû y renoncer. Les meilleurs carreleurs ne faisaient rien de bon dans ces conditions et le mécontentement avait commencé à s'installer dans quelques brigades.

Obsédé, tout entier tendu vers son but, il se tuait au travail. Abias n'osait pas affronter le caractère rugueux de l'architecte. Il avait pris le parti de lui graver des petits mots sur deux pierres plates agrémentées de dessins. Le talent qu'il déployait dans ses gravures avait surpris Hiram et l'avait fait sourire. Il fit venir l'adolescent.

— Mon cher Abias, ai-je l'air si misérable pour que tu t'inquiètes à ce point de ma santé ?

Abias, étonné par le ton presque tendre de l'architecte n'hésita pas à répondre en le regardant dans les yeux.

— Si vous ne prenez pas soin de vous, maître, Mardochée et Jéroboam achèveront le Temple à votre place.

Hiram reçut cette phrase comme une gifle. Il garda le silence, puis reprit :

— Tu es un drôle de petit bonhomme, cher Abias. Il faut un sacré courage pour me parler comme tu l'as fait. Tant de sagesse dans un corps si frêle ! Tu me montres beaucoup d'amour. Sache que j'en ai aussi pour toi. Ne crois pas que les compliments me coûtent. Je n'ai pas eu le temps, voilà tout, et la vie est ainsi faite que l'on pense rarement à honorer les êtres qui partagent notre quotidien. C'est une faute. Pardonne-moi, car tu as du talent. Tes dessins sont remarquables. Non, ne rougis pas. Je te l'annonce dès à présent, c'est toi que j'ai choisi pour sculpter les deux anges qui protégeront l'Arche d'alliance.

Abias, les larmes aux yeux, se jeta dans les bras d'Hiram.

— Merci, maître.

Hiram, troublé, referma sur lui ses bras puissants.

Les jours passaient, l'architecte les cochait les uns après les autres. Arrivaient le mois des épis, celui des fleurs, des cours d'eau, des pluies, des semailles, des récoltes. Là-bas, sur la piste poudreuse, au long des défilés montagneux et au milieu des étendues désertiques, la reine Balqîs et son escorte se rapprochaient inexorablement de Jérusalem et du Temple inachevé.

Ce soir-là, Hiram fit un songe dont il s'éveilla bouleversé. Ce rêve avait pourtant commencé sous les meilleurs auspices : on procédait au transfert solennel de l'Arche d'alliance à l'intérieur du Saint des Saints enfin achevé. Heureux, au côté de Salomon, Hiram contemplait les murs lambrissés et décorés de palmes et de corolles de lotus. Il admirait, loin au-dessus de sa tête, le haut plafond de cèdre du *debir*, tandis que son parquet de cyprès s'ornait de lignes d'or. Dans l'ombre des *keroubim* géants, le coffre sacré luisait doucement. Yahvé n'était pas le dieu d'Hiram, mais nul, en ce lieu, ne pouvait demeurer indifférent au sentiment de la présence divine. Elle étreignait l'âme et obligeait chacun à rentrer en lui-même, à méditer sur sa condition et sur la splendeur de la création. A cette exaltation se mêlait, dans le cœur d'Hiram, une légitime fierté à l'idée d'avoir ajouté à la beauté du monde celle du Temple dont il avait été l'architecte. Le proscrit, l'enfant pourchassé et condamné à mort qu'il avait été si longtemps avait donc réussi à forcer le destin. Il avait imprimé sa marque sur la terre dont tant d'ennemis s'étaient efforcés de le balayer. Cet instant de grande piété pour les Hébreux qui l'entouraient, c'était aussi celui de son triomphe intérieur. Il le savourerait sans restriction.

Le grand prêtre, le maintien compassé, la mine sévère, s'approcha de l'Arche d'alliance. Il se retourna, et posa tour à tour sur Salomon et sur Hiram un regard chargé de défi. Puis, effleurant d'un bâton doré le coffre sacré, il les apostropha et les accusa d'avoir enfreint la volonté divine en enfermant l'Arche en un lieu qui était en réalité l'Antre de l'Abomination. Sous les yeux exorbités des fidèles, l'Arche s'entrouvrit comme par magie. Un torrent de flammes s'en échappa. Mêlés à elles, des serpents apparurent et se répandirent dans l'enceinte de la *cella*, mordant tous ceux qui n'avaient pu s'échapper à temps, semant partout la terreur et la mort tandis que la toiture du Temple et les lambris qui recouvraient ses murs s'enflammaient.

Hiram, statufié par une terreur sans nom, était incapable d'esquisser un mouvement tandis que le reste de l'assistance cherchait son salut dans la fuite. Moitié bêtes, moitié flammes, les reptiles s'enroulèrent autour de ses jambes en une étreinte brûlante. Il poussa un cri, et s'éveilla en sursaut.

A son chevet, Abias et Llorn se tenaient penchés sur lui, leurs visages empreints d'inquiétude.

— Maître ! Réveille-toi, tout va bien ! Nous sommes avec toi, la nuit est calme, rien ne nous menace.

Rassuré, Hiram se laissa retomber sur sa couche.

— Dieu merci, ce n'était qu'un cauchemar.

Abias lui tendit un gobelet d'eau fraîche, pendant que Llorn étanchait d'un linge la sueur qui mouillait son front.

— Qu'as-tu vu en rêve ? lui demanda Llorn. Tu gémissais. Nous avions beau te secouer avec force, tu ne te réveillais pas.

— J'ai vu des serpents et des flammes jaillir de l'Arche dans le Saint des Saints ! dit-il après avoir bu avec avidité.

Llorn et Abias échangèrent un regard lourd de crainte. On ne pouvait imaginer de pire présage.

— Pas un mot, m'entendez-vous ? Ce serait donner des armes à nos ennemis et à ceux du roi !

Le Caucasien et l'adolescent jurèrent de garder le silence.

— Mais seigneur, jure-moi de te reposer quelques jours, lui demanda Llorn-Salikas. Tu travailles trop, tu es épuisé. Si ce n'est un présage, ce rêve est au moins un avertissement. Dans ta hâte d'aboutir, tu risques de perdre la santé et la vie.

Hiram accepta de se reposer une journée entière, ce qu'il n'avait pas fait depuis deux ans. Il avait à peine formulé cette promesse que déjà il la regrettait, mais il devait trop à la fidélité et à la sollicitude de ses compagnons pour faillir à sa parole. Il ne parut sur aucun chantier, mais il se fit tenir heure par heure au courant de l'avancement des travaux.

Dans la pénombre trouée par les flammes des torches qui frémissaient sous les assauts du vent, les silhouettes des conspirateurs prenaient des allures fantomatiques. Sous la voûte de pierre de la citerne, les voix répercutées par les eaux résonnaient étrangement. Drapé dans une longue lévite, sans aucun ornement sacerdotal, le pontife se tenait au centre du petit groupe. Il avait pris l'initiative de cette rencontre secrète. Nul dans l'entourage du roi n'ignorait l'inimitié qui régnait entre Sadoq et Mardochée. Un rapprochement inopiné aurait éveillé des soupçons chez Salomon.

Dans quelques semaines, la reine de Saba ferait son entrée dans Jérusalem. Salomon avait annoncé son intention de procéder à l'inauguration solennelle du Temple en sa présence, au terme d'un mois entier de réjouissances publiques. Le vieillard ne décolérait pas. Tous ses efforts n'avaient servi à rien. Des innocents étaient morts. Le mont sacré avait été profané par les murailles du Temple. La seule demeure concevable pour l'Eternel était la sainte Arche d'alliance, baignant dans l'air que respiraient toutes les créatures. Mais à présent, l'édifice contre lequel le grand prêtre s'était tant battu était là, inachevé, mais bien réel.

En réunissant Jéroboam et Mardochée, ainsi que les trois contremaîtres à leur solde, Amrou, Méthousaël et Phanor, Sadoq souhaitait coordonner leur action, mais sans lui laisser le temps de s'expliquer, Mardochée prit Sadoq à partie.

— La personne du roi est sacrée ! dit-il rageusement. Il s'en est fallu de peu qu'il ne succombe au poison qui a tué Esther ! Qui a osé attenter à sa vie ? interrogea-t-il en dardant sur le grand prêtre un regard accusateur.

Sadoq ne se troubla pas. Ses rancœurs personnelles et ses conceptions religieuses s'étaient mêlées en lui pour le pousser à cette tentative de régicide, mais il mentit avec aplomb :

— Que Yahvé punisse le responsable de cet acte impie et insensé ! Par chance, Sa Majesté en a réchappé, Salomon n'a pas avalé une seule goutte de ce vin empoisonné, l'incident est donc clos. La reine Nemdjet n'a pas eu cette chance. Elle se remet lentement, m'a-t-on dit. Je n'ai guère d'amitié pour elle, comme tu le sais, Mardochée, mais celui qui s'en est pris à elle a été bien mal avisé. Il a éveillé la méfiance du roi, de son secrétaire égyptien et du maudit Tyrien ! Il a été aussi très imprudent. Le Sabéen Ashter aurait pu parler, s'il avait été pris. La provenance des fards constituait déjà un indice compromettant pour quelqu'un qui aurait séjourné en Arabie...

C'était au tour de Mardochée de se voir mis en accusation. Il nia l'évidence sans la moindre vergogne.

— Qu'y puis-je, si ce chamelier sabéen avait fait le trajet depuis Ma'rib au sein de ma caravane ? J'ignorais jusqu'à son nom, jusqu'à son visage !

Peu convaincu, Sadoq haussa les épaules.

— Peu importe le passé ! Le Temple est bâti et on œuvre à présent à sa décoration intérieure. L'idée d'empoisonner les citernes était de toi, Mardochée. Elle a eu pour résultat des veuves et des orphelins par centaines et seulement quelques semaines de retard pour l'édification du Temple. Le Tyrien a paré le coup et nous allons assister à son triomphe !

— Tu avais souscrit à ce plan, Sadoq. C'est avec ton plein accord que Phanor a payé Amnon et Ghesilas pour empoisonner l'eau de Siloé.

Le pontife eut un sourire méprisant.

— Tu tenais tant à cette idée. Au fait, que sont-ils devenus, ces deux-là ?

— En fuite, bien sûr, dit Mardochée en se tournant vers Phanor pour le prendre à témoin.

Le maçon eut un mauvais sourire.

— En fuite dans le désert du Néguev, seigneur. Vers le bas !

— Que veux-tu dire ?

Phanor pointa son doigt vers le sol.

— On ne les rattraperait qu'en creusant à trois coudées sous terre et ils ne se montreraient guère bavards.

Mardochée hocha la tête.

— C'est peut-être mieux ainsi, dit-il en songeant

à Ashter le chamelier, qu'on croyait reparti vers son lointain pays, mais dont il avait fait ensevelir le cadavre dans un maquis des environs de Jérusalem.

— Rien ne pourra plus empêcher l'achèvement du Temple, reprit Sadoq. L'idolâtrie égyptienne va l'emporter. L'Eternel pris en otage par le roi, le principe divin enfermé dans une enceinte dont le pouvoir royal détiendra seul la clé ! J'étais contre par idéal, tu étais contre par orgueil et par frustration. Nous sommes tous deux vaincus, Mardochée !

Sadoq avait dit vrai. Depuis son retour d'Arabie, Mardochée ne s'était montré qu'en de rares occasions sur le grand chantier. L'éclatante compétence d'Hiram l'avait dissuadé de s'y hasarder. Hiram n'avait rien fait pour le garder près de lui. Salomon avait compris l'attitude de son frère. Pour compenser sa frustration, il lui avait confié le soin de compléter et d'étendre le réseau des villes fortifiées du royaume. Mardochée s'était déjà illustré dans cet exercice par le passé. Il s'y consacra avec rage.

— Seuls les morts sont définitivement vaincus, seigneur Sadoq ! Or, nous sommes bien vivants, toi et moi ! Hiram semble sur le point de triompher, c'est vrai, mais le moment approche où il se trouvera plus vulnérable que jamais.

— Explique-toi, Mardochée !

Satisfait d'avoir excité la curiosité du pontife, Mardochée prit plaisir à le laisser attendre un peu.

— Viens en au fait, dit Sadoq agacé.

— Méthousaël va t'en dire plus, seigneur Sadoq. Il appartient à la tribu de Ruben. Hiram l'a fait travailler à la fabrication du mobilier cultuel. Il aura sûrement besoin de son assistance pour les pièces majeures.

Mardochée appela alors un petit homme râblé qui se tenait derrière lui. Sa tête bosselée s'ornait d'une abondante tignasse bouclée. Son visage aux sourcils touffus, aux yeux profondément enfoncés, à la bouche tordue sous un nez écrasé, était d'une puissante laideur. Sur sa tunique, il portait un large tablier de cuir craquelé, racorni et roussi çà et là. Une telle tenue était insolite au fond de cette crypte humide et fraîche. La quittait-il jamais ? Sadoq le considéra avec une curiosité mêlée de répulsion, comme un insecte étrange jailli de sous un coffre.

L'homme parla d'une voix rauque et basse, comme altérée elle aussi par l'haleine brûlante des brasiers. Le pontife tendit l'oreille. Et peu à peu, ses paroles firent renaître l'espoir dans le cœur desséché du vieil homme.

Neuvième chapitre

Le soleil se levait sur la nouvelle Jérusalem. Salomon contemplait son œuvre. Les pierres de la citadelle avaient retrouvé leur éclat originel. Elles resplendissaient sous la lumière du jour naissant. Sans escorte, délaissant son char, le jeune souverain parcourait à cheval les collines de Jérusalem. La cité de David dominait fièrement ses trois vallées. Au cœur de la vieille ville s'élevait, flamboyant sur son esplanade, le premier grand sanctuaire jamais bâti par les Hébreux. L'Unique pour l'Unique, le Temple de Jérusalem.

Dans quelques heures, la reine de Saba contemplerait à son tour la nouvelle Jérusalem. De tout le royaume, la foule accourait vers la grande cité. Sur les routes, au passage de la grande caravane, les uns étendaient leur manteau en signe d'hommage et faisaient cortège à Balqîs, les autres envahissaient la moindre ruelle de la cité, se bousculaient, prenaient place pour ne rien manquer du spectacle. Les rumeurs les plus folles avaient nourri les curiosités. Des cavaliers tyriens, des messagers de Salomon avaient rejoint l'équipage de Balqîs plus d'un mois avant son arrivée, les premiers pour commercer avec les marchands sabéens qui accompagnaient Balqîs, les autres pour lui faire escorte au nom de Salomon et lui ouvrir les portes des citadelles. Les récits parlaient d'une caravane si opulente, si considérable, qu'il fallait à un bon cavalier plus d'un jour pour en parcourir la longueur sur un cheval au galop. Du haut des remparts, de très loin, les guetteurs croyaient voir un serpent monstrueux fendre la plaine, soulevant des nuages de poussière et étincelant de mille feux. Puis le vent leur apportait des bruits de trompes et de cymbales. Et bientôt parvenait le sourd martèlement de cette multitude en marche, chameaux, bêtes de trait, litières portées par des esclaves nubiens, guerriers vêtus de tenues flamboyantes, négociants en tuniques colorées surveillant, tels des geôliers, leurs ânes chargés de marchandises.

Sur le mont Moriah, les derniers travaux du temple s'achevaient dans la fébrilité. Le gros œuvre était terminé depuis longtemps, mais les brigades de terrassiers, de carriers et de couvreurs s'affairaient toujours. Celles qui avaient travaillé sur la côte, sur des chantiers éloignés, avaient, elles aussi, rallié Jérusalem. En attendant l'inauguration et les festivités solennelles dont elle s'accompagnerait, elles travaillaient à la rénovation des principaux édifices de la ville et à la réfection des voies d'accès. Une atmosphère de liesse baignait Jérusalem. Ce n'était pas seulement la perspective des réjouissances à venir qui illuminait les visages. Quand ils tournaient les yeux, comme Salomon ce matin-là, en direction du mont Moriah sur lequel se détachait la silhouette du Temple, un sentiment de fierté emplissait le cœur des Hébreux. Leurs ancêtres avaient trimé, certains jusqu'à la mort, pour édifier les sanctuaires et les mausolées d'Egypte. Puis, la liberté retrouvée, ils avaient conquis peu à peu des terres et jeté les bases d'un puissant royaume. Aujourd'hui, c'était pour eux, pour la gloire de Yahvé, qu'ils avaient bâti cette merveille et non plus pour glorifier les divinités égyptiennes ou les pharaons qui les avaient opprimés. En lançant ce peuple nomade dans cette entreprise colossale, Salomon lui avait enfin offert l'enracinement auquel il aspirait depuis toujours. Le vent n'effacerait plus jamais les traces de leur passage. La reconnaissance qu'ils vouaient au roi se lisait dans les regards, sur le passage de son cortège. Sadoq observait d'un œil mécontent cette ébauche de déification du roi, tels les Egyptiens pour lesquels le pharaon était le fils du soleil. La popularité de Salomon était à son zénith.

Des Sabéens, on ne connaissait que des caravaniers, des oiseaux de passage. Qu'ils soient des commerçants habiles ou de simples chameliers, ils ne se mêlaient guère aux populations des contrées qu'ils traversaient et fournissaient en épices et en aromates. On les savait riches. Au nombre et à la magnificence de la suite de Balqîs, la reine de Saba, s'ajoutait le mystère qui la nimbait, les sortilèges de cet Orient lointain dont tous rêvaient sans en savoir grand-chose. Cent légendes couraient sur Balqîs, qu'on disait tout à la fois la plus puissante, la plus belle femme du monde et aussi la plus audacieuse, la plus libre dans ses mœurs. Parce qu'elle était une reine sans roi, on lui prêtait une lubricité surhumaine. Dieu sait pourquoi et comment, le bruit s'était répandu qu'elle avait ouvert sa couche à Mardochée, lors de son voyage à Ma'rib. Cet exploit supposé avait encore accru la popularité dont il jouissait depuis son retour.

Salomon lui aussi attendait avec beaucoup de curiosité et d'impatience l'arrivée de cette énigmatique étrangère.

L'escorte de la reine de Saba était si nombreuse que l'ancien palais de David n'aurait pas suffi. Mais en voyage, les Sabéens emportaient leur ville avec eux.

L'immense caravane s'arrêta sous les murs de Jérusalem. On déchargea ses trois mille chameaux, on monta des centaines de tentes, plus spacieuses et plus riches que bien des maisons. Bientôt, ce fut comme si une seconde ville, faite de mâts et de toile, avait poussé à côté de la ville de pierre. La tente de Balqîs était un véritable palais. Elle comptait cinquante pièces, dont vingt d'apparat. Le sol était recouvert de tapis précieux et de peaux de bêtes. Les cloisons mouvantes étaient tendues de riches tapisseries représentant des scènes familières du lointain pays de Saba. Là, un oryx fuyait la flèche du chasseur, plus loin une lionne du désert guettait sa proie derrière une haie de roseaux, ailleurs encore grues cendrées et ibis familiers des wâdis arpentaient les paysages enchanteurs des cités-oasis.

La séduction était chez Salomon un mode de gouvernement. N'avait-il pas consolidé la position d'Israël en épousant les filles de ses voisins, des plus humbles aux plus puissants ? Ce n'était pas seulement la fille d'Hurummu le Tyrien et celle de Siamon l'Egyptien qui embellissaient son harem. Y figuraient aussi des filles de potentats locaux, roitelets des frontières, chefs de bandes, rois d'un ravin ou d'un maquis. Tous lui avaient donné leur fille, heureux de conclure à ce prix un pacte d'alliance qui assurait la paix.

Avec Balqîs, Salomon n'avait pas affaire à une de ces princesses qui servaient de gage à leur père. Elle n'était pas princesse royale, mais reine. Elle régnait. Elle apportait à l'exercice de sa fonction une intelligence et une finesse rares. Elle était l'égale de Siamon, d'Hurummu, des terribles despotes assyriens ou hittites, maîtres en dissimulation et en pragmatisme. Elle était l'égal de Salomon. Cela l'intriguait et l'incitait à la séduire. Bien sûr, il avait besoin de nouveau de l'or de Saba. Cinq années s'étaient écoulées depuis l'ambassade de Mardochée. Les relations commerciales entre les deux royaumes s'étaient considérablement développées. Mais c'étaient les Sabéens qui en tiraient les meilleurs profits. Il fallait réévaluer les termes de leur accord en faveur de l'Etat hébreux, consolider les finances du royaume.

Outre la construction du Temple, Salomon avait mené une politique de grands travaux dans tout le pays. Afin d'assurer la défense du territoire et des voies de pénétration, il avait fortifié les cités qui les commandaient, de Tamar, au sud de la mer Morte à Meggido, place forte en pays de Canaan, en passant par Jérusalem. Mais sa grande réussite en dehors du Temple avait consisté en l'aménagement du port d'Ezion-Ghaber sur le golfe d'Aqaba, au sud du royaume. La mer Rouge s'était alors ouverte aux Hébreux et la fabuleuse voie maritime vers le riche pays d'Ophir. La première flotte royale y avait vu le jour, mais aussi ce qui était devenu en quelques années, la plus grande raffinerie de l'Orient où on exploitait le cuivre tiré des mines de l'Arabah. Ezion-Ghaber allait devenir une place commerciale d'importance.

Un vertige s'empara de Salomon. Dans son esprit déferlait chaque chantier de son pays, tout un peuple au travail, le passage peut-être trop rapide d'une terre de bergers à un monde de marchands. Le Temple était à l'origine de ce formidable développement. Mais les réserves d'or s'étaient dangereusement affaiblies. S'il n'obtenait pas l'or de Saba, la misère pourrait s'abattre sur le royaume et la guerre deviendrait son seul recours. Son rêve de puissance et de gloire se changerait en cauchemar, le sang rougirait les sables du désert.

Dès le premier instant, Balqîs fit sentir à Salomon qu'elle était son égale. Ainsi, les deux cours réunies lors des banquets et des divertissements offerts chaque jour par la partie invitante assistèrent à une joute galante entre les deux souverains, chacun s'efforçant de séduire l'autre.

Balqîs semblait prendre un malin plaisir à éviter tout tête-à-tête avec Salomon. Le jeune souverain était perplexe. Avait-elle décidé de s'en tenir strictement à des rapports commerciaux, faisait-elle mine de se refuser pour mieux se donner, ou bien, tout simplement, ne l'envisageait-elle pas comme amant ? Cette dernière hypothèse le faisait sourire et l'agaçait à la fois. Il décida de l'arracher aux siens. Quel meilleur prétexte qu'une promenade en char pour découvrir les collines de Jérusalem ? Balqîs accepta sans coquetterie.

Le lendemain à l'aube, Balqîs fut tirée de son sommeil par le claquement d'un fouet, des hennissements et des bruits de sabots qui piétinaient le sol devant sa tente. Une jeune servante accourut à son chevet, les yeux brillants :

— Maîtresse ! Réveillez-vous ! Le plus beau des Hébreux est dehors, il vous attend sur son char.

Salomon se tenait tout contre l'encolure de ses chevaux, comme s'il leur parlait. Cela amusa la reine. Vêtu d'une simple tunique, sans aucun signe ou symbole de sa royauté, il avait l'air d'un tout jeune homme. En apercevant Balqîs, un sourire illumina son visage.

— Reine du pays de Saba, ne t'ai-je pas promis hier de te montrer le plus beau des spectacles ? Viens, il nous reste peu de temps.

Salomon l'invita à le rejoindre sur son char. La reine prit place à ses côtés sur l'étroite plate-forme. Aussitôt, le jeune souverain émit un petit sifflement et les chevaux s'élancèrent sur un chemin que l'on devinait à peine. La jeune femme s'accrocha à la balustre richement ouvragée du char.

Salomon guidait ses chevaux avec dextérité. L'aube blanchissait à peine la campagne. Où la conduisait-il ainsi ? Un court instant, elle se sentit une toute jeune fille, émue par son premier rendez-vous. Elle fixait le chemin droit devant elle, n'osant pas regarder Salomon. Sur le sentier cahoteux, elle s'agrippait au char pour ne pas tomber contre lui, pour ne pas le toucher. Mais la moindre ornière les poussait l'un contre l'autre.

Ils arrivèrent sur le haut d'un plateau. Salomon arrêta ses chevaux derrière un bosquet de futaies. Il tendit la main à Balqîs pour l'aider à descendre du char. La reine maîtrisa le trouble que lui causa ce simple contact. Le jeune roi l'entraîna au bord de la falaise. Le soleil se levait sur les trois vallées de Jérusalem. Eblouie, Balqîs découvrit l'éclatante citadelle de laquelle se détachait l'esplanade du Temple et, tel un joyau frappé par le soleil, le sanctuaire de Yahvé.

Salomon et Balqîs communiaient, pénétrés par le souffle d'une présence divine.

— Vois, ma reine, tout ceci est à toi ! Je te l'offre.

Et posant la main sur son cœur, Salomon ajouta :

— Il te suffit d'un mot.

Balqîs aima ce qu'elle vit dans ses yeux. Eût-il été berger ou forgeron au lieu d'être le roi des Hébreux, elle se fût donnée sans hésiter à Salomon, tout simplement parce qu'il lui plaisait. Mais la raison d'Eat et les intérêts bien compris de son royaume lui interdisaient de céder à cette inclination. Quant à un mariage, elle ne pouvait l'envisager. Le pays de Saba était bien trop éloigné du royaume des Hébreux pour que leur union fût profitable. Surtout, Balqîs désirait régner sans partage. Mais comment refuser l'offre de Salomon sans l'offenser ?

— Je suis reine de Saba. Je ne puis laisser mon peuple orphelin. Tu es roi des Hébreux et tu ne peux quitter la Terre promise.

Ce n'était pas la Balqîs désirable qui lui refusait ainsi ses faveurs, mais une souveraine rompue aux réalités politiques. Toutefois, elle fit un pas vers lui, s'arrêta et dit :

— Que n'es-tu un simple berger et moi une simple servante...

Salomon lui sourit. Balqîs ne mentait pas.

Dixième chapitre

Dès son arrivée à Jérusalem, Balqîs apprit que Mardochée lui avait menti. Non sur ses liens avec Salomon, mais sur la part qu'il prenait à l'édification du Temple. Il n'en était pas l'architecte. Le véritable maître d'œuvre de l'entreprise était un Phénicien nommé Hiram. Balqîs connaissait sa réputation. Il avait été l'architecte du fameux Eurykoros de Tyr. Comme tout souverain dont le sort a favorisé le règne en lui accordant la richesse et la paix, Balqîs rêvait d'immortaliser son nom à son tour par l'édification d'un monument qui défierait les siècles. Chaque fois que ses yeux se posaient sur le Temple surplombant Jérusalem, cette idée revenait la visiter. L'homme qui avait édifié cette œuvre était celui qu'elle cherchait.

On le disait un des familiers de Salomon, ayant avec lui de longs entretiens en tête à tête, au cours desquels il lui rendait compte de l'avancement des travaux. A sa vive surprise, les jours passèrent sans qu'elle pût l'apercevoir. Elle interrogea son plus proche conseiller, Elyhap l'Egyptien. L'architecte du Temple était-il souffrant ou loin de Jérusalem ? Elyhap la détrompa en riant. Hiram se portait comme un charme et il jouissait toujours de l'amitié du roi. Mais cet homme farouche n'avait rien d'un courtisan s'efforçant d'être toujours sous le regard du prince. Son travail était sa passion, sa seule raison de vivre. Peu enclin aux plaisirs de la cour, Hiram vivait dans une caverne au flanc du mont Moriah, sous le Temple. Il menait là une vie d'ascète, entre ses compagnons, un guerrier caucasien et un jeune serviteur hittite.

Cet homme d'âge avait sûrement atteint dans l'étude et le labeur la sagesse qui fait tant défaut au plus grand nombre, supposa Balqîs. Elyhap la détrompa. Hiram le Tyrien n'avait rien d'un vieillard. C'était au contraire un homme jeune, de belle prestance. Sans lui dévoiler dans le détail les confidences qu'Hiram lui avait faites en présence de Salomon, Elyhap prit plaisir à exprimer l'estime et l'admiration qu'il portait à cet homme mystérieux. Depuis son plus jeune âge, un destin implacable l'avait poursuivi. Son passé était peuplé de lourds secrets, de tragédies sanglantes auxquelles il avait fait face sans peur de frôler la mort.

Balqîs avait écouté avec la plus vive curiosité ce portrait propre à enflammer son imagination. Décidément, il fallait qu'elle le vît ! Elle n'avait qu'un mot à dire à Salomon pour qu'il lui fût présenté. Elle s'en garda. Elle pressentait en Hiram un homme très différent de Mardochée, homme de jouissance, ou de Salomon, homme de pouvoir. Hiram était peut-être un des plus grands artistes vivants. Pourrait-elle le convaincre d'être un jour l'architecte d'un palais digne du royaume de Saba ?

Loin dans la nuit qui enveloppait Jérusalem, un chien aboyait. Les deux femmes se hâtaient sur la pente du mont Moriah. Elles avaient choisi de gravir un sentier escarpé plutôt que d'emprunter la route plus large spécialement ouverte, des années auparavant, pour le charroi des blocs de pierre et des grumes en provenance d'Ezion-Ghaber. Vêtues d'un long manteau qui les enveloppait des pieds à la tête, les deux femmes étaient du même âge et de la même corpulence. Une capuche leur couvrait la tête et dissimulait leurs traits. L'une d'elles semblait s'amuser beaucoup. Sa compagne paraissait moins heureuse de s'aventurer en ce lieu désert et peut-être dangereux à cette heure tardive. Elle s'en ouvrit à voix basse, après que l'envol soudain d'un hibou l'eut effrayée :

— Ne t'obstine pas, je t'en prie ! Rentrons avant de nous exposer à une mauvaise rencontre. Cet endroit pourrait devenir notre tombeau !

L'autre la traita de couarde et menaça, sur le ton de la plaisanterie, de la faire empaler.

— Ne sois pas si bête ! Il ne peut rien nous arriver, voyons ! Si nous tombons sur quelqu'un de malintentionné, il suffira de lui dire qui je suis pour qu'il se jette à mes pieds. Allons, nous voici au sommet. Tu vois, rien ne nous est arrivé. Avance, lambine !

Le sentier, après avoir couru sur la pente la plus abrupte, rejoignait la route principale sous la haute muraille qui ceignait la grande esplanade du Temple. Dans l'obscurité, la masse formidable du sanctuaire semblait menaçante.

— On n'y voit goutte ! se plaignit Lilith. Revenons demain en équipage et en plein jour.

— Ce n'est pas le Temple qui m'intéresse aujourd'hui, lui répondit Balqîs. C'est Hiram. J'aperçois des silhouettes, là-bas. Allons, presse le pas !

Balqîs saisit la main de Lilith et l'entraîna de force

en direction des flambeaux autour desquels se tenait un petit groupe d'hommes.

Les hommes, au nombre de cinq, examinaient un étrange assemblage de poutres et de madriers. Haut de six coudées, il constituait une sorte d'échafaudage. Sans doute était-il destiné à supporter un poids énorme, car les pièces qui le composaient étaient d'une épaisseur inusitée. Il reposait lui-même sur un premier bâti encore plus épais, autour duquel des niches hautes chacune de quatre coudées étaient ménagées.

— C'est sûrement le châssis du moule pour la fonte de la vasque sacrificielle dont Salomon m'a parlé, murmura Balqîs. Viens, approchons-nous.

Absorbés dans une conversation animée, les cinq homme ne les avaient pas entendues. Une controverse semblait s'être engagée entre eux quant à l'agencement des poutres qui offrirait la plus grande solidité. L'un d'eux, dont la personne dégageait une puissante aura d'autorité, prit une torche des mains d'un de ses compagnons et s'engagea sous une des niches. Il en éclaira la structure.

— Ces entretoises sont trop légères ! Le moindre incident peut entraver la régularité de la coulée.

— Seigneur Hiram, répondit un des hommes, le bronze en fusion proviendra de trois forges distinctes disposées autour du bâti selon les indications de Méthousaël. De cette façon, le poids se répartira de façon égale sur le pourtour du moule.

— Je sais, Amrou, mais si le flux de métal en fusion d'un de ces fours se tarissait, tout l'équilibre du bâti serait compromis et nous irions à la catastrophe.

— On a toujours procédé ainsi, seigneur, et tout s'est toujours bien passé ! intervint Méthousaël.

— Tu es un fondeur expérimenté, Méthousaël, mais combien de fois la plus grande vasque que tu aies fondue tiendrait-elle dans celle-ci ?

Méthousaël réfléchit et baissa la tête.

— Huit fois, seigneur Hiram !

— Dix fois, veux-tu dire ! Nous avons changé d'échelle, comprends-tu ? Les forces que nous allons mettre en jeu lors de la coulée défient l'entendement. Elle doit s'effectuer en une seule fois, de façon uniforme et régulière, sinon, à peine refroidie, la vasque se brisera sous son propre poids. Souvenez-vous, son nom est la Mer d'Airain. C'est un océan de bronze en fusion que nous allons devoir dompter !

Hiram se tourna alors vers Amrou, le maître charpentier.

— Amrou, tu vas me changer ces entretoises tout justes bonnes à supporter le poids d'un chaudron de bonne femme !

— Mais, seigneur, il va falloir démonter toutes les niches.

— J'y compte bien ! lança Hiram d'une voix où l'impatience commençait à pointer. Aurais-tu peur du travail ?

Amrou jugea bon de capituler.

— Il en sera fait selon ton désir, seigneur. Il faudra seulement compter vingt jours de labeur de plus.

Cette fois, Hiram le coupa sèchement.

— Dix jours, Amrou, pas un de plus !

Un des hommes dont le visage avait été jusqu'à présent dissimulé par l'ombre de l'échafaudage s'avança et lança d'une voix péremptoire :

— Ne discute pas, Amrou ! Ces entretoises auraient dû être plus épaisses du double, dès l'origine. Le seigneur Hiram t'a accordé dix jours pour les changer. Tu m'en répondras sur ta tête !

Balqîs reconnut alors Jéroboam. Elle l'avait rencontré lors d'un banquet donné par Salomon. Il occupait la fonction de maître d'ouvrage. Ce personnage lui avait inspiré une répulsion immédiate. Il semblait jouir de la confiance de l'architecte. Le visage d'Hiram s'éclaira. Tour à tour, Jéroboam, Méthousaël et Amrou vinrent à lui et échangèrent une longue et silencieuse poignée de main. Balqîs nota que la durée de ce contact n'était pas la même pour chacun des hommes. Avant de mettre fin à l'entrevue, Hiram leur adressa un dernier salut.

— Que le dieu du Temple nous protège !

Le cinquième homme quitta alors l'obscurité dans laquelle il se tenait. Les torches éclairèrent son visage de guerrier où cent combats avaient laissé leur trace. Il émanait de lui une dangereuse assurance. D'un regard, il invita les compagnons à le suivre.

Les quatre hommes disparurent dans la nuit. Hiram demeura seul. Un vent s'éleva et la lueur dansante des torches projeta sur le Temple son ombre immense.

Soudain Lilith poussa un cri étouffé tandis qu'une main d'acier enserrait la gorge de Balqîs. Rompue aux jeux de guerre, Balqîs se dégagea d'une violente torsion et fit face à l'agresseur. Deux yeux bleus la fixaient. Elle n'y lut aucune hostilité tellement l'inconnu semblait sûr de sa force. Manifestement, il avait reconnu le reine de Saba. Il relâcha son étreinte et libéra Lilith, peu rassurée. Puis d'un geste lent, il rengaina son long poignard.

— Seigneur, Hiram, appela Llorn, venez à moi, nous avons de la visite.

Intrigué, Hiram s'avança hors de la niche d'où il s'était adressé à Méthousaël et Amrou. La torche au poing, il apparut alors en pleine lumière à Balqîs. Elle retint son souffle un instant. Cet homme dégageait un charme singulier. De sa vie, Balqîs n'avait ressenti une telle émotion.

— La reine Balqîs ? Ici ? A cette heure ? Sans escorte ?

— Ma cousine est avec moi, dit Balqîs en désignant Lilith.

Au contraire de la reine, la jeune femme avait gardé son capuchon incliné sur son visage et demeurait en retrait.

— On ne m'a rien dit. Que me vaut ta visite impromptue, reine Balqîs ? demanda Hiram.

— Salomon semble te cacher aux yeux du monde. Serais-tu un tel trésor à ses yeux ?

Hiram, décontenancé, prit le parti de sourire.

— Me voici enfin à Jérusalem et le temps passe. On me dit que tout sera prêt la semaine prochaine, le mois prochain, l'an prochain ! Et du Temple, je n'ai vu qu'une lointaine façade.

— Salomon tient à ce que tu le découvres dans toute sa splendeur, quand il sera parfaitement achevé. Aussi vaste soit-il, un chantier n'est jamais qu'un chantier.

D'un sourire irrésistible, Balqîs écarta l'objection d'Hiram et sa référence toute diplomatique aux intentions du roi.

— Et s'il me plaît, à moi, de visiter le Temple avant son achèvement, accepteras-tu d'être mon guide ?

En Hiram, divers sentiments s'affrontaient. L'irruption d'une étrangère sur le chantier qu'il considérait comme son domaine lui déplaisait, mais la grâce et la franchise de Balqîs le désarmaient. De plus, Salomon aurait vent de cette visite inopinée et il en serait contrarié. Mais, dans ce cas précis, Hiram ne pouvait se dérober. Salomon lui-même aurait sans doute accédé à cette demande dans de telles circonstances. Il devait en passer par la volonté de Balqîs.

— Reine, tes désirs sont des ordres, dit-il en invitant Balqîs à le suivre.

Ordonnant à sa discrète cousine de l'attendre à proximité du bâti de bois sous la rassurante surveillance de Llorn, la reine suivit l'architecte.

Onzième chapitre

Silencieux, Hiram et Balqîs longèrent l'imposant mur qui flanquait le Temple sur trois de ses côtés. La reine s'interrogea sur les étroites fenêtres qui, sur trois étages, surplombaient la cour intérieure. Donnant sur l'*heïkal*, la partie la plus vaste du Temple où le commun des fidèles aurait accès, elles éclaireraient les cellules destinées aux lévites. Ils atteignirent l'entrée du vestibule, l'*oulâm*. Les moules destinés à la fabrication des deux énormes colonnes de bronze qui en encadreraient le seuil étaient déjà en place. Ils ressemblaient à deux cocons géants de chêne doublé de brique réfractaire.

Malgré l'épais manteau qui la couvrait, Balqîs frissonnait. En pénétrant dans cette enceinte sacrée sous la conduite de l'homme qui l'avait conçue, il lui semblait pénétrer dans un autre monde. Etait-ce celui du dieu des Hébreux, ou simplement celui dont l'architecte était porteur ? Yahvé viendrait-il habiter le rêve d'un Phénicien qui ne croyait sans doute pas en lui ?

— As-tu épousé la religion de Salomon ? demanda-t-elle à Hiram.

— Pas plus que je n'ai épousé celle de Siamon quand j'ai travaillé pour lui à Tanis, ni plus tard celle du roi d'Assur.

— Tu as aussi redessiné l'Eurykoros pour Hurummu. Vas-tu imprimer ta marque sur la terre entière ?

Il rit de bon cœur.

— Si j'en avais le temps, peut-être, mais ce n'est à la portée d'aucun mortel. Je me contente de réaliser les rêves des souverains qui font appel à moi. Je n'ai pas d'autre ambition que de les satisfaire.

Un sourire ironique s'inscrivit fugitivement sur les traits de Balqîs.

— Tu mens, j'en suis sûre. Tu assouvis ta passion en feignant d'exécuter leur volonté ! Mais cela ne me choque pas. Dans mille ans, dans deux mille ans, si l'on se souvient d'Hurummu et de Salomon, ce sera sans doute grâce à toi. J'ai soif d'immortalité, moi aussi. Accepterais-tu de bâtir une ville pour moi ?

Fasciné, Hiram écoutait la musique de cette voix aux inflexions étranges. Le sens des mots lui échappait. Il se pénétrait du parfum inconnu qui émanait de cette femme extraordinairement belle. La flamme de la torche se reflétait dans ses pupilles de velours sombre. Il maîtrisa une folle envie de la toucher, de la caresser. Balqîs sentit son trouble. Elle lui sourit et répéta d'une voix tendre :

— Accepterais-tu de bâtir une ville pour moi ?

« Je suis dans un rêve », pensa Hiram. D'une voix étranglée, il répondit :

— Une ville ? Une ville entière ?

Balqîs hocha la tête.

— Je suis assez riche pour en bâtir trois !

Ils étaient entrés dans l'*heïkal*, dont la taille et la hauteur de plafond impressionnèrent Balqîs.

— Au fond, reprit Balqîs, tu coûtes trop cher pour

Salomon ! Tu coûtes infiniment plus cher que n'importe quelle prostituée sacrée, plus cher qu'une guerre ! Mais le souvenir d'une étreinte se dissipe dans la mémoire comme une bouffée de parfum et celui d'une victoire se perd bientôt entre celui des morts qu'elle a entraînées. Tandis qu'un temple, un palais, une ville, sont là pour durer et durer encore, bien après que nous aurons quitté la vie... Viendras-tu, Hiram ? Salomon t'a donné cent mille ouvriers. Je t'en donnerai le double ! Tu pourras dépenser sans compter, rien ne sera trop beau. Tu diras : je veux des murailles de marbre, et j'en ferai venir des montagnes ! Tu ne connaîtras d'autres limites que celles de ton imagination. Qu'en penses-tu ? N'est-ce pas tentant ?

— Ma tâche n'est pas encore achevée, dit-il. Quand le Temple sera terminé, si tu en ressens encore le désir, alors nous reparlerons de ton offre.

Ils avaient laissé Lilith devant le bâti de la future vasque de bronze. Ils l'y retrouvèrent en grande conversation avec Llorn-Salikas.

— Des milliers d'étrangers attirés par les festivités hantent Jérusalem, dit Hiram à Balqîs. Tous ne sont pas d'un commerce recommandable. Tu t'es montrée bien audacieuse en traversant la ville à une heure aussi tardive avec ta cousine pour seule escorte. Llorn-Salikas sera votre protecteur sur le chemin du retour.

Cette femme éclipsait par sa beauté toutes celles qu'il avait connues jusqu'alors. Il songea avec regret à l'abîme qui les séparait. Elle comptait au nombre des maîtres du monde, tandis qu'il n'était qu'un de leurs serviteurs. Il les fournissait en palais et en temples comme d'autres les fournissaient en robes et en bijoux, en armes ou en chars d'apparat. Lut-elle ces pensées dans ses yeux ? Elle se haussa sur la pointe des pieds et effleura ses lèvres d'un baiser.

— A bientôt, Hiram le Tyrien. Il est temps pour moi de regagner mon palais de toile.

Décontenancé, il ouvrit la bouche pour répondre, mais déjà, intimant d'un geste à Lilith et à Llorn l'ordre de la suivre, la reine de Saba avait disparu dans la nuit.

Tapi dans l'ombre, un homme qui connaissait le moindre recoin du chantier, avait suivi Hiram et Balqîs pas à pas. Une joie mauvaise s'inscrivit sur son visage.

Douzième chapitre

A l'instant où il porta la coupe de nectar à ses lèvres, le souvenir d'Esther revint visiter fugitivement l'esprit de Salomon. Il suspendit son geste. Esther avait bu avant lui. Elle avait péri. Il était vivant. Le jeune souverain s'avança sur la terrasse qui surplombait les jardins du palais. Il chercha dans le ciel les signes d'une aube encore incertaine. Pour la première fois de sa vie, il se sentait seul. Il pria Yahvé. L'apaisement qu'il y trouva fut de courte durée. Il n'était pas maître du jeu. Balqîs était une amante parfaite, mais dans l'amour, elle lui échappait encore.

Près de lui, un bruissement d'étoffe se fit entendre.

— Tu as l'air bien songeur... La nuit n'est-elle pas belle ?

Cette voix était celle d'une étrangère. Où était la Balqîs qui l'avait ému, prête à se donner à lui sur les hauteurs de Jérusalem ? Ce matin-là, à sa manière étrange, elle lui avait à la fois dit son désir et signifié son refus sans appel. Elle était sincère. Et voici que quelques jours après, elle se donnait à lui. Cette reine ne pouvait être capricieuse à ce point. Et cette voix rauque, passionnée qui l'avait troublé sur les hauteurs de Jérusalem, face au Temple, il n'en reconnaissait pas la musique. Son cœur se serra.

Balqîs lui prit la main. Salomon tressaillit. Le simple contact de cette peau d'ébène fit renaître son désir. Elle l'entraîna vers la couche. Salomon posa la coupe au pied du lit et se pencha vers la jeune femme. Balqîs, les yeux brillants, le regardait avec ironie. Il desserra son étreinte.

— Qu'est-ce qui te fait rire ?

— Je ris. Je ris de bonheur et de surprise. Songe à la distance qui sépare Ma'rib de Jérusalem et mon royaume du tien. Il était pourtant écrit que nous devions nous connaître. L'aurais-tu imaginé ?

— Qui n'a jamais rêvé de la reine de Saba ?

Ils continuèrent à badiner, mais une sourde insatisfaction taraudait Salomon. Il songea à Mardochée, son frère de lait, qui avant lui avait connu la reine de Saba.

— Mais qui donc t'a vanté ma beauté ? reprit Balqîs, comme si elle lisait dans ses pensées.

— Tous ceux que tu as rendus fous d'amour au premier regard, jusqu'à mon frère Mardochée.

Balqîs parut se troubler un bref instant, puis elle se reprit.

— Mardochée, bien sûr. Tu as de la chance d'avoir un frère tel que lui. Lors de son séjour à Ma'rib, il t'a servi avec une loyauté que tout souverain envierait.

— Je n'en doute pas. Il est mon frère de lait, plus fidèle et plus précieux que tous mes frères de sang. Depuis l'enfance nous avons tout partagé !

— Vraiment ?

— Vraiment. Lui a connu tes délicieux poisons.

A nouveau, Balqîs parut se troubler.

— Qui dit cela ? Mardochée ?

— Non, pas Mardochée. Il connaît le prix du silence. Mais tous n'ont pas sa discrétion.

Balqîs se leva et tendit la main vers sa chasuble, mais le jeune souverain s'en empara avant elle.

— Que fais-tu ? Veux-tu me quitter déjà ou bien as-tu froid, tout à coup ?

Sans répondre, elle lui tourna le dos et se dirigea vers la terrasse. Elle était entièrement nue et ses longs muscles jouant sous sa peau noire, ses fesses hautes sous sa taille incroyablement minces rallumèrent le désir de Salomon.

Il lâcha la chasuble et d'un bond rejoignit Balqîs.

— Reine, où vas-tu ? dit-il en la prenant par les épaules.

— Le jour se lève. Il est temps pour moi de regagner mon campement. Tes paroles sont insultantes. Balqîs n'a de comptes à rendre à personne.

Salomon laissa éclater la jalousie qui l'avait tout à coup envahi.

— Peu importe que tu aies donné ton corps à Mardochée, mais l'as-tu aimé ?

D'un geste brusque, Balqîs se dégagea de ses bras.

— Et quand cela serait ? lui lança-t-elle d'un ton âpre. Je me donne à qui me plaît et j'aime qui je veux.

— Ne vois là que curiosité sans malice. C'est un jeu, entre mon frère et moi, que de nous taquiner sur ce sujet.

— Je ne souhaite pas être dans ce jeu là. Que ton Dieu te protège, grand roi ! Songe à ce proverbe de Saba : « Il faut jouir d'aujourd'hui sans se soucier de demain ni d'hier. »

Salomon sourit.

— Je ne manquerai pas de méditer là-dessus.

Après les plaisirs de l'amour, cette nuit m'aura donné ceux de la sagesse ! A demain, reine.

Après le départ de Balqîs, Salomon passa une tunique. Il se servit une autre coupe de vin et arpenta la pièce en long et en large d'un pas nerveux. Il aimait la reine de Saba et il n'en était pas aimé. Sa main enserra si fort la coupe qu'elle se brisa. Une goutte de sang perla d'un de ses doigts entaillé par un éclat de verre. Près du lit, il se saisit d'un voile et banda sa main. Le voile était imprégné du parfum de Balqîs.

Un serviteur vint lui annoncer que Jéroboam sollicitait une audience. A cette heure matinale, que pouvait lui vouloir le maître d'ouvrage du Temple ? Jamais il n'était venu au palais sans y être appelé. Aussitôt introduit, Jéroboam s'inclina jusqu'à terre. Salomon ne l'aimait guère. Il était une créature de Mardochée, mais sa duplicité servait aussi Salomon. L'homme lui relatait par le menu les incidents ou la bonne marche du chantier.

— Quel événement t'amène ici alors que le jour est à peine levé ?

— Seigneur, puis-je vous parler en toute franchise ?

Salomon sourit intérieurement. Quelle manœuvre ce serpent entreprenait-il avec sa « franchise » ?

— Parle sans crainte.

— Majesté. Hiram a fait visiter le chantier du Temple à la reine de Saba, hier, en pleine nuit !

Un désarroi mêlé de colère se peignit sur le visage de Salomon.

— Hiram ! Mais il ne lui a jamais été présenté ! Et

il lui aurait ouvert le Temple, il lui aurait dévoilé le sanctuaire inachevé ? Qui t'a raconté ça, Jéroboam ?

— Seigneur, je l'ai vu de mes propres yeux. La nuit était déjà tombée, le chantier était désert. Nous examinions le moule de la Mer d'Airain. Hiram a exigé des modifications importantes. Puis il nous a donné congé. Mes hommes ont quitté le chantier. Je les ai d'abord suivis, puis à mi-chemin, évaluant les conséquences de ces modifications compte tenu des délais, j'ai décidé de revenir sur mes pas pour m'entretenir avec Hiram. Je l'ai d'abord cherché. Dans la nuit, la lueur d'une torche à l'intérieur du Temple a attiré mon attention. J'ai marché vers cette lumière. A ma grande surprise, une femme se tenait aux côtés d'Hiram. J'ai reconnu la reine de Saba. Je n'ai pas perdu le moindre mot de leur conversation.

Le visage du souverain s'était assombri. Jéroboam hésita avant de reprendre.

— Balqîs a essayé d'acheter Hiram.

Il se tut à nouveau. Salomon serra les poings.

— Quelle est cette fable ?

— Ce n'est pas une fable. Pour elle, tu n'as pas les moyens de t'offrir un bâtisseur tel qu'Hiram, alors qu'elle possède assez d'or pour bâtir dix temples. Elle veut l'emmener à Saba.

— Et Hiram, qu'a-t-il répondu ?

Jéroboam, malgré la haine qu'il lui portait, hésita à charger l'architecte.

— Hiram a refusé. Jusqu'à la bonne fin du Temple.

Treizième chapitre

Du vestibule, Mardochée tendit l'oreille aux sons cristallins qui lui arrivaient des appartements royaux. Salomon tenait de son père David l'amour de la musique. Il jouait avec talent des deux lyres et de la cithare. Mardochée avait pratiqué la flûte. Enfants, ils avaient improvisé ensemble pour le plaisir de leur entourage. Il songea avec nostalgie à ces bons moments à jamais enfuis. Il remarqua la tonalité inhabituelle dans laquelle jouait son frère. On accordait la lyre à dix cordes selon le sentiment qu'on entendait exprimer. Or, ce jour-là, Salomon n'était pas d'humeur joyeuse, à en juger par les accents mélancoliques qu'il tirait de son instrument. Mardochée s'en étonna. Etait-ce bien Salomon qui jouait ?

Mardochée traversa le vestibule. Un garde écarta pour lui la lourde tenture qui fermait la pièce où se tenait Salomon. Il entra. Le souverain était seul, assis sur un sofa, le visage penché sur sa lyre. Il leva les yeux vers Mardochée et l'accueillit d'un signe de tête sans cesser de jouer.

— Je te salue, Salomon ! lui lança Mardochée en s'approchant. Il monta à son tour sur l'estrade tendue d'étoffe et semée de coussins, pour s'agenouiller aussitôt auprès de son frère, car nul ne pouvait demeurer en position de dominer le roi. Salomon gardait le silence.

— Ta musique m'intrigue, dit Mardochée avec douceur. Ta lyre est accordée pour le deuil. La sérénité et la joie de vivre en sont absentes aujourd'hui. Quel nuage est venu assombrir le ciel radieux de ton âme ? Ton royaume est en paix avec ses voisins, ton peuple te chérit, le Temple sera bientôt achevé et je ne doute pas que la reine de Saba renouvelle l'accord qui te permettra d'en assumer le coût.

A l'évocation de la reine de Saba, Salomon avait vivement levé les yeux. Mardochée surprit ce mouvement.

— Salomon, quelle femme t'a jamais résisté ? Soumets-la d'abord à ton désir.

— Je n'ai pas attendu tes conseils, répondit Salomon, agacé.

Un sourire complice s'inscrivit sur le visage de Mardochée.

— Vraiment ? Tu l'as eue ? Bravo, mon frère ! Mais d'avoir conquis une femme aussi belle n'a rien pour assombrir l'humeur !

Salomon posa sa lyre et fixa Mardochée.

— Comme tu le fus en sortant de ses bras, j'imagine ?

Mardochée se troubla. Ils avaient déjà évoqué les bruits qui avaient couru à son retour d'Arabie, mais Mardochée s'était bien gardé d'en parler de nouveau.

— Eh bien, pour tout t'avouer, mon frère, mon sentiment est partagé. J'ai passé des moments inoubliables auprès de la reine, mais dans mon esprit demeure un étrange soupçon.

— Explique-toi, Mardochée. Ne me cèle rien !

En quelques mots, Mardochée raconta à Salomon dans quelles circonstances il avait joui des faveurs de Balqîs, la dernière nuit. Il lui rappela le philtre qu'elle lui avait fait absorber, les visions étranges qu'il en avait retirées et la présence à la fois insistante et discrète de Lilith auprès de Balqîs.

— Peut-être ai-je été victime d'une mystification, conclut-il. La femme qui s'est donnée à moi cette nuit-là était belle comme l'est Balqîs... ou Lilith...

— Si tu as été trompé, peut-être l'ai-je été moi aussi ?

— J'en doute fort. Balqîs s'est jouée de moi, mais elle n'oserait pas tromper le roi Salomon !

— Qui sait ?

Salomon se leva et arpenta nerveusement la vaste salle de musique. Des sentiments violents, contradictoires l'assaillaient. Puis la raison avait repris le dessus. Cette étrangère, cette traîtresse, il avait besoin de son or et des richesses innombrables dont Saba regorgeait. Il lui fallait cacher sa rage, feindre, sourire et obtenir le meilleur marché possible. Qu'il eût tenu dans ses bras Lilith, croyant aimer Balqîs, en d'autres temps, dans une autre humeur, il en aurait peut-être ri. Mais qu'elle veuille lui enlever Hiram sans aucune vergogne, avant même l'achèvement du Temple, qu'elle ait pu, tel un serpent, se glisser la nuit jusqu'à lui et l'amener par ses sortilèges à lui faire découvrir le chantier inachevé et, pour elle, interdit du Temple, cela, non, il ne le lui pardonnerait jamais. De la part d'Hiram, ce monolithe de rigueur, de vertu, il ne pouvait imaginer une trahison, mais quel homme pourrait résister à la séduction de la sombre Balqîs ?

Salomon cessa d'arpenter la salle de musique et se tourna vers Mardochée.

— Qui peut se vanter de savoir ce que cette femme a dans la tête ? poursuivit-il en se souvenant de la nuit passée.

L'image du corps souple de Balqîs, le parfum de sa chair, sa folle ardeur dans l'amour lui revinrent en mémoire ainsi qu'un petit détail.

— As-tu remarqué ces deux petites taches qu'elle a sous le sein droit ? Elles forment deux pétales.

Mardochée hocha la tête.

— Je m'en souviens, en effet.

Ce souvenir intime ne pouvait avoir qu'un sens. Qu'elle fût reine, cousine ou suivante, les deux hommes avaient bien possédé la même femme.

— Il faudrait établir laquelle des deux porte ces taches sur sa peau, conclut Salomon.

— Tu le sauras la prochaine fois qu'elle t'ouvrira les bras.

— Cet événement pourrait n'être pas aussi proche que je le souhaiterais. Balqîs et moi sommes en froid.

Il en garda pour lui la raison. Mardochée l'attribua à la faute qu'avait commise Hiram en dévoilant l'intérieur du Temple à Balqîs. Cet incident le réjouissait, car sa haine contre le Tyrien n'avait pas désarmé.

— Mon séjour au royaume de Saba m'a permis de lier connaissance avec plusieurs serviteurs de Balqîs. Ils sont ici. Je devrais pouvoir recueillir les confidences d'une de ses suivantes.

— Si l'imposture se confirme, je compte sur ton absolue discrétion. Reste-moi fidèle, toi au moins.

Mardochée accueillit cette prière avec délices. Toujours aimé et protégé par son frère, que ce rapport de dépendance s'inversât si peu que ce fût l'emplissait de joie.

— Tu peux compter sur moi, Salomon. Pour toujours !

Quelques heures plus tard, Mardochée se rendit au campement des Sabéens. Il était familier de cette ville de toile. Il y avait renoué des amitiés. Sous prétexte de s'approvisionner d'une plante aromatique dont les Sabéens faisaient commerce, il s'enquit d'une certaine Orahya. C'était une demoiselle de compagnie de Balqîs. A Ma'rib, elle lui avait semblé sensible à son charme. C'était une jeune fille pleine de vivacité et de grâce, mais dont la beauté était largement éclipsée par celle de sa maîtresse. Quand elle apprit que le frère de Salomon la demandait, elle s'empressa de se montrer à lui.

— Belle Orahya, comme je suis heureux de te voir !

— Moi aussi, seigneur Mardochée, dit-elle en rougissant. On me dit que tu es en quête de baume de styrax.

Mardochée affecta de s'assurer qu'aucune oreille étrangère ne pouvait les entendre et poursuivit à voix basse :

— Ce n'était qu'un prétexte pour te rencontrer, Orahya. Mais je ne pouvais dire aux gardes de la tente royale que je ne connais plus de repos depuis qu'on m'a appris ta présence à Jérusalem.

Orahya éclata de rire.

— Seigneur Mardochée, tu te moques de moi ! Je ne suis qu'une humble servante de la reine. Et tu voudrais me faire croire que ma modeste personne t'obsède au point de t'ôter le sommeil ?

Mardochée lui adressa son sourire le plus charmeur, le plus désarmant.

— Ne me repousse pas, Orahya ! Je dis vrai, je te le jure. Depuis mon retour d'Arabie, ton image ne cesse de me visiter. En rêve, mais aussi en plein jour, tu m'apparaissais dans ta tunique toute simple, avec ton frais visage, tes beaux yeux pleins de douceur. Et la tristesse envahissait mon cœur, car je doutais de te revoir jamais. Aussi, juge de mon trouble quand j'ai su que tu étais ici.

Déjà décidée à se rendre, Orahya prêta une oreille complaisante aux beaux discours du séducteur. Elle consentit à le rejoindre à la nuit tombée dans son palais.

Après l'étreinte, dans le mol abandon des amants, Mardochée caressait négligemment la cambrure d'Orahya. Sa main s'arrêta sur un grain de beauté. La jeune femme lui sourit tendrement.

— Tu as découvert notre secret de famille. Ma mère et avant sa propre mère possédaient le même grain de beauté, au même endroit.

Mardochée tel un chat amusé de voir venir la souris entre ses griffes, l'enlaça, se pencha vers son oreille et lui murmura d'une voix douce :

— Tu vois, je ne me suis pas trompé. Seules les princesses se transmettent ainsi les signes de leur noblesse.

Les paroles de Mardochée réveillèrent en elle des rêves enfouis de frustration et de grandeur, elle s'exclama :

— Mais ce ne sont pas toujours celles qui portent la marque qui règnent.

Elle se tut soudain, comme si elle en avait déjà trop dit. Cette brusque réticence enflamma la curiosité de Mardochée.

— Oui ? Eh alors ?

— Non, ce n'est pas bien, je ne peux rien dire !

Mardochée cacha de son mieux l'excitation dans laquelle le jetait ces brusques réticences. Seul, un secret concernant Balqîs pouvait susciter une telle réserve.

Il tenta de le lui faire avouer.

— Je comprends ta discrétion, Orahya. La reine... Mais à moi, tu peux tout confier. Je serai discret comme une tombe !

Mais Orahya secoua la tête à nouveau.

— Seigneur Mardochée, je ne peux rien te dire.

Quatorzième chapitre

Le lendemain, Salomon se transporta avec sa cour et ses hôtes sabéens jusqu'à la forêt d'Ephraïm. La reine de Saba était une grande chasseresse. Il avait décidé de lui offrir l'occasion de se livrer à sa passion. Biches, cerfs, daims et gazelles ne manquaient pas dans les forêts du royaume.

Les Hébreux, qui n'avaient jamais vu une femme conduire un char et tirer à l'arc, s'émerveillèrent de la force et de l'adresse de Balqîs. Salomon l'en complimenta vivement. C'était leur première rencontre depuis leur nuit d'amour et la dispute qui l'avait suivie. Ils se gardèrent l'un et l'autre d'y faire allusion. On aurait pu croire qu'il ne s'était jamais rien passé entre eux, tant ils prenaient soin de demeurer sur le terrain des échanges courtois et diplomatiques. Mais la vue du corps souple de Balqîs, de ses muscles longs jouant sous sa peau noire tandis qu'elle maîtrisait son attelage, rappelait au souverain l'ivresse de leurs ébats et enflammait ses sens. Il se sentait écartelé entre la fascination qu'elle exerçait sur lui et la haine qu'elle lui inspirait.

Il chercha Lilith des yeux dans la suite de Balqîs. Il crut la reconnaître en la personne d'une jeune femme à la peau noire, au visage à demi masqué, en retrait, non loin de la reine. Perplexe, le roi détacha ses yeux de cette silhouette et contempla Balqîs. Laquelle des deux, l'autre nuit, avait respiré son haleine et senti sa vigueur d'homme la pénétrer ? Peut-être Mardochée avait-il percé cette énigme ? Mais alors qu'il devait se joindre au cortège, son frère de lait n'était pas apparu.

La troupe des chasseurs prenait un peu de repos quand Hiram arriva, flanqué de son garde du corps caucasien. La veille, Salomon avait fait parvenir à l'architecte un message l'invitant instamment à se joindre à la chasse. L'architecte n'avait pu se dérober à l'invitation royale. A l'arrivée du Tyrien, Salomon se retourna vers Balqîs pour observer sa réaction. Un simple regard lui confirma qu'elle le connaissait déjà et qu'il ne la laissait pas indifférente.

Feignant d'ignorer qu'ils s'étaient déjà rencontrés, il leur tendit un piège en présentant le nouveau venu à Balqîs.

— Reine, voici mon architecte, Hiram, dont tu as souhaité faire la connaissance.

— Ah, enfin ! s'écria-t-elle. J'allais finir par croire qu'il n'existait pas !

Hiram pâlit. Il se trouvait dans une situation pour lui insupportable. Mais il ne pouvait contredire Balqîs et dévoiler qu'ils se connaissaient déjà.

— Reine, dit-il en s'inclinant, seule ma lourde tâche m'a empêché de venir me prosterner devant toi.

Les yeux mi-clos, le cœur soudain glacé, Salomon épiait cet échange. Hiram aussi le trahissait ! Après les tentatives d'empoisonnement contre les travailleurs du Temple, contre Nemdjet et contre lui, l'incident l'ancrait dans une méfiance grandissante. On lui mentait, on complotait donc sans cesse contre lui ?

— Viendras-tu jamais à bout de cette tâche, Hiram ? demanda Salomon. Tu m'as d'abord promis d'achever les travaux pour le mois de *tishri*, afin que l'inauguration coïncide avec la commémoration de la création du monde. Puis ça a été *shevat*, le moment de la montée de la sève, puis *nisân*. Faudra-t-il attendre *ellul* ?

Les rapports d'Hiram avec Salomon avaient été excellents jusque-là. Allaient-ils se détériorer alors qu'ils touchaient au but ? Ou bien Salomon avait-il appris la visite nocturne de Balqîs ?

— Majesté, ce qui reste à accomplir est la partie la plus délicate, la plus périlleuse de l'ouvrage : fondre l'airain, une masse de bronze telle qu'on n'en a jamais fondu autant en une seule fois. Cela demande une longue préparation, des soins attentifs, du temps.

Salomon, d'un geste de la main, coupa court à un plaidoyer dont il connaissait le bien-fondé.

— Je sais, Hiram, je sais. Mais nous attendons cet instant depuis si longtemps qu'on en vient à douter qu'il se produise jamais. Alors, sera-ce pour *nisân*, ou pour *ellul* ?

— Majesté, dans dix jours, pour la Pâque, nous coulerons la vasque et les colonnes.

— *Nisân*, donc. Que l'Eternel t'entende, Hiram ! Mais pour l'instant, place au plaisir et à la chasse.

Balqîs avait remarqué l'arc égyptien que portait l'architecte. Curieuse, elle l'interrogea à son sujet.

— C'est une arme splendide, que tu as là, seigneur Hiram. D'où la tiens-tu ?

— Elle me fut donnée voilà bien des années par Pharaon. J'avais tué un lion, c'était la récompense.

Il lui tendit l'arc, dont elle admira la robustesse et l'élégance. Non sans dépit, Salomon constata que la reine en caressait le bois presque amoureusement. De nouveau, il sentit monter en lui une jalousie qu'il jugeait pourtant indigne d'un monarque.

Balqîs tira son arc du fourreau accroché à la nacelle de son char.

— Echangeons nos arcs, dit-elle à Hiram. J'aimerais essayer le tien.

— Comme il te plaira, majesté, dit le Tyrien en prenant celui qu'elle lui tendait.

Pour masquer la colère qui le gagnait, Salomon se tourna vers le cortège composé d'Hébreux et de Sabéens et, portant sa corne de chasse à ses lèvres, il donna le signal du départ.

La chasse fut fructueuse. La troupe regagna Jérusalem épuisée et joyeuse, au pas lent des chevaux tirant les chars alourdis de gibier. La nuit tombait, Salomon se trouva délivré de l'obligation de faire bonne figure à Balqîs, alors que son cœur était plein d'amertume. Tout au long du jour, il avait observé son attitude vis-à-vis d'Hiram et à présent, il en avait la certitude, la reine de Saba était amoureuse du Tyrien. Peut-être l'ignorait-elle encore elle-même. Ce sentiment se trahissait à mille signes, regards rêveurs, rires un peu trop brusques, que Salomon n'aurait d'ailleurs sans doute pas remarqués si sa jalousie ne l'avait aiguillonné. Quant à Hiram, il avait feint lui aussi de ne pas connaître Balqîs. Etait-il déjà tombé sous son charme ?

Le roi tenta d'analyser ses propres sentiments.

Jamais encore, en amour, on ne lui avait préféré un rival. Les femmes sur lesquelles il jetait son dévolu devenaient tout simplement aveugles à toute autre présence masculine. Et voilà que Balqîs lui préférait Hiram. C'était là une sensation très désagréable. Pour la première fois de sa vie, il fut tenté d'agir en despote. En d'autres circonstances, il aurait peut-être cédé à la tentation. Il aurait ordonné la mise à mort d'Hiram, il aurait jeté Balqîs dans un cachot. Mais il avait affaire à une reine en visite officielle, à une alliée politique, à une indispensable partenaire commerciale. Contre Hiram, c'était une autre affaire. Hiram n'était qu'un homme. Un grand artiste, sans doute, mais qu'il pourrait envoyer pourrir dans quelque geôle, sitôt qu'il aurait accompli sa tâche.

De retour au palais, Salomon prétexta la fatigue occasionnée par cette longue journée de chasse pour se retirer. Hiram était déjà reparti vers le mont Moriah.

— A-t-on des nouvelles de Mardochée ? demanda Salomon à Elyhap dès qu'ils furent seuls.

— Le seigneur Mardochée a fait savoir qu'il était retenu par une affaire d'importance concernant votre dernier entretien. Il t'en rendra compte demain à la première heure, ajouta l'Egyptien.

Salomon fronça les sourcils.

— Je ne peux attendre demain. Qu'il vienne sur-le-champ !

Le secrétaire du roi dépêcha aussitôt un messager vers le palais de Mardochée. A l'instant où l'envoyé d'Elyhap endossait une cape pour affronter la fraîcheur de la nuit, la reine de Saba avait déjà quitté le palais. Après avoir donné ses instructions à son homme de confiance, elle avait réintégré sa litière portée à dos d'hommes et avait fermé les rideaux de cuir qui en garnissaient les ouvertures. Alors que le cortège sabéen passait près du mont Moriah, la litière s'arrêta un instant à proximité d'un raidillon discret qui serpentait au flanc du mont. Balqîs écarta la portière de cuir et sauta à terre, suivie de Lilith. Les deux jeunes femmes disparurent dans les buissons, tandis que le cortège repartait.

— Oui, Abias ? Qu'y a-t-il ?

Hiram leva les yeux de la tablette de cire sur laquelle il vérifiait une fois de plus ses calculs. Malgré sa fatigue, il s'était remis au travail en rentrant de la chasse.

— Seigneur, une femme demande à te voir.

— A cette heure-ci ?

Le Tyrien se leva, écarta son jeune serviteur et marcha d'un pas vif vers l'entrée de la caverne. Au passage, il se munit d'un flambeau. Il le leva bien haut pour éclairer sa visiteuse. Le cœur de l'architecte battit plus fort quand il reconnut Balqîs, accompagnée de sa suivante.

— Reine Balqîs ?

Il s'effaça pour la laisser entrer et s'étonna qu'elle ne fût, encore une fois, escortée que de Lilith.

— Ainsi, voilà ton logis ? Une caverne. C'est étrange, pour le plus célèbre de tous les architectes ! On m'avait dit que tu vivais comme un ours... et qui n'est pas ennemi du confort, ajouta-telle à la vue des tapis de grand prix, des fourrures et des objets précieux dont Salomon avait pourvu la demeure d'Hiram.

Quinzième chapitre

D'un pas lent, la reine semblait prendre possession des lieux. Hiram l'accompagnait en silence. Lilith, drapée dans une tunique noire à capuchon, les suivait, ombre attentive et mystérieuse. Llorn se sentit soudain étranger à la grotte. Il entraîna Abias au-dehors. Le désarroi se lisait sur le visage de l'adolescent.

La reine avançait dans le dédale de grottes que formait la demeure d'Hiram. Sa main glissait parfois doucement le long des parois. Hiram la laissait faire. Rien n'échappait au regard de Balqîs. Il semblait à l'architecte qu'elle enveloppait, s'appropriait, perçait le secret du moindre de ses objets, de ses croquis. Elle faisait jouer sans peine les mécanismes des instruments de mesure qu'il avait rapportés d'Egypte. Sa grâce et sa douceur éblouissait Hiram, mais plus encore le respect qu'elle mettait dans chacun de ses gestes.

Ils arrivèrent dans la partie la plus spacieuse et la plus lumineuse de la caverne. En son milieu se trouvait une longue table sur laquelle un alignement de lampes à huile constituait un chemin de lumière. Au centre, s'élevait la maquette du Temple. Elle s'émerveilla de l'apparente simplicité de l'édifice et de la complexité de la structure. Elle découvrit les immenses parties souterraines du sanctuaire. Les murs du Temple n'étaient que la partie visible de l'édifice, l'entrée grandiose consacrée au plus solitaire des dieux. Hiram était le maître des villes secrètes, la rumeur en était arrivée à Saba. Il souriait. Cette femme devait être un peu sorcière.

— Tu es un homme prudent, Hiram. Il te fallait un tel endroit pour cacher tes secrets et tes trésors.

— C'est vrai, mais la solitude me plaît aussi. J'aime les profondeurs de la terre. Je m'y sens en sécurité, je peux y travailler l'âme en paix. Comme si j'y étais né, comme si c'était ma patrie.

Hiram s'étonna de la facilité avec laquelle il se livrait à cette femme, lui qui n'échangeait que quelques mots avec les deux êtres les plus proches de lui, Abias et Llorn.

— C'est dans les ténèbres que tu vas chercher la lumière. Tu es un homme étrange, Hiram !

— Un autre soleil se cache sous la terre, disent les sorciers de mon pays. Je ne suis tyrien que d'adoption. Je suis né sur un rivage d'Anatolie. Mon père était forgeron.

— Il court cent histoires sur ton compte. On dit que tu as été enlevé tout enfant et réduit en esclavage.

— C'est faux. Au contraire, après le massacre des gens de mon village, j'ai été recueilli par un riche Tyrien. Mais sur toi aussi circulent bien des fables !

Hiram se tut. En lui souriant, Balqîs formula un amusant tableau des excès dont on la créditait.

— On dit qu'il passe autant d'amants dans mon lit que d'or et d'argent dans mes coffres. On prétend que j'entretiens un harem d'hommes, que j'éprouve la virilité de chacun d'eux, prince ou paysan, rencontré en chemin. On affirme même que j'invite d'autres femmes et même des animaux à mes ébats. Crois-tu à ces contes ?

— Non. Mais même s'ils étaient vrais, cela ne regarderait que toi.

Balqîs le dévisagea avec surprise.

— Parmi les choses qu'on dit sur moi, prétend-on que j'ai cédé à Salomon ?

— On le dit. Vous êtes la beauté, la gloire, le pouvoir. A vous deux vous pouvez posséder le monde. Les lions vont avec les lions...

— Et Balqîs va avec qui elle veut. Salomon croit être mon amant. C'est une illusion qu'il partage avec quelques autres !

Hiram dévisagea la reine avec curiosité. Pour la première fois de sa vie de reine, Balqîs éprouva le désir de tout dire à cet homme. Elle lui faisait confiance. Qu'il l'approuvât ou non, il ne se servirait jamais contre elle de ce qu'il aurait appris. Cette certitude la bouleversa. Depuis son enfance, elle n'avait côtoyé que des serviteurs, des adversaires, des courtisans ou des sujets. Hiram était le premier homme libre qu'elle rencontrait. Elle se sentait irrésistiblement attirée par lui.

Avec une joie inexplicable, sans hésiter, elle livra son secret à cet étranger.

— Salomon n'a possédé qu'une ombre. Comme bien d'autres. Ils mettent un point d'honneur à soumettre la reine de Saba à leur désir. Ils croient étreindre l'univers à travers elle. Ils embrassent une illusion.

Elle appela Lilith. La suivante apparut, son voile dissimulant son visage.

— Qui peut imaginer ce que cache ce voile ?

Elle tendit la main vers le capuchon de Lilith, le rejeta en arrière et écarta son voile. Hiram avait devant lui deux femmes exactement semblables, deux visages d'ébène empreints de la même beauté inconcevable, de la même noblesse, de la même majesté.

— Retourne-toi et ferme les yeux, ordonna Balqîs à l'architecte.

Il obéit. Il entendit des chuchotements, des rires étouffés, des froissements d'étoffes. Il perçut un faible courant d'air, accompagné d'un léger piétinement, puis la voix moqueuse de Balqîs lui intima de se retourner et de compter jusqu'à trois. La vision qui s'offrit alors à lui était la plus troublante à laquelle il eût jamais été confronté. Rien, absolument rien, ne permettait de distinguer l'une de l'autre, les deux femmes nues qui lui faisaient face. Leur peau d'ébène, leurs seins aigus, haut perchés, leurs hanches évasées sur une taille mince et souple, leur ventre doucement bombé orné d'une toison d'un noir de jais, tout en elles était rigoureusement identique. Toutes deux affectaient la même attitude, la main gauche posée sur la hanche gauche, la main droite sous le sein droit. L'une d'elles s'adressa à lui.

— Eh bien, Hiram, peux-tu donner à chacune son nom et son rang ? Qui est la reine ? Qui est la suivante ? Qui est Balqîs ? Qui est Lilith ? Réfléchis bien. Si tu te trompes, Lilith te mordra.

— Et si je donne la bonne réponse ? demanda Hiram, qui était sûr d'avoir reconnu Balqîs au timbre de sa voix.

Ce fut l'autre Balqîs, celle qui se taisait, qui lui répondit.

— Si tu vois juste, tu auras droit à un baiser de la reine ! Allons, n'aie pas peur, décide-toi, tente ta chance !

Le piège était parfait. Même la voix ne permettait pas de les distinguer l'une de l'autre.

— Le jeu n'est pas régulier. Vous êtes sœurs jumelles. Je ne puis me fier qu'au hasard pour répondre, mais qui me garantit que vous respecterez votre promesse si je tombe juste ?

— Tu as la promesse de Balqîs, dit l'une des deux femmes.

— Quelle qu'elle soit, ajouta l'autre avec malice.

— Je vais te confier l'ultime secret, reprit la première, mais il ne faudra le révéler à personne. Jure-le !

— Je le jure.

— Une seule chose nous distingue. La sœur de la reine a quelque chose que Balqîs n'a pas...

— Une marque, intervint la jumelle.

— Deux marques, plus exactement, reprit sa sœur.

— Semblables à deux minuscules pétales de rose...

— Sous le sein droit !

Le regard d'Hiram allait de l'une à l'autre. Toutes deux dissimulaient d'une main l'endroit où la marque était supposée se trouver. Hiram hésita.

— As-tu peur des morsures ? lui lança la première.

— Ou bien des baisers ?

— Je ne crains ni les unes ni les autres, dit-il.

Obéissant à une pure et simple intuition, il tendit la main vers la femme qui se tenait à droite.

— Tu es Balqîs ! dit-il.

— Tu es sûr ? lui demanda celle qu'il avait désignée.

— De quoi l'homme peut-il être sûr, en ce monde ? Je le crois, voilà tout.

— Alors ferme les yeux et attend la sanction de ton choix.

De nouveau, Hiram obéit. Les yeux clos, il attendit. Douleur ? Douceur ? Tout pouvait arriver. Soudain, Hiram sentit le parfum pénétrant et voluptueux d'une chevelure baigner ses narines. Une haleine suave effleura son visage et deux lèvres tièdes se posèrent sur les siennes. Emporté par le désir, il répondit avec fougue à ce baiser. Un bref instant, la pensée le traversa qu'il était peut-être encore le jouet de Balqîs, que c'était peut-être Lilith qu'il enlaçait, mais la proximité du corps chaud qui se pressait contre le sien lui enleva tout jugement. Il ouvrit les yeux. Il n'y avait plus qu'une seule femme dans la caverne, celle qu'il tenait dans ses bras. Avant de s'éclipser, Lilith, si c'était bien elle qui avait disparu, avait éteint les flambeaux qui éclairaient la grotte. Elle n'en avait laissé qu'un seul, dont la flamme nimba leur étreinte d'une douce lumière.

Plus tard, quand Hiram s'arracha de ses bras, il effleura du bout des doigts la peau de sa maîtresse, juste en dessous du sein droit.

— C'est Lilith, qui porte la marque. Tu veux voir ? lui demanda-t-elle.

— Que m'importe ? Tu es celle que le Destin m'a dévolu, je ne sais, ni ne veux rien savoir d'autre.

— Hiram... Attention, Hiram de Tyr ! De tes paroles peuvent naître de grands malheurs ou un grand bonheur si tu dis vrai !

— Pourquoi te mentirais-je ? Je préférerais que tu

sois Lilith, parce que alors il me serait beaucoup plus simple de t'aimer, de te garder. Si tu es Balqîs, ce que je crois, je dois m'attendre à souffrir, car les reines épousent les princes. Eh bien soit, je m'abandonne à mon destin.

— Regarde, ma peau est uniformément noire. Aucune tache sous mon sein droit. Je suis Balqîs, reine de Saba, et je t'aime !

Seizième chapitre

Terrifiée à l'idée de révéler un secret d'Etat, Orahya ne s'était pas rendue sans combattre. Mais on ne résistait pas longtemps aux charmes de Mardochée. Au petit jour, Orahya regagna discrètement le campement des Sabéens, tandis que Mardochée courait auprès de Salomon pour lui livrer le secret de Balqîs.

Orahya lui avait fait le récit complet des événements qui s'étaient déroulés à la cour de Ma'rib un quart de siècle plus tôt. Les caresses savantes de l'esclave Azirah, la mère des jumelles, avaient ensorcelé le roi de Saba. Elle ne pouvait espérer s'élever jusqu'au rang d'épouse royale. Habitée d'une ambition dévorante, elle avait reporté son désir d'ascension sur sa descendance. Elle assurerait plus facilement à une seule des deux fillettes l'avenir glorieux dont elle rêvait pour sa progéniture. Aussi, dès la naissance, les avait-elles séparées. En gardant l'une auprès d'elle, elle avait confié l'autre à sa sœur. Les deux bébés étaient rigoureusement semblables, à l'exception de deux grains de beauté en forme de pétales de rose, à peine visibles, qu'un des deux portait à droite du sternum. Azirah choisit de garder celui dont la peau était d'un noir immaculé. Elle l'appela Balqîs. Le second nourrisson, nommé Lilith, fut conduit chez sa tante, qui vivait dans un hameau perdu du wâdi Dhana, à des jours de marche de Ma'rib. Lilith y grandit dans la pauvreté, tandis que sa mère, à Ma'rib, œuvrait sans désemparer en faveur de sa sœur. Par le mensonge et par l'intrigue, par le poison quand il le fallait, elle élimina tout prétendant au trône. Le roi de Saba était âgé. Il se laissa aveugler par sa maîtresse. Au moment de désigner son successeur, il ne lui restait plus d'autre choix que Balqîs. A la mort du roi, Balqîs monta sur le trône de Saba. Les seigneurs et chefs de clan qui tentèrent de s'y opposer connurent un prompt trépas. Balqîs administra bientôt la preuve d'une évidente habileté politique. Pour son peuple comme pour les potentats étrangers, elle était la reine de Saba.

Un de ses premiers soucis, en accédant au pouvoir, fut de s'inquiéter de sa sœur jumelle. Balqîs fut bouleversée par l'apparition de ce double d'elle-même. Elle comprit aussitôt le parti qu'elle pouvait en tirer, à condition d'en préserver le secret. La royauté peut être une prison, le pouvoir un carcan. En Lilith, Balqîs trouva sa liberté. Leur entente fut parfaite dès le premier jour. Lilith vivrait dans l'ombre de sa sœur et ne sortirait de cette ombre que pour assumer brièvement, ponctuellement, toute mission qu'il plairait à Balqîs de lui assigner. Deux ans après leurs retrouvailles, Lilith était capable de s'exprimer et de se conduire en toutes circonstances comme sa sœur.

— Ainsi, dit Salomon, nous avons été abusés ?

— D'une certaine façon, dit Mardochée en riant.

— Que veux-tu dire ?

— Elles sont exactement semblables. Deux gouttes d'eau ! Posséder l'une, c'est posséder l'autre. Leurs baisers ont la même saveur, leur peau le même parfum.

— Mais une seule des deux est la reine de Saba !

Mardochée observa son frère. En Salomon, le roi s'indignait d'avoir été trompé. Il y allait de sa dignité. Le courtisan, lui, attachait moins d'importance à cette mystification. Elle l'amusait et, curieusement, elle le vengeait. N'était-il pas lui-même une ombre, un double de Salomon ? Il rêva fugitivement à ce qu'il aurait fait s'il avait été le jumeau de Salomon, son sosie parfait. Aurait-il pu résister à la tentation de se substituer à lui pour de bon ?

Avec malice, Salomon le tira de sa rêverie.

— Eh bien, Mardochée, à quoi rêves-tu ? Ne te fais pas d'illusions. Nul ne peux te prendre pour moi, sinon dans l'obscurité la plus totale !

Les deux jeunes gens éclatèrent de rire. Salomon embrassa affectueusement son frère de lait.

— Tu m'as bien servi, Mardochée, une fois de plus.

Songeur, Mardochée regagna son palais. Le soleil déjà haut semblait nimber le Temple d'une lueur irréelle. La jalousie le tarauda de nouveau. Hiram laisserait sa trace dans le monde à jamais. Un jour, Mardochée disparaîtrait. Que demeurerait-il de lui ? Rien, presque rien. Quelque temps, dans quelques mémoires, le souvenir d'un prodigue et d'un débauché. Nul ne prendrait jamais la mesure de son malheur : n'avoir été qu'un frère de lait, auprès d'un Salomon qui était roi, qui était tout. Mais Salomon n'avait rien volé à Mardochée. Au contraire, il lui avait conféré richesse et liberté. Sans lui, que serait devenu Mardochée ?

Tanneur ? Berger ? Marchand, intendant, peut-être ? Tous ces métiers lui faisaient horreur. Il était architecte. C'était le nom d'Hiram et non le sien, qui resterait attaché au Temple, à ces murs cyclopéens, bâtis pour défier l'éternité. Dans quelques jours, on consacrerait le Temple. Pour Hiram, ce serait l'apothéose... ou la chute ! Un instant, la tentation de retourner voir la sorcière visita Mardochée. Mais non, les *oumim* et les *toumim* resteraient muets, puisque son destin ne dépendait plus de l'Eternel.

De retour chez lui, Mardochée s'enferma dans la pièce secrète où il conservait ses fards, ses philtres et ses poisons. Il ouvrit le coffret en bois de santal renfermant les onguents qu'il avait rapportés de Saba et entra en méditation. Ces fioles, ces pots à onguents, ces bambous creux emplis de poudres venues du fond de l'univers, ces poisons indécelables lui conféraient le pouvoir d'interrompre à son gré le cours d'une existence sans le moindre châtiment. Le soleil apparut au loin et s'éleva peu à peu dans le ciel. Un premier coq chanta dans le faubourg, puis un autre. Mardochée s'était endormi devant le coffret ouvert.

Les jours passèrent avec la fugacité d'un rêve. Au Temple, dont la décoration intérieure était à présent achevée, Hiram œuvrait à la mise en place des moules, à l'agencement des immenses creusets dans lesquels s'effectuerait simultanément la fusion de la vasque, des deux colonnes destinées à l'entrée monumentale et des taureaux de bronze. Une pente, un diamètre de conduite mal estimés et une des coulées serait irrémédiablement gâchée, entraînant la perte de toutes les autres. De l'aube au crépuscule, omniprésent, Hiram ne pensait à rien d'autre. Il traquait avec férocité la moindre négligence, exigeait de ses ouvriers une minutie absolue. Il inspectait la qualité du cuivre et de l'étain dont la fusion donnerait l'airain, celle du bois et du charbon qu'on brûlerait pour atteindre la température idéale au sein des creusets, le calibre et la solidité des canaux par lesquels le bronze incandescent se déverserait dans les moules. Pour mener à bien cette tâche qui viendrait couronner sept années d'efforts gigantesques, il avait constitué une brigade d'élite, composée des meilleurs ouvriers. Parmi les fondeurs juifs qui avaient travaillé au mobilier cultuel, il avait distingué les qualités de Méthousaël, de la tribu de Ruben et il l'avait choisi pour l'assister à l'instant suprême. Pour la première fois, il déléguait à un autre une partie de la tâche que lui seul aurait d'habitude assumée jusqu'au bout.

Quand le coup de gong annonçait la fin du travail, il libérait d'un geste les ouvriers de sa brigade. D'un pas lent, seul, il parcourait une dernière fois les allées à présent silencieuses et souriait. Un léger vent faisait voltiger les pans de sa tunique. La douceur du crépuscule se chargeait d'odeurs enivrantes de jasmin, de safran et de vignes en fleur. Un cri lui fit lever la tête. D'un rocher élevé, un faucon déploya ses ailes sombres et, en quelques battements lents et majestueux, plana souverainement dans les airs. Il fut rejoint par sa compagne. Les deux oiseaux de proie, en un ballet symétrique, se frôlèrent, s'enlacèrent, dessinant dans le ciel un signe mystérieux. Hiram sourit et hâta le pas. Le poids énorme du Temple semblait avoir quitté ses épaules. Son amour obsessionnel pour l'édifice avait disparu. Il se surprit à chantonner.

Au loin, deux flambeaux lui annonçaient l'entrée de la grotte. Son cœur se mit à battre. Quand le manteau de la nuit s'étendrait sur la colline sacrée, elle aussi avancerait vers cet antre, la seule femme qu'il eût jamais aimée. Il ralentit le pas. Près de l'entrée, l'imposante silhouette de Llorn-Salikas se détacha, immobile, tous les sens en éveil.

Dix-septième chapitre

De partout, des capitales provinciales jusqu'aux hameaux les plus reculés du pays, des plus humbles fermes isolées des régions frontalières aux grands domaines populeux du Jourdain, les Hébreux avaient entendu l'appel de leur souverain et ils affluaient vers Jérusalem. Un peuple entier était en marche. Depuis des jours, on se pressait sur les routes et les chemins d'Israël, par petits groupes ou en colonnes innombrables. Tambours, cymbales et pipeaux égayaient le voyage. La plupart allaient à pied, dépassant parfois les attelages surchargés de femmes, d'enfants et de vieillards. Très peu d'entre eux avaient vu Jérusalem. Certains même n'auraient jamais entrepris le voyage, si ce n'avait été pour assister à l'inauguration du Temple. Depuis des mois, les ouvriers que l'achèvement du sanctuaire avait laissés désœuvrés travaillaient à la rénovation de la ville. Ainsi l'avait voulu Salomon. Dès que Jérusalem apparaissait dans le lointain, ils étaient saisis d'admiration à la vue de ses murailles étincelantes sous les durs rayons du soleil d'été. Une brume dorée flottait au-dessus des toits et la blanche majesté du Temple se détachait souverainement sur la colline sacrée. Alors, une exaltation s'emparait des rudes bergers et des agriculteurs aux mains calleuses, au visage recuit par l'ardeur du soleil. Ils avaient toujours vécu sous la tente ou dans des cahutes de pierres sèches. Jamais ils n'avaient imaginé qu'une telle splendeur pût exister. Ils échangeaient des regards en hochant la tête. Le Temple exaltait la puissance et la gloire de leur peuple jailli des solitudes désertiques, longtemps réduit en esclavage, méprisé par l'Egyptien et le Babylonien, et aujourd'hui capable d'élever cette merveille en l'honneur de son dieu.

En ces jours de liesse et d'insouciance, un envahisseur aurait trouvé la majeure partie du pays vide d'habitants et de défenseurs. Dès l'aube, l'immense foule se mit en marche, affluant de tous côtés vers le mont Moriah. On s'entassait aussi dans les faubourgs et jusque dans les rues repavées de frais, sous les murs recrépis des palais, dans les cours des demeures aristocratiques que les *Barbus* avaient ouvertes aux visiteurs pour complaire à Yahvé. Afin de nourrir ces multitudes, Salomon avait puisé sans compter dans ses greniers et fait abattre des centaines de bêtes.

L'esplanade du Temple ne pouvait suffire à accueillir un tel monde. On voulait se trouver au bon moment sur le passage du cortège royal. On espérait voir de ses propres yeux les puissants de la terre, Salomon, le roi bien-aimé, et l'illustre reine de Saba. On espérait apercevoir Hiram, celui dont l'œuvre assurerait à la fois au roi et à son peuple la reconnaissance de l'Eternel et une gloire impérissable.

Il y eut des bousculades, on échangea des injures, on faillit en venir aux mains, il y eut des blessés et des morts, terrassés par l'insolation, renversés dans la cohue, tombés du haut de l'enceinte ou piétinés par la foule.

Quand apparurent les équipages de Salomon et de Balqîs, un frisson parcourut les rangs de la multitude. Un murmure d'admiration, d'adoration, s'éleva vers les deux souverains. Elyhap, grand ordonnateur des cérémonies, avait mis tout en œuvre pour frapper les imaginations.

Cent musiciens vêtus de tuniques d'or précédaient les deux riches palanquins en cèdre doré, surmontés de dais de toile pour abriter Leurs Majestés des ardeurs du soleil. La garde royale en tenue d'apparat et l'escorte de guerriers éthiopiens de Balqîs, vêtus de peaux de lions et de panthères, se déployaient de part et d'autre du cortège pour lequel on avait élargi la route. Tout au long du trajet, des jeunes filles lançaient vers le ciel des poignées de pétales de fleurs, des adolescents agitaient des palmes et des rameaux d'olivier et balançaient au-dessus de leur tête des cassolettes où brûlaient la myrrhe et l'encens.

Venaient ensuite, à pied, dans un compagnonnage obligé, le grand prêtre et Hiram. Salomon avait décidé avec Elyhap de l'ordre du cortège. Il avait d'abord pensé faire encadrer Sadoq par le Tyrien et par Mardochée, censé avoir collaboré à l'entreprise. Salomon entendait ménager sa susceptibilité. A sa vive surprise, Mardochée s'était récusé, comme s'il préférait que son nom ne fût pas associé à l'édifice. Le roi n'avait pas insisté, attribuant cette pudeur inattendue à son caractère dont il connaissait la complexité. En revanche, s'agissant de Sadoq, Salomon s'était montré inflexible. Il avait exigé que le gardien des dogmes, le détenteur de l'orthodoxie, s'avançât au coude à coude avec l'architecte du sanctuaire. Ainsi apporterait-il aux yeux de tous la caution du clergé à une réalisation qu'il avait pourtant combattue de toutes ses forces. Impassible en apparence, maîtrisant la fureur qui l'habitait, Sadoq dut partager les vivats destinés à Hiram.

L'architecte avançait la tête haute, silencieux, concentré. A l'instant de son triomphe, il était tout entier tendu vers l'achèvement de sa mission. S'il en avait eu le choix, jamais on n'aurait procédé publiquement à la fonte des bronzes monumentaux. Cette opération hautement spectaculaire était périlleuse.

Le cortège gravit la dernière pente, franchit l'enceinte cyclopéenne qui défendait l'accès du sanctuaire et déboucha sur l'immense esplanade. Tout autour, dans les tribunes surélevées abritées du soleil par des auvents de toile, se tenaient les hauts fonctionnaires, les grands commis, les généraux, mais aussi les épouses et les favorites de Salomon. Au premier rang, la reine Nemdjet, très aimée du peuple, accueillait avec grâce les acclamations.

L'assistance était si nombreuse qu'il fallut au cortège presque autant de temps pour traverser l'esplanade et gagner la plus haute des tribunes qu'il n'en avait mis pour gravir la montagne. Enfin, les gardes leur ouvrant le passage avec une bonhomie parfois brutale, les litières s'immobilisèrent au pied de l'escalier qui menait à la tribune royale.

Un héraut, véritable colosse, brandit au-dessus de sa tête le *shofar* ancestral. Portant à ses lèvres la trompe taillée dans une corne de bélier, il gonfla sa formidable poitrine et souffla de toutes ses forces. Le son de l'instrument sacré imposa aussitôt le silence. La foule retint son souffle. Un oiseau traversa le ciel. On entendit distinctement le bruit de ses battements d'ailes. Etait-ce un signe adressé à Salomon par l'Eternel ? Une prière monta vers le ciel. Tous n'étaient pas Hébreux. Il y avait là des Tyriens, des Sabéens, des Egyptiens, des hommes venus d'Assur, de Ninive, de bien d'autres régions encore, mais chacun, en son cœur, s'adressait dans sa langue au dieu de son peuple. Le roi s'immobilisa et porta ses mains à sa poitrine tandis que l'ombre de l'oiseau s'imprimait fugitivement sur sa robe d'une blancheur immaculée.

Derrière l'équipage royal, Sadoq assista à l'événement avec un prodigieux intérêt. Il savait, lui, que les signes du ciel n'étaient pas d'une interprétation aisée et que leur sens pouvait s'inverser. Il était trop tôt pour dire si cet oiseau marquant de son ombre la tunique de Salomon constituait un présage favorable. De nombreux regards étaient fixés sur lui pour tenter de deviner son sentiment. Il choisit de demeurer impassible. Fallait-il s'effrayer ? Fallait-il se réjouir ? Salomon se tourna vers Elyhap comme pour lui demander son aide. L'Egyptien réagit avec promptitude. A la seconde même où l'oiseau dépassait l'enceinte et disparaissait dans le ciel, d'un geste impérieux, Elyhap fit donner les cent trompes de métal martelé alignées de part et d'autre de la tribune. Les deux cents musiciens du cortège les imitèrent et le sonneur de *shofar* se joignit au concert. Dans le glorieux tintamarre, les craintes se dissipèrent.

Quand les musiciens firent silence, Salomon ouvrit

les bras et tendit son visage vers le ciel, offrant à l'Eternel le sanctuaire qu'il lui avait fait bâtir. De nouveau, le peuple exulta. Sous une pluie de pétales de rose, Salomon et Balqîs mirent pied à terre et montèrent ensemble les degrés qui conduisaient à la tribune.

Dix-huitième chapitre

On ne procéderait à la coulée qu'à la nuit tombée. Depuis sept jours déjà, les brasiers étaient allumés sous les creusets. La température nécessaire pour amener à la fusion de telles quantités de métal ne pouvait être atteinte qu'au terme d'une lente accumulation de chaleur. A quelques coudées des premiers rangs, derrière une palissade légère qu'on abattrait au dernier moment pour permettre à tous d'assister à l'opération, la brigade d'élite désignée par Hiram alimentait sans relâche les fours invisibles. Dans l'attente de l'instant décisif, des groupes de danseurs et de chanteurs allaient se succéder sur l'esplanade entre la tribune et l'écran derrière lequel s'affairaient les fondeurs. Très impressionnée par l'aspect grandiose du Temple qu'elle n'avait encore jamais vu en plein jour et par la ferveur qui se lisait dans les regards, Balqîs se tourna vers Salomon.

— Grand roi, lui dit-elle, j'admire ton œuvre et je t'envie d'avoir osé l'entreprendre ! Cet ouvrage défiera le temps et inscrira à jamais ton nom dans les mémoires des générations à venir. On vante les dimensions des temples assyriens, mais ils sont bâtis en plaine. Ce ne sont jamais que des briques posées sur des briques. Toi, tu as vaincu la montagne, tu l'as façonnée selon ta volonté.

Salomon agréa ces compliments d'un sourire. Assis près des souverains, Hiram ne perdait rien de leur conversation et des louanges formulées par Balqîs. C'était à lui plus qu'à Salomon qu'elle s'adressait.

— Cent mille travailleurs ont accompli cela, reprit Balqîs. A-t-on jamais vu pareille masse d'hommes engagée dans une telle entreprise ?

— Bien plus encore que cent mille, dit Salomon. Il en est venu de tous les coins de la terre. Le Temple a entendu résonner toutes les langues du monde !

— En regagnant leur patrie, ils répandront partout ton renom. C'est un exploit bien remarquable que d'avoir su fondre autant d'âmes en un seul corps !

— Ils sont encore là, mêlés à mes sujets, dit le roi en montrant de la main la multitude qui s'écrasait à perte de vue. J'ai voulu que tous soient présents. Dans quelques jours, quand la Mer d'Airain refroidie reposera sur les taureaux sacrés, quand les colonnes du seuil seront scellées, Hiram les appellera un à un pour leur compter leur dernier salaire. Alors seulement, ils se disperseront à travers le monde, comme une armée victorieuse après l'ultime combat.

Balqîs scruta l'océan de visages qui leur faisait face, puis s'adressa à Hiram.

— Pourquoi l'armée qui a bâti le Temple n'apparaît-elle pas à nos yeux ? Où l'as-tu caché ?

— Je ne l'ai pas cachée, répondit Salomon. Les ouvriers ont rejoint leur famille. Ils sont tous là devant toi, noyés dans cette foule.

— Alors, nous ne les verrons pas ? demanda la reine.

Hiram n'avait encore rien dit. Il parut hésiter un bref instant, mais la déception qui se lisait dans les yeux de Balqîs emporta sa décision.

— Si tu l'autorises, grand roi, il m'est possible de rassembler en peu d'instants tous les ouvriers du Temple.

— Vraiment ? s'étonna le roi. De quel sortilège userais-tu ? Eh bien soit, je suis curieux de te voir à l'œuvre !

— Il ne s'agit nullement d'un sortilège, reprit Hiram. Après sept années de labeur, ces hommes et moi sommes devenus un seul et même être.

Le Tyrien s'avança alors sur l'estrade et, d'un bond, se jucha sur l'entablement du mur de granit auquel elle s'adossait. La foule le reconnut, et son nom courut de lèvres en lèvres : « Hiram ! C'est Hiram le Tyrien, l'architecte... Taisez-vous, cessez de frapper sur vos tambours et de souffler dans vos trompettes, écoutez-le, il va parler... »

A la surprise de Salomon, en quelques secondes le Tyrien obtint de cette foule innombrable le plus parfait silence. Par sa seule présence, il avait produit le même effet que l'appel strident du *shofar* un moment auparavant.

On s'attendait à ce qu'il parle, mais il demeura muet. Au lieu de mots, il s'exprima par signes. Il leva le bras droit, et sa main décrivit dans l'air torride une ligne horizontale. La reprenant en son milieu, il y ajouta une ligne perpendiculaire descendant vers le sol. Ce signe, sibyllin pour le commun des mortels, évoquait pour tous les ouvriers du Temple le T d'architecte qui lui servait d'emblème. Hiram consacra ici, sur le mont Moriah, une tradition secrète qui se transmettrait d'initiés en initiés. Tel était le sens du prodige qui s'accomplit sous les yeux de la foule, de Salomon et de Balqîs. Hiram désigna d'un geste l'endroit où il désirait voir son armée dispersée se reformer. La masse humaine se troubla, comme l'eau d'un fleuve soudain criblée de gouttes de pluie. Un mouvement d'abord confus et désordonné s'esquissa. Nul n'aurait pu dire ce qui était en train de se produire. Mais bientôt, des lignes de force se dessinèrent. Une partie de la foule s'anima et s'aggloméra, se séparant de l'autre qui demeurait inerte. Dans une apparente confusion, des milliers d'hommes obéissaient au même instant à une discipline instinctive semblable à celle qui régit les colonies d'insectes. Se reconnaissant entre eux, se réglant sur leurs contremaîtres, ils se regroupèrent par corps de métiers à l'emplacement que leur avait montré Hiram. Maîtres, compagnons et apprentis se rangèrent en carrés compacts, selon qu'ils travaillaient la pierre, le bois ou le métal. Il n'y manquait que les servants des creusets, pour l'heure en plein travail derrière la palissade. Cent mille hommes ! Leurs pieds marquaient le pas à l'unisson. Dans les tribunes, les hommes de pouvoir, les prêtres et les fonctionnaires, s'inquiétèrent de ce martèlement qui devenait effrayant. D'un geste, Hiram figea son armée dans une immobilité totale et se tourna vers Salomon.

— Grand est ton pouvoir, maître Hiram ! dit le roi. Nous pourrions te l'envier. Quel chef de guerre pourrait se vanter d'exercer sur ses armées un empire comparable au tien ?

— Quel pouvoir ! reconnut Sadoq. « Et quel danger ! » ajouta-t-il dans un murmure à l'intention de Salomon.

Le jeune souverain l'ignora ostensiblement, mais Balqîs ressentit à quel point son orgueil était blessé. Le pouvoir de l'architecte l'effrayait.

Hiram n'avait pas un instant songé à mal en administrant la preuve éclatante de son empire sur ses ouvriers. Son regard tourné vers la foule n'avait pas croisé celui de Salomon. Il n'y avait pas vu la menace qu'y avait ressentie Balqîs.

L'après-midi s'acheva en réjouissances et en célébrations dans une ferveur grandissante. Le ciel pâlit, puis s'assombrit. Dans le crépuscule, une impatience, une fièvre presque palpable s'emparaient des esprits. On attendait à présent le moment de la fonte de la Mer d'Airain, point culminant de cette journée unique. Demain à l'aube, une nouvelle ère s'ouvrirait. Il y aurait un avant et un après. Désormais, Yahvé aurait sa demeure sur la terre et l'on compterait les années à partir de l'édification du Temple.

Depuis longtemps, Hiram s'était éclipsé de la tribune pour aller surveiller les derniers préparatifs. Il avait retrouvé Méthousaël. Il avait vérifié avec lui la température des brasiers. Hirsutes, couverts de suie et de sueur mêlées, les hommes qui les alimentaient faisaient la chaîne. Les poitrines et les visages ruisselants accrochaient les lueurs, les yeux brillaient d'excitation. Rondins et fagots passaient de main en main. Plus haut, juchés au-dessus des creusets, casqués et vêtus d'épais tabliers de cuir, gantés, les avant-bras protégés par des manchettes en peau de buffle, les métallurgistes dosaient avec minutie les quantités de poudre de cuivre et d'étain. Hiram, inquiet d'une éventuelle pénurie de combustible, inspecta les vastes dépôts aménagés dans les dépendances du Temple. Llorn et Abias qui n'avaient pas quitté les lieux depuis l'aube le rassurèrent.

Enfin, après avoir consulté Méthousaël et tous les contremaîtres concernés par cette décision délicate, Hiram estima que l'heure était venue. Sur son signal, on abattit la palissade qui dissimulait aux regards les moules de la vasque et des colonnes. Un grand mouvement de foule se fit dans cette direction. Les gardes de Salomon s'efforcèrent d'y mettre bon ordre, mais ne parvinrent pas à refouler l'assistance aussi loin qu'il l'aurait fallu. Du haut des gradins, les notables tendaient le cou pour mieux voir. La tribune royale permettait à Salomon et à ses proches d'admirer le spectacle dans les meilleures conditions. L'airain incandescent jaillissant des creusets reproduirait l'antique surgissement du feu central hors de la gueule des volcans. Salomon, apercevant de loin la haute silhouette d'Hiram, s'interrogeait sur l'étrange pouvoir de cet homme. Virevoltant devant le feu, escaladant un échafaudage, il courait ici et là pour corriger le geste d'un ouvrier, lui arrachait des mains le long crochet de fer avec lequel il tisonnait la gueule rougeoyante d'un four. Etait-ce un homme ou peut-être un dieu ? Salomon repoussa bien vite cette idée impie. Non, non, il n'y avait de dieu que Dieu. Ebloui par l'éclat des creusets, Salomon ferma un instant les yeux. Quand il les rouvrit, Hiram avait disparu.

Dix-neuvième chapitre

Semblables à des démons jaillissant des flammes et des entrailles de la terre, les fondeurs poursuivaient autour des vastes moules leur ballet hallucinant.

Douze soufflets de cuir, répartis par quatre autour des trois creusets, étaient actionnés chacun par vingt hommes. Telles des poitrines de titans, les lourdes machines ahanaient. Leur souffle puissant déchirait la nuit. Secondé par Méthousaël et Llorn, Hiram réglait cette respiration avec précision. De minute en minute, les soufflets manœuvrés de plus en plus vite projetaient plus d'air sur les brasiers. Ainsi, la température augmentait de façon régulière et la pâte incandescente perdait de sa viscosité pour devenir semblable à un fleuve étincelant, feu liquide ou sang d'or qui, le moment venu, se déverserait uniformément dans les moules.

Hypnotisée, la foule ne pouvait détacher les yeux des creusets où s'amassait le métal en fusion. A l'extrémité des trois conduits, sous la pression du métal, un opercule rougeoyant commençait à se distinguer. C'était là que surgiraient les flots d'airain. Là résidait la difficulté. Une fois la température idéale atteinte, elle ne devait plus baisser ni augmenter pendant le temps que durerait la totalité de l'opération. Après la coulée de la vasque, les flux incandescents seraient détournés vers les moules des statues taurines, puis vers ceux des colonnes du péristyle. Au sein de la foule innombrable, seuls quelques initiés avaient conscience du tour de force auquel ils allaient assister. Le gros des spectateurs se contentait d'admirer le ballet des ombres et des flammes, les gerbes d'étincelles qui fusaient vers le ciel d'un noir d'encre constellé d'or et de pourpre.

Abias lui aussi était émerveillé par ce spectacle. Cependant, il ne pouvait s'attarder à en jouir. Hiram comptait sur lui pour communiquer avec Llorn et Méthousaël. Le Caucasien était chargé de surveiller le degré de fluidité de l'airain bouillonnant dans le troisième creuset, Hiram et Méthousaël s'assurant des deux premiers. Le jeune garçon courait sans cesse de l'un à l'autre pour les informer d'une disparité naissante et leur permettre de réguler l'apport de combustible et l'effort des équipes préposées aux soufflets.

Sous le bâti de la vasque, un très étroit couloir avait été laissé libre entre les étais. Il avait permis d'avoir accès à la structure jusqu'au dernier moment et de la renforcer si cela était nécessaire. Pour gagner du temps, au lieu de contourner le moule à chaque fois qu'il devait joindre un des maîtres d'œuvre, Abias empruntait ce passage obscur. Il éprouvait, à s'y glisser, un plaisir semblable à celui des enfants qui jouent sous les tables. Lorsque le moule s'emplirait de bronze liquide, une chaleur terrifiante se communiquerait à ce boyau. Abias savait quel signal avertirait tous les ouvriers travaillant à proximité de l'imminence de la coulée. Neuf coups de marteau seraient frappés sur une grande feuille de bronze rectangulaire suspendue à une potence de bois sculpté. Au son de ce gong, chacun saurait que l'ouverture des opercules n'était plus qu'une question de secondes.

Une des extrémités du canal souterrain par lequel se faufilait Abias s'ouvrait au creux même d'une des niches destinées aux statues, devant le creuset où se tenait Méthousaël. L'autre débouchait dans une niche située à mi-chemin des creusets contrôlés par Hiram et Llorn.

Pour préserver l'adolescent d'éventuelles projections de métal liquide, Hiram lui avait fait donner un casque en peau de buffle pourvu d'une visière et d'un rabat protégeant le visage et les épaules. Afin de traverser rapidement l'étroit boyau qui courait sous la vasque sans se déchirer les genoux, Abias y avait ajouté des jambières. Ainsi accoutré, il avait l'air d'un guerrier. Entre l'excitation du jeu et le sentiment de l'importance de sa mission, son visage baigné de sueur rayonnait de joie quand il soulevait la visière de cuir de son casque pour transmettre un message.

Arrivant du creuset de Llorn, il informa Hiram que tout suivait son cours.

— Abias, je t'attendais ! Un couffin de poudre de cuivre s'est déchiré pendant qu'on le portait vers mon creuset. La juste proportion de cuivre et d'étain n'est plus respectée. Je vais prendre un peu de retard. Cours prévenir Llorn et Méthousaël qu'il faut ralentir légèrement la fusion, pour me donner le temps de rétablir l'équilibre. Que quatre hommes cessent de travailler sur deux des soufflets pendant l'écoulement d'un sablier !

— Tout de suite, maître ! s'écria Abias.

Il rabattit sa visière sur son visage. Reprenant sa course, il longea le moule par l'extérieur pour prévenir Llorn. Le Caucasien transmit l'ordre d'Hiram aux servants des quatre énormes assemblages de cuir et de bois qui attisaient le brasier sous le creuset dont il avait la charge. Puis il retourna le sablier qui trônait devant lui sur une sellette.

Déjà, Abias était reparti. Parvenu devant la niche au fond de laquelle s'ouvrait le boyau, il s'y jeta à quatre pattes comme un renard s'engouffre dans un terrier. Dans la forêt de madriers, d'éparts et d'entretoises du bâti, une vague luminosité signalait les deux extrémités du tunnel. Le reste baignait dans une obscurité totale. S'appuyant sur les avant-bras et les genoux, Abias progressait aussi vite que possible. Il déboucha bientôt à l'air libre et transmit son message à Méthousaël. Abias n'avait jamais eu avec lui que des rapports distants. L'homme n'était guère sympathique, mais il était un métallurgiste expérimenté. Abias lui demanda s'il avait quelque chose à faire savoir à Hiram. Méthousaël secoua la tête.

— Dis-lui simplement que j'ai bien reçu son message.

— Deux hommes par soufflet, le temps d'un sablier, lui répéta Abias.

— Oui, oui, lâcha Méthousaël en lui faisant signe de s'éloigner.

Abias se coula de nouveau dans le tunnel. Il s'y était à peine engouffré, quand il ressentit une vive douleur au côté droit. Il crut un instant qu'un agresseur tapi entre deux madriers lui avait porté un coup de couteau au passage, mais il n'en était rien. Il s'était déchiré le flanc sur la pointe d'un clou qui dépassait d'un bastaing. Il rampa à reculons jusqu'à l'espace plus large de la niche pour palper plus commodément sa blessure. Ce n'était qu'une estafilade. Il s'apprêtait à se glisser dans le boyau, quand il entendit la voix de Mardochée. Il se retourna vers l'extérieur. Dans la luminosité due à la proximité du creuset de Méthousaël, il distingua deux silhouettes. A droite de la niche, l'ombre d'un troisième homme était visible.

— Eh bien, Méthousaël, l'instant est proche, disait Mardochée à mi-voix. J'espère qu'avant le chant du coq, Hiram aura mordu la poussière. As-tu bien préparé ton affaire ?

Abias s'immobilisa. De quelle autre chose que la fonte de la Mer d'Airain pouvait-il être question ? L'adolescent retint son souffle.

— Tout est prêt, seigneur, dit la voix de Méthousaël. Phanor a mêlé ce qu'il faut de calcaire aux briques dont est fait ce moule. Sous l'action de la chaleur, la chaux tombera en poussière, et alors...

— On va bien rire, acquiesça le troisième homme, dans lequel l'adolescent reconnut Jéroboam.

— La nuit dernière, Amrou a imbibé d'huile les traverses supérieures du support, reprit Méthousaël. Elles flamberont comme du petit bois dès qu'elles seront en contact avec la fonte incandescente. Quant à moi, j'ai mêlé aux couffins de limaille de cuivre et d'étain des quantités de bitume et de soufre qui rendront la température incontrôlable.

— Tu es sûr de toi, Méthousaël ? demanda Mardochée. Si tu réussis, tu es un homme riche. Si tu échoues, tu es un homme mort !

— N'ayez crainte, seigneur. Tenez-vous à l'écart,

car les effets de nos petits aménagements seront terribles.

Dans sa cachette, à quelques pas seulement des conspirateurs, Abias sentait son cœur battre à éclater. Non seulement l'entreprise périlleuse à laquelle Hiram consacrait toute son énergie depuis des mois était vouée à l'échec, mais un danger mortel planait sur tous ceux qui se trouveraient à proximité au moment de la coulée.

— Il a raison, Mardochée, dit Jéroboam. Regagnons nos places sur la tribune. Là-haut, nous ne risquerons rien et nous serons aux première loges pour assister au spectacle.

Mardochée se retourna vers le fondeur.

— Toi aussi, Méthousaël, prends garde à toi, sinon tu ne profiteras pas de ton or !

— Seigneur, c'est moins l'or que le titre de maître qui nous intéresse, mes compagnons et moi. Tu m'as promis que chacun de nous serait promu maître.

— Rassure-toi, je ne l'oublie pas. Quand la preuve de l'impéritie d'Hiram aura été administrée, il faudra bien achever l'ouvrage à sa place. Va, Méthousaël et mérite ton ascension prochaine !

Mardochée et Jéroboam s'éloignèrent vers la tribune royale, tandis que Méthousaël rejoignait en hâte son poste au creuset. Seul dans la pénombre, sous l'assemblage de bois soutenant le moule qu'il savait à présent saboté et condamné, Abias frissonna. Le poids de sa responsabilité l'écrasait. Il lui fallait avertir au plus vite Hiram. En arrêtant sur-le-champ la coulée, quitte à détruire tous les creusets en laissant le métal s'y refroidir, le pire pouvait être évité. Il faudrait affronter la fureur de Salomon, humilié devant son peuple et devant la reine de Saba. Mais il suffirait d'examiner les boisages et les briques sabotées et de démontrer la présence de soufre dans la fonte pour dénoncer le complot.

Indifférent à la douleur et au sang qui empoissait son flanc, l'adolescent parcourut le tunnel en sens inverse aussi vite qu'il le put. Quand il sortit de la niche, il chercha des yeux Hiram. En vain. Où son maître était-il passé ? Il se redressa et courut jusqu'au creuset, espérant découvrir le Tyrien. Hiram était invisible. Les ouvriers qu'Abias interrogea d'une voix angoissée ne surent lui répondre.

Indécis, affolé, il se tournait de droite et de gauche. Que faire ? Il songea à prévenir Llorn. Mais en l'absence d'Hiram, le Caucasien aurait-il assez d'audace et d'autorité pour interrompre la coulée ? Abias allait l'avertir, quand un formidable coup de gong le cloua sur place. Un frisson parcourut l'assistance, tel un champ de blé ondoyant sous le vent. Quelques instants plus tôt, Abias aurait partagé la curiosité passionnée de la foule. A présent la peur étreignait sa poitrine. Hiram, persuadé que l'ajustement des températures était acquis, avait entamé la phase finale. Il tourna son regard vers l'estrade qui supportait la potence à laquelle était suspendue la feuille de bronze. Il aperçut enfin son maître. C'était bien Hiram qui venait de donner le premier des neuf coups de gong. A chaque coup, les ouvriers perchés sur des échafaudages entameraient d'un coup de pic les opercules incandescents derrière lesquels grésillait la fonte liquide. Au neuvième coup, les opercules des trois conduits devaient sauter simultanément et libérer le métal en fusion.

Sous la potence, le bras d'Hiram, armé du lourd marteau, s'abattit pour la deuxième fois, libérant à nouveau les vibrations puissantes de la feuille de bronze. Abias ouvrit la bouche et cria pour attirer l'attention de l'architecte. Au milieu des cris, des coups de gong, du halètement géant des soufflets, des vociférations des contremaîtres, du tintamarre des cymbales et des trompes, des chants des lévites et des appels du *shofar*, il n'avait aucune chance d'être entendu. Le troisième coup de gong venait de retentir quand il parvint au pied de l'estrade sur laquelle officiait Hiram. Elle était trop haute pour qu'il songeât à s'y hisser. Il voulut monter par l'escalier, mais il se heurta à un cordon de gardes. Leur officier, une brute au front bas et au regard plein de morgue, l'éconduisit sans même l'écouter. Abias tenta de se faufiler entre ses jambes. L'officier le ceintura et le jeta au pied de l'escalier.

— Si tu recommences, je te coupe une oreille ! lui lança-t-il en tirant à demi son glaive du fourreau.

Désespéré, Abias regarda autour de lui. Tout était-il joué ? Il aperçut le roi, assis sur son trône incrusté d'or au centre de la grande tribune. Salomon ! Il prit sa course. Peut-être existait-il encore un espoir ?

Vingtième chapitre

Abias arracha son casque de cuir et se précipita vers la tribune royale. Il avait parfois approché Salomon alors qu'il accompagnait Hiram au palais. Le roi le reconnut et ordonna à ses gardes de le laisser venir jusqu'à lui.

Quand il se jeta tremblant d'émotion aux pieds de Salomon, l'adolescent entendit le gong sonner de nouveau. Etait-ce le quatrième coup ou déjà le cinquième ?

— Grand roi ! toi seul peux empêcher une tragédie ! s'écria-t-il.

— Que dis-tu ? Reprends ton souffle, parle calmement, voyons.

Abias se força à inspirer une grande goulée d'air avant de continuer, mais les mots se pressaient dans sa bouche :

— Majesté, le moule de la Mer d'Airain a été saboté. Il faut tout arrêter ! Toi seul en a le pouvoir !

Salomon saisit le jeune garçon par le bras et le força à se rapprocher pour n'être entendu que de lui.

— Moins fort ! ordonna-t-il. Il y aurait un complot, dis-tu ?

Un coup de gong retentit. Salomon regarda un bref

instant du côté de l'estrade et d'Hiram, puis revint à Abias.

— Contre qui ce complot ? Contre moi ?

— Contre le Temple, donc contre toi, mais aussi contre mon maître ! Le temps presse, grand roi.

— Comment l'as-tu appris ?

— J'ai surpris une conversation entre les conjurés. J'étais caché sous le bâti. Je les ai entendus.

— Qui as-tu entendus ?

Abias hésita. Son regard avait croisé celui de Mardochée. Assis près du roi parmi les privilégiés admis sur la tribune, le frère de lait de Salomon avait reconnu Abias et s'efforçait de lire sur ses lèvres. Abias hésitait à dévoiler la participation de Mardochée au complot. Comment le roi réagirait-il en apprenant que son frère était impliqué ? Il pouvait refuser d'y croire et perdre un temps précieux. Il serait toujours temps de le convaincre quand la menace serait écartée.

— Méthousaël le fondeur, Phanor le maçon et Amrou le charpentier, dit-il dans un souffle, tandis que le gong résonnait une fois de plus. Roi Salomon, je t'en conjure, suspends la main des ouvriers ! S'ils ouvrent la voie au métal, le moule n'y résistera pas !

Salomon ferma les yeux et resta un instant silencieux. Abias scrutait le visage du souverain. Qu'attendait-il ? Comment pouvait-il tergiverser devant une situation aussi périlleuse ? Salomon s'était raidi sur son trône. Il étreignit son sceptre à le briser. Sur son visage se lisaient le doute et la colère. Il était en proie à des pensées violentes et contradictoires. De toutes ses forces, Salomon brûlait d'interrompre la cérémonie, mais les humiliations qu'Hiram lui avait infligées, l'amour de Balqîs pour l'architecte lui ôtaient tout jugement, le mettaient dans un état de fureur qu'il n'arrivait plus à maîtriser. Après tout, l'échec de la coulée ne serait pas le sien, mais celui d'Hiram. Et l'humiliation qui en résulterait mettrait fin à l'admiration que lui portaient tout à la fois le peuple, les corporations et Balqîs. Il jeta un regard à la foule. Comment pouvait-il sacrifier son peuple à sa jalousie ? Abias le rappela à lui.

— Grand roi, je t'en supplie !

Sous un nouveau coup de marteau d'Hiram, l'épaisse feuille de bronze vibra une fois de plus. Salomon rouvrit les yeux et les posa sur l'adolescent prosterné.

— Répète-moi leurs noms.

— Méthousaël, Phanor, Amrou. Le temps presse !

— Le temps ne nous appartient pas. Il appartient à l'Eternel.

Un autre coup de gong retentit. Abias agrippa la tunique de Salomon. Aussitôt deux gardes se précipitèrent et l'empoignèrent. Déjà, l'un d'eux dégainait son glaive. Salomon l'arrêta d'un geste.

— Il n'est coupable de rien. Laissez-le aller.

Les gardes poussèrent Abias au bas de la tribune. Il atterrit sur les épaules des spectateurs qui le couvrirent d'injures et de malédictions. Il avait roulé à terre. Il se releva, esquiva le coup de poing d'un colosse furibond et se perdit dans la foule. Là-haut, sur la tribune, le menton dans la main, le visage impénétrable, Salomon gardait son regard fixé sur la vasque. Au-dessus d'elle, depuis leurs échafaudages, les piqueurs travaillaient à ouvrir les embouchures des conduits. Un peu plus loin, la silhouette d'Hiram brandissait le marteau pour porter le huitième coup de gong. Fou de peur et de rage impuissante, Abias s'élança vers l'échafaudage le plus proche, dans l'espoir insensé d'arrêter le bras du piqueur et d'attirer ainsi l'attention des deux autres.

Jamais sans doute un homme n'avait frappé sur un gong avec autant d'exaltation qu'Hiram en cet instant. Chaque coup de marteau le rapprochait du but. Le métal étincelant allait surgir et prendre forme, aboutissement des efforts déployés par plus de cent mille homme au long de sept années de travail. Le rêve de toute une vie. Le peuple entier, la cour de Salomon, le roi lui-même et Balqîs avaient les yeux fixés sur lui.

Après le huitième coup, au signal d'une sonnerie de trompettes, un grand silence s'abattit sur l'esplanade. Alors, Hiram porta à la feuille de bronze vibrante et sonore l'ultime coup de marteau. Mû par une subite inspiration, il lâcha le marteau et courut au bas de l'estrade. Il escalada avec agilité l'échafaudage le plus proche. Là, il arracha le pic des mains de l'homme qui y était posté et entreprit d'achever la tâche à sa place. Seule une mince paroi de brique réfractaire contenait encore la fonte brûlante dans chacun des trois conduits. Les deux autres ouvriers perchés au-dessus de la vasque portèrent leur regard vers Hiram, de façon à laisser au maître le privilège de libérer le premier le flot de lave lumineuse. Les yeux rivés sur l'opercule à présent translucide, derrière lequel se devinait le bouillonnement du métal en fusion, la foule retenait son souffle.

Levant bien haut son pic, Hiram l'abattit avec force

au centre du bouchon de brique. Dans une gerbe d'étincelles, des larmes de fonte jaune d'or s'échappèrent de la conduite enfin crevée. Alors, dans un sifflement strident, la fonte jaillit et se répandit dans le moule de la vasque en une cascade aveuglante. Un cri de joie monta de la foule, tandis que les deux autres piqueurs libéraient à leur tour la fonte des deux autres creusets.

Une formidable bouffée de chaleur se dégageait de la vasque qui se remplissait et menaçait de l'asphyxier. Déjà, les deux piqueurs avaient battu en retraite et abandonné les échafaudages. Avant de les imiter, Hiram lança un regard en direction de la tribune. La coulée éclairait l'esplanade d'une lumière éclatante. Sur la tribune, Salomon et Balqîs, immobiles, semblaient saisis par la beauté irréelle du spectacle. Salomon, songeur, gardait les yeux fixés sur la vasque où la fonte serpentait en cent ruisseaux de feu. Balqîs, elle, regardait Hiram.

Il avait regagné le sol quand une lueur écarlate balaya soudain l'esplanade, éclaboussant jusqu'au ciel et ensanglantant les murs et les toits de Jérusalem endormie. En une seconde, sur les visages, l'admiration laissa place à l'effroi. Tout autour de la vasque, les ouvriers s'étaient figés. Caparaçonnés de chasubles de cuir, ils étaient chargés de canaliser la fonte avec de longues spatules de fer. Alors que tout avait été mis en œuvre pour obtenir un épanchement régulier, d'une température égale, ce soudain embrasement était inexplicable. Fou de colère, Hiram se retourna vers Méthousaël et Llorn, toujours supposés régler le rythme des soufflets. Llorn était bien là, mais Méthousaël avait disparu. Un ouvrier expédiait la besogne à sa place en faisant de son mieux. Hiram s'élança vers lui, mais il n'eut pas le temps de le rejoindre. Dans un bruit terrible, une des canalisations qui déversait la fonte dans la vasque explosa.

La foule hurla et reflua en désordre vers les murailles qui bordaient l'esplanade. Comme la lave jaillissant irrépressiblement du cratère d'un volcan, d'énormes giclées de métal en fusion s'abattaient sur les ouvriers et les spectateurs. Des hommes, des femmes s'enflammaient comme des torches. D'autres, le visage aspergé de feu liquide, aveuglés et rendus fous par la douleur, s'enfuyaient en tous sens. Des gerbes de feu étaient retombées sur les échafaudages de bois, sur les tribunes et sur les soufflets, tuant spectateurs et servants et allumant en un instant d'innombrables incendies. Dans la foule compacte qui tentait désespérément de quitter le sanctuaire, une horrible bousculade faisait au même instant des dizaines de victimes, piétinées et étouffées, écrasées contre les barrières de bois ou contre les murailles.

En un éclair, Hiram devina que ce n'était qu'un début. Le débit de la conduite éclatée était sans commune mesure avec les deux autres. Ce déséquilibre serait fatal. Peut-être restait-il une chance d'éviter le pire. Hiram voulut ouvrir sur-le-champ les dérivations prévues pour couler les colonnes et les statues taurines. Il se rua vers le creuset endommagé quand, coup sur coup, deux nouvelles explosions se produisirent. Deux autres conduits avaient cédé à leur tour à une pression et à une chaleur inimaginables. Dès lors, aucune force humaine ne pouvait plus endiguer le flot du métal en fusion.

Vingt-et-unième chapitre

Hiram ne songea plus qu'à tenter de sauver des vies. Le moule avait été conçu pour supporter une lente et régulière accumulation de fonte liquide dans ses flancs, non pour recevoir en quelques instants la totalité de la coulée. La terrible pluie de feu qui venait de s'abattre sur les premiers rangs n'était rien à côté de ce qui se produirait alors. Le seul moyen d'empêcher un désastre absolu était de faire évacuer la place le plus vite possible. Mais sous les yeux d'Hiram, la foule ne constituait plus qu'une multitude folle de terreur. On se bousculait, on se frappait dans un vain effort pour s'éloigner du brasier. Hiram essaya en vain de substituer un semblant d'ordre au chaos, pour sauver ce qui pouvait l'être encore. Indifférent à son propre sort, il se hissa sur la carcasse d'un échafaudage et hurla pour tenter de se faire entendre. Un sentiment d'irréalité s'était emparé de lui. Il lui semblait se débattre au milieu d'une tempête, dans la mâture d'un navire en train de sombrer. Mais la mer était humaine et n'obéissait pas plus à ses ordres et à ses prières que les vagues furieuses ne l'auraient fait.

Soudain, un homme échevelé le rejoignit sur l'échafaudage branlant. Hiram eut du mal à reconnaître Llorn. Du sang maculait le visage du Caucasien et son regard brillait comme celui d'un dément.

— Llorn, que s'est-il passé ?

— Erreur ou sabotage, je l'ignore. Enfile ça, maître !

Il tendit à Hiram une de ces lourdes chasubles de cuir qu'on avait distribuées à tous ceux qui travaillaient près des creusets. Hiram avait refusé d'en porter une. Il était encore moins disposé à se protéger à présent. Il écarta le vêtement.

— Où est Abias ?

— Je n'en sais rien. Maître, mets ça, je t'en conjure ! dit-il en lui tendant à nouveau la chasuble.

Hiram refusa de nouveau avec impatience.

— Et Méthousaël, où est-il ?

Llorn désigna l'horrible cohue qui les entourait de toutes parts, au-delà du cercle incandescent de la vasque. Par les trois conduites éclatées, la fonte se déversait en grondant.

— Quelque part là-dedans, vivant ou mort ! Viens, seigneur, tâche de te sauver, toi aussi. Nul ne peut plus rien pour personne, désormais !

— Non ! hurla Hiram. Je dois faire quelque chose ! C'est ma faute, comprends-tu ?

— Qu'en sais-tu ? Si tu meurs, tu n'en sauras jamais rien !

Mais Hiram, enragé de désespoir et de honte, n'écoutait plus personne. Il s'apprêtait à sauter à bas de l'échafaudage pour se jeter dans l'indescriptible mêlée, quand dans un terrifiant craquement, le bâti de la vasque s'écroula sous l'afflux brutal du métal en fusion. Du moule éventré, une énorme lame de feu s'échappa, s'éleva au-dessus de la foule tétanisée et s'abattit sur elle. Hiram fut submergé d'horreur. Il ne voulait plus entendre les hurlements de douleur des victimes et le grésillement de la peau humaine au contact des braises projetées en tous sens. Il ferma les yeux pour ne plus voir la lueur mouvante des flammes, le rictus d'épouvante qui tordait le visage des brûlés. Une nausée le souleva devant l'odeur insoutenable qui se dégageait des corps grillés et montait vers le ciel comme les fumées d'un gigantesque sacrifice humain. Etait-ce réel ? Le cauchemar de son enfance le possédait de nouveau. Il chancela.

Il rouvrit les yeux. Abias se tenait devant lui, au pied de l'échafaudage renversé. Une plaie affreuse le défigurait. Sur ses épaules, la chasuble de cuir fumait, à demi consumée par une éclaboussure de fonte. Il aperçut Hiram et tendit vers lui une main ensanglantée, déformée, crochue comme la serre d'un oiseau.

— Hiram, c'est ma faute, je n'ai pu te prévenir. J'ai mal. Pardonne-moi, Hiram !

— Que dis-tu ?

— Adieu, Hiram ! Puisses-tu me pardonner !

Abias se détourna et se jeta dans le brasier. Hiram poussa un cri inhumain. Le feu l'attirait irrésistiblement. Fou de douleur, il s'apprêtait à plonger dans le brasier à son tour, mais Llorn le ceintura et l'entraîna loin des flammes.

Les notables avaient fui la tribune royale, momentanément épargnée par les flammes. Seuls Salomon, Balqîs et Elyhap s'y trouvaient encore. En retrait, Sadoq, debout, les yeux fermés, se balançait d'avant en arrière en psalmodiant d'inintelligibles prières. Dès le début de la catastrophe, Balqîs s'était levée, son regard n'avait pas quitté Hiram. Elle avait tenté de le rejoindre, mais Salomon l'avait empoignée d'une main ferme et rappelée à la raison. Quand Abias disparut dans le brasier, éperdue, elle se jeta dans les bras de Salomon. Enfin, la reine de Saba s'abandonnait dans ses bras, enfin vulnérable, enfin humaine... Il la serra contre lui. Sa peine était immense et le remords commençait à le tenailler. Il entraîna Balqîs vers son équipage. Elle ne vit pas Hiram s'approcher du brasier et Llorn le retenir.

A l'exception de Sadoq toujours en prière, la tribune était déserte à présent. Des flammes commençaient à en attaquer les montants. Un craquement sinistre interrompit l'état de transe dans lequel l'avaient plongé ses prières. Il chercha Hiram du regard et le vit s'éloigner soutenu par Llorn. Sur son visage d'oiseau de proie se lisait une haine indicible.

Un pli soucieux barrait le front de Salomon, tandis qu'il écoutait le compte rendu d'Elyhap. Précis et sobre comme à l'ordinaire, l'Egyptien se gardait de trop dramatiser la catastrophe qui venait de se dérouler. Une soixantaine d'hommes et de femmes avaient péri brûlés vifs. Parmi les blessés, on estimait qu'il en succomberait encore presque autant. Mais les victimes de la panique se comptaient par centaines. Des enfants et des vieillards, mais aussi des hommes en pleine force avaient été piétinés par le troupeau humain. Le soleil se levait sur le mont Moriah. On n'avait pas encore recensé tous les morts, dont beaucoup avaient été écrasés, étouffés au pied des murailles.

— Au total, plus de trois cents morts, peut-être quatre cents, conclut Elyhap. Dans Jérusalem, nul n'a dormi cette nuit. Une foule immense hante encore le mont Moriah.

Le visage fermé, Salomon enregistrait les chiffres terribles. Des centaines de morts. Le double de blessés peut-être. D'autres morts encore à venir. Sans compter ceux qui resteraient estropiés pour la vie. Il aimait son peuple. En écartant Abias sans intervenir, il n'avait pas eu conscience de la tragédie qui menaçait. Il ferait arrêter les coupables, il les châtierait sans pitié. Comment s'appelaient-ils, déjà ? Méthousaël, Phanor, Amrou, si le jeune Abias avait dit vrai. Mais des centaines de cadavres d'hommes et de femmes mutilés, atteints dans leur chair et dans leur esprit, témoignaient que l'adolescent n'avait pas menti. Un malaise l'envahit. L'adolescent avait-il prévenu Hiram avant de se donner la mort ?

Salomon interrogea encore Elyhap.

— Les creusets, les soufflets, le moule ?

— Sire, tout est détruit, à l'exception des formes des colonnes, épargnées par miracle.

— Et Hiram, où est-il ?

— Disparu, majesté. On l'a vu tenter de canaliser la foule vers le sanctuaire, où une partie aurait pu trouvé refuge, plutôt que vers le fond de l'esplanade, où la mort les attendait. On n'en sait pas plus pour l'instant.

— Son serviteur ?

— Le Caucasien est introuvable, lui aussi. Nombre de corps carbonisés sont méconnaissables. Je crains qu'il n'y figure parmi eux, comme leur maître.

— Qu'on s'en assure. Fais donner l'ordre de les chercher parmi les blessés et les morts.

— Cet ordre est déjà donné, grand roi.

Le roi baissa la voix, afin de n'être entendu que de son secrétaire.

— Si l'un d'eux survit, quel qu'il soit, qu'on l'arrête discrètement et qu'il soit mis au secret. Hiram a failli. Tous ces gens sont morts par sa faute. Que dit le peuple ?

— La douleur cherche des coupables. On ne maudit pas qu'Hiram.

— Mon nom est-il prononcé ? demanda Salomon.

— Il l'est, majesté. On prétend que rien ne serait arrivé si tu avais choisi un Hébreu pour diriger les travaux. Mardochée est sur place, qui fait distribuer des linges imbibés d'huile aux brûlés et du pain à tous. La foule l'acclame quand il prend la parole.

— Que dit-il de moi ?

— Il prend ta défense, grand roi, et rejette toute la faute sur le Tyrien.

Mais les informations que lui apportait Elyhap n'inquiétaient pas moins Salomon. Il lui fallait agir. Il se pencha de nouveau à l'oreille d'Elyhap.

— Fais rechercher Méthousaël, de la tribu de Ruben. Et aussi le Syrien Phanor, et le Phénicien Amrou. S'ils ont survécu, qu'ils soient arrêtés et jetés au cachot. Et qu'on m'en informe aussitôt.

Vingt-deuxième chapitre

Elyhap se leva et fit entrer les notables qui attendaient dans l'antichambre de la salle du Conseil. D'une voix grave, Salomon leur résuma le rapport de l'Egyptien.

— Un grand malheur s'est abattu sur nous ! Je pleure sur mon peuple meurtri, sur la joie qui s'est changée en douleur, sur le deuil qui s'est substitué à la liesse.

Sadoq n'attendait qu'un prétexte pour intervenir. Le chagrin manifesté par Salomon le lui fournit.

— Oui, grand roi, tu te lamentes et nous pleurons avec toi ! Mais les larmes ne suffisent pas à réparer le mal. Elles ne ressusciteront pas les morts, elles n'apaiseront pas les souffrances des blessés, elles ne rendront pas leurs membres aux mutilés. Ce qu'il faut au peuple, c'est le châtiment du coupable ! Le Tyrien avait promis que l'autel des sacrifices serait prêt ce soir, mais ce soir aucune fumée propitiatoire ne s'élèvera vers le ciel. Ce qui monte en cet instant vers Yahvé, c'est la fumée du corps de ses fidèles ! Si les Hébreux pleurent aujourd'hui tant de victimes innocentes parmi les leurs, c'est la faute de cet idolâtre !

Un brouhaha d'approbations salua ces paroles. Salomon leva la main pour y mettre un terme. Il fut obéi. Mais il était moins sûr de la docilité des humbles. Pour eux, la réputation de sagesse du roi était en jeu. Salomon ne pouvait s'être trompé au point de causer la mort de centaines de ses sujets et le malheur de milliers d'autres.

— Peut-être as-tu raison, Sadoq. Mais le drame que nous avons vécu peut avoir d'autres causes. Quand la lumière sera faite, rien au monde ne retiendra ma main. Elle s'abattra avec fureur sur les coupables.

— Les coupables ? Je n'en vois qu'un, s'obstina le pontife.

— Un coupable ou plusieurs, le temps nous l'apprendra, trancha Salomon. Pour l'heure, que chacun se retire et se purifie en prévision des obsèques des victimes. J'ai dit !

Un morne abattement régnait sur la cité, sur ses palais orgueilleux comme sur ses plus humbles bicoques. Se pouvait-il que Yahvé eût désavoué Salomon ? C'était la question que chacun se posait, plus ou moins ouvertement selon son audace ou son inconscience. Quelques imprudents qui l'avaient formulée à haute voix croupissaient en prison. Il fallait satisfaire la légitime soif de vengeance du peuple, ou tout du moins la faire patienter. Hiram, tout comme son serviteur Llorn, demeurait introuvable. Le peuple n'hésita pas à les croire en fuite. Comme Elyhap l'avait craint, sa fureur éclaboussa Salomon, qui avait si longtemps favorisé le Tyrien. Il fallait détourner la rancœur populaire vers une autre cible. Par chance, Méthousaël, Phanor et Amrou étaient bien vivants. Ils furent jetés au cachot. Elyhap s'empressa de laisser filtrer la nouvelle de leur arrestation. Sans rien savoir de précis, on échafaudait des théories, dont certaines innocentaient Hiram, tandis que d'autres faisaient de lui le chef d'une conjuration dont les trois prisonniers n'avaient été que les exécutants. Alors que l'un et l'autre semblaient vaquer à leur affaires avec un parfait sang-froid, une inquiétude mortelle dévorait Mardochée et Sadoq. Jéroboam, quant à lui, était si effrayé qu'il en était tombé malade, prétexte pour se retirer sur ses terres. Mardochée et Sadoq avaient analysé la situation. Phanor et Amrou avaient été entraînés dans la conspiration par Méthousaël. Ils ne savaient pas au juste qui l'avait commanditée. Mais le fondeur savait tout. S'il parlait sous la torture, Salomon apprendrait l'identité des vrais coupables. Le châtiment serait terrible.

Le frère du roi connut des moments de folle inquiétude. Devait-il éliminer Méthousaël ? S'il avait pu le faire empoisonner, il n'aurait pas hésité une seconde. Mais le fondeur et ses compagnons étaient bien gardés, dans les soubassements du palais royal, sous la surveillance d'hommes fanatiquement dévoués à Salomon. Alors fuir, quitter la partie avant qu'elle ne soit jouée ? Mardochée irait jusqu'au bout, dût-il trouver la mort à la fin de l'aventure. D'ailleurs, vivre en exil, loin d'un Salomon informé de sa trahison, aurait été pour lui semblable à la mort. Alors se jeter aux pieds du roi, implorer son pardon, plaider qu'il n'avait agi que par haine du Tyrien ? Non plus ! Mardochée voulait conserver l'amour et la confiance de son frère. Demeurer son favori. Il fallait attendre. Serrer les dents. Et se tenir prêt à mourir si la vérité éclatait au grand jour.

Pourtant, le temps passait, et rien ne se produisait. Méthousaël résistait-il à la torture, ou bien, pour des raisons connues de lui seul, Salomon tardait-il délibérément à la lui faire appliquer ? Mardochée l'ignorait, mais la seconde hypothèse était la bonne. Salomon semblait craindre d'apprendre la vérité. Abias n'avait pas menti, Hiram n'était pour rien dans le désastre. Les trois prisonniers du palais n'avaient sans doute pas agi de leur propre initiative. Au-dessus d'eux, des personnages autrement puissants avaient commandité le complot.

Elyhap le lui confirma une fois de plus, on n'avait pas retrouvé le corps d'Hiram. Parmi les victimes non identifiées, il ne s'en trouvait pas une dont les jambes présentaient des traces d'anciennes fractures. La disparition d'Hiram n'en devenait que plus énigmatique. Elle obsédait Salomon. Balqîs, désespérée, avait envoyé ses sicaires à la recherche de son bien-aimé.

Hiram ne savait plus combien de fois le soleil s'était levé et la lune avait paru depuis la tragédie. Loin, bien loin de Jérusalem, dissimulé derrière un rocher, immobile, silencieux, il guettait l'approche d'une famille de damans. Avec son poignard, il s'était fabriqué un arc et des flèches de fortune. La faim le tenaillait. Un vol de corbeaux alerta les damans. Ils s'immobilisèrent, prêts à regagner leurs terriers, puis reprirent leur marche prudente. Hiram banda son arc et visa soigneusement sa proie. L'herbe bougea imperceptiblement. La tête triangulaire et plate d'une vipère cornue émergea. Hiram épargna le rongeur et cloua le reptile d'une flèche plantée dans la tête.

Rassasié, il se baigna dans un torrent et reprit sa longue marche. Cette nuit-là, il gagna les collines semi-désertiques de Samarie. Là, il pourrait se nourrir de fruits et d'olives, mais il lui serait moins aisé d'éviter toute rencontre humaine. Peu lui importait l'endroit où ses pas le dirigeaient pourvu qu'il trouvât dans cette errance un quelconque soulagement au désespoir qui l'habitait.

Vingt-troisième chapitre

La nuit elle-même ne lui apportait pas l'apaisement. Des cauchemars le hantaient. Le feu, toujours le feu... Il errait au cœur de boyaux souterrains noyés de ténèbres, au bout desquels s'allumait la lueur d'un brasier. A mesure qu'il progressait, le martèlement sourd des tambours qui n'avaient jamais cessé de battre dans sa mémoire depuis le martyre d'Acherbas se précisait. L'angoisse grandissait en lui. Il aurait voulu faire demi-tour et s'enfuir pour échapper à l'horreur qui l'attendait au bout du tunnel. Mais un vent de tempête soufflait et le poussait irrésistiblement. Il avait beau tenter de s'accrocher aux reliefs de la paroi, le vent était plus fort que lui. L'air torride asséchait ses lèvres et sa langue oppressait sa poitrine. Il s'éveillait, ruisselant de sueur, le souffle court, tremblant de tous ses membres. Il demeurait prostré, ses yeux fixant les étoiles, mais le ciel nocturne n'avait plus rien de paisible ni de majestueux. La nuit n'était plus qu'effroi et menace. Jusqu'à l'aube, fuyant le sommeil, il reprenait sa marche.

Depuis la nuit tragique, il tournait et retournait dans son esprit la succession des événements, il refaisait mentalement tous ses calculs, il revoyait tous les plans des étais de la vasque et il se heurtait toujours à la même conclusion. Le drame était incompréhensible, il n'aurait pas dû se produire. Et tous ces morts... Et Abias, sacrifié tout comme Acherbas...

Ses forces l'abandonnèrent. Il s'écroula, terrassé par la fatigue. Un nouveau songe le visita. Une douce chaleur envahit son corps. Il se trouvait dans une immense caverne qui lui était familière. Elle était éclairée par des brasiers auprès desquels des géants actionnaient des forges et des soufflets monumentaux. Un colosse s'avança. Même parmi les géants noirs des confins africains, même au sein des tribus d'au-delà du Pont-Euxin parmi lesquels se trouvaient des colosses aux yeux bleus, Hiram n'avait jamais vu d'homme aussi grand. Il était vêtu d'un tablier de cuir. Des anneaux de fer s'enroulaient autour de ses biceps et de ses poignets et une lourde masse de forgeron reposait sur son épaule. Sous une mitre grossière, son visage puissant était encadré d'une épaisse barbe noire. Ses yeux brillaient d'un feu insoutenable. Il souriait.

— Me vois-tu assez bien, Hiram ? Tu es au centre de la terre, auprès du feu central, celui qui communique sa chaleur à tout ce qui vit. Je suis Tubal-Caïn, fils de Caïn, maudit par l'Eternel. Je suis le maître du feu ! C'est moi qui en ai donné la science aux hommes. Je suis le père de ceux qui défient Yahvé. Ils forgeront un jour la clé du monde. Je suis le père de l'humble forgeron qui t'a engendré. Chasse le désespoir de ton cœur. Ton art n'a pas failli. Redresse la tête, tu as été trahi. Viens contempler le feu. Ton âme verra ce que tes yeux ne peuvent voir.

Tubal-Caïn saisit Hiram par l'épaule et le conduisit vers les forges. La chaleur du brasier réchauffait son corps. Il n'avait pas failli ! Des larmes coulèrent sur ses joues.

— Hiram ! Hiram, mon aimé ! Eveille-toi, je t'en prie. Je suis là, la nuit est paisible. Mon cœur se réjouit. Je t'ai retrouvé enfin !

La voix était douce, ce n'était qu'un murmure, mais peu à peu, elle l'emportait sur la fureur des brasiers et le bruit des forges. Elle finit par atteindre Hiram. Il s'éveilla, il ouvrit les yeux. La main qui étreignait son épaule n'était pas celle de Tubal-Caïn.

— Balqîs ! Ce ne peut être toi. Tu n'es qu'un rêve, je suis dans les forges de Tubal-Caïn !

— Que dis-tu ?

Balqîs se tourna un instant vers Llorn. Le sicaire lui tendit son outre.

— Fais le boire. Il sortira de son rêve.

Hiram sentit une fraîcheur délicieuse apaiser le feu qui brûlait son visage. Il tendit la main, pour effleurer l'apparition et éprouver sa consistance. C'était bien une chair de femme, la peau douce de Balqîs, qu'il sentit sous ses doigts.

— Tu es vraie, murmura-t-il, tu es là !

— Je t'ai cru mort. J'étais désespérée. J'ai prié Almaqah, Yahvé et Melqart. L'un d'eux a fini par exaucer ma prière. Une nuit, Llorn est venu à moi. On m'a réveillée, je l'ai reconnu malgré ses plaies et ses brûlures. Il m'a dit : « Hiram est vivant » et la joie a éclaté dans mon cœur !

Hiram tourna son regard vers Llorn.

— Llorn, tu es vivant ! Je ne me souviens plus. Que s'est-il passé ?

— Sur le mont Moriah, j'ai dû t'assommer pour t'empêcher de te jeter dans les flammes. Ensuite, je t'ai emmené loin de toute ville. Tu risquais d'être lapidé. Tu ne parlais plus, j'ai cru que tu avais perdu la raison à jamais. Et tu as disparu. J'ai alors pensé à Balqîs. Elle seule pouvait te venir en aide.

De sa main lasse, Hiram étreignit l'épaule de Llorn.

— Je ne suis plus ton maître, Llorn Salikas. Je suis, si tu le veux, ton ami reconnaissant !

Le Caucasien s'inclina en portant la main à son cœur.

— Tout ira bien désormais, dit Balqîs. Elle caressait le visage d'Hiram, l'embrassait. Tu aurais pu mourir dans cette solitude !

— Je le souhaitais. Je croyais avoir échoué. Je voulais en finir avec la vie. Mais Tubal-Caïn m'a ouvert les yeux.

Sentant sur lui les regards inquiets de Balqîs et de Llorn, Hiram comprit qu'il était en train de mêler le songe à la réalité. Il sourit.

— On m'a trahi. Je dois achever ma tâche. Combien d'hommes, de femmes, d'enfants sont morts par ma faute ?

— Des centaines d'innocents et des centaines d'autres sont blessés.

— Je n'ai pas été assez vigilant. Je suis le seul responsable. Pas un ordre n'a été donné qui ne l'ait été par moi !

— Salomon a fait arrêter trois hommes. Ils sont gardés au secret dans les cachots de son palais.

— Qui sont-ils ?

— Il s'agit de Méthousaël, d'Amrou et de Phanor.

— Que retient-on contre eux ? Ont-ils avoué quelque chose ? Cela ne prouverait encore que le talent de leurs tortionnaires.

— L'affaire n'est pas encore élucidée, mais il semble bien qu'il y ait eu complot. Chacun de ces trois hommes a pu agir et compromettre le bon déroulement de la coulée.

Hiram se rappela les tâches qu'il leur avait confiées. Amrou avait travaillé au boisage du moule, Phanor à la fabrication des briques et des gouttières réfractaires, Méthousaël avait dosé les limailles et surveillé un des soufflets. Or, chacun de ces trois éléments avait eu sa part dans la catastrophe.

— La conduite qui a cédé la première était celle dont j'avais chargé Méthousaël.

— Je me suis alliée à Elyhap pour faire avancer l'enquête, l'informa Balqîs. Nous nous sommes interrogés sur le rôle de Sadoq.

— Sadoq m'a toujours été hostile, dit Hiram.

— Justement ! Méthousaël laisse entendre qu'il bénéficierait de la protection du pontife. Il sait qu'il joue sa tête et ne lâche ses aveux que par bribes, mais à présent, Salomon ne doute plus de la réalité d'une conspiration, même si l'on ne sait pas encore qui l'a ourdie. Il te cherche lui aussi, à travers tout le pays. Il faut achever le Temple.

Vingt-quatrième chapitre

Chaque matin, le geôlier posait devant Méthousaël une cruche d'eau et une boule de pain. Et chaque matin, le prisonnier réfrénait son envie de se jeter dessus afin d'apaiser la faim qui lui mordait le ventre et la soif qui desséchait sa gorge. Sa vie ne tenait plus qu'à un fil. Hors des murailles qui l'emprisonnaient, des hommes puissants comptaient sur son silence. Et quoi de plus silencieux qu'un mort ? Méthousaël contemplait longuement la boule de pain avant d'en arracher la première bouchée. Il scrutait avec suspicion l'eau de sa cruche avant d'oser enfin étancher sa soif. Et sa pitance achevée, la sueur au front, il attendait les premiers effets du poison. Méthousaël ne se faisait que peu d'illusions sur ses chances de survie. Ou bien on parviendrait à l'empoisonner de l'extérieur, ou bien Salomon, las de sa résistance, le ferait mettre à mort. Phanor et Amrou mourraient, eux aussi. Mais eux ne savaient presque rien. Ils ne faisaient courir aucun risque aux commanditaires du sabotage. De ce fait, contrairement à lui, ils ne disposaient d'aucune monnaie d'échange. Au fond de son cachot, Méthousaël, après avoir longtemps tergiversé, prit enfin sa décision. Puisque le silence le menait de toute façon à la mort, il devait parler, de sa propre initiative. On avait cessé de le torturer. Il n'avait dit mot. C'était un homme très obstiné et très dur au mal que Méthousaël de la tribu de Ruben. Devant son mutisme obstiné, la conviction de Salomon et d'Elyhap se serait effondrée, si Phanor et Amrou n'avaient pas avoué de leur côté. Le maçon et le charpentier n'avaient pas la fermeté d'âme du fondeur. Méthousaël était une crapule courageuse. Ils n'étaient que des crapules ordinaires. Ils avaient livré tout ce qu'ils savaient. Oui, l'effondrement de la vasque et la catastrophe qui en avait résulté était due à un complot et à un sabotage. Ils en avaient été les chevilles ouvrières. Ils ignoraient l'identité des instigateurs du complot. Méthousaël les avait enrôlés, en leur promettant de l'or et surtout de leur faire obtenir le grade tant convoité de maître.

Devant l'entêtement de Méthousaël à se taire, une sourde inquiétude avait envahi le roi. Bien sûr, il pouvait faire exécuter les trois hommes en public, pour consoler le peuple. Mais ses vrais ennemis resteraient tapis dans l'ombre, inconnus et inaccessibles. Taraudé par le doute, il résolut de faire torturer Méthousaël de nouveau. Il s'apprêtait à en donner l'ordre à Elyhap quand l'Egyptien annonça que le fondeur avait décidé de parler.

— Allons l'écouter sur le champ.

— Il n'entend se confesser qu'à toi, en personne, grand roi !

— Tu m'attendras derrière la porte du cachot. Tu n'as rien à craindre de ses révélations, j'espère !

L'Egyptien soutint sans sourciller le regard inquisiteur du roi.

— Majesté, ma vie n'est qu'à toi et tu peux la prendre à l'instant de ton choix.

Salomon lui sourit.

— Je te crois, Elyhap. Pourquoi faut-il que le roi des Juifs n'ait plus confiance qu'en un Egyptien ?

— Grand Roi, ne te laisse pas envahir par la doute et la méfiance. Ton peuple t'est fidèle. Tu sauras dans quelques instants le nom des quelques félons et tu les châtieras.

Dans la pénombre du cachot, Salomon brandit une lampe à huile vers le visage du prisonnier. Les deux hommes étaient seuls, comme Méthousaël l'avait exigé. Elyhap s'était retiré après avoir vérifié que le fondeur, enchaîné à des anneaux scellés à la muraille, ne pouvait attenter à la personne du roi.

Salomon dévisagea Méthousaël à loisir. Dans son visage cabossé brillaient de petits yeux vifs. Bien qu'éprouvé par la torture, il semblait encore maître de lui.

Méthousaël lança un regard en direction de la porte, comme pour s'assurer qu'elle était bien close.

— Tu peux parler, lui dit Salomon. Moi seul t'entends. Qu'as-tu à vendre ?

— Des noms en échange de ma vie et de ma liberté.

— Tu demandes beaucoup.

— Les noms que je t'offre le valent bien.

— Tu as du sang sur les mains, ne l'oublie pas. Si je m'engage à te libérer, qui te dit que je tiendrai ma promesse quand tu auras parlé ?

Les petits yeux luisants de Méthousaël scrutèrent le visage du roi.

— Tu es Salomon. D'autres rois ne respectent peut-être pas la parole donnée. Pas le roi Salomon !

— Je ne te promets rien. Phanor et Amrou ont avoué. Je peux vous faire lapider tous les trois. Parle et j'estimerai ce que valent tes aveux.

Méthousaël baissa la tête.

— Je me remets entre tes mains, seigneur.

— J'écoute.

— Le maître des écuries, Jéroboam ! souffla Méthousaël.

Pour le roi, Jéroboam n'était qu'un serviteur, un courtisan parmi d'autres. Il le punirait sans états d'âme.

— Sadoq, le grand prêtre, est aussi du complot, poursuivit le fondeur.

Le visage de Salomon se durcit. Il serait moins facile de châtier le pontife qu'un simple intendant des bâtiments royaux. Mais depuis longtemps, un affrontement avec Sadoq était inéluctable. En se compromettant dans une affaire qui avait meurtri le peuple hébreu, Sadoq donnait à Salomon les armes qui lui manquaient jusqu'alors.

— Est-ce tout ?

— Non, grand roi.

Salomon sentit son pouls s'accélérer. Quel autre nom pouvait venir après celui de Sadoq, si Méthousaël les avait mis par ordre d'importance croissante.

— Alors ?

Méthousaël hésita. Comment allait réagir Salomon ?

— Tu n'as encore rien sauvé, Méthousaël, ni ta vie ni ta liberté. J'attends !

— Mardochée, murmura le fondeur.

— Que dis-tu ?

— Tu m'as entendu, grand roi, reprit-il d'une voix étranglée. C'est ton frère qui m'a demandé de saboter la fonte de la Mer d'Airain. C'est à lui que j'ai eu affaire jusqu'à la dernière minute.

Salomon avait fermé les yeux. Un souvenir vint le visiter. C'était, dans la lumière qui rayonnait des creusets au-dessus du moule encore intact, l'image de Mardochée et de Jéroboam, campés au bord de la vasque, en compagnie de Méthousaël, la nuit du drame. Les trois hommes avaient conversé un moment, puis Mardochée était revenu prendre place sur la tribune. Salomon avait oublié cette scène depuis l'arrestation de Méthousaël, mais à présent tout s'éclairait. Peu après le retour de Mardochée, le jeune Abias s'était précipité aux pieds de Salomon pour l'avertir du danger.

Le visage levé vers son interlocuteur, le fondeur s'efforçait de suivre sur ses traits le cheminement de sa pensée.

— C'est la vérité, grand roi, je te le jure !

Salomon resta un instant silencieux. Mardochée ! Pourquoi lui, par l'Eternel ! Mais les raisons de sa trahison étaient faciles à deviner. Sa jalousie vis-à-vis d'Hiram. Son dépit vis-à-vis de son frère. Salomon sentit la colère monter en lui mais, dans le même temps, le désir irrépressible de protéger Mardochée contre sa propre folie l'envahissait. Il allait le devoir châtier, quoi qu'il lui en coûte, et son cœur saignait à cette idée.

Il abaissa son regard sur le misérable qui venait de lui infliger cette blessure profonde. Méthousaël, tendu, attendait le verdict. Salomon l'énonça d'une voix blanche.

— Tu vivras, Méthousaël. Au moins aussi longtemps que Mardochée.

Vingt-cinquième chapitre

Ce jour-là, Mardochée s'était surpassé. Les mains alourdies de bagues, plus fardé qu'une courtisane, le front ceint d'un bandeau d'or enrichi de pendeloques de perles, vêtu d'une somptueuse tunique surfilée d'or et constellée de sequins, il s'avançait dans l'allée centrale, indifférent aux regards que suscitait son apparition. D'une main négligente, il tenait un grand bilboquet en bois d'olivier. En arrivant devant le trône sur lequel se tenait Salomon, il lança en l'air d'un vif mouvement du poignet la lourde boule luisante et la récupéra avec adresse. Les *zéquinîm* retinrent leur souffle. Mardochée allait trop loin en affichant une telle désinvolture.

Des semaines s'étaient écoulées depuis la nuit terrible, mais l'ombre du désastre recouvrait encore le peuple d'un manteau de désolation. Les traces de l'incendie meurtrier noircissaient encore les colonnes du Temple. Le sanctuaire semblait un navire échoué après une tempête. En disparaissant, Hiram avait emporté avec lui l'âme même du chantier. Qu'allait-on faire à propos de la Mer d'Airain ? Devait-on renouveler la coulée en réduisant la taille du bassin ou tenter malgré tout d'achever l'ouvrage en lui conservant ses proportions initiales ? Qui conduirait ces travaux ? La décision n'appartenait qu'à Salomon. En l'absence de tout réceptacle pour le sang des sacrifices et la crémation des offrandes, le Temple ne pouvait être consacré et l'Arche d'alliance ne pouvait intégrer le nouveau sanctuaire. Cette situation révélait une inquiétante vacance de la divinité. Il serait difficile de contenir plus longtemps la colère des lévites. Le désarroi s'emparait des esprits. Et dans de telles circonstances, Mardochée défiait la cour !

Il était loin de ressentir l'insouciance dont il faisait étalage. Aucune information ne filtrait des cachots où Méthousaël et ses deux complices étaient enfermés. Le fondeur avait-il parlé ? Avait-il succombé à la torture ? Cette incertitude ne lui laissait guère de répit. Si Méthousaël lâchait son nom, la colère de Salomon s'abattrait sur lui. Avec n'importe quel autre souverain, il en serait allé ainsi. Mais Salomon était imprévisible. Ses raisonnements échappaient au commun des mortels. Il était capable de différer sa vengeance, capable même d'occulter à son gré la trahison d'un frère, par exemple.

Le roi avait assisté sans ciller à l'entrée extravagante de Mardochée. Cette désinvolture ostensiblement marquée ne s'adressait qu'à lui. Il devait y répondre. Un mince sourire éclaira fugitivement son visage.

— Cher Mardochée, c'est ton ennui que tu me signifies avec ton bilboquet ?

— Je me morfonds en attendant que mon souverain m'assigne une tâche, car j'ai hâte de le servir !

Dans le secret de son cœur pourtant plein d'amertume, Salomon ne put s'empêcher d'admirer son frère. Quel courage, quel sang-froid !

— Tes talents sont nombreux, Mardochée. Est-ce le diplomate ou est-ce l'architecte qui piaffe d'impatience ?

Mardochée esquissa une révérence.

— Mon frère, que tu te souviennes de ma mission auprès de la reine Balqîs me comble de fierté. Mais c'est aujourd'hui l'architecte qui brûle de se rendre utile. Je suis monté me recueillir ce matin sur l'esplanade du Temple. L'aspect du chantier abandonné a empli mon âme d'une immense tristesse.

Salomon ne le quittait pas du regard. Ses yeux brillaient d'une étrange lueur.

— Je suis triste, moi aussi, quand je songe à ceux de mes sujets qui ont péri cette nuit-là, dit Salomon.

— Hélas ! renchérit Mardochée, ce lieu voué à la piété et à la liesse n'est plus que désolation. Les échafaudages abattus dans la panique n'ont pas été relevés. Les creusets brisés, comblés de fonte solidifiée, gisent comme des cadavres abandonnées après la défaite.

— Je l'ai voulu ainsi. Il fallait laisser les lieux en l'état pour comprendre ce qui s'est passé.

— Cela me semble assez clair ! s'exclama Mardochée. Le Tyrien avait mal calculé son affaire.

L'assistance salua les paroles de Mardochée d'un discret murmure approbateur. Les *zéquinîm* ne l'aimaient guère, mais depuis le désastre, nul n'égalait Hiram dans leur haine. Il poussa son avantage.

— Il a trompé notre confiance. Sans doute a-t-il déjà payé pour ses fautes, puisque selon toute vraisemblance il est mort. Tournons-nous donc vers l'avenir. Grand roi, tu ne peux laisser le Temple inachevé. Permets au plus zélé de tes serviteurs de terminer cette œuvre. J'ai repris les calculs du Tyrien. J'ai trouvé les raisons de son erreur. Charge-moi de cette tâche. Je te jure que j'en viendrai à bout !

Mardochée ne mentait qu'à moitié. Il avait visité la caverne d'Hiram sur la pente du mont Moriah et s'était emparé de ses notes et de ses plans. Des jours durant, il avait travaillé sur ce monceau de papyrus et de tablettes d'argile. Il avait reconstitué le cheminement de la pensée d'Hiram. Les calculs du Tyrien étaient parfaitement exacts. Bien plus, les solutions imaginées par Hiram témoignaient d'un véritable génie d'ingénieur et d'artiste. C'était la réalisation d'un véritable tour de force que le sabotage avait empêchée. Si Salomon lui laissait les mains libres, Mardochée reprendrait exactement les plans de son rival et jouirait à sa place de la gloire qui résulterait de leur succès.

Tout en parlant, il avait pris l'assistance à témoin. Il fallait achever les travaux. Même Sadoq ne pouvait aller contre cette évidence. Mardochée se tourna de nouveau vers le roi pour guetter sa réaction. Salomon avait fermé les yeux, entrant en méditation, pendant un temps qui lui parut très long.

En cet instant, à l'égard de son frère de lait, se mêlaient en lui un dégoût sans borne et une opiniâtre tendresse. Il le voyait à la fois tel qu'il était, vaniteux, pervers et déloyal, et tel qu'il se souvenait de lui : drôle, chaleureux, fraternel. Ses frères de sang, Salomon les avait éliminés sans remords lors de la succession. C'était la règle, sinon la loi. Le pouvoir ne se partage pas. Mais ce frère de lait, le seul qui ne lui fût jamais apparu comme un rival, Salomon le chérissait. Allait-il devoir l'écraser aujourd'hui ? A cette idée, son cœur saignait. Il cherchait désespérément à l'épargner en feignant d'ignorer sa traîtrise. Mais il était impossible de la tolérer. Il se mettrait en danger en laissant un tel crime impuni. Il serra les poings. Il devait châtier Mardochée, lui jeter sa félonie à la face, administrer une nouvelle fois la preuve de sa clairvoyance et de l'inflexibilité de sa justice.

Il s'apprêtait à crucifier Mardochée par la révélation de son crime, quand Elyhap murmura quelques mots à son oreille.

— Grand roi ! Le Tyrien est vivant ! Il est maigre tel un mort revenu de l'au-delà ! Veux-tu le rencontrer ?

Salomon ouvrit les yeux, saisit le bras d'Elyhap et le fit se rapprocher de lui à toucher son visage. Il lui murmura ses instructions à l'oreille. Elyhap quitta aussitôt la salle du trône. Le roi se tourna enfin vers Mardochée. Puisque Hiram avait survécu, Salomon ne prendrait aucune décision avant de l'avoir entendu. Il se leva et laissa errer son regard sur les hauts dignitaires et les notables du royaume, puis son œil d'aigle s'arrêta sur Mardochée.

— Mon frère, j'ai écouté ta requête. Les circonstances de la tragédie que nous avons vécues sont sur le point d'être éclaircies. Alors seulement, je confierai le soin d'achever les travaux à celui qui en sera le plus digne. Vous entendrez ici même la vérité et les décisions qu'elle m'aura inspirées. Dans l'attente de ce moment très proche, rentrez chez vous, nobles *zéquinîm,* et vous, pieux lévites, serviteurs de Dieu.

Mardochée chancela. Autour de lui, les *Barbus*, les généraux et les prêtres se retiraient dans un brouhaha de commentaires. La tête basse, en proie à un malaise insupportable, il les suivit.

Mardochée en était sûr, un événement nouveau s'était produit qui ne pouvait avoir trait qu'à la catastrophe. Elyhap s'était entretenu à voix basse avec Salomon. Méthousaël avait parlé ou il s'apprêtait à le faire. Mardochée se maudit. Il aurait eu cent fois le temps de faire empoisonner le fondeur dans son cachot. Il n'avait pas osé. Imbécile ! A présent, il était trop tard. Salomon savait ou allait savoir. Il lui sembla que la mort s'insinuait en lui et coulait dans ses veines.

Vingt-sixième chapitre

— Ainsi, tu as survécu !

— Bien malgré moi, répondit Hiram.

Une lune blafarde éclairait chichement le chantier détruit. Il se pencha vers un amas de fonte solidifiée. De sa main, il caressa les contours de ce linceul de métal qui recouvrait une forme humaine dont le bras enchâssé de bronze se tendait dans un appel désespéré. Les deux hommes gardaient le silence. Le souvenir d'Abias poignarda Hiram. D'une voix étranglée, il murmura.

— J'aurais préféré mourir.

Salomon ému, contempla le visage amaigri du Tyrien sur lequel il lut une immense tristesse.

— Tu n'as rien à te reprocher. Nous avons été trahis.

Le roi hésita, baissa les yeux et reprit :

— Nous ne pouvions rien faire.

Hiram dévisagea Salomon. Le souverain qu'il appréciait, son allié et peut-être son ami avait fait place à un inconnu. L'homme qui se tenait devant lui connaissait-il l'existence du complot avant la catastrophe ? Il n'imaginait pas Salomon sacrifier ainsi son peuple. Mais il sentait en lui un étrange sentiment de culpabilité. Cet homme-là n'était pas innocent.

— Qui nous a trahis ? demanda Hiram.

— Trois de tes compagnons, Méthousaël, Phanor et Amrou.

Hiram serra les poings.

— Je ne peux pas le croire ! Qui a pu les pousser à commettre une telle folie ?

— Tu le demandes ? répondit le souverain avec un pauvre sourire.

Hiram ne poussa pas plus loin son interrogation. On court un danger mortel à acculer un lion blessé. Son regard parcourut le chantier dévasté, puis il fixa Salomon.

— Qu'attends-tu de moi à présent, seigneur ? Ton peuple me croit coupable. Confie à un autre le soin d'achever le Temple.

— Tu es innocent, Hiram. Et le peuple va l'apprendre de la bouche de son roi. Toi seul achèveras ton œuvre.

Hiram tenta de sourire. En vain. Une colère soudaine l'envahissait. Affirmer bien haut qu'il n'était pour rien dans la catastrophe démontrerait la clairvoyance du roi. Salomon demeurerait infaillible aux yeux de son peuple, tandis que lui, Hiram, quelles que soient les belles paroles du roi, resterait celui par lequel le malheur est arrivé. Mais il devait le reconnaître, Salomon le disculpait, il avait retrouvé Balqîs et il allait pouvoir achever le Temple. Il revint à la raison et répondit enfin.

— Merci, mon roi, de m'accorder de nouveau ta confiance. Permets-moi à présent de me retirer. Je dois me préparer à accomplir ma tâche.

Salomon, immobile, regarda s'éloigner l'imposante silhouette de l'architecte. Son cœur se serra. Hiram ne devait jamais apprendre qu'Abias avait tenté de le prévenir du drame qui se préparait. Salomon tenait à ce que l'architecte achevât son ouvrage pour renouer avec le cours naturel des choses. Il tenterait d'effacer de sa mémoire le moment terrible où il avait refusé son aide à Abias.

Hiram disparu, il retrouva Elyhap qui l'attendait à proximité du chantier. A présent, il lui fallait décider du sort de Sadoq et de Mardochée.

Depuis son retour du désert, Hiram avait adopté les vêtements des caravaniers. Son visage était en partie dissimulé par un turban. Dans sa solitude, il s'était laissé pousser une barbe noire qu'il avait taillée à la manière des Hébreux. Il passait ainsi inaperçu.

A pas vifs, il regagna sa caverne par un sentier connu de lui seul. En poussant un cri strident, un oiseau s'envola soudain d'un buisson dans un bruissement de feuille. Une branche craqua. Tous ses sens en éveil, Hiram s'immobilisa et porta la main à son poignard. Un souffle lui parvint tout près de lui. Hiram se retourna et éclata de rire. Un rire se mêla au sien aussitôt. Llorn se tenait devant lui.

— Tu as perdu la main, dit l'architecte. Un pas de plus et c'est la vie que tu perdais.

Llorn, amusé, lui répondit :

— Tu crois que je vieillis au point de me démasquer alors que je vais fondre sur ma proie ?

Hiram saisit Llorn par l'épaule. Les deux hommes échangèrent un regard complice.

— As-tu traîné du côté des prisons ?

— Méthousaël a bien été torturé. Il n'a pas parlé,

mais hier soir, Salomon lui a rendu visite dans son cachot. Ils étaient seuls tous les deux.

— Le roi ne t'a rien dit ? reprit Llorn

— Il me proclame innocent. Il m'a répété le nom des trois compagnons qui ont accompli la basse besogne, mais tout le pays les connaissait déjà. Je n'ai pas eu affaire au même homme. J'ai senti qu'il hésitait à m'en dire davantage. Pas une fois son regard n'a soutenu le mien. Et plus étrange encore, je l'ai senti en plein désarroi.

— Que vas-tu faire, seigneur, à présent ? Quitter Jérusalem ?

— Salomon veut que j'achève le Temple. Et c'est mon plus cher désir. Je reste à Jérusalem.

— Que vas-tu dire à Balqîs ?

Le visage d'Hiram s'éclaira.

— On doit la vérité à la femme qu'on aime.

Dès qu'Hiram apparut, Balqîs se jeta dans ses bras. Il la serra contre son cœur et enfouit son visage contre sa nuque. Ils restèrent ainsi longtemps enlacés, immobiles, sans un mot. Il resserra encore son étreinte. Comment vivre sans elle ? Des larmes lui montaient au visage. Il l'embrassa. Elle se détacha de son étreinte, le regarda avec intensité et dit :

— Rien ne pourra jamais nous séparer.

A la lueur des flambeaux qui éclairaient leur couche, les amants se contemplaient. Ils communiaient dans l'heureuse langueur qui suit l'étreinte. Hiram ne parvenait pas à se rassasier de son image. Il l'admirait en silence, s'efforçant de chasser de son esprit tout ce qui n'était pas elle, gravant dans sa mémoire cet instant divin. Balqîs tendit la main vers le visage d'Hiram, s'attendrissant à la vue des traces encore visibles des épreuves qu'il avait subies. Elle s'amusa de cette barbe drue qui changeait Hiram en *zéquinîm*. Puis elle caressa sa joue, ses cheveux et se moqua d'une mèche blanche qu'elle y découvrit.

— Me voilà vieux ! plaisanta Hiram. La reine Balqîs se contentera-t-elle longtemps d'un vieil amant ?

— Je compte te garder encore un peu, répondit-elle sur le même ton. Hâte-toi d'en finir avec le Temple de Jérusalem. Ensuite, je t'enlève. Saba commence à me manquer. Tu découvriras Ma'rib, ma vieille cité.

Elle se tut, émue.

— Je t'en donnerai les clés. Tu pourras y réaliser tes rêves. Et un jour, peut-être, notre enfant régnera sur cette citée née de mon désir et de ton art !

A ces mots, Hiram tendit la main vers le ventre de Balqîs. Elle l'écarta en riant.

— Non, non, bien sûr que non. Le voudrais-tu ? demanda-t-elle en scrutant son visage de ses yeux couleur de nuit.

— Comment réagirait ton peuple ?

— Mon peuple n'a d'autre volonté que la mienne. Il aimera mon fils, quelle que soit la couleur de sa peau ! Tu verras, Hiram, mon pays est le plus beau du monde ! Au petit matin, le soleil se lève sur l'Hadramawt et luit à travers une brume fine comme le voile le plus transparent jamais tissé. Il fait encore frais. C'est l'heure où l'on part chasser l'oryx.

Vingt-septième chapitre

Hiérarques, notables et lévites, vêtus de leurs habits d'apparat, se pressaient dans la salle du Conseil. Tout en guettant l'entrée solennelle du roi, ils s'étonnaient de l'absence de Mardochée. Son siège demeurait vide. Depuis des jours, on attendait que l'architecte qui prendrait la relève du Tyrien soit désigné. Cette décision, Salomon devait la proclamer aujourd'hui. Il ne pouvait s'agir que de Mardochée. Et il n'était pas là ! Le pontife Sadoq affectait de ne pas se soucier de l'absence du frère de lait de Salomon. Il ne tournait pas un instant les yeux en direction du fauteuil inoccupé, cible de tous les regards. Il semblait parfaitement serein, comme s'il s'apprêtait à assister à une séance de routine du Conseil royal. Ce calme n'était qu'apparent. Sa tête allait se jouer dans les minutes à venir. Mais son orgueil était tel qu'il lui épargnait la peur. Comme son complice Mardochée, il n'avait plus connu de véritable repos depuis l'arrestation de Méthousaël et de ses deux complices. Comme lui, il s'attendait au pire. Mais son système de défense était arrêté. Si on l'accusait d'avoir participé au complot, il nierait avec véhémence. Tous les lévites de l'assistance feraient chœur avec lui et s'insurgeraient contre une accusation aussi sacrilège. Le roi ne pouvait courir le risque d'un affrontement avec le clergé.

Alors que Salomon s'apprêtait à ouvrir le conseil, Mardochée apparut. Vêtu d'une tunique d'une blancheur immaculée, d'une simplicité chez lui inhabituelle, il ne portait aucun bijou, ni aucun maquillage. Sa coiffure elle-même rompait avec les raffinements orientaux qu'il affectionnait et par lesquels les dévots de la cour stigmatisaient ses signes de décadence. Nombre de *zéquinîm* qui le méprisaient furent frappés, en le voyant ainsi, par sa noblesse et la virilité de son maintien. Le fils de la nourrice pouvait en remontrer à beaucoup sur ce chapitre sitôt qu'il renonçait à ses affectations. Chez Mardochée, chacune de ses métamorphoses avait un sens. Il usait de son apparence pour servir ses desseins.

Salomon s'interrogea sur la nouvelle image que son frère voulait donner de lui-même. Qu'entendait-il signifier en rompant de façon aussi radicale avec son habituelle sophistication ? Qu'il revenait à une pureté de mœurs ancestrale, à une austérité bien peu conforme et même contraire à tout ce qu'on savait de lui ? Avant que Salomon ait pu mener plus loin sa réflexion, Mardochée s'avança jusqu'au pied du trône et s'inclina très bas.

— Grand roi, j'implore ton pardon pour mon retard, dit-il simplement.

Salomon l'invita à gagner sa place d'un signe de tête faussement distrait.

S'il n'y avait eu que ce retard à lui pardonner ! soupira le roi intérieurement. Mais il chassa vite cette pensée mélancolique. Sa décision était prise.

D'un froncement de sourcils, il fit taire les derniers

chuchotements provoqués par l'entrée de Mardochée. Un silence religieux se fit. Tous attendaient, brûlant d'une intense curiosité.

— Des événements terribles ont eu lieu. Aujourd'hui, la vérité sera faite sur les causes de cette tragédie.

Puis le roi se tourna ostensiblement vers le pontife.

— Certains ont prétendu que Yahvé récusait le projet du Temple et qu'Il nous signifiait son courroux par la catastrophe que nous avons vécue. Mais les intentions de l'Eternel sont difficiles à percer. C'est le rôle des lévites et du grand pontife d'interpréter ces signes énigmatiques. Cependant, qui peut se targuer de le faire sans jamais se tromper ?

Sadoq se garda bien d'intervenir tant qu'il ne savait pas où le roi voulait en venir.

— Nous ne pouvons douter, reprit Salomon d'une voix tout à coup vibrante, que la sublime volonté divine puisse coïncider avec de misérables conspirations humaines ! Yahvé, s'Il veut s'adresser à son peuple, n'a nul besoin du truchement de simples criminels. Et crime il y a eu, crime abominable, commis par des infâmes !

A ses mots, Sadoq n'eut pas trop de toute sa morgue pour garder son sang-froid. Il eût été maladroit de demeurer impassible. Il parvint à dissimuler son inquiétude sous le masque légitime de la curiosité. Mardochée, quant à lui, ne laissa rien paraître. Cachée sous son ample tunique, sa main tenait un poignard. En cet instant, il était prêt à mourir. Si Salomon l'accusait d'avoir trempé dans le complot, il périrait sous ses yeux, en protestant devant tous de son innocence. Depuis des jours, il ne songeait plus qu'à la confrontation imminente. Il avait failli s'enfuir. Un farouche orgueil l'en avait empêché. Il préférait mourir, mais ne pouvait accepter l'idée de reconnaître sa félonie devant ce frère qu'il aimait autant qu'il le haïssait. En gageant sa prétendue innocence sur sa vie, il comptait insinuer en Salomon un doute dont celui-ci ne se délivrerait plus jamais. Dans son âme enfiévrée, il deviendrait pour le roi un remords inguérissable, et à travers ce remords, il conserverait malgré tout son amour.

— Ce n'est pas la main de l'Eternel qui a jeté à bas le moule destiné à recevoir la fonte d'airain ! reprit Salomon. Ce n'est pas la main de l'Eternel qui a décimé par la peste les travailleurs du Temple !

Dans l'assistance, l'étonnement fit place à la colère. Ces notables étaient aussi de vrais croyants, des chefs de famille atteints dans leurs affections et leurs amitiés. Pour la plupart, ils n'avaient pas accordé foi à l'hypothèse du complot. A présent que le roi s'apprêtait à en dévoiler les détails, ils se prenaient à y croire. On ne se venge pas de Yahvé, mais l'homme doit payer pour ses actes. Œil pour œil, dent pour dent ! Tous étaient prêts à châtier eux-mêmes les criminels.

— Ce sont les mêmes hommes qui ont empoisonné l'eau de Siloé et qui ont détourné la fonte en fusion de la Mer d'Airain sur la foule ! tonna Salomon.

— Leurs noms, grand roi, et ils sont morts ! implora l'un d'eux.

— Contiens ta fougue, brave Eléazar. Tous les coupables sont déjà emprisonnés dans mes cachots.

Mardochée fut pris de vertige. Avait-il bien entendu ? Tous les coupables ? Mais lui-même et Sadoq étaient encore libres et Jéroboam, absent, devait en cet instant prendre ses aises sur ses terres. Ou bien

Salomon préparait-il un coup de théâtre ? Allait-il jeter tout à coup leurs noms en pâture à l'assistance ? Le contact de la lame de son poignard le rassura. Il saurait s'en servir avant même qu'un des gardes n'ait posé la main sur lui.

Salomon s'était tu. Il laissa durer ce silence que personne n'osait rompre. Son regard parcourut la salle du Conseil, s'arrêtant ici ou là sur tel courtisan dont Mardochée imagina les sueurs froides. En pareille circonstance, quel innocent ne craindrait pas d'être accusé par erreur ?

Enfin, Salomon reprit la parole d'une voix blanche. Mardochée crut y entendre sa condamnation. Une telle émotion prouvait que le souverain connaissait la vérité.

— Ces forfaits ont eu trois exécutants et un inspirateur, dit le roi d'une voix altérée.

Mardochée sursauta. Un inspirateur ? Un seul ? Quelle était cette chanson ? Trois exécutants, soit ! Méthousaël, Phanor et Amrou étaient sous les verrous depuis des semaines, cela se savait à présent bien au-delà du premier cercle du pouvoir. Quant aux commanditaires de l'opération, ils étaient également au nombre de trois...

— Ce félon est aussi un impie. Il a souillé par son acte une cérémonie de consécration. Peut-on imaginer acte plus sacrilège ? Il a causé la mort de ceux qui étaient venus adorer l'Eternel ! Cet homme, c'est Jéroboam, qui fut le maître de mes écuries. Il avait ma confiance, il l'a ignoblement trahie !

Dans la salle du Conseil, la stupéfaction était à son comble. Tous connaissaient Jéroboam. C'était un des leurs, un grand commis du royaume né dans une famille honorable. Il avait du bien et en usait selon les règles. Mais qu'est-ce qui avait bien pu pousser un tel homme à perpétrer un crime aussi terrible ? Salomon lut cette question sur toutes les lèvres. Il y répondit avant qu'elle ne fût posée à haute voix.

— Jéroboam haïssait Hiram, dit-il. Ulcéré d'avoir été écarté au profit d'un étranger, il a voulu à la fois se venger et ruiner la réputation de son rival !

Mardochée sentit une main de glace lui broyer la poitrine. Cette fois, il en était sûr, Salomon savait la vérité et il avait choisi de les épargner, lui et Sadoq, pour des raisons de haute politique. Tout ce que le roi venait de dire de Jéroboam s'appliquait en réalité à lui, Mardochée ! D'ailleurs, plusieurs têtes s'étaient tournées dans sa direction. Des regards curieux, ironiques ou malveillants, guettaient sa réaction. Au prix d'un effort surhumain, il parvint à demeurer impassible, mais il lui semblait que les battements désordonnés de son cœur s'entendaient à l'autre bout de l'immense pièce.

— Sire, les exécutants dont tu parlais sont-ils les trois compagnons emprisonnés depuis quelque temps déjà ? s'enquit Eléazar.

— Ce sont eux, en effet, acquiesça Salomon. Un Syrien, un Phénicien, et un Juif de la tribu de Ruben. Ce dernier est encore plus coupable, car il a trahi son propre sang ! Tous les trois ont agi par l'appât du lucre et parce que Jéroboam leur avait promis de les nommer maîtres en leurs corps de métier.

Ce détail authentique acheva de convaincre Mardochée. Salomon savait tout. C'était lui, Mardochée, qui avait fait cette promesse à Méthousaël. Mais qui Salomon était-il en train de tromper ? Les notables et les courtisans qui buvaient ses paroles avec avidité, ou Sadoq et Mardochée, en leur laissant espérer contre toute vraisemblance que les trois hommes, soumis à la torture, n'avaient dénoncé que Jéroboam ?

— A mort, les criminels ! cria une voix dans l'assemblée.

— A mort ! A mort les impies ! reprirent de nombreuses voix.

Salomon les fit taire d'un geste impérieux.

— N'ayez crainte. L'antique loi veut que les hommes coupables d'homicide soient conduits hors la ville et lapidés par la foule. Ils le seront tous les quatre.

Un des plus anciens membres du Conseil, nommé Ezéchias, prit la parole. Ancien conseiller de David, il était respecté de tous.

— Grand roi, dit-il d'une voix brisée par l'âge, es-tu sûr que Jéroboam soit l'unique instigateur de ce forfait ?

— Il a avoué devant moi, sage Ezéchias, et vous allez l'entendre ici même.

En prononçant ces mots, Salomon s'était tourné vers une entrée masquée par une lourde tenture sur laquelle tous les regards se fixèrent alors.

— Que Jéroboam comparaisse devant le Conseil ! ordonna-t-il.

Derrière le rideau, Elyhap se tenait prêt à introduire le maître des écuries. La tenture s'écarta, et Jéroboam apparut, chargé de chaînes, entre deux gardes.

Vingt-huitième chapitre

Salomon détestait ce qu'il était en train de faire. Son sens de l'équité était blessé. Jéroboam méritait la mort, mais d'autres qui la méritaient autant que lui seraient épargnés contre toute justice. La raison d'Etat l'exigeait. Et aussi la faiblesse et la tendresse dont le roi ne pouvait se défaire envers le compagnon de son enfance.

Allongé sur les dalles de granit, l'accusé tremblait de tous ses membres. On le fit se mettre à genoux. Ses chaînes s'entrechoquèrent avec bruit.

— Jéroboam, fils de Siméon, dit le roi, es-tu prêt à répéter devant ceux qui furent tes pairs les aveux que tu as prononcés hier devant moi ?

Pour toute réponse, un brusque sanglot souleva les épaules de l'homme agenouillé.

La voix du roi se durcit. Même s'il n'était pas le seul coupable, Jéroboam avait participé au complot.

— Je veux que tous t'entendent, Jéroboam ! Hier, sur la dénonciation de ton complice Méthousaël, tu as avoué sans qu'il soit besoin de t'infliger la torture. Ne me force pas à te l'appliquer à présent !

Jéroboam trouva le courage de relever la tête et d'articuler d'une voix sans timbre les aveux qu'on attendait de lui.

— C'est vrai, grand roi, j'ai reconnu mon crime devant toi. Je suis un misérable qui ne mérite que la mort ! C'est moi qui ai ordonné à Méthousaël, Amrou et Phanor de saboter la Mer d'Airain. Je ne supportais pas d'être sous les ordres du Tyrien. Je voulais le voir souffrir et mourir.

Si Salomon n'avait été là pour les tenir en respect, les *zéquinîm* se seraient jetés sur le misérable pour le mettre à mort sur-le-champ. En dépit de son autorité, le roi eut du mal à obtenir le silence.

— A présent, vous savez la vérité, conclut le roi à l'adresse des notables. Qu'on emmène ce misérable hors de notre vue ! ordonna Salomon.

Les gardes forcèrent Jéroboam à se relever. Tandis qu'ils l'entraînaient, son regard passa sans ciller sur les visages de Sadoq et de Mardochée.

— Il n'est pas de plus grand crime envers l'Eternel que d'insulter Sa divinité, il n'en est pas de plus grave envers un homme que d'insulter son innocence ! Le nom d'Hiram a été maudit par tous. On l'a accusé d'avoir causé la destruction de la Mer d'Airain et la mort d'Hébreux par centaines. On l'a cru en fuite et on a souhaité sa mort. Nous savons à présent qu'il était la victime d'un complot abominable.

Le vieil Ezéchias résuma le sentiment général :

— La douleur nous aveuglait et aussi la colère. Tu nous as ouvert les yeux, grand roi. Hiram était innocent. Hélas, il a dû périr cette nuit-là. Son cadavre est sûrement un de ceux sur lesquels on n'a pu mettre de nom, ou bien ses os calcinés reposent sous la fonte. Le nombre des disparus excède celui des corps non identifiés. C'est à sa mémoire que nous devons rendre justice !

— Détrompe-toi, Ezéchias ! Par miracle, Hiram a survécu. Désespéré, convaincu lui aussi que le désastre lui était imputable, il a voulu mourir. Mais l'homme n'est jamais maître de l'heure de son trépas. C'est à l'Eternel que revient cette décision. L'heure d'Hiram n'était pas encore venue.

Salomon se tourna de nouveau vers la tenture derrière laquelle avait disparu Jéroboam.

— Entre, Hiram le Tyrien ! s'écria Salomon. Ton innocence est établie.

Sadoq avait jusqu'alors conservé une apparente sérénité, mais à ces mots, ses yeux lancèrent des éclairs, sa poitrine se souleva sous l'effet d'une fureur incontrôlable. Mardochée, lui, était livide et des larmes de rage humectaient ses paupières. Mais personne ne leur accordait la moindre attention. On n'avait d'yeux que pour l'homme qui s'avançait d'un pas ferme dans la salle du Conseil.

Parvenu devant le trône, il s'inclina pour saluer le roi, puis, se tournant vers l'assistance, il la salua également.

— J'ai entendu tes paroles, roi Salomon, et les tiennes, noble Ezéchias. Elles ont mis du baume sur mon cœur et pansé mes plaies. Oui, j'ai voulu mourir, puisque j'avais failli. J'ai cru être mort, en fait ! Aujourd'hui je sais que d'autres avaient ruiné mon œuvre. Cependant, je me reproche de ne pas avoir été assez vigilant. J'aurais dû tout inspecter encore et encore, sonder et resonder tous les boisages, faire sonner sans relâche la brique contre mon oreille. J'aurais dû faire tester sous mes yeux chaque couffin de limaille.

Salomon leva la main pour interrompre l'architecte.

— Il suffit, Hiram ! On a interrogé tes ouvriers. Selon eux, tu t'es montré aussi vigilant qu'on peut l'être humainement. Les fourbes sont démasqués, ils seront punis. Tu es vivant. Ta compétence et ta loyauté sont hors de doute. Tu dois achever l'œuvre entamée. Rempliras-tu tes engagements ?

— Grand roi, je n'ai qu'une parole. Comment pourrais y manquer, dès lors que tu me renouvelles ta confiance ?

— Je te la renouvelle solennellement ! dit Salomon.

Mardochée eut l'impression que ces mots s'enfonçaient dans sa chair comme l'aurait fait la lame qu'il tenait serrée contre son flanc. Cette scène, après les aveux incomplets et manifestement négociés de Jéroboam, ne pouvait avoir qu'un sens. Dans le même temps qu'il l'épargnait, Salomon le condamnait et le renvoyait au néant de ses origines en confirmant Hiram dans ses fonctions d'architecte du Temple.

Pour la première fois depuis son entrée dans la pièce, Mardochée chercha le regard de Sadoq. Il lut sur son visage décomposé le même désarroi. Pour éviter à la fois d'affronter le parti religieux et de perdre la face en admettant que son frère de lait l'avait trahi, Salomon feignait d'ignorer la part qu'ils avaient prise dans le complot. Jéroboam et les trois ouvriers paieraient pour eux. On avait dû promettre une fin clémente à Jéroboam. C'est une mort terrible que d'être lapidé. Mais l'impunité n'était pas le pardon. Salomon n'oublierait jamais. Sans doute écarterait-il Sadoq du pouvoir religieux, un peu plus tard, au prétexte de l'âge. Quant à Mardochée, il connaîtrait une disgrâce discrète, feutrée, dont la cour et le peuple auraient à peine conscience, mais plus cruelle qu'un châtiment éclatant.

— A l'heure où Jéroboam et ses acolytes verront se lever leur dernier soleil, je veux que le chantier du Temple revienne à la vie, reprit Salomon. Fais dégager tout ce qui a été mis hors d'usage, bâtis un nouveau moule.

— Bien des métallurgistes parmi les plus qualifiés ont péri, grand roi.

— Formes-en d'autres ou bien fais-en venir d'autres pays. Les Hittites sont bons forgerons. Ainsi, puisque l'Eternel n'a aucunement désavoué l'édification de Son sanctuaire, que seuls des hommes s'y sont opposés, il est de notre devoir de l'achever aussi rapidement que possible, n'est-ce pas, seigneur Sadoq ?

C'était la première fois depuis le début de la séance que Salomon s'adressait au pontife. Face au souverain, le temps n'était plus aux faux-fuyants. Salomon le tenait à la gorge. D'un mot, il pouvait l'envoyer rejoindre les conspirateurs au fond de leur cachot.

— Toute chose commencée doit être achevée, grand roi ! dit le pontife d'une voix contrainte.

Mais cette réponse ne satisfaisait pas le souverain. Du clergé que représentait Sadoq, il voulait plus qu'un assentiment du bout des lèvres.

— L'Eternel doit s'impatienter de nos lenteurs. Si nous tardions encore, ce serait alors que nous nous exposerions à Son courroux !

La voix de Salomon, cet instrument subtil dont il maîtrisait à la perfection toutes les modulations, s'était tout à coup chargée de menaces. Sadoq ne pouvait s'y tromper. Ce n'était pas du courroux de Yahvé que parlait Salomon, mais du sien !

— Certes, grand roi ! Il faut que le Très-Haut entre en possession de Sa demeure, sans nouveau retard !

Satisfait, Salomon enregistra d'un simple hochement de tête la capitulation de son vieil adversaire.

Vingt-neuvième chapitre

La reine frappa dans ses mains et la servante Orahya, naguère séduite par Mardochée, apparut dans la tente royale. Balqîs appréciait cette jeune fille efficace et discrète. Elle l'avait prise sous sa protection dès l'enfance et l'avait vue grandir. Elle lui demanda de préparer un bain parfumé pour Hiram.

Orahya sourit, heureuse du bonheur de sa maîtresse. Elle eut une pensée mélancolique pour le beau Mardochée qui la délaissait depuis des semaines. Le reverrait-elle avant le départ de la caravane royale pour Ma'rib ? Elle n'y croyait plus guère. Elle ne lui en voulait pas. C'est le lot des humbles que de servir au divertissement des puissants. Et d'ailleurs, Mardochée s'était toujours montré bon pour elle.

Tandis qu'elle préparait le bain, Balqîs et Hiram conversaient librement devant elle. Ils s'entretenaient de la ville magnifique qu'il bâtirait bientôt là-bas, sur le site de l'antique Ma'rib. Quand elle eut terminé, Orahya s'inclina et se retira.

Après son départ, Hiram et Balqîs s'aimèrent de nouveau. Il semblait au Tyrien qu'il ne se rassasierait jamais de cette femme. Parfois lui revenait le rêve qu'elle avait fait un jour à haute voix, lui donner un fils et faire de cet enfant l'héritier du royaume de

Saba. Son désir d'immortalité, Hiram l'avait toujours investi dans son œuvre d'architecte. Engendrer une dynastie qui régnerait sur ce lointain pays, c'était bien un rêve. Le mauvais sort qui l'avait poursuivi implacablement lui interdisait le désir de fonder une famille. Mais avec Balqîs, il lui semblait que les rêves pouvaient prendre vie.

Le lendemain, Orahya se rendit chez un tisserand renommé de Jérusalem. Le départ pour Ma'rib approchait. Elle quittait l'échoppe de l'artisan, son étoffe sous le bras, quand elle tomba nez à nez avec Mardochée. Son cœur se mit à battre à grands coups. Elle fit mine de ne pas le reconnaître et voulut passer son chemin, mais il l'attrapa par la taille.

— Qui vois-je ? C'est ma séduisante Orahya !

La jeune femme feignit la surprise et s'inclina juste assez pour marquer la déférence due à un proche de Salomon, mais se garda de manifester la moindre émotion. Mardochée sourit.

— Tu me parais guindée comme un ambassadeur sur le point de déclarer la guerre, Orahya ! N'es-tu pas heureuse de me revoir ?

— Je l'aurais été voici un mois, seigneur Mardochée, lui répondit-elle, surprise de son audace. Aujourd'hui, je ne sais pas !

— Comment penser à l'amour quand tout Jérusalem pleurait ses morts ? Moi-même, j'ai failli mourir. Et même à cet instant, je suis en danger. Malgré tout, je te cherchais pour te prier de me pardonner.

— Tu me cherchais, vraiment ? demanda Orahya sans cacher son incrédulité.

— Je te le jure, belle Orahya ! A ton campement, un garde m'a dit que tu allais chez le tisserand Berakyahu. Et tu vois, j'accours.

— Et pourquoi voulais-tu me voir ?

— Mais pour le plaisir, Orahya ! Tu repars bientôt pour ton lointain royaume. Nous ne nous reverrons peut-être plus jamais, n'est-ce pas triste ?

Orahya n'eut pas la force de fuir Mardochée sur-le-champ ainsi qu'elle en avait été tentée. Elle ne sut que baisser les yeux et dire que oui, elle était triste à cette idée.

— Comme la vie est étrange, reprit Mardochée. Ta tristesse me rend heureux. Tu n'as donc pas oublié nos baisers ? Ne te montre pas cruelle, Orahya, je t'en prie !

La suivante de Balqîs n'était pas dupe des beaux discours de Mardochée. Mais elle ne pouvait lui résister. Une heure après cette rencontre, elle s'abandonnait à lui dans le palais de Mardochée, la Maison des Plaisirs.

Ce n'était pourtant pas le désir et encore moins l'amour qui l'avait attiré vers elle de nouveau. C'était l'inquiétude. Seule Orahya pouvait le faire accéder aux secrets de Balqîs et, à travers Balqîs, à Hiram.

Depuis le retour de l'architecte, Mardochée vivait un cauchemar. Ce qu'il avait toujours redouté le plus au monde s'était produit : Salomon l'ignorait. Il ne lui avait pas adressé un reproche, il n'avait pas fait la moindre allusion à sa participation au complot. Pire, Mardochée avait l'impression de ne plus exister aux yeux de son frère. Auparavant, il ne se passait pas une semaine sans que Mardochée fût convié au palais.

Désormais, Salomon évitait de se trouver en sa présence. Désespéré, le courtisan se terrait dans sa demeure. Il chercha l'oubli dans l'alcool, la débauche et les drogues. En vain. Il ne put supporter plus longtemps l'incertitude dans laquelle Salomon le maintenait. Sa disgrâce serait-elle définitive ? Dans ce cas, pourquoi le roi ne le condamnait-il pas à l'exil ? Ou bien Salomon attendait-il l'achèvement du Temple pour l'éloigner afin de sauver les apparences lors des cérémonies ? Une telle perspective lui était intolérable. Allait-il attendre pieds et poings liés cette catastrophe prévisible ? Il devait imaginer un moyen d'écarter la menace et s'il n'y parvenait pas, au moins se venger de son rival. Il rêva de le tuer de ses mains. Mais n'y avait-il rien de plus subtil, de plus sournois à tenter ? Pour agir, il faut savoir. Dans son désarroi il s'était coupé du monde. Que faisait Hiram ? Il préparait la nouvelle vasque, bien sûr. Mais quels étaient ses projets ? Où en était sa liaison avec Balqîs ? Comme tout despote, Salomon était d'un tempérament jaloux. Peut-être y avait-il là quelque chose à tenter ? Mardochée n'avait aucun accès à Hiram. Quant à Balqîs, la seule de ses proches dont Mardochée pût attendre des informations était Orahya.

La jeune suivante n'était pas la confidente de Balqîs. Elle ne savait que ce qu'elle voyait et ce qu'elle entendait par hasard. Elle ignorait que Balqîs et Hiram tenaient Mardochée pour un ennemi. Pis encore, elle croyait que Mardochée et Hiram travaillaient en bonne entente. Elle se livra sans méfiance à son amant. Elle lui parla du bonheur de Balqîs, qui la réjouissait.

— La reine a connu bien des hommes, dit-elle,

mais ce n'était pour elle que divertissement. Avec Hiram c'est autre chose, elle l'aime et elle est aimée de lui !

En dispensant ces confidences, elle songeait à ses propres sentiments pour Mardochée. Elle doutait qu'ils fussent réciproques. Il prenait son plaisir avec elle, mais le lendemain de son départ, il l'aurait déjà oubliée.

— Ils ont mêlé leurs sangs, dit Orahya. Je l'ai vu de mes yeux. N'est-ce pas une preuve d'amour ?

Il feignit de partager l'admiration d'Orahya.

— En effet ! Mais Balqîs va bientôt regagner Ma'rib. Et toi avec elle, hélas ! Hiram doit être malheureux.

— Non, car il sera du voyage.

— Que dis-tu ?

— Hiram va suivre Balqîs. Elle l'emmène en son royaume. Il bâtira une nouvelle capitale, plus grande, plus belle que l'ancienne Ma'rib !

— Je ne te crois pas !

Les yeux de Mardochée brillaient et une soudaine fébrilité s'empara de lui. Il fallait s'assurer de la vérité de cette information.

— Crois-tu vraiment qu'Hiram va la suivre ?

— Crois-tu que j'inventerais une chose pareille ? Je l'ai entendue de leur bouche même !

— Mais peut-être plaisantaient-ils ?

— Je suis sûre du contraire. Ils venaient d'échanger leurs sangs et de se jurer fidélité éternelle. Ils n'étaient pas d'humeur à plaisanter !

Avec cynisme, Mardochée décida que sa compagne avait mérité un petit supplément de plaisir. Il s'allongea sur elle. Les jambes d'Orahya s'ouvrirent pour l'accueillir, tandis que ses lèvres cherchaient les siennes.

Le message que Mardochée fit porter à Salomon quelques heures plus tard suscita l'intérêt du monarque. Le courtisan prétendait détenir des informations de la plus haute importance. Le prestige de Salomon et de son royaume étaient en jeu. Mardochée les lui révélerait si la faveur d'une audience lui était accordée.

Une heure ne s'était pas écoulée quand son messager revint, porteur d'un rouleau de parchemin scellé du sceau royal. D'une main impatiente, il rompit le sceau et prit connaissance de la réponse de Salomon. Un cri de joie lui échappa. Le roi voulait l'entendre sans tarder. Il se sentit revivre. S'il pouvait rencontrer Salomon, lui parler, déployer de nouveau toute sa séduction, alors rien n'était perdu. Il saurait regagner l'affection et la confiance de son frère ! Il lança une petite barre d'argent à son domestique et frappa dans ses mains pour appeler ses serviteurs.

Trentième chapitre

Sur le chemin du palais, Mardochée s'interrogeait. Où Salomon allait-il le recevoir ? Dans la salle du trône, tel un sujet, instaurant ainsi entre eux une distance qui naguère n'existait pas ? Le chambellan qui l'accueillit l'entraîna vers les appartements privés. Il y vit un présage favorable. Ainsi, il n'était pas exclu de l'intimité du roi. Cependant, le chambellan dépassa la porte des appartements et conduisit Mardochée jusqu'aux jardins. Avant qu'il n'ait eu le temps d'interpréter le sens de ce choix, le courtisan se retrouva seul avec le roi, sous un toit de verdure.

Vêtu d'une tunique sombre, Salomon lui tournait le dos. Dans une grande cage d'osier, des tourterelles roucoulaient. Le roi s'approcha de la cage, en ouvrit la porte et se saisit d'un des oiseaux. Le tenant prisonnier dans ses mains puissantes, il se retourna lentement. L'oiseau, effrayé, s'était tu.

Mardochée se laissa tomber à genoux. Le regard grave, impénétrable de Salomon le fixait. Ses mains resserrèrent leur étreinte. Mardochée se sentit tomber dans un puits sans fond. Salomon éleva lentement ses mains vers le ciel, les ouvrit et l'oiseau s'envola. Du regard, Mardochée interrogea son frère.

— Lui est innocent, répondit simplement Salomon.

— Grand roi, dit Mardochée en relevant la tête, tu peux me tuer si tu estimes que je le mérite. Je n'ai pas d'autre volonté que la tienne. En mourant, je n'aurai d'autre regret que celui de t'avoir déplu !

Salomon lui assena sur la joue une gifle violente qui l'envoya rouler à terre.

— Me déplaire ? Criminel inconscient ! La mort de centaines d'hommes et de femmes, la destruction du chantier et la ruine de mon prestige, voilà qui m'a déplu, en effet ! Que crois-tu mériter d'autre que la mort ? Comment as-tu pu comploter contre moi ?

— Pas contre toi, Salomon, je te le jure ! C'est la mort d'Hiram que je souhaitais !

— Tu as comploté contre le Temple, donc contre moi ! Insensé aveuglé d'égoïsme et d'orgueil !

— Je voulais être l'artisan de ta gloire, gémit Mardochée. Je voulais que le monde entier dise : « Regardez ce que Mardochée a édifié pour son frère, le roi Salomon ! » Mais tu as préféré confier ce soin à un étranger !

— J'ai confié ce soin au meilleur des architectes et tu le sais !

Mardochée ravala les larmes d'humiliation qui lui montaient aux yeux.

— M'as-tu jamais accordé ma chance ?

— Assez, Mardochée ! Je devrais te faire exécuter avec tes complices.

— Alors fais-moi lapider ! Mais avant d'envoyer ton malheureux frère à la mort, permets lui de t'ouvrir les yeux.

— Parle, je t'écoute.

— Balqîs et Hiram se jouent de toi.

— La reine se joue de tous les hommes. Elle se joue d'Hiram aujourd'hui, comme elle nous a dupés naguère, toi et moi.

— Tu te trompes. Il jouit des faveurs de la vraie Balqîs ! Je le tiens d'Orahya, sa suivante. Ils s'aiment. Ils ont même mêlé leurs sangs !

— Si tu dis vrai, qu'y puis-je ? Balqîs n'est pas une esclave qu'on peut contraindre. Elle est reine, elle se donne à qui elle veut.

— Alors, le roi Salomon accepte de se voir préférer un petit architecte à sa solde ? Je ne puis le croire !

— Vais-je faire arrêter Balqîs ? La jeter au cachot ? La faire fouetter ? feignit de s'interroger Salomon. Mon royaume a plus besoin du crédit de la reine de Saba que moi de ses baisers ! conclut-il, occultant sa vanité blessée.

— C'est vrai, grand roi ! Comme toujours, tu vois juste. Qu'est-ce qu'une femme, aussi belle soit-elle, au regard de l'intérêt du royaume ? Mais il ne faudrait pas qu'Hiram se surpasse au service de Balqîs. Si la future Ma'rib éclipsait en splendeur le Temple de Jérusalem, ta gloire en pâtirait.

— De quoi parles-tu ?

Mardochée hésita une fraction de seconde. Mais il n'avait pas le choix. Salomon mordait à l'hameçon. Il fallait ferrer sans plus attendre.

— Balqîs engage le Tyrien. Il la rejoindra au pays de Saba. Là, il édifiera une nouvelle Ma'rib. Une ville entière surgira des ruines. Rien ne sera trop beau ni trop coûteux pour assouvir leur ambition commune, dépasser la splendeur du Temple qui a coûté tant d'efforts à ton peuple et qui a fait de toi le débiteur de tous tes voisins !

— D'où tiens-tu tout ces contes ?

— Orahya. Elle a entendu Balqîs et Hiram se promettre d'étonner l'univers par la grandeur et la magnificence de la nouvelle capitale du royaume de Saba !

Salomon blêmit de colère. Une flamme d'espoir, mêlée d'une joie mauvaise, s'alluma dans le cœur de Mardochée. Pour Salomon, la raison d'Etat l'emportait sur un affront d'ordre intime. Mais que le prestige du royaume soit amoindri et que la gloire du Temple soit éclipsée par la nouvelle Ma'rib, il ne pourrait le tolérer, espérait Mardochée. Mais Salomon n'était pas encore convaincu.

— Simple rêveries ! Balqîs se heurterait aux Sabéens. Ils n'accepteront jamais qu'on rase leurs sanctuaires séculaires. Balqîs n'est pas folle à ce point.

— Peut-être. Peut-être pas. Sa passion pour Hiram lui enlève toute sagesse.

Salomon demeura silencieux, puis il considéra son frère de lait avec une perplexité qui n'était pas feinte.

— Je devrais te tuer de mes propres mains. Disparais !

Mardochée baissa les yeux.

— Que l'Eternel te protège !

Salomon hocha la tête. Déjà, il frappait dans ses mains pour appeler le chambellan. Mardochée se retira, le cœur plein d'incertitude.

Trente et unième chapitre

Quelques jours plus tard, en plein jour et devant une assistance réduite, Hiram procéda à la fonte de la Mer d'Airain et des colonnes du péristyle. A l'instant où il s'apprêtait à briser les conduites libérant le flot de métal en fusion, son regard croisa celui de Mardochée. En dépit de son orgueil, Mardochée baissa les yeux, tandis que son cœur s'emplissait d'amertume. En cet instant, plus qu'il ne le détestait, il enviait Hiram. Il enviait non seulement son talent d'architecte, mais plus encore cette pureté qui irradiait en lui.

Mardochée serra les poings. Depuis son entrevue avec Salomon, il remâchait chaque mot de leur conversation. Aujourd'hui même, alors que chacun prenait place sur la tribune, le regard de Salomon était passé sur lui sans s'arrêter, sans le moindre frémissement qui eût signifié qu'il l'avait reconnu. Et le roi l'ignora encore à la fin, quand l'opération se fut déroulée de bout en bout sans le moindre incident, quand Sadoq, la rage au cœur, eut solennellement consacré à Yahvé la vasque encore incandescente. Alors, laissant le cortège redescendre sans lui vers la ville, dans les chants d'allégresse et les appels triomphants du *shofar*, Mardochée resta seul au cœur du Temple presque désert. Quelques ouvriers surveillaient le refroidissement de la vasque et des colonnes qui reposaient encore dans leurs berceaux. Un peu plus loin, environnés de fumée, les taureaux de bronze destinés à se substituer au bâti pour soutenir la vasque refroidissaient eux aussi. Mardochée erra longtemps au cœur même de l'œuvre de son rival, songeant à sa défaite et à la faillite de son destin. A la nuit tombée, alors qu'à ses pieds les lumières de la ville en liesse commençaient à s'allumer, il reprit à pas lents le chemin de son palais.

Ils étaient tous là, survivants de la première équipe et remplaçants des victimes, tous ceux du moins qui avaient mis la dernière main à l'ouvrage et réalisé sous la direction d'Hiram le tour de force que représentait la Mer d'Airain. Fils d'Israël et étrangers venus de tous les pays, qu'ils fussent maîtres, compagnons ou apprentis, ils étaient les meilleurs. Et en ce jour radieux qui se levait sur le mont Moriah et sur le Temple, métallurgistes, boiseurs et charpentiers, tailleurs de pierre et briquetiers, ils allaient recevoir la juste rétribution de leur peine.

Vêtu de blanc, l'âme pleine de joie et de reconnaissance, Hiram les accueillit devant le péristyle du Temple. Les colonnes Jakin et Boaz, enfin dressées, en encadraient la haute porte de cèdre cloutée d'or. De part et d'autre de l'entrée, assis derrière des tables, scribes et comptables avaient préparé leurs listes et leurs cassettes. En longues files joyeuses, les bâtisseurs du Temple attendaient leur tour de s'avancer vers celui qui des mois durant, des années pour certains, avait été leur maître. Tous avaient pu apprécier sa compétence, sa justice et son courage. S'ils avaient douté de lui après la catastrophe, la vérité rétablie, leur confiance avait été plus forte encore.

Hiram les connaissait tous, mais le rituel voulait que chacun vienne jusqu'à lui et prononce à son oreille le mot de passe correspondant à son grade dans la stricte hiérarchie du travail. Ce mot secret changeait à chaque paye. Lors de la précédente, les maîtres devaient murmurer *Moïse*, les compagnons *Boaz* et les apprentis *Jakin*. Pour cette fois, qui serait la dernière de l'histoire longue et mouvementée du chantier, Hiram avait choisi *Giblim* pour les apprentis, *Schibboleth* pour les compagnons et *Tubal-Caïn* pour les maîtres. Ainsi, ceux qui avaient travaillé sous les ordres d'Hiram sortirent du rang. A chacun, après avoir reçu de sa bouche le mot de passe, il donna l'accolade avant qu'ils touchent ce qui leur était dû. En les serrant un à un sur sa poitrine, son émotion était grande. Il aimait chacun de ces hommes. Le souvenir des efforts déployés et des épreuves affrontées en commun lui revenait en mémoire. Bien sûr, il n'était pas question d'évoquer devant eux les projets de Balqîs. Cependant, il espérait retrouver certains de ces artisans un jour, au pays de Saba, sur le chantier de la nouvelle Ma'rib. Une dernière fois, il s'adressa à eux sur le mont Moriah. Puis, après les avoir remerciés de l'avoir aidé à créer une œuvre qui leur vaudrait à tous l'immortalité des bâtisseurs, il leur permit de se disperser. Ils le firent lentement, à regret, tandis que le soleil apparaissait, dissipant les ultimes brumes matinales.

Quand le dernier d'entre eux eut franchi l'enceinte

du Temple, Hiram se retourna vers la vasque à présent solidifiée. Quelques lévites s'affairaient autour des tables d'offrandes, pour débarrasser les cendres des premiers sacrifices. Hiram reconnut la haute silhouette qui venait d'apparaître et devant laquelle les serviteurs du Temple s'effaçaient tout en s'inclinant respectueusement. L'architecte marcha à sa rencontre et s'inclina à son tour.

— Eh bien, Hiram, dit Salomon, cette fois-ci la tâche est achevée.

L'architecte sourit et répondit :

— En moi se mêlent la joie quand je songe à l'achèvement du Temple et la peine quand je pense à la mort d'Abias et de tant d'autres ! Mais je dois poursuivre mon chemin.

— Sais-tu où il va te mener ? Sept ans déjà que tu vis et travailles ici. Nous nous connaissons bien à présent. Reste avec moi. Je n'en ai pas fini avec la Jérusalem de mes rêves. J'ai servi Yahvé en lui offrant un temple. J'aimerais à présent édifier un palais royal, le plus somptueux de tout l'Orient. La vieille bâtisse que m'a léguée mon père n'est plus à la hauteur de l'éclat que j'entends donner à mon règne.

Il n'était pas aisé de décliner l'invitation d'un souverain tel que Salomon. Mais la décision d'Hiram était prise. Rien désormais n'aurait pu le faire renoncer à vivre auprès de Balqîs et à devenir l'architecte de la nouvelle Ma'rib.

— Grand roi, ton offre me fait honneur, mais permets moi de reprendre ma liberté. Un architecte aime découvrir de nouveaux horizons.

Il s'interrompit. N'était-il pas imprudent d'en dire plus et d'évoquer son accord avec Balqîs ?

— Je te comprends, mais après le Temple de Jérusalem, au service de quel prince pourrais-tu mettre ton talent ? dit Salomon avec un petit sourire. Tu as travaillé pour le roi d'Assur, pour Pharaon, pour Hurummu de Tyr, pour moi. Quel souverain te reste-t-il à satisfaire dans cette région du monde ?

Hiram hésita. Salomon ne parlait jamais au hasard. Il connaissait déjà la réponse à la question qu'il posait. Mais d'où la tenait-il ? Il devenait périlleux de mentir, ce qui répugnait à l'architecte. Il aurait préféré s'en tenir au non-dit. Omettre n'est pas mentir. Mais l'intelligence déliée de Salomon ne lui laissait guère de champ.

— Rien n'est encore décidé, commença-il.

Puis aussitôt, car le roi n'aurait pas toléré qu'on lui mentît, il ajouta :

— Le royaume de Saba pourrait faire appel à mes services. J'y réfléchis. Mais après ces sept années de dur labeur, j'ai besoin de repos et de méditation.

— Saba, pourquoi pas ? La reine Balqîs est riche. Mais son pays est si lointain ! Et quelle tâche envisagerait-elle de te confier ? Construiras-tu pour elle le palais que tu me refuses ?

— Non. Pas un palais ! Il s'agirait seulement de reconstruire en partie sa capitale, certains quartiers de Ma'rib, qu'elle juge indignes de la prospérité de son royaume.

— La reine quitte Jérusalem demain à l'aube. Partiras-tu avec elle ?

— Non. Je passerai d'abord par Tyr, où j'ai des affaires à régler. Plus tard peut-être, si Balqîs et moi parvenons à un accord, je gagnerai Ma'rib.

Là encore, Hiram s'arrangeait pour ne mentir qu'à

moitié. S'il avait résolu de faire un détour par Tyr avant de rejoindre Balqîs, c'était justement pour ménager la susceptibilité de Salomon.

Le roi détourna son regard vers les toits de la ville qui luisaient sous la caresse ardente du soleil. Hiram essayait de minimiser la portée de son pacte avec Balqîs, mais Mardochée n'avait pas menti. Non content de l'avoir supplanté auprès de cette femme dont le roi n'avait étreint que l'ombre, Hiram allait lui offrir son immense talent. Qu'Hiram entrât au service de la reine, qu'elle tirât de sa nouvelle capitale une gloire bien plus grande que celle qui s'attacherait au Temple de Salomon, il ne le supportait pas.

— Es-tu sûr de ton choix ? demanda-t-il d'une voix coupante.

— Sire, j'ai bâti pour toi ce Temple et je servirai demain d'autres maîtres.

— Et rien ne t'en détournera ?

— Non, grand roi. Rien, sinon la mort.

Salomon se tut et soupira. Il resta un temps silencieux, le regard perdu, puis il demanda :

— Elyhap t'a versé ce qui t'était dû ?

Hiram acquiesça.

— Alors disons-nous adieu.

— Peut-être nous reverrons-nous, grand roi !

— Peut-être. Fasse le ciel que tu n'aies pas à regretter d'avoir choisi de t'éloigner aujourd'hui de Jérusalem.

Hiram s'inclina devant le souverain. Sans rien ajouter, Salomon rejoignit son escorte. Hiram regagna sa caverne pour y achever ses préparatifs.

Trente deuxième chapitre

Le lendemain, au petit matin, quatre hommes furent lapidés à mort près des remparts par la foule. En un geste qu'on attribua à la miséricorde, le souverain avait ordonné qu'ils portent une cagoule. Ainsi seraient-ils tous traités avec une égale férocité par la foule, sans que la haine qu'avait générée leur crime s'attachât plus à l'un d'entre eux qu'aux autres. Pour les parents des victimes du complot, il s'agissait de faire justice et non de se complaire à un horrible divertissement. Les quatre condamnés trouvèrent la mort. Sur ordre du roi, on enleva leurs dépouilles aussitôt. Si quelqu'un s'était avisé de réclamer qu'on ôtât les cagoules ensanglantées qui dissimulaient le visage des morts, il n'en aurait pas eu le temps. Une charrette escortée par la troupe emporta les cadavres. La foule se dispersa en silence. Jéroboam, Méthousaël, Amrou et Phanor avaient expié.

— Je suis venu te dire adieu, dit Llorn-Salikas

Sept ans de leur vie s'étaient écoulés. Les jours sur le chantier, les nuits dans cette caverne qu'ils avaient partagée. Hiram, attendri, contemplait son vieux complice. Llorn-Salikas portait les stigmates de la tragédie qui s'était abattue sur le Temple lors de la fonte de la vasque. Ses larges épaules s'étaient voûtées. Des mèches blanches s'étaient faites plus nombreuses dans sa sombre crinière. Son ample manteau noir accusait plus encore la maigreur de son corps. Un méchant sac de toile porté en bandoulière constituait son seul viatique.

— Accepte au moins ces quelques mines d'argent.

Une lueur de gaieté passa dans les yeux bleus du sicaire. Il adressa même à Hiram un de ses rares sourires. L'architecte comprit qu'il ne fallait pas insister.

— Après tant de combats, tu mérites de couler des jours heureux. A Saba, les femmes sont douces.

— Tu sais bien que je n'irai jamais à Saba. Tyr sera mon dernier port. Je ne me sens plus la force de traverser les déserts.

La gorge d'Hiram se serra. Après la mort d'Abias, Llorn était la seule famille qui lui restait, un ami, un père. Soudain, Balqîs lui parut participer d'un rêve. Cette reine n'était pas pour lui, le nomade, le vagabond. Chevaucher de nouveau avec Llorn, servir un souverain aujourd'hui inconnu, au gré de son caprice, là était sa place. Llorn lut tout cela dans ses yeux. Il s'approcha de lui, le prit dans ses bras et lui dit :

— Que ton âme quitte le goût amer du malheur. Tu es né bâtisseur, c'est plus que roi. Balqîs t'a reconnu, cela n'est pas un hasard.

Une immense rumeur venue des remparts monta jusqu'à la colline. Des cris, des pleurs, des vociférations se mêlaient indistinctement, tandis que le son strident de l'oliphant sonnait la fin de l'exécution. Les corps des lapidés seraient bientôt précipités dans un gouffre. Llorn-Salikas maîtrisa la fureur qui montait en lui.

— Jéroboam, Méthousaël, Amrou et Phanor ! Les chiens ! Ils vont pourrir à présent !

Hiram lui répondit d'une voix triste :

— C'étaient de bons compagnons. Ceux qui les ont égarés, ceux-là méritent de brûler à jamais !

Après le départ de Llorn-Salikas, Hiram monta au sommet du mont Moriah, sous les murailles du Temple que les premiers rayons du soleil inondaient d'or. Il se retourna vers la ville. Que Jérusalem était belle, au lever du jour, émergeant lentement du sommeil comme une femme alanguie ! Il laissa errer son regard sur les toits en terrasses, sur le lacis de ruelles des quartiers populaires. Adieu, Jérusalem ! Pendant plus de sept années, la vie de la cité s'était fondue dans celle du Temple en construction. Il avait été le vrai roi de Jérusalem. Sur un mot de lui, des armées d'ouvriers se mettaient en marche, de lourds charrois de bois et de pierre ébranlaient les maisons. Ici, il avait exulté de voir jour après jour le Temple s'édifier. Il avait connu l'amertume de l'échec. Ici, il avait perdu Abias et il avait rencontré Balqîs.

A pas lents, il franchit le seuil du sanctuaire. Les colonnes votives, Boaz et Jakin, luisaient dans l'air frais de l'aube. Hiram interrogea son cœur. En cet instant, il était heureux, il avait choisi le bon chemin. Demain, il bâtirait une ville à la gloire de son amour, la reine Balqîs, la plus belle femme de l'univers !

Il pénétra dans le *debir*. A cette heure matinale, le sanctuaire était encore désert. Au bruit de ses pas, un jeune lévite tiré de son sommeil avait surgi. Il reconnut Hiram et s'excusa avant de regagner sa loge et de renouer avec ses rêves interrompus. Hiram sourit en entendant le jeune homme traîner les pieds sur les dalles de marbre du lieu saint. Dans la magnificence du sanctuaire, ce bruit domestique était attendrissant. Hiram s'enfonça plus profondément dans le sanctuaire. Il leva les yeux pour admirer les *keroubim* de bois et d'or, aux ailes déployées, qui veillaient sur l'Arche d'alliance. A la lumière des flambeaux, dans les vapeurs d'encens qui brûlait au fond des cassolettes d'or, l'Arche reposait, massive, mystérieuse. Hiram ferma les yeux pour se recueillir. Le dieu de Salomon n'était pas le sien, mais qui n'aurait pas été bouleversé devant tant de grandeur ? Le cœur léger, il quitta le sanctuaire. Il lui fallait regagner sa caverne et hâter ses préparatifs pour le départ.

Un flambeau à la main, Hiram parcourut une dernière fois la caverne du mont Moriah. De son passage, il ne restait plus que la lourde table de bois massif sur laquelle, la veille encore, se trouvait la grande maquette du Temple. Elle reposait dorénavant dans une des salles souterraines. De sa main, il caressa la marque grise, rectangulaire, qu'elle avait laissée après sept années. Sur un des murs, dans la partie occupée par Abias, il contempla la peinture inachevée que l'adolescent avait commencée peu avant sa mort. Il se recueillit devant elle pour maîtriser l'intense émotion qui l'étreignait. Combien de temps faudrait-il à l'air et à l'humidité pour effacer cette ultime trace d'Abias ? Hiram songea à faire rouler un énorme bloc de pierre pour fermer cette caverne à jamais. Elle deviendrait alors un tombeau digne de l'adolescent.

Hiram sentit des bras entourer sa taille. Le corps de Balqîs s'appuyait contre le sien, sa tête posée sur son épaule. La jeune femme lui murmura dans son étrange langage quelques mots qu'il savait tendres. Il se retourna et la serra très fort contre lui.

— Sais-tu ce que c'est que de devoir quitter la terre que l'on a appris à aimer, ceux qui vous ont entouré dans la joie et les épreuves, ce vide qui vous saisit l'ouvrage achevé, cette tristesse au moment du départ ? Toi, tu vas retrouver ton pays et les morts ne te font pas cortège.

— Je sais ce que tu as souffert. Mais à présent, tout cela est fini ! N'oublie pas, je suis la reine de Saba et je suis un peu magicienne, ajouta-t-elle en souriant.

Hiram prit son visage entre ses mains et lui sourit à son tour.

— Pars avec moi. Oublie Salomon. Tu ne lui dois plus rien, reprit-elle.

— J'aime Salomon. Je ne peux le blesser plus encore.

— Fais selon ton cœur. Ne l'oublie pas, je ne suis pas un rêve. Saba existe. Lorsque tu viendras enfin, si les dieux le veulent, j'aurai pour toi ce que tu désires sans oser l'espérer. Ne me demande rien. Tu verras si tu viens.

Elle posa sa main sur ses lèvres, l'empêchant de parler et ajouta :

— La ville de toile est défaite. Les tentes sont pliées. L'avant-garde de la caravane est déjà en chemin. Mon équipage sera bientôt prêt.

Elle frissonna et se blottit contre lui.

— Hiram, serre-moi fort, j'ai froid...

Trente-troisième chapitre

Hiram quitta enfin la caverne, sa torche à la main. La pleine lune se découpait si près des colonnes du Temple qu'elle semblait peinte sur le ciel noir. Etrangement, des reflets rouge sang couraient sur le large disque blême. Il emprunta le sentier familier qui menait au bas du mont Moriah. En son milieu, le sentier s'élargissait en un terre-plein circulaire. Hiram s'y arrêta et leva les yeux vers la masse imposante du Temple. Il fut impressionné par la majesté du sanctuaire comme s'il y avait été étranger. Epuisé, bouleversé, il douta un court instant en avoir été l'architecte.

Le vent se leva, sifflant à travers les branches des arbres, faisant bruisser violemment les feuilles. La torche s'éteignit. Il y eut un éclair. Tout près de lui à le toucher, le visage de Tubal-Caïn lui apparut.

Il lui souriait.

Le premier coup s'abattit sur son front. Hiram vacilla et tomba à genoux. Au prix d'un effort surhumain, il parvint à se relever. Sa lourde masse à la main, Méthousaël se tenait devant lui prêt à frapper encore. Phanor et Amrou apparurent soudain auprès du fondeur, tels des démons surgissant du néant.

— Suis-je au royaume des morts ? demanda Hiram d'une voix altérée.

Les trois compagnons tournaient autour de lui, Méthousaël balançant sa masse, Amrou faisant tournoyer son long compas de charpentier et Phanor le menaçant de la pointe de son ciseau. Ils ricanaient, proféraient des injures et des menaces. Hiram leur fit face. Il n'avait pas peur. Il était assez fort pour combattre trois hommes, mais son cœur saignait. Ces trois compagnons, il les avait estimés. Le matin même, il les avait plaints et ce soir encore, malgré le coup qu'il avait reçu, il se demandait qui les poussait ainsi à se damner. Surmontant sa douleur, Hiram fit un pas vers Méthousaël qui recula.

— Qui vous envoie ?

— Tu ne devines pas, seigneur Hiram ?

Le fondeur avait repris de l'assurance. Avec un étrange sourire, il ajouta :

— Je vais te le dire. C'est celui qui a fait mourir d'autres coquins à notre place. C'est celui qui nous a rendu la liberté pour te tuer !

La gorge nouée, Hiram s'écria :

— Salomon ?

Méthousaël hocha la tête avec un méchant sourire.

— Mais nous sommes moins cruels que le roi. Tu peux avoir la vie sauve. Cela ne dépend que de toi.

A cet instant, Phanor leva son ciseau et s'avança vers Hiram tandis qu'Amrou et Méthousaël le saisissaient chacun par un bras. Bouleversé par l'acte de Salomon, Hiram se sentit abandonné. Sa blessure à la tête saignait abondamment. Il avait froid. Il hésita à se battre. Entouré de brumes, souriant, Tubal-Caïn lui apparut de nouveau.

Hiram fit face aux trois hommes.

— Nous voulons être Maîtres, cria Phanor. Donne-moi le mot de passe ou tu meurs !

— Tu n'es pas prêt pour être Maître. Tu as encore beaucoup à apprendre, répondit Hiram avec tristesse.

— J'en sais pourtant assez pour me servir d'un ciseau, s'écria Phanor en lui plongeant sa pointe dans le flanc.

Hiram poussa un cri de douleur. Il tomba à genoux. Une tache de sang apparut et s'élargit sur sa tunique.

— Tu peux encore survivre, lui cria Amrou le charpentier. Donne-moi le mot de passe et je t'épargne.

— Jamais ! Ce n'est pas ainsi que je l'ai gagné naguère, murmura Hiram.

Alors, se servant de son compas comme d'un épieu, Amrou en enfonça la longue pointe dans le cœur de l'architecte. Hiram empoigna la branche du compas plantée dans sa chair, l'en arracha, puis s'effondra. Un coup de tonnerre ébranla la nuit. Le ciel s'était couvert de lourds nuages et un violent orage se déversait sur la Galilée. Frissonnant sous le déluge, les trois meurtriers soulevèrent le corps inanimé d'Hiram.

— Il n'a pas parlé ! dit Phanor.

— En aurais-tu douté ? dit Amrou. Nous allons payer pour ce crime.

— C'est Salomon qui devra payer ! dit Méthousaël.

Près du Cédron, au pied d'un tertre situé en bordure du chemin de Béthanie, ils creusèrent une profonde fosse pour enterrer Hiram. Ils s'apprêtaient à ensevelir son corps, quand leur parvinrent des bruits de sabots, des chameaux blatérant sous l'orage, des cris de chameliers, des cliquetis d'attelages. Une imposante caravane passait à peu de distance. Le cœur battant à l'idée d'être pris, ils se jetèrent sur le sol ruisselant. Mais les caravaniers étaient plus occupés à se protéger de l'orage qu'à scruter les abords.

Dans sa litière, à l'abri derrière les rideaux de cuir, la reine Balqîs songeait à Hiram. Près d'elle, dans un coffret de bois sculpté de motifs géométriques et incrusté d'argent, se trouvaient les esquisses de la future Ma'rib. Un autre trésor palpitait en elle. A l'instant où la litière passa près du tertre où gisait la dépouille de son amant, Balqîs posa sa main sur son ventre.

Quand la caravane se fut éloignée, Méthousaël, Amrou et Phanor achevèrent leur funèbre tâche. Quand la fosse fut comblée, Méthousaël y planta une jeune tige d'acacia.

A Jérusalem, à l'heure où l'on conduisait Jéroboam et les trois scélérats au supplice, un messager accompagné d'une imposante escorte s'était présenté chez Mardochée. Salomon lui donnait l'ordre de quitter la ville sur-le-champ. Les hommes d'armes attendraient qu'il fasse ses bagages pour le conduire en exil hors des frontières de l'Etat hébreux.

A pas lents, Mardochée gagna sa chambre et se dévêtit. Il se saisit d'un coffret de bois précieux, semblable à celui que lui avait naguère offert la reine de Saba. Il l'ouvrit, y choisit un pot d'ivoire. Puis il s'enduisit soigneusement le visage et le corps d'un fard aux reflets de bronze. Il s'étendit sur sa large couche. Son corps nu, magnifique, se découpait sur des peaux de fauves assemblées de fils d'or. Il ferma les yeux et attendit que le poison fit son effet. Quand on le trouva, on s'émerveilla du sourire énigmatique qui s'esquissait sur ses lèvres fardées.

Réveille-toi ! dit Tubal-Caïn.

Il posa sa main sur le front d'Hiram. L'architecte ouvrit les yeux. Une douce chaleur habitait son corps. Tout près lui parvenaient le halètement familier des forges, le bruit du métal martelé. Il se leva et marcha vers le feu gigantesque où s'affairaient les géants. Hiram se sentit plein de force.

Il avait retrouvé les siens.

Bernard Lenteric dans Le Livre de Poche

L'Ange Gabriel n° 15025

Gabriel, alias « Gab », c'est pour tous les enfants la baby-sitter parfaite ou le grand frère idéal : un robot intelligent qui peut aussi bien aider à faire les devoirs que jouer aux échecs, préparer à dîner ou consoler un gros chagrin. En le dotant d'un cerveau autonome, son inventeur, Zef Menzel, un informaticien de génie, a également muni Gab d'une conscience morale, un programme qui lui interdit à tout jamais de nuire aux humains. Pour faciliter sa fabrication en série, Ted Gulliver, le vieil ami de Zef, tout-puissant P.-D.G. de la première firme mondiale d'informatique, a supprimé ce logiciel de bonne conduite. Et lorsque des milliers de « Gabs » cessent d'obéir, le rêve technologique tourne au cauchemar.

L'Empereur des rats n° 14480

Sur notre planète, dans *le monde d'en haut*, les hommes vaquent à leurs occupations ordinaires : soumettre son prochain, l'humilier, le voler et surtout s'entre-tuer. Les hommes sont des prédateurs impitoyables. Ils ignorent pourtant le plus grand des dangers. Tout près d'eux, invisibles, dans *le monde d'en bas*, sous l'implacable autorité de Jupiter leur empereur, trente milliards de tueurs se tiennent aux aguets : ce sont les rats. S'ils pesaient trois kilos au lieu de trois cents grammes, ils seraient les maîtres du monde. Leur société est plus organisée, plus intelligente, plus solidaire que celle des hommes. Chaque rat peut donner la peste à chaque homme mais, Jupiter le sait, chaque homme nourrit son rat. Jupiter va-t-il laisser déferler sur la Terre ses trente milliards de tueurs prêts à mordre, à contaminer, à exterminer, ou bien tentera-t-il de pactiser avec l'homme, l'autre grand prédateur ? Un grand roman, terrifiant et inspiré, qui rappelle l'atmosphère de *La Nuit des enfants rois*.

Les Enfants de Salonique n° 6641

Moi, Diane, dix ans, je les aime tous les trois pour toujours. Comment pourrais-je choisir entre Démosthène, Basile et Périclès ? Moi, Démosthène, onze ans, j'aime Diane plus que mes meilleurs amis, Basile et Périclès. Elle m'épousera car je serai un grand poète. Moi, Basile, onze ans, je pourrais tuer Périclès ou Démosthène, mes meilleurs amis, si Diane décidait d'épouser l'un d'eux au lieu de devenir ma femme. Mais je gouvernerai le monde et elle me choisira. Moi, Périclès, onze ans, je découvrirai les plus beaux diamants d'Afrique pour les offrir à Diane, ma bien-aimée. En 1881, à Salonique, un des ports les plus actifs, les plus prospères, les plus agités aussi de la Turquie d'Europe où vivent Grecs, Juifs, Bulgares... sous le joug impitoyable des Turcs, commence l'extraordinaire histoire de ces chevaliers du monde moderne, leur prodigieuse épopée. *Les Enfants de Salonique*, un grand roman d'aventures et de passions par l'auteur de *La Nuit des enfants rois*.

Ennemi n° 9739

Analystes de renom, rivaux (l'un est lacanien, l'autre freudien) mais secrètement complices, Bruno Brunschwig et Gilles d'Avertin partagent femmes, richesses et honneurs. Ainsi que ce pouvoir sur les consciences que donne l'exercice de leur discipline... Apparaît alors Maria Solar, dix-neuf ans, riche héritière, seule au monde, Maria qui, au bord de la folie, appelle l'amour... Qui de Gilles ou de Bruno l'emportera ? C'est compter sans le troisième homme, celui qui parsème de cadavres la route de la jeune fille. Le psychopathe de génie qui se veut le rédempteur des sans-espoir, celui qui va exorciser le Diable — la psychanalyse – l'ennemi. Un des meilleurs livres de Bernard Lenteric, à la fois thriller haletant et satire amusée des sectes, des rites et des sorciers de la psychanalyse.

La Femme secrète
(Les Enfants de Salonique II) n° 6755

A dix ans, à Salonique, sous le joug des Turcs, ils se sont juré *fidélité* (*Les Enfants de Salonique*). Quinze ans plus tard, en 1897, Basile s'est taillé à coup d'audace un empire parmi les marchands de canons, Périclès cherche des diamants en Australie, et Démosthène, le poète, est devenu ministre. Cependant, aucun n'a oublié le pacte qui les unit, ni l'amour qu'ils portent à Diane. La petite fille est devenue une femme, la femme de l'un d'entre eux : Démosthène. Mais quand elle disparaît au cours d'une offensive meurtrière des troupes turques, ils s'uniront une nouvelle fois tous les trois pour la retrouver. Cette amitié en apparence indestructible survivra-t-elle au tourbillon de leurs passions et de leurs ambitions ? *La Femme secrète*, un magnifique roman d'aventures et d'amour, dans un monde où les plus faibles sont écrasés impitoyablement, et aussi un extraordinaire portrait de femme.

La Fortune des Laufer nº 14148

Marthe et Rodolphe se rencontrent sous les lampions d'un bal de quartier, à la Libération. Entre la fille de « bougnats » et le sergent démobilisé, c'est le coup de foudre. Et aussi une ambition commune : réussir. Mais on ne se taille pas impunément un empire dans le Paris de la nuit, des dancings, des lieux de plaisir. Pour consolider leur fortune, il leur faudra employer les méthodes les plus implacables, et ne pas reculer même devant le crime. Ils le paieront d'un prix très lourd : la vie de leur fils Paul, assassiné. Et c'est finalement Jean, le fils renié, négligé, qui se dressera face à eux comme leur héritier véritable... Un héritier qui les repousse. Le romancier de *La Nuit des enfants rois* et des *Maîtres du pain* nous entraîne, avec son efficacité coutumière, dans une saga familiale toute en ombres et lumières, où le suspense des meilleurs thrillers prend des reflets de tragédie shakespearienne.

La Gagne nº 7478

Face à face, deux hommes. Tout les oppose. L'un, Benedict Sarkissian : machine à jouer d'une fascinante efficacité. L'autre, Alex Van Heeren, banquier : membre de l'aristocratie financière depuis des générations. C'est le commencement d'un duel qui va durer des mois. Sans répit. Une singulière partie de poker :

elle se jouera avec et sans cartes. Deux volontés s'affrontent dans un combat dont l'enjeu secret est une femme : Jamaïca. Le vaincu sera plus que brisé : il sera détruit, pulvérisé, broyé. *La Gagne*, prix du Suspense, par l'auteur de *La Nuit des enfants rois*.

La Guerre des cerveaux n° 7509

Les plus grands cerveaux scientifiques de notre temps sont soudain victimes de crises de folie meurtrières, aveugles et terrifiantes. Hasard, stress, loi des séries ? Le monde entier s'interroge. Seuls trois hommes dotés d'un savoir hors du commun sont capables de découvrir la vérité. La guerre des cerveaux a commencé. Mais qui la dirige : un pays, une société secrète, un individu isolé ? Un formidable combat s'engage à travers le monde, de New York à Zurich, de Moscou à Tokyo. Il n'y a pas une minute à perdre, car ces trois génies pourraient bien être les prochaines victimes... Avec ce suspense haletant, ce roman d'autant plus angoissant que les dernières découvertes scientifiques lui donnent une dimension exceptionnelle, terrifiante, Bernard Lenteric retrouve le ton de *La Nuit des enfants rois*.

L'Héritage
(*Les Maîtres du pain* II) n° 13850

Au-delà des drames et des déchirements, la vie continue à Perpezac, dont Jérôme Corbières, le maître boulanger, est désormais le maire. Mais de nouveaux orages s'accumulent sur la France de 1940 : les fils adoptifs de Jérôme, Honoré et Sébastien, ont tous deux combattu. Puis, tandis que le second rejoint

Londres et la Résistance, Honoré s'engage dans la milice... Devenue grande, ambitieuse et belle, Claire, la fille de Jeanne, ne croit plus aux traditions artisanales que défend Jérôme. Rejetée par celui-ci, elle va bâtir un empire industriel, imposant la force d'une femme dans un monde masculin. Mais, dans cet après-guerre épris de consommation et de modernité, que deviendra l'âme du pain ? Le romancier des *Enfants de Salonique* nous donne le second volet d'une saga plébiscitée par un million de lecteurs et trente millions de téléspectateurs.

Les Maîtres du pain n° 13704

A Perpezac (Corrèze), entre l'église et la place du village, on connaît la douceur de vivre, même à l'approche de la Seconde Guerre mondiale. C'est là que Jérôme Corbières pétrit et cuit le meilleur pain de la région, dont il tient les secrets de Maître Adeline, le boulanger qui l'a jadis tiré de son orphelinat. Tout lui est bonheur, l'odeur des foins coupés, les truites de la rivière, les lapins pris au collet... Et surtout Jeanne, sa femme, belle et douce comme un soir d'été, qui attend un enfant. Pourtant le malheur est tapi dans l'ombre. Ce bébé si longtemps attendu ne vivra pas. Jérôme pourra-t-il transmettre son art et préserver son bonheur par-delà les tempêtes où sa vie paraît bien près de sombrer ? Par l'auteur des *Enfants de Salonique*, le roman qui a inspiré l'inoubliable feuilleton de France 2.

La Nuit des enfants rois n° 5666

Sélectionné parmi les meilleurs romans par toute la presse, *La Nuit des enfants rois* se déroule à toute allure, comme un merveilleux film, d'où l'on sort ébloui. Cela se passe, une nuit, dans Central Park, à New York : sept adolescents sont sauvagement agressés, battus, certains violés. Mais ces sept-là ne sont pas comme les autres : ce sont des enfants-génies. De l'horreur, ils vont tirer contre le monde une haine froide, mathématique, éternelle. Avec leur intelligence, ils volent, ils accumulent les crimes parfaits. Car ces sept-là ne sont pas sept : ils sont un. Ils sont un seul esprit, une seule volonté. Celui qui l'a compris, Jimbo Farrar, lutte contre eux de toutes ses forces. A moins qu'il ne soit de leur côté... Alors, s'ils étaient huit, le monde serait à eux et ce serait la nuit, la longue nuit, *La Nuit des enfants rois*.

Le Prince héritier
(L'Empereur des rats II) n° 14649

Trente milliards de rats grouillent sous nos pieds, dans le monde d'en bas. Autant de tueurs, porteurs de peste et de mort, que le féroce Alcibiade, numéro deux de l'Empire, rêve de déchaîner contre l'espèce humaine... Face aux complots de ce courtisan ambitieux, le vieux Jupiter, empereur des rats, dispose d'un atout : Coriolan, l'héritier issu d'une rate de laboratoire et capable de dialoguer avec les hommes. A la mort – mystérieuse – de Jupiter, le jeune prince entreprend d'accomplir sa mission de paix, mais le connétable Alcibiade ne désarme pas. Commence alors, au plus profond des égouts et des galeries souterraines, un duel impitoyable pour lequel Alcibiade semble disposer de toutes les armes ; il n'a oublié qu'un détail : *Coriolan n'est plus tout à fait un rat...* Terreur, suspense, aventure, anticipation... Le romancier de *La Nuit des enfants rois* et de *La Guerre des cerveaux* poursuit ici une fresque prodigieuse, d'une imagination époustouflante... et d'un réalisme à donner le frisson.

Le Secret n° 15392

En 1836, dans le monde mystérieux du compagnonnage, avec ses règles, ses codes et ses rites, deux ennemis irréductibles s'affrontent depuis des années. L'un, Léo Frochot, est un compagnon boulanger, pauvre et méritant. L'autre, Rochetal, un compagnon menuisier arrogant et prospère. Le drame se noue lorsque Frochot donne naissance à un fils, Thibaut, tandis que Rochetal n'a, lui, que des filles. Fou de rage et d'orgueil, il transgresse le secret des compagnons pour en installer un autre, terrible, bâti sur le mensonge : sa seconde fille sera un garçon, Adam, et entrera dans l'univers des compagnons où les femmes sont bannies. Frêle sous son déguisement d'aspirant menuisier, la fille de Rochetal affronte seule, quelques années plus tard, les pièges et les dangers sur la route initiatique du Tour de France. Un jour, elle y rencontre Thibaut Frochot. Entre les deux jeunes gens, ignorants de la haine qui oppose leurs pères, naît une étrange relation... Dans ce roman, Bernard Lenteric renoue avec l'inspiration des *Maîtres du pain*, et mène avec brio une histoire bouleversante dans l'univers fascinant et méconnu du compagnonnage.

Substance B n° 7538

Clara Zellmeyer, jeune biologiste de génie à l'Institut Pasteur, aurait dû se méfier... Si la Morgan Chemical, multinationale américaine de l'industrie pharmaceutique, lui offre un pont d'or et des moyens illimités pour parachever sa découverte, ce n'est pas forcément pour de bonnes raisons. Dès son arrivée à New York, un piège diabolique va se refermer sur elle, inexorablement. Car la Substance B, molécule miracle qui lave le cerveau humain de tout stress et de toute angoisse, déchaîne les convoitises. Un gourou fanatique, un mystérieux émissaire du Vatican, des puissances financières implacables s'engagent dans une lutte sans merci pour s'approprier le médicament du siècle : la Substance B. B comme bonheur ? Par l'auteur dc *La Nuit des enfants rois*.

Vol avec effraction douce n° 17208

Juliette Langston-Bell, la diabolique présidente de *Brain*, contemple son trésor : de simples disquettes – les systèmes experts qu'elle a tirés des cerveaux des trente plus grands savants de notre époque. Les conglomérats s'entretuent pour acquérir ces secrets technologiques qui génèrent des profits colossaux. Un seul expert résiste à cette séduisante et impitoyable prédatrice : Stewart, un géologue de génie qui vit avec la Terre et le règne minéral une mystérieuse communion. Sans machine ni technologie, il sait où se trouve le pétrole. Que représente la fortune qu'on lui offre puisqu'il a la conviction qu'on ne livre pas son savoir sans être en même temps dépouillé de ses émotions, de ses sentiments, de ses souvenirs et de sa substance vitale ? Avec l'appui des cartels pétroliers qui gouvernent la planète,

Juliette le contraint pourtant à ce pacte faustien. Ce qui ne devait être qu'un simple transfert de connaissances devient un affrontement implacable. Lorsque l'orgueil, le sexe, la haine et la passion sont vécus jusqu'à la folie, et peut-être la mort, qui est la victime et qui est le bourreau ?

Voyante n° 7565

Une modeste secrétaire qui se découvre des dons de divination ; son frère, mauvais sujet prêt à tout pour devenir riche ; l'assassinat d'une célèbre voyante new-yorkaise ; un haut responsable militaire et le propriétaire d'une chaîne de TV envoûtés à des fins de chantage avec l'aide d'un rabbin kabbaliste et d'un sorcier africain ; un réseau international de maffieux et d'anciens nazis... Un « thriller » mené tambour battant par le meilleur spécialiste français du genre, auteur également de l'inoubliable fresque en trois volets : *Les Enfants de Salonique, La Femme secrète, Diane.*

Du même auteur :

La Gagne, Olivier Orban, 1980.
La Nuit des enfants rois, Olivier Orban/Édition° 1, 1981.
Voyante, Olivier Orban, 1982.
La Guerre des cerveaux, Olivier Orban/Édition° 1, 1985.
Substance B, Olivier Orban, 1986.
Les Enfants de Salonique, Olivier Orban, 1988.
La Femme secrète, Olivier Orban, 1989.
Diane, Olivier Orban, 1990.
Vol avec effraction douce, Édition° 1, 1991.
Ennemi, Édition° 1/J.-Cl. Lattès, 1992.
Les Maîtres du pain, Plon, 1993.
Les Maîtres du pain, II, *L'Héritage*, Plon, 1994.
La Fortune des Laufer, Plon, 1996.
L'Empereur des rats, Plon, 1997.
L'Empereur des rats, II, Plon, 1998.
L'Ange Gabriel, Plon, 1999.
Le Secret, Plon, 2001.